## Julia

Connue sous le pseudonyme de Julia Quinn, Julie Pottinger naît en 1970 aux États-Unis. Spécialisée dans la Régence, cette très grande dame de la romance a écrit une vingtaine de livres, tous des best-sellers. Surprenant de la part de cette jeune diplômée de Harvard qui a longtemps cherché sa voie avant de publier son premier roman, *Splendide*, à l'âge de 24 ans. Sa vocation trouvée, elle se voit décerner le Rita Award pendant deux années consécutives et le *Time Magazine* lui a consacré un article. Sa célèbre série *La chronique des Bridgerton* a été traduite en treize langues. Pour en savoir plus, consultez son site : www.juliaquinn.com.

LA CHRONIQUE DES

# BRIDGERTON

*Aux Éditions J'ai lu*

**LA CHRONIQUE DES BRIDGERTON**

1 – Daphné et le duc
*N° 8890*
2 – Anthony
*N° 8960*
3 – Benedict
*N° 9081*
4 – Colin
*N° 9258*
5 – Éloïse
*N° 9284*
6 – Francesca
*N° 9365*
7 – Hyacinthe
*N° 9393*
8 – Gregory
*N° 9415*
9 – Des années plus tard
*N° 11580*

Splendide
*N° 9303*
L'insolente de Stannage Park
*N° 9724*
Comment séduire un marquis ?
*N° 9742*
Les carnets secrets de Miranda
*N° 9835*
Mademoiselle la curieuse
*N° 9894*
Trois mariages et cinq prétendants
*N° 10918*
Ce que j'aime chez vous
*N° 12658*

**LES DEUX DUCS DE WYNDHAM**

1 – Le brigand
*N° 11745*
2 – M. Cavendish
*N° 11774*

**LE QUARTET DES SMYTHE-SMITH**

1 – Un goût de paradis
*N° 11779*
2 – Sortilège d'une nuit d'été
*N° 11882*
3 – Pluie de baisers
*N° 11903*
4 – Les secrets de Sir Richard Kenworthy
*N° 11915*

**LES ROKESBY**

1 – À cause de Mlle Bridgerton
*N° 11987*
2 – Un petit mensonge
*N° 12119*
3 – L'autre Mlle Bridgerton
*N° 12747*

JULIA QUINN

# DAPHNÉ

*Traduit de l'anglais (États-Unis)*
*par Cécile Desthuilliers*

J'AI LU

Déjà parus sous les titres :
*La chronique des Bridgerton 1 – Daphné et le duc*
*La chronique des Bridgerton 2 – Anthony*

*Titre original*
THE DUKE AND I

*Éditeur original*
Avon Books, an imprint of HarperCollins Publishers, New York



*Titre original*
THE VISCOUNT WHO LOVED ME

*Éditeur original*
Avon Books, an imprint of HarperCollins Publishers, New York

# La famille Bridgerton

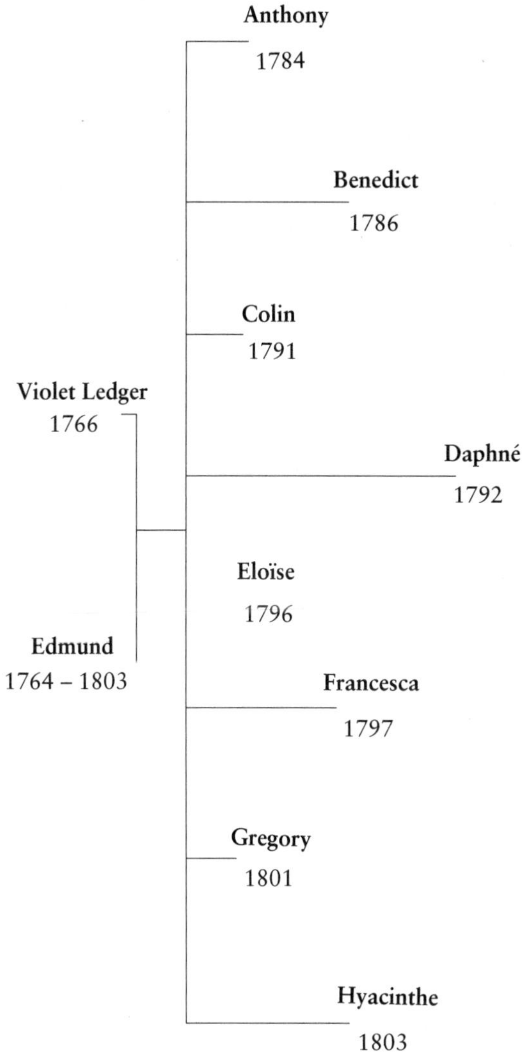

*Chère lectrice, cher lecteur,*

*On me demande souvent lequel de mes livres je préfère. En toute franchise, c'est une question à laquelle je suis incapable de répondre. À mes yeux, chaque ouvrage possède son charme particulier – tel personnage, telle scène... Chacun à sa façon, tous mes livres me sont chers.*

*Laissez-moi tout de même vous confier un petit secret. J'ai un faible pour* Daphné, *qui a marqué un tournant dans ma façon d'écrire. Pour une raison que j'ignore, il est plus riche et plus profond que tout ce que j'ai pu produire auparavant. En outre, il ouvre la série des Bridgerton, une série en huit volumes qui a trouvé auprès de mes lecteurs un accueil si enthousiaste que j'ai encore parfois du mal à y croire.*

*Tout a commencé avec* Daphné, *avec Simon, cet homme qui tente par tous les moyens d'échapper au douloureux héritage que lui a légué son père, et Daphné, qui désire la seule chose au monde que Simon se croit incapable de lui offrir. Sans parler de lady Whistledown, la chroniqueuse mondaine qui n'a pas sa langue dans sa poche et donne son avis sur tout (ouvrez la première page de n'importe quel chapitre et vous comprendrez ce que je veux dire...).*

*Si vous n'avez encore lu aucun livre de la série, celui-ci est le plus indiqué pour commencer. Bonne lecture !*

*Bien à vous,*

*Julia Quinn*

*Pour Danelle Harmon et Sabrina Jeffries, sans qui je n'aurais jamais pu rendre mon manuscrit à temps.*

*Et pour Martha, de l'équipe du journal électronique* The Romance Journal, *qui m'a suggéré d'intituler ce roman* Daphne's Bad Heir Day[1]

*Et aussi pour Paul, même si sa façon de danser consiste à rester sur place en me tenant la main et en me regardant virevolter.*

---

1. Intraduisible. Jeu de mots sur *hair* (chevelure) et *heir* (héritier). *A bad hair day* est une expression désignant un jour où l'on est mal coiffée, grande préoccupation des héroïnes de romances. *(N.d.T.)*

# Prologue

La venue au monde de Simon Arthur Henry Fitzranulph Basset, comte de Clyvedon, fut l'occasion de grandes réjouissances. Les cloches de l'église sonnèrent des heures durant, le champagne coula à flots dans le gigantesque château que le nouveau-né appellerait plus tard sa maison, et tout le village de Clyvedon fut convié à cesser le travail pour prendre part aux libations et aux célébrations ordonnées par le père du tout jeune comte.

— Voilà un bébé qui sort de l'ordinaire, commenta le boulanger à l'intention du forgeron.

De fait, Simon Arthur Henry Fitzranulph Basset ne se contenterait pas du titre de comte de Clyvedon, lequel était purement conventionnel. Simon Arthur Henry Fitzranulph Basset – l'enfant qui possédait plus de prénoms qu'un bébé ne peut en avoir besoin – était l'héritier de l'un des plus anciens et des plus riches duchés d'Angleterre. Quant à son père, duc de Hastings, neuvième du nom, il avait attendu ce moment pendant des années.

Tout en berçant son nouveau-né vagissant dans ses bras, dans l'antichambre des appartements où son épouse avait été confinée, le duc sentit son cœur se gonfler de fierté. À la quarantaine largement passée, il avait vu ses amis – tous pairs du royaume – avoir les uns après les autres des héritiers mâles. Si certains avaient dû supporter la venue de quelques filles, en fin de compte, tous avaient eu le fils tant convoité. La continuité de leur lignée était assurée ;

leur sang se transmettrait à la génération suivante de l'élite de l'Angleterre...

Tous sauf lui, duc de Hastings. Bien que son épouse eût réussi à concevoir à cinq reprises au cours des quinze années de leur mariage, seuls deux enfants étaient arrivés à terme – tous les deux mort-nés. Après sa cinquième grossesse, laquelle s'était conclue au cinquième mois par une fausse couche suivie d'une grave hémorragie, chirurgiens et médecins avaient averti Leurs Seigneuries : elles ne devaient sous aucun prétexte tenter une nouvelle fois d'avoir un enfant. Il y allait de la vie de la duchesse. Celle-ci était de constitution trop fragile et, avaient-ils ajouté avec prudence, plus toute jeune. Le duc devrait se faire une raison : son titre ne resterait pas dans la famille Basset.

Cependant, la duchesse – Dieu la bénisse ! – connaissait ses devoirs. Après six mois de convalescence, elle avait rouvert la porte qui séparait sa chambre de celle de son époux, et le duc avait repris ses tentatives pour concevoir un héritier.

Cinq mois plus tard, son épouse l'avait informé qu'elle portait le fruit de leurs amours. L'explosion de joie du duc avait été immédiatement tempérée par une inflexible résolution : rien, absolument rien ne ferait échouer cette grossesse. La duchesse fut consignée au lit à la minute même où son état fut connu. Un médecin fut convoqué pour une visite journalière, et vers le second trimestre, le duc choisit le meilleur praticien de Londres et lui proposa une véritable fortune pour abandonner sa clientèle et s'établir provisoirement à Clyvedon Castle.

Cette fois, il ne prendrait aucun risque ! Il *aurait* son fils ; le duché demeurerait entre les mains de la famille Basset.

La duchesse avait commencé à éprouver des douleurs un mois auparavant. Des coussins avaient aussitôt été calés sous ses reins. Comme l'avait expliqué le Dr Stubbs, la force de gravité pouvait « encourager le bébé à rester en place ». Convaincu par l'argument, le duc avait fait ajouter un oreiller supplémentaire dès que le médecin s'était retiré pour la nuit, inclinant son épouse sur un angle d'une bonne vingtaine de degrés. La duchesse était demeurée ainsi pendant quatre semaines.

Enfin, l'instant de vérité était arrivé. Toute la domesticité avait prié pour monsieur, qui désirait si ardemment un fils, et quelques-uns avaient songé à prononcer un *Ave Maria* pour madame, dont la santé s'affaiblissait à mesure que son ventre s'arrondissait. On s'était interdit tout espoir excessif. Après tout, madame avait déjà mis au monde deux bébés qu'elle avait aussitôt enterrés, et même en admettant que l'enfant fût en vie, il pouvait très bien s'agir... eh bien, d'une fille.

Lorsque les cris de douleur de la parturiente s'étaient faits plus sonores et plus fréquents, le duc s'était frayé un passage vers sa couche, ignorant les protestations du médecin, de la sage-femme et de la caméristе. Une folle confusion régnait, les draps étaient souillés de sang, mais il était résolu à être présent dès que l'on pourrait voir de quel sexe était l'enfant.

La tête de celui-ci apparut, puis ses épaules. Tout le monde se pencha avec curiosité tandis que la duchesse poussait de toutes ses forces, jusqu'à ce que...

Jusqu'à ce que le duc comprit qu'il y avait un Dieu, et qu'il se montrait bienveillant envers la lignée des Basset. Il accorda une minute à la sage-femme pour procéder à la toilette du nouveau-né, puis il prit le nourrisson dans ses bras et se dirigea vers le grand hall afin de le présenter à l'assistance.

— J'ai un fils ! clama-t-il. Un magnifique petit garçon !

Alors que les domestiques lançaient des hourras en essuyant des larmes de soulagement, le duc baissa la tête vers son minuscule héritier :

— Vous êtes parfait, murmura-t-il. Vous êtes un Basset. Et vous êtes à moi.

Il avait envisagé d'emmener l'enfant au-dehors afin de montrer à tout le monde qu'il était enfin le père d'un garçon en bonne santé mais, constatant que l'air était encore frais en ce début d'avril, il autorisa la sage-femme à rendre le bébé à sa mère. Puis il enfourcha l'une de ses plus belles montures et s'élança au galop, fou de joie, hurlant son bonheur à qui voulait l'entendre.

Pendant ce temps, la duchesse se vida de son sang, perdit connaissance, et rendit l'âme.

Le duc pleura son épouse. Son chagrin était sincère. Il ne l'avait pas aimée, bien entendu, et elle n'avait pas éprouvé davantage de sentiments pour lui, mais ils avaient été amis, à leur manière un peu distante. Il n'avait rien espéré de plus du mariage qu'un fils et héritier, et de ce point de vue, sa femme s'était révélée exemplaire.

Il ordonna que des fleurs fraîches soient déposées au pied de sa pierre tombale chaque semaine, quelle que soit la saison, et fit retirer son portrait du salon pour l'installer dans le grand hall, bien en vue au-dessus de l'escalier.

Puis il s'attela à la tâche d'élever son enfant.

En vérité, il n'y avait pas grand-chose à faire la première année, le bébé étant trop jeune pour les leçons sur la gestion des fermages et les responsabilités qui seraient les siennes. Aussi le duc confia-t-il Simon aux soins d'une nurse avant de retourner à Londres, où il reprit à peu près la même vie qu'avant de devenir père, à la seule différence qu'il obligea tout le monde, y compris le souverain, à jeter un coup d'œil à la miniature représentant son fils qu'il avait fait peindre après la naissance de celui-ci.

Il se rendit de temps à autre à Clyvedon, jusqu'au jour où il revint définitivement s'y établir, à l'époque du second anniversaire de Simon, bien décidé à prendre en main l'éducation du jeune garçon. Il acheta un poney, choisit un petit fusil destiné à de futures chasses au renard, et engagea des professeurs pour toutes les disciplines qui puissent s'imaginer.

— Il est bien trop jeune ! s'écria la nurse, Mme Hopkins.

— Balivernes ! répliqua Hastings avec condescendance. Bien entendu, je ne lui demande pas de maîtriser tout ceci pour l'instant, mais il n'est jamais trop tôt pour commencer l'éducation d'un duc.

— Il ne l'est pas encore, marmonna la nurse.
— Il le sera.
Hastings se détourna pour s'accroupir à côté de son fils, occupé à échafauder sur le sol un château branlant à l'aide de petits blocs de bois. C'était la première fois qu'il revenait à Clyvedon après plusieurs mois d'absence, et il était satisfait de la croissance de l'enfant. Simon était un robuste petit garçon aux cheveux bruns et lustrés, et aux yeux bleu clair.
— Que construisez-vous, mon fils ?
Simon lui sourit et désigna son ouvrage.
— Il ne parle pas ? s'étonna Hastings en levant le regard vers la nurse.
Celle-ci secoua la tête.
— Pas encore, monsieur.
Le duc fronça les sourcils, contrarié.
— Il a deux ans. Ne devrait-il pas commencer à s'exprimer ?
— Chez certains enfants, il faut plus de temps que pour d'autres. Manifestement, il est très intelligent.
— Bien entendu. C'est un Basset.
La nurse acquiesça. Elle approuvait toujours lorsque son employeur vantait la supériorité des Basset.
— Peut-être n'a-t-il tout simplement rien envie de dire, suggéra-t-elle.
Le duc ne fut pas très convaincu, mais il tendit à l'enfant un petit soldat de plomb, lui frotta affectueusement la tête et s'en alla entraîner la nouvelle jument qu'il venait d'acheter à lord Worth.
Deux ans plus tard, il commença à perdre patience.
— *Pourquoi ne dit-il pas un mot ?* tonna-t-il.
— Je ne sais pas, répondit la nurse en se tordant les mains.
— Que lui avez-vous fait ?
— Rien du tout, monsieur !
— Si vous connaissiez votre travail, répliqua le duc en tendant un doigt furieux dans la direction de l'enfant, il saurait parler !

Simon, occupé à tracer des lettres à un petit bureau, observait cet échange avec intérêt.

— Il a quatre ans, ventrebleu ! gronda le duc. Il devrait pouvoir s'exprimer.

— Il sait écrire, se défendit la nurse. J'ai élevé cinq enfants avant lui, et pas un ne connaissait son alphabet comme M. Simon.

— La belle affaire ! ricana le duc.

Puis, se tournant vers Simon :

— Eh bien, allez-vous parler, à la fin ? rugit-il en roulant des yeux furieux.

Simon se recroquevilla sur son siège, et sa lèvre se mit à trembler.

— Monsieur ! protesta la nurse. Il va prendre peur !

Hastings fit une brusque volte-face.

— C'est peut-être de cela qu'il a besoin. Il lui faut de la discipline ! Une bonne correction va l'aider à retrouver sa langue...

Le duc s'empara de la brosse à manche d'argent avec laquelle la nurse coiffait les cheveux de Simon et s'approcha de celui-ci.

— Je vais vous apprendre à parler, stupide petit...

— Non ! protesta l'enfant.

La nurse poussa un cri de stupeur. De surprise, le duc laissa tomber la brosse. C'était la première fois qu'ils entendaient la voix de Simon.

— Qu'avez-vous dit ? demanda Hastings, les larmes aux yeux.

Simon referma ses petits poings, redressa le menton et répondit :

— Ne me t-t-t...

Une pâleur de craie envahit le visage de Hastings.

— Que dit-il ?

Simon recommença sa phrase.

— Ne m-m-m...

— Au nom du Ciel ! murmura le duc, horrifié. Mon fils est débile.

— Certainement pas ! s'écria la nurse en prenant Simon dans ses bras.

— Ne m-m-me t-t-touchez...

L'enfant prit une douloureuse inspiration.

— ... *pas !*

Effondré, le duc s'assit lourdement sur la banquette encastrée sous la fenêtre et laissa tomber sa tête entre ses mains.

— Qu'ai-je fait pour mériter cela ? gémit-il. Qu'ai-je bien pu faire ?

— Monsieur devrait féliciter son fils ! protesta la nurse. Voilà quatre ans que monsieur attend qu'il parle, et...

— Et c'est un débile ! gronda le duc. Un horrible petit abruti !

Simon fondit en larmes.

— Hastings va tomber entre les mains d'un faible d'esprit, se lamenta le duc. J'ai prié pendant des années pour avoir un héritier, et voilà le résultat ! J'aurais dû laisser mon cousin hériter du titre...

Il tourna le dos à l'enfant qui reniflait en s'essuyant les yeux, dans l'espoir manifeste de se montrer fort devant son père.

— Je ne veux plus le voir, poursuivit le duc. Je ne le supporterais pas !

Sur ces mots, il quitta la pièce à grandes enjambées rageuses.

La nurse serra l'enfant un peu plus fort sur son giron.

— Vous n'êtes pas un débile, murmura-t-elle avec énergie. Vous êtes le plus intelligent petit garçon que j'aie jamais vu, et si quelqu'un peut apprendre à parler correctement, c'est bien vous. Je le sais !

Simon se laissa aller contre elle en sanglotant.

— Nous allons lui montrer, déclara-t-elle. J'y mettrai le temps qu'il faudra, mais je lui ferai regretter ses paroles !

Mme Hopkins ne ménagea pas ses efforts. Alors que son employeur reprenait sa vie londonienne exactement comme s'il n'avait jamais eu de fils, elle consacra chaque minute de chaque journée à répéter des mots en les articulant avec soin, félicitant l'enfant lorsqu'il les prononçait correctement, l'encourageant à recommencer lorsqu'il n'y parvenait pas.

Les progrès furent lents, mais peu à peu Simon apprit à parler. À six ans, son bégaiement s'était notablement atténué, et à huit, il pouvait dire une phrase entière sans buter sur un mot. Les difficultés revenaient quand il était sous le coup d'une vive émotion, et sa nurse lui rappelait régulièrement qu'il devait rester calme et maître de lui s'il voulait s'exprimer de façon audible.

Toutefois, Simon était déterminé, il était intelligent, et surtout il était plus têtu qu'une mule. Il apprit à prendre sa respiration et à se concentrer sur sa phrase avant de la formuler à haute voix. Il étudia les mouvements de ses lèvres lorsqu'il articulait correctement et tenta d'analyser ce qui se passait quand sa diction se brouillait.

Jusqu'au jour où, âgé de onze ans, il s'approcha de Mme Hopkins, prit le temps de se concentrer et déclara :

— Je crois que le temps est venu d'aller voir mon père.

La nurse le scruta quelques instants. Le duc n'avait plus posé les yeux sur son fils depuis plus de sept ans. Il n'avait pas répondu à une seule des lettres que Simon lui avait écrites.

L'enfant lui en avait envoyé presque cent.

— En êtes-vous certain ? demanda-t-elle.

Simon hocha la tête.

— Dans ce cas, je vais faire préparer l'attelage. Nous partirons pour Londres demain.

Le voyage dura une journée et demie. Le soir tombait lorsque la voiture s'arrêta devant Hastings House. Tandis que Mme Hopkins l'accompagnait jusqu'au perron, Simon regarda avec émerveillement l'animation qui régnait dans les rues de la ville. Aucun d'entre eux n'était venu à Hastings House jusqu'alors. Ne sachant que faire, la nurse se décida à actionner le heurtoir de la porte.

Le lourd battant pivota immédiatement sur ses gonds, et un majordome d'allure rébarbative s'encadra dans l'ouverture.

— Pour les livraisons, récita-t-il en s'apprêtant à refermer, il faut passer par l'entrée de service.

— Excusez-moi ! répondit Mme Hopkins en posant un pied sur le seuil. Nous ne sommes pas des domestiques.

L'homme parcourut sa tenue d'un regard dédaigneux.

— Du moins, pas lui, rectifia-t-elle en prenant Simon par le bras. Voici lord Clyvedon, et vous seriez bien inspiré de le traiter avec le respect qui lui est dû.

Le majordome demeura bouche bée quelques instants. Puis il battit des cils et se reprit.

— Lord Clyvedon est décédé.

— Pardon ? s'écria la nurse.

— On vous aura mal informé ! s'écria Simon avec toute l'indignation dont on est capable à onze ans.

Le majordome examina celui-ci. Sans doute reconnut-il en lui le sang des Basset, car il les fit entrer sans plus de protestations.

— Qui vous a dit que j'étais m-m-mort ? demanda Simon.

Il était furieux d'avoir bégayé, mais guère surpris. Il savait qu'il butait sur ses mots quand il était en colère.

— Il ne m'appartient pas de répondre à cette question, répliqua l'homme.

— Au contraire ! s'offusqua la nurse. On ne peut pas dire de telles choses à un enfant de cet âge sans lui donner d'explications.

Le majordome garda le silence quelques instants.

— Voilà des années que monsieur n'a plus évoqué son fils, et la dernière fois, c'était pour affirmer qu'il n'avait pas d'héritier. Monsieur semblait si peiné que personne n'a posé de question. Le reste du personnel et moi-même avons supposé que celui-ci n'avait pas survécu.

Simon serra les dents, la gorge nouée par une soudaine tension.

— Dans ce cas, lord Hastings n'aurait-il pas porté le deuil ? suggéra Mme Hopkins. Comment avez-vous pu croire qu'il avait perdu son fils, puisque ce n'était pas le cas ?

Le majordome ne se laissa pas impressionner.

— Monsieur est souvent vêtu de noir, rétorqua-t-il. Il aurait très bien pu être en deuil sans que cela se remarque.

— Tout cela est fort choquant ! déclara la nurse. Veuillez le faire appeler, je vous prie.

Simon s'était réfugié dans le silence. Il tentait désespérément de recouvrer son calme. Il n'avait pas le choix : jamais il ne pourrait parler avec son père dans l'état de tension extrême qui était le sien !

Le majordome hocha la tête.

— Monsieur est à l'étage. Je vais l'informer de votre arrivée.

Tandis que Mme Hopkins arpentait le salon d'un pas impatient tout en marmonnant au sujet de son employeur en termes étonnamment fleuris mais fort peu flatteurs, Simon resta immobile au milieu de la pièce, les bras le long du corps, droit comme un I, et s'efforça de prendre de longues inspirations.

Tu peux y arriver ! s'encourageait-il en son for intérieur. Tu en es capable !

Se tournant vers lui, la nurse vit ses efforts pour apaiser les furieux battements de son cœur et tomba à genoux devant lui dans un petit soupir navré.

— Très bien, le félicita-t-elle en pressant sa main entre les siennes.

Elle savait mieux que quiconque ce qui se passerait, si Simon affrontait son père avant d'avoir recouvré son calme.

— C'est bien, reprit-elle d'un ton apaisant. Respirez encore... Là. Pensez bien à vos mots avant de les prononcer. Si vous arrivez à contrôler...

— Je vois que vous continuez à traiter ce garçon avec une mollesse coupable ! tonna une voix depuis le seuil.

Mme Hopkins se redressa et pivota sur elle-même avec dignité, cherchant comment saluer son employeur de façon respectueuse et atténuer, d'une façon ou d'une autre, l'extrême tension de ce moment. Toutefois, lorsque ses yeux croisèrent ceux du duc et qu'elle reconnut Simon dans ses traits, une bouffée de fureur monta en elle. Malgré la ressemblance frappante entre le père et le fils, Hastings demeurait incapable du moindre sentiment paternel envers son héritier.

— Monsieur, s'indigna-t-elle, votre comportement est méprisable !

— Et le vôtre est inacceptable. Vous êtes congédiée.

Mme Hopkins sursauta.

— Personne n'emploie ce ton avec le duc de Hastings, poursuivit-il d'une voix blanche. Personne !

— Pas même le roi ? persifla Simon.

Hastings pivota vers lui, sans paraître remarquer sa parfaite élocution.

— Vous voilà, vous ?

Pour toute réponse, Simon se contenta d'un bref hochement de tête. Sa réplique était courte mais il était parvenu à l'articuler sans une hésitation, et il ne voulait pas prendre le moindre risque. Il était trop en colère pour cela. En temps normal, il pouvait rester plusieurs jours sans buter sur le moindre mot, mais aujourd'hui...

Le regard que son père dardait sur sa personne lui donnait l'impression d'être un attardé mental.

Tout d'un coup, il lui sembla que sa langue refusait de lui obéir.

Un sourire cruel étira les lèvres du duc.

— Vous avez quelque chose à dire ? Eh bien, je suis tout ouïe ! Hum ? Parlez, c'est le moment !

— Tout va bien, Simon, murmura Mme Hopkins en fusillant le duc du regard. Ne vous laissez pas impressionner. Vous pouvez y arriver, mon petit.

Hélas ! Ses encouragements ne firent qu'aggraver la situation. Simon était venu pour prouver sa valeur à son père, et voilà que sa nurse le traitait comme un bébé !

— Que se passe-t-il ? ironisa le duc. Le chat a mangé votre langue ?

Simon était si tendu qu'il se mit à trembler comme une feuille. Le père et le fils se dévisagèrent pendant ce qui sembla une éternité, puis le duc, dans un juron de dépit, se détourna.

— Vous êtes mon pire échec, siffla-t-il d'un ton haineux. Je ne sais pas ce que j'ai fait pour vous mériter, mais que Dieu me vienne en aide si jamais je pose de nouveau les yeux sur vous !

— Monsieur ! s'écria Mme Hopkins, indignée de l'entendre parler ainsi à son protégé.

— Emportez-le hors de ma vue, cracha-t-il. Vous pouvez rester à mon service tant que vous le tiendrez éloigné de moi.

— Un instant !

Le duc pivota lentement sur ses talons en entendant la voix de Simon.

— Auriez-vous dit quelque chose ? le railla-t-il.

Les dents serrées, Simon prit trois longues inspirations. Il s'obligea à détendre ses mâchoires et pressa sa langue contre son palais pour se souvenir des sensations que cela procurait d'articuler correctement les mots. Enfin, alors que le duc s'apprêtait à le congédier, il ouvrit les lèvres et déclara :

— Je suis votre fils.

Il entendit sa nurse pousser un soupir de soulagement, et une émotion qu'il n'avait jamais vue éclaira le regard de son père. De la fierté. Ou plus exactement, la promesse d'une authentique fierté paternelle, qui ne demandait qu'à éclore. Une bouffée d'espoir lui gonfla aussitôt la poitrine.

— Je suis votre fils ! répéta-t-il avec plus d'assurance. Et je ne suis pas m...

Tout d'un coup, sa gorge se noua. Une vague de panique l'étreignit.

Tu peux le faire. *Tu peux le faire !*

Il s'étranglait, sa langue ne lui obéissait plus. Déjà, son père commençait à froncer les sourcils d'un air contrarié.

— Je ne suis pas mo-mo-mo...

— Rentrez chez vous, dit le duc d'une voix blanche. Il n'y a pas de place ici pour vous.

Simon ressentit le rejet de son père jusque dans sa chair. Une douleur sourde l'envahit avant de refermer son étau de glace autour de son cœur. Tandis qu'une puissante vague de haine coulait dans ses veines, si amère qu'il en avait les larmes aux yeux, il se fit une promesse solennelle.

Il ne pouvait être le fils que désirait son père ? Très bien. Alors il en serait l'*exact opposé*.

# 1

*Les Bridgerton sont de loin la famille la plus prolifique parmi les échelons supérieurs de la société. Un tel déploiement d'énergie de la part du vicomte et de la vicomtesse forcerait l'admiration, n'était la banalité du choix des prénoms de leurs héritiers. Anthony, Benedict, Colin, Daphné, Éloïse, Francesca, Gregory et Hyacinthe. Le sens de l'ordre est certes souhaitable en toute chose, mais on pourrait attendre de géniteurs intelligents qu'ils sachent garder leurs enfants dans le droit chemin sans les classer obligatoirement dans l'ordre alphabétique.*

*En outre, le spectacle de la vicomtesse et de ses huit rejetons réunis dans une seule pièce suffit à vous faire croire que vous voyez double, ou triple, ou pire. Jamais votre dévouée chroniqueuse n'a vu fratrie dotée d'une pareille ressemblance physique ! Nous ne saurions dire ce qu'il en est de leurs yeux, n'ayant pas pris le temps de les examiner de près, mais tous les huit possèdent les mêmes traits et la même épaisse chevelure châtaine aux reflets acajou. On ne peut que plaindre la vicomtesse, en quête d'unions avantageuses pour sa progéniture, de ne pas avoir mis au monde un seul enfant pourvu d'une nuance capillaire plus élégante. Au demeurant, il y a des avantages à une telle constance dans l'apparence physique des membres d'un clan : nul ne peut mettre en doute leur légitimité.*

*De vous à moi, ami lecteur, votre dévouée chroniqueuse aimerait qu'il en aille de même dans toutes les grandes familles...*

LA CHRONIQUE MONDAINE DE LADY WHISTLEDOWN, 26 avril 1813

— Oooh ! s'écria Violet Bridgerton.

D'un geste rageur, elle froissa la feuille entre ses mains et la projeta à travers l'élégant salon. Sa fille Daphné, évitant prudemment tout commentaire, feignit d'être absorbée par sa broderie.

— Avez-vous lu ce qu'elle écrit ? demanda Violet. L'avez-vous lu ?

Daphné regarda la boule de papier, qui avait roulé sous une table basse en acajou.

— Je n'en ai pas eu le temps avant que vous l'ayez... achevée, maman.

— Eh bien, jetez-y donc un coup d'œil ! gémit Violet en levant les bras au plafond d'un geste théâtral. Vous verrez comment *cette femme* nous calomnie.

Sans se départir de son calme, Daphné posa son ouvrage et se pencha sous la table. Elle lissa la feuille de papier sur ses genoux et lut les quelques lignes consacrées à sa famille. Puis elle redressa la tête, un peu surprise.

— Ce n'est pas si méchant, maman. À vrai dire, ce sont presque des louanges, comparé à ce qu'elle a écrit à propos des Featherington la semaine dernière.

— Comment voulez-vous que je vous trouve un mari, si cette femme s'amuse à salir notre nom ?

Daphné s'efforça de respirer calmement. Après deux saisons à Londres, la simple mention du mot « mari » faisait naître sous ses tempes une douloureuse migraine. Un époux ? Elle en voulait un, de tout son cœur, et elle n'exigeait même pas un véritable mariage d'amour, simplement un conjoint envers qui elle éprouverait un peu d'affection.

Jusqu'à présent, quatre prétendants avaient demandé sa main, mais lorsqu'elle avait songé à ce que serait le reste de ses jours à leurs côtés, elle n'avait pas eu le courage d'accepter. Elle connaissait un certain nombre de jeunes hommes qui auraient pu, à ses yeux, faire des maris convenables, mais hélas ! aucun d'entre eux ne semblait ressentir les mêmes sentiments à son égard. Oh, ils l'aimaient bien. Tout le monde l'aimait bien. On la trouvait enjouée, chaleureuse et vive d'esprit, et il ne serait venu à personne l'idée de la juger repoussante. Cependant, aucun homme n'était fasciné par sa beauté, aucun ne demeurait muet de stupeur en sa présence, aucun n'écrivait de vers en son honneur.

La gent masculine, songeait-elle avec désespoir, ne s'intéressait qu'aux femmes impossibles, et oubliait de faire la cour à une jeune fille comme elle. Les hommes lui vouaient une grande affection, du moins le prétendaient-ils, parce qu'il était facile d'engager la conversation avec elle, et qu'elle semblait toujours comprendre ce qu'ils ressentaient. Comme l'avait dit l'un de ceux dont elle avait pensé qu'il pourrait faire un mari acceptable :

— Bon sang, Daph', vous n'êtes vraiment pas comme les autres femmes. Vous êtes positivement normale !

Ce qu'elle aurait réussi à prendre comme un compliment si celui-ci ne s'était pas ensuite mis en tête de séduire la nouvelle beauté blonde à la mode...

Baissant les yeux, Daphné s'aperçut que son poing était serré. Puis elle les releva et vit que sa mère la regardait, attendant manifestement sa réponse. Elle s'éclaircit la voix :

— Croyez-moi, ce n'est pas la plume de lady Whistledown qui m'empêche de trouver un mari.

— Cela fait deux ans, Daphné !

— Et lady Whistledown ne publie ses chroniques que depuis trois mois. Je ne vois pas en quoi nous pourrions la blâmer.

— Je blâme qui je veux, marmonna Violet.

Daphné serra le poing à s'en griffer les paumes pour s'interdire de répliquer. Elle savait que sa mère ne voulait que son bonheur et l'aimait de tout son cœur – un amour qu'elle lui rendait d'ailleurs au centuple. En vérité, jusqu'à ce que Daphné atteigne l'âge de convoler, Violet avait été la meilleure des mères. Elle l'était toujours... du moins lorsqu'elle ne se lamentait pas d'avoir trois autres filles à marier après elle.

D'un geste élégant, Violet pressa une main sur sa poitrine.

— Elle ternit la réputation de votre lignée.

— Pas exactement, répondit Daphné avec une prudente diplomatie.

Il n'était jamais bon de contredire sa mère de façon trop directe.

— En définitive, tout ce qu'elle affirme, c'est qu'il ne peut y avoir le moindre doute sur notre légitimité, et que la plupart des grandes familles de la haute société ne peuvent en dire autant.

— Voilà une question qu'elle ne devrait même pas aborder, répliqua Violet avec un reniflement hautain.

— Maman, elle publie un journal à scandale. Il est inévitable qu'elle parle de ces choses-là.

— De toute façon, ce n'est pas une vraie personne, rétorqua Violet d'un ton amer.

Elle posa les poings sur ses hanches encore minces, puis secoua un doigt furieux devant elle.

— Whistledown, à d'autres ! Je n'ai jamais entendu parler des Whistledown. Qui que soit cette dépravée, je doute fort qu'elle soit l'une des nôtres. Comme si une personne de qualité pouvait écrire de telles infamies !

— Bien sûr, elle est des nôtres, répondit Daphné, amusée. Si elle n'était pas de la bonne société, comment pourrait-elle être aussi bien informée ? Qui pensiez-vous qu'elle était ? Je ne sais quelle espionne, épiant aux fenêtres et écoutant aux portes ?

— Je n'aime pas votre ton, Daphné Bridgerton, grommela Violet en fronçant les sourcils.

Daphné retint un sourire. « Je n'aime pas votre ton » était la réponse habituelle de Violet lorsque l'un de ses enfants avait le dernier mot dans une controverse.

Pourtant, elle ne résista pas au plaisir de taquiner sa mère.

— Je ne serais pas surprise, ajouta-t-elle en inclinant la tête, si cette lady Whistledown s'avérait être l'une de vos amies.

— Tenez votre langue, Daphné. Aucune de mes proches ne s'abaisserait de la sorte.

— Très bien, concéda la jeune femme. Ce n'est pas une de vos amies. Mais je suis persuadée qu'il s'agit de quelqu'un que nous connaissons. Quelqu'un n'appartenant pas à notre milieu ne pourrait avoir accès aux informations qu'elle divulgue.

Violet croisa les bras d'un geste résolu.

— Je donnerais tout pour la mettre hors d'état de nuire une bonne fois pour toutes.

— Dans ce cas, ne put s'empêcher de répliquer Daphné, commencez par ne pas la soutenir en achetant son journal.

— À quoi bon ? Tout le monde le lit ! Cela n'aurait d'autre résultat que de me faire passer pour une ignorante lorsqu'on échangerait en riant ses derniers commérages.

Rien n'était plus vrai, admit Daphné en son for intérieur. La bonne société londonienne vouait un véritable culte à *La Chronique mondaine de lady Whistledown.* Le mystérieux journal – un simple recto verso – avait été déposé sur le seuil des plus grandes demeures de la ville trois mois auparavant. Pendant deux semaines, il avait été livré d'office chaque lundi, mercredi et vendredi. Puis, au matin du troisième lundi, les majordomes avaient attendu en vain les livreurs du *Whistledown,* avant de découvrir que ceux-ci ne faisaient plus cadeau de la feuille à sensation mais la vendaient au prix exorbitant de cinq pence l'exemplaire.

Daphné ne pouvait qu'admirer l'habileté de la prétendue lady Whistledown. Quand celle-ci avait commencé à commercialiser son journal, toute l'aristocratie était prête à payer le prix fort pour avoir sa dose de ragots. On vidait docilement ses poches tandis que, quelque part dans l'ombre, l'indiscrète s'enrichissait de jour en jour.

Pendant que Violet arpentait la pièce en maudissant « l'odieuse insulte » infligée à leur nom, Daphné, s'étant assurée que sa mère ne prêtait plus attention à elle, baissa discrètement les yeux afin de parcourir le reste de la chronique. Le *Whistledown*, comme on l'appelait désormais, offrait un curieux cocktail de commentaires personnels, d'actualité mondaine et de franches insultes, parfois relevé d'un compliment inattendu. Sa principale différence avec les autres feuilles du même genre était que l'auteur écrivait en entier le nom des personnes citées, au lieu de les dissimuler derrière une prudente abréviation. Ici, pas de lord S*** ou de lady G*** : lorsqu'elle entendait parler de quelqu'un, lady Whistledown rédigeait son patronyme en toutes lettres. Tout ce beau monde en était scandalisé, mais on continuait de s'arracher le journal.

Cette dernière édition était du *Whistledown* tout craché, songea Daphné. À part les quelques lignes au sujet des Bridgerton, qui ne constituaient rien de plus qu'une juste description de la famille, l'auteur livrait son compte rendu d'un bal donné la veille au soir. Daphné n'y avait pas assisté, car c'était l'anniversaire de sa sœur cadette. Chez les Bridgerton, on ne plaisantait pas avec de telles célébrations, et dans une famille comptant huit enfants, les occasions ne manquaient pas.

— Vous lisez ce torchon ! accusa Violet.

Daphné leva les yeux, refusant d'éprouver la moindre culpabilité.

— Le numéro d'aujourd'hui est plutôt intéressant. Il paraît que Cecil Tumbley a bu une quantité invraisemblable de champagne, hier soir.

— Ah oui ? demanda Violet d'un air faussement désintéressé.

— Hum, hum... Il y a aussi un bon résumé du bal des Middlethorpe. Elle rapporte qui a discuté avec qui, ce que portait chacune...

— J'imagine qu'elle ne résiste pas au plaisir de donner son avis sur le sujet, l'interrompit Violet.

Daphné ne put retenir un sourire espiègle.

— Allons, maman. Vous savez que le pourpre n'a jamais flatté Mme Featherington !

Violet parut avoir du mal à garder son sérieux. Daphné la vit se mordre les lèvres, comme si elle éprouvait les plus vives difficultés à conserver l'expression de dignité qui sied à une vicomtesse et mère de famille. Deux secondes plus tard, Violet était assise à côté d'elle sur le sofa, les yeux brillants de curiosité.

— Laissez-moi voir cela ! s'écria-t-elle en lui arrachant le journal des mains. Que s'est-il passé d'autre ? Avons-nous manqué quelque chose ?

— Franchement, maman, lorsque lady Whistledown vous raconte un événement, vous n'avez plus besoin d'y assister.

D'un geste, elle désigna la chronique.

— C'est presque aussi amusant que d'y être vraiment... Peut-être même plus. Je suis persuadée que nous avons mieux dîné à la maison qu'à ce bal. Et rendez-moi mon journal.

Elle tira d'un coup sec sur la feuille, laissant un coin de papier déchiré entre les doigts de sa mère.

— Daphné !

Celle-ci afficha un air faussement indigné.

— J'étais en train de le lire.

— Très bien, très bien...

— Tenez, écoutez ceci.

Tandis que sa mère s'adossait au sofa, elle lut à voix haute :

— « Le jeune libertin autrefois connu sous le nom de lord Clyvedon s'est finalement décidé à honorer Londres de sa présence. Bien qu'il n'ait pas encore daigné faire une apparition à une réception officielle, le nouveau duc de Hastings a été aperçu à plusieurs reprises au White et une fois à Tattersall. »

Elle marqua une pause pour reprendre son souffle.

— « Après un séjour à l'étranger de six années, est-ce un hasard si Sa Seigneurie ne revient qu'après le décès de son père ? »

Daphné leva les yeux de sa lecture.

— Bonté divine, elle n'y va pas par quatre chemins ! Au fait, Clyvedon n'est-il pas un ami d'Anthony ?

— Hastings, rectifia machinalement sa mère. Oui, il me semble qu'Anthony et lui étaient en bons termes à Oxford. Et aussi à Eton, je crois.

Daphné la vit froncer les sourcils, alors que son regard bleu se faisait pensif.

— C'était un vrai démon, si ma mémoire est bonne. Toujours en conflit avec son père, mais apparemment très brillant. Je crois bien qu'Anthony m'a dit qu'il était le major de sa promotion en mathématiques. Je ne peux pas en dire autant, ajouta-t-elle d'un air tendrement sévère, d'un seul de *mes* enfants.

— Allons, allons, maman, la taquina Daphné. Moi aussi, je serais première à Oxford, si les jeunes filles y étaient admises.

Sa mère émit un petit reniflement ironique.

— J'ai corrigé vos devoirs d'arithmétique lorsque votre gouvernante était souffrante, Daphné.

— D'accord. Alors, en histoire, dans ce cas, répliqua la jeune femme.

Baissant les yeux vers le journal qu'elle tenait entre ses mains, elle laissa son regard errer sur le nom du nouveau duc.

— Intéressant... murmura-t-elle.

Sa mère lui décocha un regard acéré.

— Ce monsieur n'est pas une fréquentation convenable pour une jeune fille de votre âge.

— C'est drôle comme « mon âge » peut varier de bien trop jeune pour rencontrer les amis d'Anthony, à bien trop vieux pour espérer encore un bon mariage.

— Daphné Bridgerton, je n'aime pas du tout votre...

— ... ton, je sais, mais vous m'aimez tout de même.

Le visage de sa mère s'éclaira d'un grand sourire tandis qu'elle passait son bras autour des épaules de Daphné.

— Au nom du Ciel, je vous adore.

Daphné déposa un rapide baiser sur sa joue.

— C'est la malédiction de la maternité. Vous nous aimez toujours, même quand nous vous contrarions.

Violet laissa échapper un soupir.

— Tout le mal que je vous souhaite, c'est d'avoir un jour des enfants...

— ... comme moi. Cela aussi, je le sais.

Daphné esquissa un sourire nostalgique et appuya sa tête contre l'épaule de sa mère. Celle-ci pouvait se montrer extraordinairement indiscrète, au contraire de feu son père, qui avait toujours été plus intéressé par sa meute de chiens et ses parties de chasse que par la vie mondaine. Mais leur union avait été pleine d'amour, de chaleur, de rires... et d'enfants.

— Je crois qu'il pourrait m'arriver bien pire que de suivre votre exemple, maman, murmura-t-elle.

— Ma chérie ! s'écria celle-ci d'une voix vibrante d'émotion. Vous ne pourriez rien me dire de plus gentil.

Daphné enroula une mèche acajou autour de son doigt et, passant de la tendresse à l'espièglerie :

— Je ne demande pas mieux, répondit-elle, que de marcher dans vos pas en ce qui concerne le mariage et les enfants, maman... tant qu'on ne me force pas à en avoir *huit* !

Au même instant, Simon Basset, nouveau duc de Hastings et sujet de conversation des Bridgerton mère et fille, était assis au White en compagnie d'un ami... lequel n'était autre qu'Anthony Bridgerton, frère aîné de Daphné.

Tous deux ne passaient pas inaperçus, avec leur stature athlétique, leur haute taille et leur superbe chevelure. Cependant, si les iris d'Anthony étaient de la même nuance marron que ceux de sa sœur, ceux de Simon étaient d'un bleu glacier, étrangement pénétrants.

C'étaient ces yeux, entre autres caractéristiques, qui lui avaient valu son charisme exceptionnel. Devant ce regard clair et sans détour, les hommes perdaient de leur superbe et les femmes étaient parcourues de frissons.

Anthony, en revanche, ne se laissait pas impressionner. Tous deux se connaissaient depuis des années, et l'aîné des Bridgerton répondait par un éclat de rire lorsque Simon, haussant un sourcil aristocratique, dardait sur lui un œil polaire.

— Vous oubliez que je vous ai vu la tête dans un pot de chambre, lui avait-il un jour rappelé. Depuis, j'ai toujours du mal à vous prendre au sérieux.

À quoi Simon avait rétorqué :

— En effet, mais si je ne m'abuse, vous étiez celui qui tenait cet odorant récipient.

— L'un des grands moments de ma vie, n'en doutez pas. Vous avez eu votre revanche la nuit suivante, quand j'ai trouvé une dizaine d'anguilles dans mon lit.

Simon sourit au souvenir de l'incident et de leur conversation à ce sujet. Anthony était le meilleur des amis, de ceux que l'on aime avoir à ses côtés dans les mauvaises passes. Il était la première personne que Simon avait contactée à son retour en Angleterre.

— C'est bon de vous retrouver, Clyvedon, dit Anthony une fois qu'ils furent installés à leur table au White. Oh ! Je suppose que vous allez insister pour que je vous appelle Hastings, à présent.

— Pas du tout. Hastings restera toujours mon père. Il ne répondait jamais à un autre nom.

Simon marqua un silence, songeur.

— Je porterai son titre, puisqu'il le faut, mais jamais son nom.

— Puisqu'il le faut ? répéta Anthony, surpris. La plupart des hommes ne prendraient pas ce ton résigné à la perspective d'hériter d'un duché !

Simon passa une main dans ses cheveux. Il savait qu'il aurait dû se réjouir du privilège d'être né Basset et montrer une fierté sans bornes pour sa glorieuse ascendance, mais en vérité, tout ceci lui était insupportable. Après avoir consacré sa vie à décevoir avec obstination les attentes paternelles, il n'y aurait rien eu de plus ridicule que de prétendre désormais jouer le rôle que l'on attendait de lui !

— Ce nom est un sacré fardeau, si vous voulez mon avis, maugréa-t-il.

— Vous feriez mieux de vous y habituer, répliqua Anthony avec pragmatisme, parce que c'est ainsi que tout le monde vous appellera, dorénavant.

Simon en était bien conscient, mais il doutait de ses capacités à porter son titre.

— Quoi qu'il en soit, ajouta son ami avec tact, comprenant que le sujet était sensible pour lui, je suis ravi de vous retrouver. On va enfin me laisser tranquille, la prochaine fois que j'escorterai ma sœur à un bal.

Simon s'adossa à son siège en croisant ses longues jambes musclées, un pied sur l'autre.

— Voilà une réflexion qui pique ma curiosité.

Anthony haussa un sourcil, amusé.

— Dois-je comprendre que vous me demandez d'être plus clair ?

— Et comment !

— Je devrais vous laisser découvrir la cruelle réalité par vous-même, mais ma bonté naturelle me l'interdit.

Simon laissa échapper un rire.

— Comment faut-il interpréter cela, de la part de l'homme qui m'a mis la tête dans un pot de chambre ?

Anthony chassa ce souvenir d'un geste de la main.

— J'étais jeune.

— Alors qu'à présent, vous êtes un parangon de sagesse et de respect des convenances ?

— Absolument, rétorqua Anthony d'un ton vertueux.

— Alors expliquez-moi, demanda Simon, en quoi ma présence est supposée rendre votre existence plus paisible.

— J'imagine que vous comptez prendre votre place dans la société ?

— Vous faites erreur.

— Tiens ? J'avais cru comprendre que vous envisagiez d'assister au bal de lady Danbury cette semaine ?

— Uniquement parce que j'ai un faible pour cette vieille dame. Elle dit ce qu'elle pense et...

Troublé, Simon battit des cils.

— Et... ? l'encouragea Anthony.

Simon secoua la tête.

— Rien... Disons qu'elle s'est toujours montrée bienveillante envers moi, quand j'étais gosse. J'ai passé pas mal de vacances chez elle en compagnie de Riverdale – son neveu, vous savez ?

Anthony approuva d'un hochement de tête.

— Je vois. Donc, vous n'avez aucune intention d'entrer dans la société. Votre détermination force l'admiration, mais permettez-moi de vous avertir ; vous aurez beau fuir les événements mondains, *elles* sauront bien vous retrouver.

Simon, qui venait de porter à ses lèvres son verre de porto, manqua s'étrangler à ces mots. Après une violente quinte de toux, il s'enquit :

— *Elles ?* De qui diable parlez-vous ?

Il vit son ami frémir.

— Les mères, répondit celui-ci d'une voix pleine d'effroi.

— N'en ayant pas eu moi-même, je crains de ne pas saisir votre sous-entendu.

— Les mères de la bonne société, innocent ! Ces dragons cracheurs de feu dotés, Dieu nous protège, de filles en âge de se marier ! Vous pourrez toujours prendre la fuite, jamais vous ne pourrez leur échapper. Et je dois vous prévenir : la mienne est la plus redoutable de toutes.

— Bonté divine ! Moi qui croyais que rien n'était plus dangereux que la jungle africaine…

Anthony décocha à son ami un regard faussement désolé.

— Où que vous alliez, elles vous traqueront sans pitié. Et une fois qu'elles vous auront mis le grappin dessus, vous serez pris au piège d'une conversation avec une jeune fille éthérée en robe blanche incapable de parler d'autre chose que du temps qu'il fait, de son invitation au prochain bal du club Almack, ou des rubans pour ses cheveux.

Simon esquissa un sourire.

— Dois-je comprendre que pendant que j'étais à l'étranger, vous êtes devenu un bon parti ?

— Bien contre mon gré, notez-le. Si cela ne tenait qu'à moi, je fuirais comme la peste les événements mondains. Seulement, ma sœur est entrée dans le monde l'an dernier, et je suis contraint de l'escorter de temps à autre.

— Vous parlez de Daphné ?

Anthony lui jeta un regard surpris.

— Vous seriez-vous déjà rencontrés ?

— Non, mais je me souviens des lettres qu'elle vous adressait à l'école, et je sais qu'étant la quatrième, elle doit avoir un D pour initiale, donc...

— Je vois, l'interrompit Anthony avec un soupir de lassitude. La célèbre méthode Bridgerton pour prénommer les enfants : la garantie absolue que personne n'oubliera votre rang dans la famille !

Simon éclata de rire.

— En tout cas, elle est infaillible.

— Oh, mais j'y pense ! s'exclama Anthony en se penchant sur la table. J'ai promis à ma mère d'aller dîner à Bridgerton House cette semaine. Venez avec moi !

Simon le regarda, méfiant.

— Ne venez-vous pas de me mettre en garde contre les mères de la bonne société et leurs débutantes à marier ?

Anthony rit à son tour.

— Je ferai la leçon à ma mère, et pour Daph', soyez sans crainte. Elle est l'exception qui confirme la règle ; vous allez l'adorer.

Simon fronça les sourcils. Anthony jouait-il les entremetteurs ? Il n'aurait su le dire.

Comme si celui-ci avait lu dans ses pensées, il sourit.

— Juste Ciel, vous ne croyez tout de même pas que j'essaie de vous caser avec Daph' ?

Simon ne répondit pas.

— Je vous rassure, vous n'êtes pas du tout assortis. Vous êtes bien trop ténébreux pour son goût.

Simon estima que c'était là une étrange remarque, mais il s'abstint de tout commentaire.

— Elle n'a reçu aucune demande ?

— Si, quelques-unes.

Anthony avala d'un trait le reste de son verre et laissa échapper un soupir de satisfaction.

— Je l'ai autorisée à les refuser toutes.

— Comme c'est magnanime de votre part !

Son ami esquissa un geste évasif.

— Je suppose que c'est trop demander que de contracter un mariage d'amour, de nos jours, mais je ne vois pas pourquoi elle n'aurait pas le droit d'être heureuse auprès de son époux. Nous avons reçu des propositions d'un homme qui avait l'âge d'être son père, d'un autre qui avait l'âge d'être le frère cadet de son père, d'un troisième qui était trop collet monté pour supporter notre tribu, et cette semaine, ma foi, ça a été le pompon !

— Que s'est-il passé ? questionna Simon, intrigué.

Anthony se frotta les tempes d'un geste las.

— Il était tout à fait fréquentable, notez, mais vraiment trop lent d'esprit. Vous pourriez croire qu'après nos années d'insouciance, j'ai perdu toute compassion...

— Vraiment ? rétorqua Simon, faussement choqué. Où allez-vous chercher cela ?

Anthony le fusilla du regard.

— Je vous assure que je n'ai pris aucun plaisir à briser le cœur de ce malheureux.

— Vous ? Vous voulez dire, *Daphné* ?

— Oui, mais c'est moi qui ai dû lui annoncer la mauvaise nouvelle.

— Je connais peu d'hommes qui laisseraient à leur sœur une telle liberté quant au choix de son époux, déclara calmement Simon.

Anthony haussa les épaules, façon peut-être de dire qu'il n'imaginait pas traiter Daphné autrement.

— Elle a toujours été un ange pour moi. Je lui dois bien cela.

— Même si cela signifie que vous devez l'accompagner aux bals de l'Almack ? ironisa Simon.

— Oui, grommela Anthony.

— J'aimerais vous réconforter en vous disant que votre calvaire sera bientôt fini, mais vous avez... voyons, trois autres sœurs à marier ?

À ces mots, il vit Anthony se tasser un peu plus sur son siège.

— Éloïse doit faire son entrée dans le monde dans deux ans, et Francesca la saison suivante, mais j'aurai un peu de répit avant que Hyacinthe atteigne l'âge fatidique.

Simon émit un petit rire moqueur.

— Voilà des responsabilités que je ne vous envie pas.

Cependant, alors qu'il prononçait ces mots, son cœur se serra. Comment était-ce, de ne pas être seul au monde ? Il n'envisageait certes pas de fonder une famille, mais il lui vint à l'idée que s'il en avait eu une, autrefois, sa vie aurait été différente...

— Alors c'est entendu, vous viendrez dîner avec nous ? demanda Anthony en se levant. En toute simplicité, soyez sans crainte. Lorsque nous sommes entre nous, pas de formalités !

Simon avait déjà un emploi du temps fort chargé pour les jours à venir mais, oubliant soudain qu'il devait de toute urgence mettre de l'ordre dans ses affaires, il s'entendit répondre :

— Avec plaisir.

— Parfait. De toute façon, je vous verrai à la sauterie de Danbury.

Simon frissonna.

— Pas si sûr. J'ai l'intention de ne pas y rester plus d'une demi-heure.

— Parce que vous vous imaginez, s'enquit Anthony d'un ton stupéfait, que vous allez entrer, présenter vos respects à lady Danbury et repartir aussi vite ?

Simon hocha la tête avec résolution.

Son ami lui répondit par un éclat de rire incrédule qui n'avait rien de rassurant.

# 2

*Le nouveau duc de Hastings est un personnage des plus mystérieux. Bien que, de notoriété publique, il n'ait pas été en bons termes avec son père, même votre dévouée chroniqueuse n'a pas découvert la raison de leur brouille.*

LA CHRONIQUE MONDAINE DE LADY WHISTLEDOWN, 26 avril 1813

Quelques jours plus tard, cette même semaine, Daphné se trouvait au bal de lady Danbury. Elle s'était réfugiée dans un coin de la vaste salle, à l'écart de la foule, et cela lui convenait fort bien.

En temps normal, elle aurait été ravie de participer à la fête. Elle aimait la danse tout autant que n'importe quelle autre jeune fille, mais son frère Anthony l'avait informée quelques instants plus tôt que Nigel Berbrooke était venu le trouver deux jours auparavant pour solliciter sa main. Une fois de plus. Anthony avait bien sûr refusé – une fois de plus ! – mais Daphné ne pouvait chasser la désagréable impression que son prétendant ne se lasserait pas de sitôt. Deux demandes en deux jours, ce n'était pas la marque d'un homme qui accepte aisément la défaite...

Elle l'aperçut de l'autre côté de la piste de danse, jetant des regards curieux autour de lui. Instinctivement, elle recula encore dans l'ombre.

Comment se comporter avec ce malheureux ? Elle n'en avait aucune idée. Certes, il ne brillait pas par son intelligence, mais il n'avait pas un mauvais fond. Elle avait beau savoir qu'elle devait décourager ses sentiments envers elle, elle trouvait plus simple de prendre la tangente et de fuir à son approche.

Elle envisageait une retraite peu glorieuse vers les vestiaires des dames lorsqu'une voix familière résonna tout près.

— Eh bien, Daphné, que fais-tu donc ici, loin de tout le monde ?

Levant les yeux, elle vit son frère aîné s'approcher d'elle.

— Anthony ! s'exclama-t-elle, ne sachant si elle devait se réjouir de le retrouver ou craindre qu'il ne se mêle de ses affaires. Je ne savais pas que tu devais assister à cette soirée.

— Maman, dit-il d'un air sombre.

Ce simple mot suffit.

— Oh, fit Daphné avec un hochement de tête compatissant.

— Elle a dressé une liste de fiancées possibles.

Anthony lui lança un regard désespéré.

— Nous l'aimons tout de même, n'est-ce pas ?

— De tout notre cœur, Anthony, répondit-elle en réprimant un éclat de rire.

— Cette folie lui passera, maugréa le jeune homme. Il le faut ! Je ne vois pas ce qui lui a pris... C'était une femme tout à fait raisonnable, jusqu'à ce que tu sois en âge de te marier.

— Moi ? s'écria Daphné. Veux-tu dire que tout cela est de *ma* faute ? Je te rappelle que tu as huit ans de plus que moi !

— Oui, mais cette étrange fièvre matrimoniale s'est emparée d'elle précisément lorsque tu es entrée dans le monde.

Daphné fit la moue.

— Tu excuseras mon manque de compassion. Moi, j'ai reçu ma liste voilà déjà un an.

— Vraiment ?

— Bien sûr, et il y a quelque temps, elle m'a menacée de me présenter un mari possible par semaine. Elle me harcèle pour que je convole en justes noces, à un point que tu ne peux même pas imaginer. Si les célibataires sont un mystère, les vieilles filles, elles, sont tout simplement pathétiques… et au cas où tu ne l'aurais pas remarqué, je suis du sexe féminin.

Anthony laissa échapper un rire grave.

— Je suis ton frère, Daph'. Je ne prête aucune attention à ce genre de détails.

Il lui jeta un coup d'œil un peu embarrassé.

— L'as-tu apportée ?

— Ma liste ? s'écria Daphné. Tu n'y penses pas !

Le sourire d'Anthony s'élargit.

— Moi, si.

Daphné émit un petit cri de surprise.

— Tu n'as pas fait une chose pareille !

— Bien sûr que si. Pour le seul plaisir de provoquer maman. Je sortirai mon monocle de ma poche pour la parcourir devant elle et…

— Tu n'as pas de monocle.

Il lui sourit – de ce sourire espiègle au charme ravageur qui était la spécialité des frères Bridgerton.

— J'en ai acheté un pour l'occasion.

— Anthony, tu es impossible ! Elle va t'étrangler… et ensuite, elle trouvera le moyen de *me* rendre responsable du meurtre.

— J'y compte bien.

Daphné le frappa à l'épaule, lui arrachant une protestation qui leur attira des regards intrigués de la part de leurs plus proches voisins.

— Joli coup droit, gémit-il en se frottant le bras.

— Avec quatre frères, c'est une question de survie. Et maintenant, montre-moi cette liste.

— Alors que tu viens de me brutaliser ?

Daphné roula des yeux impatients et pencha la tête de côté d'un air autoritaire.

— Après tout, pourquoi pas ?

Anthony sortit de la poche de sa veste un feuillet plié qu'il lui tendit.

— J'attends ton avis. Je suppose que tu auras toutes sortes de remarques désobligeantes à faire !

Dépliant le papier, Daphné parcourut du regard l'élégante calligraphie de sa mère. La vicomtesse Bridgerton avait inscrit le nom de huit débutantes – toutes d'excellente extraction, et plus fortunées les unes que les autres.

— Exactement ce que je pensais... murmura-t-elle.

— Est-ce aussi effrayant que je le crains ?

— Pire. Philipa Featherington est d'une stupidité affligeante.

— Et les autres ?

Daphné jeta un regard navré à son frère.

— De toute façon, tu n'avais pas l'intention de te fiancer cette année, n'est-ce pas ?

Elle vit son frère frémir.

— Et toi, s'enquit-il, comment est ta liste ?

— Plus du tout à jour, fort heureusement. Sur les cinq, trois se sont mariés l'an passé. Maman me reproche encore de les avoir laissés filer.

Le frère et la sœur laissèrent échapper un soupir de lassitude. À croire que rien ne viendrait détourner Violet Bridgerton de la mission qu'elle s'était assignée : traîner ses huit enfants devant l'autel, les uns après les autres ! Anthony, son fils aîné, et Daphné, la première de ses filles, supportaient l'essentiel de la pression maternelle, mais la jeune femme n'aurait pas été surprise de voir la vicomtesse fiancer sa benjamine tout juste âgée de dix ans, Hyacinthe, si une offre intéressante se présentait.

— Bonté divine, on dirait que vous revenez d'un enterrement. Pourquoi vous cachez-vous ici, dans l'ombre ?

Encore une voix familière !

— Benedict ? s'écria Daphné. Maman a réussi à te convaincre d'assister au bal, toi aussi ?

Le nouvel arrivant acquiesça d'un air grave.

— Oui, mais le temps des cajoleries est bien terminé ; maintenant, elle emploie la culpabilisation ! Elle m'a dit à trois reprises cette semaine qu'il me reviendrait la charge d'assurer l'avenir de la lignée Bridgerton si Anthony ne faisait pas un effort.

Ce dernier émit un marmonnement.

— Je suppose que cela explique votre prudente retraite dans l'angle le plus sombre de la salle, poursuivit Benedict. Vous fuyez maman !

— À vrai dire, répliqua Anthony, j'ai vu Daph' rôder dans l'ombre et...

— Rôder ? répéta Benedict, faussement outré.

Daphné laissa échapper un soupir d'agacement.

— Je me cachais de Nigel Berbrooke, expliqua-t-elle. J'ai laissé maman en compagnie de lady Jersey ; elle devrait me laisser tranquille un moment, mais Nigel...

— ... ressemble plus à un singe qu'à un homme, déclara Benedict.

— Eh bien, je ne l'aurais pas dit exactement de cette façon, répondit Daphné en s'efforçant de faire preuve d'esprit charitable, mais le fait est qu'il n'est pas un modèle d'intelligence. Je préfère l'éviter plutôt que le blesser. Le problème, maintenant que vous m'avez retrouvée, c'est qu'il ne va plus tarder à me remarquer.

— Ah ? fit Anthony, en toute innocence.

Daphné lança un coup d'œil éloquent à ses deux frères. Aussi grands et larges d'épaules l'un que l'autre, ils étaient dotés du même regard noisette et de la même somptueuse chevelure auburn, de l'exacte nuance de la sienne. Comment s'étonner qu'ils ne puissent apparaître en société sans qu'aussitôt une nuée de jeunes filles surexcitées se forme dans leur sillage ?

Or, là où se trouvait une nuée de jeunes filles surexcitées, Nigel Berbrooke n'était généralement pas loin.

Daphné pouvait déjà voir des têtes se tourner dans leur direction, des mères pousser leur fille à marier vers les frères Bridgerton, opportunément seuls – ou, du moins, sans autre compagnie que celle de leur sœur.

— Je savais que j'aurais dû me cacher dans les vestiaires pour dames, maugréa la jeune femme.

— Quelle est donc cette feuille que tu tiens entre tes mains, Daph' ? s'enquit alors Benedict.

Sans réfléchir, elle lui tendit la liste des possibles fiancées d'Anthony. Ce dernier, entendant l'éclat de rire sonore de son frère, croisa les bras.

— Ris donc, inconscient ! La semaine prochaine, c'est toi qui recevras ce genre de littérature...

— Je n'en doute pas, acquiesça Benedict. C'est un miracle que Colin...

Daphné le vit hausser les sourcils, une lueur d'amusement au fond des yeux.

— Quand on parle du loup ! reprit-il avec flegme.

Un troisième frère Bridgerton se joignit à leur petit groupe.

— Colin ! s'écria Daphné en se jetant à son cou. Comme je suis contente de te revoir !

— Tu remarqueras que nous n'avons pas reçu un accueil aussi enthousiaste, fit observer Anthony à Benedict.

— Vous, je vous vois tous les jours. Voilà un an que Colin était parti !

Après l'avoir serré une nouvelle fois contre elle, Daphné recula d'un pas.

— Nous ne t'attendions pas avant la semaine prochaine ! s'exclama-t-elle.

Colin esquissa un imperceptible haussement d'épaules qui s'accordait à merveille à son petit sourire en coin.

— Paris devenait ennuyeux.

— Je vois, répliqua Daphné d'un ton entendu. Tu n'as plus un sou en poche.

Dans un éclat de rire, Colin leva les mains en signe de reddition.

— Je plaide coupable !

Anthony s'approcha de son frère pour lui donner l'accolade.

— C'est bon de te revoir, mon vieux. Tout de même, avec les fonds que je t'ai envoyés, tu aurais pu vivre encore au moins...

— Pitié ! gémit Colin d'une voix vibrante d'hilarité. Demain, tu pourras m'accabler autant que tu le voudras, mais pour l'instant, j'aimerais juste passer une bonne soirée en compagnie de ma famille bien-aimée.

Benedict rit.

— Tu dois être complètement ruiné, pour nous vouer soudain une telle affection !

Puis, s'approchant afin de lui donner à son tour une chaleureuse accolade :

— Content de te retrouver.

Colin, le plus insouciant de la fratrie, esquissa un sourire radieux qui fit briller ses yeux verts.

— Et moi, je suis ravi d'être de retour, bien que le temps ici soit loin d'être aussi beau que sur le continent, et les femmes incapables de rivaliser avec les beautés que j'y ai...

D'un vigoureux pincement au bras, Daphné le fit taire.

— Tu oublies que tu es en compagnie d'une dame, mal élevé ! protesta-t-elle d'un ton qui contredisait ses paroles.

De tous ses frères et sœurs, Colin était le plus proche d'elle. Avec seulement dix-huit mois d'écart, ils avaient longtemps été inséparables... surtout pour jouer de mauvais tours. Colin avait été un épouvantable garnement et Daphné, enfant, se faisait une joie de lui prêter main-forte.

— Maman sait-elle que tu es rentré ? demanda-t-elle.

Il secoua la tête.

— J'ai trouvé la maison vide à mon arrivée, et...

— Normal, l'interrompit-elle, maman a envoyé les petits se coucher tôt, ce soir.

— Comme je n'avais pas envie de vous attendre en me tournant les pouces, Humboldt m'a dit où je pourrais vous trouver... et me voilà !

Daphné lui adressa un sourire radieux.

— Tu as bien fait de nous rejoindre.

— Au fait, où est maman ? demanda Colin en parcourant l'assistance du regard.

Aussi grand que les autres Bridgerton, il dépassait la foule d'une bonne tête.

— En face, dans un angle de la salle, en compagnie de lady Jersey.

Daphné vit son frère frissonner.

— Je crois que je vais attendre un peu. Je n'ai aucune envie d'être brûlé vif par ce dragon.

— À propos de dragon... dit Benedict en tournant les yeux vers sa gauche sans bouger la tête.

Suivant son regard, Daphné aperçut lady Danbury qui se dirigeait vers eux avec lenteur. Celle-ci devait s'appuyer sur une canne, mais Daphné ne put réprimer un mouvement craintif. L'esprit caustique de la vieille dame était bien connu de toute l'aristocratie londonienne. Daphné l'avait toujours soupçonnée de cacher une âme sensible derrière ses manières acerbes, mais la seule perspective d'une discussion avec la redoutable lady Danbury l'emplissait d'effroi.

— Bon sang, pas moyen de lui échapper ! murmura l'un de ses frères.

Elle le fit taire et adressa un sourire hésitant à leur hôtesse. Celle-ci arqua les sourcils puis, s'immobilisant à quelques pas du petit groupe, aboya :

— Inutile de feindre de ne pas m'avoir vue !

Elle ponctua ces paroles d'un coup de canne si assourdissant que Daphné, dans un sursaut nerveux, recula d'un pas... écrasant le pied de son frère.

— Aïe ! gémit Benedict.

Constatant que ses trois aînés semblaient avoir perdu l'usage de la parole – à l'exception de Benedict, mais dont le cri de douleur pouvait difficilement prétendre au titre de brillante repartie –, Daphné bredouilla, étranglée par l'embarras :

— Je suis désolée de vous avoir donné cette impression, madame, car je...

— Pas vous, la coupa lady Danbury.

Elle agita sa canne devant elle, en un trait horizontal dont l'extrémité frôla dangereusement l'abdomen de Colin.

— Eux.

Un chœur de salutations empressées s'éleva du trio. Parcourant les frères de Daphné d'un regard aussi bref qu'indifférent, lady Danbury poursuivit :

— M. Berbrooke est à votre recherche.

Il sembla à Daphné que son visage se vidait de son sang.

— Vraiment ? demanda-t-elle d'une voix blanche.

La vieille dame hocha la tête.

— À votre place, miss Bridgerton, je lui enlèverais tout espoir sans tarder.

— Lui avez-vous dit où j'étais ?

Un sourire de conspiratrice étira les lèvres de lady Danbury.

— Vous me plaisez, jeune fille. Non, je ne lui ai rien dit.

— C'est bien aimable à vous, madame, répondit Daphné avec gratitude.

— Ce serait un péché contre l'intelligence de vous marier à cet âne bâté, poursuivit la digne lady, et Dieu sait que l'aristocratie ne peut se permettre de gâcher le peu d'esprit dont elle dispose.

— Je... Merci, bafouilla Daphné.

— Quant à vous, mes gaillards...

D'un geste vif, elle agita sa canne vers les frères de la jeune femme.

— ... je réserve mon jugement. En ce qui vous concerne, dit-elle à Anthony, j'ai un a priori favorable, puisque vous avez eu la bonne idée d'éconduire Berbrooke. Pour les autres... hum !

Sur ce, elle s'éloigna.

— Comment, « hum » ? s'offusqua Benedict. C'est tout ce qu'elle trouve à dire au sujet de mon intelligence ?

Daphné lui adressa un sourire condescendant.

— Elle m'aime bien, *moi.*

— Tu lui plais, rectifia Benedict, maussade.

— En tout cas, c'est plutôt généreux de sa part de te mettre en garde contre Berbrooke, admit Anthony.

Daphné approuva d'un hochement de tête.

— Maintenant que j'ai salué notre hôtesse, je suppose que je peux me sauver.

Elle leva vers Anthony un regard implorant.

— Si Nigel me cherche...

— Je m'occuperai de lui, promit-il avec douceur. Ne t'inquiète pas.

— Merci !

Sur un dernier sourire à ses frères, elle quitta la salle de bal.

Alors qu'il foulait d'un pas tranquille le dallage de marbre du hall de lady Danbury, Simon s'aperçut qu'il était d'une surprenante bonne humeur. Ce qui était d'autant plus remarquable, songea-t-il avec un sourire, qu'il s'apprêtait à assister à un événement mondain, au risque d'être la victime de toutes les horreurs que lui avait décrites Anthony un peu plus tôt.

Toutefois, il se consolait à la perspective qu'une telle épreuve n'était pas près de se renouveler. Comme il l'avait dit à Bridgerton, il ne venait à ce bal que par pure amitié envers lady Danbury qui, malgré ses façons un peu rudes, s'était toujours montrée bienveillante envers lui lorsqu'il était enfant.

Ses excellentes dispositions d'esprit, comprit-il, venaient simplement du fait qu'il était heureux d'être de retour en Angleterre.

Ses voyages à travers le monde ne l'avaient pas déçu, bien au contraire ! Il avait longuement visité l'Europe, franchi les flots bleus de la Méditerranée, puis était allé explorer les mystères de l'Afrique du Nord. De là, il s'était rendu en Terre sainte. Puis, ses informateurs lui ayant confirmé que l'heure du retour au pays n'avait pas encore sonné, il avait traversé l'Atlantique et passé quelque temps dans les Caraïbes. À ce stade de son périple, il avait envisagé de pousser jusqu'en Amérique, mais la toute jeune nation s'était alors avisée de déclarer la guerre à la Grande-Bretagne, et Simon avait renoncé à son projet.

C'est précisément ce moment que le vieux duc, malade depuis plusieurs années, avait choisi pour mourir.

La vie vous jouait parfois de ces tours... Simon n'aurait pas échangé ses années de vagabondage contre tout l'or du monde. Six années, cela vous laissait le temps de mûrir, de réfléchir, d'apprendre ce que c'était que d'être un homme. Et pourtant, la seule raison pour laquelle Simon, alors âgé de vingt-deux ans, avait quitté l'Angleterre était la soudaine volte-face de son père, qui contre toute attente avait fini par l'accepter.

Simon, lui, n'avait jamais accepté son père. Aussi avait-il fait ses bagages et quitté le pays, préférant l'exil aux hypocrites protestations d'affection du vieil aristocrate.

Tout avait commencé lorsque Simon était parti d'Oxford. Au tout début, son père s'était opposé à ce qu'il entreprenne des études. Simon avait un jour vu une lettre adressée à son tuteur, dans laquelle il était stipulé que le duc refusait de laisser son crétin de fils salir le nom des Basset à Eton. Simon n'était pas seulement têtu : il était aussi assoiffé de connaissances. Il s'était fait conduire à Eton et était allé frapper à la porte du directeur pour l'informer de son arrivée.

Cela avait été le plus grand coup de bluff de sa vie, mais il avait réussi à convaincre le brave homme qu'il y avait eu un malentendu. Tout était de la faute de l'école, et il n'était pas responsable du fait que l'administration ait égaré son inscription et ses droits de scolarité. Il avait imité de son mieux les mimiques de son père, arquant les sourcils avec arrogance, relevant le menton d'un air de défi, toisant sa victime d'un regard dédaigneux – en un mot, se comportant comme si le monde lui appartenait.

Et pendant tout ce temps il avait tremblé, terrifié à l'idée que sa diction se brouille, que ses mots se mêlent, que « Je suis lord Clyvedon et je suis ici pour étudier » ne devienne entre ses lèvres : « Je suis l-lord Clyvedon et je s-s-s... je s-s-s... »

Rien de cela n'était arrivé. Le directeur, qui avait vu défiler chez lui toute la jeunesse dorée du pays, avait immédiatement reconnu en Simon un authentique Basset, l'avait inscrit en toute hâte et sans poser de questions.

Il avait fallu plusieurs mois au vieux duc, fort occupé par ailleurs, pour être informé de la nouvelle situation de son fils et de son déménagement à Eton. À cette époque, Simon s'était parfaitement habitué à l'école, et cela eût fait mauvais effet de le rappeler à la maison sans raison apparente.

Or, le vieux Hastings n'aimait pas donner de lui une désagréable impression.

Simon s'était souvent demandé pourquoi son père n'avait pas choisi ce moment-là pour se rapprocher de lui. Depuis qu'il était à Eton, son bégaiement n'était plus qu'un lointain souvenir. D'ailleurs, s'il avait été incapable de poursuivre ses études, le directeur n'aurait pas manqué d'en informer le vieux duc. Il arrivait à l'occasion que sa langue fourche, mais Simon avait mis au point de solides parades destinées à masquer ses hésitations : une quinte de toux, ou encore une gorgée de thé si, par chance, il était à table.

Le duc ne lui avait jamais envoyé une seule lettre. Simon supposa qu'il s'était si bien accoutumé à l'ignorer qu'il se moquait éperdument, désormais, qu'il fût ou non la honte de la famille.

Après Eton, Simon était tout naturellement allé à Oxford, où il s'était taillé une réputation de forte tête. Il ne méritait pas plus ce qualificatif, en vérité, que n'importe lequel des jeunes gens qui l'entouraient, mais son caractère entier et sans complaisance avait contribué à lui donner cette image.

Simon n'aurait su dire comment cela était arrivé, mais au fil du temps, il avait remarqué que ses camarades recherchaient son approbation. Certes, il était excellent élève et doté d'une constitution athlétique, mais il comprit rapidement que sa popularité était surtout à mettre sur le compte de son attitude. Parce qu'il ne parlait que lorsque cela était nécessaire, on le trouvait arrogant, comme doit l'être un futur duc. Parce qu'il préférait ne s'entourer que des rares amis en qui il avait toute confiance, on le jugeait terriblement sélectif dans le choix de ses fréquentations, comme doit l'être un futur duc.

Simon n'était pas bavard, mais quand il parlait, c'était d'une façon spirituelle et percutante, avec cette pointe d'ironie mordante qui frappe les esprits et impose le respect. Là encore, puisqu'il ne jacassait pas à tort et à travers comme tant de jeunes aristocrates, on prêtait plus de poids à ses rares déclarations.

On lui trouvait « une confiance en soi inébranlable » et « la beauté du diable » ; on le considérait comme « le parfait exemple de virilité et d'élégance ». Les hommes lui demandaient son avis sur toutes sortes de questions... et les femmes se pâmaient devant lui.

Simon regardait tout cela avec une certaine incrédulité, mais il savourait ces marques d'admiration. Il prenait de bonne grâce ce qu'on lui offrait, vivait avec insouciance sa vie de jeune homme, et appréciait sans réserve la compagnie des veuves et autres danseuses qui recherchaient son attention, d'autant plus ravi par la perspective que son père ne pourrait que désapprouver ces aventures.

Seulement, le vieux duc ne désapprouva pas autant qu'il l'avait espéré. Comme Simon ne l'apprit que plus tard, le duc de Hastings avait commencé à s'intéresser aux progrès de son fils unique. Il avait demandé un compte rendu de ses résultats à Oxford et loué les services d'un sergent de police afin d'être tenu informé des activités extrascolaires de son fils. Et finalement, il avait cessé de s'attendre à trouver, dans chaque lettre, la preuve de la stupidité de son héritier.

Il serait difficile de dire avec précision quand s'était opéré le miracle, mais un jour, le duc avait admis que Simon se débrouillait fort bien dans la vie.

Hastings en avait été gonflé de fierté. Comme toujours, le sang avait parlé. Il aurait dû savoir qu'un Basset ne pouvait pas être un imbécile !

Après avoir fini major de sa promotion en mathématiques, Simon avait quitté Oxford pour s'établir à Londres, tout comme ses amis. N'ayant aucune envie de résider auprès de son père, il avait trouvé une garçonnière en ville. Lorsqu'il avait commencé à sortir dans le monde, un nombre croissant de gens avaient pris ses silences éloquents pour de l'arrogance, et son cercle d'amis très restreint pour du snobisme.

Sa réputation fut scellée quand le Beau Brummell, arbitre incontesté de l'élégance vestimentaire et du bon goût, lui avait posé une question assez subtile au sujet de la dernière mode. Brummell s'était exprimé d'un ton condescendant, dans l'espoir manifeste de mettre le jeune lord dans l'embarras. C'était de notoriété publique, il n'aimait rien tant que ridiculiser la fine fleur de l'Angleterre. Feignant d'attacher de l'importance à l'avis de Simon, il avait terminé sa phrase par un « N'êtes-vous pas de mon avis ? » aux inflexions nonchalantes.

Un silence religieux était tombé sur le petit groupe qui assistait à la scène. Simon, qui se fichait éperdument de la manière dont le Beau Brummell nouait sa cravate, s'était contenté de tourner vers lui un œil polaire avant de répondre d'un laconique « Non ».

Pas d'explication, pas de justification. Un « Non » brut et définitif.

Puis il avait quitté la pièce.

Vingt-quatre heures plus tard, par un de ces renversements de situation dont la vie a le secret, Simon était le nouveau héros de la bonne société. Le jeune homme éprouvait la plus grande indifférence envers Brummell et ses décrets en matière vestimentaire ; s'il n'avait pas craint de buter sur ses mots, il aurait sans doute formulé une réponse plus élaborée. En l'occurrence, la sobriété avait payé. La sentence lapidaire de Simon s'était avérée infiniment plus percutante qu'un long et brillant discours.

La réputation du jeune Hastings, dont on s'accordait à louer la vivacité d'esprit et le charme insolent, était inévitablement parvenue jusqu'aux oreilles du duc. Bien que celui-ci ne cherchât pas à le rencontrer, Simon en entendit assez, au hasard des conversations, pour comprendre que ses relations avec son père approchaient d'un tournant décisif. Le duc, qui avait éclaté de rire en apprenant l'épisode Brummell, avait déclaré d'un ton suffisant :

— Naturellement. C'est un Basset.

Jusqu'au jour où ils étaient tombés nez à nez dans un bal, à Londres.

Et où, sous le regard de son père, Simon avait perdu tous ses moyens.

Oh, ce n'avait pas été faute d'essayer d'être à la hauteur ! Seulement, personne ne possédait comme le vieux duc le don d'anéantir sa volonté. Face à cet étranger qui lui ressemblait tant avec quelques années de plus, Simon s'était figé, paralysé par l'émotion, muet de stupeur.

Il lui avait soudain semblé que sa langue avait triplé de volume, que ses lèvres ne lui obéissaient plus... et que son bégaiement s'était en quelque sorte emparé de sa personne entière, lui donnant la désagréable impression de ne pas être à sa place dans sa propre peau.

Mettant à profit l'absence de réaction de Simon, le duc lui avait donné une accolade assortie d'un « Mon fils ! » vibrant de sincérité.

Le lendemain, Simon avait quitté l'Angleterre.

Il avait compris qu'il ne pourrait échapper à son père qu'à ce prix, et il refusait de se comporter en fils aimant après avoir été renié pendant des années.

En outre, il était fatigué de l'oisiveté de sa vie londonienne. Malgré sa réputation d'insouciance, Simon n'avait pas le tempérament d'un authentique débauché. Il avait goûté les joies de la nuit tout autant que le petit cercle de jeunes aristocrates qui l'entourait, mais après trois ans à Oxford et une saison à Londres, la ronde sans fin des fêtes et des aventures était devenue une pénible routine.

Voilà comment il était parti.

À présent, il était de retour, et ravi de l'être. Que c'était apaisant de rentrer au pays ! Le printemps anglais était un baume pour son âme... Sans compter qu'après six ans de pérégrinations en solitaire, c'était sacrément bon de retrouver ses amis.

À pas de loup, il s'engagea dans un couloir qui menait vers la salle de bal. Il n'avait pas voulu se faire annoncer, de peur d'attirer l'attention sur lui. Sa conversation avec Bridgerton l'avait conforté dans sa résolution de se tenir à l'écart des mondanités londoniennes.

Simon n'avait pas la moindre intention de se marier. N'étant pas à la recherche d'une épouse, il n'avait donc aucune raison de hanter les salons de l'aristocratie.

S'il faisait ce soir une entorse à cette règle d'or, c'était par pure loyauté envers lady Danbury. Il n'avait pas oublié les bontés dont celle-ci l'avait entouré dans son enfance, et il avait un faible pour cette vieille dame aux manières directes. Cela eût été fort incorrect de ne pas répondre à son invitation, d'autant qu'elle avait ajouté sur le carton de vélin quelques lignes de sa main, dans lesquelles elle se réjouissait de son retour au bercail.

Simon, en familier de l'hôtel particulier, était entré par une porte de service. Si tout se déroulait comme prévu, il pourrait se glisser en toute discrétion dans la salle de bal, présenter ses hommages à la maîtresse de maison et s'éclipser aussitôt.

Alors qu'il s'apprêtait à bifurquer dans un autre couloir, il pila net en entendant des voix.

Il étouffa un soupir d'agacement. Il avait interrompu un rendez-vous galant ! Bon sang, comment poursuivre son chemin sans se faire remarquer ? Si l'on découvrait sa présence, il imaginait déjà la scène... Le mélodrame, les regards embarrassés, l'agitation sans fin ! Le plus sage était de se fondre dans l'ombre et d'attendre que les amants s'éloignent.

Toutefois, alors qu'il reculait d'un pas léger, il perçut un mot qui retint son attention.

— Non.

Comment, « non » ? La jeune femme avait-elle été entraînée contre son gré dans les couloirs déserts ? Simon n'éprouvait aucune envie particulière de jouer les héros, mais il ne pouvait laisser quelqu'un manquer de respect à une dame. Il tendit l'oreille, indécis. Après tout, il avait peut-être mal entendu.

— Nigel, dit alors la voix féminine, il ne fallait pas me suivre jusqu'ici.

— Mais je vous aime ! protesta un jeune homme d'un ton vibrant de passion. Tout ce que je veux, c'est vous épouser.

Simon faillit laisser échapper un soupir navré. Le pauvre garçon était si éperdument épris que c'en était pathétique !

— Nigel, reprit la jeune femme, remarquablement douce et patiente, mon frère vous a déjà expliqué que je ne me marierai pas avec vous. En revanche, j'espère que nous resterons bons amis.

— Votre frère n'a rien compris.

— Je vous assure que si.

— Peste ! Si vous me refusez, qui voudra de moi ?

Simon sursauta. C'était bien la proposition de mariage la moins romantique que l'on puisse imaginer !

Apparemment, c'était aussi l'avis de la demoiselle, car elle répondit, d'un ton où perçait un brin d'agacement :

— Écoutez, il y a des dizaines de jeunes filles en ce moment dans la salle de bal de lady Danbury. Je suis certaine que vous en trouverez une qui sera ravie de vous épouser.

Depuis sa cachette, Simon tendit le cou, juste assez pour avoir un aperçu de la scène. L'inconnue se tenait dans l'ombre, mais son prétendant était clairement visible : avec son visage dépité et ses épaules affaissées, il offrait un bien triste spectacle. Le pauvre garçon secoua la tête.

— Non, bougonna-t-il. Elles ne veulent pas de moi. Elles… elles…

Simon tressaillit en l'entendant buter sur les mots. Sa détresse manifeste était certes plus touchante que ce léger bégaiement, mais Simon savait ce que c'était que de ne pas pouvoir prononcer une phrase à cause d'une trop vive émotion.

— Aucune n'est aussi bonne que vous, dit finalement le malheureux. Vous êtes la seule à me sourire.

— Oh, Nigel ! s'écria la jeune fille dans un soupir désolé. Je suis sûre que ce n'est pas vrai.

Elle mentait par pure bonté d'âme, c'était évident, comprit Simon. En l'entendant soupirer de nouveau, il se dit qu'elle n'avait nullement besoin de son aide. Elle semblait avoir la situation en main, et bien que Simon ne pût s'empêcher d'éprouver une vague compassion envers le pauvre Nigel, il ne pouvait rien pour celui-ci non plus.

En outre, il commençait à avoir la désagréable impression de se comporter comme le pire des voyeurs.

Il recula sans bruit vers une porte qui, il le savait, donnait sur la bibliothèque. Un autre accès, au fond de cette pièce, ouvrait sur le jardin d'hiver, par lequel il pourrait s'introduire dans la salle de bal. Cela ne serait pas aussi discret que de passer par l'arrière, comme il l'avait prévu, mais au moins cela épargnerait à l'infortuné Nigel l'humiliation supplémentaire d'être surpris dans cette situation pitoyable.

Alors qu'il était sur le point de s'éclipser, il entendit la jeune fille pousser un cri.

— Vous devez m'épouser ! tonna Nigel. Il le faut ! Jamais je ne trouverai une autre...

— Nigel, arrêtez !

Simon pivota sur lui-même, alarmé. Apparemment, il allait tout de même devoir intervenir !

Il revint dans le couloir à grandes enjambées en se composant la sévère expression qui convient à un homme de son rang. Toutefois, la phrase qu'il venait mentalement de répéter, « Je crois que cette demoiselle vous a demandé de la laisser tranquille », mourut sur ses lèvres. À la réflexion, son destin n'était pas de jouer les héros, ce soir ! Avant qu'il ait eu le temps de comprendre ce qui se passait, il vit une silhouette féminine replier le bras, poing fermé, puis assener un coup d'une surprenante vigueur sur la mâchoire de l'importun.

Ce dernier battit l'air de ses mains, avant de tomber à la renverse. Éberlué, Simon regarda la jeune fille se jeter à son chevet.

— Oh, non ! gémit-elle. Nigel ? Vous allez bien ? Je n'avais pas l'intention de frapper aussi fort.

Ce fut malgré lui : Simon laissa échapper un joyeux éclat de rire.

Surprise, l'inconnue leva la tête.

Simon crut alors que son cœur s'arrêtait de battre. Jusqu'à présent, elle était restée dans l'ombre, aussi n'avait-il aperçu d'elle qu'une luxuriante chevelure aux reflets acajou. À présent qu'elle se tournait vers lui, il découvrit ses grands yeux sombres étirés vers les tempes et ses lèvres au modelé pulpeux, les plus sensuelles qu'il eût jamais vues. S'il ne répondait pas aux canons habituels de la beauté, son visage félin – pommettes larges et petit menton fin – rayonnait d'une séduction si puissante qu'il en eut le souffle coupé.

Ses sourcils, fournis mais délicatement arqués, se froncèrent en une expression de contrariété. Manifestement furieuse, elle demanda :

— Qui diable êtes-vous donc ?

# 3

*L'auteur de ces lignes s'est laissé dire que Nigel Berbrooke aurait été vu chez le bijoutier Moreton, effectuant l'acquisition d'un solitaire monté en bague. Y aurait-il une future Mme Berbrooke derrière cela ?*

LA CHRONIQUE MONDAINE DE LADY WHISTLEDOWN, 28 avril 1813

Décidément, songea Daphné, ce bal n'était qu'une succession de catastrophes. D'abord, elle avait été contrainte de passer la soirée dans le recoin le plus sombre de la salle – une gageure, étant donné la passion que lady Danbury vouait aux éclairages, certes esthétiques mais désespérément efficaces – puis elle avait buté sur le pied de Philipa Featherington en tentant une retraite discrète, et cette dernière, toujours aussi écervelée, s'était écriée d'une voix haut perchée :

— Daphné Bridgerton ! Vous ne vous êtes pas fait mal ?

Cela avait bien entendu attiré l'attention de Nigel Berbrooke, qui avait aussitôt tourné la tête vers elle avant de fendre la foule dans sa direction. Daphné avait espéré qu'elle pourrait le distancer et se réfugier dans le vestiaire des dames avant qu'il l'ait rattrapée, mais Nigel l'avait accostée dans le couloir et s'était répandu en protestations énamourées des plus embarrassantes.

Et comme si cela ne suffisait pas, voilà que cet étranger à la beauté éblouissante et à l'assurance déconcertante jaillissait de l'ombre tel un diable hors de sa boîte, après avoir assisté à cette pénible scène. Comble de l'humiliation, il riait !

Il se moquait d'elle, c'était évident, songea Daphné en le considérant avec un mélange d'agacement et de curiosité. Il devait être nouveau à Londres car elle ne l'avait jamais vu. Sa mère avait veillé à ce qu'elle soit présentée à tous les célibataires de la bonne société – ou, à défaut, qu'elle les connaisse de vue. Certes, l'homme qui se tenait devant elle était peut-être marié, ce qui expliquerait qu'il ne figure pas sur la liste de Violet Bridgerton, mais Daphné comprit instinctivement qu'il ne pouvait être en ville depuis bien longtemps. Elle aurait entendu parler de lui !

Ses traits purs étaient l'image même de la perfection. En comparaison, les plus beaux apollons de Michel-Ange paraissaient soudain ternes ! Ses yeux rayonnaient d'un extraordinaire éclat, si bleu, si intense qu'ils semblaient luire dans le noir. Ses cheveux étaient d'un brun sombre et lustré, et il était aussi grand que ses frères, ce qui était assez rare.

Cet inconnu, se dit Daphné avec une pointe d'amertume, était assez séduisant pour faire oublier définitivement aux nuées de jeunes filles surexcitées les frères Bridgerton.

Pourquoi cette idée la contrariait-elle autant ? Elle n'aurait su le dire. Peut-être parce qu'elle savait qu'un homme comme lui ne s'intéressait pas à une femme comme elle. Peut-être parce qu'elle se sentait parfaitement ridicule, à quatre pattes sur le sol, sous son regard superbe et hautain. Peut-être tout simplement parce qu'il riait comme devant le plus drôle des spectacles...

Quoi qu'il en soit, c'est avec une irritation inhabituelle qu'elle lui demanda, fronçant les sourcils :

— Qui diable êtes-vous donc ?

Simon n'aurait su dire pour quelle raison il ne répondit pas à sa question en toute franchise. Sur une impulsion, il déclara :

— J'avais l'intention de voler à votre secours, mais visiblement, vous n'avez nul besoin de mon aide.

— Oh ! s'écria la jeune fille, radoucie.

Elle se mordit les lèvres, pensive.

— Eh bien, je suppose que je dois vous remercier. Quel dommage que vous ne vous soyez pas manifesté dix secondes plus tôt ! J'aurais préféré ne pas avoir à le frapper.

Simon jeta un coup d'œil au malheureux, toujours étendu sur le sol. Un superbe bleu auréolait déjà sa joue, et il gémissait :

— Laffy, oh, Laffy... je vous aime tant !

— Je présume que vous êtes Laffy ? questionna Simon en se tournant de nouveau vers elle.

L'inconnue était décidément très attirante... d'autant plus que sous cet angle, son décolleté prenait une profondeur délicieusement provocante !

Elle lui adressa un regard noir, dont il déduisit non seulement qu'elle ne goûtait pas la subtilité de son humour, mais aussi qu'elle n'avait pas remarqué que ses yeux s'attardaient sur une partie de son anatomie autre que son visage.

— Qu'allons-nous faire de lui ? demanda-t-elle.

— « Nous » ? répéta-t-il.

Elle fronça de plus belle ses jolis sourcils.

— Ne vous êtes-vous pas présenté comme mon sauveur ?

— Si, admit Simon.

Il posa ses mains sur ses hanches, songeur.

— Dois-je le traîner jusque sur le trottoir ?

— Certainement pas ! s'écria-t-elle. Il pleut des cordes, ce soir !

— Chère mademoiselle Laffy, répliqua Simon, peu soucieux du ton condescendant qu'il adoptait, ne pensez-vous pas que votre sollicitude est déplacée ? Cet homme vous a agressée !

— N'exagérons rien. Il m'a seulement... eh bien... Bon, si vous voulez, disons qu'il m'a agressée, mais jamais il ne m'aurait fait de mal.

Simon la regarda sans cacher son étonnement. En vérité, les femmes étaient les créatures les plus contradictoires qui soient !

— Comment pouvez-vous en être si sûre ?

Il l'observa tandis qu'elle choisissait ses mots avec soin.

— Nigel est... tout à fait dénué de malice, dit-elle avec lenteur. Sa seule faute est de s'être... mépris sur mes intentions.

— Vous êtes plus généreuse que moi, dans ce cas.

Elle laissa échapper un soupir – une longue et douce expiration dont Simon perçut l'écho dans toutes les fibres de son être.

— Nigel n'est pas mauvais, déclara-t-elle avec calme. Il manque seulement de discernement. Il aura confondu mon attitude aimable avec un sentiment plus tendre.

Simon ne put s'empêcher de ressentir une pointe d'admiration pour cette jeune fille. La plupart des femmes qu'il connaissait auraient été folles de rage dans la même situation, mais cette ravissante inconnue ne s'était pas laissé impressionner, et elle faisait maintenant preuve d'une générosité d'esprit tout à fait confondante. Comment pouvait-elle prendre la défense de ce nigaud de Nigel ? Cela dépassait l'entendement !

S'étant redressée, elle épousseta la soie vert céladon de ses jupes. Ses cheveux avaient été coiffés de sorte qu'une longue mèche auburn retombe sur son épaule, avant de rouler en lourdes boucles sur sa gorge blanche. Simon savait qu'il aurait dû l'écouter – elle s'était mise à babiller de choses et d'autres, semblable en cela à toutes les femmes – mais il ne parvenait pas à détacher son attention de cette mèche aux reflets fauves qui caressait son cou de cygne, telle une coulée de miel sur sa peau laiteuse. Il éprouvait soudain une folle envie de s'approcher pour effleurer de ses lèvres la naissance de son décolleté.

Il n'avait jamais badiné avec une innocente jeune fille jusqu'à présent, mais sa réputation de débauché était solidement établie. Qu'y avait-il de mal ? Il n'avait pas l'intention de la violenter ! Tout ce qu'il voulait, c'était un baiser... Un seul petit baiser. Oh, comme l'idée était tentante ! Il devenait fou rien que d'y penser.

— Monsieur... Monsieur ?

À contrecœur, il s'arracha à la contemplation de sa gorge et ramena son regard sur son visage... lequel était charmant, malgré ses traits contractés par l'impatience.

— Vous m'écoutez ?

— Bien sûr, mentit-il.

— Je ne crois pas.

— C'est vrai, admit-il.

Un gémissement d'irritation jaillit de ses lèvres délicatement ourlées.

— Dans ce cas, pourquoi avez-vous dit « Bien sûr » ?

Simon esquissa un geste évasif.

— Il m'a semblé que c'était ce que vous vouliez entendre.

Plus fasciné qu'il ne souhaitait le montrer, il regarda sa poitrine se soulever dans un soupir furieux. Puis elle marmonna quelques paroles qu'il ne distingua pas, mais dont il n'aurait pas juré qu'elles étaient flatteuses à son égard. Finalement, d'un ton si guindé que c'en était presque amusant, elle déclara :

— Si vous ne désirez pas m'aider, je préférerais que vous vous en alliez.

Simon comprit alors qu'il était temps de cesser de se comporter comme un mufle.

— Veuillez accepter toutes mes excuses. Je me ferai une joie de vous rendre service.

Manifestement soulagée, elle se tourna vers Nigel, toujours étendu sur le dallage de marbre, proférant des propos incohérents. Il suivit son regard et durant quelques instants, ils demeurèrent immobiles, observant l'homme inconscient, jusqu'à ce qu'elle murmure :

— Je ne l'ai pourtant pas frappé si fort...

— Il est peut-être ivre ? suggéra Simon.

Une expression dubitative se peignit sur ses traits.

— Vous croyez ? Il sentait effectivement l'alcool, mais je ne l'ai jamais vu se soûler.

N'ayant rien à ajouter sur ce chapitre, Simon demanda :

— Bien, que voulez-vous faire ?

— J'imagine que nous pourrions tout simplement le laisser ici ? proposa-t-elle d'un air hésitant.

Simon songea que c'était là une excellente idée, mais de toute évidence, elle souhaitait que l'imbécile fût traité avec plus d'égards... et, sapristi, il éprouvait une inexplicable envie de lui plaire !

— Voilà comment nous allons procéder, dit-il d'un ton résolu. Je vais faire venir mon attelage...

— Parfait ! s'exclama-t-elle. Je n'avais vraiment pas le cœur de l'abandonner ici. Cela aurait été cruel.

Simon trouvait au contraire que cela aurait été généreux envers ce lourdaud de Nigel, qui l'avait tout de même pratiquement agressée, mais il garda son opinion pour lui et continua d'exposer son plan.

— Vous m'attendrez dans la bibliothèque jusqu'à mon retour.

— Dans la... ?

— Dans la bibliothèque, répéta-t-il avec fermeté. Avec la porte fermée. À moins que vous ne teniez à ce que l'on vous voie à côté du corps de Nigel, si d'aventure quelqu'un passait dans le couloir ?

— Son corps ? Bonté divine, monsieur, vous n'êtes pas obligé de parler de lui comme si je l'avais assassiné !

— Comme je le disais, poursuivit-il en ignorant sa remarque, vous resterez dans la bibliothèque. Dès que je reviendrai, nous transporterons Nigel jusque dans mon attelage.

— Comment allons-nous faire ?

L'inconnu lui décocha un petit sourire en coin au charme ravageur.

— Alors là, je n'en ai pas la moindre idée, répondit-il.

Elle tressaillit. Pourquoi fallait-il, juste au moment où elle commençait à se dire que son prétendu sauveur n'était qu'un prétentieux bellâtre, que celui-ci change de registre ? Voilà que soudain il lui adressait l'un de ces sourires enjôleurs de petit garçon qui faisaient fondre le cœur des femmes à dix miles à la ronde !

Il était pratiquement impossible de rester fâchée contre un homme qui vous souriait ainsi. Ayant grandi entre quatre frères qui, depuis le berceau, maîtrisaient à la perfection ce numéro de charme, Daphné s'était toujours crue à l'abri de ces basses manœuvres.

Elle s'était trompée. Son cœur battait la chamade, le souffle lui manquait, ses jambes se dérobaient sous elle...

— Nigel, murmura-t-elle dans l'espoir de détourner son attention de l'inconnu. Il faut que je m'occupe de Nigel...

S'agenouillant de nouveau au chevet de ce dernier, elle le secoua par l'épaule sans douceur.

— Nigel ? Nigel ! Allons, revenez à vous !

— Daphné, bêla-t-il. Oh, Daphné...

Elle constata du coin de l'œil que l'inconnu sursautait à ces mots.

— Daphné ? Il a bien dit Daphné ?

Elle se redressa, décontenancée par sa question, et par la lueur de surprise qui venait de s'allumer dans ses iris bleu glacier.

— Oui.

— Vous vous appelez Daphné ? insista-t-il.

À la réflexion, elle commençait à se demander s'il avait toute sa raison.

— Oui, répéta-t-elle.

— Pas Daphné *Bridgerton* ? gémit-il.

Simon vit une expression intriguée se peindre sur les traits de la jeune fille.

— Elle-même.

Il recula d'un pas, mal à l'aise. Comment n'avait-il pas encore compris ? Cette luxuriante chevelure acajou, la fameuse crinière Bridgerton ! Ce petit nez droit au profil caractéristique... ces pommettes hautes... Enfer, sa belle inconnue n'était autre que la *sœur* d'Anthony !

Enfer... et damnation.

Il y avait des lois entre amis, aussi sacrées que les Dix Commandements, dont la plus importante était celle-ci : « Tu ne convoiteras pas la sœur de ton meilleur ami. »

Tandis qu'il la scrutait d'un regard interdit, et sans doute passablement ridicule, elle posa ses mains sur ses hanches :

— Et vous ? *Qui* êtes-vous ?

— Simon Basset, grommela-t-il.

— Le duc ?

Il acquiesça d'un hochement de tête maussade.

— Oh, non !

Simon s'aperçut qu'elle devenait livide.

— Vous n'allez pas vous évanouir, n'est-ce pas ? demanda-t-il, vaguement alarmé.

Il ne voyait pas pourquoi elle aurait perdu connaissance, mais Anthony – son frère ! – avait consacré la moitié d'un après-midi à le mettre en garde contre les réactions parfois excessives des demoiselles à marier en présence d'un duc célibataire. Certes, Anthony – son frère, nom de nom ! – avait bien précisé qu'en la matière Daphné était l'exception qui confirme la règle, mais elle était tout de même diablement pâle, tout d'un coup.

— N'est-ce pas ? insista-t-il, inquiet de ne pas l'entendre répondre. Vous n'allez pas vous évanouir ?

Elle parut fort contrariée qu'il eût seulement envisagé une telle possibilité.

— Bien sûr que non !

— Tant mieux.

— Seulement...

— Oui ? s'enquit Simon, méfiant.

— Eh bien... commença-t-elle en soulignant ses paroles d'un délicat haussement d'épaules. On m'a mise en garde contre vous.

Simon réprima un geste d'impatience.

— Qui ?

Elle le regarda comme s'il était le roi des imbéciles.

— Tout le monde.

— Alors là, chère m...

Il pressentit que ses paroles allaient s'étrangler dans sa gorge. Prenant les devants, il inspira profondément afin de retrouver le contrôle de son élocution. Simon était passé maître dans l'art de contenir ses rares accès de bégaiement : tout ce qu'elle verrait, c'est un homme irrité cherchant à garder son calme... et vu le tour qu'avait pris leur conversation, cela n'aurait rien d'étonnant.

— Chère miss Bridgerton, reprit-il d'un ton plus monocorde, j'ai beaucoup de mal à croire cela.

Elle arqua les sourcils, manifestement peu convaincue, et Simon eut la désagréable impression qu'elle se moquait de lui.

— Croyez-le ou non, répliqua-t-elle avec légèreté, mais c'était dans le journal aujourd'hui.

— Quel journal ?

— Dans le *Whistledown,* voyons ! rétorqua-t-elle, comme si cela expliquait tout.

— Le *Whistle* quoi ?

Il fallut quelques instants à Daphné pour se souvenir que l'homme en face d'elle venait tout juste d'arriver à Londres.

— Au fait, vous n'en avez peut-être pas encore entendu parler ?

Elle ne put réprimer un sourire amusé.

— Voyez-vous cela !

Franchissant d'un pas la distance qui les séparait, le duc serra les mâchoires en une attitude menaçante.

— Miss Bridgerton, je dois vous informer que je suis à deux doigts de vous étrangler. Ayez, je vous prie, l'obligeance de répondre à ma question.

— Il s'agit d'un journal mondain, expliqua-t-elle en reculant en hâte. Rien de plus. Il est assez léger, en vérité, mais tout le monde se l'arrache.

D'un haussement de sourcils, il l'invita à poursuivre.

— L'édition de lundi signalait votre retour en Angleterre, ajouta-t-elle précipitamment.

— Soyez plus précise.

Il fronça les sourcils d'un air menaçant.

— Qu'y disait-on...

À présent, ses yeux avaient pris un éclat assassin.

— ... *exactement* ?

— Oh, pas grand-chose... hum... *exactement*, répondit Daphné, évasive.

Elle tenta de reculer encore, mais ses talons touchaient déjà le mur. Si elle continuait, elle allait se retrouver sur la pointe des pieds. Hastings semblait vibrer de rage contenue, et elle se demanda si elle ne ferait pas mieux de prendre la fuite en le laissant se débrouiller avec Nigel. Ils étaient parfaitement assortis, tous les deux – aussi fous l'un que l'autre, chacun dans son genre !

— Je vous écoute, miss Bridgerton, insista le duc d'une voix aux inflexions impatientes.

Daphné décida de se montrer bonne joueuse. Après tout, il était en ville depuis peu, aussi n'avait-il pas eu le temps de s'habituer à cette petite révolution qu'était le *Whistledown*. Comment aurait-elle pu le blâmer d'être contrarié en apprenant que l'on avait parlé de lui dans ce journal ? Elle-même, la première fois que cela lui était arrivé, en avait conçu une certaine gêne.

— Inutile de vous fâcher, dit-elle, essayant sans grand succès de mettre un peu de compassion dans sa voix. Lady Whistledown a juste affirmé que vous étiez un épouvantable libertin, ce que vous ne songerez certainement pas à récuser, car je sais depuis longtemps que les hommes *adorent* passer pour des débauchés.

Elle marqua une pause afin de lui laisser le temps de protester, mais il n'en fit rien.

— En outre, reprit-elle, ma mère, dont je suppose que vous avez dû à un moment ou à un autre faire la connaissance avant de partir courir le monde, a confirmé ces affirmations.

— Ah oui ?

Daphné hocha la tête.

— Et maman m'a formellement interdit d'être vue en votre compagnie.

— Tiens donc ? fit Simon.

Il y avait dans sa voix, dans la façon dont ses yeux, toujours fixés sur elle, s'étaient soudain voilés d'une émotion qu'elle n'aurait su nommer, quelque chose qui la mettait extrêmement mal à l'aise, et elle eut bien du mal à ne pas détourner le regard.

Pas question de lui laisser voir combien il la troublait ! songea-t-elle en regardant ses lèvres s'étirer en un sourire amusé.

— Arrêtez-moi si j'ai mal compris... Madame votre mère vous a dit que j'étais un homme de mauvaise vie, et qu'en aucun cas vous ne deviez être aperçue en ma compagnie ?

Confuse, elle acquiesça d'un mouvement de tête.

— Dans ce cas...

Il laissa planer un silence théâtral, avant de poursuivre :

— ... que dirait maman, à votre avis, de cette petite scène ?

Daphné battit des cils sans comprendre.

— Je vous demande pardon ?

— À moins de compter Nigel, dit-il en désignant d'un geste ce dernier qui gisait toujours sur le sol, inconscient, personne ne vous a vue en ma présence, mais...

Une fois de plus, Simon laissa sa phrase en suspens. C'était si réjouissant d'observer le jeu des émotions qui passaient sur le visage de miss Bridgerton, qu'il ne résistait pas à la tentation de faire durer le plaisir !

Il en convenait, la plupart des sentiments qu'elle éprouvait étaient, peu ou prou, des variations sur le même thème – un certain agacement, mêlé de désarroi – mais cela n'en rendait ce petit jeu que plus divertissant.

— Mais ? l'invita-t-elle à terminer, les dents serrées.

Simon se pencha vers elle, ne laissant entre eux que l'espace d'une main.

— Mais, reprit-il avec une lenteur calculée, conscient qu'elle pouvait percevoir la chaleur de son souffle sur sa peau, nous sommes cependant seuls, vous et moi. Absolument seuls.

— Il y a Nigel, répliqua-t-elle.

Simon décocha un bref coup d'œil à celui-ci.

— Je ne le trouve pas vraiment présent, murmura-t-il. Et vous ?

Ravi de son petit effet, il la vit baisser les yeux vers Nigel, déconcertée. À présent, elle avait compris que son infortuné prétendant ne pourrait rien pour elle si lui, Simon, décidait de se montrer entreprenant... Non pas qu'il eût l'intention de lui faire des avances ! Il n'oubliait pas qu'elle était la sœur d'Anthony. Certes, il devait se le remémorer à intervalles réguliers, mais quoi qu'il en soit, il ne risquait pas de l'oublier définitivement.

Simon le savait, il était grand temps de mettre un terme à ce petit jeu. Il était peu probable qu'elle en parle à Anthony. Elle préférerait sans doute garder pour elle leur rencontre, pour la méditer avec une vertueuse indignation... teintée – osait-il l'espérer ? – d'une touche de secrète excitation.

Cependant, il avait beau savoir qu'il aurait dû s'interdire de lui conter fleurette et s'atteler plutôt à la tâche de traîner cet idiot de Nigel hors de l'hôtel particulier, il ne put résister à la tentation d'une dernière pique. Peut-être pour la voir une fois de plus esquisser cette adorable moue, signe chez elle d'un profond trouble, ou bien entrouvrir ses jolies lèvres comme elle le faisait lorsqu'elle était choquée ? Il ne pouvait que le constater : miss Bridgerton possédait le don d'éveiller ses instincts les plus diaboliques – des instincts sur lesquels il n'avait pas le moindre contrôle...

Ce fut plus fort que lui. Il se pencha vers elle, paupières mi-closes en une expression qu'il savait irrésistible pour la gent féminine, et ajouta :

— Je crois savoir ce que dirait la vicomtesse Bridgerton de tout ceci.

Une expression de perplexité se peignit sur son visage, mais la jeune femme parut se ressaisir.

— Ah oui ?

Simon hocha lentement la tête, avant d'effleurer son menton du bout de l'index.

— Elle vous dirait d'avoir très, très peur de moi.

Il y eut un moment de silence complet. Daphné ouvrit de grands yeux, se mordit les lèvres comme pour contenir un petit cri d'effroi, redressa les épaules... et éclata de rire.

L'impertinente !

— Oh ! s'écria-t-elle entre deux hoquets. Que vous êtes drôle !

Simon ne voyait vraiment pas ce qu'il y avait de si amusant.

— Excusez-moi, poursuivit-elle en s'essuyant les yeux. Je suis désolée, mais vous ne devriez pas être aussi théâtral ; ça ne vous va pas du tout.

Simon ne sut que répondre, furieux de voir cette gamine se moquer aussi ouvertement de lui. Il y avait quelques avantages à être considéré comme un homme dangereux – se faire respecter des jeunes filles un peu trop espiègles en était un, et non le moindre.

— Bon, d'accord, cela vous va très bien, reprit-elle en souriant. Vous aviez l'air terriblement inquiétant. Et très séduisant, bien entendu.

Il ne répondit pas. Bientôt, une expression perplexe passa sur le visage de la jeune femme.

— C'était bien votre intention, n'est-ce pas ?

Comme il gardait le silence, elle ajouta :

— Oui, cela va de soi. Rassurez-vous, avec n'importe quelle autre femme, vous auriez réussi.

— Et pourquoi pas avec vous ? demanda-t-il, sa curiosité piquée.

— J'ai quatre frères, répliqua-t-elle comme si cela expliquait tout. Je suis totalement imperméable à votre petit numéro.

— Ah oui ?

Elle lui tapota l'avant-bras d'un geste consolateur.

— Oui, mais c'était bien tenté. Entre nous, je suis flattée que vous me jugiez digne d'un tel déploiement de charme. Vous êtes effroyablement aristocratique.

Elle lui adressa un large sourire, presque dénué de malice.

— Ou dois-je dire « aristocratiquement effrayant » ?

Simon se frotta la mâchoire d'un geste pensif.

— On ne vous a jamais dit que vous étiez une exaspérante jeune personne, miss Bridgerton ?

— La plupart des gens me trouvent bienveillante et généreuse.

— La plupart des gens sont des imbéciles, rétorqua Simon.

Elle pencha la tête de côté, comme pour peser ces paroles. Puis elle posa son regard sur Nigel et laissa échapper un soupir las.

— C'est terrible, mais j'ai bien peur d'être d'accord avec vous.

Simon réprima un sourire.

— Qu'est-ce qui est terrible ? Le fait d'être d'accord avec moi, ou celui de constater que la plupart des gens sont des imbéciles ?

— Les deux... dit-elle en lui décochant un sourire lumineux.

Lorsqu'elle le regardait ainsi, il perdait le fil de ses idées.

— ... mais surtout le premier, précisa-t-elle.

Simon laissa éclater son hilarité. Depuis combien de temps n'avait-il pas ri d'aussi bon cœur ? Il lui arrivait souvent de sourire, parfois d'émettre un petit rire sec, mais une telle explosion de joie n'était pas une habitude chez lui.

— Si *vous* êtes bienveillante et généreuse, miss Bridgerton, le monde est rempli de dangers ! s'écria-t-il en s'essuyant les yeux.

— Assurément. Du moins, c'est ce que dit maman.

— Comment se fait-il que je ne parvienne pas à me remémorer votre mère ? murmura-t-il. Elle a l'air d'être un sacré personnage !

Daphné parut surprise.

— Vous ne vous souvenez pas d'elle ?

Il secoua la tête.

— Dans ce cas, vous ne la connaissez pas, reprit-elle.

— Vous ressemble-t-elle ?

— Voilà une curieuse question !

— Non, je ne crois pas, mentit Simon.

Daphné avait raison, c'était bel et bien une curieuse question, et il n'aurait su dire pourquoi il l'avait posée.

— Il paraît que vous vous ressemblez beaucoup, chez les Bridgerton, ajouta-t-il pour se justifier.

Une imperceptible ride de contrariété barra son front.

— En effet, mais ma mère est blonde et elle a les yeux bleus. Nous avons tous hérité de la couleur de cheveux de notre père. Il paraît que j'ai le sourire de ma mère, toutefois.

Un silence gêné tomba entre eux, et Daphné se mit à danser d'un pied sur l'autre, ne sachant que dire.

C'est alors que Nigel, faisant preuve pour la première fois de sa vie d'un remarquable à-propos, se mit sur son séant.

— Daphné ? appela-t-il, comme si sa vision était trouble. Daphné, est-ce vous ?

— Bonté divine, grommela Hastings, vous êtes sûre que vous n'y êtes pas allée un peu fort ?

— Assez pour le faire tomber, mais rien de plus, je vous assure !

— Oh, Daphné... gémit Nigel.

Le duc s'agenouilla près de lui, avant de reculer en toussant.

— Est-il ivre ? l'interrogea Daphné.

— Il a dû siffler un flacon de whisky entier, sans doute pour trouver le courage de vous faire sa proposition, répondit le duc en se redressant.

— Si on m'avait dit que j'étais aussi effrayante ! murmura Daphné en songeant à tous les hommes qui louaient son tempérament amical et enjoué. C'est incroyable !

Simon la regarda comme si elle avait perdu l'esprit, puis marmonna :

— Ce n'est pas moi qui dirai le contraire.

Daphné ignora sa remarque.

— Nous devrions peut-être mettre votre plan en application ? suggéra-t-elle.

Les mains sur les hanches, Simon évalua la situation. Nigel était en train d'essayer de se relever, mais selon toute probabilité, ses chances d'y parvenir à brève échéance étaient minces. Il avait toutefois retrouvé un peu de lucidité, probablement assez pour devenir gênant, et indubitablement assez pour faire du bruit... une tâche à laquelle il venait justement de s'atteler avec énergie.

— Oh, Duffy ! brailla-t-il. Je vous aime, Daffry !

Il se mit à genoux, puis avança vers Daphné en décrivant des zigzags, ce qui le faisait ressembler à un pèlerin ivre essayant de suivre le chemin de croix.

— Épousez-moi, Duffnee. Il le faut !

— Allons, mon vieux, du nerf, gronda Simon en le prenant par le col. Vous vous donnez en spectacle.

Puis, se tournant vers Daphné :

— Je vais devoir l'emmener dehors, à présent. Nous ne pouvons pas le laisser ici ; il pourrait se mettre à beugler comme un veau et...

— Si vous voulez mon avis, il a déjà commencé, fit remarquer Daphné.

Simon ne put retenir un sourire. Daphné Bridgerton était peut-être une jeune fille à marier – en d'autres termes, un désastre potentiel à fuir de toute urgence – mais elle était d'une excellente compagnie.

Aussi surprenant que cela puisse paraître, elle était le genre de personne qu'il aurait sans doute appelée un ami si elle avait été un homme.

Cela dit, puisqu'elle n'en était manifestement pas un – la réaction de son corps en faisait foi – Simon décida qu'il était dans leur intérêt commun de mettre un terme aussi rapide que possible à cette situation inconvenante. Outre que la réputation de la jeune femme risquait de subir un sérieux revers s'ils venaient à être découverts en tête à tête, Simon n'aurait pas juré qu'il possédait assez d'empire sur lui-même pour se comporter longtemps en parfait gentleman.

Et cela le mettait diablement mal à l'aise. Pour lui, rien n'était plus important que de conserver le contrôle de lui-même. Sans cela, jamais il n'aurait résisté à son père, et jamais il ne serait entré à Oxford.

Sans maîtrise de soi, songea-t-il avec amertume, il s'exprimerait comme un arriéré mental.

— Moi, je l'emmène dehors, dit-il soudain. Vous, vous retournez avec les autres.

Fronçant les sourcils d'un air contrarié, la jeune femme regarda par-dessus son épaule, vers le couloir qui menait à la salle de bal.

— Ah ? Je croyais que vous vouliez que j'aille dans la bibliothèque ?

— C'était quand nous avions l'intention de le laisser ici pendant que j'appellerais mon attelage. Ce n'est plus possible, à présent qu'il est réveillé.

D'un hochement de tête, elle indiqua qu'elle comprenait.

— Êtes-vous sûr que vous allez y arriver ? Il est assez grand.

— Je suis plus grand que lui.

Elle le considéra, pensive. Hastings était mince mais de solide constitution, doté de larges épaules et de cuisses musclées – Daphné savait qu'elle n'était pas supposée remarquer de tels détails, mais vraiment, était-ce *sa* faute si la dernière mode masculine exigeait des hauts-de-chausse aussi moulants ? En outre, il émanait de sa virile personne un je-ne-sais-quoi de dangereux qui laissait deviner une force et une puissance solidement contenues.

Tout compte fait, il n'aurait aucun mal à entraîner Nigel hors de l'hôtel particulier.

— Très bien, dit-elle. Merci. C'est très gentil à vous de m'aider.

— Je ne suis pas gentil, marmonna Simon.

— Ah non ? murmura-t-elle, amusée. Comme c'est curieux ! J'aurais pourtant juré que c'était le cas, mais là encore, j'ai appris que les hommes...

— Vous me paraissez bien experte en la matière, l'interrompit Hastings d'un ton acerbe, avant d'émettre un grognement d'effort en remettant Nigel sur ses pieds.

À peine d'aplomb, ce dernier s'élança vers Daphné en gémissant son prénom, mais Hastings, solidement campé sur ses jambes, le retint d'une main ferme.

La jeune femme recula d'un pas.

— Vous semblez oublier que j'ai quatre frères. On ne peut rêver meilleure éducation, je suppose.

Elle ne sut jamais s'il avait l'intention de lui répondre, car Nigel choisit cet instant précis pour retrouver son énergie – à défaut de son équilibre – et se libérer de la poigne de Hastings. Tout en émettant d'incompréhensibles borborygmes, il se jeta vers Daphné.

Si celle-ci n'avait pas été presque adossée au mur, elle aurait été renversée. Sous le choc, elle heurta la paroi avec une telle force qu'elle en eut le souffle coupé.

— Oh, pour l'amour du Ciel ! s'impatienta le duc d'un ton de suprême dégoût.

Ayant écarté Nigel de Daphné, il se tourna vers celle-ci.

— J'ai une furieuse envie de lui faire tâter de mon poing !

— Faites donc, répliqua-t-elle en cherchant sa respiration.

Ellc avait sincèrement tenté de se montrer charitable envers son prétendant éconduit, mais celui-ci avait franchi les bornes ! Elle entendit le duc murmurer un « À votre service » résolu, puis elle le vit assener un coup d'une formidable puissance sur la mâchoire de Nigel.

Qui retomba sur le sol comme une pierre.

Daphné considéra l'homme étendu à terre, indifférente.

— Cette fois, je pense qu'il n'est pas près de se réveiller.

Le duc ouvrit et ferma son poing d'un air satisfait.

— C'est aussi mon avis.

— Merci, dit-elle en levant les yeux vers lui.

— Tout le plaisir a été pour moi, répliqua-t-il en désignant Nigel d'un coup d'œil.

— Que faisons-nous, à présent ?

— Nous nous replions sur le plan initial : laisser cet imbécile ici pendant que vous attendez dans la bibliothèque. Je préférerais ne pas avoir à le traîner jusqu'à l'extérieur tant que je n'aurai pas mon attelage devant la porte.

Daphné hocha sagement la tête.

— Avez-vous besoin d'aide pour vous occuper de lui, ou dois-je aller tout de suite dans la bibliothèque ?

Hastings demeura silencieux quelques instants. Elle le vit pencher la tête d'un côté, puis de l'autre, comme pour mieux apprécier l'exacte position de Nigel sur le sol.

— Ma foi, j'apprécierais volontiers un petit coup de main.

— Vraiment ? demanda Daphné, surprise. J'aurais juré que vous refuseriez.

Ces paroles arrachèrent au duc un regard supérieur, un brin ironique.

— C'est pour cette raison que vous m'avez posé la question ?

— Pas du tout ! s'offusqua Daphné. Je ne suis pas stupide au point de proposer mon aide si je n'ai pas l'intention de la donner. J'allais seulement vous faire remarquer que les hommes, selon mon expérience...

— Vous avez beaucoup d'expérience, grommela Hastings.

— Plaît-il ?

— Veuillez m'excuser. Vous *pensez* que vous avez beaucoup d'expérience.

Daphné lui jeta un regard noir.

— Qui êtes-vous pour en juger ?

— Non, ce n'est pas exactement cela, enchaîna-t-il, ignorant totalement sa remarque. Je dirais plutôt que *je* pense que vous pensez que vous avez beaucoup d'expérience.

— Oh ! Vous... vous...

En matière de répliques, celle-ci était particulièrement peu percutante, mais ce fut tout ce que Daphné parvint à répondre. La colère lui faisait perdre sa présence d'esprit.

Et elle était très, très en colère.

Manifestement imperméable à son humeur, le duc esquissa un haussement d'épaules.

— Chère miss Bridgerton...

— Si vous m'appelez encore une fois comme cela, je vous jure que je hurle.

— Vous n'en ferez rien, rétorqua-t-il avec un sourire suave. Cela attirerait du monde, et si vous vous en souvenez, vous ne voulez pas être vue en ma compagnie.

— Je crois que je vais courir le risque, dit-elle, les dents serrées.

— Vraiment ? s'enquit le duc en croisant négligemment les bras sur sa large poitrine. J'aimerais bien voir cela.

Daphné leva les bras au plafond dans un geste de frustration.

— Oubliez tout ceci. Oubliez-moi. Oubliez cette soirée. Je m'en vais.

Elle fit un pas de côté pour s'éloigner, mais Hastings la rappela.

— Je croyais que vous deviez m'aider ?

Allons bon, elle avait oublié sa promesse ! Daphné pivota lentement sur ses talons.

— Mais bien sûr, avec plaisir ! s'entendit-elle répondre à contrecœur.

— Si vous ne vouliez pas m'aider, il ne fallait pas...

— Je vous l'ai dit et je le ferai, l'interrompit-elle.

Elle le vit sourire, manifestement ravi de son petit jeu.

— Voilà comment nous allons procéder, expliqua-t-il. Je vais le remettre sur ses pieds et passer son bras droit autour de mes épaules. Vous vous placerez sur sa gauche pour le soutenir.

Daphné obéit en maugréant contre ses manières despotiques, mais elle n'osa protester à haute voix. Après tout, malgré son attitude détestable, le duc de Hastings était en train de lui éviter un scandale plus embarrassant que tout... à l'exception de ce qui se passerait si on les surprenait en cet instant précis.

— J'ai une meilleure idée, dit-elle soudain. Laissons-le ici.

Hastings tourna brusquement la tête vers elle. Si elle en jugeait au regard furieux qu'il dardait sur elle, il l'aurait volontiers envoyée à travers une fenêtre – de préférence fermée.

— J'avais cru comprendre, répondit-il d'une voix exaspérée, que vous ne supportiez pas l'idée de le savoir étendu à même le sol ?

— C'était avant qu'il me cogne contre le mur.

— Vous auriez pu m'en informer avant que je m'épuise à le remettre sur ses pieds !

Daphné rougit. Elle détestait l'idée que les femmes n'étaient, aux yeux des hommes, que des créatures capricieuses et versatiles, et elle détestait encore plus ressembler à cette caricature.

— Fort bien, soupira le duc.

Et, sans plus de formalités, il laissa Nigel tomber sur le sol.

Manquant être entraînée par le poids de ce dernier, Daphné émit un petit cri de surprise.

— Pouvons-nous y aller, à présent ? s'enquit le duc avec une patience exagérée.

Elle acquiesça, indécise, tout en observant Nigel.

— Il ne doit pas être très confortable… fit-elle observer.

Le duc lui décocha un long regard pensif.

— Vous vous inquiétez de son bien-être ? demanda-t-il d'une voix onctueuse.

Indécise, elle fit non de la tête, puis oui, puis non de nouveau.

— Je devrais peut-être… c'est-à-dire que… Là, donnez-moi une seconde.

S'étant agenouillée, elle remit les jambes de Nigel bien droit, de façon qu'il repose à plat sur le dos.

— Il ne mérite pas d'être ramené chez lui à bord de votre attelage, expliqua-t-elle en rabattant les pans du manteau de Nigel, mais ce serait cruel de le laisser dans cette position. Voilà, j'ai terminé.

Elle se leva et regarda autour d'elle.

Juste à temps pour apercevoir le duc qui s'éloignait à grands pas, en maugréant quelque chose à son sujet, autre chose à propos des femmes en général, et encore autre chose qu'elle ne comprit pas.

Ce qui était sans doute préférable. Daphné n'aurait pas juré qu'il s'agissait d'un compliment.

# 4

*Londres fourmille actuellement de mères ambitieuses. Au bal de lady Worth la semaine dernière, votre dévouée chroniqueuse n'a pas compté moins de onze célibataires endurcis se cachant dans l'ombre ou prenant la fuite, une ou plusieurs mères ambitieuses sur leurs talons.*

*Il est difficile de trancher qui, en vérité, est la pire de la meute, mais aux yeux de votre dévouée chroniqueuse, seule une paille sépare les deux outsiders, lady Bridgerton et Mme Featherington, avec un léger avantage pour la seconde. Rappelons qu'il y a actuellement trois demoiselles Featherington sur le marché, tandis que la vicomtesse n'a pour l'instant qu'une fille à marier.*

*Nous recommandons toutefois aux personnes soucieuses de leur sécurité de se tenir à l'écart du dernier carré de célibataires endurcis lorsque les sœurs Bridgerton E, F et H feront leur entrée dans le monde. Lady Bridgerton ne regardera pas de chaque côté quand elle traversera la salle de bal, ses trois filles dans son sillage. Que le Ciel nous vienne en aide si elle porte ce soir-là des bottines à bouts métalliques !*

*La Chronique mondaine de lady Whistledown*, 28 avril 1813

Décidément, songea Simon, ce bal n'était qu'une succession de catastrophes. Il ne l'aurait jamais cru sur le moment, mais sa déconcertante rencontre avec Daphné Bridgerton en avait constitué, en vérité, le moment le plus agréable. Certes, il avait été horrifié de s'apercevoir qu'il avait désiré, ne fût-ce qu'un instant, la jeune sœur de son meilleur ami. Certes, les grotesques tentatives de séduction de Nigel Berbrooke avaient offensé le libertin aux manières raffinées qu'il était. Certes, l'imprévisible Daphné l'avait agacé au-delà de toute expression, avec son incapacité à décider si elle devait traiter son prétendant comme l'ennemi public numéro un ou comme son ami le plus cher.

Et cependant rien, absolument rien de tout cela ne pouvait se comparer au calvaire qu'il avait enduré par la suite.

Son fameux projet dont il avait été si fier – se faufiler dans la salle de bal, présenter ses respects à lady Danbury et s'éclipser incognito – était tombé à l'eau. Il n'avait pas effectué deux pas qu'il avait été reconnu par un camarade d'Oxford, lequel venait par ailleurs, comme Simon l'avait constaté avec effroi, de convoler en justes noces. Son épouse, tout à fait charmante au demeurant, était malheureusement dotée de hautes aspirations sociales, et s'était mis en tête d'être la marraine du nouveau duc de Hastings à l'occasion de son retour dans le monde. Simon, jusqu'alors persuadé d'être si fatigué des mondanités qu'il en était devenu cynique, avait été forcé de constater qu'il n'était pas assez blasé pour oser offenser la nouvelle épouse de son ami.

Voilà comment, deux heures plus tard, il avait été présenté à toutes les jeunes filles à marier, à toutes les mères des jeunes filles à marier et, bien entendu, à toutes les sœurs aînées déjà mariées des jeunes filles à marier. Il n'aurait su dire quelle catégorie était la pire. Les filles à marier étaient d'un ennui mortel, leurs mères, d'une ambition redoutable, et leurs sœurs... ma foi, leurs sœurs étaient d'une telle impudeur qu'il avait parfois eu l'impression d'être entré par mégarde dans une maison close. Six d'entre elles s'arrangèrent pour glisser dans la conversation des remarques plus que suggestives, deux lui firent remettre un billet l'invitant à leur rendre visite dans leur boudoir, et l'une passa même la main le long de sa cuisse.

À la réflexion, Daphné Bridgerton commençait à lui apparaître comme une jeune fille délicieusement agréable.

À propos, où se trouvait-elle ? Il lui avait semblé apercevoir sa silhouette environ une heure auparavant, encadrée de ses trois frères aux impressionnantes carrures – Simon ne les trouvait pas si impressionnants pris individuellement, mais il aurait fallu être complètement idiot pour les provoquer en groupe.

Elle paraissait avoir disparu. Résultat, elle était sans doute la seule jeune fille à marier de ce bal à qui il n'avait pas été présenté !

Lorsqu'il l'avait quittée dans le couloir, il ne s'était guère inquiété : elle ne risquait plus rien de la part de Nigel Berbrooke. Il avait assommé celui-ci d'un solide coup de poing à la mâchoire, et ne doutait pas qu'il resterait inconscient de longues minutes… voire un peu plus, étant donné la quantité d'alcool qu'il avait avalée plus tôt dans la soirée. Quant à Daphné, même si elle avait fait preuve d'une ridicule bonté d'âme envers ce grotesque prétendant, elle n'était pas assez sotte pour s'attarder dans le corridor jusqu'au réveil de ce dernier.

Simon pivota vers l'angle de la vaste salle où s'était réuni le clan Bridgerton, qui semblait s'amuser follement. Les trois frères avaient été accostés par autant de jeunes filles et de mères que lui-même, mais l'adage selon lequel l'union fait la force se vérifiait, car les candidates au mariage, avait remarqué Simon, passaient en moyenne deux fois moins de temps avec eux qu'en sa propre compagnie.

Il leur décocha un coup d'œil furieux.

Anthony, dans une posture nonchalante, le dos au mur, croisa son regard et lui adressa un sourire ironique, avant de lever son verre de porto dans sa direction. Puis, d'un geste imperceptible de la tête, il lui indiqua sa gauche. Tournant la tête dans cette direction, Simon vit qu'il était cerné par une femme et sa progéniture de sexe féminin, un trio de demoiselles engoncées dans d'invraisemblables « pièces montées » dégoulinantes de fronces, de volants et de dentelles.

Il songea à Daphné, dans sa robe vert pâle aux lignes pures. Daphné, avec son regard franc et son sourire chaleureux...

— Lord Hastings ! le héla la mère d'une voix haut perchée. Lord Hastings !

Simon cligna des yeux en réprimant un mouvement de recul. La famille « pièces montées » l'entourait de si près qu'Anthony et ses frères avaient disparu de son champ de vision.

— Monsieur, c'est un tel honneur de faire votre connaissance !

Simon hocha la tête avec une politesse glaciale, incapable de parler. Le quatuor infernal le serrait à le toucher, et l'air commençait à lui manquer.

— C'est Georgiana Huxley qui nous recommande à vous, reprit la matrone. Elle m'a suggéré de vous présenter mes filles.

Simon ne savait pas qui était cette Georgiana Huxley, mais il éprouvait une furieuse envie de l'étrangler.

— En temps normal, je ne suis pas aussi audacieuse, minauda la mère, mais votre cher papa et le mien étaient de grands amis.

Il tressaillit.

— C'était un homme extraordinaire, poursuivit-elle d'une voix qui vrillait les tympans de Simon. Si conscient de ses devoirs et de son rang ! Quel merveilleux père il a dû être...

— Cela m'aura échappé, alors, rétorqua-t-il.

— Oh !

Son interlocutrice émit une petite toux gênée.

— Oui, bien entendu...

Simon garda le silence, dans l'espoir qu'une attitude ouvertement glaciale l'inciterait à prendre congé au plus vite. Sapristi, où était Anthony ? C'était déjà une épreuve d'être regardé par toutes ces dames comme un étalon de prix, mais devoir subir les inepties de cette matrone sur les qualités paternelles du vieux Hastings, c'était plus qu'il n'en pouvait supporter.

— Lord Hastings ?

S'exhortant à la patience, Simon baissa les yeux vers elle. Après tout, elle ne pensait sans doute, en louant son père, qu'à se montrer agréable.

— Je voulais seulement vous rappeler que nous avons été présentés voici quelques années, lorsque vous étiez encore lord Clyvedon.

— Bien sûr, acquiesça Simon tout en cherchant dans la muraille de froufrous une faille par où s'échapper.

— Voici donc mes filles, dit la dame en désignant les trois demoiselles.

Si les deux aînées n'étaient pas trop vilaines, la cadette n'avait pas encore perdu les rondeurs de l'enfance, et on l'avait affublée d'une tenue orange qui ne la flattait guère. Elle avait l'air de se demander ce qu'elle faisait là.

— Ne sont-elles pas adorables ? enchaîna la mère. Elles sont ma fierté et ma joie. Et d'un tempérament tellement facile !

Simon ne put chasser la pénible impression d'avoir déjà entendu ces paroles. Un jour où il achetait un chien.

— Monsieur, j'ai l'honneur de vous présenter Prudence, Philipa et Pénélope.

Toutes trois plongèrent dans une profonde révérence, les yeux pudiquement baissés.

— J'en ai une quatrième à la maison, Felicity, mais comme elle n'a qu'une dizaine d'années, je ne l'emmène pas dans ce genre de soirées.

Simon chercha en vain pour quelle raison elle ressentait le besoin de lui faire part d'une telle information. Puis, conservant prudemment un ton de souverain ennui – la meilleure façon, il l'avait compris de longue date, de masquer sa colère :

— Et vous êtes... ? demanda-t-il.

— Oh, toutes mes excuses ! Je suis Mme Featherington, bien entendu. Mon mari est décédé voici trois ans, mais il était le meilleur ami de votre... hum... *papa.*

Sa voix s'étrangla sur la fin de sa phrase, sans doute parce qu'elle venait de se souvenir du manque d'enthousiasme de Simon pour ce sujet.

Il acquiesça d'un bref hochement de tête.

— Prudence est une pianiste accomplie, déclara Mme Featherington avec un enjouement un peu forcé.

Interceptant l'expression douloureuse de l'instrumentiste, Simon se promit de ne jamais assister à une soirée musicale chez les Featherington.

— Et ma chère Philipa est une aquarelliste de talent.

Philipa afficha une expression radieuse.

— Et Pénélope ? s'entendit demander Simon, poussé par il ne savait quel démon.

Mme Featherington lança un regard affolé à la cadette, qui parut se tasser sur elle-même. Pénélope n'avait rien d'une beauté, et sa silhouette un peu trop enrobée n'était guère mise en valeur par la tenue qu'avait choisie sa mère, mais elle avait un regard doux.

— Pénélope ? répéta Mme Featherington d'un air perdu. Pénélope est... hum... Eh bien, c'est Pénélope !

Elle ponctua sa réponse d'un sourire contraint.

Pénélope semblait n'avoir qu'une envie : plonger sous le plus proche tapis. Simon décida que s'il était obligé de danser, c'est elle qu'il choisirait.

— Madame Featherington ! tonna une voix impérieuse qui ne pouvait être que celle de lady Danbury. Seriez-vous en train d'importuner Hastings ?

Simon fut tenté de répondre par l'affirmative, mais il se souvint de l'expression mortifiée de Pénélope Featherington et répliqua dans un murmure poli :

— Absolument pas !

La vieille dame arqua un sourcil dubitatif et, approchant lentement sa tête de la sienne, chuchota :

— Menteur.

Puis elle se tourna vers Mme Featherington, dont la mine s'était décomposée. Mme Featherington ne dit rien. Lady Danbury ne dit rien. Enfin, la première marmonna quelque chose au sujet d'une cousine qu'elle devait absolument rejoindre, fit signe à ses filles de la suivre et décampa.

Simon croisa les bras sur sa poitrine, incapable de contenir son hilarité.

— Ce n'était guère charitable de votre part.

— Bah ! Elle a une cervelle d'oiseau, et ses filles aussi, à l'exception peut-être du vilain petit canard.

Lady Danbury secoua la tête d'un air réprobateur.

— Si seulement on ne l'habillait pas dans cette couleur...

Simon sourit.

— Vous n'apprendrez jamais la diplomatie, n'est-ce pas ?

— Jamais. Où serait le plaisir ?

Il la vit s'efforcer en vain d'arborer une expression sévère.

— Quant à vous, poursuivit-elle, vous êtes un épouvantable garnement. Vous auriez pu commencer par venir saluer votre hôtesse.

— Vous étiez si bien gardée par vos admirateurs que je n'ai pas osé approcher.

— Vous ne vous en tirerez pas toujours par des pirouettes.

Simon ne répondit pas, ne sachant comment interpréter ces paroles. Il la soupçonnait depuis longtemps de connaître son secret, mais il n'en avait jamais eu la certitude.

— Tiens, voici votre ami Bridgerton.

Du regard, Simon suivit la direction qu'elle venait d'indiquer d'un coup de menton. Anthony les rejoignit d'un pas nonchalant.

Aussitôt, lady Danbury lui murmura :

— Monsieur, vous n'êtes qu'un lâche.

Il cligna des yeux, manifestement déconcerté.

— Veuillez m'excuser ?

— Vous auriez dû venir sauver votre camarade des griffes des dames Featherington depuis une éternité !

— Pour me priver d'un spectacle aussi divertissant ? Pas question !

— Hum ! fit leur hôtesse.

Sans un mot de plus, elle s'éloigna.

— Drôle de personnage, commenta Anthony. Je ne serais pas surpris qu'elle soit cette maudite Whistledown.

— La fameuse chroniqueuse mondaine ?

Anthony hocha la tête, puis il entraîna Simon dans un angle de la pièce, de l'autre côté d'une immense plante en pot derrière laquelle ses frères avaient trouvé refuge. Tandis qu'ils marchaient, Anthony déclara d'un air ironique :

— Je vous ai vu parler avec une cohorte de jeunes filles tout à fait convenables.

Pour toute réponse, Simon proféra un juron qui arracha à son ami un joyeux éclat de rire.

— Vous ne pouvez pas prétendre que je ne vous ai pas prévenu !

— Ne me demandez pas d'admettre que vous puissiez avoir raison sur quelque sujet que ce soit, je trouve cela bien trop humiliant.

L'hilarité d'Anthony redoubla.

— Je vais vous présenter moi-même à toutes les demoiselles de la soirée, cela vous apprendra à être aimable.

— Alors attendez-vous à une mort lente et cruelle, le menaça Simon.

— Que choisirez-vous, l'épée ou le pistolet ?

— Le poison, c'est tout ce que vous méritez.

— Peste ! gémit Anthony.

Ils venaient de rejoindre deux autres frères du clan Bridgerton, comme en témoignaient leur chevelure aux reflets cuivrés, leur imposante stature et leur visage aux traits bien dessinés. Simon nota que l'un avait les yeux verts, et l'autre de la même nuance marron qu'Anthony. À ce détail près, dans le faible éclairage qui régnait en cet endroit, les trois hommes offraient une spectaculaire ressemblance.

— Vous vous souvenez de mes frères, n'est-ce pas ? demanda Anthony. Benedict et Colin. Vous avez fait la connaissance du premier à Eton ; c'est celui qui nous a suivis comme un petit chien pendant trois mois après son arrivée.

— C'est faux ! protesta l'intéressé sans grande conviction.

— En revanche, poursuivit Anthony, imperturbable, je ne sais pas si vous avez rencontré le second. Il est trop jeune pour avoir déjà croisé votre chemin.

— Enchanté ! s'exclama Colin chaleureusement.

Remarquant l'éclat espiègle au fond de ses yeux verts, Simon ne put retenir un sourire.

— Anthony m'a dit de telles horreurs sur vous, ajouta le jeune homme d'un air gourmand, que j'en suis certain : nous allons être les meilleurs amis du monde !

Anthony leva les yeux au plafond.

— Comme vous le comprendrez sans peine, ma mère est persuadée que si elle devient folle, Colin en sera le premier responsable.

— Et je m'en fais gloire, déclara ce dernier.

— Dans son malheur, elle a connu un bref répit, car Colin rentre d'un long périple sur le continent.

— Ce soir même, précisa l'intéressé.

Avec son sourire de gamin ravi d'avoir joué un bon tour, il rayonnait d'une joie de vivre si insolente et juvénile que Simon songea qu'il ne devait guère être plus âgé que Daphné.

— Moi aussi, dit-il, je reviens de voyage.

— À la différence que vous avez arpenté le globe, me suis-je laissé dire ? Je me ferais une joie d'écouter le récit de vos aventures, un de ces jours.

— Tout le plaisir sera pour moi, acquiesça poliment Simon.

— Vous n'auriez pas vu Daphné ? s'enquit Benedict. C'est la seule Bridgerton présente à ne pas être courtisée.

Simon se demandait comment répondre à cette question lorsque Colin émit un ricanement sarcastique.

— Oh, mais elle l'est ! Elle n'a pas l'air de s'en réjouir outre mesure, mais elle l'est.

Suivant son regard vers l'autre côté de la pièce, Simon aperçut la jeune fille près d'une dame qui devait être sa mère. Colin était en dessous de la vérité : il émanait d'elle une impression de désespoir absolu.

Puis il se souvint qu'elle était l'une de ces fameuses débutantes que leurs mères exhibaient comme à la foire. Elle lui avait paru d'une nature trop sensée et d'un caractère trop naturel pour être l'une de ces redoutables créatures, mais le fait était là : elle était bel et bien une jeune fille à marier. Elle aussi se trouvait prise au piège d'une interminable séance de présentations.

Un exercice qu'elle paraissait détester autant que lui-même, nota Simon. D'une certaine façon, cela lui remontait un peu le moral.

— L'un de nous devrait peut-être aller à sa rescousse, dit Benedict sans grande conviction.

— Non, rétorqua Colin. Il n'y a pas dix minutes que mère l'a entraînée là-bas avec Macclesfield.

— Macclesfield ? répéta Simon.

— Le comte, vous savez ? expliqua Benedict. Le fils de Castleford.

— Dix minutes ? répéta Anthony. Pauvre Macclesfield.

Simon lui décocha un regard intrigué.

— Daphné n'est pas aussi pénible que cela ! ajouta précipitamment Anthony. Seulement, quand mère s'est mis en tête de... de...

— Mettre le grappin ? suggéra Colin.

— ... sur un gentleman, enchaîna Anthony avec un hochement de tête reconnaissant vers son frère, elle est capable de se montrer... eh bien...

— Impitoyable, compléta Colin à sa place.

Anthony esquissa un faible sourire.

— Oui, c'est le mot.

Simon se tourna vers le trio. De fait, Daphné semblait au comble du désespoir, le dénommé Macclesfield jetait autour de lui des regards éperdus – sans doute en quête de la plus proche issue de secours – et les yeux de lady Bridgerton luisaient d'un éclat si résolu que Simon ne put réprimer un élan de compassion pour l'infortuné jeune homme.

— Nous devrions aller au secours de Daphné, déclara Anthony.

— Absolument, répondit Benedict.

— Et de Macclesfield, précisa Anthony.

— Bien entendu, renchérit son frère.

Ils ne semblaient guère pressés de passer à l'action, songea Simon.

— Paroles, paroles ! ricana Colin.

— Je ne te vois pas non plus voler à sa rescousse, rétorqua Anthony.

— Certes, mais moi, je n'ai jamais dit que j'irais. Toi, en revanche...

— Enfin, quel est le problème ? les interrompit Simon.

Trois regards coupables se tournèrent vers lui.

— Nous *devrions* aller au secours de Daphné, répéta Anthony.

— Absolument, fit Benedict en écho.

— Ce que mes frères n'ont pas le courage d'avouer, intervint Colin, c'est que mère les terrorise.

— C'est vrai, admit Anthony d'un air impuissant.

— Je l'admets volontiers, ajouta Benedict.

Simon n'avait jamais vu un spectacle aussi incongru. Ces trois gaillards étaient les frères Bridgerton, tout de même ! Grands, superbes, athlétiques, convoités par toutes les demoiselles du royaume d'Angleterre... et peureux comme une portée de chiots devant un petit bout de femme.

D'accord, celle-ci était *leur mère*. Simon supposait que cela était une circonstance atténuante. Tout de même...

— Si je vais prêter main-forte à Daph', expliqua Anthony, je risque de tomber entre les griffes de mère, et là, c'en sera fait de moi !

À l'idée de voir Anthony promené d'une demoiselle à une autre par la vicomtesse Bridgerton, Simon fut pris d'un irrésistible fou rire.

— Maintenant, vous comprenez pourquoi je fuis ces mondanités comme la peste, reprit son ami d'un ton grave. Je suis assailli sur tous les fronts. Si ces demoiselles et leurs mamans ne me trouvent pas, ma chère mère se chargera de me mettre sur leur chemin.

— Au fait ! s'exclama Benedict. Pourquoi n'iriez-vous pas à son secours, Hastings ?

Simon lança un coup d'œil en direction de lady Bridgerton – qui tenait à présent d'une poigne de fer l'avant-bras de Macclesfield – et décida qu'il préférait porter à jamais le sceau de l'infamie.

— N'ayant jamais eu l'honneur de faire la connaissance de madame votre mère, improvisa-t-il, je crains que ce ne soit inconvenant.

— Je ne vois pas en quoi, rétorqua Anthony. Vous êtes un duc.

— Et alors ?

— Et alors ? répéta Anthony. Mère est prête à pardonner bien des choses, si cela peut lui permettre de présenter Daphné à un duc.

— Je vous préviens, s'emporta Simon, je ne suis pas un agneau que vous pourrez sacrifier sur l'autel des ambitions maternelles !

— Je croyais que vous aviez passé du temps en Terre sainte ? fit mine de s'étonner Colin.

Simon l'ignora.

— En outre, votre sœur m'a dit...

Comme un seul homme, les trois Bridgerton tournèrent la tête vers lui. Malédiction ! songea Simon. Il s'était trahi !

— Vous avez rencontré Daphné ? s'enquit Anthony, d'un ton trop mielleux au goût de Simon.

Sans lui laisser le temps de répondre, Benedict s'approcha imperceptiblement de lui.

— Pourquoi ne pas nous l'avoir dit ?

— C'est vrai, enchaîna Colin, arborant pour la première fois une expression sérieuse. Pourquoi ?

Simon les considéra l'un après l'autre. Il comprenait mieux à présent pourquoi Daphné n'avait toujours pas de mari. Ses trois gardes du corps avaient de quoi effrayer tous ses prétendants, à l'exception du plus déterminé... ou du plus stupide.

Comme Nigel Berbrooke, par exemple.

— Oh, répondit-il, je l'ai croisée dans le couloir en arrivant. Il m'a paru...

Il parcourut les trois frères d'un regard éloquent.

— ... si évident qu'elle était votre sœur, que j'ai pris la liberté de me présenter.

Anthony se tourna vers Benedict.

— Ce devait être quand elle fuyait Berbrooke.

Benedict se tourna vers Colin.

— Au fait, où est-il passé, celui-ci ?

Colin haussa les épaules.

— Pas la moindre idée. Sans doute parti soigner son cœur brisé.

Ou plutôt sa mâchoire, rectifia Simon en son for intérieur.

— Eh bien, tout est clair, à présent, déclara Anthony.

Il avait perdu son air de grand frère menaçant pour redevenir le compagnon de fêtes et le meilleur ami de toujours.

— Sauf, dit Benedict d'un ton soupçonneux, pourquoi il n'en a pas parlé avant.

— Encore aurait-il fallu que j'en aie l'occasion ! maugréa Simon, réprimant une furieuse envie de lever les bras au plafond. Au cas où vous ne l'auriez pas remarqué, Anthony, vous avez un nombre extravagant de frères et sœurs, et cela prend un temps fou d'être présenté à tous.

— Nous ne sommes que deux, fit remarquer Colin.

— Je rentre chez moi, bougonna Simon. Vous perdez l'esprit, les uns comme les autres.

Benedict, qui avait paru le plus méfiant des trois, esquissa soudain un sourire.

— Vous n'avez pas de sœur ?

— Non, grâce à Dieu !

— Eh bien, si un jour vous avez une fille, vous comprendrez.

Simon était à peu près certain que cela n'arriverait jamais, mais il ne répondit pas.

— Cela peut être éprouvant, renchérit Anthony.

— Bien que Daph' soit plus facile que les autres, rectifia Benedict. En fait, elle n'a pas tant de prétendants que cela.

Simon ne voyait vraiment pas pour quelle raison.

— Je ne sais pas pourquoi, répliqua Anthony, fort à propos. C'est une fille tout à fait charmante.

Simon comprit que ce n'était pas le moment d'avouer qu'il avait été à deux doigts de la plaquer contre le mur pour presser ses lèvres sur les siennes et l'embrasser à perdre haleine. Au demeurant, s'il ne s'était pas aperçu qu'elle était une Bridgerton, il ne s'en serait pas privé.

— Daph' est la meilleure des sœurs, décréta Benedict.

Colin hocha la tête.

— Vraiment une chic fille. Une excellente camarade.

Il y eut un silence un peu tendu, puis Simon reprit la parole.

— Eh bien, excellente camarade ou non, je n'irai pas là-bas pour lui porter secours, car elle a été très claire : votre mère lui a formellement interdit d'être vue en ma présence.

— Mère a dit cela ? s'étonna Colin. Vous devez vraiment avoir une réputation infernale !

— En grande partie imméritée, précisa Simon, sans savoir pourquoi il ressentait le besoin de se défendre.

— Quel dommage... murmura Colin. Moi qui voulais vous demander de m'enseigner vos secrets de libertin !

Simon prédisait à ce jeune homme une longue vie de mécréant.

— Je suis sûr que mère changera d'avis si on sait l'y encourager, déclara Anthony en le poussant en avant d'une main ferme au creux des reins. En route !

Simon n'avait pas d'autre choix que de se diriger vers Daphné... à moins de déclencher un esclandre, mais il avait appris depuis longtemps que cela ne lui réussissait pas. D'ailleurs, à la place d'Anthony, il aurait probablement agi de la même façon.

Sans compter qu'après une ou deux heures parmi les sœurs Featherington et leurs semblables, la compagnie de Daphné lui paraissait tout à fait supportable.

— Mère ? appela Anthony d'une voix enjouée, alors qu'ils rejoignaient la vicomtesse. Je ne vous ai pas vue de la soirée !

Simon vit le regard bleu de lady Bridgerton s'éclairer à l'approche du jeune homme. Mère ambitieuse ou non, cette femme adorait manifestement ses enfants.

— Anthony ! s'écria-t-elle. Je suis contente de vous voir. Daphné et moi discutions avec lord Macclesfield.

— Oui, je vois, fit Anthony en décochant à ce dernier un regard compatissant.

Simon croisa le regard de Daphné et lui adressa un imperceptible salut de la tête, auquel elle répondit avec une intelligente discrétion.

— À qui ai-je l'honneur ? s'enquit la vicomtesse en posant les yeux sur Simon.

— Au nouveau duc de Hastings, dit Anthony. Souvenez-vous, j'étais avec lui à Eton et Oxford.

— Bien entendu, répliqua-t-elle d'un ton poli.

Macclesfield, qui avait conservé un silence prudent, prit prétexte du premier trou dans la conversation pour s'exclamer :

— Oh ! Je crois que je vois mon père !

Anthony lui lança un regard de connivence.

— Eh bien, qu'attendez-vous pour le rejoindre ?

Le jeune comte ne se le fit pas dire deux fois.

— Je croyais qu'il détestait son père ? murmura lady Bridgerton, perplexe.

— Il le hait positivement, confirma Daphné.

Simon étouffa un rire. La jeune fille arqua les sourcils, comme pour le défier de répondre à cela.

— Quoi qu'il en soit, il a une effroyable réputation, déclara lady Bridgerton.

— Bienvenue au club, marmonna Simon.

En voyant Daphné ouvrir des yeux ronds de stupeur, ce fut lui qui, haussant les sourcils, la mit au défi de commenter ses paroles.

Elle n'en fit rien, bien sûr, mais en interceptant le regard acéré que la vicomtesse posait sur lui, il comprit que celle-ci n'avait pas encore décidé si son nouveau titre de duc compensait ou non sa renommée de libertin.

— Je ne crois pas avoir eu l'occasion de vous rencontrer avant mon départ pour l'étranger, madame, déclara Simon d'une voix charmeuse, mais je suis ravi de rattraper cette lacune ce soir.

— Moi de même, répondit lady Bridgerton.

Puis, désignant Daphné :

— Ma fille, Daphné.

Simon prit la main gantée de celle-ci pour y déposer un baiser d'une scrupuleuse retenue.

— Je suis ravi de faire officiellement votre connaissance, miss Bridgerton.

— Officiellement ? répéta lady Bridgerton.

Daphné s'apprêta à intervenir, mais Simon ne lui en laissa pas le temps.

— Je viens d'expliquer à vos fils comment nous nous sommes *brièvement* croisés un peu plus tôt dans la soirée.

La vicomtesse tourna la tête vers sa fille.

— Vous avez été présentée au duc ce soir ? Et vous ne m'en avez rien dit ?

Daphné esquissa un faible sourire.

— Nous étions en train de parler avec le comte de Macclesfield. Et avant, avec lord Westborough. Et avant, avec...

— C'est bon, Daphné, l'interrompit sa mère.

Simon retint un éclat de rire qui aurait été d'une impardonnable impolitesse.

Voyant lady Bridgerton lui adresser un large sourire – il comprenait à présent de qui Daphné tenait le sien ! – il devina que la vicomtesse avait pris sa décision. La mauvaise réputation de Simon n'était pas un obstacle incontournable.

C'est alors qu'il remarqua une étrange lueur au fond de ses yeux bleus, tandis que son regard passait alternativement de Daphné à lui-même.

Puis un sourire de conspiratrice éclaira soudain son visage.

Une brusque envie de fuir s'empara de lui.

— Désolé, vieux, murmura à son oreille Anthony, qui s'était discrètement penché vers lui.

— Je pourrais bien être tenté de vous tuer, grinça Simon entre ses dents.

Le regard glacé de Daphné indiquait clairement qu'elle avait intercepté leur échange et ne l'appréciait pas du tout.

Lady Bridgerton, elle, paraissait aux anges, et son esprit semblait déjà s'activer aux préparatifs d'un fastueux mariage.

Puis Simon la vit froncer les sourcils en apercevant quelque chose derrière Anthony et lui. Elle parut si contrariée que les trois jeunes gens se retournèrent en même temps.

Mme Featherington fendait la foule dans leur direction, Prudence et Philipa dans son sillage. Pénélope, en revanche, avait disparu.

Aux grands maux, les grands remèdes ! songea Simon.

— Miss Bridgerton, demanda-t-il en pivotant vers celle-ci d'un geste rapide, voulez-vous danser ?

# 5

*Étiez-vous au bal de lady Danbury, hier soir ? Si ce n'est pas le cas, tant pis pour vous ! Vous avez manqué le plus beau coup de théâtre de la saison. Comme ont pu le constater les invités, et tout particulièrement votre dévouée chroniqueuse, miss Bridgerton semble avoir capté l'intérêt du duc de Hastings, tout juste revenu en Angleterre.*

*On imagine fort bien le soulagement de lady Bridgerton. Quelle humiliation si son aînée avait continué de faire tapisserie une saison de plus ! Surtout lorsqu'on sait que la vicomtesse a encore trois autres filles à caser... Oh, quelle horreur !*

*La Chronique mondaine de lady Whistledown*, 30 avril 1813

Daphné n'avait aucun moyen de refuser.

Tout d'abord, sa mère dardait sur elle un regard impérieux qui semblait la mettre au défi de désobéir.

Ensuite, c'était manifeste, Hastings n'avait donné à Anthony qu'un récit très succinct de leur rencontre dans le couloir. Refuser son invitation à danser n'aurait fait qu'éveiller inutilement les soupçons.

Sans parler du fait que Daphné n'éprouvait aucun désir particulier de goûter aux joies de la conversation avec le clan Featherington.

Et puis, elle ressentait l'ombre du début d'un commencement d'une légère *envie* de danser avec le duc.

Bien entendu, l'arrogant personnage ne lui laissa même pas le temps d'accepter son invitation. Avant qu'elle ait pu prononcer un modeste « J'en serais ravie », ou même un bref « Oui », il l'avait déjà entraînée vers la piste de danse.

L'orchestre n'ayant pas fini d'émettre cette cacophonie que produisent les musiciens lorsqu'ils accordent leurs instruments, ils durent patienter quelques instants avant d'entamer leur danse.

— Dieu merci, vous n'avez pas refusé ! s'exclama le duc avec chaleur.

— Quand aurais-je pu le faire ?

Il lui sourit, ce qui arracha à Daphné un froncement de sourcils.

— Vous ne m'avez pas non plus laissé le temps d'accepter, au cas où vous ne l'auriez pas remarqué.

Le duc lui jeta un regard interrogateur.

— Dois-je de nouveau vous poser la question ?

— Non, bien entendu, répondit-elle, un brin agacée. Ce serait assez puéril de ma part, ne trouvez-vous pas ? De plus, cela nous ferait remarquer, et je pense que ni vous ni moi n'en avons envie.

Inclinant la tête de côté, il la parcourut d'un regard aussi bref qu'intense, et Daphné eut l'impression qu'il venait en un éclair de la classer sous la rubrique « Tout juste acceptable ». L'expérience était des plus déstabilisantes.

Au même instant, un silence s'établit, et l'orchestre attaqua les premières notes d'une valse.

— Les jeunes filles doivent-elles encore demander une permission pour danser ? questionna le duc.

Daphné ne put retenir un sourire.

— Combien de temps êtes-vous donc resté à l'étranger ?

— Cinq ans, et vous n'avez pas répondu à ma question.

— La réponse est oui.

— Vous a-t-on autorisée à accepter mon invitation ?

Il semblait vraiment craindre de voir échouer sa tentative de fuite ! songea-t-elle, amusée.

— Bien entendu.

— Parfait !

Alors, la prenant dans ses bras, il l'entraîna dans le flot des danseurs aux tenues élégantes.

Ils avaient effectué un tour complet de la piste quand Daphné s'enquit :

— Je vous ai vu parler avec mes frères. Que leur avez-vous dit de notre rencontre, exactement ?

Hastings se contenta de sourire.

— Qu'y a-t-il ? demanda-t-elle, méfiante.

— Je m'émerveille seulement de votre retenue.

— Plaît-il ?

Il esquissa un haussement d'épaules.

— Il me semble que la patience n'est pas votre vertu première, mais vous avez attendu plus de trois minutes pour aborder cette question.

Une soudaine brûlure envahit les joues de Daphné. Le duc était un danseur accompli, et elle avait savouré cette valse avec tant de plaisir qu'en réalité elle avait totalement oublié de lui faire la conversation.

— Pour votre gouverne, reprit-il, lui épargnant le souci de trouver une réponse appropriée, sachez que je leur ai seulement avoué vous avoir croisée dans le couloir. J'ai immédiatement compris, à la couleur de vos cheveux, que vous étiez une Bridgerton et je me suis présenté à vous.

— Vous pensez qu'ils vous ont cru ?

— Oui, répondit-il avec douceur. Il me semble bien.

— Non que nous ayons quoi que ce soit à cacher, s'empressa-t-elle d'ajouter.

— Certes non.

— S'il y a quelqu'un à blâmer dans cette histoire, ce ne peut être que Nigel.

— Absolument.

Elle se mordit la lèvre, hésitante.

— Croyez-vous qu'il soit toujours dans le couloir ?

— Je n'ai pas l'intention d'aller vérifier.

Il y eut un silence un peu gênant, puis Daphné reprit :

— Il y a une éternité que vous n'avez pas assisté à un bal à Londres, n'est-ce pas ? Nous avons dû faire un sacré comité d'accueil, Nigel et moi...

— Vous, oui. Lui, non.

Elle sourit poliment devant ce compliment.

— À part ce malheureux épisode, appréciez-vous cette soirée ?

Le duc éclata de rire.

— Non.

— Ah ? fit Daphné, plus intriguée qu'elle ne voulait le montrer. Voilà qui est intéressant.

— Vous riez de mon supplice ? Rappelez-moi de ne jamais vous appeler à l'aide si un jour je tombais malade.

— Je vous en prie, répliqua-t-elle, ironique. Ce n'était pas aussi terrible que cela.

— Oh, que si !

— Cela ne peut pas avoir été pire que ce que j'ai enduré.

— Il faut reconnaître que vous aviez l'air franchement malheureuse, entre votre mère et Macclesfield.

— Comme c'est charitable de votre part de le faire remarquer, maugréa-t-elle.

— Cela dit, j'affirme que ma soirée a été bien plus éprouvante que la vôtre.

Daphné éclata d'un rire cristallin qui alla droit au cœur de Simon.

— Nous faisons un bien triste couple, alors ! commenta la jeune femme. Nous pourrions peut-être imaginer un autre sujet de conversation que nos malheurs respectifs ?

Il ne répondit pas.

Elle ne trouva rien à ajouter.

— Ma foi, dit-il finalement, je manque d'inspiration.

Elle rit de nouveau, avec plus de gaieté cette fois-ci, et Simon, une fois de plus, ne put résister au charme de son sourire.

— Je renonce, soupira-t-elle. À cause de quoi votre soirée a-t-elle pris un tour aussi pénible ?

— De quoi… ou de *qui* !

— De qui ? répéta-t-elle en levant la tête vers lui. Tout ceci devient absolument passionnant !

— Je peux vous proposer toute une liste d'adjectifs pour qualifier les « qui » que j'ai rencontrés ce soir, mais « passionnant » n'en fera pas partie.

— Allons, le gronda-t-elle avec gentillesse, ne soyez pas impoli. Je vous ai vu discuter avec mes frères, tout de même.

Il hocha galamment la tête et accentua un peu la pression de sa main sur sa taille, tout en l'entraînant sur la piste en de gracieuses volutes.

— Toutes mes excuses. La famille Bridgerton n'est pas concernée par mes insultes, cela va de soi.

— La famille Bridgerton vous remercie bien, répliqua-t-elle d'un ton pince-sans-rire qui arracha un sourire à Simon.

— Je n'ai pas d'autre but dans la vie que de faire le bonheur des Bridgerton.

— Voilà une vantardise que vous pourriez avoir à regretter un jour, le menaça-t-elle. Allons, soyez un peu sérieux et dites-moi ce qui vous plonge dans un tel ennui ? Si votre soirée n'a fait qu'empirer depuis votre rencontre avec Nigel, vous devez être effectivement dans une situation peu enviable.

— Comment formuler cela sans vous offenser ?

— N'y allez pas par quatre chemins, dit-elle d'un ton léger. Je vous promets de ne pas me vexer.

Simon lui décocha un sourire de triomphe.

— Et voilà une vantardise que *vous* pourriez avoir à regretter un jour.

Une délicieuse rougeur envahit ses joues, à peine perceptible dans la lueur des chandelles, mais Simon l'observait avec attention. Comme elle ne répondait pas, il poursuivit :

— Puisque vous tenez tant à le savoir, on m'a présenté toutes les jeunes filles à marier présentes ce soir.

En entendant un petit soupir ironique s'échapper de ses lèvres, Simon eut la désagréable impression qu'elle se moquait de lui.

— En outre, enchaîna-t-il, j'ai dû faire la connaissance de leurs mères.

Elle fut prise d'un fou rire. Comment osait-elle ?

— Savez-vous que c'est très vilain, la gronda-t-il, de vous esclaffer ainsi devant votre cavalier ?

— Je suis désolée, murmura-t-elle en se mordant les lèvres.

— Non, vous ne l'êtes pas.

— C'est vrai, admit-elle, mais uniquement parce que j'endure le même supplice depuis deux ans. Je ne vais pas m'apitoyer sur votre sort pour une seule malheureuse soirée.

— Pourquoi ne pas vous marier ? Cela mettrait un terme à votre calvaire.

Elle lui décocha un regard acéré.

— C'est une proposition ?

Simon crut que son cœur allait s'arrêter.

— Tout compte fait, on ne dirait pas, commenta-t-elle.

Elle laissa échapper un soupir impatient.

— Je vous en prie, monsieur, vous pouvez respirer. Je plaisantais !

Simon aurait voulu riposter par quelque cinglante repartie, mais elle l'avait tant surpris que sa voix s'étranglait dans sa gorge.

— Pour répondre à votre question, poursuivit-elle d'un ton plus nerveux, une jeune femme doit y réfléchir à deux fois avant de s'engager. Quelles sont mes options ? Il y a Nigel, bien sûr, mais vous conviendrez avec moi qu'il n'est pas un candidat sérieux.

Simon hocha la tête.

— En début d'année, il y a eu lord Chalmers.

— Chalmers ? s'exclama Simon. N'a-t-il pas...

— La soixantaine bien sonnée ? Exact. Or, comme je nourris l'ambition de fonder un jour une famille, il m'a semblé que...

— Certains hommes de son âge sont encore capables d'avoir des héritiers.

— Je préfère ne pas parier là-dessus. Sans compter que...

Une expression de dégoût passa sur son visage.

— ... je ne tiens pas particulièrement à faire des enfants avec *lui*.

L'image de Daphné au lit avec le vieux Chalmers s'imposa à l'esprit de Simon. Le tableau était si révoltant qu'il en conçut une sourde colère. Contre qui ? Il n'aurait su le dire. Peut-être contre lui-même, pour avoir eu l'idée saugrenue d'imaginer une telle situation...

— Et avant lui, enchaîna Daphné, interrompant fort à propos ses sombres méditations, il y en a eu deux autres, aussi peu reluisants.

Simon la considéra, pensif.

— Vous tenez vraiment à vous marier ?

— Bien entendu, dit-elle d'un air surpris. Comme tout le monde !

— Moi, je ne le veux pas.

Un sourire condescendant éclaira son visage.

— C'est ce que vous croyez. Aucun homme n'a envie de se marier, mais ils le font tous. Vous verrez !

— Je ne verrai rien du tout, déclara Simon avec force. Je ne me marierai jamais.

Daphné regarda le duc sans cacher son étonnement. Quelque chose dans sa voix lui disait qu'il était sincère.

— Et votre titre ? demanda-t-elle.

Il esquissa un geste indifférent.

— Quel est le rapport ?

— Si vous n'avez pas d'héritier, il sera perdu. Ou bien il ira à quelque infâme cousin.

Simon arqua un sourcil, amusé.

— Qui vous a dit que mes cousins étaient infâmes ?

— Les cousins qui sont vos plus proches héritiers le sont toujours.

Elle lui décocha un regard espiègle, avant d'ajouter :

— Du moins, à en croire les détenteurs d'un titre de noblesse.

— Est-ce votre vaste expérience des hommes qui vous permet de l'affirmer ?

Elle répliqua, avec un sourire au charme ravageur :

— Bien entendu.

Simon demeura silencieux quelques instants.

— Est-ce que tout cela en vaut la peine ?

— De quoi parlez-vous ? s'enquit-elle, visiblement décontenancée.

D'un rapide geste de la main, il désigna la foule autour d'eux.

— De ceci. De cette suite sans fin de bals et de soirées mondaines. De votre mère, toujours sur vos talons comme un petit chien.

— Je doute qu'elle apprécie la comparaison.

Elle se tut, les yeux perdus dans le vague.

— Oui, répondit-elle finalement. Je suppose que cela en vaut la peine. Il le faut.

Elle revint à l'instant présent et considéra Simon de ses grands yeux marron à la franchise désarmante.

— Je veux un mari. Je veux des enfants. Cela n'a rien d'étonnant, après tout ; je suis la quatrième d'une fratrie de huit. Je ne connais que les familles nombreuses, et je ne saurais pas vivre autrement.

Simon soutint son regard. Peu à peu, il s'aperçut qu'une étrange chaleur envahissait son corps. Puis il lui sembla qu'un signal d'alarme résonnait, à la limite de sa conscience. Il désirait cette femme. Il la désirait si intensément que c'en était douloureux... mais jamais il ne pourrait la toucher. Car s'il se contentait de l'effleurer, il briserait sa réputation, ferait voler en éclats ses rêves de bonheur, et c'était un crime que Simon, libertin ou non, ne se pardonnerait pas.

Il refusait absolument toute idée de mariage et d'enfants, alors qu'elle ne voulait que cela.

Certes, il appréciait sa compagnie – il ne pouvait le nier – mais il devait la laisser intacte pour un autre que lui.

— Monsieur ? l'appela-t-elle d'un ton tranquille.

Il battit des cils en revenant à la réalité.

— Vous rêvez, ajouta-t-elle en souriant.

Simon hocha la tête.

— Je ne faisais que méditer vos paroles.

— Les approuvez-vous ?

— À vrai dire, je ne sais pas depuis combien de temps je n'avais pas discuté avec une personne aussi manifestement pleine de bon sens.

Puis, d'une voix pensive :

— C'est une excellente chose de savoir ce que l'on veut de la vie.

— Et vous, qu'en attendez-vous ?

Comment répondre à une telle question ? Simon ne pouvait pas tout dire, il en était conscient. Pourtant, cela était si simple, si facile de discuter avec cette jeune fille ! Il y avait en elle un je-ne-sais-quoi qui le mettait totalement à l'aise, malgré le brûlant désir qu'il éprouvait pour elle. La bienséance leur interdisait en théorie une conversation aussi directe alors qu'ils venaient tout juste de faire connaissance, mais leur immédiate complicité lui paraissait parfaitement naturelle.

Après un long silence, il répliqua :

— J'ai pris un certain nombre de décisions lorsque j'étais plus jeune, et j'essaie de mener ma vie selon ces principes.

Une expression d'indicible curiosité se peignit sur le visage de la jeune femme, mais sa bonne éducation la retint de l'interroger.

— Eh bien, s'exclama-t-elle avec un enjouement un peu forcé, comme nous sommes sérieux ! Moi qui croyais que tout ce qui nous intéressait, c'était de décider lequel d'entre nous passait la pire soirée !

Ils étaient tous les deux pris au piège, comprit alors Simon. Enferrés dans les conventions et les exigences de la société.

C'est alors qu'une idée lui vint.

Une idée folle, saugrenue, extrêmement séduisante… et sans doute assez dangereuse. S'il la mettait en application, songea-t-il, il devrait passer de nombreuses heures en compagnie de miss Bridgerton, au risque de plonger dans un état de désir violent et d'intense frustration. D'un autre côté, Simon était confiant : il possédait un solide contrôle sur lui-même et sur ses pulsions.

— N'apprécieriez-vous pas un peu de répit ? s'entendit-il demander.

— De répit ? répéta-t-elle, intriguée.

Tandis qu'ils virevoltaient sur l'immense parquet, elle désigna d'un regard la foule qui valsait et bavardait autour d'eux.

— Vous parlez de ceci ?

— Pas tout à fait. Vous auriez toujours à le supporter. Je faisais plutôt allusion à votre mère.

Daphné faillit s'étrangler de stupeur.

— Vous avez l'intention d'enlever maman de la société ? C'est un peu excessif, non ?

— Ce n'est pas elle, mais vous que je veux enlever.

Dans sa confusion, Daphné perdit l'équilibre, se rétablit de justesse.

— Je vous demande pardon ?

— J'avais espéré rester à l'écart de la vie mondaine à Londres, expliqua-t-il, mais je m'aperçois que cela risque de s'avérer impossible.

— À cause de votre goût immodéré pour le ratafia et la mauvaise limonade ?

— Non, répondit-il, ignorant le sarcasme. Parce que la moitié de mes camarades d'université se sont mariés pendant mon absence, et que leurs épouses semblent toutes nourrir la même obsession : organiser le plus grand bal de la saison...

— Bal que vous devrez honorer de votre présence, je suppose ?

Il eut un hochement de tête morose.

Daphné approcha ses lèvres de son oreille, comme pour lui confier un formidable secret.

— Vous êtes un duc, chuchota-t-elle. Vous pouvez dire non.

Son cavalier serra les mâchoires.

— Leurs maris sont mes amis.

Elle sourit malgré elle.

— Et vous ne voudriez pas heurter la sensibilité de ces dames.

Il lui jeta un regard sombre, manifestement gêné par le compliment.

— Ma parole, plaisanta-t-elle, vous avez l'air gentil, tout compte fait !

— Je ne suis pas gentil, rectifia Hastings d'un ton bourru.

— Peut-être, mais vous n'êtes pas méchant non plus.

Les derniers accords de la valse résonnaient déjà. Simon prit sa cavalière par le bras pour la guider hors de la piste de danse. Ils se trouvaient du côté opposé à celui de la famille de la jeune femme, ce qui leur laissait encore un peu de temps pour discuter, tout en se dirigeant à pas lents vers les Bridgerton.

— Ce que j'essayais de vous expliquer avant que vous ne fassiez si habilement dévier la conversation, c'est que je vais devoir assister à un certain nombre de mondanités à Londres.

— Cruel destin ! C'est à peine moins pire que la mort.

— Je suppose que vous y serez également conviée, poursuivit-il sans écouter ses remarques.

Elle acquiesça d'un bref hochement de tête.

— Il y a peut-être un moyen qui me permettrait de décourager l'assiduité des Featherington et consœurs, et qui en même temps vous épargnerait le harcèlement matrimonial que votre mère vous fait subir.

Elle lui lança un regard vibrant de curiosité.

— Je vous écoute ?

— Nous pourrions...

Il se pencha vers elle pour capter toute son attention.

— ... former une union.

La jeune femme ne répondit rien. Absolument rien. Elle semblait se demander s'il était le pire rustre qu'elle eût jamais rencontré, ou simplement fou à lier.

— Une union de façade, précisa Simon, impatient. Enfin, quelle sorte d'homme croyez-vous que je sois ?

— Eh bien, on m'a informée de votre mauvaise réputation, et vous avez vous-même tenté de m'effrayer en jouant les libertins, tout à l'heure.

— Je n'en ai rien fait !

— Oh, que si.

Puis, le gratifiant d'une petite tape sur le bras :

— Vous êtes pardonné, précisa-t-elle. Je suis sûre que c'était plus fort que vous.

Simon ne put réprimer un mouvement de surprise.

— C'est bien la première fois qu'une femme me prend ainsi de haut.

— Il y a un début à tout, rétorqua-t-elle avec insouciance.

— Voyez-vous, j'ai d'abord cru que c'étaient vos frères qui avaient fait fuir tous vos prétendants, mais je commence à me demander si vous ne vous en êtes pas chargée vous-même.

À sa grande surprise, elle éclata de rire.

— Certainement pas. Si je n'ai pas encore trouvé d'époux, c'est parce qu'on ne voit en moi qu'une bonne camarade. Personne ne nourrit le moindre intérêt sentimental envers moi.

Puis, avec une petite grimace de dépit :

— À part Nigel.

Ayant réfléchi quelques instants à ces paroles, Simon comprit que son idée pouvait se montrer encore plus fructueuse pour elle qu'il ne l'avait envisagé de prime abord.

— Écoutez, et ne perdons pas de temps car nous sommes presque arrivés près de votre famille. Anthony a l'air prêt à se jeter sur nous d'une seconde à l'autre.

D'un même mouvement, ils tournèrent la tête dans cette direction. Bridgerton, toujours aux prises avec les dames Featherington, semblait bouillir d'impatience.

— Voici mon plan, continua-t-il d'une voix basse mais intense. Nous allons feindre d'éprouver une tendre inclination l'un pour l'autre. Dès qu'il sera évident que je ne suis plus disponible, on cessera de pousser toutes les débutantes de Londres dans mes bras.

— Ne rêvez pas, répliqua la jeune femme. On n'admettra sa défaite qu'une fois vous avoir vu au pied de l'autel, prononçant le « oui » fatidique.

Cette seule idée lui donnait la nausée.

— Absurdités ! Cela prendra peut-être un peu de temps, mais je suis sûr que je finirai par convaincre la bonne société que je n'épouserai personne.

— Sauf moi, précisa Daphné.

— Sauf vous, mais nous saurons que c'est faux.

— Bien entendu, murmura-t-elle. En toute franchise, je ne suis guère convaincue, mais si vous l'êtes...

— Je le suis.

— Fort bien. Et moi, quel est mon intérêt dans l'affaire ?

— En premier lieu, votre mère cessera de vous promener d'un candidat à l'autre si elle croit que vous avez su capter mon attention.

— Plutôt vaniteux de votre part, mais incontestable.

Simon ne releva pas la pique.

— Ensuite, poursuivit-il, les hommes sont toujours plus attirés par une femme qui excite la convoitise d'un autre.

— Ce qui signifie... ?

— Ce qui signifie tout simplement, et veuillez excuser ma *vanité,* dit-il en lui décochant un regard sardonique, que si l'on croit que j'ai l'intention de vous épouser, tous les bons partis qui ne voyaient jusqu'alors en vous qu'une aimable camarade pourraient bien être amenés à vous découvrir sous un nouveau jour.

Elle pinça les lèvres.

— Vous voulez dire que dès que vous aurez rompu, j'aurai des hordes de prétendants à mes pieds ?

— Oh, mais je vous laisserai prendre l'initiative de la rupture, répondit-il galamment.

Elle ne prit pas la peine de l'en remercier, nota-t-il.

— Il me semble que j'ai beaucoup plus à gagner que vous à cet arrangement, déclara-t-elle.

Il imprima une légère pression sur son bras.

— Alors, vous acceptez ?

Daphné tourna son regard vers Mme Featherington, qui ressemblait à un oiseau de proie, puis vers son frère, qui avait l'air positivement furieux.

— Tope là ! répliqua-t-elle avec résolution.

— Qu'ont-ils donc à se dire, depuis tout ce temps ?

Violet Bridgerton tira sur la manche de son fils aîné, incapable de détourner le regard de sa fille. Celle-ci semblait avoir éveillé l'intérêt du duc de Hastings, de retour à Londres depuis huit jours seulement, mais déjà le parti le plus recherché de l'année.

— Aucune idée, répondit Anthony en observant avec soulagement les Featherington qui venaient de les quitter pour se diriger vers leur prochaine victime. Mais on dirait que cela fait des heures qu'ils discutent.

— Pensez-vous qu'il l'apprécie ? demanda Violet avec une bouffée d'excitation. Croyez-vous que notre Daphné ait une chance d'être la prochaine duchesse de Hastings ?

Anthony réprima un gémissement où se mêlaient l'impatience et l'incrédulité.

— Mère, vous avez interdit à Daphné d'être seulement *vue* en sa compagnie, et voilà que vous pensez à les marier !

— J'ai parlé trop vite, rétorqua-t-elle en ponctuant ses paroles d'un geste insouciant de la main. D'évidence, c'est un homme de goût et d'excellente éducation. Et comment se fait-il, je vous le demande, que vous sachiez ce que j'ai dit à Daphné ?

— Elle me l'a répété, bien sûr ! mentit Anthony.

— Hum... En tout cas, je vous fiche mon billet que Portia Featherington n'est pas près d'oublier cette soirée.

Anthony ouvrit des yeux ronds de surprise.

— Voulez-vous marier Daph' pour quelle connaisse le bonheur de fonder une famille, ou pour le seul plaisir de coiffer Mme Featherington au poteau dans votre course à l'autel ?

— Pour la première raison, bien entendu, répliqua la vicomtesse dans un soupir. Vos insinuations sont insultantes, savez-vous ?

Elle s'arracha un instant à la contemplation du spectacle qu'offraient Daphné et lord Hastings, le temps de localiser Portia Featherington et ses filles.

— Cela dit, je ne serai pas fâchée de voir la tête qu'elle fera lorsqu'elle apprendra que c'est Daphné qui fera le plus beau mariage de l'année.

— Mère, vous êtes un cas sans espoir !

— Détrompez-vous. Je suis peut-être sans scrupules, mais certainement pas sans espoir.

Anthony secoua la tête en marmonnant.

— Ne parlez pas dans votre barbe, le sermonna-t-elle, essentiellement pour le plaisir de l'irriter.

Puis, apercevant Daphné et le duc :

— Ah ! s'exclama-t-elle. Les voilà. Anthony, tenez-vous correctement. Daphné ! Lord Hastings !

Elle marqua un silence tandis que le couple les rejoignait.

— Eh bien, on dirait que vous avez apprécié cette valse !

— Plus que je ne saurais le dire, répondit Simon. Mademoiselle votre fille est aussi gracieuse qu'elle est jolie.

Anthony laissa échapper un reniflement sarcastique, mais Simon l'ignora.

— J'ose espérer que nous aurons bientôt le plaisir de danser de nouveau ensemble.

Le visage de Violet s'éclaira.

— Oh, mais je suis *certaine* que Daphné *adorerait* !

Comme celle-ci ne répondait pas avec l'empressement voulu, la vicomtesse insista :

— N'est-ce pas, Daphné ?

— Bien sûr, dit celle-ci d'un ton modeste.

— Je pense que votre mère ne sera pas assez permissive pour m'accorder une seconde valse avec vous, déclara Simon, très à l'aise dans son personnage de duc, mais je suppose qu'elle nous donnera l'autorisation de marcher un peu dans la salle ?

— C'est exactement ce que vous venez de faire, intervint Anthony.

Une fois de plus, Simon feignit de ne pas l'entendre.

— Bien entendu, précisa-t-il pour la vicomtesse, nous resterons toujours à portée de vue.

Entre les mains de Violet, l'éventail de soie lavande s'agita un peu plus vite.

— J'en serais ravie… je veux dire, *Daphné* en serait ravie. N'est-ce pas, Daphné ?

— Oh, tout à fait, assura celle-ci, toute innocence.

— Et moi, grinça Anthony entre ses dents, je crois que je devrais prendre une dose de laudanum, car manifestement je suis fiévreux. Que diable se passe-t-il, ici ?

— Anthony ! s'écria Violet.

Puis, se tournant vivement vers Simon :

— Ne l'écoutez pas, ajouta-t-elle.

— Oh, il y a longtemps que j'ai arrêté ! la rassura Simon.

— Daphné, proposa Anthony, je me ferai un plaisir d'être ton chaperon.

— Enfin, Anthony ! s'impatienta la vicomtesse. Ils n'en ont pas besoin puisqu'ils restent ici.

— J'insiste.

— Allons, vous deux, sauvez-vous ! s'exclama Violet en les chassant d'un geste de la main. Anthony vous rejoindra dans un instant.

Ce dernier tenta de leur emboîter le pas, mais sa mère le retint énergiquement par le poignet.

— Eh bien, à quoi jouez-vous ? le gronda-t-elle dans un murmure véhément.

— Je protège ma sœur.

— Contre le duc ? Il ne peut pas être aussi mauvais ! En vérité, il me fait un peu penser à vous.

Anthony maugréa.

— Dans ce cas, il est impératif que je la surveille.

Violet lui tapota l'épaule.

— Ne soyez pas aussi vieux jeu ! S'il tente d'entraîner votre sœur en secret vers le balcon, je vous promets que vous pourrez voler à son secours. En attendant, soyez gentil de la laisser savourer son triomphe.

Anthony considéra d'un œil maussade Simon, dont il ne voyait que le dos.

— Demain, je le tue.

— Je ne vous savais pas aussi susceptible ! On pourrait croire qu'étant votre mère, je serais au courant de ce genre de choses, surtout puisque vous êtes mon premier-né, et que par conséquent je vous connais depuis plus longtemps que mes autres enfants, mais...

— Est-ce Colin, là-bas ? l'interrompit Anthony d'une voix tendue.

Violet cligna des yeux.

— Oh, mais oui ! N'est-ce pas merveilleux qu'il soit déjà de retour ? Je n'en ai pas cru mes yeux quand je l'ai vu tout à l'heure. Je dirais même que je...

— Je ferais mieux d'aller le retrouver, dit rapidement Anthony. Il a l'air esseulé. Bonsoir, mère.

Violet regarda son fils s'éloigner au pas de course, fuyant sans doute ses sermons.

— Grand naïf, murmura-t-elle.

Aucun de ses enfants ne semblait avoir décelé ses ruses... comme par exemple se mettre à babiller à tort et à travers, afin de se débarrasser d'eux en un temps record lorsqu'elle voulait être tranquille.

Dans un soupir de satisfaction, elle continua d'observer sa fille, à présent de l'autre côté de la piste de danse, sa main élégamment passée sous le coude de son cavalier. Quel beau couple ils formaient !

En vérité, songea Violet, les yeux embués par l'émotion, sa fille ferait une superbe duchesse.

Elle laissa son regard errer en direction d'Anthony, qui se trouvait à présent exactement où elle voulait qu'il soit : hors de ses jupons. Elle s'autorisa un imperceptible sourire. Les enfants étaient si faciles à manipuler !

Puis son sourire se figea quand elle aperçut Daphné qui revenait vers elle... au bras d'un autre homme. Violet scruta l'assemblée avec attention, jusqu'à ce qu'elle localise enfin le duc de Hastings.

Dieu du ciel, pourquoi dansait-il avec Pénélope Featherington ?

# 6

*Votre dévouée chroniqueuse s'est laissé dire que lord Hastings aurait mentionné pas moins de six fois, hier soir, qu'il n'avait pas la moindre intention de convoler en justes noces. Si son but était de décourager les mères ambitieuses, il a commis une grave erreur de jugement. Celles-ci ne verront dans ses remarques qu'un défi à relever.*

*Intéressante précision : ces affirmations ont été prononcées avant qu'il fasse la connaissance de la très spirituelle miss Bridgerton.*

*La Chronique mondaine de lady Whistledown*, 30 avril 1813

Le lendemain en début d'après-midi, Simon se trouvait sur le perron de Bridgerton House, actionnant d'une main le heurtoir de cuivre, tenant dans l'autre un énorme bouquet de tulipes qui lui avait coûté une fortune. Il n'avait pas envisagé que sa petite mascarade l'occuperait pendant la journée, mais la veille, tandis qu'il traversait la salle de bal à pas lents, Daphné à son bras, celle-ci lui avait fait une remarque pleine de bon sens. S'il ne se présentait pas chez elle au plus tôt, personne, à commencer par sa mère, ne comprendrait qu'il avait jeté son dévolu sur elle.

Simon l'avait crue sur parole. La jeune femme était bien mieux informée que lui des us et coutumes en la matière. Il avait donc consciencieusement fait l'acquisition d'un bouquet de fleurs, avant de traverser Grosvenor Square pour se rendre à Bridgerton House. N'ayant jamais courtisé une demoiselle de bonne famille, il ne maîtrisait pas les subtilités du rituel.

Presque immédiatement, un majordome vint ouvrir la porte. Simon lui tendit sa carte. L'homme, un grand échassier au visage en lame de rasoir, la parcourut d'un regard rapide et hocha la tête.

— Si monsieur veut bien me suivre, murmura-t-il.

Manifestement, songea Simon, on l'attendait.

Ce à quoi *lui* ne s'attendait pas, en revanche, c'est le spectacle qui s'offrit à lui lorsqu'il fut introduit dans le salon des Bridgerton.

Daphné, telle une apparition drapée de soie bleu glacier, était assise sur le bord d'un canapé tendu de damas vert, le visage éclairé d'un sourire radieux.

La vision aurait été des plus charmantes si la jeune femme n'avait pas été entourée de cinq ou six galants, dont l'un avait poussé le zèle jusqu'à tomber à ses genoux pour lui déclamer des vers.

S'il en jugeait aux tournures fleuries qui ornaient son propos, des boutons de roses n'allaient pas tarder à éclore sur les lèvres du beau parleur !

Simon observa le tableau avec un brin d'agacement. Il posa les yeux sur Daphné, laquelle couvait d'un regard patient le poète à deux sous, et attendit qu'elle remarque son arrivée.

Elle n'en fit rien.

S'apercevant alors que sa main libre s'était refermée en un poing serré, il parcourut lentement la pièce du regard en se demandant lequel de ces messieurs allait le premier tâter de sa colère.

Daphné continuait de sourire, et toujours pas à lui.

Le poète idiot ? C'était décidé ! Simon pencha légèrement la tête pour évaluer son coup. Allait-il le frapper côté gauche, ou droit ? Puis il se ravisa. Trop violent, songea-t-il. Une pichenette sur le menton suffirait à faire tomber le bellâtre à la renverse…

— Celui-ci, enchaîna le rimailleur d'un ton grandiloquent, je l'ai écrit hier soir en votre honneur.

Simon laissa échapper un grognement. Il avait reconnu dans le dernier poème une variation assez prétentieuse d'un sonnet de Shakespeare, mais il craignait de ne pas supporter une œuvre plus personnelle.

— Tiens ? Monsieur le duc de Hastings !

Levant les yeux, il vit que Daphné avait enfin remarqué sa présence.

Il la salua d'un hochement de tête, d'un air glacial qui tranchait assez nettement avec les mines empressées de ses sigisbées.

— Miss Bridgerton.

— Quelle bonne surprise ! s'exclama-t-elle, un sourire lumineux aux lèvres.

Tout de même, il préférait cela ! Rajustant sa prise sur son bouquet, il se dirigea vers elle... pour constater que trois jeunes gens se trouvaient sur son chemin, nullement décidés à lui céder le passage. Simon toisa le premier d'un regard glacial. Aussitôt le gamin – pas plus de vingt ans, à peine assez âgé pour être appelé un *homme* – se mit à tousser sans aucune élégance, avant de détaler vers le premier siège libre.

Simon s'apprêtait à poursuivre sa progression, déterminé à appliquer la même méthode sur le second obstacle, lorsque lady Bridgerton apparut devant lui, parée d'une robe indigo et d'un sourire aussi rayonnant que celui de Daphné.

— Lord Hastings ! s'écria-t-elle. Quelle joie de vous voir ! Votre présence nous honore.

— Tout le plaisir est pour moi, murmura-t-il en prenant sa main gantée pour l'effleurer de ses lèvres. Mademoiselle votre fille est une jeune personne exceptionnelle.

Un soupir de fierté maternelle jaillit des lèvres de la vicomtesse.

— Ces fleurs sont magnifiques ! s'extasia-t-elle, de l'air de quelqu'un qui s'arrache à une douce rêverie. Elles doivent au moins venir de Hollande ! Je suis sûre qu'elles vous ont coûté horriblement cher.

— Maman ! protesta Daphné en retirant sa main de celle d'un adorateur plus audacieux que les autres. Que voulez-vous que le duc réponde à cela ?

— Lui dire combien je les ai payées ? suggéra Simon, mi-figue, mi-raisin.

— Vous n'oseriez pas.

Il se pencha vers elle et demanda, d'une voix si basse qu'elle seule pouvait l'entendre :

— Ne m'avez-vous pas rappelé hier que j'étais un duc ? Il me semblait vous avoir entendue dire que je pouvais faire tout ce qui me plaisait.

— Oui, mais pas cela, répliqua-t-elle en chassant d'un geste de la main une telle hypothèse. Vous n'êtes pas assez grossier.

— Bien entendu, il ne l'est pas ! s'exclama la vicomtesse, manifestement horrifiée que Daphné puisse seulement employer cet adjectif en présence de Simon. Pourquoi le serait-il ? À quoi faites-vous donc allusion ?

— Aux fleurs, expliqua Simon. Ou plutôt, à leur prix. Daphné estime que je ne devrais pas vous le révéler.

— Vous me le direz tout à l'heure, murmura Violet en bougeant à peine ses lèvres. Quand elle ne nous écoutera pas.

Puis, s'étant dirigée vers le sofa de damas vert où sa fille se tenait parmi ses adorateurs, elle en chassa les occupants en un temps record. Simon ne put qu'admirer la précision militaire avec laquelle elle avait opéré la manœuvre.

— Eh bien, voilà ! déclara-t-elle. N'est-ce pas mieux ainsi ? Lord Hastings, venez donc vous asseoir ici.

— Vous voulez dire, là où lord Railmont et M. Crane se trouvaient voici quelques secondes ? demanda Daphné, toute innocence.

— Exactement.

Comment la vicomtesse parvenait-elle à éliminer toute trace de sarcasme de sa voix ? Mystère !

— D'ailleurs, M. Crane doit retrouver sa mère chez Gunter à trois heures.

Daphné consulta l'horloge.

— Il n'est que deux heures, maman.

— La circulation est épouvantable, ces jours-ci. Il y a bien trop de chevaux dans les rues.

— Certes, renchérit Simon, et il n'est pas convenable pour un fils de faire attendre sa mère.

— Voilà qui est bien dit, monsieur. Soyez-en certain, c'est selon ces principes que j'ai élevé mes enfants.

— Au cas où vous en douteriez, dit Daphné, je m'en porte garante.

— Si quelqu'un est bien placé pour en parler, répliqua Violet avec un demi-sourire, c'est bien vous, ma fille. Et maintenant, si vous voulez bien m'excuser, je vais devoir vous laisser quelques instants. Monsieur Crane ? Oh, monsieur Crane ! Votre maman ne me pardonnera jamais si je ne vous mets pas à la porte tout de suite.

Elle prit le malheureux par le bras pour l'entraîner avec énergie vers la sortie, sans même lui laisser le temps de prendre congé de Daphné.

Celle-ci se tourna vers Simon, amusée.

— Je ne saurais dire si elle se montre horriblement affable ou délicieusement mal élevée.

— À moins qu'elle ne soit délicieusement affable ? suggéra Simon, sans conviction.

Elle secoua la tête.

— En aucun cas.

— L'autre alternative, bien entendu, est...

— Horriblement mal élevée, conclut la jeune femme en suivant sa mère d'un regard pétillant de joie.

La vicomtesse, qui avait pris lord Railmont par le bras, fit pivoter celui-ci vers Daphné pour qu'il puisse la saluer de loin, puis le guida sans ménagement hors de la pièce. Aussitôt, comme par magie, les autres bellâtres s'éclipsèrent en murmurant de rapides au revoir.

— Quelle efficacité ! commenta Daphné.

— Positivement redoutable, acquiesça Simon.

— Elle va revenir, n'en doutez pas.

— Dommage. Moi qui espérais vous avoir pour moi tout seul !

Daphné éclata de rire.

— Je ne m'explique pas votre affreuse réputation. Vous êtes trop bienveillant pour la mériter.

— Dire que nous autres noceurs, nous nous vantons de notre impertinence !

— L'humour des libertins se nourrit en général de cruauté.

Surpris par cette remarque, Simon la regarda avec attention. Il scruta ses grands yeux marron, sans vraiment savoir ce qu'il y cherchait. Tiens ? Ses pupilles étaient cernées d'un petit halo vert, aux riches nuances de mousse dans la lumière du printemps... C'était la première fois qu'il la voyait en plein jour, songea-t-il.

— Monsieur ?

La douce voix de la jeune femme l'arracha à sa rêverie.

— Veuillez m'excuser, dit Simon en battant des cils.

— Vous aviez l'air d'être très loin, le gronda-t-elle.

— J'y suis allé pour de bon, rétorqua-t-il en s'obligeant à détourner le regard de ses yeux, et c'est fort différent d'ici.

Daphné laissa échapper un petit rire aux sonorités cristallines.

— Oui, c'est vrai... Dire que je ne suis jamais allée plus loin que le Lancashire ! Je dois vous paraître bien provinciale.

Simon ne releva pas ces paroles.

— Veuillez excuser ma distraction. Nous parlions de mon manque d'humour, je crois ?

— Non, et vous le savez aussi bien que moi.

Elle posa ses mains sur ses hanches.

— J'étais en train de vous dire que votre sens de l'humour est nettement supérieur à celui du premier libertin venu.

Simon arqua un sourcil.

— Vous ne faites pas figurer vos frères dans cette catégorie ?

— Nuance, rectifia-t-elle. Mes frères *se prennent* pour des libertins.

— Si Anthony n'en est pas un, que doivent endurer les conquêtes des hommes qui en sont, eux !

— Il ne suffit pas pour être un libertin de séduire des cohortes de femmes, déclara Daphné d'un ton léger.

Un homme qui ne sait rien faire d'autre qu'enfoncer sa langue dans la bouche de la dame et de la...

Il sembla à Simon qu'un nœud se formait dans sa gorge.

— Vous ne devriez... pas parler de... ce genre de choses, articula-t-il avec peine.

Elle haussa les épaules d'un geste insouciant.

— Vous ne devriez même pas en avoir entendu parler ! insista-t-il.

— J'ai quatre frères, répondit-elle. Enfin, trois. Gregory est trop jeune, il ne compte pas.

— Quelqu'un devrait leur apprendre à surveiller leur langage en votre présence.

Elle esquissa un nouveau geste amusé.

— La plupart du temps, ils ne remarquent même pas que je suis là !

Cela, Simon avait bien du mal à le croire !

— Allons, nous avons encore dévié de notre sujet, reprit-elle. Tout ce que je voulais dire, c'est qu'un authentique libertin ne sait rire qu'aux dépens des autres. Il lui faut une victime, car il n'imagine pas rire de lui-même. Vous, monsieur le duc, vous possédez un certain talent pour l'autodérision.

— Je ne sais pas si je dois vous remercier ou vous étrangler.

— Vous voulez m'assassiner ? Grand Dieu, pourquoi donc ?

Elle rit de nouveau, d'un rire spontané qui toucha Simon au plus profond de son être. Il s'obligea à expirer lentement, mais les sourdes pulsations de son cœur se calmèrent à peine. Si elle continuait, il ne répondait plus de rien...

Elle le regarda, lèvres entrouvertes sur la promesse d'un nouvel accès d'hilarité.

— Je crois que je vais vous étrangler, à la réflexion, la menaça Simon. Vous l'aurez bien mérité !

— Voyez-vous cela ! En vertu de quel principe ?

— Celui du respect que vous devez à un homme.

— L'équivalent du respect que *vous* devez à une femme ?

— Je... Bon sang, où est votre frère ? demanda Simon en cherchant autour de lui. Je commence à vous trouver bien hardie ; il est temps que quelqu'un vous ramène dans le droit chemin.

— Anthony ne devrait pas tarder à nous rejoindre. En fait, je suis même étonnée qu'il n'ait pas déjà fait son apparition. Il était très fâché, hier soir ; j'ai dû subir un interminable sermon sur vos péchés et vos crimes.

— Mes péchés étaient certainement exagérés.

— Et vos crimes ?

— Probablement véridiques, admit Simon, un peu penaud.

Cette réponse lui valut un nouveau sourire de miss Bridgerton.

— Eh bien, à tort ou à raison, il est persuadé que vous avez une idée derrière la tête.

— Mais *j'ai* une idée derrière la tête !

Elle leva les yeux au plafond d'un air agacé.

— Je parle d'une idée criminelle.

— J'aimerais bien ! gémit Simon à mi-voix.

— Pardon ?

— Rien, rien...

Elle fronça les sourcils.

— Il me semble que nous devrions mettre Anthony dans la confidence.

— À quoi bon ?

Daphné songea aux remontrances qu'elle avait subies la veille au soir, mais elle se contenta de répondre :

— Eh bien... je vous laisse le plaisir de découvrir cela par vous-même.

Simon haussa les sourcils, intrigué.

— Ma chère Daphné...

Elle le regarda, stupéfaite, et il ajouta :

— Vous n'avez tout de même pas l'intention de m'obliger à vous donner encore longtemps du « miss Bridgerton », j'espère ?

Il poussa un soupir théâtral.

— Après tout ce que nous avons traversé ensemble !

— Nous n'avons rien traversé du tout, monsieur le Cabotin, mais je suppose que vous pouvez néanmoins m'appeler Daphné.

— Parfait.

Puis, avec un hochement de tête condescendant :

— Et vous, vous pouvez m'appeler monsieur le duc.

Elle lui donna une tape sur le bras.

— C'est bon ! s'écria-t-il en réprimant une envie de rire. Simon, puisqu'il le faut.

— Oh, il le faut absolument, renchérit Daphné d'un air de martyre. Je consens donc à le faire.

Il se pencha vers elle, une lueur nouvelle au fond de ses prunelles bleu glacier.

— Vous consentez ? répéta-t-il dans un murmure. Je brûle d'impatience...

Daphné ne put chasser la troublante impression qu'il évoquait quelque chose de bien plus inavouable que le fait de l'appeler par son prénom. Une soudaine chaleur courut sous sa peau. Dans un réflexe, la jeune femme recula d'un pas.

— Ces tulipes sont superbes, dit-elle sans réfléchir.

Il les examina paresseusement, tout en faisant tourner le bouquet d'un geste gracieux du poignet.

— Oui, n'est-ce pas ?

— Elles me plaisent beaucoup.

— Tant mieux, mais elles ne sont pas pour vous.

Daphné ouvrit des yeux ronds de surprise.

— Elles sont pour votre mère.

Un petit cri de stupeur s'échappa des lèvres de la jeune femme.

— Vous êtes machiavélique ! Elle va littéralement fondre à vos pieds. D'un autre côté, vous prenez un risque...

— Lequel ? s'enquit Simon avec une pointe d'amusement.

— Celui de la renforcer dans sa détermination à vous mettre le grappin dessus. Vous serez tout autant pris d'assaut lors des bals qu'auparavant, et notre petit complot aura été vain.

— Impossible, répliqua-t-il. Les hordes de mères ambitieuses, c'est du passé ! Désormais, je n'en ai plus qu'une seule à supporter.

— Oui, mais laquelle ! Sa ténacité pourrait vous surprendre, l'avertit Daphné.

Puis, tournant les yeux vers la porte entrouverte :

— Elle doit vraiment vous apprécier, ajouta-t-elle, car elle nous laisse seuls bien plus longtemps que ne le voudraient les convenances.

Simon réfléchit à ces paroles et se pencha vers elle pour murmurer :

— Nous épierait-elle, derrière le battant ?

Daphné secoua la tête.

— Non, nous aurions entendu le claquement de ses chaussures dans le couloir.

Cette réponse le fit sourire, et ils échangèrent un regard amusé.

— Au fait, reprit-elle, je profite de ce qu'elle n'est pas encore de retour pour vous remercier.

— Ah ? De quoi donc ?

— Votre plan fonctionne encore mieux que prévu. Avez-vous vu le nombre de prétendants qui étaient là, tout à l'heure ?

Simon croisa les bras, au risque de laisser choir son bouquet.

— J'ai remarqué, oui.

— C'est une vraie réussite ! Jamais je n'ai reçu autant de visites en une seule journée ! Maman était folle de joie. Même Humboldt, le majordome, semblait aux anges, lui qui a toujours l'air renfrogné... Oh ! Attention, vous allez faire tomber de l'eau partout.

Par réflexe, Daphné s'approcha de lui pour redresser les fleurs. Dans son mouvement, son avant-bras effleura le devant de sa redingote. La jeune femme sursauta, surprise par la chaleur et l'impression de puissance qui émanaient de lui.

Bonté divine ! Si elle pouvait les percevoir à travers sa veste et sa chemise, que serait-ce s'il était...

Une soudaine brûlure envahit ses joues. Elle devait avoir les joues en feu.

— Je donnerais ma fortune pour connaître vos pensées, chuchota le duc, manifestement intrigué.

Par chance, la vicomtesse choisit cet instant pour réapparaître dans le salon.

— Je suis absolument confuse de vous avoir abandonnés si longtemps, dit-elle. L'un des chevaux de M. Crane a perdu un fer, et j'ai dû l'accompagner jusqu'aux écuries et trouver un lad pour réparer les dégâts.

De sa vie, jamais Daphné n'avait vu sa mère s'aventurer dans les écuries !

— Vous êtes une hôtesse exceptionnelle, déclara Simon en lui tendant les tulipes. Tenez, ces fleurs sont pour vous.

— Pour moi ?

La vicomtesse en demeura bouche bée, tandis qu'un drôle de petit soupir s'échappait de ses lèvres.

— Il me semble que...

Elle regarda Daphné, puis Simon, et de nouveau sa fille.

— Vraiment ?

— Tout à fait !

Violet battit des cils, le regard embué. Personne ne lui offrait jamais de fleurs, songea soudain Daphné. Du moins, pas depuis que son père était mort, une dizaine d'années plus tôt. Violet était tellement mère que Daphné avait oublié qu'elle était aussi femme.

— Je ne sais que dire, murmura la vicomtesse d'une voix enrouée par l'émotion.

— Essayez « Merci », chuchota Daphné à son oreille avec un sourire chaleureux.

— Oh, Daphné ! Vous êtes encore pire que vos frères ! s'écria Violet, qui n'avait jamais paru aussi jeune aux yeux de sa fille. Merci, monsieur. Elles sont superbes, mais votre attention me touche plus encore que leur beauté. Je ne suis pas près de l'oublier.

Hastings parut sur le point de dire quelque chose, mais il se contenta de hocher la tête en souriant.

En remarquant la lueur de joie intense qui éclairait le regard bleu de sa mère, Daphné comprit, un peu honteuse, que jamais aucun de ses huit enfants n'avait fait preuve d'autant de délicatesse envers elle que l'homme qui se tenait à son côté.

Puis il lui vint à l'esprit qu'il aurait fallu être la dernière des sottes pour ne pas tomber follement amoureuse de celui-ci.

Bien entendu, tout aurait été encore plus parfait s'il avait eu la bonne idée d'éprouver pour elle les mêmes tendres sentiments...

— Maman, voulez-vous que j'aille vous chercher un vase ?

— Hum ? fit Violet, trop occupée à savourer le parfum des tulipes pour écouter sa fille. Oh ! Oui, bien sûr. Demandez à Humboldt d'apporter celui de ma grand-mère, en cristal taillé.

Daphné adressa un sourire reconnaissant au duc et se dirigea vers la porte. Elle n'avait pas effectué deux pas que la haute et massive silhouette de son frère aîné s'encadrait dans la porte.

— Daphné, grommela Anthony. Je te cherchais, justement.

La jeune femme décida que la meilleure stratégie consistait à ignorer sa mauvaise humeur.

— Un instant, je te prie, dit-elle d'un ton docile. Maman m'a demandé d'aller lui chercher un vase. Le duc lui a apporté des fleurs.

— Hastings est là ?

Anthony braqua son regard par-dessus l'épaule de Daphné, vers l'intérieur du salon.

— Que venez-vous faire ici ?

— Présenter mes hommages à mademoiselle votre sœur.

Anthony entra dans la pièce d'un pas furieux.

— Je ne vous ai pas autorisé à la courtiser, maugréa-t-il.

— Moi, si, intervint Violet.

La vicomtesse tendit le bouquet sous le nez de son fils aîné et l'agita, comme pour lui barbouiller le visage de pollen.

— Ne sont-elles pas superbes ?

Anthony éternua et écarta les fleurs d'un geste impatient.

— Mère, j'essaie d'avoir une conversation avec le duc de Hastings.

Violet pivota vers ce dernier.

— Voulez-vous discuter avec mon fils ?

— Pas particulièrement.

— Très bien. Anthony, taisez-vous.

Daphné tenta, sans succès, d'étouffer d'une main le fou rire qui jaillissait de ses lèvres.

— Toi, la menaça Anthony, tiens-toi tranquille !

— Je vais chercher ce vase, marmonna-t-elle.

— En me laissant aux prises avec votre frère ? demanda Simon sans enthousiasme. Je ne préférerais pas.

Daphné leva un sourcil amusé.

— Ne me dites pas que vous n'êtes pas assez vaillant pour vous expliquer avec lui !

— Aucunement, mais il est *votre* problème, pas le mien, et...

— Que diable tramez-vous ? gronda Anthony.

— Anthony ! s'écria Violet. Je ne tolérerai pas un tel comportement dans mon salon.

Daphné étouffa un petit rire moqueur.

Simon ne fit rien d'autre qu'incliner la tête de côté pour considérer son ami d'un air intrigué.

Anthony leur lança à tous deux un regard noir, avant de se tourner vers sa mère.

— Il ne faut pas lui faire confiance. Savez-vous ce qui se passe, ici ?

— Bien entendu, répondit Violet. Monsieur le duc rend visite à votre sœur.

— Et j'apporte des fleurs à madame votre mère, ajouta Simon d'un ton affable.

En voyant le regard mauvais qu'Anthony dardait sur lui, Simon eut la nette impression que celui-ci éprouvait une folle envie de lui écraser son poing sur le visage.

Puis il s'adressa de nouveau à sa mère :

— Savez-vous exactement quelle est sa réputation ?

— Les anciens libertins font les meilleurs maris, déclara Violet.

— Ce sont des fadaises, et vous le savez.

— De toute façon, ce n'est pas un vrai libertin, corrigea Daphné.

Le coup d'œil qu'Anthony lança à sa sœur était si furieux que c'en était comique. Simon ravala de justesse un éclat de rire, aidé en cela par la certitude que la moindre manifestation d'ironie risquait fort, dans la bataille intérieure que livrait Anthony entre sa colère et sa bonne éducation, de faire pencher la balance en faveur des instincts les plus bas de celui-ci.

— Vous ignorez tout, dit Anthony d'une voix vibrante de rage contenue. Vous ignorez tout de ce qu'il a fait !

— Bah ! Rien de plus que ce que *vous* avez fait, rétorqua Violet, espiègle.

— Précisément ! tonna le jeune homme. Bon sang, je sais exactement à quoi il pense en ce moment même, et cela n'a qu'un rapport très lointain avec les sonnets fleuris et les bouquets de roses !

À ces mots, Simon s'imagina en train de déposer Daphné sur un lit de pétales de roses.

— Avec les roses, je ne dis pas... murmura-t-il.

— Je vais le tuer !

— Tuer un homme qui m'apporte des fleurs ? Vous n'y songez pas ! Et d'ailleurs, ce sont des tulipes. De Hollande, qui plus est. Alors maîtrisez-vous un peu, Anthony. Tout ceci est parfaitement déplacé.

— Cet homme n'est même pas digne de lécher les bottines de Daphné !

De nouveau, une image des plus suggestives s'imposa à l'esprit de Simon... mais cette fois, il jugea plus prudent de s'abstenir de tout commentaire.

Au demeurant, il n'était pas question de laisser ses pensées prendre un cours aussi risqué. Daphné était la sœur d'Anthony, nom de nom ! Il ne pouvait pas la séduire !

— Je refuse d'entendre plus de remarques désobligeantes à l'égard de monsieur le duc, déclara Violet. Le débat est clos.

— Mais...

— Je n'aime pas votre ton, Anthony Bridgerton !

Simon crut entendre Daphné pouffer de rire. En quoi cela était-il si drôle ?

— Si Votre Sérénissime Maternité m'y autorise, demanda Anthony d'une voix vibrante de colère, j'aimerais avoir une discussion privée avec monsieur.

— Cette fois-ci, je vais vraiment chercher ce vase, annonça Daphné avant de s'éclipser.

Violet croisa les bras d'un air de défi.

— Je ne tolérerai pas que vous maltraitiez un hôte sous mon toit.

— Vous avez ma parole que je ne lèverai pas la main sur lui.

N'ayant pas eu de mère, Simon trouvait cet échange des plus fascinants. Aux yeux de la loi, Bridgerton House n'appartenait pas à la vicomtesse, mais à son fils aîné, et Simon s'étonnait que ce dernier ne se fût pas prévalu de cet argument.

— Tout va bien, madame, la rassura-t-il. Je suis sûr qu'Anthony et moi avons beaucoup à nous dire.

— Beaucoup, approuva celui-ci, furieux.

— Ma foi, comme il vous plaira, répondit lady Bridgerton. De toute façon, vous n'en ferez qu'à votre tête. En revanche, je n'ai pas l'intention de m'en aller.

Elle prit place dans le sofa.

— Ce salon est le mien, et j'y suis fort bien. Si vous voulez engager l'un de ces échanges grotesques qui font office de conversation chez les mâles de votre espèce, libre à vous, mais pas ici.

Simon n'en croyait pas ses oreilles. Décidément, la mère de Daphné était une femme surprenante !

Voyant qu'Anthony désignait la porte d'un coup de menton, il le suivit dans le couloir.

— Mon cabinet de travail est par là.

— Vous disposez d'un bureau ici ?

— Je suis le chef de famille.

— Certes, admit Simon, mais vous habitez ailleurs.

Anthony fit halte pour darder sur lui un œil inquisiteur.

— Il ne vous aura pas échappé, je suppose, que ma position de fils aîné implique un certain nombre de responsabilités.

Simon soutint tranquillement son regard.

— Feriez-vous allusion à Daphné ?

— Précisément.

— Si ma mémoire est bonne, vous m'avez dit voici quelques jours vouloir nous présenter l'un à l'autre.

— C'était *avant* que je découvre que vous vous intéressiez à elle.

Simon garda le silence jusqu'à ce qu'Anthony le fasse entrer dans son bureau et ferme la porte derrière eux.

— J'aimerais bien savoir, s'enquit-il calmement, pour quelle raison je ne m'intéresserais pas à elle ?

— En dehors du fait que vous m'avez juré n'avoir aucunement l'intention de convoler en justes noces ? demanda Anthony d'un ton acerbe.

Un point pour lui ! songea Simon, contrarié.

— En dehors de cela, admit-il.

Anthony parut hésiter.

— Personne ne s'intéresse à Daphné. Du moins, personne à qui nous accorderions sa main.

Simon croisa les bras et s'assit négligemment sur un coin de table.

— Vous ne la tenez pas en très haute estime, on dir... ?

Avant qu'il ait eu le temps d'achever sa question, Anthony l'avait saisi à la gorge.

— Je vous interdis de manquer de respect à ma sœur !

Hélas pour lui, Simon avait appris, durant ses voyages au long cours, quelques rudiments de combat à mains nues. Deux secondes plus tard, il avait inversé leurs positions.

— J'éprouve le plus grand respect pour mademoiselle votre sœur, rétorqua-t-il d'un ton volontairement menaçant. Pour vous, en revanche...

Entendant un son étranglé jaillir des lèvres d'Anthony, Simon le libéra.

— Il se trouve, reprit-il en se frottant les mains, que Daphné m'a expliqué pour quelle raison elle n'avait attiré aucun prétendant convenable.

— Ah oui ? ricana Anthony.

— Pour ma part, je crois que vos manières de brutes, à vos frères et à vous, y sont pour beaucoup. D'après elle, cela est dû au fait que tout le monde à Londres ne voit en elle qu'une bonne camarade, et non une figure romantique.

Anthony observa un long silence.

— Hum... marmonna-t-il.

Puis, après une nouvelle pause :

— Elle a sans doute raison, dit-il, pensif.

Sans un mot, Simon étudia son ami, absorbé dans une profonde réflexion.

— Malgré tout, je n'aime pas vous voir tourner autour d'elle.

— Bonté divine, on dirait que vous allez mordre !

À son tour, Anthony croisa les bras sur sa poitrine.

— N'oubliez pas que nous avons fait les quatre cents coups ensemble, à Oxford. Je vous ai vu à l'œuvre.

— Pour l'amour du Ciel, Bridgerton, nous avions vingt ans ! À cet âge, les hommes sont tous des ânes. Et d'ailleurs, vous savez très bien que je ne m... m...

Comprenant qu'il perdait le contrôle de son élocution, Simon feignit d'être secoué par une quinte de toux. Enfer ! Il était presque parvenu à enrayer ce maudit bégaiement, sauf lorsqu'il était très en colère. S'il se laissait déborder par ses émotions, sa diction se brouillait aussitôt. C'était aussi simple que cela.

Malheureusement, quand cela se produisait, il en était furieux, ce qui ne faisait qu'aggraver le problème. Un véritable cercle vicieux !

— Que vous arrive-t-il ? s'enquit Anthony d'un air intrigué.

— Une poussière... dans la gorge, mentit Simon.

— Voulez-vous du thé ?

Simon hocha la tête. Il n'avait pas particulièrement envie de boire du thé, mais il lui semblait que c'était ce que demanderait quelqu'un ayant réellement une poussière dans la gorge.

Anthony actionna le cordon de la sonnette, puis se tourna de nouveau vers lui.

— Vous disiez ?

Simon toussota une dernière fois, dans l'espoir que cela l'aiderait à maîtriser sa colère.

— Je vous faisais juste remarquer que, comme vous le savez mieux que quiconque, je ne mérite pas la moitié de ma réputation.

— Certes, mais je parlais de l'*autre* moitié, celle que vous méritez, et si je ne vois aucune objection à ce que vous croisiez Daphné à l'occasion, je ne vous laisserai pas la courtiser.

Incrédule, Simon regarda son ami – ou plus exactement celui en qui il avait toujours vu un ami... jusqu'à présent.

— Vous êtes donc persuadé que j'ai l'intention de la séduire comme n'importe quelle grisette ?

— J'ignore quelles sont vos intentions. Ce que je sais, en revanche, c'est que vous n'envisagez pas de vous marier... alors que Daphné, elle, ne désire que cela.

Il leva les mains en signe d'incompréhension.

— Cela me suffit pour préférer vous voir chacun d'un côté de la piste de danse.

Simon laissa échapper un long soupir. Si la réaction d'Anthony était des plus agaçantes, elle était assez logique, pour ne pas dire louable. Après tout, son ami n'avait d'autre intention que de protéger les intérêts de sa sœur. Simon avait du mal, pour sa part, à s'imaginer responsable d'une autre personne que lui-même. Toutefois, il supposait que s'il avait eu une sœur, il aurait été sacrément pointilleux sur la qualité de ses prétendants...

Il en était là de ses réflexions lorsque des coups furent frappés à la porte.

— Entrez ! répondit Anthony.

Simon s'était attendu à voir la bonne apportant le thé, mais c'est Daphné qui fit son apparition :

— Maman me dit que vous êtes tous les deux d'une humeur exécrable et que je serais mieux avisée de vous laisser tranquilles, mais je préférais m'assurer que vous n'étiez pas en train de vous entretuer.

— Pas encore, répliqua Anthony. Nous nous sommes juste un peu étranglés.

Daphné, admirable de maîtrise de soi, demeura parfaitement impassible.

— Oh. Lequel a étranglé l'autre ?

— Moi le premier, puis il m'a retourné la politesse.

— Dommage ! s'écria-t-elle. J'arrive trop tard.

Simon ne put s'empêcher de sourire.

— Daphné... commença-t-il.

Anthony sursauta.

— Vous l'appelez par son prénom ?

Puis, se tournant vers sa sœur :

— Tu lui en as donné la permission ?

— Bien entendu.

— Mais...

— Ne pensez-vous pas, intervint Simon, que le moment est venu de tout lui révéler ?

La jeune femme acquiesça d'un air grave.

— Tout à fait d'accord. Si vous vous souvenez, je l'avais bien dit !

— Comme c'est délicat de votre part de le faire remarquer, marmonna Simon.

Une expression de triomphe éclaira le visage de Daphné.

— Je n'ai pas pu résister. Avec quatre frères, on apprend vite à profiter du moment où l'on peut s'exclamer : « Je l'avais bien dit ! »

Simon regarda Daphné, puis Anthony, puis de nouveau Daphné.

— Je ne sais pas lequel de vous deux je plains le plus ! soupira-t-il.

— Allez-vous me dire ce que vous manigancez ? s'impatienta Anthony.

Puis, changeant de ton :

— Et pour répondre à votre question, c'est moi qu'il faut plaindre. Je suis un frère aimant et bienveillant, tandis qu'elle...

— Faux ! protesta Daphné.

Sans prêter attention à leur dispute, Simon se tourna vers Anthony.

— Vous voulez savoir ce que nous tramons ? Je vais tout vous dire...

# 7

*Les hommes sont comme les moutons de Panurge. Là où l'un va, les autres suivent...*

LA CHRONIQUE MONDAINE DE LADY WHISTLEDOWN, 30 avril 1813

Dans l'ensemble, songea Daphné, Anthony prenait plutôt bien la chose. Lorsque Simon acheva de lui résumer leur petit complot – non sans, elle devait l'admettre, de fréquentes interruptions de sa part –, Anthony n'avait élevé la voix que sept fois.

Soit sept fois de moins que Daphné ne l'avait craint.

Finalement, après qu'elle l'eut prié de tenir sa langue jusqu'à ce que Simon et elle aient terminé leur explication, Anthony hocha la tête, croisa les bras et garda les lèvres serrées. Son expression furieuse était proprement effrayante, mais il tint parole et s'abstint de tout commentaire.

Jusqu'à ce que Simon achève son récit par un « Et voilà toute l'histoire » qui résonna étrangement dans l'air soudain immobile.

Anthony conserva un mutisme si parfait pendant une dizaine de secondes que Daphné aurait juré qu'elle entendait le mouvement de ses propres yeux qui allaient, inquiets, d'Anthony à Simon, et inversement.

Puis son frère reprit la parole.

— Avez-vous perdu la tête ?

— Je me disais bien qu'il réagirait comme cela, marmonna Daphné.

— Êtes-vous aussi désespérément, aussi abominablement, aussi irrémédiablement fous l'un que l'autre ? enchaîna le jeune homme. Je ne sais pas lequel de vous est le plus insensé des deux !

— Vas-tu te taire ? chuchota Daphné. Maman va t'entendre.

— Mère ferait une crise cardiaque si elle apprenait à quoi tu joues, répliqua Anthony, d'un ton un peu plus bas.

— Ce qui ne se produira pas, n'est-ce pas ?

— Non, répondit Anthony, car votre petit complot prend fin à cet instant même.

Daphné croisa les bras.

— Tu ne pourras pas m'en empêcher.

D'un coup de menton, Anthony désigna Simon.

— Il me suffirait de le tuer.

— Ne sois pas ridicule !

— Il y a eu des duels pour moins que ça !

— Oui, entre crétins, précisa Daphné.

— Dans ce domaine, je ne lui disputerai pas le titre, rétorqua Anthony.

— Si je puis me permettre... commença Simon.

— C'est ton meilleur ami, fit valoir Daphné.

— *C'était,* rectifia Anthony d'une voix vibrante de rage contenue.

Daphné se tourna vers Simon, outrée.

— Et vous ne dites rien ?

Il étira ses lèvres en un sourire guindé.

— Encore faudrait-il qu'on m'en laisse l'occasion.

Anthony pivota vers lui.

— Vous allez quitter cette maison sur-le-champ.

— Avant d'avoir pu plaider ma cause ?

— Nous sommes aussi chez moi, s'emporta Daphné, et pour ma part, je désire qu'il reste.

Son frère lui lança un regard exaspéré.

— Très bien. Je vous donne deux minutes pour votre défense, pas une de plus.

Daphné jeta un coup d'œil hésitant à Simon, songeant qu'il préférerait peut-être parler à sa place, mais celui-ci, dans un haussement d'épaules fataliste, déclara :

— À vous l'honneur. Après tout, c'est *votre* frère.

Elle prit une profonde inspiration pour se donner du courage et, posant les mains sur ses hanches dans un geste machinal :

— Tout d'abord, tu dois savoir que j'ai bien plus à gagner avec ce pacte que monsieur le duc. Il prétend qu'il veut m'utiliser pour se protéger des autres jeunes femmes...

— Et de leurs mères, précisa Hastings.

— ... et de leurs mères, mais entre nous, je pense qu'il se trompe. On ne cessera pas de le harceler pour la seule raison qu'on le croira épris d'une autre... surtout s'il s'agit de moi !

— Quel est le problème avec toi ? s'étonna Anthony.

Daphné s'apprêtait à répondre, mais elle se ravisa en interceptant le drôle de regard que les deux hommes échangeaient.

— Eh bien, qu'y a-t-il ? demanda-t-elle.

— Rien, marmonna Anthony d'un air penaud.

— J'ai expliqué à votre frère votre théorie sur les raisons de votre manque de prétendants, dit le duc avec gentillesse.

— Je vois...

Elle se mordit les lèvres, ne sachant si elle devait ou non s'en offusquer.

— Entre nous, ajouta-t-elle, il aurait pu s'en douter tout seul.

Pour toute réponse, le duc émit un ricanement dubitatif.

Daphné leur adressa un regard sévère.

— J'espère que ces interruptions ne seront pas comptabilisées dans mes deux minutes !

Simon esquissa un geste évasif.

— C'est lui qui tient la montre.

Daphné vit son frère serrer les doigts sur le rebord du bureau, peut-être pour les empêcher de se refermer sur le cou de Hastings.

— Et c'est lui, menaça Anthony, qui va passer à travers la fenêtre tête la première s'il ne la met pas en sourdine.

— Vous voyez, commenta Daphné sans dissimuler son agacement, je me suis toujours demandé si les hommes n'étaient pas un peu stupides. Maintenant, j'ai la réponse.

Le duc sourit.

— En tenant compte des interruptions, déclara Anthony en décochant un regard meurtrier à Hastings, il te reste une minute et demie.

— Très bien. Dans ce cas, je m'en tiendrai à un seul fait. Aujourd'hui, j'ai eu six visiteurs. Six ! Te souviens-tu de la dernière fois que cela est arrivé ?

Anthony lui jeta un regard vide.

— Moi, je ne peux pas, poursuivit-elle, pleine d'énergie. Pour la bonne raison que cela n'est *jamais* arrivé. Cet après-midi, six hommes ont gravi l'escalier de la maison, frappé à la porte, donné leur carte à Humboldt. Six bons partis m'ont apporté des fleurs, fait la conversation, et il y en a même un qui m'a déclamé des vers.

À ces mots, Simon tressaillit.

— Et sais-tu *pourquoi* ? s'emporta Daphné, élevant dangereusement la voix. Le sais-tu ?

Anthony, avec une sagesse inédite chez lui, ne répondit pas.

— Parce que ce monsieur…

De la main, elle désigna Simon.

— … a eu la bonté de feindre un certain intérêt pour ma personne hier soir au bal de lady Danbury.

Simon, jusque-là tranquillement assis sur le coin du bureau, se redressa soudain.

— Tout de même, s'exclama-t-il, je ne l'aurais pas formulé ainsi !

Elle tourna vers lui un regard parfaitement impassible.

— Et comment l'auriez-vous formulé, je vous prie ?

Il n'eut pas le temps de répliquer qu'elle enchaînait :

— Parce que je peux vous affirmer qu'aucun de ces messieurs n'avait jamais songé à m'honorer de sa visite, jusqu'à présent.

— S'ils sont aveugles à ce point, lança Simon avec calme, pourquoi vous souciez-vous qu'ils vous regardent ou non ?

La jeune femme ne répondit pas. En la voyant reculer d'un pas, Simon eut la pénible impression d'avoir commis une bourde... impression confirmée lorsqu'il la vit battre des cils.

Bon sang, elle pleurait...

Elle essuya ses yeux en toussotant, plaçant sa main devant sa bouche afin de dissimuler la manœuvre, mais Simon n'était pas dupe. Il s'était comporté comme le dernier des goujats.

— Ah, bravo ! grommela Anthony.

Il fusilla Simon du regard et posa une main protectrice sur le bras de sa sœur.

— Ne fais pas attention à lui, Daph'. C'est un âne.

— Peut-être, rétorqua-t-elle dans un hoquet, mais un âne sensible et intelligent.

Anthony laissa échapper un soupir de lassitude.

— Six visiteurs, tu as dit ?

Elle hocha la tête.

— Sept, en comptant monsieur.

— Et... commença-t-il, prudent, y en avait-il certains parmi eux que tu envisagerais d'épouser ?

Prenant conscience qu'il était en train de s'enfoncer les doigts dans les cuisses, Simon s'obligea à poser les mains sur le bureau.

Daphné acquiesça de nouveau.

— Ce sont tous des hommes avec qui j'ai eu des relations amicales. Le seul détail qui change, c'est qu'ils n'ont jamais vu en moi une candidate sérieuse pour le mariage, jusqu'à ce que monsieur le duc leur donne l'exemple. Si l'occasion m'en était offerte, je pense que je pourrais développer un attachement plus profond pour l'un d'entre eux.

— Mais... ! s'écria Simon, avant de s'interrompre.

— Oui ? s'enquit Daphné d'un air intrigué.

Simon avait failli dire que si ces messieurs ne s'étaient décidés à la remarquer que parce que lui, duc de son état, avait manifesté de l'inclination pour elle, ils étaient parfaitement stupides, et que par conséquent elle ne pouvait envisager un seul instant d'épouser l'un d'entre eux. Puis, se souvenant qu'il avait lui-même fait valoir que son intérêt pour elle lui attirerait des prétendants, il comprit qu'avancer cet argument reviendrait à couper la branche sur laquelle il était assis.

— Rien, répliqua-t-il finalement en levant la main. Cela n'a aucune importance.

Daphné attendit quelques instants, comme pour s'assurer qu'il ne changerait pas d'avis, puis elle se tourna de nouveau vers son frère.

— Dans ce cas, tu comprends la sagesse de notre plan ?

— « Sagesse » est un peu exagéré, mais...

Manifestement, Anthony avait du mal à l'admettre.

— ... je vois quels bénéfices tu penses que tu pourrais éventuellement en retirer.

— Anthony, je dois trouver un époux. Outre le fait que maman me fait une vie infernale à ce sujet, je *veux* me marier et fonder une famille. C'est même mon plus cher désir, mais jusqu'à présent, aucun parti acceptable ne s'est présenté.

Où Anthony trouvait-il la force de résister à ces grands yeux marron qui le suppliaient ? Simon n'en avait aucune idée. De fait, quelques instants plus tard, ses épaules s'affaissèrent tandis qu'il laissait échapper un soupir épuisé.

— C'est bon, déclara le jeune homme en fermant les yeux, comme s'il ne pouvait croire que c'était bien lui qui disait cela. Je vous donne mon accord, puisque vous ne me laissez pas le choix.

Daphné s'élança vers lui pour le serrer sur son cœur.

— Oh, Anthony ! Je savais que tu étais le meilleur des frères !

Puis, après avoir déposé un baiser sur sa joue :

— Il arrive seulement que tu sois parfois mal inspiré, précisa-t-elle.

Anthony leva les yeux au plafond, avant de tourner le regard vers Simon.

— Vous voyez ce qu'on me fait subir ? lança-t-il en secouant la tête d'un air impuissant.

En l'entendant parler de ce ton pathétique que prennent entre eux les hommes victimes d'odieuses machinations domestiques, Simon réprima un petit sourire de triomphe. Il venait de quitter son statut de vil séducteur pour retrouver celui de meilleur ami.

— Toutefois, ajouta Anthony en raffermissant sa voix, faisant reculer Daphné, je pose quelques conditions à votre diabolique entreprise.

La jeune femme se figea, attentive.

— Tout d'abord, rien de tout ceci ne doit sortir de cette pièce.

— Tu as ma parole, s'empressa d'acquiescer Daphné.

Anthony interrogea Simon du regard.

— Et la mienne aussi, promit-il.

— Mère ne s'en remettrait pas, si elle apprenait l'effroyable vérité.

— À vrai dire, murmura Simon, je pense plutôt qu'elle applaudirait notre ingéniosité, mais étant donné que vous la connaissez bien mieux que moi, je m'incline devant votre demande.

Anthony le transperça d'un regard glacial.

— En second lieu, vous ne devrez rester en tête à tête sous aucun prétexte. Aucun !

— Cela ne devrait pas être difficile, répondit Daphné, car nous n'y serions pas autorisés, même s'il me faisait réellement la cour.

Simon, qui n'avait rien oublié de leur brève – mais brûlante – rencontre dans les couloirs de lady Danbury, regrettait amèrement qu'on ne lui accorde plus aucun moment de solitude avec Daphné, mais il savait reconnaître un obstacle lorsqu'il s'en présentait un… surtout quand celui-ci s'appelait Anthony Bridgerton. Aussi se contenta-t-il de hocher la tête en signe d'assentiment.

— Troisièmement…

— Parce qu'il y a une *troisième* condition ? s'impatienta Daphné.

— Il y en aurait trente si je pouvais les trouver, grommela Anthony.

— Très bien, dit-elle de mauvaise grâce. Puisqu'il le faut...

L'espace d'un instant, Simon crut qu'Anthony allait étrangler sa sœur.

— Qu'y a-t-il de si drôle ? demanda ce dernier.

Simon prit alors conscience qu'il avait éclaté de rire.

— Rien ! s'empressa-t-il d'assurer.

— Bon, marmonna Anthony. Voici ma troisième condition. Si jamais je vous surprends, même une seule fois, dans une situation susceptible de la compromettre, si vous osez lui faire ne fût-ce qu'un baisemain sans la présence d'un chaperon, je vous arrache la tête.

Daphné battit des cils.

— N'est-ce pas un brin excessif ?

Anthony la toisa avec fermeté.

— Non.

— Oh.

— Hastings ?

Simon n'eut d'autre solution que d'acquiescer à cela également.

— Bien, maugréa Anthony. Maintenant que tout ceci est réglé...

D'un coup de menton, il désigna Simon.

— ... je ne vous retiens pas.

— Anthony ! s'écria Daphné.

— Dois-je comprendre que l'invitation de ce soir ne tient plus ? s'enquit Simon.

— Exactement.

— Pas du tout ! protesta Daphné en donnant une tape sur le bras de son frère. Tu avais invité monsieur le duc à dîner ? Pourquoi ne m'en as-tu rien dit ?

— C'était il y a longtemps. Une éternité, marmonna Anthony.

— Lundi, très exactement, précisa Simon.

— Dans ce cas, vous devez rester, décréta Daphné. Maman sera ravie de vous avoir avec nous. Quant à toi...

Elle frappa son frère de plus belle.

— Arrête un peu de chercher tous les moyens possibles de lui empoisonner la vie.

Simon éclata de rire.

— Empoisonner ? Ne vous inquiétez pas pour cela, Daphné. Vous oubliez que j'ai étudié avec lui pendant une dizaine d'années. Votre frère n'a jamais rien compris aux principes de la chimie.

— Je vais le tuer, marmonna Anthony dans sa barbe. Avant la fin de la semaine, je l'aurai étranglé !

— Allons ! fit Daphné d'un ton léger. Demain, tu auras oublié tout ceci et vous irez fumer un havane au White.

— Je ne crois pas, répliqua Anthony, menaçant.

— Eh bien moi, si. Qu'en dites-vous, Simon ?

En scrutant le visage de son ami, celui-ci découvrit quelque chose de nouveau. Une lueur dans son regard. Un sérieux qu'il n'y avait jamais vu...

Lorsque, six ans plus tôt, Simon avait quitté les rivages de l'Angleterre, Anthony et lui n'étaient encore que des enfants. Oh, ils se *prenaient* pour des hommes ! Ils jouaient, faisaient la noce et se pavanaient en société, persuadés de leur propre importance...

À présent, ce n'était plus la même chose.

Ils *étaient* des hommes.

Simon avait compris que ce changement s'opérait en lui pendant ses voyages au long cours. Cela avait été une lente transformation, forgée jour après jour, au fil de chaque nouveau défi qu'il affrontait. À présent, il prenait conscience qu'il avait conservé, de retour au pays, l'image d'Anthony tel qu'il était à vingt-deux ans.

Il avait commis l'erreur de ne pas s'apercevoir que celui-ci aussi avait mûri. Qu'il portait des responsabilités que, pour sa part, il n'imaginait même pas. Qu'il avait des frères à guider, des sœurs à protéger.

Simon avait un duché, Anthony avait une famille.

La différence était de taille, et Simon ne pouvait blâmer son ami de se montrer extrêmement protecteur... pour ne pas dire franchement obtus.

— J'en dis, répondit-il enfin à Daphné, que votre frère et moi ne sommes plus ceux que nous étions il y a six ans, dans nos années d'insouciance, et qu'à mon avis, cela n'est peut-être pas une mauvaise chose.

Quelques heures plus tard, une folle effervescence s'était emparée de Bridgerton House.

Daphné, qui avait passé une robe du soir en velours émeraude dont quelqu'un lui avait dit un jour qu'elle faisait paraître ses yeux « un peu moins marron », arpentait le grand hall, cherchant en vain à calmer une Violet Bridgerton au comble de l'énervement.

— Je ne peux pas croire, s'écria celle-ci en pressant une main sur sa poitrine, qu'Anthony ait pu *oublier* de me dire qu'il avait proposé au duc de Hastings de dîner avec nous ! Je n'ai pas eu le temps de préparer quoi que ce soit !

La jeune femme parcourut le menu qu'elle tenait entre ses mains, et qui commençait par de la soupe à la tortue, proposait trois autres services, avant de s'achever par un agneau en sauce suivi, bien entendu, par un choix de quatre desserts. S'efforçant de bannir tout sarcasme de sa voix, elle répliqua :

— Il me semble que notre invité n'a aucune raison de se plaindre.

— Je l'espère, gémit Violet, mais si j'avais su qu'il venait, j'aurais ajouté du bœuf. On ne peut pas recevoir convenablement sans une pièce de bœuf !

— Il sait très bien que c'est un dîner sans façon.

Violet lui lança un regard exaspéré.

— Il n'y a pas de dîner sans façon quand un duc vous honore de sa présence !

Perplexe, Daphné regarda sa mère se tordre les mains de désespoir.

— Mère, je ne pense pas que le duc soit le genre d'homme à s'attendre à ce que nous changions du tout au tout nos habitudes à cause de lui.

— Lui, peut-être pas, mais moi, si. Il y a un certain nombre d'usages en société, Daphné, de règles de bonne conduite. En toute franchise, je m'étonne de votre calme et de votre indifférence.

— Je ne suis pas indifférente ! s'insurgea la jeune femme.

— En tout cas, vous n'avez pas l'air de vous affoler, rétorqua sa mère, soupçonneuse. Comment pouvez-vous demeurer aussi impassible ? Pour l'amour du Ciel, Daphné, cet homme envisage de vous *épouser* !

Daphné réprima de justesse un gémissement agacé.

— Il n'a jamais rien affirmé de la sorte, maman.

— Il n'en a pas besoin. Pour quelle autre raison aurait-il dansé avec vous hier soir ? La seule autre jeune fille à qui il a fait le même honneur est Pénélope Featherington, et nous savons vous et moi que cela ne pouvait être que par pure charité.

— J'aime beaucoup Pénélope, protesta Daphné.

— Moi aussi, et j'attends avec impatience le jour où sa mère comprendra qu'avec son teint, c'est un véritable crime de l'habiller en orange, mais là n'est pas la question.

— Alors où est-elle ?

— Je ne sais pas ! répliqua sa mère d'une voix presque geignarde.

Daphné secoua la tête, désolée.

— Je vais chercher Éloïse.

— Faites donc, répondit sa mère d'un air distrait. Et veillez à ce que Gregory soit d'une propreté irréprochable. Il ne se lave jamais derrière les oreilles. Et Hyacinthe... Seigneur, qu'allons-nous faire d'elle ? Le duc ne s'attend pas à trouver une gamine de dix ans à table !

— Maman ! lui reprocha Daphné avec patience. Anthony lui a dit que nous prenions le repas en famille.

— La plupart des parents ne convient pas leurs jeunes enfants à dîner avec eux, fit remarquer Violet.

— Eh bien, c'est leur problème.

Cédant à l'agacement qui montait en elle, Daphné laissa échapper un lourd soupir.

— Maman, j'en ai parlé avec le duc. Il a très bien compris qu'il ne s'agissait pas d'une occasion formelle, et il a même insisté sur le fait qu'il s'en réjouissait d'avance.

N'ayant pas de famille, il n'a aucune idée de ce que peut être un repas chez les Bridgerton. C'est une expérience inédite, pour lui.

À ces mots, Violet pâlit.

— Dieu nous vienne en aide, murmura-t-elle.

— Allons, maman, je sais à quoi vous pensez. Je vous assure qu'il ne faut pas vous inquiéter ; Gregory ne s'amusera pas à écraser ses pommes de terre à la crème sur la chaise de Francesca. Je suis certaine qu'il est trop grand pour se livrer à de tels enfantillages, à présent.

— Mais... c'était la semaine dernière !

— Parfait, rétorqua Daphné du tac au tac. Dans ce cas, il n'aura pas eu le temps d'oublier sa correction.

Violet lui jeta un regard où se lisait la plus extrême perplexité.

— Très bien, reprit Daphné d'un ton nettement moins placide. Je vais lui promettre de l'assassiner s'il fait quoi que ce soit de nature à vous contrarier.

— Cela ne lui fera ni chaud ni froid, répondit sa mère. En revanche, si je le menace de vendre son cheval...

— Il ne vous croira pas.

— Exact. Je suis bien trop tendre avec lui, dit Violet en fronçant les sourcils. Toutefois, il m'écoutera si je lui dis qu'il sera privé de sa promenade quotidienne.

— Bonne idée, acquiesça Daphné.

— Alors c'est entendu. Je vais tout de suite essayer de faire entrer un peu de bon sens dans sa cervelle de moineau.

Violet s'élança, avant de faire halte pour pivoter sur elle-même.

— Éduquer des enfants, quel enfer !

Daphné se contenta de sourire. Cet enfer, sa mère ne l'aurait échangé contre aucun paradis sur terre.

D'une petite toux discrète, Violet indiqua que la conversation prenait un cours plus sérieux.

— J'espère que tout se passera bien ce soir, Daphné. Je pense que le duc de Hastings pourrait faire un excellent mari pour vous.

— Pourrait ? répéta Daphné. Je croyais que les ducs faisaient toujours de bons maris, même s'ils étaient bicéphales et bavaient en parlant… avec leurs deux bouches !

Elle ponctua sa réponse d'un joyeux éclat de rire qui arracha à sa mère un sourire indulgent.

— Vous aurez peut-être du mal à le croire, Daphné, mais je ne veux pas vous marier au premier venu. Si je vous présente à tant de bons partis, c'est seulement pour que vous ayez le plus de prétendants possible, afin de choisir le meilleur époux pour vous.

Un sourire nostalgique éclaira son visage.

— Mon vœu le plus cher est de vous voir aussi heureuse en ménage que je l'ai été avec votre père.

Et, sans laisser à sa fille le temps de répondre, elle s'éloigna…

Abandonnant Daphné à ses remords.

Peut-être cette mascarade avec le duc de Hastings n'était-elle pas une bonne idée, après tout. Violet serait au désespoir lorsqu'ils rompraient leurs prétendues fiançailles. Simon avait affirmé qu'il lui laisserait prendre l'initiative de la séparation, mais elle commençait à songer que l'inverse serait plus souhaitable. Certes, Daphné serait mortifiée d'être celle qui est quittée, mais au moins cela lui épargnerait-il les reproches et l'incompréhension de sa mère.

Car Violet la croirait folle de n'avoir pas su retenir un tel fiancé… et Daphné n'aurait plus qu'à se demander si sa mère n'avait pas raison.

Rien n'aurait pu préparer Simon à l'expérience que représentait un dîner de famille chez les Bridgerton. Autour de la table, ce n'étaient que rires et éclats de voix, à peine émaillés d'un léger incident impliquant un petit pois volant – il lui avait semblé que le petit pois en question provenait de l'extrémité de la table où se trouvait Hyacinthe, mais la benjamine des Bridgerton affichait un air si angélique qu'il avait du mal à croire qu'elle ait réellement pu viser son frère avec ce projectile.

Par chance, et bien qu'il eût décrit au-dessus de la tête de lady Bridgerton un arc parfait, le tir avait échappé à la vigilance maternelle.

Il n'avait en revanche pas échappé à Daphné, assise juste en face de Simon, s'il en jugeait à la rapidité avec laquelle elle avait couvert ses lèvres de sa serviette... sans doute pour dissimuler un éclat de rire. Car elle s'amusait follement, comme en témoignaient les petites rides autour de ses yeux.

Simon ne parla pas beaucoup pendant le repas. À dire vrai, il était plus facile d'écouter les Bridgerton que de tenter de discuter avec eux, en particulier à cause des regards mauvais que dardaient sur lui Anthony et Benedict.

Par chance, on l'avait placé à l'écart des deux frères aînés – non par distraction de la part de la maîtresse de maison, il l'aurait juré –, de sorte qu'il n'eut guère de mal à les ignorer, et qu'il put concentrer son attention sur Daphné, et sur les rapports qu'elle entretenait avec les autres membres de la famille. De temps à autre, l'un d'entre eux lui posait une question, à laquelle il répondait brièvement, avant de se réfugier dans sa posture d'observateur discret.

Jusqu'à ce que Hyacinthe, assise à droite de Daphné, le regarde droit dans les yeux :

— Vous ne parlez pas beaucoup, dites donc, lui fit-elle remarquer.

Violet faillit s'étrangler avec son vin.

— Le duc de Hastings, expliqua Daphné, est bien mieux élevé que nous autres, qui passons notre temps à nous couper la parole comme si nous avions peur qu'on ne nous entende pas.

— Je n'ai pas peur qu'on ne m'entende pas, protesta Gregory.

— Cela ne risque pas d'arriver, commenta sèchement Violet. Allons, Gregory, mangez vos petits pois.

— Mais Hyacinthe a...

— Lady Bridgerton, s'enquit Simon à haute voix, puis-je me permettre de vous demander encore un peu de ces délicieux petits pois ?

— Certainement.

Elle décocha un regard appuyé à son jeune fils.

— Voyez comme monsieur le duc mange ses petits pois, *lui.*

Gregory mangea ses petits pois.

En souriant, Simon se servit, soulagé que lady Bridgerton n'eût pas choisi un service à la russe. S'il lui avait fallu attendre qu'un serveur apporte le plat, jamais il n'aurait pu éviter que Gregory accuse Hyacinthe d'avoir lancé sur lui ses petits pois !

Tout en mangeant le contenu de son assiette, car il n'avait à présent plus d'autre choix que de la terminer, Simon observa Daphné à la dérobée. Son visage s'éclairait d'un léger sourire, et ses yeux pétillaient d'une bonne humeur contagieuse. Une agréable sensation de bien-être envahit Simon.

— Anthony, pourquoi est-ce que tu boudes ? demanda l'une des deux sœurs du milieu – peut-être Francesca, mais Simon n'aurait pu le jurer.

Celle-ci offrait avec Éloïse une ressemblance stupéfiante, jusqu'à la nuance bleu porcelaine de leur iris, la même que celle de leur mère.

— Je ne boude pas, répliqua Anthony.

Simon, qui depuis une heure essuyait les regards furieux de celui-ci, réprima une grimace.

— Tu boudes, insista Francesca – ou Éloïse.

— Si tu t'imagines que je vais discuter avec toi, tu te trompes du tout au tout, laissa tomber son frère d'un air dédaigneux.

De nouveau, Daphné rit sous cape… ou, plus exactement, sous sa serviette de table. Simon décida qu'il ne s'était pas autant amusé depuis des lustres.

— Croyez-moi ou non, déclara soudain Violet, cette soirée est l'une des plus sympathiques de l'année ! Même, ajouta-t-elle avec un regard d'avertissement en direction de Hyacinthe, si ma cadette s'entraîne au lancer de petits pois depuis tout à l'heure.

Simon se tourna vers celle-ci au moment exact où elle s'écriait :

— Vous m'avez vue ?

La vicomtesse secoua la tête d'un air navré.

— Ma chère petite, quand apprendrez-vous que votre maman sait tout ?

Simon décida que Violet Bridgerton était digne de tout son respect.

Malgré cela, elle réussit encore à le prendre au dépourvu, par une simple question enveloppée d'un sourire désarmant.

— Dites-moi, monsieur, êtes-vous occupé demain ?

Malgré la blondeur de ses cheveux et le bleu intense de ses iris, elle ressemblait tant à Daphné qu'une soudaine confusion s'empara de lui. Sans réfléchir, il bredouilla :

— N... non. Pas que je me souvienne.

— Magnifique ! s'exclama-t-elle, rayonnante. Dans ce cas, vous devez nous accompagner à Greenwich.

— À Greenwich ? répéta Simon.

— Oui, voilà déjà quelques semaines que nous projetons une sortie en famille. Nous pourrions prendre un bateau, et pourquoi pas faire un pique-nique sur les berges de la Tamise ?

Elle lui décocha un sourire radieux.

— Vous serez des nôtres, n'est-ce pas ?

— Maman, protesta Daphné, monsieur le duc est certainement très occupé.

Violet décocha à sa fille un regard si polaire que Simon n'aurait pas été surpris de la voir se transformer en statue de glace.

— Ne dites pas n'importe quoi, répliqua la vicomtesse. Il vient de m'assurer qu'il disposait de sa journée.

Puis, se tournant vers lui :

— Nous visiterons l'Observatoire royal. Ainsi, vous n'aurez pas l'impression de perdre votre temps. Il n'est pas ouvert au public, je le sais, mais mon défunt mari était un grand mécène de l'astronomie. On nous y accueillera à bras ouverts.

Simon adressa à Daphné une muette interrogation ; la jeune femme lui renvoya un regard navré, avant d'esquisser un petit geste d'impuissance.

— Avec grand plaisir, répondit-il à son hôtesse.

Celle-ci, manifestement aux anges, conclut leur échange d'une délicate tape sur son bras.

Simon éprouva l'étrange sensation qu'il venait de sceller son destin.

# 8

*Il est parvenu aux oreilles de votre dévouée chroniqueuse que la famille Bridgerton au grand complet – additionnée d'un duc, et quel duc ! – a pris le bateau samedi matin pour Greenwich.*

*Nous nous sommes également laissé dire que le duc susmentionné ainsi qu'un certain membre de la famille Bridgerton sont rentrés à Londres trempés de la tête aux pieds.*

*LA CHRONIQUE MONDAINE DE LADY WHISTLEDOWN,* 3 mai 1813

— Si vous vous excusez encore une fois, menaça Simon en croisant les mains derrière sa nuque, je vous fais passer par-dessus bord.

Assise sur la chaise longue voisine, Daphné lui lança un coup d'œil agacé. Ils se trouvaient sur le pont du bateau que sa mère avait loué pour la journée, afin d'emmener toute la famille, ainsi que le duc de Hastings, jusqu'à la ville de Greenwich.

— Veuillez m'excuser, répliqua-t-elle, si la politesse m'oblige à solliciter votre indulgence pour les grossières manœuvres de ma mère. J'avais cru comprendre que l'objet de notre imposture était de vous mettre à l'abri des mères cherchant à marier leur fille.

Simon s'installa plus confortablement sur son transat, tout en balayant ses objections d'un désinvolte :

— Puisque je m'amuse, où est le problème ?

De stupeur, la jeune femme en demeura bouche bée quelques instants.

— Oh, fit-elle. Eh bien... tant mieux.

Il éclata de rire.

— J'ai un faible pour les voyages en bateau, même si ce n'est que pour aller jusqu'à Greenwich. En outre, après les nombreuses années que j'ai passées à sillonner les mers, je suis assez curieux de visiter l'Observatoire royal et de voir le méridien de Greenwich.

Il se tourna vers elle.

— Avez-vous quelques notions de navigation et d'astronomie ?

Daphné secoua la tête.

— Fort peu, j'en ai peur. En toute franchise, je ne suis même pas certaine d'avoir bien compris ce qu'est ce fameux méridien.

— Il s'agit de la ligne à partir de laquelle on calcule toutes les longitudes du globe. Autrefois, les navigateurs mesuraient la distance longitudinale selon leur lieu de départ, mais au cours du siècle dernier, l'astronome royal a décidé de prendre le méridien de Greenwich comme seule et unique référence.

Daphné haussa un sourcil.

— Cela paraît assez présomptueux de notre part, non, de considérer que nous occupons le centre du monde ?

— Peut-être, mais quand vous êtes en haute mer, vous trouvez très utile de pouvoir situer votre position en fonction d'un point universel.

Daphné n'était pas tout à fait convaincue.

— Alors tout le monde a accepté Greenwich ? J'ai du mal à croire que les Français n'aient pas préféré Paris, et le pape aurait sans doute choisi Rome...

— En vérité, ce n'était pas un accord à proprement parler, admit le duc en riant. Il n'y a pas eu de traité officiel, si c'est ce que vous voulez dire. Seulement, il se trouve que l'Observatoire royal publie chaque année un excellent recueil de tables et de cartes, appelé l'*Almanach nautique*. Il faudrait être fou, lorsqu'on est marin, pour embarquer sans en emporter un exemplaire à son bord. Et puisque ce guide considère Greenwich comme le point zéro... eh bien, tout le monde est obligé de suivre.

— Quelle érudition !

Il esquissa un geste évasif.

— À force de naviguer, on finit par apprendre un certain nombre de choses.

— J'ai peur que l'on n'ait pas dispensé un enseignement aussi complet à la nursery Bridgerton, dit Daphné en penchant la tête, songeant soudain à ses nombreuses lacunes. Dans l'ensemble, mes connaissances se limitent à ce que savait ma gouvernante.

— Dommage, murmura Simon. Dans l'ensemble ? répéta-t-il, intrigué. Et le reste ?

— Quand une question m'intéressait, je trouvais en général quelques livres sur le sujet dans la bibliothèque familiale.

— Dix contre un que vous n'aviez aucune passion pour les mathématiques.

Daphné éclata de rire.

— Contrairement à vous, si j'ai bien compris ? Vous avez raison, hélas ! Maman dit toujours que c'est un miracle que je sache assez compter pour ne pas oublier de mettre ma seconde chaussure à mon deuxième pied.

Voyant le duc sursauter, elle ajouta :

— Je sais, je sais ! Lorsqu'on a la bosse des mathématiques, on ne comprend pas comment les simples mortels peuvent regarder une série d'opérations sans en connaître immédiatement la solution, ou du moins, sans savoir comment la trouver. Colin est exactement comme vous.

Simon sourit. Elle avait tout à fait raison.

— Dans ce cas, quelles étaient vos matières préférées ?

— L'histoire et la littérature. Une chance pour moi, car de ce point de vue, la bibliothèque de mon père est un filon inépuisable.

Simon sirota une gorgée de limonade.

— Pour ma part, l'histoire m'a toujours copieusement ennuyé.

— Ah ? Et pourquoi donc ?

Il réfléchit quelques instants. Son manque d'enthousiasme pour ce domaine s'expliquait-il par la haine qu'il éprouvait envers son duché et le lourd passé de traditions qui l'entourait ? Il faut dire que le vieux duc avait nourri une telle passion pour son titre !

— Aucune idée, se contenta-t-il de répondre. Je n'aime pas cela, c'est tout.

Un silence complice tomba entre eux, à peine troublé par la brise qui soulevait leurs cheveux. Puis Daphné sourit en disant :

— N'ayant aucune tendance suicidaire, je m'abstiendrai de renouveler mes excuses, mais je suis contente que vous supportiez aussi allégrement les manœuvres d'intimidation de ma mère pour vous convaincre de nous accompagner aujourd'hui.

Il lui lança un regard sardonique.

— Si j'avais décidé de ne pas venir, rien de ce qu'aurait pu dire ou faire votre mère ne m'aurait convaincu.

Daphné émit un petit rire sec.

— De la part d'un homme comme vous, qui feint de me courtiser sous prétexte qu'il est trop bien élevé pour oser refuser les invitations des épouses de ses amis, c'est difficile à croire !

À ces mots, les iris de son compagnon prirent une nuance orageuse.

— Un homme comme moi ? Qu'entendez-vous par là, exactement ?

— Je... eh bien... bafouilla Daphné.

Qu'avait-elle voulu dire, au fait ?

— Je ne sais pas, avoua-t-elle.

— Dans ce cas, n'employez pas ce terme, bougonna le duc en s'adossant de nouveau à son siège.

Daphné s'absorba dans la contemplation d'une petite flaque d'eau qui s'était formée sur la rambarde, tout en s'efforçant de chasser un sourire amusé. Qu'il était attendrissant, quand il boudait !

— Que regardez-vous ? demanda-t-il.

— Rien, dit-elle avant de se mordre les lèvres.

— Qu'est-ce qui vous fait sourire ainsi ?

Cela, il n'était pas près de l'apprendre !

— Je ne souris pas.

— Alors, grommela-t-il, vous êtes sur le point d'éternuer, voire de faire une crise de nerfs.

— Ni l'un ni l'autre, répliqua Daphné d'une voix paresseuse. Je savoure seulement la douceur de l'air...

Simon, faisant rouler sa tête sur son dossier, tourna les yeux vers elle.

— Et moi, le plaisir de cette excellente compagnie, commenta-t-il, ironique.

D'un coup de menton, Daphné désigna Anthony qui, adossé à la rambarde de l'autre côté du pont, les couvait d'un œil noir.

— *Toute* la compagnie ? insista-t-elle.

— Si vous faites allusion à votre frère, je trouve ses regards menaçants plutôt comiques.

— Ce n'est pas très charitable de votre part.

— Je n'ai jamais prétendu que je l'étais. Regardez...

À son tour, il lança vers Anthony un coup d'œil qui, bien que discret, ne fit qu'accentuer l'expression furieuse du jeune homme.

— Il sait que nous parlons de lui, et ça le rend fou de rage.

— Moi qui vous croyais amis !

— Nous le sommes. La camaraderie, c'est aussi cela.

— Les hommes sont fous.

— Oui, en général, admit le duc.

Daphné leva les yeux au ciel.

— Il me semblait pourtant que la première règle en la matière était de ne pas conter fleurette à la sœur de son meilleur ami ?

— Oh, mais ce n'est pas le cas. Je fais *semblant* de flirter, nuance.

Pensive, Daphné hocha la tête et regarda Anthony.

— Même cela, il a du mal à l'accepter, alors qu'il connaît la vérité.

— Exact, dit le duc d'un ton ravi. Avouez que c'est machiavélique !

La vicomtesse choisit cet instant pour traverser le pont en appelant :

— Les enfants ! Les enfants !... Oh ! Veuillez me pardonner, monsieur le duc, ajouta-t-elle en l'apercevant. Cela est plutôt désobligeant de ma part de vous compter parmi ma couvée !

D'un sourire, Simon accepta ses excuses.

— Le capitaine m'informe que nous arrivons, annonça-t-elle. Il est temps de rassembler nos affaires.

Simon se mit sur ses pieds avant de tendre une main à Daphné. Celle-ci la prit avec reconnaissance, mais faillit trébucher en se relevant.

— Je n'ai pas le pied marin, expliqua-t-elle en se retenant à son bras pour rétablir son équilibre.

— Dire que nous ne sommes que sur un fleuve ! se moqua-t-il.

— Traître ! Vous n'êtes pas censé remarquer mon manque d'élégance.

Simon baissa les yeux vers la jeune femme qui, tout en parlant, avait levé son visage vers lui. Avec le vent qui jouait dans ses cheveux et teintait ses joues de rose, elle lui parut si jolie qu'il en eut le souffle coupé.

Ses lèvres ensorcelantes étaient entrouvertes sur un rire enfantin, et le soleil allumait des étincelles acajou dans sa chevelure. Ici sur l'eau, dans les bourrasques qui tourbillonnaient autour d'eux, loin des salles de bal guindées, elle rayonnait d'une beauté si envoûtante que le seul fait d'être près d'elle donnait envie à Simon de sourire comme un parfait idiot.

S'ils n'avaient pas été en pleine manœuvre d'accostage, avec toute sa famille courant autour d'eux, il l'aurait embrassée. Simon le savait, il n'avait pas le droit de jouer avec elle, et il avait encore moins l'intention de l'épouser. Alors pourquoi était-il en train de se pencher vers elle ? Recouvrant ses esprits, il se redressa brusquement.

Hélas, Anthony avait surpris la scène. Il se rua vers eux pour s'interposer.

— En tant que frère aîné, déclara-t-il en prenant Daphné par le bras avec plus de brutalité que d'élégance, j'ai le privilège de t'escorter sur la terre ferme. Allons-y !

Simon s'inclina et lui céda le passage, trop furieux contre lui-même pour protester.

Le bateau se mit lentement à quai, et on apporta une passerelle. Simon laissa toute la famille Bridgerton débarquer, puis il suivit le petit groupe sur les berges herbeuses de la Tamise, non sans relever la planche après son passage.

Au sommet de la colline, s'élevait la noble silhouette de l'Observatoire royal aux murs de brique rouge sombre et aux tourelles surmontées de dômes d'ardoise. En l'apercevant, Simon eut l'impression de se trouver, comme l'avait dit Daphné, au centre du monde. Tout était calculé à partir de cet endroit précis. Pour lui qui avait sillonné une bonne partie des mers du globe, cette pensée obligeait à une certaine modestie.

— Sommes-nous tous là ? demanda la vicomtesse. Tenez-vous tranquilles, que je m'assure que nous n'avons oublié personne !

Elle compta toutes les têtes, en terminant par elle-même dans un triomphant :

— Et dix ! C'est bon, nous sommes au complet.

— Réjouissez-vous, elle ne nous oblige plus à nous ranger selon nos dates de naissance.

En tournant la tête, Simon reconnut Colin, un sourire espiègle aux lèvres.

— C'est une méthode de classement qui fonctionnait quand notre âge correspondait à notre taille, mais un jour, Benedict a pris un pouce de plus qu'Anthony, puis c'est Gregory qui a dépassé Francesca…

Colin esquissa un geste fataliste.

— Ma mère a fini par renoncer.

Simon parcourut la fratrie d'un regard attentif.

— Je serais curieux de savoir où je me situerais…

— Tout près d'Anthony, je dirais.
— À Dieu ne plaise ! murmura Simon.
Colin lui lança un coup d'œil amusé et intrigué à la fois.
— Anthony ? appela la vicomtesse. Où est Anthony ?
Celui-ci émit un grognement maussade.
— Ah, vous voilà. Venez ici, c'est vous qui m'escorterez.
À contrecœur, l'aîné des frères Bridgerton lâcha le coude de Daphné pour rejoindre sa mère.
— Elle ne recule devant rien, n'est-ce pas ? s'enquit Colin.
Simon jugea préférable de s'abstenir de tout commentaire.
— Quoi qu'il en soit, ne la décevez pas, poursuivit son voisin. Après tous les efforts qu'elle vient de déployer, le moins que vous puissiez faire est de prendre le bras de Daphné.
Simon haussa les sourcils, amusé.
— Quelque chose me dit que vous ne valez pas mieux que madame votre mère.
— À la différence que moi, je n'ai pas la prétention d'être subtil, rétorqua le jeune homme dans un éclat de rire.
Daphné choisit cet instant pour les rejoindre.
— Je n'ai plus personne pour m'accompagner, déclara-t-elle.
— Ça alors ! feignit de s'étonner Colin. Bien, si vous voulez m'excuser, je vais chercher Hyacinthe. Si je dois m'occuper d'Éloïse, je pourrais bien être obligé de rentrer à Londres à la nage. Elle n'a vraiment pas le moral, depuis qu'elle a fêté ses quatorze ans.
Simon le regarda sans comprendre.
— Je croyais que vous n'étiez rentré en Angleterre que la semaine dernière ?
Colin acquiesça d'un hochement de tête.
— C'est exact. Le quatorzième anniversaire d'Éloïse, c'était il y a un an et demi.
Daphné lui donna une tape sur le coude.
— Si tu es gentil, je te promets de ne pas le lui répéter.
Pour toute réponse, son frère roula des yeux et s'éloigna en criant le prénom de Hyacinthe.

— Nous ne vous avons pas encore mis en fuite ? questionna Daphné en glissant sa main au creux du coude de Simon.

— Pardon ?

Elle lui adressa un sourire navré.

— Je ne connais rien d'aussi épuisant qu'une sortie en famille avec les Bridgerton.

— Oh, cela...

Tout en parlant, Simon dut faire un bond de côté pour éviter Gregory, lequel courait après Hyacinthe en hurlant quelque chose au sujet d'une flaque de boue et d'une terrible vengeance.

— C'est... comment dire... une expérience inédite.

— Voilà qui est formulé avec une grande délicatesse, approuva Daphné. Vous m'impressionnez.

— Eh bien...

Il s'écarta devant Hyacinthe, qui venait de le frôler en courant comme une folle, poussant des cris tellement stridents que Simon aurait juré que l'on pouvait les entendre jusqu'à Londres.

— ... je suis enfant unique, voyez-vous.

Daphné laissa échapper un soupir rêveur.

— Enfant unique, répéta-t-elle. Ça doit être le paradis sur terre !

Une soudaine nostalgie envahit son regard, mais bientôt, la jeune femme s'arracha à sa rêverie.

— D'un autre côté, même si c'est le cas...

Tendant la main d'un geste prompt comme l'éclair, elle referma les doigts autour du bras de Gregory, qui passait à sa hauteur à toute vitesse.

— Gregory Bridgerton, gronda-t-elle, on ne court pas au milieu d'un groupe de gens, car on risquerait de bousculer quelqu'un.

— Comment avez-vous fait cela ? interrogea Simon.

— L'attraper au vol ?

— Oui.

Elle haussa les épaules.

— Des années de pratique.

— Daphné ! gémit Gregory, qu'elle tenait toujours par le bras.

Aussitôt, elle le relâcha.

— C'est bon, mais marche calmement, je te prie.

Le gamin ralentit exagérément l'allure, avant de s'élancer au petit trop.

— Et Hyacinthe ? demanda Simon. Vous ne la grondez pas ?

D'un coup de menton, Daphné désigna quelqu'un derrière elle.

— Je crois que ma mère s'en charge.

De fait, Simon vit la vicomtesse brandissant un doigt sévère sous le nez de sa benjamine. Il se tourna de nouveau vers la jeune femme.

— Qu'alliez-vous dire, quand Gregory a failli vous renverser ?

Elle battit des cils, visiblement désorientée.

— Je ne sais plus...

— Vous parliez d'être enfant unique.

— Ah, oui !

Elle secoua la tête d'un air amusé tout en emboîtant le pas au petit groupe qui entamait l'ascension de la colline, en direction de l'observatoire.

— En fait, croyez-le ou non, j'allais dire que bien que la perspective d'une solitude absolue soit parfois séduisante, je serais probablement très malheureuse sans ma famille.

Simon ne répondit pas.

— Je refuse d'imaginer que je pourrais n'avoir qu'un seul enfant, poursuivit-elle.

— On n'a pas toujours le choix, commenta Simon un peu durement.

Daphné sentit ses joues s'empourprer.

— Je suis désolée ! s'exclama-t-elle, soudain incapable d'avancer. J'avais oublié. Votre mère...

Le duc fit halte à son côté.

— Je ne l'ai pas connue, dit-il d'un ton détaché. Je ne l'ai jamais pleurée.

Au voile qui venait de ternir l'éclat de ses yeux bleus, Daphné comprit que cette affirmation était fausse.

Et cependant, Hastings y croyait dur comme fer.

Que s'était-il passé pour que cet homme se mente à lui-même depuis tant d'années ?

Elle pencha légèrement la tête, intriguée, tout en scrutant son visage. Le grand air avait apporté un peu de couleur à son teint et décoiffé ses mèches brunes. Visiblement mal à l'aise sous son regard, il grommela :

— Nous sommes à la traîne.

Daphné leva les yeux vers le sommet de la colline. Le reste du groupe était déjà à bonne distance.

— Oui, bien sûr, murmura-t-elle en redressant le dos. Allons-y.

Alors qu'elle gravissait la pente près de lui, ce n'est pas à sa famille qu'elle songeait, ni à l'Observatoire royal, et encore moins aux subtilités du calcul de la longitude. Elle se demandait pourquoi elle ressentait l'impérieux besoin de serrer le duc de Hastings contre elle et de le retenir auprès d'elle pour toujours.

Quelques heures plus tard, la petite troupe était de retour sur les rivages de la Tamise, savourant les dernières miettes du pique-nique que le cuisinier avait préparé. De même que la veille au soir, Simon parlait peu, préférant observer la bruyante animation qui régnait dans la famille de Daphné.

La jeune Hyacinthe, apparemment, avait d'autres projets pour lui.

— Belle journée, n'est-ce pas ? demanda-t-elle en s'asseyant à son côté sur l'un des plaids que le valet de pied avait disposés pour le pique-nique. Avez-vous apprécié la visite de l'Observatoire ?

Simon réprima avec peine un sourire.

— Beaucoup, miss Hyacinthe. Et vous-même ?

— Oh, tout à fait. J'ai particulièrement aimé votre conférence sur la latitude et la longitude.

— *Conférence ?* Je ne sais pas si j'aurais employé ce terme, répondit Simon, qui avait soudain l'impression d'être un vieux barbon.

Assise en face de lui sur la même couverture, Daphné semblait prendre un secret plaisir à le voir soudain si mal à l'aise.

Hyacinthe, elle, se contenta de lui adresser un sourire enjôleur – *à son âge ?* – et reprit :

— Saviez-vous que Greenwich avait aussi dans son passé un épisode romantique ?

Daphné fut secouée d'un rire silencieux.

— Vraiment ? articula Simon.

— Mais tout à fait, répliqua-t-elle, avec des inflexions si élégantes qu'il eut l'impression d'entendre une femme mûre et cultivée qui se serait mystérieusement cachée dans ce corps de petite fille. C'est ici que sir Walter Raleigh a déposé sa cape sur le sol pour que la reine Elisabeth ne salisse pas ses souliers dans la boue.

— Oh !

Simon se leva et scruta les environs.

— Que faites-vous ? s'étonna Hyacinthe, retrouvant soudain la spontanéité de ses dix ans.

— Je repère les lieux.

Il coula un regard en direction de Daphné. Celle-ci, les yeux posés sur lui, paraissait vibrer d'un mélange d'impatience, de jubilation et d'un je-ne-sais-quoi qui donnait des ailes à Simon.

— Et... que cherchez-vous ? insista Hyacinthe.

— Les flaques.

— Les flaques ?

Lorsque la fillette comprit où il voulait en venir, une expression de pure délectation éclaira son visage.

— Exactement. Si je dois sacrifier ma cape pour préserver vos souliers, miss Hyacinthe, j'aime autant m'y préparer.

— Vous ne portez pas de cape, fit-elle remarquer.

— Dieu du ciel ! s'écria Simon d'une voix outrée qui arracha un éclat de rire à Daphné. Voulez-vous dire que je vais devoir ôter ma *chemise* ?

— Non ! glapit Hyacinthe. Vous n'aurez pas besoin d'enlever quoi que ce soit ! D'ailleurs, il n'y a pas de flaques.

— Me voilà soulagé, soupira Simon en pressant sa main sur son cœur d'un geste théâtral.

Si on lui avait dit qu'il prendrait un tel plaisir à ce petit jeu !

— Les demoiselles Bridgerton sont bien exigeantes, le saviez-vous ?

Le regard joyeux de la fillette fut soudain voilé par l'ombre du soupçon. Fronçant les sourcils, elle posa les mains sur ses hanches étroites.

— Vous moqueriez-vous de moi ?

Simon lui décocha un sourire direct.

— À votre avis ?

— Je crois que oui.

— Et moi, je crois que j'ai de la chance qu'il n'y ait pas de flaques.

Hyacinthe réfléchit quelques instants.

— Si vous demandez la main de ma sœur...

Derrière lui, il entendit Daphné s'étrangler avec le biscuit qu'elle venait de croquer.

— ... vous avez mon accord.

Cette fois, c'est Simon qui crut que l'air allait lui manquer.

— Mais si vous ne le faites pas, continua la fillette avec un sourire modeste, je vous serais très obligée d'attendre que j'aie un peu grandi.

Par chance pour Simon, pour qui les jeunes filles de dix ans représentaient un mystère absolu, et qui cherchait en vain une réponse appropriée, Gregory se rua à ce moment vers eux et tira les cheveux de sa sœur. Aussitôt, celle-ci bondit à sa poursuite.

— Je n'aurais jamais cru qu'une chose pareille soit possible, se moqua Daphné, mais je pense que cet affreux garnement vient de vous rendre un fier service !

— Quel âge a votre sœur ?

— Dix ans, pourquoi ?

Il secoua la tête, incrédule.

— Pendant un moment, j'ai eu l'impression de parler avec une femme dans sa pleine maturité.

Daphné sourit.

— Parfois, elle ressemble tellement à ma mère que c'en est effrayant.

Au même instant, la vicomtesse se leva pour rassembler son petit monde et ramener la famille vers le bateau.

— Allons ! appela-t-elle. Il se fait tard !

Simon consulta sa montre de gousset.

— Il n'est que trois heures, s'étonna-t-il.

— Pour elle, expliqua Daphné en se mettant à son tour sur ses pieds, c'est tard. Maman dit qu'une dame doit toujours se trouver chez elle à cinq heures.

— Pourquoi ?

La jeune femme se baissa pour ramasser le plaid.

— Je ne sais pas... Pour se préparer pour le dîner, je suppose ? C'est l'une des règles avec lesquelles j'ai grandi, et que je n'ai jamais remises en question.

Elle se redressa en serrant contre elle la couverture de lainage bleu, un sourire aux lèvres.

— Y allons-nous ?

— Certainement, acquiesça Simon en lui tendant le bras.

Ils n'avaient effectué que quelques pas en direction du bateau lorsque la jeune femme demanda :

— Vous avez montré une grande patience envers Hyacinthe. Vous devez avoir l'habitude des enfants ?

— Non, dit-il, un peu abrupt.

— Oh.

Elle parut intriguée.

— Je sais que vous n'avez pas de frères et sœurs, mais on dirait que vous avez rencontré de nombreux enfants pendant vos voyages.

— Aucun.

Daphné garda le silence quelques instants, mal à l'aise. Devait-elle poursuivre cette conversation ? Le duc avait soudain pris un ton si dur, si tranchant ! Et cette expression sur son visage... Il ne ressemblait plus du tout à l'homme qui avait plaisanté avec Hyacinthe quelques minutes auparavant.

Sans savoir pourquoi – parce que l'après-midi avait été si délicieux ? que le temps était si doux ce jour-là ? – elle se composa un sourire radieux et déclara :

— Quoi qu'il en soit, vous savez établir un contact avec les petits. Certains adultes sont incapables de les écouter, voyez-vous.

Il ne répondit pas.

Daphné lui tapota le bras d'une main amicale.

— Je suis sûre que vous ferez un excellent père, plus tard. Vos enfants auront bien de la chance.

Il tourna brusquement la tête vers elle pour la transpercer d'un regard glacial.

— Je crois vous avoir dit que je n'avais pas l'intention de me marier, gronda-t-il. Jamais !

— Tout de même, vous...

— Par conséquent, il est hautement improbable que j'aie un jour des enfants.

— Je... Oui, bien sûr, bégaya Daphné.

Elle tenta d'esquisser un sourire, mais ses lèvres tremblantes refusèrent de lui obéir. Pourquoi, alors qu'elle savait qu'il feignait seulement de la courtiser, était-elle envahie par un tel sentiment de déception ?

Ils rejoignirent le reste de la famille sur le quai. Certains étaient déjà à bord du bateau, et Gregory, au milieu de la passerelle, venait d'entamer une gigue endiablée.

— Gregory ! appela sa mère d'une voix sévère. Cessez immédiatement de faire le pitre !

Le garçonnet s'immobilisa au milieu de l'étroite planche de bois.

— Montez à bord ou redescendez, ordonna la vicomtesse, mais ne restez pas là.

— Cette passerelle est glissante, murmura Hastings en libérant le bras de Daphné pour s'approcher.

— Tu as entendu maman, Greg ? insista la benjamine de la famille.

— Hyacinthe ! la gronda Daphné. Reste en dehors de tout cela.

Le jeune Gregory tira la langue à sa sœur. Daphné poussa un soupir agacé, puis, constatant que son cavalier s'était élancé vers la passerelle, elle le rejoignit d'un bond.

— Ne vous inquiétez pas, Simon, chuchota-t-elle à son oreille.

— Il peut glisser et se prendre dans les cordages.

D'un discret coup de menton, il désigna un amas de filins qui pendaient du navire et continua de se rapprocher de la planche d'une démarche nonchalante, comme si tout allait pour le mieux.

— Eh bien, jeune homme, dit-il en posant un pied sur la passerelle, allez-vous avancer ? J'aimerais passer.

Le garçon cligna des yeux, déconcerté.

— Vous n'escortez pas Daphné ?

Le duc fit un pas vers lui, mais au même instant Anthony, qui se trouvait déjà à bord, apparut en haut de la passerelle :

— Gregory ! Monte immédiatement.

Horrifiée, Daphné vit son frère cadet effectuer une brusque volte-face, apparemment surpris, puis déraper sur le bois glissant. Anthony bondit vers lui pour tenter de le rattraper, mais comme le gamin était déjà tombé sur son derrière, il referma les mains sur le vide.

Anthony essaya de se rétablir tandis que Gregory glissait, comme sur un toboggan… avant de heurter le duc de plein fouet.

— Simon ! s'écria la jeune femme en s'élançant vers la passerelle.

Ce dernier, déséquilibré, plongea dans les eaux de la Tamise, pendant que Gregory gémissait un timide :

— Oups ! Faites excuse !

Tout en parlant, le gamin entreprit de gravir de nouveau la planche à croupetons, un peu à la façon d'un crabe, sans regarder devant lui.

C'est sans doute pour cette raison qu'il ne vit pas Anthony qui, ayant miraculeusement évité la chute, se trouvait sur son trajet.

Gregory heurta son frère dans un choc sourd, lui arrachant un cri de surprise, avant de le projeter à son tour dans l'onde boueuse, juste à côté de Hastings.

Daphné, ouvrant des yeux ronds, pressa une main sur sa bouche.

Aussitôt, sa mère la tira par le bras.

— Je vous suggère avec insistance de conserver votre sérieux.

La jeune femme se mordit les lèvres, sans grand succès.

— Vous riez bien, vous ! fit-elle remarquer.

— Pas du tout, mentit la vicomtesse, qui était secouée d'un tel fou rire qu'elle en tremblait. Et je suis une *mère*. Ils n'oseront pas s'en prendre à moi.

Anthony et Simon venaient de remonter sur le quai, ruisselants, dardant l'un sur l'autre des regards furieux. Sans demander son reste, Gregory rampa au sommet de la passerelle et disparut derrière la rambarde.

— Vous devriez peut-être intervenir, murmura Violet.

— Moi ? s'écria Daphné.

— On dirait qu'ils vont en venir aux mains.

— Pourquoi ? Tout est de la faute de Gregory !

— Je le sais, répondit la mère d'un ton impatient, mais ce sont des *hommes* ; ils sont hors d'eux et ils ne peuvent pas passer leurs nerfs sur un gamin de douze ans.

De fait, Anthony marmonna :

— J'aurais pu le rattraper si…

— Si vous ne l'aviez pas surpris, l'interrompit Hastings.

Violet secoua la tête d'un air navré.

— Ces messieurs, vous l'apprendrez bientôt, ont une déplorable tendance à blâmer autrui lorsqu'ils se ridiculisent en public.

Daphné s'élança vers eux, bien décidée à les ramener à la raison, mais elle comprit vite à leurs expressions que rien de ce qu'elle pourrait dire ou faire ne les convaincrait de prendre la situation avec humour ou philosophie. Aussi se contenta-t-elle d'afficher un grand sourire et de saisir le bras du duc, tout en lui demandant :

— Eh bien, y allons-nous ?

Simon fixa un regard assassin sur Anthony.

Anthony décocha un coup d'œil meurtrier à Simon.

Daphné tira doucement le bras de ce dernier.

— Nous n'en avons pas terminé, Hastings, menaça Anthony.

— Loin de là, rétorqua l'autre.

Voyant qu'ils n'attendaient que le premier prétexte pour en venir aux coups, Daphné réitéra son geste, avec plus de force. S'il le fallait, elle était prête à démettre l'épaule de son « fiancé » !

Après un dernier regard menaçant, celui-ci hocha la tête et la suivit sur le bateau.

Le voyage de retour parut une éternité à Daphné.

Très tard ce même soir, la jeune femme était toujours victime d'une inexplicable nervosité. Comprenant qu'elle ne parviendrait pas à trouver le sommeil, elle enfila une robe de chambre et descendit à l'étage inférieur. Une tasse de lait chaud et un peu de compagnie lui feraient le plus grand bien. Parmi tous ses frères et sœurs, il s'en trouverait bien un qui soit encore debout !

Alors qu'elle se dirigeait vers la cuisine, elle entendit du bruit dans le cabinet de travail d'Anthony. Elle passa la tête par la porte, intriguée. Assis à sa table, les doigts tachés d'encre, son frère était occupé à rédiger un courrier. Il était rare de le trouver à la maison à une heure si tardive. Lorsqu'il avait emménagé dans son appartement de célibataire, Anthony avait préféré garder son bureau à Bridgerton House, mais en général, il s'occupait de sa correspondance dans la journée.

— Tu n'as pas un secrétaire pour écrire tes lettres ? demanda-t-elle gentiment.

Anthony leva les yeux vers elle.

— Cet animal s'est marié ; il est parti à Bristol, grommela-t-il.

— Oh.

Daphné entra dans la pièce et prit place sur le siège situé de l'autre côté de la table de travail.

— Ceci explique ta présence ici à une heure impossible.

Il consulta la pendule.

— Minuit est une heure tout à fait raisonnable. Et j'aurais fini depuis longtemps si je n'avais pas passé l'après-midi à rincer mon bain de boue de la Tamise.

Daphné réprima un sourire.

— Cela dit, tu as raison, reprit son frère en posant sa plume dans un soupir las. Il est tard, et ceci peut attendre demain matin.

Il s'adossa à son fauteuil en s'étirant.

— Comment se fait-il que tu sois encore debout ?

— Je n'arrivais pas à dormir, avoua Daphné. Je suis descendue chercher une tasse de lait et t'écouter grommeler.

— C'est cette maudite plume, maugréa-t-il. Je jure que je...

Il s'interrompit en affichant un air fautif.

— Je suppose que j'ai assez juré comme ça, murmura-t-il.

Daphné lui répondit par un sourire complice. En sa compagnie, ses frères faisaient rarement attention à leur langage.

— Tu vas bientôt rentrer chez toi, alors ? s'enquit-elle.

Il hocha la tête.

— Quoique... un lait chaud ne me ferait pas de mal non plus. Tu sonnes la bonne ?

Daphné se leva.

— J'ai une meilleure idée. Si nous le préparions nous-mêmes ? Nous ne sommes pas plus bêtes que les autres ; nous devrions pouvoir faire chauffer un peu de lait. De toute façon, le personnel est couché, à cette heure-ci.

Elle quitta la pièce, suivie par son frère.

— Très bien, mais c'est toi qui t'en occupes. Je ne sais absolument pas comment faire bouillir du lait.

— Oh, je ne crois pas qu'il soit indispensable de le chauffer autant, répliqua Daphné, pensive.

Elle descendit le couloir et tourna vers la cuisine, dont elle poussa la porte. Par une fenêtre, glissait un rayon de lune qui projetait une faible lueur dans la pièce plongée dans l'obscurité.

— Apporte-nous un peu de lumière pendant que je cherche le lait, ordonna Daphné.

Puis, avec une grimace moqueuse :

— Tu *sais* allumer une lampe, au moins ?

— Je pense que c'est dans mes cordes, répondit-il avec bonhomie.

Daphné secoua la tête, amusée, tout en tâtonnant dans la pénombre pour décrocher un pichet suspendu à une étagère. Elle entretenait d'ordinaire d'excellentes relations avec son frère aîné, et elle retrouvait avec plaisir l'Anthony de toujours, aimable et pince-sans-rire. Après la mauvaise humeur qu'il avait manifestée ces derniers jours, en grande partie à son égard, c'était un vrai soulagement.

Anthony avait également semblé furieux contre le duc de Hastings, mais en l'absence de ce dernier, c'était elle qui avait essuyé l'essentiel de ses regards noirs et de ses réflexions acerbes.

Attirée par une lueur tremblotante derrière elle, Daphné se tourna pour apercevoir son frère, un sourire de victoire aux lèvres.

— As-tu trouvé le lait, ou dois-je me mettre en quête d'une vache ? plaisanta-t-il.

Elle éclata de rire en élevant une bouteille d'un geste triomphant.

— Le voici !

Elle se dirigea vers la cuisinière, un appareil dernier cri que l'on avait acheté en début d'année.

— Tu sais mettre en marche cet engin ? questionna-t-elle.

— Non. Et toi ?

Daphné secoua la tête.

— Non.

Tendant la main, elle effleura la surface avec prudence.

— Ce n'est pas chaud, constata-t-elle.

— Même pas un tout petit peu ?

— C'est même plutôt froid.

Le frère et la sœur demeurèrent silencieux quelques instants.

— Tout compte fait, lança le premier, du lait frais sera plus désaltérant.

— C'est exactement ce que je me disais, approuva la seconde.

Anthony prit deux tasses dans un placard.

— Tiens, sers-nous donc.

Quelques instants plus tard, chacun était attablé devant sa tasse. Anthony avala la sienne d'un trait et s'en servit une autre.

— Encore un peu ? proposa-t-il à Daphné, tout en essuyant ses lèvres.

— Merci, je n'ai pas fini.

Elle but une petite gorgée, se lécha les lèvres, s'agita sur son tabouret. À présent qu'elle était seule avec Anthony, lequel semblait avoir retrouvé sa bonne humeur naturelle, c'était le moment de poser la question qui lui brûlait la langue. D'un autre côté, peut-être valait-il mieux...

Oh, flûte ! s'impatienta une petite voix en elle. Vas-y, demande-lui !

— Anthony ? commença-t-elle, hésitante. Il y a quelque chose que j'aimerais savoir...

— Je t'écoute ?

— C'est au sujet du duc de Hastings.

Il posa sa tasse sur la table d'un geste sec.

— Quoi ? tonna-t-il.

— Je sais que tu ne l'aimes pas...

Ses paroles s'étranglèrent dans sa gorge.

— C'est faux, rectifia-t-il dans un soupir de lassitude. Il est même l'un de mes meilleurs amis.

Daphné le considéra sans cacher sa surprise.

— On a du mal à le croire, vu ton comportement ces jours-ci.

— Je pense qu'une femme a toutes les raisons de se méfier de lui... Toi, en particulier.

— Anthony, c'est absolument ridicule. Le duc a peut-être été un débauché autrefois, et rien ne dit qu'il ne l'est pas encore, mais il n'essaiera jamais de me séduire... ne serait-ce que parce que je suis ta sœur.

Anthony ne parut pas convaincu.

— Et même s'il n'y avait pas, sur cette question, une sorte de code d'honneur entre mâles, insista-t-elle, il sait que tu le tuerais s'il posait la main sur moi. Il n'est pas stupide !

Anthony parut sur le point de dire quelque chose, puis il se ravisa et maugréa simplement :

— Que voulais-tu me demander ?

— En fait, dit-elle lentement, je serais curieuse de savoir pourquoi il est tellement réfractaire au mariage.

Il faillit s'étrangler avec sa gorgée de lait.

— Bon sang, Daph' ! Je croyais que nous étions d'accord sur le fait que tout ceci n'est qu'une mascarade ! Tu n'envisages tout de même pas sérieusement de...

— Pas du tout ! l'interrompit-elle.

Elle eut la vague impression de proférer un horrible mensonge, mais elle n'avait pas envie d'examiner ses sentiments de façon plus approfondie.

— C'est de la pure curiosité, ajouta-t-elle, sur la défensive.

— Ne te mets pas en tête de le traîner jusqu'à l'autel, gronda-t-il. Je te le dis tout net : il ne le fera pas. Jamais ! Tu m'as bien entendu, Daphné ? Cet homme n'a aucune intention de t'épouser.

— Il faudrait être complètement idiote pour ne pas avoir assimilé l'information, rétorqua-t-elle, maussade.

— Tant mieux. Dans ce cas, le débat est clos.

— Non. Tu n'as toujours pas répondu à ma question.

Anthony posa sur elle un regard de parfaite incompréhension.

— Au sujet du fait qu'il refuse de fonder une famille, insista-t-elle.

— Pourquoi est-ce si important à tes yeux ? s'enquit-il d'un ton las.

La vérité, Daphné le craignait, était fort près des accusations d'Anthony, mais la jeune femme se contenta de répliquer :

— Par simple curiosité. Et peut-être aussi parce que j'estime avoir le droit de savoir. Si je ne trouve pas rapidement un prétendant convenable, je risque de devenir une paria, une fois que le duc aura rompu.

— Il me semblait que *tu* étais supposée rompre ? releva Anthony, soupçonneux.

Daphné émit un ricanement désabusé.

— Qui croira cela ?

Son frère ne parut guère pressé de la contredire, songea-t-elle avec amertume.

— J'ignore pour quelle raison Hastings est si réfractaire au mariage, commença-t-il. Tout ce que je sais, c'est qu'il affirme ceci depuis que je le connais...

Daphné voulut parler, mais Anthony ne lui en laissa pas le temps :

— Et qu'il le répète avec une conviction inébranlable. Crois-moi, ce n'est pas de la coquetterie de sa part.

— En d'autres termes...

— En d'autres termes, contrairement à la plupart des hommes, il a choisi de rester célibataire et ne reviendra pas sur sa décision.

— Je vois...

Anthony laissa échapper un long soupir de lassitude. Pour la première fois, Daphné remarqua de petites rides de souci autour de ses yeux.

— Choisis un fiancé parmi tes nouveaux prétendants, dit-il, et oublie Hastings. C'est un homme profondément bon, mais pas un mari pour toi.

Daphné ne voulut entendre que la première partie de cette phrase.

— Si tu penses vraiment que c'est un homme prof...

— Il n'est pas pour toi, décréta Anthony sans la laisser finir sa phrase.

Daphné ne put s'empêcher de penser que peut-être, *peut-être*, Anthony se trompait.

# 9

*Le duc de Hastings a été de nouveau aperçu en compagnie de miss Bridgerton – miss* Daphné *Bridgerton, pour celles et ceux d'entre vous qui, comme votre dévouée chroniqueuse, éprouvent les plus grandes difficultés à se retrouver parmi la nombreuse progéniture Bridgerton.*

*Il semble cependant étrange que, à l'exception de la sortie familiale à Greenwich que nous avons rapportée dans nos colonnes voici une dizaine de jours, ils n'aient été vus que lors d'occasions mondaines. Votre dévouée chroniqueuse sait de source sûre que, bien que le duc ait rendu visite à miss Bridgerton chez elle voici deux semaines, il n'a pas renouvelé son geste. Mieux : ils n'ont même pas été croisés une seule fois à cheval dans Hyde Park !*

*La Chronique mondaine de lady Whistledown*, 14 mai 1813

Deux semaines plus tard, Daphné assistait au bal de lady Trowbridge, à Hampstead Heath. Elle se tenait cependant à l'écart de la foule, et cette position en retrait lui convenait fort bien.

Elle n'avait aucune envie de se mêler aux danseurs. Elle n'avait aucune envie d'être remarquée par la douzaine de prétendants qui attendaient de l'inviter à danser.

En un mot, elle n'avait aucune envie d'assister au bal de lady Trowbridge.

Pour la simple raison que Simon ne s'y trouvait pas.

Certes, elle ne risquait pas de faire tapisserie. Toutes les prédictions du duc au sujet de sa popularité s'étaient réalisées, et Daphné, qui avait toujours été la bonne camarade qui n'inspire aucune passion, était devenue du jour au lendemain la reine de la saison.

Ceux qui tenaient à exprimer une opinion sur le sujet – c'est-à-dire tout le monde – déclaraient qu'ils avaient toujours su que Daphné possédait une personnalité exceptionnelle, et qu'ils avaient longtemps désespéré de voir les autres s'en rendre compte. Lady Jersey affirma même à qui voulait l'entendre qu'elle avait prédit voilà des mois l'actuel succès de la jeune femme, mais personne ne l'avait écoutée à l'époque.

Tout cela n'était qu'un fatras d'élucubrations. Certes, Daphné n'avait jamais été l'objet du mépris de lady Jersey, mais aucun membre de la famille Bridgerton ne se souvenait d'avoir entendu cette dame faire son éloge en la qualifiant, comme elle le répétait à loisir, de « rose parmi les roses ».

Cependant, même si le carnet de bal de Daphné se remplissait désormais dans les minutes qui suivaient son arrivée dans une soirée, même si les hommes se disputaient le privilège de lui apporter un verre de limonade – elle avait failli éclater de rire la première fois que cela s'était produit –, aucune fête n'était digne d'intérêt à ses yeux si le duc de Hastings n'y figurait pas.

Peu lui importait qu'il semblât trouver indispensable de mentionner au moins une fois par soirée son opposition résolue à l'institution du mariage – toutefois, et il fallait porter cela à son crédit, il s'empressait en général d'ajouter combien il était reconnaissant à Daphné de lui épargner la horde des mères ambitieuses. Peu lui importaient ses fréquents silences, voire sa rudesse occasionnelle envers certains membres de l'assistance.

Tout ce qui comptait, c'étaient ces moments où, sans être tout à fait seuls – ils ne l'étaient jamais –, ils se retrouvaient en tête à tête pour une conversation à l'écart de la foule ou une valse passionnée. Il suffisait alors à Daphné de regarder au fond de ses yeux bleu pâle pour oublier qu'ils étaient entourés de cinq cents curieux, avides de mesurer les progrès de leur prétendue idylle.

Et que la cour empressée qu'il lui faisait n'était qu'une mascarade.

Daphné n'avait pas renouvelé sa tentative de parler de Simon avec Anthony. Ce dernier prenait une expression hostile chaque fois que le nom de Hastings apparaissait dans la conversation, et lorsqu'il le croisait, il parvenait tout juste à faire preuve du minimum de politesse requis.

Pourtant, derrière ses airs furibonds, Daphné décelait par instants les lueurs de l'ancienne amitié qui les liait. Il ne restait qu'à espérer qu'une fois tout ceci terminé – quand elle aurait épousé l'un de ces jeunes aristocrates aussi gentils qu'insipides qui ne sauraient jamais faire battre son cœur – les deux hommes retrouveraient leur complicité d'autrefois.

Sur la demande insistante d'Anthony, Simon avait décidé de ne pas assister à tous les bals auxquels sa mère et elle se rendaient. Anthony répétait qu'il n'avait donné son accord à cette comédie ridicule que pour qu'elle choisisse un mari parmi ses nouveaux prétendants, et se lamentait – contrairement à Daphné qui, elle, s'en réjouissait – de voir ceux-ci éviter soigneusement la jeune femme dès que Hastings rôdait dans les parages.

— Nous voilà bien avancés ! gémissait-il devant la débandade générale.

Pour conclure, il proférait un chapelet de jurons que Daphné préférait oublier. Depuis l'incident de – ou plutôt *dans* – la Tamise, il ne pouvait évoquer Hastings sans accompagner son patronyme de toute une série de noms d'oiseaux.

Sensible à l'argument d'Anthony, le duc avait expliqué à Daphné que son seul but était de l'aider à trouver un mari convenable.

Puis il avait cessé d'assister aux soirées où elle était présente.

Au grand désespoir de la jeune femme.

Celle-ci aurait dû se douter que cela finirait par arriver, et anticiper les dangers d'être courtisée, même s'il ne s'agissait que d'une mascarade, par l'homme que la bonne société surnommait depuis peu Sa Ducale Dévastation.

Ce sobriquet était né d'une remarque de la seconde des sœurs Featherington, qui louait son charme ravageur. Philipa n'avait jamais appris à murmurer, de sorte que tout le monde avait entendu ses paroles. Il n'avait pas fallu longtemps pour que quelque étudiant fraîchement émoulu d'Oxford le rebaptise sarcastiquement « Sa Ducale Dévastation ».

Un sarcasme qui, pour Daphné, se teintait d'amertume, car le beau Hastings la mettait bel et bien à la torture.

Certes, il n'y avait là rien d'intentionnel de sa part. Simon lui manifestait le plus grand respect, et se montrait en général d'excellente humeur avec elle. Même Anthony était obligé d'admettre qu'il n'avait rien à lui reprocher à cet égard. Jamais le duc n'avait tenté d'entraîner Daphné à l'écart de la foule, et sa plus folle audace avait consisté à déposer un baiser sur sa main gantée – ce qui ne s'était produit que deux petites fois, hélas !

Qu'ils partagent un silence complice ou se livrent un duel de brillantes reparties, ils étaient devenus d'excellents camarades. Lors de chaque bal où ils se retrouvaient, il l'invitait à danser à deux reprises, une troisième valse étant exclue sous peine de créer un petit scandale.

Peu à peu, l'évidence s'imposa aux yeux de Daphné : elle était en train de s'éprendre de lui.

Vraiment, quelle exquise ironie ! Elle n'avait, au départ, recherché sa compagnie que pour attirer les autres hommes. Quant à lui, il n'avait *toléré* la sienne que pour faire fuir les candidates à l'hymen.

Oui, songea-t-elle, une ironie exquisément douloureuse...

Cependant, Simon avait beau répéter avec véhémence qu'il était rebelle au mariage, elle avait parfois surpris dans ses yeux une lueur étrange. Comme s'il éprouvait du désir pour elle. Jamais il ne s'était aventuré à jouer avec elle comme il l'avait fait le soir de leur première rencontre, dans ce couloir à l'obscurité propice, mais de temps à autre elle le surprenait en train de la couver d'un regard gourmand, presque carnassier. Il se détournait dès qu'il se savait remarqué, mais cela suffisait à faire courir sur la peau de Daphné d'étranges picotements qui la laissaient le cœur battant et le souffle court.

Et ses yeux ! Tout le monde les comparait à de la glace, ce qu'elle comprenait parfaitement lorsqu'elle le voyait discuter avec quelqu'un. Il se montrait alors moins loquace qu'avec elle, sa voix était coupante, son ton brusque, et ses iris pâles reflétaient la froideur de ses manières.

En revanche, quand il se trouvait en sa seule compagnie et qu'ils partageaient un fou rire devant le dérisoire spectacle de la vie mondaine, son regard changeait du tout au tout et ses yeux se teintaient d'une douceur inattendue. Dans ses moments de rêverie, Daphné croyait y déceler un soupçon de tendresse.

Elle laissa échapper un soupir. Ses moments de rêverie avaient une fâcheuse tendance à devenir un peu trop fréquents, depuis quelque temps...

— Tiens ? Mais c'est Daph' ! Pourquoi rôdes-tu ici, dans un coin ?

En levant les yeux, elle vit Colin s'approcher d'elle, le visage éclairé de son éternel sourire espiègle. Depuis son retour à Londres, le beau Colin avait fait chavirer plus d'un cœur, et Daphné pouvait citer une bonne dizaine de jeunes personnes qui se pâmaient d'amour pour lui et désespéraient d'attirer son attention. Il était cependant peu probable que cette affection fût payée de retour. Manifestement, Colin entendait brûler sa vie de jeune homme par les deux bouts avant de s'établir.

— Je ne rôde pas, rectifia-t-elle. J'évite.

— Qui donc ? Hastings ?

— Bien sûr que non ! D'ailleurs, il n'est pas ici, ce soir.

— Si.

Daphné savait que la principale distraction de Colin dans la vie consistait à lui jouer des tours – juste après séduire les femmes de petite vertu et parier aux courses hippiques. Elle aurait donc dû rester de marbre, mais elle ne put retenir un mouvement de surprise.

— Vraiment ? demanda-t-elle.

Son frère acquiesça, puis désigna les portes d'entrée de la salle.

— Je l'ai vu arriver il n'y a pas un quart d'heure.

Daphné fronça les sourcils.

— Tu me fais marcher ? Il m'a bien précisé qu'il n'avait pas l'intention d'assister à ce bal.

— Et tu es tout de même venue ? s'écria Colin en portant ses mains à ses joues d'un air stupéfait.

— Bien entendu. Ma vie ne tourne pas autour de lui.

— Ah non ?

Malgré son ton moqueur, il voyait juste, songea-t-elle, mortifiée.

— Pas du tout, mentit-elle.

Si sa vie ne tournait pas autour de Hastings, ses pensées, en revanche...

Une lueur inhabituellement sérieuse teinta les iris émeraude de Colin.

— Tu as un sacré béguin pour lui, avoue-le.

— Je ne sais pas de quoi tu parles.

— Alors tu le sauras bientôt, répondit-il avec un sourire complice.

— Colin !

— En attendant...

Il désigna la salle de bal, derrière lui.

— Pourquoi ne cours-tu pas le rejoindre ? Apparemment, ma brillante compagnie pâlit en sa présence. Tu le cherches déjà des yeux.

Horrifiée à l'idée d'avoir laissé deviner ses pensées, Daphné baissa instinctivement le regard.

— Ah, ah ! Je t'ai eue !

— Colin Bridgerton, maugréa-t-elle entre ses dents, quelquefois, j'ai l'impression que tu n'as pas plus de trois ans.

— Voilà un concept intéressant, se moqua-t-il. Ce qui te donnerait un an et demi, ma chère sœur.

Faute d'une repartie cinglante, Daphné se contenta de darder sur lui un œil noir, avec pour seul résultat de faire redoubler son hilarité.

— Charmante grimace, mais à ta place, je la chasserais au plus vite. Sa Ducale Dévastation se dirige vers nous.

Cette fois-ci, Daphné refusa de tomber dans le panneau. Il n'était pas question de se trahir de nouveau !

Colin se pencha vers elle pour murmurer d'un ton de conspirateur :

— Je ne plaisante pas, Daph'.

Elle fronça les sourcils de plus belle, lui arrachant un petit rire moqueur.

— Daphné ?

C'était bien la voix de Simon. Juste à côté d'elle.

Elle pivota sur ses talons, tel un automate, tandis que Colin laissait libre cours à son hilarité.

— Tu devrais avoir plus confiance en ton frère préféré, sœurette.

— C'est *lui,* votre frère préféré ? s'enquit Hastings en haussant un sourcil incrédule.

— Seulement parce que Gregory a mis un crapaud dans mon lit hier soir, répliqua Daphné, et que Benedict a chuté de son piédestal voilà bien longtemps en décapitant ma plus belle poupée.

— Ce qui me pousse à me demander ce qu'a bien pu faire Anthony pour ne même pas mériter d'être mentionné, murmura Colin.

— Tu n'as pas envie d'aller faire un tour ? suggéra Daphné d'une voix acide.

— Non, pas vraiment.

Elle serra les dents.

— Ne viens-tu pas de me dire à l'instant que tu avais promis une danse à Pénélope Featherington ?

— Diable ! Tu dois avoir mal compris.

— Alors peut-être maman est-elle en train de te chercher ? Il me semble que je l'ai entendue t'appeler.

Colin sourit, visiblement ravi de la voir si mal à l'aise.

— Tu n'es pas censée être aussi insistante, dit-il dans un murmure théâtral, assez sonore pour être entendu de Simon. Il va se douter que tu l'aimes.

Du coin de l'œil, elle vit le duc sursauter.

— Ce n'est pas tant *sa* compagnie que je recherche, rétorqua-t-elle sur le même ton, que la *tienne* que j'essaie de fuir.

Colin pressa une main sur son cœur.

— Cruelle ! Tu m'assassines, gémit-il.

Puis, se tournant vers le duc :

— Oh, le mal qu'elle me fait !

— Vous avez raté votre vocation, Bridgerton, commenta Simon. Vous auriez dû faire du théâtre !

— Voilà une bonne idée, mais ma mère ne s'en remettrait pas.

Daphné vit une lueur nouvelle s'allumer au fond de ses yeux.

— Une excellente idée, même... ajouta-t-il. Juste au moment où je commençais à m'ennuyer. Amusez-vous bien, tous les deux !

Il leur adressa une rapide courbette et s'éclipsa.

Sans un mot, Daphné et Simon le regardèrent s'éloigner dans la foule.

— Si vous entendez un hurlement, prévint Daphné avec calme, ce sera sûrement ma mère.

— Et le bruit sourd sera celui de son corps sans vie s'effondrant sur le parquet ?

Elle hocha la tête en réprimant un sourire.

— Exactement.

Puis, après un nouveau silence :

— Je ne vous attendais pas, ce soir.

Il haussa les épaules d'un air las.

— Je m'ennuyais.

— Et pour tromper votre ennui, vous êtes venu jusqu'à Hampstead Heath dans le seul but d'assister au grand bal annuel de lady Trowbridge ? demanda-t-elle sans cacher sa stupéfaction.

Hampstead Heath se trouvait à une lieue de Mayfair, soit une heure avec un bon attelage par un soir comme celui-ci où toute la bonne société était de sortie.

— Pardonnez-moi, mais je m'inquiète pour votre santé mentale, reprit-elle.

— Et moi donc ! marmonna-t-il.

— Quoi qu'il en soit, je suis contente de vous voir, dit-elle dans un soupir ravi. Cette soirée est un véritable calvaire.

— Ah ?

Elle hocha la tête.

— J'ai enduré un interrogatoire sans fin à votre sujet.

— Voilà qui devient passionnant !

— Ne vous réjouissez pas trop vite. La première personne à me poser des questions a été ma mère. Elle s'inquiète que vous ne me rendiez jamais visite l'après-midi.

Le duc parut contrarié.

— Pensez-vous que ce soit nécessaire ? Il me semblait que mon attention exclusive à l'occasion de ces soirées mondaines suffirait à tromper l'ennemi.

Daphné ravala un gémissement agacé. Avait-il réellement besoin de laisser entendre que s'afficher en sa compagnie était pour lui un tel supplice ?

— Votre attention exclusive peut duper tout le monde, sauf Violet Bridgerton. En outre, elle n'aurait peut-être rien dit si votre manque d'assiduité n'avait pas été relevé dans le *Whistledown.*

— Vraiment ? s'enquit-il d'un air curieux.

— Comme je vous le dis. Vous feriez mieux de faire un saut à la maison demain, ou on va commencer à se poser des questions.

— J'aimerais bien savoir qui sont les espions de cette femme, murmura-t-il. Je les engagerais à mon propre service.

— Pour quoi faire ? demanda Daphné.

— Rien de spécial, mais c'est une honte de gâcher tant de talent.

Pour sa part, Daphné doutait que la fameuse lady Whistledown vît les choses sous le même angle, mais comme elle n'avait aucune envie d'entamer un débat sur les torts et les mérites de sa chronique mondaine, elle s'abstint de tout commentaire.

— Ensuite, poursuivit-elle, une fois que ma mère a eu fini de me harceler, tout le monde s'y est mis, de sorte que ma situation est rapidement devenue intenable.

— À Dieu ne plaise !

Daphné lui décocha un regard acerbe.

— À une exception près, la totalité de mes inquisiteurs étaient du beau sexe, et malgré leurs marques de sympathie, ces demoiselles étaient toutes en train d'évaluer les probabilités d'une rupture entre vous et moi.

— Vous avez précisé que j'étais fou amoureux de vous, bien sûr ?

Le cœur de Daphné se serra.

— Cela va de soi, mentit-elle, un sourire doux-amer aux lèvres. J'ai une réputation à soigner.

— Et qui était le seul individu masculin parmi vos tortionnaires ?

Daphné fit la grimace.

— En fait, il s'agissait également d'un duc. Un drôle de vieux bonhomme qui affirmait avoir été un ami de votre père.

Le visage de Simon se ferma, mais elle n'y fit pas attention.

— Il n'arrêtait pas de répéter combien celui-ci avait été digne de son nom.

Dans un petit rire, elle imita les intonations précieuses de l'aristocrate.

— J'ignorais que vous exerciez une telle surveillance entre pairs, vous autres ducs. Il ne faudrait pas que le titre tombe entre les mains d'un incompétent, je suppose ?

Simon ne répondit pas.

Pensive, Daphné se tapota la joue du bout du doigt.

— Maintenant que j'y pense, je ne vous ai jamais entendu évoquer votre père.

— Je ne tiens pas à parler de lui, répliqua sèchement Hastings.

Daphné le regarda, un peu mal à l'aise.

— Quelque chose ne va pas ?

— Non, dit-il d'une voix tranchante.

— Oh.

S'apercevant qu'elle était en train de mordre sa lèvre inférieure, Daphné cessa aussitôt.

— Je n'aborderai plus ce sujet.

— Je vous dis qu'il n'y a *aucun problème.*

— Bien entendu, acquiesça-t-elle.

Un silence tendu tomba entre eux. Mal à l'aise, la jeune femme fit rouler entre ses doigts l'étoffe de sa jupe, avant de s'exclamer :

— La décoration florale de lady Trowbridge est superbe, non ?

Hastings suivit son regard, qu'elle avait tourné vers une énorme composition de roses aux tons nacrés.

— Certes, admit le duc.

— Je me demande si elles viennent de son jardin.

— Aucune idée.

Un autre silence s'établit.

— Les roses sont des fleurs tellement capricieuses.

Cette fois-ci, il ne répondit que par un grognement.

Daphné toussota pour s'éclaircir la voix, puis, constatant qu'il ne se donnait même pas la peine de la regarder :

— Avez-vous goûté la limonade ?

— Je n'y tiens pas.

— Eh bien, moi, si, décréta-t-elle, impatiente. Et il se trouve que j'ai soif. Si vous voulez bien m'excuser, je vais aller me servir un verre et vous laisser à votre mauvaise humeur. Je suis sûre que vous trouverez quelqu'un de plus amusant que moi.

Elle pivota sur elle-même, bien décidée à s'en aller, mais avant qu'elle ait pu faire un pas, une main se referma brusquement sur son bras. Elle baissa les yeux, hypnotisée par la vue de cette main large et brune qui froissait la soie délicate de sa manche, s'attendant presque à la voir descendre lentement jusqu'au creux de son coude, là où palpitait sa peau blanche et nue.

Bien entendu, il n'en fit rien. Cela n'arrivait que dans ses rêves.

— Daphné, s'il vous plaît. Regardez-moi.

Sa voix était basse, vibrant d'une telle énergie qu'elle fut parcourue de frissons.

Elle se tourna vers lui et chercha son regard.

— Je vous prie de m'excuser, dit-il, les yeux dans les siens.

Elle hocha la tête, mais il semblait décidé à s'expliquer plus longuement.

— Je n'ai p-pas...

Il s'interrompit, avant de porter sa main devant sa bouche en toussant.

— Je n'étais pas en bons termes avec mon père. Je... n'aime pas parler de lui.

Daphné le regarda, intriguée. Jamais elle ne l'avait entendu chercher ainsi ses mots.

Il laissa échapper un soupir irrité. Étrangement, songea la jeune femme, c'était surtout contre lui-même qu'il paraissait en colère.

— Quand vous l'avez évoqué...

Il secoua la tête.

— Il me hante. Je ne peux pas le chasser de mes pensées. Cela me... me... me met dans une fureur extrême.

— Je suis désolée, dit-elle sans chercher à cacher sa confusion.

Il lui sembla qu'elle aurait dû dire autre chose, mais elle ne trouvait pas les mots.

— Pas contre vous ! ajouta-t-il précipitamment.

Lorsque son regard bleu clair croisa le sien, la brume qui les noyait parut se dissiper. Ses traits se détendirent, en particulier le fin réseau de rides qui crispait ses lèvres. Il déglutit avec peine.

— C'est contre moi-même que je suis furieux.

— Et un peu contre lui, on dirait, remarqua-t-elle très doucement.

Il garda le silence. Elle n'attendait d'ailleurs pas de réponse. Sa main était toujours sur son bras ; dans un réflexe, elle posa la sienne dessus.

— Que diriez-vous de prendre un peu l'air ? proposa-t-elle. J'ai l'impression que cela ne vous ferait pas de mal.

Il acquiesça.

— Vous restez ici, dit-il. Anthony me tuera si je vous emmène sur la terrasse.

— Anthony peut aller se faire cuire un œuf ! répliqua Daphné en pinçant les lèvres. Je suis lasse de sa surveillance constante.

— Il essaie seulement d'être un bon frère pour vous.

Elle le regarda, consternée.

— Dites donc, dans quel camp êtes-vous ?

Ignorant habilement sa question, il reprit :

— Très bien, mais juste une petite promenade. Je peux encore me défendre contre Anthony, mais s'il bat le rappel de vos frères, je suis un homme mort.

Quelques pas plus loin, une double porte donnait sur la terrasse. Daphné la désigna d'un coup de menton, et la main de Simon glissa le long de son bras avant de s'arrêter au creux de son coude. Comme dans ses rêves.

— De toute façon, il doit y avoir une dizaine de couples dehors, argua-t-elle. Il n'aura rien à nous reprocher.

Ils n'avaient pas franchi la porte qu'une voix masculine résonna derrière eux.

— Hastings !

Simon fit halte et pivota sur ses talons. Maussade, il songea qu'il avait fini par s'habituer à ce nom. Encore un peu, et il le considérerait comme le sien.

Sans qu'il sache pourquoi, cela le mettait terriblement mal à l'aise...

Un homme âgé les rejoignit d'un pas mal assuré en s'appuyant sur sa canne.

— C'est le vieux monsieur dont je vous ai parlé il y a un instant, chuchota Daphné. Lord Middlethorpe, je crois.

Simon, qui n'avait aucune envie de discuter, hocha brièvement la tête.

— Hastings ! répéta l'homme. Voilà longtemps que je voulais vous rencontrer. Je m'appelle Middlethorpe, j'étais un grand ami de votre père.

D'un coup de menton rigide, presque militaire, Simon l'invita à poursuivre.

— Vous lui avez beaucoup manqué, savez-vous, quand vous avez quitté l'Angleterre.

Une bouffée de rage monta en Simon, paralysant sa langue, bloquant ses mâchoires. Il savait sans l'ombre d'un doute que s'il tentait de parler on croirait entendre le gamin terrorisé qu'il était à huit ans.

Et pour rien au monde il ne se donnerait ainsi en spectacle devant Daphné.

Toutefois – il ne sut comment, peut-être parce que les voyelles lui étaient plus faciles à prononcer que les consonnes – il parvint à articuler un « Oh ? » assez convaincant. Il constata avec soulagement que sa voix avait pris un timbre tranchant, presque condescendant.

Si le vieillard y discerna la rancune qui la faisait vibrer, il n'en montra rien.

— J'étais à ses côtés quand il est décédé, précisa-t-il.

Simon restait muet. Par chance, Daphné eut la bonne idée d'entrer dans la conversation.

— Oh, mon Dieu ! s'exclama-t-elle avec compassion.

— Il m'a demandé de vous transmettre un certain nombre de lettres. Je les ai chez moi.

— Brûlez-les.

Daphné laissa échapper un petit cri de stupeur et posa une main sur le bras du vieux lord.

— Oh, non ! Surtout, n'en faites rien ! Même s'il ne souhaite pas les lire tout de suite, un jour peut venir où il changera d'avis.

Simon lui jeta un regard furieux et se tourna de nouveau vers Middlethorpe.

— J'ai dit : brûlez-les.

— Je... eh bien... bafouilla le vieillard, manifestement indécis.

Il devait avoir été informé que les Basset père et fils n'étaient pas en bons termes, mais apparemment, feu le duc ne lui avait pas révélé combien ils étaient étrangers l'un à l'autre. Il considéra Daphné d'un œil plein d'espoir :

— Outre cette correspondance, il m'a transmis un message pour lui...

Daphné vit alors que Simon, qui avait lâché son bras, s'éloignait d'un pas rageur.

— Je suis vraiment désolée, dit-elle, gênée par le comportement inexcusable de Simon. Il ne voulait sûrement pas être impoli.

L'expression de Middlethorpe était sans équivoque : l'homme savait que l'attitude de Simon était tout à fait délibérée. Toutefois, elle ajouta :

— Il est assez susceptible au sujet de son père.

— Hastings m'avait prévenu qu'il réagirait ainsi, mais il me l'a dit en riant, avant d'ironiser sur la fierté des Basset. De vous à moi, je ne l'avais pas pris au sérieux.

Daphné jeta un regard inquiet en direction des portes ouvertes sur la terrasse.

— Apparemment, son père avait vu juste. Je ferais mieux d'aller le retrouver.

Middlethorpe acquiesça d'un signe de tête.

— S'il vous plaît, conclut-elle, ne brûlez pas ces lettres.

— Je n'y songe pas un instant, mais...

Daphné se détournait déjà vers la terrasse. Elle se figea, alertée par l'intonation grave du vieil homme.

— Oui ?

— Ma santé décline. Je... D'après le médecin, je n'en ai plus pour très longtemps. Pourrais-je vous confier ces lettres ?

Elle regarda le duc avec un mélange d'incrédulité et d'effroi. Incrédulité de le voir remettre une correspondance aussi personnelle à une jeune femme qu'il ne connaissait pas depuis une heure ; effroi car elle savait que, si elle acceptait, jamais Simon ne le lui pardonnerait.

— Je ne sais pas, répondit-elle, mal à l'aise. Je crains de ne pas être la bonne personne.

Une lueur de sagesse s'alluma au fond des yeux du vieillard.

— Je crois au contraire que vous êtes exactement celle qu'il faut, dit-il avec douceur. Et je suis persuadé que vous saurez trouver le bon moment pour lui remettre ces lettres. Puis-je les faire déposer chez vous ?

Faute d'une meilleure option, elle acquiesça d'un hochement de tête.

Middlethorpe désigna la terrasse avec sa canne.

— Vous feriez mieux d'aller le rejoindre.

Elle croisa son regard, le salua d'un coup de menton et se sauva.

La terrasse, faiblement éclairée par des torches fixées au mur, était plongée dans la pénombre. Guidée par la seule lumière de l'astre lunaire, Daphné reconnut la silhouette de Simon. Il s'était réfugié à l'écart dans une attitude butée, les bras croisés sur la poitrine. Il s'était tourné vers l'immense pelouse qui s'étendait au-delà de la terrasse, mais Daphné doutait qu'il fût attentif à quoi que ce soit d'autre que les émotions qui bouillonnaient en lui.

Elle s'avança à pas de loup. La fraîcheur de la nuit contrastait agréablement avec l'air lourd et moite de la salle de bal surpeuplée. Des murmures lui parvenaient par bribes portées par la brise nocturne, preuve qu'ils n'étaient pas seuls, mais Daphné ne pouvait distinguer leurs voisins dans la faible lueur. Apparemment, les autres invités avaient choisi de s'isoler dans les coins les plus sombres de la terrasse, à moins qu'ils n'aient descendu les marches menant au jardin pour s'asseoir sur les bancs en contrebas.

Tout en s'approchant, elle songea qu'elle allait lui dire quelque chose comme « Vous avez été très impoli avec le duc » ou « Pourquoi en voulez-vous tant à votre père ? », mais finalement elle décida que ce n'était pas le moment de sonder les sentiments de Simon. En arrivant près de lui, elle s'appuya simplement à la balustrade.

— J'aimerais tant voir les étoiles ! dit-elle dans un soupir nostalgique.

Il baissa vers elle un regard d'abord surpris, puis intrigué.

— À Londres, elles sont invisibles, reprit-elle d'une voix volontairement légère. Soit il y a trop de lumière, soit le brouillard recouvre la ville, soit l'atmosphère est si sale que l'air devient opaque.

Dans un soupir désabusé, elle leva les yeux vers le ciel.

— J'avais espéré qu'à Hampstead Heath je les apercevrais, mais on dirait que même les nuages se sont ligués contre moi...

Un long silencc s'étira, puis Simon, après s'être éclairci la voix, demanda :

— Savez-vous que dans l'hémisphère Sud, le ciel est complètement différent ?

Ce n'est qu'en sentant soudain ses muscles se dénouer que Daphné mesura combien elle avait été tendue jusqu'à présent. Manifestement, Simon essayait de raviver leur habituelle complicité, et elle lui en était reconnaissante. Elle le regarda, intriguée.

— Vous plaisantez ?

— Pas du tout. N'importe quel manuel d'astronomie vous le confirmera.

— Hum !

— Quoi qu'il en soit, poursuivit Simon d'une voix qui retrouvait peu à peu ses intonations nonchalantes, même si vous êtes novice en astronomie, comme moi...

— Ou, à plus forte raison, comme moi... l'interrompit Daphné avec un sourire modeste.

Il lui donna une tape amicale sur la main, et une lueur d'amusement brilla dans ses yeux. Elle en fut d'abord soulagée, puis une autre émotion plus précieuse l'envahit. La joie d'avoir réussi à chasser les ombres de son regard. Elle aurait voulu le protéger pour toujours de ces sombres humeurs, songea-t-elle.

Si seulement il l'y autorisait !

— Vous remarqueriez de toute façon la différence, poursuivit-il. C'est tout à fait étrange. Je ne me suis jamais intéressé aux constellations mais à mon arrivée en Afrique, j'ai levé les yeux vers le ciel – la nuit est si claire, là-bas ! Jamais vous n'avez vu cela !

Daphné le dévisagea, fascinée.

— J'ai levé les yeux vers le ciel, reprit-il en secouant la tête d'un air dramatique, et il n'était pas dans le bon sens.

— Comment est-ce possible ?

Il leva les mains d'un geste évasif.

— Aucune idée. Les étoiles donnaient l'impression de ne pas se trouver à leur place habituelle.

— J'aimerais voir ce ciel austral, murmura Daphné. Si j'étais plus audacieuse, plus originale, ce genre de femme pour qui les hommes écrivent des poèmes, je crois que j'adorerais voyager.

— Oh, mais vous *êtes* le genre de femme pour qui les hommes écrivent des poèmes, lui rappela Simon avec un brin de sarcasme. C'est juste de la mauvaise poésie.

Daphné éclata de rire.

— Ne vous moquez pas de moi. C'était tellement agréable ! Jamais je n'avais reçu six visites en un seul après-midi, et Neville Brinsby m'a même dédicacé des vers de sa composition !

— Sept visites, rectifia le duc.

— Avec la vôtre, bien sûr, mais vous ne comptez pas vraiment.

— Cruelle ! Vous m'assassinez, gémit-il, en une assez bonne imitation de Colin.

— Vous pourriez peut-être envisager une carrière dramatique, vous aussi ?

— Je ne sais pas si ce serait une bonne idée.

Elle lui adressa un sourire indulgent.

— Vous avez sans doute raison. Ce que je voulais dire, au risque de paraître terriblement ennuyeuse, c'est que je n'ai aucune envie d'aller voir ailleurs si le ciel est plus bleu. Je suis très heureuse ici.

Il secoua la tête tandis qu'une lueur étrange, presque magnétique, s'allumait au fond de ses yeux.

— Vous n'êtes pas ennuyeuse, et...

Sa voix baissa d'une octave.

— ... j'aime vous savoir heureuse. Je n'ai pas rencontré beaucoup de gens qui l'étaient vraiment.

Ce n'est qu'en levant les yeux vers lui qu'elle s'aperçut qu'il s'était rapproché d'elle. Elle n'aurait pas juré qu'il en avait conscience, mais il se penchait imperceptiblement vers elle, et elle avait toutes les peines du monde à détacher ses yeux des siens.

— Simon ? murmura-t-elle.

— Nous ne sommes pas seuls, répondit-il d'une voix curieusement étranglée.

Du regard, elle fouilla l'obscurité autour d'eux. Les voix s'étaient éteintes, mais cela signifiait peut-être que leurs voisins les épiaient dans le noir.

En contrebas, le jardin lui sembla plus attirant que jamais. S'ils avaient été à Londres, songea-t-elle, il n'y aurait rien eu au-delà de cette terrasse, mais lady Trowbridge, éprise d'originalité, organisait toujours son bal annuel dans sa résidence de Hampstead Heath. La propriété se trouvait à peine à une demi-lieue de Mayfair, mais elle paraissait appartenir à un autre monde. D'élégantes demeures ponctuaient ici et là le vert de la campagne, et dans les jardins de lady Trowbridge, foisonnants d'arbres et de fleurs, haies et bosquets offraient plus d'un refuge propice...

Une soudaine fièvre courut dans les veines de la jeune femme.

— Allons marcher dans le jardin, proposa-t-elle dans un souffle.

— Nous ne pouvons pas.

— Allons !

— Nous ne pouvons pas, répéta-t-il.

Sa voix vibrait d'un tel désespoir que Daphné comprit aussitôt. Il la désirait ardemment. Passionnément. Follement.

Il sembla à la jeune femme que son cœur se gonflait de joie, et que si celui-ci avait pu chanter, c'est l'aria de la *Flûte enchantée* qui en aurait jailli, lançant fougueusement ses trilles vers le ciel.

Et si elle l'embrassait ? Si elle l'entraînait dans les bosquets et levait son visage vers le sien pour lui offrir ses lèvres ? Comprendrait-il qu'elle était éprise de lui ? L'aimerait-il en retour, même juste un peu ? Et s'apercevrait-il qu'elle pourrait le rendre heureux ?

Cesserait-il enfin de répéter à l'envi qu'il n'était pas fait pour le mariage ?

— Moi, je vais me promener au jardin, déclara-t-elle. Vous pouvez m'accompagner si vous voulez.

Tandis qu'elle s'éloignait – à pas lents, afin de lui laisser le temps de la rattraper – elle l'entendit proférer un juron, puis s'élancer à sa suite.

— Daphné, c'est parfaitement déraisonnable, la gronda-t-il.

Si elle en jugeait au timbre un peu rauque de sa voix, c'était surtout lui-même qu'il tentait de convaincre... Sans répondre, elle continua d'avancer dans l'allée.

— Pour l'amour du Ciel, allez-vous m'écouter ?

Il la prit par le poignet, l'obligeant à pivoter sur elle-même.

— J'ai fait une promesse à votre frère, ajouta-t-il, hors de lui. Je lui ai donné ma parole.

Elle lui adressa le sourire d'une femme qui se sait désirée.

— Eh bien, partez.

— En vous abandonnant ici, sans protection ? Vous n'y pensez pas ! Quelqu'un pourrait essayer de profiter de la situation.

Daphné balaya l'argument d'un gracieux haussement d'épaules et tenta de dégager son bras de la solide poigne de Simon. Celui-ci la serra un peu plus fort. Ce faisant – même si, elle le savait, ce n'était pas son intention – il l'attira à lui, si proche qu'elle le touchait presque.

La respiration de Simon s'accéléra.

— Ne faites pas cela, Daphné.

Elle chercha une repartie spirituelle et audacieuse, mais au dernier instant, le courage lui manqua. On ne l'avait jamais embrassée, et à présent qu'elle avait pratiquement invité Simon à être le premier, elle ne savait plus que faire.

Il relâcha légèrement la pression de ses doigts autour de son poignet et l'entraîna à reculons vers l'abri d'une haie taillée avec soin.

Puis, murmurant son prénom, il effleura sa joue du bout du doigt.

Le souffle court, Daphné entrouvrit les lèvres.

Et arriva ce qui devait arriver.

# 10

*Plus d'une femme a ruiné sa réputation à cause d'un simple baiser.*

LA CHRONIQUE MONDAINE DE LADY WHISTLEDOWN, 14 mai 1813

Simon n'aurait pu dire à quel instant précis il sut qu'il allait embrasser Daphné. Peut-être ne le sut-il jamais – du moins, pas consciemment.

Jusqu'au dernier instant, il avait réussi à se persuader que s'il avait attiré la jeune femme à l'abri de la haie, ce n'était que pour la sermonner et la mettre en garde contre son comportement irresponsable, qui ne pouvait que leur attirer des ennuis.

Seulement, à ce moment précis, quelque chose avait changé. À moins que cette transformation ne soit le fruit d'un long processus qu'il avait obstinément refusé de voir... Le regard de la jeune femme avait pris un éclat nouveau, et lorsqu'elle avait entrouvert ses lèvres – oh, si peu ! juste assez pour laisser passer un filet d'air ! – il n'avait pas eu la force de détourner les yeux.

Il avait laissé courir sa main le long de son bras pour effleurer d'abord le pâle satin de son gant, sa peau nue, puis le nuage de soie de sa manche, avant de la glisser dans son dos pour l'attirer vers lui. Il la voulait tout près de lui. Sous lui. Autour de lui... Son désir était si violent qu'il en devenait effrayant !

Il l'enserra dans l'étau de ses bras. À présent, elle était là, plus proche que jamais. Il la pressa un peu plus pour plaquer son torse sur les rondeurs de ses seins.

Un frisson de désir embrasa ses reins.

Il posa une jambe entre les siennes et poussa doucement. Sous la soie de ses jupes et jupons, il pouvait percevoir la douce chaleur de ses cuisses.

Un sourd gémissement où s'entremêlaient le désir et la frustration monta de ses lèvres. Il ne la posséderait pas, ni ce soir ni jamais. Rien d'autre ne lui serait donné que ce précieux instant, qu'il aurait voulu faire durer une éternité.

Sous ses doigts, l'étoffe de sa robe était infiniment légère. Il caressa son dos avec une lenteur délibérée, savourant la grâce et la sensualité de ses courbes.

Puis, sans savoir comment – jusqu'à son dernier souffle, il ignorerait où il puisa ce courage – il s'écarta d'elle. À peine, juste assez pour laisser passer un filet d'air entre elle et lui.

— Non ! protesta-t-elle en une affolante supplique.

Il cueillit son visage entre ses paumes pour mieux s'imprégner des traits de son visage. Il faisait trop sombre pour distinguer les couleurs, mais il connaissait les nuances de coquillage de sa bouche, ce rose si doux qui se teintait de pêche près des commissures des lèvres, et la subtile palette d'automne de ses iris, avec ce délicat cercle vert tendre à la lisière des pupilles, qui semblait n'être là que pour l'inciter à la regarder de plus près afin de s'assurer qu'il n'avait pas rêvé.

Quant au reste – la douceur de sa peau, le goût de ses baisers – il ne pouvait que l'imaginer...

Et Dieu sait qu'il s'y appliquait ! Malgré ses manières distantes, malgré ses vertueuses promesses à Anthony, il se consumait de désir pour elle ! Quand il l'apercevait au milieu de la foule, un incendie s'allumait sous sa peau. Lorsqu'il la voyait dans ses rêves, tout son corps s'embrasait...

Et à présent qu'elle était là, dans ses bras, le regard embrumé d'appétits sans doute inédits pour elle... eh bien, il ne savait pas s'il allait s'en remettre.

Voilà pourquoi il fallait qu'il l'embrasse : c'était une question de survie. S'il ne le faisait pas, il allait en mourir ! Cela pouvait paraître un peu mélodramatique, mais sur le moment, il aurait juré que c'était la pure vérité. Le feu qui couvait dans ses veines le brûlerait vif, le réduirait en cendres...

Son envie d'elle était presque terrifiante.

Il posa ses lèvres sur les siennes avec plus de rudesse qu'il ne l'aurait voulu. Son cœur martelait sourdement sa poitrine, le faisant trembler d'impatience. Ce ne fut pas le tendre baiser d'un prétendant, mais celui d'un amant fou de désir.

Il était prêt à forcer la barrière de ses lèvres mais, sans doute parce que la même passion la consumait, elle ne lui opposa aucune résistance.

— Daphné ! gémit-il.

Il la plaqua contre lui avec ivresse, conscient qu'elle ne pouvait plus, désormais, ignorer son désir qui se pressait contre son ventre.

— Je n'ai jamais pensé... poursuivit-il dans un murmure haletant. Je n'ai jamais rêvé...

Mensonges ! Mensonges éhontés ! Son imagination fiévreuse l'avait déjà dénudée, explorée, possédée de mille façons... Et cependant, aussi audacieux soient-ils, ces songes s'avéraient soudain bien ternes !

Chaque frôlement, chaque soupir ne faisaient qu'aviver le brasier. Déjà, son corps échappait à son contrôle. Peu lui importait désormais où était le bien, où était le mal, car rien d'autre ne comptait que de la savoir là, entre ses bras, palpitante du même désir que celui qui le consumait.

Car elle avait envie de lui, c'était évident !

Il fit courir ses mains sur elle dans une nouvelle bouffée d'impatience et mordit sa bouche avec un appétit que rien, semblait-il, ne pourrait apaiser.

D'un geste hésitant, presque timide, elle posa une main gantée sur son épaule, puis au creux de son cou. Sous cette caresse légère, un sillon de feu courut à la surface de sa peau.

Il quitta sa bouche pour parsemer son cou de baisers, avant de descendre vers la naissance de sa gorge, lui arrachant de petits halètements de volupté qui ne firent qu'accentuer sa frustration.

De ses mains tremblantes, il effleura l'écume de dentelle qui bordait le décolleté de son corsage. Le vêtement n'était pas trop ajusté : Simon savait que la plus légère pression suffirait à faire glisser la soie délicate sur le renflement de son sein.

C'était là un fruit qu'il lui était défendu de voir, encore plus de goûter, mais il ne trouva pas la force de résister.

Il lui donna pourtant une dernière chance de l'en empêcher. Avec une telle lenteur que c'en était un supplice, il commença à dénuder sa gorge, puis il marqua une pause afin de lui laisser le temps de protester… mais la belle, loin de s'effaroucher, se cambra dans un tendre soupir, plus provocant que les paroles les plus hardies.

Simon était vaincu.

Il fit glisser l'étoffe du corsage et, ivre de désir, contempla le trésor enfin révélé. Puis il se pencha vers elle pour apposer sur sa peau le sceau de ses lèvres.

Il n'en eut pas le temps.

— Traître ! cria soudain une voix derrière lui.

Daphné, reconnaissant la voix de son frère, bondit en arrière.

— Oh, mon Dieu, gémit-elle. Anthony !

Celui-ci se dirigeait vers eux à grandes enjambées rageuses ; il n'était plus qu'à une dizaine de pas. Le visage contracté par la fureur, il s'élança vers Simon dans un hurlement sauvage, presque inhumain. Jamais la jeune femme n'avait entendu un tel cri.

À peine avait-elle couvert sa gorge que son frère se jeta sur Simon, avec une telle puissance qu'elle en perdit l'équilibre et tomba à terre.

— Je vais te tuer, espèce de sale…

— Anthony, non ! Arrête-toi ! ordonna-t-elle, plaquant toujours le corsage de sa robe contre ses seins, bien qu'elle l'eût rajusté et qu'il ne risquât plus de tomber.

Son frère ne l'entendit pas. Les traits tordus par la colère, les poings serrés, il roua de coups son adversaire, tout en laissant échapper d'effrayants rugissements.

Simon, en revanche, ne montrait guère d'agressivité. Tout juste se protégeait-il !

Daphné, qui s'était écartée de quelques pas, hagarde, retrouva rapidement ses esprits. Si elle n'intervenait pas, Anthony allait tuer Simon. Là, dans les jardins de lady Trowbridge ! Elle tenta de s'interposer entre son frère et l'homme qu'elle aimait, mais au même instant ceux-ci roulèrent à terre… et la renversèrent, la projetant dans la haie d'épineux.

— Aaaah ! hurla-t-elle, le corps soudain transpercé de milliers de pointes acérées.

Alertés, les deux combattants s'immobilisèrent aussitôt.

— Malédiction ! gronda Simon en se redressant pour bondir à son secours. Daphné, avez-vous mal ?

Prise au piège, elle répondit par un gémissement en s'interdisant tout mouvement. Les pointes lui tailladaient la peau, et le plus infime geste ne faisait qu'accentuer la douleur.

— Elle est blessée, dit Simon à Anthony d'un ton tendu par l'inquiétude. Il va falloir la soulever pour la sortir de là. Si nous essayons d'écarter les branches, nous ne ferons qu'aggraver les choses.

Daphné vit Anthony, oubliant pour un instant son différend avec Simon, acquiescer d'un bref hochement de tête. Il avait compris qu'elle souffrait et lui donnait la priorité.

— Ne bougez pas, Daphné, enchaîna Simon d'une voix douce et rassurante. Je vais vous prendre dans mes bras pour vous soulever et vous dégager de ce buisson. D'accord ?

Elle secoua la tête.

— Vous allez vous écorcher.

— J'ai des manches longues. Ne vous inquiétez pas pour moi.

— Je vais le faire, intervint Anthony.

Simon ne parut pas l'entendre. Sous le regard impuissant d'Anthony, il entra dans la muraille d'épines, tendit les mains vers Daphné pour glisser ses bras entre sa peau nue, douloureusement griffée, et les branches hérissées de piquants. Il dut s'interrompre au moment où il atteignait ses manches afin de détacher les aiguilles prises dans la soie de la robe. Plusieurs rameaux, ayant traversé l'étoffe, lacéraient sa chair.

— Je n'arrive pas à vous libérer complètement des branchages, dit-il. Votre robe risque de se déchirer.

Elle hocha la tête d'un geste nerveux.

— De toute façon, elle est déjà irréparable.

— Mais...

Certes, Simon avait été sur le point de dénuder gaillardement la jeune femme jusqu'à la taille, mais à présent, le simple fait d'expliquer à voix haute que la robe allait s'arracher sous la traction des pointes acérées du buisson, dévoilant impudiquement le buste de Daphné, le mettait au supplice. Aussi se tourna-t-il vers Anthony pour déclarer sobrement :

— Il va falloir la couvrir de votre veste.

Anthony était déjà en train d'ôter le vêtement.

Simon revint à Daphné et chercha son regard.

— Êtes-vous prête ? demanda-t-il avec douceur.

Elle fit signe que oui. Était-ce le fruit de son imagination ? Il lui sembla qu'elle était plus calme, maintenant que ses yeux étaient fixés sur lui.

Ayant vérifié qu'aucune branche n'était encore accrochée à sa peau délicate, il enfonça un peu plus ses mains dans le bosquet, de façon à entourer solidement la jeune femme de ses bras.

— Je vais compter jusqu'à trois, murmura-t-il.

Elle hocha de nouveau la tête.

— Un... deux...

D'un coup sec, il la souleva et la fit sortir du buisson, avec une telle force qu'ils roulèrent sur le sol.

— Vous aviez dit jusqu'à trois ! protesta-t-elle.

— J'ai menti. Je ne voulais pas que vous résistiez à la dernière seconde.

Daphné aurait sans doute argumenté si elle n'avait pris conscience à cet instant que sa robe n'était plus qu'un souvenir. Dans un cri de stupeur, elle croisa les bras sur sa poitrine.

— Tiens, dit Anthony en posant sa veste sur ses épaules.

Avec gratitude, elle se drapa dans le vêtement de fine étoffe. Si celui-ci seyait à merveille à son frère, il tombait sur elle en plis lâches, de sorte qu'elle put aisément s'en envelopper.

— Ça va ? lui demanda Anthony d'un ton rugueux.

Elle acquiesça d'un mouvement de tête.

— Tant mieux, reprit-il.

Puis, se tournant vers Hastings :

— Merci de l'avoir sortie de là.

Pour toute réponse, le duc donna un bref coup de menton.

— Tu es sûre que ça va aller ? insista Anthony en s'adressant de nouveau à Daphné.

— Ça pique un peu, avoua-t-elle, et j'aurai sans doute besoin d'appliquer un baume apaisant à la maison, mais c'est tout à fait supportable.

— Tant mieux, répéta-t-il.

Puis, sans prévenir, il leva son poing fermé et l'abattit sur la mâchoire de Hastings, qui roula au sol sous l'impact.

— Ça, cracha-t-il, c'est pour avoir attenté à la pudeur de ma sœur.

— Anthony ! cria Daphné. Ne dis pas de bêtises, il n'a rien fait de tel !

Il fit volte-face, le regard brillant d'indignation.

— J'ai vu ta...

Daphné crut que son cœur allait cesser de battre. Juste Ciel, il avait vu sa gorge ! Lui, son propre frère... Jamais elle n'avait été aussi mortifiée !

— Debout, gronda Anthony, que je vous frappe de nouveau !

— Enfin, tu as perdu la tête ! s'écria la jeune femme en s'interposant entre lui et Simon, toujours au sol, une main sur son œil. Anthony, si tu lèves encore la main sur lui, je ne te le pardonnerai jamais.

Il l'écarta sans ménagement.

— Le second coup, éructa-t-il, sera pour avoir trahi notre amitié.

Horrifiée, Daphné vit Hastings se redresser avec lenteur.

— Non ! décréta-t-elle en se plaçant une nouvelle fois entre eux.

— Laissez-nous, Daphné, ordonna Simon d'une voix presque tendre. C'est entre lui et moi.

— Certainement pas ! Au cas où vous l'auriez oublié, c'est moi qui...

Elle s'interrompit au milieu de sa phrase. À quoi bon argumenter ? Aucun des deux hommes ne semblait décidé à l'écouter.

— Pousse-toi, Daph', dit à son tour Anthony, avec un calme effrayant.

Les yeux vrillés sur ceux de son adversaire, il n'avait même pas tourné la tête vers elle.

— Vous êtes ridicules ! s'impatienta-t-elle. Ne pourrions-nous pas discuter de tout ceci en adultes ?

Son regard passa de Hastings à Anthony, avant de revenir précipitamment vers le premier.

— Dieu du ciel ! Simon, votre œil !

Elle courut jusqu'à lui et tendit une main vers sa paupière droite, si tuméfiée qu'elle se fermait d'elle-même.

Simon demeura impassible. Pas un de ses muscles ne tressaillit lorsqu'elle posa la main sur son visage, avant de faire courir un doigt sur sa peau douloureuse, en une caresse curieusement apaisante. Son attirance pour elle était toujours aussi vive, mais le désir avait cédé la place à un autre sentiment qu'il ne connaissait pas. Que c'était bon de la savoir là, à ses côtés, si bonne, si noble et si pure !

Et pourtant, il s'apprêtait à lui infliger la pire insulte qu'il eût jamais fait subir à une femme.

Car lorsque Bridgerton, une fois calmé, lui demanderait de réparer sa faute en épousant sa sœur, il refuserait.

— Laissez-nous, Daphné, répéta-t-il, reconnaissant à peine sa propre voix.

— Non, je...

— Laissez-nous ! gronda-t-il, au supplice.

Elle s'écarta d'un bond, plaquant de nouveau son dos contre la haie dont il venait de la dégager, le regard agrandi par l'inquiétude.

Simon se tourna vers Bridgerton.

— Allez-y, dit-il. Frappez.

Une expression de stupeur se peignit sur les traits de son adversaire.

— Frappez, vous dis-je, et finissons-en !

Visiblement décontenancé, Anthony, sans bouger la tête, chercha le regard de sa sœur.

— Je ne peux pas, souffla-t-il. Pas s'il me le demande !

Simon s'approcha.

— C'est le moment, insista-t-il. Faites-moi payer.

— C'est devant l'autel que vous paierez vos dettes, Hastings ! répliqua Anthony.

Daphné laissa échapper un cri de surprise, attirant l'attention de Simon. Pourquoi une telle réaction ? N'avait-elle pas déjà envisagé les conséquences, sinon de leurs actes, du moins de la naïveté avec laquelle ils s'étaient laissé surprendre ?

— Je ne l'y obligerai pas, déclara la jeune femme.

— Moi, si, rétorqua son frère.

Simon secoua la tête.

— Demain, je serai sur le continent.

— Vous partez ? s'alarma Daphné, avec des accents si déchirants qu'une bouffée de honte monta en lui.

— Si je reste, ma seule présence vous souillera. Il vaut mieux que je m'en aille.

En la voyant mordre sa lèvre inférieure, qui s'était mise à trembler, il ravala un gémissement de frustration. Il ne supportait pas de la voir souffrir ainsi ! Dans un souffle, elle prononça un mot, un seul. Son prénom. Il y avait dans sa voix une telle détresse qu'il crut que son cœur allait se mettre à saigner.

Il lui fallut un long moment pour trouver le courage d'ajouter :

— Je ne peux pas vous épouser, Daphné.

— Vous ne pouvez pas, intervint Anthony, ou vous ne voulez pas ?

— Les deux.

Anthony le frappa de nouveau.

Simon tomba au sol en se tenant la mâchoire. La douleur était presque insoutenable, mais il l'avait bien méritée. Il ne voulait pas croiser le regard de Daphné, ni même voir son visage, mais elle s'agenouilla près de lui et, passant tendrement la main sous son épaule, l'aida à se redresser.

— Je suis désolé, Daphné, dit-il en s'obligeant à se tourner vers elle.

Il n'avait pas ses sensations habituelles, son équilibre était des plus précaires et il n'y voyait que d'un œil, mais elle était à ses côtés, même après qu'il l'eut rejetée, et il lui en était reconnaissant.

— Je suis profondément désolé, murmura-t-il.

— Gardez vos jérémiades ! gronda Anthony, menaçant. Je vous verrai demain, à l'aube.

— Non ! cria Daphné.

Simon, levant les yeux sur Anthony, acquiesça brièvement. Puis il pivota de nouveau vers Daphné.

— Si c-c'était possible, ce serait vous, Daphné. Je v-vous en donne ma parole.

— De quoi parlez-vous ? demanda-t-elle en roulant des yeux stupéfaits. Que voulez-vous dire ?

Il soupira et ferma les paupières. Demain à la même heure, il serait mort, pour la simple raison qu'il ne ferait pas feu sur Anthony, et qu'il doutait fort que celui-ci ait retrouvé suffisamment de calme pour tirer en l'air.

D'une façon aussi inattendue que pathétique, il obtiendrait ce qu'il avait toujours voulu de la vie. Son ultime vengeance contre son père.

Malgré tout, ce n'était pas ainsi qu'il avait cru que les choses finiraient. Il avait pensé… Ma foi, il ne savait plus ce qu'il avait pensé – la plupart des hommes évitent d'envisager leur propre mort – mais ce n'était pas ainsi qu'il avait imaginé ses derniers instants. Pas au beau milieu d'une clairière déserte, dans l'aube glacée, de la main d'un ami au regard fou de haine.

Pas dans la honte et le déshonneur.

Daphné entoura ses épaules de ses mains pour le secouer. Fini, les tendres caresses ! Surpris, il ouvrit son œil tuméfié et vit le visage de la jeune femme, tout près du sien, les traits contractés par la fureur.

— Enfin, que vous arrive-t-il ? s'enquit-elle d'une voix impatiente.

Jamais il ne lui avait vu ce regard brillant de révolte, d'angoisse et d'incompréhension.

— Il va vous tuer ! Il va vous donner rendez-vous dans quelque coin perdu pour vous abattre, et on dirait que vous n'attendez que cela !

— Je ne veux p-pas mourir, dit-il, trop épuisé pour se soucier de son bégaiement. Mais je ne p-peux pas vous ép-épouser.

Elle détacha ses mains de ses épaules et s'écarta de lui comme si elle s'était brûlée. Il y avait dans ses prunelles une telle souffrance, une telle déception que c'en était insupportable. Toute menue dans la veste de son frère deux fois trop grande pour elle, les cheveux encore piquetés d'épines et de feuilles, elle offrait le spectacle de l'absolue détresse. Lorsqu'elle répondit, il sembla à Simon que chacune de ses paroles était arrachée à son âme.

— J'ai toujours su que je n'étais pas le genre de femme dont rêvent les hommes, mais jamais je n'aurais imaginé que l'on préfère mourir plutôt que de m'épouser.

— Non ! gémit Simon. Ce n'est pas cela, Daphné...

— Vous en avez assez dit, déclara Anthony d'un ton tranchant, se plaçant entre eux.

Posant une main sur l'épaule de sa sœur, il entraîna celle-ci loin de lui – loin de l'homme qui avait brisé le cœur de Daphné et probablement souillé sa réputation pour toujours.

— Une dernière chose ! protesta Simon.

Il détestait la lueur suppliante, presque pathétique, qui devait sans doute briller au fond de ses yeux, mais il fallait qu'il dise la vérité à la jeune femme, et qu'il soit sûr qu'elle comprenait.

Anthony secoua la tête.

— Écoutez ! insista Simon en agrippant la manche de celui qui avait été son meilleur ami. Je ne peux pas réparer. J'ai fait...

Il laissa échapper un soupir douloureux et tenta de rassembler ses pensées.

— J'ai pris un engagement solennel, Anthony. Je ne peux pas l'épouser... Je ne peux pas sauver son honneur... mais je peux lui dire...

— Lui dire quoi ? questionna Bridgerton d'un ton glacial.

Simon passa les doigts dans ses cheveux. Il ne parvenait pas à parler à Daphné. Elle ne comprendrait pas. Ou, pire, elle comprendrait... et tout ce qu'il aurait d'elle, ce serait de la pitié. Finalement, conscient du regard impatient de Bridgerton sur lui, il articula :

— Je peux peut-être rendre les choses un peu moins pénibles.

Anthony ne broncha pas.

— S'il vous plaît, souffla Simon.

Anthony demeura immobile quelques secondes, puis il fit un pas de côté.

— Merci, murmura Simon en lui adressant un bref coup d'œil, avant de chercher le regard de Daphné.

Il avait craint qu'elle ne détourne les yeux, qu'elle ne l'insulte de son mépris mais, redressant le menton, elle le toisa d'un air de défi qui forçait l'admiration.

— Daphné, dit-il, ne sachant par où commencer, et espérant que les mots sortiraient correctement de ses lèvres. Cela n'a aucun rapport avec vous. Si je le pouvais, c'est vous que je choisirais, mais en faisant cela je vous détruirais. Je ne peux pas vous donner ce que vous attendez. Ce mariage ne serait pour vous qu'une lente agonie, et je ne le supporterais pas.

— Vous ne pouvez pas me faire de mal, protesta-t-elle.

Il secoua la tête, frustré et malheureux.

— Faites-moi confiance.

— C'est le cas, répondit-elle doucement, tout en posant sur lui un regard sincère, chaleureux. En revanche, je me demande si *vous* me faites confiance.

Ces paroles lui firent l'effet d'un coup de poing en pleine poitrine. Avec un terrible sentiment d'impuissance, il bredouilla :

— Soyez certaine que... je n'ai jamais voulu vous faire de mal.

Elle conserva une immobilité de marbre, si longtemps qu'il se demanda si elle respirait toujours, puis, sans même se tourner vers Anthony :

— J'aimerais rentrer à la maison, maintenant, dit-elle simplement.

Son frère la prit par les épaules pour la faire pivoter, comme s'il pouvait la protéger rien qu'en la dérobant aux regards de Simon.

— Viens, je te ramène. Je vais te mettre au lit et t'apporter un cordial.

— Je ne veux pas d'alcool, protesta-t-elle. J'ai besoin de réfléchir.

Il sembla à Simon qu'Anthony était quelque peu déconcerté par cette réponse mais, et c'était tout à son honneur, il lui serra affectueusement le bras.

— D'accord. Comme tu voudras.

Couvert de bleus et de bosses, Simon les regarda s'éloigner, puis disparaître dans la nuit.

# 11

*Le bal annuel de lady Trowbridge à Hampstead Court samedi soir fut, comme toujours, un temps fort de la saison mondaine. Votre dévouée chroniqueuse a vu Colin Bridgerton danser avec les trois sœurs Featherington – pas toutes à la fois, bien entendu – mais il était manifeste que le fringant jeune homme ne semblait pas ravi de son sort. En outre, Nigel Berbrooke a été surpris en train de courtiser une jeune fille qui n'était pas miss Bridgerton, ayant sans doute enfin compris l'inutilité de ses efforts auprès de celle-ci.*

*À ce propos, l'aînée des sœurs Bridgerton ne s'est pas attardée au bal. Son frère Benedict a déclaré aux curieux qu'elle souffrait de migraine, mais votre dévouée chroniqueuse, qui l'avait vue un peu plus tôt dans la soirée en grande conversation avec le plus très jeune duc de Middlethorpe, peut affirmer qu'elle semblait en parfaite santé.*

*La Chronique mondaine de lady Whistledown*, 17 mai 1813

Comme il fallait s'y attendre, Daphné ne put trouver le sommeil.

Elle fit les cent pas dans sa chambre, foulant d'un pied impatient le tapis bleu et blanc qui ornait la pièce depuis sa plus tendre enfance. Du flot de pensées qui bouillonnaient dans son esprit, émergeait une urgence absolue.

Empêcher à tout prix le duel.

Certes, elle ne sous-estimait pas les difficultés d'un tel défi. Tout d'abord, les hommes avaient une fâcheuse tendance à se comporter comme des ânes bâtés dès qu'il était question de leur honneur, et il était peu probable qu'Anthony comme Simon apprécient son intervention. En second lieu, elle n'avait pas la moindre idée de l'endroit où devait se tenir la rencontre. Les deux hommes n'avaient pas évoqué cette question tout à l'heure, dans les jardins de lady Trowbridge ; elle supposait qu'Anthony enverrait un messager à Simon concernant ce point. À moins que ce dernier n'ait lui-même choisi le terrain de bataille, puisque c'était lui qui était défié ? Il devait exister un certain nombre de règles concernant les duels ; le problème, c'était qu'elle ne les connaissait absolument pas !

Elle s'approcha de la fenêtre et écarta le rideau pour regarder dehors. La nuit était encore jeune, du moins selon les critères mondains. Anthony et elle avaient quitté prématurément la fête. À sa connaissance, Benedict, Colin et leur mère se trouvaient toujours à Hampstead Heath. Daphné y voyait un bon signe, car elle-même et son frère étaient rentrés depuis plus de deux heures. Si l'épisode avec Simon avait eu des témoins, la rumeur se serait propagée dans toute l'assistance en quelques minutes, déclenchant le retour précipité de sa mère.

Peut-être cette nuit ne se conclurait-elle pour Daphné que par la perte de sa robe, et non, en outre, par celle de sa réputation.

Cependant, ce dernier point était le cadet de ses soucis. Si elle attendait avec impatience le retour de sa famille, c'était pour une autre raison. Seule, elle n'avait aucun moyen d'empêcher le duel. Il aurait fallu être bien naïve pour traverser Londres à cheval aux petites heures du jour dans l'espoir de raisonner deux hommes prêts à mourir. Elle avait besoin d'aide.

Benedict, c'était à craindre, prendrait immédiatement fait et cause pour Anthony. D'ailleurs, elle serait surprise s'il n'était pas le témoin de celui-ci.

Colin, en revanche, pouvait se ranger à ses côtés. Il commencerait par grommeler, puis prétendrait que Simon méritait d'être abattu, mais si elle le suppliait, il finirait par céder.

Il fallait à tout prix agir. Daphné ignorait les raisons de Simon concernant ce duel, mais celui-ci était manifestement la proie de profondes angoisses, peut-être en rapport avec son père. Elle avait compris depuis longtemps qu'il était hanté par quelque démon intérieur. Il le cachait bien, surtout en sa présence, mais elle avait vu son regard se vider de toute expression, et il devait bien y avoir une explication à ses silences soudains, si fréquents. Parfois, elle avait l'impression d'être la seule personne avec qui il était assez détendu pour rire, plaisanter, discuter de tout et de rien...

Peut-être avait-il ressenti la même liberté en compagnie d'Anthony, mais c'était avant cette malheureuse histoire.

Cependant, malgré cela, et malgré son attitude inexplicablement fataliste dans les jardins de lady Trowbridge, elle ne pensait pas qu'il souhaitât mourir.

En entendant un grincement de roues sur le pavé, elle revint à la fenêtre ouverte, à temps pour voir l'attelage familial s'éloigner en direction des étables.

Tordant nerveusement ses mains, elle traversa la chambre pour coller son oreille à la porte. Il n'était pas prudent de descendre à l'étage inférieur. Anthony la croyait endormie, ou en tout cas étendue dans son lit, méditant sur son infortune.

Il avait promis de garder le secret devant leur mère, au moins jusqu'à ce qu'il ait pu déterminer ce qu'elle savait exactement. Le retour tardif de celle-ci conduisait Daphné à penser qu'aucune rumeur inquiétante n'avait couru à son sujet, mais cela ne signifiait pas qu'elle soit hors de danger. Il pouvait y avoir des échos – il y en avait toujours ! Et si l'on n'y prenait pas garde, les échos se transformaient vite en scandales retentissants...

Daphné savait qu'elle devrait tôt ou tard affronter sa mère. Un jour ou l'autre, celle-ci entendrait quelque chose ; la bonne société ferait en sorte qu'elle ne demeure pas dans l'ignorance. Il ne restait plus à Daphné qu'à espérer que lorsque les rumeurs – hélas vraies, pour une fois... – parviendraient aux oreilles de Violet Bridgerton, sa fille serait déjà fiancée avec un certain duc de leur connaissance.

On pardonnait tout à quiconque était parent d'un duc, fût-ce par alliance.

Là résidait le point essentiel selon Daphné pour convaincre Simon de renoncer au duel. À défaut de se sauver de ses propres démons, il la sauverait de l'humiliation publique.

Colin remonta le couloir à pas de loup, ses pieds bottés se déplaçant sans bruit sur le tapis qui courait d'un bout à l'autre du corridor. Sa mère s'était retirée dans ses appartements et Benedict s'était enfermé dans le cabinet de travail d'Anthony en compagnie de ce dernier. Colin les avait volontiers laissés. C'était Daphné qu'il voulait voir.

Il donna un coup léger à sa porte, encouragé par le faible rai de lumière qui passait en dessous. Apparemment, elle avait laissé plusieurs bougies allumées. Elle qui ne pouvait dormir avec la moindre lueur, elle ne s'était certainement pas endormie.

Et si elle était éveillée, il faudrait qu'elle réponde à ses questions.

Il allait frapper de nouveau quand le battant s'ouvrit et pivota sur ses gonds bien huilés. D'un geste, Daphné l'invita à entrer.

— Il faut que je te parle, murmura-t-elle d'une voix tendue.

— Moi aussi.

Elle le laissa passer et, après un bref regard de chaque côté du couloir, referma la porte.

— Je suis dans un sacré pétrin, déclara-t-elle.

— Je sais.

— Ah ? demanda-t-elle, soudain livide.

Daphné vit son frère hocher la tête. Pour une fois, son regard vert était des plus sérieux.

— Te souviens-tu de mon ami Macclesfield ?

D'un coup de menton, elle fit signe que oui. Macclesfield était le jeune comte à qui sa mère avait tenu à tout prix à la présenter une quinzaine de jours auparavant – ce même soir où elle avait rencontré Simon.

— Eh bien, il t'a vue disparaître dans les jardins tout à l'heure en compagnie de Hastings.

Daphné sentit sa gorge se nouer.

— Oh... parvint-elle à prononcer.

Colin hocha la tête d'un air grave.

— Il ne dira rien, j'en suis sûr. Voilà presque dix ans que nous sommes amis. Seulement, s'il t'a vue, il n'est peut-être pas le seul. Lady Danbury nous regardait d'un drôle d'air, lorsqu'il m'en a parlé.

— Lady Danbury aussi nous a aperçus ? s'enquit Daphné, un peu brusquement.

— Je l'ignore. Tout ce que je sais, c'est que...

Colin frissonna.

— C'est qu'elle m'observait comme si elle connaissait mes pires secrets.

Daphné haussa une épaule.

— Elle regarde tout le monde de cette façon. Si elle a réellement été témoin de quelque chose, elle restera muette.

— Lady Danbury ? demanda Colin, incrédule.

— C'est un dragon, et elle peut se montrer assez cassante, mais elle n'est pas le genre de personne à ruiner une réputation par simple plaisir. Si elle sait quelque chose, c'est à moi qu'elle en parlera.

Colin ne semblait guère convaincu.

Daphné toussota à plusieurs reprises, cherchant comment formuler sa question suivante.

— Et... qu'a vu ton ami, au juste ?

Colin lui décocha un regard soupçonneux.

— Que veux-tu dire ?

— Précisément ce que j'ai dit, répliqua sèchement Daphné, les nerfs mis à rude épreuve par les événements de la soirée. Qu'a-t-il vu, au juste ?

Son frère se redressa, le menton levé dans une attitude défensive.

— Précisément ce que j'ai dit, répondit-il à son tour. Il t'a vue disparaître dans les jardins avec Hastings.

— Et... c'est tout ?

— Comment, *c'est tout* ? répéta Colin en ouvrant des yeux ronds de stupeur. Que s'est-il donc passé, là-bas ?

Daphné s'assit dans une bergère et enfouit son visage entre ses mains.

— Oh, Colin ! Je suis dans une situation épouvantable !

Comme il ne réagissait pas, elle essuya ses yeux humides et chercha le regard de son frère. Celui-ci lui parut soudain plus âgé et plus sévère que jamais. Les bras croisés sur la poitrine, il se tenait bien planté sur ses deux jambes en une attitude résolue, et ses iris, qui brillaient d'habitude d'un joyeux éclat plein d'espièglerie, étaient plus durs que deux émeraudes. Apparemment, il avait attendu qu'elle se tourne vers lui pour prendre la parole, car il ordonna d'un ton menaçant :

— Maintenant que tu as fini de t'apitoyer sur ton sort, tu vas me dire ce que tu as fait ce soir avec Hastings dans les jardins de lady Trowbridge.

— Oh, ne joue pas les pères Fouettard ! rétorqua-t-elle. Et ce ne sont pas des larmes de crocodile. Pour l'amour du Ciel, un homme va mourir à l'aube ! J'ai tout de même des raisons de m'émouvoir, non ?

Colin s'assit dans le siège en face d'elle, tandis que son visage se radoucissait. Puis une expression soucieuse se peignit sur ses traits.

— Si tu me disais tout ?

Daphné acquiesça et lui relata les événements de la soirée... en s'abstenant toutefois de s'attarder sur certains détails de l'affaire. Colin n'avait nul besoin qu'elle lui raconte par le menu ce qu'avait vu Anthony. Le fait qu'elle ait été surprise dans une situation compromettante suffisait amplement !

— Et maintenant, conclut-elle, il va y avoir un duel, et Simon va mourir !

— Cela, tu n'en sais rien.

Elle secoua la tête.

— Il ne fera pas feu sur Anthony, j'en suis persuadée. Alors qu'Anthony...

Sa voix se brisa.

— Anthony est si furieux qu'il ne ratera pas son coup, reprit-elle dans un souffle.

— Comment comptes-tu t'y prendre ?

— Je n'ai aucun plan. J'ignore même où le duel aura lieu ! Tout ce que je sais, c'est que je dois y mettre un terme.

Colin marmonna un juron.

— Je ne vois pas comment tu le pourrais, Daph', dit-il très doucement.

— Je le dois ! s'écria-t-elle. Je ne vais pas rester ici à bayer aux corneilles pendant que Simon se fait assassiner !

Puis, d'une petite voix étranglée :

— Je l'aime, ajouta-t-elle.

— Alors qu'il t'a rejetée ? s'étonna Colin.

Elle acquiesça tristement.

— Tant pis si je passe pour une pauvre sotte. C'est plus fort que moi. Je l'aime, et je sais qu'il a besoin de moi.

— Si c'était le cas, tu ne crois pas qu'il aurait accepté de t'épouser quand Anthony le lui a demandé ?

Daphné secoua la tête.

— Non. Il y a quelque chose qui m'échappe... Je serais bien incapable de t'expliquer pourquoi, mais j'ai eu la très nette impression qu'une part de lui-même désirait ardemment ce mariage.

Une sourde agitation monta en elle, comme en témoignait son souffle qui s'était soudain accéléré, mais elle poursuivit :

— Je ne sais pas comment dire cela. Si tu avais vu son visage, tu comprendrais. Il essayait de me protéger... Contre quoi ? Mystère !

— Écoute, je ne connais pas Hastings aussi bien qu'Anthony, ou que toi, mais jamais je n'ai entendu l'ombre du commencement d'un quelconque secret à son sujet. Es-tu certaine que...

Il s'interrompit et plongea son visage entre ses paumes. Après quelques instants, il se redressa :

— Es-tu bien sûre de ne pas t'imaginer qu'il éprouve des sentiments pour toi ?

Daphné ne s'offensa pas de cette question. Elle était consciente que ses affirmations pouvaient paraître invraisemblables, mais elle savait, au plus profond de son cœur, qu'elle avait raison.

— Je ne veux pas qu'il meure, répondit-elle. Au fond, c'est tout ce qui compte.

Colin soupira.

— Tu ne veux pas qu'il meure... ou tu ne veux pas qu'il meure à cause de toi ?

Elle se leva avec difficulté ; ses jambes la portaient à peine.

— Je pense que tu ferais mieux de t'en aller, dit-elle, affermissant sa voix au prix d'un violent effort de volonté.

Il ne fit pas mine de bouger. Tendant une main vers elle, il lui pressa la main.

— Je t'aiderai, Daph'. Tu sais que je ferais n'importe quoi pour toi.

Alors, elle se jeta dans ses bras et laissa couler les larmes qu'elle avait si vaillamment contenues.

Une demi-heure plus tard, elle avait séché ses larmes et recouvré sa clarté de pensée. Pleurer lui avait fait du bien, songea-t-elle. Elle avait trop longtemps retenu ses émotions où s'entremêlaient la douleur, la colère, et d'autres sentiments plus tendres. À présent, il était temps de passer à l'action, et pour cela, elle devait garder la tête froide et se concentrer sur son but.

Colin était allé sonder Anthony et Benedict, qu'il avait surpris en grand conciliabule dans le cabinet de travail du premier. Tout comme elle, il soupçonnait Anthony d'avoir demandé à Benedict d'être son témoin. La mission de Colin était de les amener à révéler où aurait lieu le duel. Il l'accomplirait avec succès, Daphné n'en doutait pas. Colin avait toujours eu le chic pour faire parler les gens.

De son côté, elle avait revêtu une tenue d'équitation aussi usée que confortable. Elle n'avait aucune idée de la façon dont la matinée se déroulerait, mais pour rien au monde elle ne voulait être entravée par un flot de volants et de dentelles.

Un léger coup fut frappé à sa porte, l'arrachant à ses méditations, et avant qu'elle ait eu le temps d'ouvrir, Colin entra dans la chambre. Lui aussi avait quitté ses vêtements de soirée pour d'autres, plus discrets.

— As-tu appris quelque chose ? demanda-t-elle d'une voix tendue.

Il acquiesça d'un coup de menton.

— Nous n'avons pas de temps à perdre. Je suppose que tu veux être sur place au plus tôt ?

— Si Simon arrive le premier, j'ai encore une chance de le persuader de m'épouser avant qu'ils ne dégainent leurs armes.

Colin laissa échapper un soupir nerveux.

— Daph'... as-tu envisagé la possibilité d'un échec ?

La gorge de Daphné se serra.

— J'essaie justement de ne pas y penser.

— Mais...

Elle ne le laissa pas poursuivre.

— Si j'y réfléchis, je vais me disperser. Mes nerfs vont lâcher. Et ça, je ne peux pas me le permettre. Pour Simon, je dois être forte.

— J'espère que cet homme est conscient de ce qu'il te doit, déclara Colin d'une voix très calme. Parce que s'il ne le voit pas, je pourrais être tenté de lui loger une balle dans le cœur, tout compte fait...

— Nous ferions mieux d'y aller, répondit simplement Daphné.

Quelques instants plus tard, ils étaient partis.

Simon dirigea sa monture le long de Broad Walk, en direction du point le plus reculé, le plus isolé du tout nouveau Regent's Park. Il avait acquiescé à la suggestion d'Anthony de régler leur affaire aussi loin que possible de Mayfair. Certes, l'aube venait à peine de poindre et il ne risquait guère de faire une rencontre en chemin, mais il ne voulait pas s'exhiber en duel dans Hyde Park.

Simon se moquait éperdument que le duel fût illégal. Après tout, il n'aurait pas à en assumer les conséquences judiciaires !

Tout de même, songea-t-il, c'était là une fort déplaisante façon de mourir... D'un autre côté, il n'avait trouvé aucune solution acceptable. Il avait compromis une jeune femme de la meilleure éducation, mais il ne pouvait pas l'épouser. Il devait donc payer pour sa faute. Simon n'avait rien ignoré de tout cela avant de l'embrasser.

En approchant de la clairière où avait lieu le rendez-vous, il constata qu'Anthony et Benedict étaient déjà là. Leurs mèches acajou dansaient dans la brise matinale, et leurs visages étaient sombres.

Presque aussi sombres que l'humeur de Simon.

Il arrêta sa monture à quelques pas des deux frères et mit pied à terre.

— Où est votre témoin ? s'étonna Benedict.

— Pas besoin, répliqua Simon.

— Il vous en faut un ! Sans témoins, un duel n'en est pas un.

Simon haussa les épaules, agacé.

— À quoi bon ? Vous avez apporté les armes, cela suffit. Pour le reste, je vous fais confiance.

Anthony les rejoignit.

— Je ne veux pas faire cela, dit-il.

— Vous n'avez plus le choix, il me semble.

— Non, mais vous, si, répondit Anthony d'une voix pressante. Vous pouvez encore l'épouser. Vous n'êtes peut-être pas épris, mais je sais que vous avez suffisamment d'affection pour elle. Pourquoi ne voulez-vous pas d'elle ?

L'espace d'un instant, Simon fut tenté de tout expliquer, de révéler les raisons pour lesquelles il s'était juré de ne jamais prendre femme et perpétuer son lignage. Seulement, ils ne l'entendraient pas. Comment les Bridgerton pourraient-ils le comprendre, eux qui ne connaissaient de la vie de famille que ses joies, sa douceur et sa sécurité ? Ils ne savaient rien du mépris, des paroles assassines ni des rêves brisés.

Ils ignoraient tout de ce que l'on ressent lorsque l'on est rejeté...

Peut-être devrait-il leur dire quelque chose de cruel, afin d'exciter leur mépris et d'en finir au plus vite avec cette parodie de duel ? Non. Cela le conduirait à insulter Daphné, et il ne le supporterait pas.

Aussi se contenta-t-il de lever les yeux vers Anthony Bridgerton, l'homme qui avait été son meilleur ami depuis ses premiers jours à Eton :

— Sachez seulement que cela n'a rien à voir avec Daphné. Votre sœur est la femme la plus parfaite que j'aie eu le privilège de rencontrer.

Puis, sur un bref salut aux deux hommes, il prit l'une des deux armes dans la mallette que Benedict avait déposée sur l'herbe et se dirigea vers le côté nord de la clairière.

— Attendez ! cria soudain une voix féminine.

Stupéfait, Simon pivota sur ses talons. Dieu du ciel, Daphné !

La jeune femme traversait le champ, penchée sur sa monture lancée au grand galop. L'espace d'un instant, Simon oublia combien il était furieux de son irruption intempestive. Quelle superbe cavalière ! s'émerveilla-t-il.

Cet instant de grâce fut cependant de courte durée. Quand elle tira sur les rênes pour s'immobiliser devant lui, il était fou de rage.

— Que diable faites-vous ici ? grommela-t-il.

— J'essaie de sauver votre peau ! rétorqua-t-elle en sautant à terre.

Ses yeux lançaient des flammes. Jamais Simon ne l'avait vue dans une telle colère.

— Petite folle ! rugit-il. Ne voyez-vous pas les risques que vous avez pris ?

Sans réfléchir, il la saisit par les épaules pour la secouer.

— L'un de nous aurait pu faire feu sur vous !

— Ne dites pas n'importe quoi, répliqua-t-elle. Vous n'avez pas encore atteint l'extrémité de la clairière.

Elle avait raison, mais il était trop contrarié pour l'admettre.

— Et quelle idée de venir ici, seule, au beau milieu de la nuit ! la gronda-t-il. Êtes-vous inconsciente ?

— Je suis très consciente, au contraire. Et je ne suis pas seule : Colin est avec moi.

— Colin ? répéta Simon en pivotant. Je vais le tuer !

— Ah oui ? Avant ou après qu'Anthony vous aura logé une balle en plein cœur ?

— Avant ! tonna Simon. Où est-il ? Bridgerton !

Trois têtes brun-roux se tournèrent dans sa direction. Il revint rapidement sur ses pas, prêt à en découdre.

— Je parle du plus idiot des trois ! précisa-t-il.

Anthony désigna Colin d'un coup de menton.

— Je présume qu'il s'agit de toi, déclara-t-il.

— Qu'aurais-je dû faire ? s'enquit l'intéressé en décochant un regard irrité à son frère. La laisser à la maison pleurer toutes les larmes de son corps ?

— Oui ! répondirent trois voix mâles – deux Bridgerton et une Hastings.

— Simon ! appela Daphné, sur ses talons. Revenez !

Simon s'adressa à Benedict.

— Emmenez-la loin d'ici.

Benedict parut indécis.

— Fais ce qu'il te demande, ordonna Anthony.

Benedict ne bougea pas, mais son regard erra entre ses deux frères, sa sœur, et l'homme qui avait compromis l'honneur de celle-ci.

— Pour l'amour du Ciel ! le pressa Anthony.

— Elle a aussi son mot à dire, protesta Benedict en croisant les bras sur sa poitrine.

— Enfin, que vous arrive-t-il, à tous les deux ? maugréa Anthony en couvant ses frères d'un œil noir.

— Simon ! s'écria Daphné, haletante après sa course dans l'herbe humide. De grâce, écoutez-moi.

Elle le tira par la manche, mais il resta impassible.

— N'insistez pas, Daphné. Il n'y a rien que vous puissiez faire.

Daphné implora ses frères du regard. Colin et Benedict semblaient compatir, mais ils étaient manifestement impuissants à apaiser la colère d'Anthony, lequel offrait soudain une étonnante ressemblance avec quelque antique divinité guerrière.

En désespoir de cause, et faute d'une meilleure idée pour interrompre le duel, elle assena un vigoureux coup de poing à Simon.

Sur son œil gauche, celui qui était encore intact.

Le malheureux poussa un gémissement de douleur et recula en chancelant.

— Et que me vaut celui-là ? marmonna-t-il.

— Tombez par terre, animal ! chuchota-t-elle.

S'il gisait sur le sol, Anthony ne pourrait certainement pas faire feu sur lui.

— Il n'en est pas question ! riposta-t-il sur le même ton, tout en recouvrant sa paupière de sa main. Enfer, être renversé par une femme ! Quelle humiliation !

— Oh, les hommes ! grommela Daphné. Tous les mêmes !

Puis, se tournant vers ses frères qui, bouche bée, dardaient sur elle le même regard médusé :

— Eh bien, que vous arrive-t-il ? s'impatienta-t-elle.

Colin se mit à applaudir. Aussitôt, Anthony le frappa à l'épaule.

— À présent, pourriez-vous me laisser en tête à tête avec Simon, rien qu'un instant ? demanda-t-elle dans un filet de voix.

Colin et Benedict acquiescèrent et s'éloignèrent. Anthony ne fit pas mine de bouger.

Daphné le défia du regard.

— Toi aussi, je peux te frapper.

Elle aurait mis sa menace à exécution si Benedict, revenant sur ses pas, n'avait pris Anthony par le bras pour l'entraîner, d'un geste si vigoureux qu'il s'en fallut de peu qu'il ne lui déboîte l'épaule.

Elle se tourna alors vers Simon, qui pressait ses doigts sur sa paupière comme si cela pouvait en chasser la douleur.

— Je refuse de croire que vous ayez levé la main sur moi, gémit-il.

S'étant assuré d'un bref coup d'œil que ses frères ne pouvaient les entendre, elle répondit :

— Sur le moment, c'est tout ce qui m'est venu à l'esprit.

— Je ne sais pas ce que vous espériez en agissant ainsi, maugréa-t-il.

— Tiens ? J'aurais cru que cela crevait les yeux, si vous me passez l'expression.

Il laissa échapper un soupir, et l'espace d'un instant il lui parut épuisé, triste, comme accablé par le poids des ans.

— Je vous l'ai déjà dit, je ne peux pas vous épouser.

— Il le faudra, pourtant.

Elle avait parlé avec une telle force de conviction qu'il chercha son regard, inquiet.

— Que voulez-vous dire ? demanda-t-il d'une voix tendue.

— On nous a vus.

— Qui ?

— Macclesfield.

Simon se détendit.

— Il ne dira rien.

— Vous ne comprenez pas. Il n'était pas le seul !

Daphné se mordit les lèvres avec nervosité. Après tout, ce n'était peut-être pas un mensonge. Il *pouvait* très bien y avoir eu d'autres témoins. À vrai dire, cela était même plus que probable !

— Des noms ?

— Je n'en ai aucun à vous citer, mais j'ai entendu des rumeurs. Bientôt, toute la ville sera dans la confidence.

Simon proféra un si vilain juron qu'elle recula d'un pas, choquée.

— Si vous ne m'épousez pas, reprit-elle à voix basse, je suis perdue.

— Mais non, répondit-il sans conviction.

— Si, et vous le savez.

Au prix d'un effort sur elle-même, elle chercha son regard. Son avenir – et la vie de Simon ! – allait se jouer en cet instant. Elle ne pouvait pas se permettre la moindre hésitation.

— Plus personne ne voudra de moi. On m'exilera dans quelque campagne loin du monde...

— Vous savez très bien que votre mère ne vous chassera jamais de la maison.

— Non, mais je devrai mettre une croix définitive sur tout espoir de mariage.

Elle se rapprocha de lui.

— Je porterai toujours le sceau de l'infamie. Je n'aurai jamais de mari, pas d'enfants...

— Arrêtez ! tonna Simon. Pour l'amour du Ciel, arrêtez !

En l'entendant, Anthony, Benedict et Colin s'élancèrent vers eux, mais elle les arrêta d'un coup de menton autoritaire.

— Pourquoi ne pouvez-vous pas m'épouser ? s'enquit-elle à voix basse. Je sais que vous m'aimez bien. Que se passe-t-il ?

Simon plongea son visage entre ses mains et se massa les tempes. Bon sang, il avait mal à la tête ! Et Daphné qui continuait de s'approcher de lui ! Daphné qui tendait une main vers lui pour effleurer son épaule, puis sa joue... Le courage commençait à lui manquer. Seigneur, il n'allait pas avoir la force de résister !

— Simon, implora Daphné. Sauvez-moi.

Il comprit alors qu'il était perdu.

# 12

*Un duel, un duel ! Peut-on rien imaginer de plus excitant, de plus romantique... et de plus ridicule ?*

*Votre dévouée chroniqueuse s'est laissé dire qu'un duel avait eu lieu voici quelques jours dans Regent's Park. Une telle pratique étant illégale, nous ne révélerons pas les noms des protagonistes, mais disons-le tout net : nous réprouvons fermement un tel déploiement de violence.*

*Toutefois, à l'heure où nous mettons sous presse, il semble que les deux faibles d'esprit concernés – je répugne à les appeler des gentlemen, car cela supposerait un certain niveau d'intelligence qui, s'ils en sont dotés, leur a manifestement fait défaut – en soient sortis indemnes.*

*Un ange de la raison et du bon sens se serait-il penché sur leur destin ce matin-là ?*

*Si c'est le cas, nous avons la conviction que bien des messieurs du beau monde auraient tout à gagner à être touchés par sa grâce. Cela ne pourrait que contribuer à l'instauration d'un climat de paix et d'harmonie – un véritable baume pour cette vallée de larmes.*

LA CHRONIQUE MONDAINE DE LADY WHISTLEDOWN, 19 mai 1813

Simon leva vers Daphné un regard douloureux.

— Soit, dit-il à voix basse. Je vous épouserai, puisqu'il le faut. Toutefois, vous devez savoir...

La fin de sa phrase se perdit dans le cri de joie qu'elle poussa en se jetant dans ses bras.

— Oh, Simon ! Vous ne le regretterez pas ! s'exclama-t-elle, ivre de soulagement.

Ses yeux brillants de joie étincelèrent. C'était, comprit-il, les larmes qu'elle avait retenues.

— Je vous rendrai heureux, je vous le promets. Je vous rendrai tellement heureux ! Vous ne pourrez que vous en réjouir.

— Arrêtez, grommela Simon en la repoussant.

Tant de bonheur lui était insupportable.

— J'ai quelque chose à vous dire.

À ces mots, elle se figea, tandis qu'une expression inquiète se peignait sur son visage.

— Écoutez-moi attentivement, reprit-il d'un ton sec. Ensuite, vous déciderez si vous souhaitez toujours m'épouser.

Elle se mordit les lèvres tout en hochant la tête. Simon prit une brève inspiration. Comment devait-il lui dire ? *Que* devait-il lui dire ? Il n'était pas question de lui avouer la vérité… du moins, pas dans sa totalité. Et cependant, elle devait comprendre que si elle devenait sa femme…

Il voulait lui donner une chance de dire non ; elle le méritait. Il déglutit péniblement. La culpabilité lui laissait un goût amer sur les lèvres. Daphné méritait bien plus que cela, en vérité, mais c'était tout ce qu'il avait à lui offrir.

— Daphné, commença-t-il, faisant rouler son prénom sur sa langue comme la plus exquise des douceurs. Si vous vous mariez avec moi…

S'approchant d'un pas, elle tendit une main vers lui… pour la retirer aussitôt lorsqu'il fronça les sourcils.

— Eh bien ? l'encouragea-t-elle dans un murmure. Je ne vois pas ce qui…

— Je ne peux pas avoir d'enfants.

Voilà, il l'avait dit. Et c'était presque vrai.

La jeune femme se figea, lèvres entrouvertes. À part cela, aucun signe n'indiquait qu'elle eût entendu.

Simon était conscient de la brutalité de ses paroles, mais il n'avait pas d'autre moyen de l'obliger à comprendre.

— Si vous m'épousez, insista-t-il, jamais vous n'aurez d'enfants. Jamais vous ne tiendrez dans vos bras un bébé que vous aurez mis au monde, que vous aurez conçu par amour. Jamais vous ne...

— Comment le savez-vous ? l'interrompit-elle d'une voix égale.

— Je le sais, c'est tout.

— Mais...

— Je ne peux pas avoir d'enfants, répéta-t-il, volontairement cruel. Il faut que vous en soyez pleinement consciente.

— Je vois.

Ses lèvres tremblaient comme si elle n'était pas certaine d'avoir quelque chose à ajouter, et elle battit des paupières.

Simon la scruta avec attention, en vain. Il était soudain incapable de lire ses émotions. En temps normal, sa physionomie était si ouverte, son regard si franc qu'il lui semblait voir jusqu'au plus secret de son âme, mais en cet instant, elle était murée derrière une expression indéchiffrable.

Elle était fâchée – cela, du moins, était évident ! – mais il n'avait aucune idée de ce qu'elle allait répondre, ni de la façon dont elle allait réagir.

Percevant une présence sur sa droite, il pivota. Anthony était là, visiblement partagé entre la colère et l'inquiétude.

— Il y a un problème ? demanda-t-il d'une voix douce, tout en couvant d'un regard anxieux le visage fermé de sa sœur.

— Non, dit celle-ci avant que Simon ait eu le temps de répondre.

Tous les regards se tournèrent vers elle.

— Il n'y aura pas de duel, annonça-t-elle. Lord Hastings m'épouse.

— Très bien.

Anthony aurait manifestement montré plus de soulagement s'il n'avait été retenu par l'expression solennelle de sa sœur.

— Je vais en informer les autres, déclara-t-il avant de s'éloigner.

Une sensation curieuse envahit les poumons de Simon. Ce n'était que de l'air, songea-t-il confusément. Il avait suspendu sa respiration pendant une éternité, sans même s'en apercevoir.

Puis il comprit que ce n'était pas tout. Une effrayante brûlure le parcourait, terrible et merveilleuse à la fois. Une vague d'émotion pure, où s'entrechoquaient la joie et le soulagement, le désir et l'effroi. Simon, qui avait passé toute sa vie à fuir le désordre des sentiments, ne sut que faire de ce déferlement intérieur.

Son regard croisa celui de Daphné.

— Êtes-vous sûre de votre décision ? s'enquit-il dans un souffle.

Elle hocha la tête, mais son visage demeura impassible.

— Vous en valez la peine, dit-elle simplement.

Puis, à pas lents, elle se dirigea vers sa monture.

Simon resta seul, se demandant s'il venait de s'envoler vers le paradis, ou de sombrer au plus profond de l'enfer.

Daphné passa la journée entourée des siens. Bien entendu, tout le monde se réjouit à la nouvelle de ses fiançailles. Tout le monde, à l'exception de son frère aîné qui, bien que ravi pour elle, paraissait d'humeur maussade. Daphné ne l'en blâmait pas. Elle-même ressentait un certain vague à l'âme. Les événements de la matinée avaient été éprouvants.

Il fut décidé que le mariage aurait lieu au plus vite. Violet, ayant appris que Daphné avait *peut-être* été vue en train d'embrasser le duc de Hastings dans les jardins de lady Trowbridge, s'empressa d'envoyer à l'archevêque une requête de publication de bans anticipée. Puis elle s'attela à la préparation des noces avec un enthousiasme fiévreux. Ce n'était pas parce qu'il s'agirait d'un mariage dans l'intimité, précisa-t-elle, que ce devait être un mariage au rabais !

Éloïse, Francesca et Hyacinthe, toutes follement excitées par la perspective d'être demoiselles d'honneur, soumirent Daphné à un feu roulant de questions. Comment Simon lui avait-il demandé sa main ? Avait-il mis un genou à terre ? De quelle couleur serait sa robe, et quand Simon lui offrirait-il une bague ?

Daphné répondit de son mieux mais la fatigue commençait à la gagner. Vers la fin de l'après-midi, elle ne parlait plus que par monosyllabes. Finalement, après que Hyacinthe lui eut demandé de quelle couleur serait son bouquet et qu'elle eut répliqué « Trois », ses sœurs renoncèrent à discuter avec elle et la quittèrent.

Lorsqu'elle songeait à ce qu'elle avait accompli, Daphné en restait presque sans voix. Elle avait sauvé la vie d'un homme. Elle avait arraché une promesse de mariage à l'élu de son cœur. Et elle avait renoncé à tout espoir de maternité.

Cela, en l'espace d'une seule journée.

Un rire sans joie lui échappa.

Elle aurait aimé savoir ce qui lui était passé par la tête juste avant qu'elle se tourne vers Anthony pour déclarer « Il n'y aura pas de duel », mais en vérité, elle n'était pas certaine d'avoir vraiment réfléchi. Ce qui lui avait traversé l'esprit n'était pas fait de mots ni de phrases, ni même de pensées conscientes. Il lui avait semblé être emportée dans un tourbillon de couleurs, dans un déploiement de flammes écarlates traversées de rayons de miel et teintées d'ambre incandescent où les nuances s'entremêlaient. Elle avait obéi à des émotions pures, à son instinct à l'état brut, et en aucun cas à la raison, à la logique, ou à rien qui ressemble, même de loin, à un début de réflexion sensée !

Et cependant, malgré ce tumulte intérieur, elle avait su ce qu'elle devait faire. Elle pourrait peut-être vivre sans les enfants qu'elle avait espérés, mais l'existence sans Simon lui était impossible. Ces bébés étaient encore dans les limbes, elle ne pouvait ni les toucher ni les voir.

Simon, lui, était bien réel. Elle savait ce que c'était que de caresser sa joue, de rire avec lui. Elle connaissait le goût de ses baisers et l'éclat de son sourire.

Elle l'aimait.

Et même si elle osait à peine y penser, il était possible qu'il se trompe. Peut-être pouvait-il avoir des enfants.

Peut-être avait-il été induit en erreur par quelque médecin incompétent. Peut-être la vie n'attendait-elle que le bon moment pour opérer un miracle... D'autant qu'elle n'envisageait pas d'élever une aussi nombreuse progéniture que sa mère ! Si elle avait un seul bébé, son bonheur serait complet.

Bien entendu, elle n'avouerait rien de tout ceci à Simon. S'il la soupçonnait de nourrir l'espoir, fût-ce le plus ténu, de porter un jour son enfant, il ne l'épouserait pas. Elle en avait la conviction. Il n'avait pas hésité à se montrer d'une honnêteté brutale, preuve qu'il ne la laisserait pas se jeter dans le mariage s'il craignait qu'elle n'eût encore le moindre doute sur ses affirmations.

— Daphné ?

La jeune femme, paresseusement assise sur le sofa du salon de Bridgerton House, leva les yeux vers sa mère, qui la couvait d'un regard inquiet.

— Allez-vous bien ? demanda Violet.

Daphné lui adressa un sourire las.

— Je suis juste un peu fatiguée.

Ce qui était la vérité, songea-t-elle, s'apercevant soudain qu'elle n'avait pas dormi depuis plus de trente-six heures.

Violet s'assit à son côté.

— Je pensais que vous seriez plus enthousiaste que cela. Je sais combien vous êtes éprise de Simon.

Daphné ouvrit des yeux ronds de surprise.

— Nul besoin d'être grand clerc pour le deviner ! ajouta gentiment sa mère en lui tapotant la main. C'est un homme très bien. Vous avez fait le bon choix.

Daphné esquissa un faible sourire. Oui, elle avait fait le bon choix, et elle était décidée à donner toutes ses chances à son mariage. Si aucun enfant ne venait bénir leur union... eh bien, se dit-elle, peut-être serait-ce à cause d'elle. Elle connaissait des couples qui n'en avaient jamais eu, et il était peu probable qu'ils en eussent été avertis avant de prononcer leurs vœux. D'ailleurs, avec sept frères et sœurs, elle ne manquerait pas de neveux et de nièces à serrer dans ses bras et à gâter...

À tout prendre, elle préférait vivre avec l'élu de son cœur que concevoir des enfants avec un mari qu'elle n'aimerait pas !

— Si vous alliez vous reposer un peu ? suggéra Violet. Vous avez une mine de papier mâché, et je n'aime pas du tout ces cernes sous vos yeux.

Daphné hocha la tête et se mit péniblement debout. Sa mère avait raison. Elle avait besoin de dormir.

— Je suis sûre que je me sentirai mieux dans une heure ou deux, déclara-t-elle, incapable de retenir un long bâillement.

Violet se leva à son tour et lui offrit son bras.

— J'ai l'impression que vous n'allez pas réussir à monter toute seule à l'étage, dit-elle dans un sourire, tout en la guidant vers l'escalier. Et entre nous, je serais étonnée de vous voir vous lever dans une heure ou deux. Je vais donner des instructions pour que l'on ne vous réveille pas jusqu'à demain matin.

Somnolente, Daphné acquiesça.

— Demain matin, répéta-t-elle en gravissant les marches d'un pas mal assuré. Excellente idée.

Violet entraîna Daphné vers sa chambre et l'aida à s'étendre sur son lit. Elle lui retira ses chaussures, mais rien d'autre.

— Vous n'avez qu'à dormir tout habillée, murmura-t-elle avant de se pencher pour déposer un baiser sur le front de sa fille. Je n'ai pas la force de vous dévêtir.

Pour toute réponse, Daphné émit un léger ronflement.

Simon était recru de fatigue. Ce n'était pas tous les jours qu'un homme se résignait à sa propre mort… avant d'être sauvé par la femme qui enflammait son imagination depuis plus de deux semaines.

Sans le douloureux témoignage de ses yeux pochés et d'un magnifique bleu à la mâchoire, il aurait pu croire que tout ceci n'avait été qu'un rêve.

Daphné était-elle consciente des conséquences de sa décision ? du renoncement auquel elle avait consenti ? C'était une jeune femme à la tête bien faite, peu encline aux rêveries absurdes et aux projets fantaisistes ; elle n'aurait pas accepté de l'épouser sans en mesurer pleinement les implications.

D'un autre côté, il ne lui avait pas fallu une minute pour prendre sa résolution. Comment avait-elle pu réfléchir à tout cela en si peu de temps ?

Comment... sinon parce qu'elle se croyait éprise de lui ? Tout de même, songea-t-il, elle n'aurait pas abdiqué ses rêves de fonder une famille pour la simple raison qu'elle l'aimait !

À moins qu'elle n'eût agi par culpabilité ? Si le duel s'était conclu par sa mort, Simon était sûr que Daphné se serait sentie responsable. Bon sang, qu'elle était adorable ! Daphné Bridgerton était l'une des personnes les plus remarquables qu'il connût, et pour sa part, il n'aurait pu vivre avec sa mort sur la conscience. En allait-il de même pour elle ?

Au demeurant, quels que soient les motifs de la jeune femme, les faits étaient là. Dès le samedi suivant – lady Bridgerton lui avait déjà fait parvenir un message l'informant que les fiançailles seraient aussi brèves que possible – il serait lié à Daphné pour la vie.

Et elle à lui.

Il était trop tard pour tout annuler. Daphné ne tenterait pas d'interrompre le processus, et lui non plus. Les dés étaient jetés.

Et à sa grande surprise, il en ressentait une étrange satisfaction.

Daphné allait être sienne. Elle connaissait ses faiblesses, elle savait ce qu'il ne pouvait lui donner, mais elle l'avait tout de même choisi.

Cela lui réchauffait le cœur.

— Monsieur ?

Prostré dans le fauteuil de cuir de son cabinet de travail, Simon leva les yeux. Cela n'était pas utile, en vérité, car il avait reconnu la voix basse et feutrée de son majordome.

— Oui, Jeffries ?

— Lord Bridgerton demande monsieur. Dois-je lui répondre que monsieur est absent ?

Péniblement, Simon se mit sur ses pieds. Enfer, il n'en pouvait plus !

— Il ne vous croira pas.

Jeffries hocha la tête.

— Très bien, monsieur.

Le majordome fit trois pas, avant de pivoter sur ses talons.

— Monsieur est-il certain d'être en mesure de recevoir un visiteur ? Monsieur semble quelque peu… hum… indisposé.

Simon laissa échapper un rire sans joie.

— Si c'est à mes yeux que vous faites allusion, lord Bridgerton est responsable du plus abîmé des deux.

Jeffries le dévisagea avec un soupçon de perplexité.

— Le plus abîmé, monsieur ?

Simon lui adressa un léger sourire, ce qui n'était pas chose aisée, étant donné la douleur qui irradiait dans tout son visage.

— Je vous accorde que la distinction n'est pas aisée, mais mon œil droit est en vérité un brin plus touché que le gauche.

Intrigué, le majordome se pencha imperceptiblement.

— Vous pouvez me croire sur parole, ajouta Simon.

Le digne Jeffries se redressa aussitôt.

— Bien entendu, monsieur. Dois-je introduire lord Bridgerton dans le petit salon ?

— Non, faites-le venir ici.

Devant l'expression alarmée du majordome, Simon s'empressa de préciser :

— Et ne vous inquiétez pas pour ma sécurité. Je ne risque plus rien de la part de lord Bridgerton, au point où nous en sommes.

Puis, tout en marmonnant :

— Il ne trouvera pas un endroit qu'il n'ait déjà frappé…

Le regard agrandi par l'effroi, Jeffries quitta le cabinet de travail au pas de course.

Quelques instants plus tard, Anthony Bridgerton faisait son entrée dans la pièce. À peine eut-il posé les yeux sur Simon qu'il déclara :

— Vous avez une mine épouvantable.

Simon se leva, arquant un sourcil, ce qui constituait un véritable exploit tant la souffrance était vive.

— Cela vous surprend ?

Anthony éclata d'un rire un peu triste, un peu sec, qui ressemblait presque à celui de l'Anthony d'autrefois. Simon retrouvait un peu de leur ancienne amitié, et à son étonnement, il en fut profondément reconnaissant à Anthony.

Celui-ci désigna ses yeux tuméfiés.

— Duquel suis-je responsable ?

— Du droit, répondit Simon en effleurant d'un doigt prudent sa paupière gonflée. Daphné frappe fort pour une dame, mais elle n'a pas votre puissance et son poing est plus menu.

— Cela dit, commenta Anthony en s'approchant pour examiner l'œuvre de sa sœur, elle a fait du bon travail.

— Vous pouvez être fier d'elle, maugréa Simon. C'est affreusement douloureux.

— Tant mieux.

Un silence tomba entre eux. Ils avaient mille choses à se dire et ne savaient par laquelle débuter.

— Je n'ai jamais voulu tout cela, déclara finalement Anthony.

— Moi non plus.

Anthony s'appuya contre le rebord du bureau de Simon, puis il dansa d'un pied sur l'autre. Il semblait terriblement mal à l'aise.

— Cela n'a pas été facile pour moi de vous laisser la courtiser, dit-il.

— Vous saviez que c'était de la comédie.

— La nuit dernière, vous ne faisiez pas semblant.

Que répondre à cela ? se demanda Simon. Que c'était Daphné qui l'avait séduit, et non l'inverse ? que c'était elle qui l'avait entraîné vers les jardins plongés dans l'obscurité ? La belle affaire ! Il était infiniment plus expérimenté que la jeune femme : il aurait dû réagir avant qu'il ne soit trop tard.

Il ne dit rien.

— J'espère que nous allons pouvoir tourner la page, reprit Anthony.

— Je suis certain que c'est le vœu le plus cher de Daphné.

Anthony fronça les sourcils.

— Oh ! Parce que, désormais, votre but dans la vie est d'exaucer les vœux les plus chers de Daphné ?

Tous, sauf un, songea Simon. Tous, sauf celui qui compte le plus à ses yeux...

— Vous savez que je ne ménagerai pas mes efforts pour la rendre heureuse, répliqua-t-il avec fermeté.

Anthony hocha la tête.

— Si elle devait souffrir par votre faute...

— Cela n'arrivera pas, promit Simon d'une voix vibrante.

Anthony le scruta longuement.

— J'étais prêt à vous tuer pour l'avoir compromise. Si vous lui faites le moindre mal, je vous garantis que vous ne trouverez pas un instant de répit tant que vous vivrez. Ce qui, ajouta-t-il en roulant des yeux, ne durerait d'ailleurs pas longtemps.

— Assez pour que je regrette amèrement mon erreur ? s'enquit Simon d'un ton très calme.

— Tout à fait.

Simon acquiesça d'un coup de menton. Anthony avait beau le menacer, il ne pouvait s'empêcher d'éprouver un immense respect pour cet homme qui ne faisait que protéger sa sœur.

Un instant, il se demanda si Anthony avait percé son secret. Ils se connaissaient depuis plus de la moitié de leur vie. Avait-il entrevu la noirceur tapie au fond de son âme ? Avait-il deviné cette peur et cette rage qu'il tentait désespérément de dissimuler au monde ?

Et était-ce à cause de cela qu'il s'inquiétait pour sa sœur ?

— Vous avez ma parole, assura Simon. Je ferai tout ce qui est en mon pouvoir pour honorer et protéger Daphné.

Anthony hocha brièvement la tête.

— Veillez-y... dit-il.

Il s'écarta du bureau et se dirigea vers la porte.

— Ou vous aurez affaire à moi.

Sur ces mots, il s'en alla.

Dans un gémissement de douleur, Simon se rassit dans son fauteuil de cuir. Depuis quand sa vie était-elle devenue si compliquée ? Pourquoi les amis devenaient-ils des ennemis, et comment se faisait-il qu'un simple flirt prenne des proportions aussi passionnelles ?

Et que diable allait-il faire de Daphné ? Il n'avait aucune envie de lui faire du mal, mais il y était condamné, par le simple fait de l'épouser. Il se consumait de désir pour elle, se languissait du jour où il s'étendrait sur elle pour la posséder, tandis qu'elle l'appellerait dans une supplique haletante et...

Il frémit. Ces rêveries torrides ne lui faisaient aucun bien !

— Monsieur ?

C'était encore Jeffries. Trop épuisé pour lever les yeux, Simon fit un signe de la main.

— Monsieur souhaite peut-être prendre un peu de repos ? suggéra le majordome.

Simon parvint à consulter l'horloge du regard, mais uniquement parce qu'il n'avait pas besoin de tourner la tête. Il était à peine sept heures. Ce n'était pas vraiment le moment d'aller se coucher !

— Il est encore tôt, maugréa-t-il.

— Cependant, insista Jeffries, monsieur désire sans doute aller se coucher ?

Simon ferma les paupières. Jeffries avait raison. Ce qu'il lui fallait, c'était probablement un long tête-à-tête avec son matelas de plume et ses draps de lin. En se réfugiant dans sa chambre, il parviendrait peut-être à ne pas croiser un seul Bridgerton pendant une nuit entière.

Tonnerre ! Dans l'état où il était, il lui faudrait au moins trois journées de repos !

# 13

*Le duc de Hastings et miss Bridgerton convolent en justes noces !*

*Nous saisissons cette occasion pour vous rappeler, cher lecteur, que ces épousailles avaient été annoncées dans nos colonnes. Il n'a pas échappé à l'attention de votre dévouée chroniqueuse que lorsque ce journal signale un attachement naissant entre une demoiselle et un gentleman célibataire, les enjeux des paris s'envolent – toujours en faveur du mariage – dans tous les clubs de la ville.*

*Bien que nous n'ayons pas nos entrées au White, nous avons des raisons de penser que la cote concernant les chances d'une union entre lord Hastings et miss Bridgerton était de deux contre un.*

*La Chronique mondaine de lady Whistledown*, 21 mai 1813

Le reste de la semaine passa à une vitesse folle. Daphné ne vit pas Simon de plusieurs jours. Elle aurait pu croire qu'il avait quitté la ville, si Anthony ne l'avait pas informée qu'il s'était rendu à Hastings House pour régler les détails du contrat de mariage.

À la surprise de son frère, Simon avait refusé d'accepter un seul penny de dot. Finalement, les deux hommes avaient décidé qu'Anthony déposerait sur un compte séparé l'argent que feu son père avait laissé pour établir Daphné, et qu'il en serait l'administrateur. Elle aurait toute latitude de le dépenser ou de le conserver.

— Vous pourrez toujours le transmettre à vos enfants, avait suggéré Anthony.

Daphné avait répondu par un sourire. À quoi bon pleurer ?

Quelques jours plus tard, dans l'après-midi, Simon lui rendit visite à Bridgerton House. Ils n'étaient plus qu'à quarante-huit heures du mariage.

Lorsque Humboldt annonça son arrivée, Daphné s'installa dans le petit salon pour le recevoir. Elle s'assit sur le rebord du sofa damassé, le dos bien droit, les mains sagement posées sur ses genoux. L'image même, elle n'en doutait pas, de la jeune aristocrate anglaise au flegme légendaire.

En réalité, elle était un paquet de nerfs.

Ou plus précisément, rectifia-t-elle en se tordant les mains, un paquet de nerfs prêt à éclater.

En baissant les yeux, elle s'aperçut que ses ongles avaient laissé des marques rouges en forme de demi-lunes dans ses paumes.

Un paquet de nerfs au bord de la rupture avec une flèche plantée en travers, corrigea-t-elle. Une flèche enflammée, qui plus est...

Elle fut saisie d'un rire nerveux parfaitement ridicule. Jamais elle ne s'était sentie mal à l'aise en présence de Simon. Cela était d'ailleurs l'aspect le plus remarquable de leur amitié. Même lorsqu'elle le surprenait dardant sur elle un regard brûlant, et qu'elle savait que sa propre expression reflétait le même désir, elle ne ressentait pas la moindre gêne. Certes, sa peau était parcourue de picotements et son cœur battait la chamade, mais c'étaient là les signes de la passion, non de l'embarras. Simon était d'abord et avant tout son ami ; Daphné savait que l'aisance absolue qu'elle ressentait en sa compagnie était aussi rare que précieuse.

Elle n'en doutait pas, leurs relations finiraient par reprendre leur tour naturel et facile d'autrefois, mais après ce qui s'était passé à Regent's Park, il était à craindre que cela ne se fasse pas du jour au lendemain.

— Bonjour, Daphné.

Simon venait d'apparaître dans l'encadrement de la porte, emplissant l'espace de sa présence magnétique. Enfin, pas tout à fait aussi magnétique que d'ordinaire... Ses yeux étaient auréolés de cernes violets, et son bleu à la mâchoire avait une nuance verdâtre des plus surprenantes.

Toutefois, mieux valait cela qu'une balle dans le cœur, médita Daphné.

— Simon ? Je suis ravie de vous voir. Qu'est-ce qui vous amène à Bridgerton House ?

Il lui jeta un regard surpris.

— Ne sommes-nous pas fiancés ?

Elle rougit.

— Oh ! Oui, bien sûr...

— Il me semble qu'un homme dans ma situation est supposé rendre visite à sa promise, déclara-t-il en s'asseyant en face d'elle. Lady Whistledown n'a-t-elle pas dit quelque chose à ce sujet ?

— Pas que je me souvienne, murmura Daphné, mais ma mère n'aura pas manqué de le faire.

Ils sourirent tous les deux. L'espace d'un instant, Daphné crut que tout était de nouveau comme autrefois, mais à peine leurs sourires se furent-ils évanouis qu'un inconfortable silence tomba entre eux.

— Vos yeux vous font-ils un peu moins mal ? s'enquit-elle poliment. On dirait qu'ils ont dégonflé.

— Croyez-vous ?

Simon se tourna vers un grand miroir à bordures dorées.

— Il me semble que mes cernes sont à présent d'une vilaine couleur rouge.

— Pourpre, rectifia Daphné.

Il se pencha en avant, mais cela ne l'approchait guère de son reflet dans la glace.

— Disons pourpre, mais le débat reste ouvert.

— Sont-ils douloureux ?

— Seulement si on appuie dessus, répondit-il avec un sourire guindé.

— Dans ce cas, je m'abstiendrai de lever la main sur vous, promit-elle en s'efforçant de contenir une folle envie de rire. Cela risque d'être difficile, mais je ferai de mon mieux.

— Oui, renchérit-il, sérieux comme un pape. Il paraît que je fais souvent cet effet aux dames.

Daphné réprima un soupir de soulagement. S'ils pouvaient plaisanter sur un tel sujet, rien n'était perdu !

Simon toussota pour s'éclaircir la voix.

— En vérité, ma visite est motivée par une raison bien précise.

D'un regard, Daphné l'invita à poursuivre.

— Ceci est pour vous, enchaîna-t-il en lui tendant un petit écrin.

Le cœur battant, la jeune femme prit la boîte tendue de velours.

— Êtes-vous certain... ? murmura-t-elle d'une voix étranglée par l'émotion.

— Qu'une bague de fiançailles est plutôt appropriée à la situation ? Oui, il me semble, répondit-il, flegmatique.

— Suis-je stupide ! Je n'avais pas compris...

— Qu'il s'agissait d'une bague de fiançailles ? Que pensiez-vous donc que c'était ?

— Je n'ai pas vraiment pensé, admit-elle, mortifiée.

C'était la première fois qu'il lui offrait un cadeau. Elle avait été si surprise par son geste qu'elle en avait oublié qu'il lui devait une bague de fiançailles.

*Devait ?* Mon Dieu, elle n'aimait pas ce mot-là ! Elle se détestait de l'avoir formulé, ne fût-ce qu'en pensée ! Cela dit, elle aurait mis sa main au feu que c'était exactement ce qu'avait songé Simon en la lui apportant : qu'il lui devait cette bague.

Et cela la déprimait.

Elle s'obligea à sourire.

— Je suppose qu'elle vient de votre famille ?

— Certainement pas ! s'écria-t-il avec une violence qui la fit sursauter.

— Oh.

Il y eut un nouveau silence.

Simon toussa, avant de reprendre :

— Je me suis dit que vous préféreriez quelque chose de neuf. Les bijoux des Hastings ont tous été choisis pour une autre. Celui-là est pour vous, et pour vous seule.

Ce fut un miracle, songea Daphné, si elle ne fondit pas de plaisir.

— Comme c'est gentil de votre part ! murmura-t-elle en retenant à grand-peine un sanglot ému.

Simon s'agita sur son siège, ce qui ne la surprit guère. Les hommes détestaient qu'on les trouve gentils.

— Eh bien, vous ne l'ouvrez pas ? grommela-t-il.

— Oh... si, bien sûr. Suis-je distraite !

Elle secoua la tête, confuse. Son regard s'était perdu dans le vague pendant qu'elle regardait l'écrin. Clignant des yeux pour éclaircir sa vision, elle ouvrit prudemment le fermoir et souleva le couvercle.

— Oh, mon Dieu ! souffla-t-elle.

Qu'aurait-elle pu dire d'autre ? Niché dans l'écrin, se trouvait un superbe anneau d'or blanc serti d'une énorme émeraude taillée en navette, ornée de part et d'autre d'un diamant à l'éblouissante simplicité. C'était la bague la plus extraordinaire qu'elle eût jamais vue : brillant de mille feux mais élégante, manifestement précieuse sans être trop voyante.

— Elle est magnifique, murmura Daphné. Je l'adore !

— Tant mieux, parce qu'elle vous appartient, dit Simon en ôtant ses gants pour retirer le bijou du boîtier. C'est vous qui la porterez, et ce sont vos goûts qu'elle doit refléter, non les miens.

— Apparemment, ils coïncident, remarqua-t-elle d'une voix émue.

Simon laissa échapper un léger soupir de soulagement et prit sa main. Jusqu'à cet instant, il n'avait pas mesuré combien cela était important pour lui que cette bague plaise à Daphné. Il détestait la nervosité qui s'emparait de lui en sa présence, alors qu'ils s'étaient sentis si à l'aise l'un avec l'autre ces dernières semaines. Il détestait les silences qui émaillaient leur conversation, alors qu'elle avait été jusqu'à présent la seule personne avec qui il n'avait pas besoin de marquer des pauses pour reprendre le contrôle de sa diction.

En vérité, il n'éprouvait pas de réelles difficultés à s'exprimer en cet instant précis. Son problème était plutôt qu'il ne savait que dire...

— Puis-je la passer à votre doigt ? demanda-t-il.

Hochant la tête, elle entreprit de retirer son gant.

Sans lui en laisser le temps, Simon saisit sa main puis tira délicatement sur chaque doigt du gant, avant de faire glisser celui-ci sur sa peau d'un geste lent. Cela était d'un érotisme troublant, songea-t-il, et tout à fait à l'image de ce dont il rêvait : ôter un à un les vêtements de Daphné, jusqu'à ce qu'il n'en reste plus un seul.

En entendant la jeune femme soupirer lorsque l'étoffe caressa son poignet, Simon ressentit une nouvelle bouffée de désir.

D'une main tremblante, il passa la bague à son doigt. L'anneau s'ajustait à la perfection.

— Elle est superbe, approuva Daphné en essayant de faire pivoter sa main pour étudier le reflet de la lumière sur les pierres.

Simon garda sa paume prisonnière. Le frottement de sa peau contre la sienne éveillait en lui une chaleur curieusement apaisante. Il porta sa main à sa bouche pour déposer un léger baiser sur ses doigts.

— Je suis heureux qu'elle vous convienne, murmura-t-il.

Ses lèvres s'étirèrent, promesse de ce large sourire qui lui était devenu si cher. Promesse, aussi, que tout allait s'arranger entre eux...

— Comment saviez-vous que j'aimais les émeraudes ? demanda-t-elle.

— Je ne le savais pas. Elles me rappellent vos yeux.

— Mes...

Elle inclina la tête de côté, luttant manifestement contre un sourire moqueur.

— Simon, mes yeux sont marron.

— En grande partie, concéda-t-il.

Ayant pivoté sur elle-même de façon à voir son reflet dans le miroir devant lequel lui-même s'était penché quelques minutes auparavant, elle cligna plusieurs fois des paupières.

— Pas du tout, répondit-elle de ce ton patient que l'on prend avec les gens un peu lents d'esprit. Ils sont marron.

Simon tendit une main pour souligner d'un geste délicat le dessous de son œil. Ses cils se mirent à battre, telles des ailes de papillon sur son doigt.

— Ils sont noisette, rectifia-t-il. Marron au centre et verts sur le pourtour.

Elle lui jeta un regard incrédule, bien que teinté d'une lueur d'espoir, poussa un petit soupir et se leva.

— Voyons cela, décréta-t-elle.

Amusé, il la vit se diriger vers la glace pour en approcher son visage. Elle ouvrit grand les yeux, avant de recommencer à battre des cils.

— Ça alors ! s'exclama-t-elle. Je n'avais jamais remarqué !

Simon se leva à son tour pour la rejoindre.

— Vous apprendrez rapidement que j'ai toujours raison.

Elle lui décocha un regard sarcastique.

— Comment vous en êtes-vous aperçu ?

Il esquissa un geste évasif.

— En regardant attentivement.

— Vous...

Renonçant à finir sa phrase, elle inspecta de nouveau ses iris, paupières grandes ouvertes.

— Voyez-vous cela... murmura-t-elle. J'ai les yeux verts !

— Je n'irais pas jusqu'à affirmer que...

— Pour la journée, l'interrompit-elle, je refuse d'admettre qu'ils soient autrement que verts.

Simon se mordit les lèvres.

— Vos désirs sont des ordres.

Elle laissa échapper un soupir.

— J'ai toujours été affreusement jalouse de Colin. De si beaux yeux gâchés sur un homme !

— Je doute que les demoiselles qui se croient éprises de lui partagent cet avis.

Daphné lui lança un regard hautain.

— Oh, mais elles ne comptent pas, n'est-ce pas ?

— Non, si vous le dites, répondit-il en luttant contre un fou rire.

— Vous apprendrez vite, déclara-t-elle d'un ton mutin, que j'ai toujours raison.

C'était plus fort que lui, il ne put retenir son hilarité. Il se calma toutefois en s'apercevant que Daphné restait silencieuse. Elle le couvait cependant d'un regard chaleureux, une expression nostalgique sur le visage.

— Tout est de nouveau comme autrefois, n'est-ce pas ? s'enquit-elle en prenant sa main entre les siennes.

Il hocha la tête en serrant ses doigts dans sa paume.

— Promettez-moi que tout va redevenir comme avant, insista-t-elle. Exactement comme avant !

— Vous avez ma parole, répliqua-t-il, même s'il savait que ce n'était pas possible.

Ils parviendraient peut-être à trouver le bonheur, mais rien ne serait plus jamais comme cela avait été.

Elle lui sourit et, fermant les yeux, appuya la tête contre son épaule.

— C'est bien, dit-elle.

Simon observa leur reflet dans le miroir, songeur. Pour un peu, il aurait presque pu croire qu'il avait le pouvoir de la rendre heureuse.

Le lendemain soir – c'était la dernière journée où Daphné s'appelait encore miss Bridgerton – Violet frappa à la porte de sa chambre.

La jeune femme était assise sur son lit, parmi ses souvenirs d'enfance étalés sur la courtepointe.

— Entrez ! répondit-elle.

Sa mère passa la tête dans l'entrebâillement, un sourire tendu sur le visage.

— Daphné ? demanda-t-elle d'une voix hésitante. Puis-je vous parler un instant ?

Daphné lui jeta un regard intrigué.

— Bien entendu, dit-elle en descendant de son lit, tandis que sa mère entrait.

Le teint de celle-ci était presque de la même nuance que sa robe, d'un superbe jaune pâle.

— Allez-vous bien, maman ? s'inquiéta Daphné. Vous êtes livide.

— Parfaitement bien. Je voulais seulement...

Elle toussota, puis carra les épaules.

— Il est temps que nous ayons une petite discussion.

— Oh ? fit Daphné, le cœur battant.

Voilà longtemps qu'elle attendait ce moment ! Toutes ses amies le lui avaient dit : lorsqu'une demoiselle se mariait, la veille de ses noces, sa mère lui révélait les mystères de l'hymen. Elle était enfin admise dans le cercle des femmes, et allait découvrir ces réalités aussi troublantes que délicieuses que l'on gardait scrupuleusement hors de portée des oreilles des jeunes filles. Avec d'autres camarades, Daphné avait tenté d'arracher ces secrets à celles de leurs amies qui avaient rejoint les initiées, mais les toutes nouvelles épouses s'étaient contentées de glousser d'un air important et de déclarer :

— Oh, vous le saurez bientôt !

Ce « bientôt » était enfin venu, et Daphné refrénait à grand-peine son impatience.

Violet, en revanche, semblait sur le point de défaillir.

Daphné tapota le lit à côté d'elle.

— Voulez-vous vous asseoir ? proposa-t-elle.

Sa mère battit des cils d'un air distrait.

— Oui... oui, pourquoi pas ?

Elle prit place, le dos droit, sur le rebord du matelas. Elle paraissait terriblement mal à l'aise. Compatissante, Daphné décida de lui tendre la perche.

— Est-ce à propos du mariage ? s'enquit-elle avec douceur.

Sa mère hocha imperceptiblement la tête.

— Au sujet de la nuit de noces ? reprit la jeune fille en s'efforçant de bannir de sa voix toute trace de curiosité excessive.

Cette fois, Violet parvint à acquiescer plus franchement.

— Je ne sais pas comment aborder cette question avec vous. Tout cela est tellement embarrassant !

Daphné s'obligea à faire preuve de patience. Sa mère allait bien finir par en venir au fait !

— Voyez-vous, commença celle-ci d'un ton hésitant, il y a... certaines choses que vous devez savoir. Des choses qui vont se passer demain soir. Des choses...

Elle émit une toux étranglée.

— ... qui concernent votre époux.

Intriguée, Daphné se pencha vers elle.

Violet se redressa, gênée.

— Il se trouve que votre mari... c'est-à-dire Simon, bien entendu, puisque c'est lui que vous épousez...

Comme Violet risquait de s'embourber dans une phrase sans fin, Daphné lui vint en aide.

— Oui, maman, Simon va être mon mari.

Sa mère laissa échapper un soupir malheureux en lançant autour d'elle des regards affolés... dans toutes les directions, sauf celle de Daphné.

— Oh, quelle épreuve ! gémit-elle.

Oui, apparemment, approuva la jeune femme.

Violet prit une profonde inspiration et rejeta les épaules en arrière, comme pour affronter un choc.

— Pendant votre nuit de noces, déclara-t-elle, votre mari attendra de vous que vous accomplissiez votre devoir conjugal.

Il n'y avait là rien que Daphné ne sût déjà.

— En d'autres termes, votre mariage devra être consommé.

— Oui ? l'encouragea Daphné.

— Votre mari vous rejoindra dans votre lit...

Daphné hocha la tête. Cela aussi, elle s'en était doutée.

— ... afin d'opérer un certain...

Violet leva les mains en l'air, comme pour saisir un mot qui lui échappait.

— ... *contact intime* avec votre personne.

Daphné entrouvrit les lèvres et inspira profondément. La conversation prenait enfin un tour intéressant.

— Ce que je voulais vous dire, ajouta Violet d'une voix métallique, c'est que l'acte en question n'est pas obligatoirement désagréable.

Entendu, mais de *quoi* s'agissait-il exactement ?

Daphné vit les joues de sa mère s'enflammer.

— Je sais que certaines épouses trouvent cela... eh bien... dégoûtant, mais...

— Ah oui ? l'interrompit Daphné. Dans ce cas, pourquoi les bonnes se sauvent-elles en compagnie des valets quand elles croient qu'on ne les voit pas ?

Aussitôt, Violet afficha son expression de maîtresse de maison en colère.

— Les bonnes ? répéta-t-elle. Des noms !

— N'essayez pas de changer de sujet, se fâcha Daphné. Voilà toute une semaine que j'attends cette conversation.

Un hoquet de stupéfaction jaillit des lèvres de Violet.

— Ah bon ?

Daphné lui adressa un regard agacé. Que sa mère s'était-elle imaginé ?

Dans un soupir, Violet marmonna :

— Bon, où en étions-nous ?

— Au fait que certaines femmes trouvent leur devoir conjugal déplaisant.

— C'est cela. Très bien. Voilà...

Baissant les yeux, Daphné constata que sa mère avait pratiquement lacéré le mouchoir qu'elle tenait entre ses mains.

— Ce que je tiens à vous faire comprendre, reprit-elle, manifestement pressée d'en terminer, c'est qu'il n'y a aucune raison pour que vous détestiez cela. Lorsque deux personnes sont éprises l'une de l'autre, et j'ai des raisons de penser que lord Hastings est très amoureux de vous...

— Et moi de lui, ajouta Daphné, rêveuse.

— Certes. Tout à fait. Eh bien... voyez-vous, à partir du moment où vous éprouvez la même inclination l'un envers l'autre, cette affaire a toutes les raisons d'être aussi charmante que possible.

Violet se déporta vers le pied du lit, étalant sur l'édredon la soie jaune pâle de ses jupes.

— Vous n'avez donc aucune raison d'être nerveuse. Je suis persuadée que votre époux saura se montrer très doux.

Daphné songea aux baisers enflammés de Simon. « Doux » n'était pas exactement le terme qu'elle aurait choisi pour les qualifier.

Violet bondit sur ses pieds.

— Eh bien voilà, je vous ai tout dit. Bonne nuit !

— *C'est tout ?*

Furieuse et dépitée, Daphné regarda sa mère se ruer vers la porte.

— Je... oui, bafouilla celle-ci d'un air coupable. Vous attendiez autre chose ?

— Oui !

Daphné s'élança vers la porte, contre laquelle elle se plaqua, barrant le chemin à sa mère.

— Vous ne pouvez pas me quitter après m'en avoir dit si peu !

Violet jeta un regard songeur vers la fenêtre. Si la chambre de Daphné ne s'était pas trouvée au premier étage mais au rez-de-chaussée, la jeune femme n'aurait pas été surprise de voir sa mère tenter une sortie par cette issue.

— Daphné ! gémit Violet, visiblement à la torture.

— Et moi ? insista la jeune femme. Que devrai-je *faire* ?

— Votre mari le saura bien.

— Je n'ai pas envie de me ridiculiser !

— Pas de risque ! Faites-moi confiance, les hommes...

Violet s'interrompit dans un soupir excédé.

— Oui ? l'encouragea Daphné. Qu'y a-t-il avec eux ? Qu'alliez-vous dire ?

Le visage de Violet Bridgerton était à présent couleur pivoine, et la rougeur commençait à gagner son cou et ses oreilles.

— Les hommes se contentent de peu, marmonna-t-elle. Votre époux ne sera pas déçu.

— Mais...

— Il n'y a pas de « mais » ! tonna Violet. Je vous ai dit tout ce que ma propre mère m'a dit. Ne jouez pas les effarouchées, et faites ce que l'on attend de vous jusqu'à ce que vous soyez enceinte !

Daphné en demeura bouche bée.

— Pardon ?

Un gloussement nerveux échappa à sa mère.

— Aurais-je oublié de mentionner ce détail ?

— Maman !

— Bon, bon. Le devoir conjugal... c'est-à-dire, le fait de... consommer le mariage... est le moyen d'avoir des bébés.

Daphné fut prise d'un vertige.

— Alors, vous l'avez fait huit fois ? demanda-t-elle.

— Non !

Daphné la dévisagea, perdue. Les explications de sa mère étaient parfaitement incompréhensibles, et elle ne savait toujours pas en quoi consistait exactement ce fameux devoir conjugal.

— Vous devez pourtant l'avoir fait huit fois ? insista-t-elle.

Sa mère agita une main devant son visage d'un geste nerveux.

— Oui. Enfin, non ! Écoutez, Daphné, ceci est très personnel.

— Je ne comprends pas. Comment pouvez-vous mettre au monde huit enfants si vous n'avez pas...

— D'accord, d'accord ! Je l'ai fait plus de huit fois, concéda Violet entre ses dents serrées, avec l'air de vouloir disparaître dans un trou de souris.

Daphné la regarda, incrédule.

— Vraiment ?

— Il arrive, répondit sa mère dans un souffle, les yeux obstinément fixés sur le plancher, que les gens fassent... *cela* pour le simple plaisir de le faire.

La jeune femme ouvrit des yeux ronds de surprise.

— Ah ?

— Eh bien... oui.

— Comme lorsqu'un homme et une femme s'embrassent ?

— Voilà, approuva Violet dans un soupir de soulagement. Exactement comme lorsque...

Elle fronça soudain les sourcils.

— Daphné ? Auriez-vous par hasard accordé un baiser au duc ?

À la brûlure qui envahissait ses joues, la jeune femme comprit que son visage était en train de prendre la même nuance que celui de sa mère.

— Cela se pourrait bien, murmura-t-elle.

Violet agita un doigt sous le nez de sa fille.

— Daphné Bridgerton, je refuse de croire que vous ayez eu une conduite aussi déshonorante ! Je vous ai assez répété de ne pas autoriser les hommes à prendre de telles libertés !

— Qu'importe, puisqu'il m'épouse ?

— Tout de même, vous...

Sa mère s'interrompit dans un soupir de lassitude.

— Oh ! Après tout, vous avez raison. Cela n'est pas bien grave. Vous allez vous marier, et avec un duc, qui plus est. S'il vous a embrassée, ma foi, il fallait peut-être s'y attendre...

Décidément, Daphné ne reconnaissait pas sa mère. Jamais elle ne l'avait vue aussi nerveuse et peu sûre d'elle !

— Eh bien, puisque vous n'avez pas d'autres questions, je vous laisse à vos occupations, enchaîna celle-ci en désignant d'un air distrait les souvenirs que Daphné avait étalés sur sa courtepointe.

— Mais... *j'ai* d'autres questions ! protesta la jeune femme.

Sa mère s'était déjà sauvée.

Daphné avait beau être avide de découvrir les secrets de ce fameux « devoir conjugal », elle ne pouvait pas s'élancer dans le couloir à la poursuite de Violet pour l'interroger devant la famille et le personnel !

En outre, les propos maternels avaient éveillé en elle de nouvelles inquiétudes. D'après sa mère, l'acte marital était indispensable à la procréation. Si Simon ne pouvait avoir d'enfants, cela signifiait-il qu'il ne pouvait accomplir ces « contacts intimes » qu'elle avait mentionnés ?

Et, au nom du Ciel, qu'étaient donc ces mystérieux contacts ? Daphné les soupçonnait d'avoir quelque chose à voir avec le fait de s'embrasser. Sinon, pourquoi la société aurait-elle veillé avec un soin si jaloux à interdire les baisers aux jeunes filles ? Peut-être cela impliquait-il également les seins de celles-ci, songea-t-elle en rougissant au souvenir des instants volés avec Simon dans les jardins de lady Trowbridge...

Elle laissa échapper un soupir de dépit. Sa mère lui avait pratiquement interdit de se montrer nerveuse, mais comment aborder son mariage avec sérénité si elle n'avait pas la moindre idée de la façon d'accomplir ce que l'on attendait d'elle ?

Et qu'en irait-il de leur union ? Si Simon ne pouvait la consommer, en serait-ce vraiment une ?

Il y avait tout de même là de quoi déstabiliser une future épouse...

C'est surtout des petits détails de la cérémonie qu'elle se souviendrait, songea Daphné. Les larmes dans les yeux de sa mère, puis sur ses joues. La fêlure dans la voix d'Anthony quand il était venu la chercher pour la guider vers son fiancé. La précipitation de Hyacinthe, qui avait jeté les pétales de roses bien trop tôt, au point qu'il n'en restait plus un seul lorsqu'ils avaient atteint l'autel. Les éternuements de Gregory, qui s'étaient déjà renouvelés à deux reprises avant que Simon et elle ne prononcent le « oui » fatidique.

Et l'expression de Simon, son visage si concentré à présent qu'il répétait ses vœux en articulant chaque syllabe avec une lenteur solennelle... Son regard intense, presque brûlant, son timbre grave et vibrant d'émotion, comme si rien au monde ne pouvait revêtir plus d'importance que cet engagement qu'il prenait, tandis qu'ils se tenaient côte à côte devant l'archevêque...

Daphné en ressentait un profond réconfort. Un homme qui prononçait les serments conjugaux avec une telle foi ne pouvait voir dans le mariage une simple convention sociale.

— Ceux que le Seigneur a unis, qu'aucun mortel ne vienne les séparer.

La jeune femme fut parcourue d'un long frisson. Dans quelques instants, elle appartiendrait pour toujours à cet homme.

Au même instant, Simon tourna discrètement son visage vers elle, et dans ses iris pâles, elle lut une question silencieuse : « Est-ce que tout va bien ? »

Elle répondit d'un imperceptible acquiescement. Aussitôt, elle vit une étrange lueur passer dans son regard. Du soulagement ?

— Je vous déclare maintenant...

Gregory émit une nouvelle série d'éternuements, couvrant totalement les mots « mari et femme » que prononçait l'archevêque. Retenant de justesse un éclat de rire, Daphné se mordit les lèvres, résolue à conserver l'expression sérieuse qui s'accordait à la solennité de l'instant. Le mariage était une institution sacrée, qu'il ne convenait pas de traiter à la légère !

En pivotant vers Simon, elle constata qu'il l'observait d'un air amusé. Ses yeux bleus étaient fixés sur son visage, et ses lèvres commençaient à s'étirer.

Le fou rire risquait d'exploser.

— Vous pouvez embrasser la mariée.

Comme s'il n'avait attendu que cela, Simon la prit soudain dans ses bras et sa bouche s'écrasa sur la sienne avec une violence qui fit courir un murmure de stupeur parmi les rangs de l'assemblée.

Alors, sans s'écarter l'un de l'autre, tous deux éclatèrent d'un même rire.

Violet Bridgerton déclara que c'était là le baiser le plus curieux dont elle eût été témoin.

Gregory Bridgerton, une fois sa crise d'éternuements passée, affirma que c'était positivement dégoûtant.

L'archevêque, qui n'était plus de toute première jeunesse, contempla les nouveaux époux avec perplexité.

Hyacinthe Bridgerton – qui, à l'âge de dix ans, aurait dû en savoir moins que quiconque au sujet des baisers – afficha une expression pensive et commenta :

— Je trouve que c'est très bien. S'ils rient maintenant, ils ne s'ennuieront jamais ensemble.

Elle leva les yeux vers sa mère.

— N'est-ce pas, maman ?

Violet prit la main de sa benjamine pour la serrer dans la sienne.

— Le rire est la meilleure des choses, ma chérie. Merci de nous le rappeler.

Et c'est ainsi que naquit la rumeur selon laquelle le duc de Hastings et la nouvelle duchesse formaient le couple le plus uni et le plus heureux que l'on eût vu depuis longtemps. Pour preuve, qui se souvenait d'un mariage où l'on avait tant ri ?

# 14

*Nous nous sommes laissé dire que le mariage de lord Hastings et de miss Bridgerton, bien qu'intime, avait été riche en événements. Miss Hyacinthe Bridgerton – dix printemps – a chuchoté à l'oreille de miss Felicity Featherington – dix printemps également – que les nouveaux époux avaient éclaté de rire au cours de la cérémonie. Miss Felicity Featherington a répété ces paroles à sa mère, qui en a informé la cantonade.*

*N'ayant pas été invitée à la célébration, votre dévouée chroniqueuse devra s'en remettre aux affirmations de miss Hyacinthe Bridgerton…*

LA CHRONIQUE MONDAINE DE LADY WHISTLEDOWN, 24 mai 1813

Faute de temps, aucun voyage de noces n'avait été prévu. À la place, Simon avait pris des dispositions pour passer quelques semaines à Clyvedon Castle, le fief ancestral des Basset. Daphné s'en félicita. Elle était impatiente de fuir Londres et de se soustraire à la curiosité du beau monde.

En outre, elle avait très envie de connaître les lieux qui avaient vu grandir Simon.

Elle essaya de l'imaginer, enfant. Avait-il été aussi fougueux qu'il l'était à présent ? Avait-il été au contraire un petit garçon paisible, doté de ce même tempérament réservé qu'il montrait en société ?

Les nouveaux mariés quittèrent Bridgerton House parmi les vivats et les embrassades, et Simon s'empressa d'installer

Daphné dans son plus bel attelage. Malgré l'été, l'air était frais, aussi prit-il soin de déposer une couverture sur ses genoux. Elle sourit.

— N'est-ce pas un peu trop de précautions ? s'enquit-elle, espiègle. Je ne risque pas d'attraper un coup de froid sur le trajet ; nous ne sommes qu'à quelques rues de chez vous.

Il lui adressa un regard amusé.

— Nous partons pour Clyvedon.

— Dès ce soir ?

Daphné ne put cacher sa surprise. Elle avait supposé qu'ils attendraient le lendemain pour se mettre en route. Le village de Clyvedon se trouvait près de Hastings, à l'extrémité de la côte sud-est de l'Angleterre. L'après-midi était déjà bien avancé. Le temps qu'ils atteignent le château, il serait minuit passé.

Cela ne ressemblait pas exactement à la nuit de noces que Daphné avait envisagée...

— Ne serait-il pas plus simple de rester à Londres ce soir et d'effectuer le voyage demain ? demanda-t-elle.

— Tout est déjà prévu, protesta-t-il.

— Oh. Très bien.

Daphné tenta bravement de dissimuler sa déception. Elle demeura silencieuse quelques instants, pendant que l'attelage prenait de la vitesse. L'excellente suspension ne suffisait pas à absorber tous les cahots dus au pavage irrégulier de la chaussée.

— Allons-nous faire halte dans une auberge ? questionna-t-elle.

— Pour le dîner ? Bien entendu ! Il ne conviendrait pas que je vous laisse mourir de faim le premier jour de notre mariage.

— Et je suppose que nous y resterons pour la nuit ?

— Certainement pas ! Nous...

Simon s'interrompit soudain, avant de se radoucir. Daphné le vit se tourner vers elle avec une expression de tendresse désarmante.

— Je suis un ours, n'est-ce pas ?

Daphné rougit… comme chaque fois qu'il la couvait de ce regard brûlant.

— Non, pas du tout. J'ai seulement été surprise que…

— C'est vous qui avez raison. Nous passerons la nuit à l'auberge ; j'en connais une très convenable à mi-chemin : Le Lièvre et le Griffon. Le couvert et le gîte y sont irréprochables.

Il lui effleura le menton d'une caresse.

— Je ne voudrais pas abuser de vous et vous obliger à faire le trajet d'une seule traite.

— Je suis assez vaillante pour effectuer le voyage, répondit-elle, tout en rougissant à la perspective des paroles qu'elle s'apprêtait à prononcer. Seulement, nous nous sommes mariés aujourd'hui, et si nous ne faisons pas halte dans une auberge, nous serons dans cet attelage lorsque la nuit tombera, et…

— N'en dites pas plus, l'interrompit-il en posant un doigt sur ses lèvres.

Daphné hocha la tête, soulagée. Elle n'éprouvait aucune envie de discuter ainsi de leur nuit de noces, et il lui semblait que c'était là un sujet qu'il appartenait à l'homme d'aborder, non à la femme. Après tout, Simon était mieux informé qu'elle sur ce genre de questions !

En tout cas, il ne pouvait l'être moins, songea-t-elle, dépitée. Car malgré son flot d'explications qui n'en étaient pas, sa mère ne lui avait strictement rien appris de nouveau… à part, peut-être, le passage au sujet des enfants, auquel Daphné n'avait d'ailleurs rien compris. D'un autre côté, peut-être…

Elle se figea, le souffle court. Et si Simon ne pouvait pas… s'il ne voulait pas… ?

Non, décida-t-elle. Il en avait envie. Il la désirait. Elle n'avait pas imaginé la passion qui brûlait au fond de ses yeux, ni les violents battements de son cœur, quelques soirs auparavant, dans les jardins de lady Trowbridge…

Elle tourna son regard vers la fenêtre, pour voir les derniers toits de Londres se fondre dans la campagne environnante. Une femme pouvait facilement perdre la raison, à trop ruminer ces questions. Elle devait chasser tout cela de son esprit. Oui, elle était bien résolue à le faire sans tarder, et définitivement.

Du moins, jusqu'à ce soir.

Jusqu'à sa nuit de noces.

Rien que d'y penser, elle en avait le frisson...

Simon regarda Daphné. Son épouse, se dit-il, bien qu'il eût encore parfois du mal à s'en souvenir. Il n'avait jamais envisagé de prendre femme. Il avait même fermement résolu de ne pas se marier. Et voilà qu'il était lié pour la vie à Daphné Bridgerton – non, à Daphné Basset, duchesse de Hastings. Car c'était bien ce qu'elle était, désormais.

Et c'était là le plus curieux. Jamais de sa vie il n'avait connu de duchesse de Hastings. Le titre sonnait étrangement à ses oreilles, comme s'il datait d'un autre âge.

Simon laissa échapper un soupir tandis que son regard se posait sur le profil pur de la jeune femme. Il fronça les sourcils.

— Avez-vous froid ? demanda-t-il en la voyant frissonner.

Elle fit mine de dire non, puis se ravisa.

— Oui, admit-elle avec un imperceptible mouvement, mais très peu. Ne vous donnez pas la peine de...

Simon l'enveloppa plus chaudement dans la couverture en songeant qu'elle n'avait aucune raison de mentir sur un sujet aussi anodin.

— La journée a été longue, murmura-t-il.

Il ne le ressentait pas vraiment – quoique, à présent qu'il y pensait, cela avait effectivement été une longue journée – mais il lui sembla que c'était une réponse qui convenait à la situation.

Il était bien décidé à être un bon mari pour elle. Elle l'avait amplement mérité. Il ne pouvait offrir à Daphné le bonheur familial auquel elle avait aspiré toute sa vie, mais il pouvait au moins faire de son mieux pour assurer sa protection et veiller à son bien-être.

Elle l'avait choisi, se rappela-t-il. Alors qu'elle savait qu'il ne lui donnerait jamais d'enfants, elle l'avait choisi !

En retour, se montrer un époux fidèle et attentif était la moindre des choses.

— Je l'ai beaucoup appréciée, dit-elle doucement.

Il la regarda, interloqué.

— Pardon ?

L'ombre d'un sourire éclaira son visage. Comme il aimait cette expression à la fois tendre et espiègle ! Elle avait le don d'éveiller en lui un désir si vif qu'il eut toutes les peines du monde à se concentrer sur ses paroles.

— Vous avez dit que la journée avait été longue, je vous ai répondu que je l'avais appréciée.

Il continua de la considérer d'un air perplexe.

Elle afficha une expression si déconcertée que c'en était délicieusement comique.

— *Vous* avez dit que la journée avait été longue, répéta-t-elle avec lenteur, *je* vous ai répondu que je l'avais appréciée.

Comme il ne réagissait toujours pas, elle laissa échapper un petit soupir agacé.

— J'aurais peut-être dû faire précéder ma réponse des mots « oui » et « mais ». Comme dans : « *Oui*, *mais* je l'ai appréciée. »

— Je vois, répliqua-t-il avec tout le sérieux dont il était capable.

— Je commence à penser que vous voyez beaucoup de choses, marmonna-t-elle, mais que vous n'en comprenez pas la moitié.

Il arqua un sourcil. Elle soupira de plus belle. Il eut plus que jamais envie de l'embrasser.

À vrai dire, tout lui donnait envie de l'embrasser.

Cela commençait à devenir préoccupant.

— Nous devrions être à l'auberge à la tombée du jour, annonça-t-il d'un ton sec, dans l'espoir d'alléger sa tension par une attitude impersonnelle.

Bien entendu, il n'en fut rien. Tout au plus était-il parvenu à repousser d'une journée leur nuit de noces. Une longue et interminable journée à désirer de tout son corps sa nouvelle épouse… mais qu'il soit maudit s'il la faisait sienne dans une auberge, aussi respectable et bien tenue fût-elle !

Daphné méritait mieux que cela. Sa nuit de noces serait un événement unique, il voulait qu'elle fût parfaite.

Elle lui décocha un regard étonné, sans doute surprise de l'entendre changer de sujet.

— Très bien, dit-elle.

— La nuit, les routes ne sont pas aussi sûres, ajouta-t-il en s'efforçant d'oublier qu'il avait tout d'abord prévu d'effectuer la route d'une traite jusqu'à Clyvedon.

— En effet, acquiesça-t-elle.

— Et nous aurons faim, ajouta-t-il.

— Certes, répondit-elle, manifestement déroutée par l'intérêt qu'il portait soudain à leur changement de programme.

Simon en était désolé, mais il avait le choix entre disserter sans fin sur leur itinéraire... et se jeter sur elle pour la prendre là, sur la banquette de l'attelage.

Ce qui n'était évidemment pas une option raisonnable.

— On y mange très bien, enchaîna-t-il donc, les dents serrées par la concentration.

Elle battit des cils, avant de lui faire observer :

— Vous l'avez déjà dit.

— Oui, en effet.

Il émit une petite toux.

— Je crois que je vais faire une sieste.

Cette fois-ci, elle ouvrit des yeux ronds de surprise. Il la vit tendre le cou vers lui d'un air médusé.

— Maintenant ?

Simon hocha brièvement la tête.

— J'ai la désagréable impression de me répéter, mais comme vous me l'avez fort judicieusement fait remarquer, j'ai déjà dit que la journée avait été longue.

— Oui, en effet.

Sous le regard éberlué de Daphné, il s'installa plus confortablement sur son siège.

— Vous êtes vraiment capable de dormir ici, dans une voiture en marche ? Les cahots ne vous dérangent pas ?

Il haussa les épaules.

— Je peux m'endormir n'importe où. J'ai appris cela lors de mes voyages.

— Un vrai don, murmura Daphné.

— Et sacrément utile, renchérit-il.

Puis il ferma les paupières et feignit de dormir pendant presque trois heures.

Daphné le regarda... et fronça les sourcils. Il faisait semblant ! Avec sept frères et sœurs, on ne la lui faisait plus. Simon n'était absolument pas endormi.

Certes, sa poitrine se soulevait et s'abaissait avec une régularité confondante, et son souffle vibrait de la juste mesure de soupirs et sifflements pour ressembler à s'y méprendre à un quasi-ronflement.

Seulement, elle n'était pas dupe.

Chaque fois qu'elle effectuait un geste, faisait bruisser ses jupes ou respirait un peu plus fort, il levait le menton. Le mouvement était à peine perceptible, mais elle le décelait. Et lorsqu'elle bâillait ou laissait échapper un soupir somnolent, elle voyait ses yeux bouger sous ses paupières à peine closes.

Ce qui était admirable, toutefois, c'était qu'il parvienne à jouer la comédie depuis plus de deux heures et demie.

Pour sa part, elle n'aurait jamais tenu vingt minutes...

Après tout, songea-t-elle avec une rare magnanimité, s'il voulait feindre de dormir, à sa guise ! Loin d'elle l'idée de faire échouer une si remarquable performance d'acteur !

Sur un dernier bâillement – plutôt sonore, pour le seul plaisir de le voir rouler des yeux sous ses paupières – elle tourna son visage vers la fenêtre et repoussa le lourd rideau de velours afin d'observer le paysage. À l'ouest, un énorme soleil incandescent roulait sur l'horizon, sur le point de basculer de l'autre côté de la terre.

Si Simon ne s'était pas trompé dans ses estimations – et elle avait le sentiment qu'il était plutôt fiable dans ce domaine, comme l'étaient souvent les amateurs de mathématiques – ils étaient presque à la moitié du voyage.

Ils allaient arriver à l'auberge qui abriterait leur nuit de noces.

Miséricorde ! Il fallait qu'elle cesse de penser en termes mélodramatiques...

— Simon ?

Il ne fit pas mine de s'éveiller. Cela l'irrita.

— Simon ! appela-t-elle un peu plus fort.

Ses lèvres s'étirèrent en une moue contrariée. Daphné l'aurait juré, il était en train de se demander s'il était supposé continuer de dormir, ou bien avoir été tiré de son sommeil par le son de sa voix.

— Simon, insista-t-elle en lui tapotant l'épaule sans trop de douceur.

Il ne s'imaginait tout de même pas qu'elle pouvait le croire aussi profondément assoupi ?

Il battit des cils en émettant un léger hoquet, exactement comme l'aurait fait un dormeur au réveil.

Diable, il possédait un vrai talent de comédien !

Il s'étira en bâillant et ouvrit les yeux.

— Oui ? demanda-t-il d'une voix ensommeillée.

Elle ne s'embarrassa pas de diplomatie.

— Eh bien, sommes-nous arrivés ?

Il se frotta les yeux.

— Pardon ?

— Sommes-nous arrivés ? répéta-t-elle.

— Mmm...

Il parcourut l'habitacle du regard. Comme si cela pouvait lui apprendre quoi que ce soit !

— Il me semble que nous avançons toujours, non ?

— Ce que je veux savoir, c'est si nous approchons de l'étape.

Dans un léger soupir, il se tourna vers la fenêtre.

— Tiens ? s'écria-t-il d'un air surpris. C'est juste devant nous.

Daphné chassa de son mieux un sourire satisfait.

L'attelage fit halte, et Simon en sortit d'un bond. Daphné l'entendit échanger quelques mots avec le cocher, sans doute pour l'informer qu'ils comptaient passer la nuit à l'auberge.

Puis il tendit une main à la jeune femme pour l'aider à descendre.

— L'endroit vous convient-il ? s'enquit-il en désignant les bâtiments.

Daphné aurait été bien en peine de rendre un jugement sans voir l'intérieur, mais elle approuva tout de même d'un hochement de tête. Elle laissa Simon la conduire dans l'auberge et l'attendit près de la porte alors qu'il se dirigeait vers un homme qui devait être le tenancier.

Avec un grand intérêt, elle observa les allées et venues. Un jeune couple – probablement des propriétaires terriens – était escorté vers un salon privé, tandis que, dans l'escalier, une mère entraînait ses quatre enfants vers l'étage supérieur. Simon négociait âprement avec l'aubergiste, et un peu plus loin, un gentleman maigre s'appuyait contre...

Daphné tourna de nouveau la tête vers son mari, intriguée. *Simon négociait âprement avec l'aubergiste ?* Que se passait-il donc ? Elle tendit l'oreille. Les deux hommes parlaient à voix basse, et Simon semblait vivement contrarié. Quant au tenancier, il paraissait mortifié de ne pouvoir satisfaire le duc de Hastings.

Daphné fronça les sourcils. Quelque chose n'allait pas.

Devait-elle intervenir ?

Elle les regarda discuter quelques instants. Oui, elle devait intervenir.

D'un pas qui, sans être hésitant, n'était pas vraiment assuré, elle se dirigea vers son mari.

— Y a-t-il un problème ? s'enquit-elle poliment.

Simon lui décocha un regard confus.

— Je croyais que vous m'attendiez près de la porte ?

— C'était le cas, répondit-elle avec un grand sourire. Ça ne l'est plus.

Simon afficha une expression encore plus contrariée et se tourna de nouveau vers l'homme.

Daphné émit une toux discrète afin d'attirer son attention. Sans résultat. Elle pinça les lèvres, un peu vexée d'être aussi ostensiblement ignorée.

— Simon ? insista-t-elle en lui tapotant l'épaule.

Il pivota lentement sur lui-même, le visage contracté par l'impatience.

Toute innocence, Daphné lui sourit.

— Si vous me disiez ce qui vous contrarie ? demanda-t-elle.

Avant qu'il ait pu répondre, l'aubergiste éleva les mains dans un geste implorant.

— Il ne me reste plus qu'une seule chambre, expliqua-t-il d'un ton obséquieux. Je ne savais pas que monsieur le duc nous ferait l'honneur de sa présence ce soir. Si j'en avais été informé, j'aurais refusé Mme Weatherby et ses marmots.

Il se pencha vers Daphné d'un air de conspirateur.

— Je les aurais fichus à la porte ! ajouta-t-il.

Daphné fronça les sourcils.

— S'agit-il de la dame que j'ai vue dans l'escalier avec quatre enfants ?

L'homme approuva.

— S'il n'y avait pas les gamins, j'aurais...

Daphné s'empressa de l'interrompre, nullement disposée à l'entendre parler de jeter à la rue une innocente mère de famille.

— C'est bon, nous nous contenterons d'une seule chambre. À la guerre comme à la guerre !

Du coin de l'œil, elle vit Simon serrer les mâchoires. Pour un peu, elle l'aurait entendu grincer des dents !

Alors comme cela, il voulait des chambres séparées ? Il y avait là de quoi se sentir fort peu désirable, pour une jeune mariée !

L'aubergiste se tourna vers lui dans l'attente manifeste de son approbation. Voyant ce dernier donner son accord d'un hochement de tête assez sec, il claqua joyeusement dans ses mains, puis il prit une clé et sortit de derrière son comptoir d'un pas affairé.

— Si monsieur le duc et madame la duchesse veulent bien me suivre...

Sur un signe de Simon, Daphné, emboîtant le pas à l'aubergiste, gravit les marches. Quelques instants plus tard, ils entraient dans une pièce spacieuse, confortablement meublée, dont la vue donnait sur le village.

— Eh bien, déclara-t-elle une fois que l'homme se fut éclipsé, cela me semble tout à fait convenable.

Simon marmonna dans sa barbe.

— Voilà qui est bien dit ! commenta-t-elle avant de se glisser derrière un paravent situé dans un angle de la chambre.

Simon la suivit des yeux, distrait... avant de comprendre.

— Daphné ? l'appela-t-il d'une voix étranglée. Voulez-vous vous changer ?

Il la vit passer la tête sur le côté.

— Non, je regardais seulement.

— Bien, maugréa-t-il. Il va être temps de descendre pour le dîner.

— Parfait.

Elle lui sourit, d'un air un peu trop triomphant pour son goût.

— Avez-vous faim ? demanda-t-elle.

— Terriblement.

Son sourire faiblit un peu, sans doute à cause du ton cassant qu'il avait employé. Simon s'en voulut aussitôt. Ce n'était pas parce qu'il était furieux qu'elle devait en subir les conséquences, se reprocha-t-il. Elle n'avait rien fait de mal !

— Et vous-même ? s'enquit-il d'une voix radoucie.

Sortant de derrière le paravent, elle s'assit au pied du lit.

— Un peu, admit-elle d'un air tendu, mais je ne sais pas si je réussirai à avaler quoi que ce soit.

— La dernière fois que je suis descendu ici, j'ai fort bien dîné, la rassura-t-il. Je suis certain que...

— Ce n'est pas la qualité de la nourriture qui m'inquiète, l'interrompit-elle. Ce sont mes nerfs.

Il la regarda, perplexe.

— Simon, reprit-elle en s'efforçant visiblement de dissimuler son impatience – sans grand succès, à son avis. Nous nous sommes mariés ce matin.

Enfin, il comprit.

— Daphné ! s'écria-t-il avec douceur. Vous n'avez aucun souci à vous faire.

— Ah non ? demanda-t-elle d'un ton dubitatif.

Il laissa échapper un soupir douloureux. Ce n'était pas aussi facile qu'il l'avait cru de se montrer un mari patient et attentif.

— Il n'est pas question de consommer le mariage tant que nous ne serons pas à Clyvedon, déclara-t-il.

— Ah non ? répéta-t-elle, cette fois-ci d'un air désappointé.

Simon ouvrit des yeux ronds de surprise. Elle n'était tout de même pas déçue ?

— Je ne me permettrais pas de… *faire cela* dans une quelconque auberge, reprit-il. J'ai trop de respect pour vous !

— Ah non ? dit-elle pour la troisième fois. Vraiment ?

Il crut que son cœur allait s'arrêter de battre. Elle *était* déçue.

— Non, répliqua-t-il fermement.

Elle tendit son visage vers lui.

— Pourquoi pas ?

Simon la dévisagea un long moment puis, sans la quitter des yeux, s'assit à son côté sur le lit. Ses grandes prunelles sombres étaient fixées sur lui, brillantes de tendresse, de curiosité, et d'un soupçon d'hésitation. Elle se mordit la lèvre. Il ne fallait sans doute y voir qu'un signe de nervosité, mais le corps déjà tendu à l'extrême de Simon réagit aussitôt à cette innocente provocation.

Elle lui adressa un sourire timide, puis détourna le regard.

— Cela ne me dérangerait pas, dit-elle.

Simon demeura d'une fixité de marbre, tout en s'efforçant d'ignorer la petite voix tentatrice qui susurrait à son oreille : Eh bien, qu'attends-tu ? Étends-la sur le lit ! Passe à l'action, elle ne demande que cela !

Au moment précis où son désir prenait le pas sur ses nobles intentions, la jeune femme bondit sur ses pieds dans un cri de détresse, le visage entre ses mains.

Simon, qui venait de se tourner vers elle pour l'enlacer, perdit l'équilibre et retomba à plat ventre sur le matelas.

— Daphné ? appela-t-il, le nez dans la courtepointe.

— J'aurais dû comprendre, dit-elle dans un hoquet. Oh, je suis désolée !

Elle était désolée ? Simon se redressa, interloqué. Et voilà qu'elle pleurait, à présent ! Bon sang, qu'avait-elle donc ? Daphné ne pleurnichait jamais !

Elle pivota sur ses talons et le considéra d'un air navré. Simon se serait peut-être inquiété s'il avait eu l'ombre d'un commencement d'explication à son comportement, mais comme il n'en avait pas la moindre idée, il se dit que cela ne devait pas être bien grave.

— Daphné, demanda-t-il aussi doucement qu'il le pouvait, que se passe-t-il ?

Elle s'assit en face de lui pour caresser sa joue d'une main tendre.

— Comme j'ai manqué de délicatesse ! murmura-t-elle. J'aurais dû comprendre, et garder le silence.

— Comprendre *quoi* ?

Elle laissa retomber sa main.

— Que vous ne pouvez pas... que vous ne pourriez pas...

— Quoi donc, à la fin ?

Elle baissa les yeux en se tordant les mains.

— S'il vous plaît, ne m'obligez pas à le dire.

— Je suppose, grommela Simon en levant les yeux au plafond, que c'est à cause de ce genre de scène que les hommes fuient le mariage !

Il avait moins parlé pour elle que pour lui-même, mais ses paroles arrachèrent à Daphné un sanglot de désespoir.

— Au nom du Ciel, que vous arrive-t-il ? tonna-t-il.

— Vous ne pouvez pas consommer le mariage, lança-t-elle dans un souffle.

S'il ne perdit pas tous ses moyens en entendant cela, ce fut un pur miracle. Il ne sut jamais non plus par quel prodige de volonté il parvint à articuler :

— Plaît-il ?

Daphné baissa la tête d'un air pitoyable.

— Je serai tout de même une bonne épouse, promit-elle. Personne ne le saura jamais, vous avez ma parole.

Jamais, depuis l'époque où, enfant, il butait sur chaque mot, Simon n'était resté sans voix comme en cet instant.

Daphné le croyait *impuissant* ?

— Mais... mais... mais... !

Recommençait-il à bégayer, ou était-ce simplement le choc ? À la réflexion, il opta pour la seconde solution. Son esprit semblait incapable de se fixer sur un autre mot.

— Je sais que les hommes sont très susceptibles à ce sujet, poursuivit Daphné.

— Surtout lorsque c'est faux ! explosa-t-il.

Elle redressa vivement la tête.

— Ce n'est pas le cas ?

Simon la considéra avec une soudaine méfiance.

— Serait-ce votre frère qui vous a raconté cela ?

— Oh, non ! répondit-elle en détournant les yeux. C'est maman.

— Pardon ? gémit Simon.

Assurément, jamais aucun homme n'avait tant souffert le jour de ses noces.

— Madame votre mère vous a expliqué que j'étais impuissant ? questionna-t-il, incrédule.

— Ah, c'est ainsi que cela s'appelle ? demanda-t-elle sans cacher sa curiosité.

Puis, comme il fronçait les sourcils :

— Non, elle ne l'a pas dit comme cela, s'empressa-t-elle de préciser.

— Que vous a-t-elle dit exactement ?

— En vérité, pas grand-chose, avoua Daphné. C'était assez contrariant, d'ailleurs, mais elle m'a expliqué que l'acte conjugal...

— C'est le terme qu'elle a employé ?

— N'est-ce pas ce que tout le monde dit ?

Il balaya sa question d'un revers de main.

— Passons. Poursuivez !

— Elle m'a dit que l'... le... enfin, quelle que soit la façon dont *vous* l'appelez...

Simon ne put s'empêcher d'admirer le sarcasme, étant donné la situation.

— ... a quelque chose à voir avec le fait d'avoir des enfants, et que...

Simon crut s'étrangler.

— *Quelque chose à voir ?* répéta-t-il.

— Eh bien, oui.

Elle fronça les sourcils.

— Elle ne m'a pas donné d'informations très précises.

— C'est le moins qu'on puisse dire.

— Elle a fait de son mieux, souligna Daphné, qui songea qu'elle devait prendre la défense de sa mère. Elle semblait très embarrassée.

— On pourrait penser, marmonna Simon, qu'une femme qui a eu huit enfants n'en est plus à ce genre de considération.

— Il faut croire que non, soupira la jeune femme en secouant la tête. Ensuite, lorsque je lui ai demandé si elle avait pratiqué le... la...

Elle le regarda, exaspérée.

— Je ne vois vraiment pas comment désigner cela autrement que par le mot *acte.*

— Peu importe, continuez, dit-il d'une voix qui semblait curieusement tendue.

Daphné s'en alarma.

— Allez-vous bien ?

— On ne peut mieux ! coassa-t-il.

— On ne dirait pas.

D'un geste de la main, il lui fit signe de poursuivre. Pour un peu, elle aurait pu croire qu'il n'arrivait plus à parler.

— Je lui ai donc demandé, reprit-elle, si elle avait pratiqué cet acte à huit reprises, et elle a paru encore plus gênée, et...

— Vous lui avez posé cette question ? s'écria Simon, incapable de garder le silence.

— Ma foi, oui.

Elle plissa les yeux d'un air méfiant.

— Riez-vous ?

— Pas du tout.

Ses lèvres s'étirèrent en une moue contrariée.

— On dirait que si.
Simon secoua vigoureusement la tête.
— Bref, enchaîna-t-elle, il m'a semblé que ma question était logique puisqu'elle a eu huit enfants, mais elle m'a répondu que...
Il leva une main en faisant « non » de la tête, et cette fois-ci, elle eut l'impression qu'il ne savait s'il devait rire ou pleurer.
— N'en dites pas plus. Par pitié, n'en dites pas plus !
— Bon.
Indécise, Daphné croisa docilement les mains sur ses genoux et se tut.
Après un long moment, Simon prit une inspiration profonde, quoiqu'un peu saccadée :
— Je sais déjà que je vais regretter de vous avoir posé la question, mais qu'est-ce qui a bien pu vous faire croire que j'étais...
Il fut secoué d'un frisson.
— ... privé de mes moyens ?
— Ne m'avez-vous pas dit que vous ne pouviez pas avoir d'enfants ?
— Daphné, il existe toutes sortes de raisons pour lesquelles un couple n'en a pas.
Elle eut bien du mal à cesser de grincer des dents.
— Oh, que je déteste avoir l'air aussi stupide ! gémit-elle.
Simon se pencha vers elle et pressa ses mains.
— Daphné, reprit-il très doucement tout en lui massant les doigts, avez-vous une petite idée de ce qui se passe entre un homme et une femme ?
— Pas la moindre, avoua-t-elle en toute franchise. Vous pourriez croire que je suis mieux informée que cela, avec trois frères aînés, et j'avais espéré apprendre de quoi il retournait hier soir, quand ma mère...
— Pas un mot de plus ! l'interrompit-il d'une voix curieusement étranglée. Ne dites rien, je ne le supporterais pas.
— Tout de même...
Il plongea son visage entre ses mains, et l'espace d'un instant, Daphné crut qu'il était en larmes. Puis, alors qu'elle

s'adressait d'amers reproches pour faire pleurer son mari au soir de leur nuit de noces, elle vit que ses épaules étaient secouées par un fou rire.

Le démon !

— Vous moqueriez-vous de moi ? se fâcha-t-elle.

Sans lever les yeux, il fit non de la tête.

— Dans ce cas, pourquoi riez-vous ?

— Oh, Daphné ! s'écria-t-il. Vous avez tant à apprendre !

— Cela, je ne l'ai jamais contesté, grommela-t-elle.

Si l'on ne déployait pas tant d'énergie à laisser les jeunes femmes dans l'ignorance totale des réalités de la vie, de telles scènes auraient pu être évitées !

Simon se pencha vers elle, les coudes sur les genoux. Une lueur étrange venait de s'allumer au fond de ses yeux.

— Je serai votre professeur, murmura-t-il.

Un curieux picotement courut sur la peau de la jeune femme.

Sans la quitter un instant du regard, il captura sa main pour la porter à ses lèvres.

— Je vous donne ma parole, ajouta-t-il tout en laissant la pointe de sa langue courir le long de son majeur, que je suis tout à fait capable de vous satisfaire.

L'air manqua soudain à Daphné. Pourquoi régnait-il une telle chaleur dans la chambre, tout d'un coup ?

— Je... je crains de ne pas saisir, balbutia-t-elle.

Il la prit dans ses bras.

— Vous allez très vite comprendre, promit-il.

# 15

*Londres semble terriblement morne cette semaine, à présent que le duc préféré du beau monde et que la duchesse préférée de ce duc sont partis pour la campagne. Votre dévouée chroniqueuse pourrait vous parler de M. Nigel Berbrooke, que l'on a vu inviter à danser miss Pénélope Featherington, ou encore de cette même demoiselle qui, malgré les ferventes incitations de sa mère et après avoir finalement donné son accord, n'a pas paru enchantée par l'expérience...*

*Mais franchement, qui se soucie de M. Berbrooke et de miss Featherington ? Ne nous voilons pas la face : ce sont le duc et la duchesse qui excitent notre curiosité !*

*La Chronique mondaine de lady Whistledown*, 28 mai 1813

Tout était de nouveau comme dans les jardins de lady Trowbridge, songea confusément Daphné... à la différence que, cette fois, ils ne seraient pas interrompus. Il n'y avait plus de frère aîné fou de rage, ni de crainte d'être surpris, mais seulement un homme, une femme, et la promesse de la passion.

Simon s'empara de ses lèvres avec une tendre ferveur. À chacun de ses baisers, à chacune de ses caresses, une fièvre inconnue s'élevait en elle, ponctuée de petits spasmes de plaisir qui se faisaient de plus en plus intenses, de plus en plus fréquents.

— Vous ai-je dit, chuchota-t-il à son oreille, combien j'étais fou de la commissure de vos lèvres ?

— N... non, bégaya Daphné, stupéfaite qu'il se fût donné la peine d'examiner un tel détail.

— Je l'aime à la folie.

Joignant le geste à la parole, il planta ses dents dans sa lèvre inférieure avant de souligner de la pointe de la langue la courbure de sa bouche, jusqu'à son extrémité.

Délicieusement agacée, Daphné esquissa un sourire.

— Arrêtez ! protesta-t-elle, un peu gênée.

— Jamais, rétorqua-t-il d'un ton de fervente promesse.

Il s'écarta légèrement pour cueillir son visage entre ses paumes.

— Vous avez le plus adorable sourire que j'aie jamais vu.

La première réaction de Daphné fut de s'écrier « Ne dites pas n'importe quoi ! », mais elle se ravisa. À quoi bon gâcher un si joli moment ? Aussi se contenta-t-elle d'un :

— Vraiment ?

— Oui.

Il déposa un baiser sur son nez.

— Lorsque vous souriez, il occupe la moitié de votre visage.

— C'est affreux !

— C'est charmant.

— C'est horrible.

— C'est excitant...

Elle fit la moue, mais ne put réprimer une envie de rire.

— Apparemment, vous n'avez aucune notion des critères de beauté féminine.

Il arqua un sourcil, amusé.

— En ce qui vous concerne, les seuls qui comptent à partir d'aujourd'hui sont les miens.

Elle en resta muette de stupeur quelques instants, puis elle appuya son front contre sa poitrine dans un joyeux éclat de rire.

— Oh, Simon ! fit-elle entre deux hoquets. Vous aviez l'air si possessif en disant cela ! Si merveilleusement, si totalement, si ridiculement possessif !

— Pardon ? feignit-il de s'offusquer. Vous me trouvez ridicule ?

Elle se mordit les lèvres pour rester impassible, sans grand succès.

— C'est presque aussi désagréable que d'être pris pour un impotent, grommela-t-il.

Aussitôt, Daphné retrouva son sérieux.

— Simon, vous savez que mon intention n'était pas de...

Elle hésita puis, renonçant à s'expliquer, déclara simplement :

— Je suis désolée.

— Ne le soyez pas, protesta-t-il. Je vais peut-être devoir étrangler votre mère, mais vous n'avez rien à vous reprocher.

Un petit rire nerveux échappa à Daphné.

— Maman a fait de son mieux, et si je n'avais pas été induite en erreur en vous entendant dire que...

— Ah ! Parce que c'est de ma faute, maintenant ?

Il avait parlé d'un ton indigné, mais son visage avait pris une expression canaille. Il se rapprocha d'elle en se penchant, au point qu'elle dut incliner le dos vers l'arrière.

— Je suppose, reprit-il, que je vais devoir redoubler d'efforts pour me montrer à la hauteur de la situation ?

Il passa une main dans ses reins pour la faire basculer sur le lit. Daphné chercha son regard... et crut que son cœur allait s'arrêter de battre. Ses yeux étaient d'un bleu intense, chargé d'électricité comme un ciel avant l'orage. Et comme le monde paraissait différent, lorsqu'on était ainsi étendue ! Il était plus sombre, plus menaçant... et d'autant plus excitant que l'homme penché au-dessus d'elle, emplissant tout son champ de vision, s'appelait Simon.

Il se baissa lentement vers elle, et soudain, plus rien d'autre que lui n'exista.

Cette fois, son baiser ne fut pas léger. Simon ne la taquina pas : il la dévora. Il ne jouait plus. Il prenait.

Il glissa les mains sous ses fesses pour la plaquer contre son ventre.

— Ce soir... chuchota-t-il à son oreille d'une voix rauque. Ce soir, je vous ferai mienne.

Le souffle de la jeune femme s'accéléra, jusqu'à devenir assourdissant. Simon était si proche d'elle, son corps recouvrait si intimement le sien qu'elle en avait le vertige ! Mille fois, depuis ce fameux matin à Regent's Park où il lui avait promis de l'épouser, elle avait imaginé cet instant, mais jamais il ne lui était venu à l'idée que le simple poids de son corps sur le sien éveillerait en elle des sensations aussi extraordinaires. Il était grand, dur comme le roc, délicieusement musclé. Même si elle l'avait voulu, elle n'aurait eu aucun moyen de se soustraire à ses assauts.

Comme c'était étrange d'éprouver une telle joie à être vulnérable ! Il pouvait faire d'elle ce qu'il désirait, et elle n'avait d'autre envie que de le laisser agir selon son bon plaisir...

Toutefois, quand il fut parcouru d'un long frisson et que, tentant de prononcer son prénom, il ne parvint qu'à bégayer « D-Daph... », elle comprit qu'elle aussi exerçait un certain pouvoir sur lui. Il la voulait tant qu'il en perdait la parole !

Elle était encore toute à la joie de cette découverte lorsqu'elle s'aperçut que son corps savait parfaitement ce qu'il convenait de faire. Ses hanches se soulevèrent pour venir à la rencontre de Simon et, tandis que celui-ci relevait ses jupes, ses jambes s'enroulèrent autour des siennes afin de l'attirer vers elle, au plus près de sa féminité.

— Daphné ! s'écria-t-il en se soulevant sur les coudes. Je voudrais... Je ne peux...

Elle tenta de le ramener vers elle. Que l'air lui semblait froid, là où il s'était appuyé sur elle !

— J'ai le plus grand mal à refréner mon impatience, avoua-t-il.

— Peu importe !

— Pas à moi, répondit-il, les yeux brillants de désir. Nous brûlons les étapes.

Daphné leva les yeux vers lui. Il s'était assis et la parcourait du regard tout en effleurant sa cuisse d'une main très tendre.

— En premier lieu, murmura-t-il, nous devons nous occuper de tous ces vêtements en trop.

Dans un hoquet de surprise, elle le vit se redresser, puis la prendre par les mains pour la relever à son tour. Ses jambes la soutenaient à peine, la tête lui tournait, mais il la maintint en équilibre, froissant ses jupes autour de ses hanches.

— Je ne peux pas vous déshabiller si vous êtes étendue, chuchota-t-il à son oreille.

Puis, tout en massant doucement les rondeurs de ses fesses :

— La question est de savoir si je tire vers le haut ou vers le bas.

Daphné pria en secret pour qu'il n'attende pas une réponse qu'elle aurait été bien incapable de formuler.

— Ou bien, poursuivit-il en glissant sa main dans son corsage bordé de rubans, les deux à la fois ?

Avant qu'elle ait eu le temps de comprendre ce qui se passait, il fit coulisser sa robe, la dénudant jusqu'à la taille, à l'exception de son fin caraco de soie.

— En voilà, une surprise ! commenta-t-il.

Il posa une main en coupe sous l'un de ses seins à travers l'étoffe délicate.

— Une surprise bien agréable, certes... La soie n'est jamais aussi douce que la peau, mais elle possède certains avantages.

La respiration coupée, Daphné le regarda passer le pan de tissu d'un côté, puis de l'autre, sur la pointe de son sein, qui se dressa aussitôt sous cette tendre friction.

— Si je m'étais doutée... murmura-t-elle d'une voix mouillée de désir.

— De quoi ? s'enquit-il en appliquant le même traitement à l'autre sein.

— Que vous étiez aussi immoral.

Il lui adressa un sourire étincelant de malice. Puis, approchant ses lèvres de son oreille :

— Vous étiez la sœur de mon meilleur ami, murmura-t-il. Absolument interdite. Qu'étais-je supposé faire ?

Un frisson de volupté parcourut la jeune femme. Le souffle de Simon n'avait effleuré que son oreille, mais son corps tout entier fut envahi d'un délicieux picotement.

— Rien ! enchaîna-t-il en faisant glisser une bretelle du caraco sur son épaule. Rien, sauf imaginer.

— Vous pensiez à moi ? demanda Daphné, curieuse. Vous pensiez à... ceci ?

Sur sa hanche, sa large main se crispa.

— Chaque nuit. Tous les soirs avant de m'endormir, jusqu'à ce que la peau me brûle et que mon corps me supplie d'assouvir mon désir...

Daphné trembla sur ses jambes, mais il la tenait fermement.

— Et lorsque je sombrais dans le sommeil...

Il fit courir ses lèvres dans son cou, la caressant de son souffle aussi brûlant qu'un baiser.

— ... il n'y avait plus aucune limite à mes audaces.

Elle laissa échapper une plainte incohérente, vibrante de volupté.

La seconde bretelle tomba à son tour, à l'instant même où Simon posait les lèvres à la naissance de sa gorge.

— Ce soir, chuchota-t-il en dénudant lentement les rondeurs de son buste, mes rêves se réalisent.

Daphné émit un hoquet de surprise... qui s'étrangla dans sa gorge quand il referma sa bouche sur son sein à la pointe durcie.

— Voilà exactement ce que je m'apprêtais à faire dans les jardins de lady Trowbridge. L'aviez-vous compris ?

Elle secoua vivement la tête en l'agrippant par les épaules pour ne pas chanceler. Elle était prise de vertige, au point qu'elle parvenait tout juste à regarder devant elle. Des spasmes de pure félicité la traversaient, lui faisant perdre son équilibre, ses esprits.

— Non, bien sûr, répondit-il à sa place. Vous êtes si innocente !

D'une main habile, Simon ôta à Daphné ce qui restait de ses vêtements, jusqu'à ce qu'elle soit nue entre ses bras. Puis, avec une infinie douceur car son intuition lui disait que son envie de lui n'avait d'égale que sa nervosité, il l'étendit sur le lit.

À son tour, il se déshabilla, mais ses gestes s'étaient faits impatients. Sa peau était en feu ; son corps tout entier n'était plus qu'un brasier. Cependant, pas un instant il ne la quitta des yeux. Ainsi allongée sur le lit, elle était la vision la plus excitante, la plus éblouissante qu'il eût jamais contemplée. Sa peau luisait d'un éclat laiteux dans la lueur des bougies, et ses cheveux, à présent dénoués, cascadaient librement autour de son visage.

Les doigts de Simon, qui avaient fait preuve de tant de délicatesse pour la dénuder, lui semblait affreusement maladroits maintenant qu'ils s'acharnaient sur les boutons et les attaches de ses propres vêtements.

Alors qu'il s'apprêtait à enlever son pantalon, il vit qu'elle se glissait sous les draps.

— Non ! s'écria-t-il d'une voix qu'il reconnut à peine.

Puis, croisant son regard :

— Je vais vous réchauffer, ajouta-t-il.

Il se débarrassa rapidement du reste de ses vêtements, et avant qu'elle ait eu le temps de répondre, il monta sur le lit pour s'étendre sur elle. Il entendit son petit cri de surprise à son contact, tandis qu'elle se contractait légèrement.

— Chut ! murmura-t-il.

Il passa une main derrière sa nuque pour soutenir sa tête pendant que, de l'autre, il caressait sa cuisse d'un geste circulaire.

— N'ayez crainte.

— J'ai toute confiance en vous, répliqua-t-elle d'une voix tremblante. Seulement…

Sa paume remonta lentement vers les hanches de sa compagne.

— Seulement ?

— J'aimerais ne pas être aussi ignorante.

Un rire grave monta de sa poitrine.

— Arrêtez ! se fâcha-t-elle, avant de lui donner une tape sur l'épaule.

— Je ne me moque pas de vous.

— Vous riez de moi, protesta-t-elle. Et ne venez pas me raconter que vous riez *avec* moi, cela ne prendra pas.

— Je riais, concéda-t-il en se haussant sur les coudes pour qu'elle puisse voir son visage, en songeant combien je suis *ravi* de votre ignorance.

Il se pencha jusqu'à ce que ses lèvres effleurent les siennes en une caresse plus légère qu'une plume.

— Je suis fier d'être le seul homme à pouvoir vous toucher ainsi.

Une telle innocence brilla dans son regard qu'il faillit en perdre ses moyens.

— Vraiment ? s'enquit-elle dans un souffle.

— Vraiment, acquiesça-t-il, surpris par le timbre brutal de sa voix. Bien qu'il ne s'agisse pas uniquement de fierté.

Elle ne répondit pas, mais une délicieuse curiosité éclaira son regard.

— Je crois que je n'hésiterai pas à tuer le prochain qui se permettra ne serait-ce que de vous regarder d'un peu trop près.

À sa grande surprise, elle éclata de rire.

— Oh, Simon ! C'est absolument *merveilleux* d'être l'objet d'une jalousie aussi irrationnelle. Merci.

— Vous me remercierez plus tard, grommela-t-il.

— Peut-être me serez-vous reconnaissant, vous aussi, murmura-t-elle, ses yeux sombres soudain provocants.

Simon sentit ses cuisses s'écarter sous lui tandis qu'il plaquait son membre rigide contre son ventre.

— Je le suis déjà, dit-il en posant ses lèvres au creux de son épaule. Croyez-moi, je le suis déjà.

Jamais Simon ne s'était autant félicité de sa maîtrise de soi, si durement acquise. Tout son corps vibrait d'impatience de plonger en elle pour la posséder enfin, mais il savait que cette nuit, leur nuit de noces, serait pour Daphné et non pour lui-même.

C'était sa première fois. Il était son unique amant – oui, le seul ! songea-t-il avec une sauvagerie inhabituelle – et il avait le devoir de faire en sorte qu'elle ne retire de cette nuit que les plaisirs les plus exquis.

Il savait qu'elle le désirait. Son souffle saccadé, ses yeux étincelants le lui criaient. C'était tout juste s'il avait la force de contempler son visage, car chaque fois qu'il voyait ses lèvres, entrouvertes sur un halètement de volupté, une irrésistible envie de la prendre sur-le-champ montait en lui.

Alors il l'embrassa. Sur toute la surface de son corps, sans prêter attention aux battements furieux de son cœur chaque fois qu'il l'entendait soupirer ou gémir de plaisir. Enfin, lorsqu'elle s'arc-bouta sous lui, ivre de volupté, il glissa une main entre ses cuisses pour la caresser.

Dans un grognement de triomphe, il murmura son prénom. Daphné ! Elle était prête à le recevoir, brûlante et moite, comme dans ses rêves les plus débridés. Toutefois, afin de lever le dernier doute – ou peut-être parce qu'il ne put résister à l'impulsion perverse de se torturer – il introduisit un doigt en elle pour explorer les secrets de sa féminité.

— Simon ! s'écria-t-elle en se tordant de plaisir.

Déjà, un spasme se formait en elle. La jouissance n'était plus loin. Il retira son doigt, malgré ses protestations.

Puis, poussant sur ses cuisses pour les écarter, il souleva les hanches pour se placer à l'orée de sa féminité. Un gémissement d'effort lui échappa.

— Cela p-peut vous faire un peu mal, prévint-il d'une voix rauque, mais je vous p-promets de...

— Allez-y ! supplia-t-elle, tournant fiévreusement la tête de gauche et de droite.

Il ne se fit pas prier. D'un puissant coup de reins, il plongea en elle. Il sentit son hymen qui cédait, mais elle n'eut aucun mouvement de recul.

— Est-ce que ça va ? demanda-t-il d'une voix tendue, s'interdisant au prix d'un effort surhumain de bouger en elle.

Elle hocha la tête dans un soupir saccadé.

— C'est une drôle de sensation, admit-elle.

— Mais pas douloureuse ?

Elle secoua la tête, un léger sourire aux lèvres.

— Non, mais avant... lorsque vous... avec votre main...

Malgré la pénombre qui les enveloppait, il distingua la rougeur d'embarras qui envahissait ses joues.

— Est-ce *cela* que vous voulez ? proposa-t-il en se retirant à moitié.

— Non ! cria-t-elle aussitôt.

— Alors peut-être *ceci* ?

Il plongea de nouveau en elle.

— Oui ! dit-elle dans un hoquet. Non ! Les deux !

Il commença alors à aller et venir en elle, à un rythme délibérément lent et régulier, lui arrachant chaque fois un soupir de félicité qui ne faisait qu'aviver sa propre excitation.

Bientôt, ses soupirs devinrent des halètements, ses halètements des gémissements... Le plaisir était presque là. Il accéléra ses va-et-vient, les dents serrées par l'effort pour garder le contrôle sur lui-même tandis qu'elle basculait dans l'extase.

Elle l'appela, d'abord dans un souffle, puis dans un cri, et tout son corps se tendit. Elle lui agrippa les épaules en soulevant ses hanches vers lui avec une force inattendue, puis, dans un dernier et puissant spasme, elle retomba sur le matelas, inconsciente de tout ce qui n'était pas sa propre jouissance.

Simon s'autorisa encore une fois à plonger profondément en elle pour savourer la tiédeur voluptueuse de sa féminité.

Puis il se retira et roula sur le lit à son côté.

Ce ne fut que la première d'une longue série de nuits de passion. Une fois à Clyvedon, au grand embarras de Daphné, les nouveaux mariés s'enfermèrent dans la chambre de Simon pendant plus d'une semaine – bien entendu, la jeune femme ne fut pas embarrassée au point de vouloir en sortir.

Au terme de cette lune de miel, Simon emmena Daphné faire le tour de Clyvedon – une visite fort nécessaire, car tout ce qu'elle avait vu de la propriété depuis son arrivée était le trajet entre la porte d'entrée et les appartements privés du maître des lieux.

Ce dernier n'était pas venu à Clyvedon depuis des années, aussi un bon nombre des domestiques ne le connaissaient-ils pas. Toutefois, il sembla à Daphné que ceux qui étaient là depuis l'époque de son enfance vouaient à son époux une affection jalouse. Elle s'en amusa quand ils furent seuls dans les jardins, mais à sa surprise, Simon, d'un regard noir, coupa court à son hilarité.

— Je suis resté ici jusqu'à mon départ pour Eton, dit-il pour toute explication.

Il avait parlé d'une voix si monocorde que Daphné en ressentit un malaise immédiat.

— Tu allais tout de même quelquefois à Londres ? Lorsque nous étions enfants...

— Je n'ai vécu qu'à Clyvedon.

Si elle en jugeait à ses inflexions glaciales, il souhaitait - non, il *exigeait* - qu'elle mette un terme à cette conversation. Au mépris de toute prudence, Daphné insista.

— Tu devais être un enfant très choyé, poursuivit-elle d'une voix délibérément légère, ou alors un gamin aussi espiègle qu'adorable, pour inspirer encore aujourd'hui une telle dévotion à ton entourage ?

Il ne répondit pas.

Daphné s'obstina.

— Mon frère - Colin, tu sais ? - était exactement comme toi, un vrai petit diable, mais il était si effrontément charmeur que tous les domestiques l'adoraient. Je me souviens qu'une fois...

Elle se tut, bouche bée. Simon avait tourné les talons et s'éloignait à grands pas.

Il se moquait éperdument des roses, et il n'avait jamais prêté la moindre attention aux violettes. Pourtant, accoudé à la barrière de bois, Simon observait les célèbres parterres fleuris de Clyvedon comme s'il envisageait sérieusement une reconversion dans l'horticulture.

Tout cela parce qu'il ne parvenait pas à supporter les interrogations de Daphné sur son enfance.

La vérité, c'est qu'il haïssait ces souvenirs. Il les avait en horreur. Le simple fait de séjourner ici lui était insupportable. S'il avait amené Daphné dans cette propriété où il avait grandi, ce n'était que par commodité. Parmi toutes ses résidences, celle-ci était la seule qui soit située à moins de deux jours de Londres, et prête à être occupée immédiatement.

Avec les images du passé revenaient les émotions, et Simon ne voulait pas revivre ce qu'il avait enduré, petit garçon. Il refusait de songer aux innombrables lettres qu'il avait vainement envoyées à son père. Il détestait se remémorer les sourires pleins de bonté des domestiques – qui s'accompagnaient toujours de regards navrés. Bien sûr, ces gens l'avaient aimé, mais ils étaient surtout désolés pour lui.

Le fait qu'ils aient méprisé son père à cause de ce qu'il lui faisait subir n'avait en rien allégé sa souffrance. Cela n'avait jamais chassé l'embarras.

Ni la honte.

Car il voulait qu'on l'admire, non qu'on le prenne en pitié. Il avait dû attendre le jour où, s'armant de courage, il s'était rendu à Eton sans y être annoncé, pour découvrir l'ivresse du succès.

Et voilà le résultat ! Il avait beau être allé au bout du monde, il se trouvait de nouveau ici, aussi malheureux qu'autrefois.

Rien de tout cela n'était de la faute de Daphné, bien entendu. Il savait qu'elle n'avait aucune intention en tête en l'interrogeant sur son enfance. Comment l'aurait-elle pu ? Elle ignorait tout de ses difficultés à parler ; il avait déployé assez d'efforts pour les lui cacher !

Quoique... Il laissa échapper un soupir. À la réflexion, il n'avait guère eu à se donner de mal pour dissimuler la vérité à Daphné. Elle avait toujours su le mettre à l'aise. Ces derniers temps, il avait très peu bégayé, et seulement lorsqu'il était anxieux ou en colère.

Or, l'atmosphère que Daphné créait autour d'elle ne provoquait certainement pas l'anxiété ou la colère !

Courbé sous le poids de la culpabilité, il s'appuya un peu plus lourdement sur la barrière. Il s'était montré odieux avec Daphné. Hélas ! Ce ne serait sans doute pas la dernière fois...

— Simon ?

Il avait perçu sa présence avant qu'elle ait parlé. Elle s'était approchée dans son dos sans bruit, foulant l'herbe de ses bottines, mais il savait qu'elle était là. Son doux parfum parvenait jusqu'à lui, porté par les bourrasques qui chantaient dans ses cheveux.

— Ces roses sont superbes, dit-elle.

Il l'avait compris, c'était là sa façon d'apprivoiser son humeur irritable. Il la soupçonnait également de brûler d'envie de l'interroger. Cependant, malgré sa jeunesse, elle possédait une grande maturité. Elle ne dirait rien de plus... du moins pour la journée.

— On m'a raconté que c'est ma mère qui les a plantées, répondit-il.

Il avait parlé d'un ton plus hargneux qu'il ne l'aurait voulu, mais il espéra qu'elle saurait interpréter ses paroles comme ce qu'elles étaient : une offre de paix. Comme elle gardait le silence, il précisa :

— Elle est morte à ma naissance.

— Je l'avais entendu dire. Je suis désolée.

Il haussa les épaules d'un geste fataliste.

— Je ne l'ai pas connue.

— Cela ne signifie pas pour autant que ce ne soit pas une perte pour toi.

Simon songea à l'enfant qu'il avait été. Il n'avait aucun moyen de savoir si sa mère aurait fait preuve de plus de compréhension que son père envers ses difficultés, mais cela n'aurait sans doute pas pu être pire.

— Oui, admit-il dans un souffle. Je suppose que c'est le cas.

Un peu plus tard dans la journée, tandis que Simon était retenu par la gestion de ses affaires, Daphné décida que le moment était venu de faire la connaissance de

Mme Colson, la gouvernante. Bien que Simon et elle n'aient pas encore choisi leur résidence principale, elle ne pouvait imaginer qu'ils ne passeraient pas un peu de temps ici, à Clyvedon, la demeure ancestrale de Simon. Et s'il y avait une leçon que sa mère lui avait inculquée, c'était qu'une dame devait *impérativement* entretenir de bonnes relations avec sa gouvernante.

En vérité, Daphné ne nourrissait aucune inquiétude au sujet de ses rapports avec Mme Colson. Elle l'avait brièvement rencontrée lorsque Simon lui avait présenté le personnel, et celle-ci s'était tout de suite révélée une personne amicale et prompte à la discussion.

Peu avant l'heure du thé, elle gagna le bureau de Mme Colson, une toute petite pièce située juste à côté des cuisines. Assise devant son secrétaire, la gouvernante, une assez belle femme d'une cinquantaine d'années, était occupée à établir les menus de la semaine.

Daphné frappa à la porte ouverte.

— Madame Colson ?

Celle-ci leva les yeux et bondit sur ses pieds.

— Madame, dit-elle en esquissant une rapide révérence. Il fallait me faire appeler.

Daphné lui adressa un sourire un peu gêné. Elle ne s'était pas encore habituée à son nouveau statut de maîtresse de maison.

— Si vous avez un moment, madame Colson, j'aimerais discuter un peu avec vous. Vous vivez ici depuis de nombreuses années.

La gouvernante lui adressa un sourire.

— Certainement. Y a-t-il un sujet particulier sur lequel madame souhaite m'interroger ?

— Non, pas vraiment, mais j'ai beaucoup à apprendre si je veux m'occuper correctement de Clyvedon. Pourrions-nous prendre le thé dans le salon jaune ? J'aime beaucoup cette petite pièce. Elle est si claire et chaleureuse à la fois ! J'ai d'ailleurs dans l'idée d'y établir mon boudoir.

Mme Colson lui jeta un regard intrigué.

— La dernière duchesse de Hastings en avait fait de même, madame.

— Oh ! s'exclama Daphné, ne sachant comment interpréter cette réflexion.

— Les années ont passé, mais j'ai continué de prendre un soin particulier de cet endroit, poursuivit la gouvernante. Étant orienté au sud, le salon est très ensoleillé. Je l'ai fait entièrement retapisser voici trois ans.

Elle redressa le menton avec fierté.

— J'ai dû aller jusqu'à Londres pour trouver le même tissu.

— Je vois, répondit Daphné en quittant le bureau. L'ancien duc devait aimer profondément son épouse, pour avoir donné l'ordre que rien ne soit négligé afin de conserver en l'état sa pièce préférée.

Mme Colson détourna les yeux.

— C'est moi qui ai pris cette décision, dit-elle d'une voix sans émotion. Mon employeur avait pour habitude de m'allouer un certain budget pour l'entretien de la propriété. Il m'a semblé que c'était mon devoir d'en consacrer une partie au petit salon jaune.

Daphné attendit que la gouvernante appelle une bonne et lui donne ses instructions pour le thé.

— C'est une très jolie pièce, déclara-t-elle lorsqu'elles eurent quitté la cuisine. Bien que l'actuel duc n'ait pas connu sa mère, je suis sûre qu'il sera très touché que vous ayez jugé utile de vous occuper de sa pièce favorite.

— C'était la moindre des choses, madame, répliqua Mme Colson tandis qu'elles traversaient le hall. Après tout, je n'ai pas toujours travaillé pour les Basset.

— Ah ? demanda Daphné, curieuse.

En général, les domestiques les plus élevés dans la hiérarchie restaient fidèles à une seule famille.

— J'étais la femme de chambre de madame la duchesse.

Mme Colson fit halte devant l'entrée du salon jaune afin de céder le passage à Daphné.

— Et avant cela, j'étais sa compagne de jeux. Ma mère était sa nurse. La famille de madame a eu la bonté de m'autoriser à partager ses leçons.

— Vous deviez être très proches, murmura Daphné.

La gouvernante hocha la tête.

— Après son décès, j'ai occupé un certain nombre de fonctions ici, à Clyvedon, jusqu'à ce que je sois nommée gouvernante.

— Je comprends.

Daphné lui sourit, puis s'assit dans le canapé.

— Je vous en prie, dit-elle en désignant un fauteuil disposé en face.

Mme Colson, sans doute surprise par tant de familiarité, hésita avant de s'asseoir.

— Sa mort m'a brisé le cœur, avoua-t-elle avant de lancer un regard inquiet à Daphné. J'espère que ma franchise ne heurte pas madame ?

— Pas du tout ! s'empressa de répondre Daphné, avide d'en savoir plus au sujet de l'enfance de Simon.

Le peu qu'il lui avait dit sur ses premières années n'avait fait qu'exciter sa curiosité.

— S'il vous plaît, parlez-moi d'elle. J'aimerais savoir qui elle était.

Les yeux de la gouvernante s'embuèrent.

— Elle était la meilleure, la plus généreuse âme qui soit au monde. Elle et monsieur le duc... eh bien, ce n'était pas un mariage d'amour, mais ils s'entendaient assez bien. À leur façon, ils étaient amis.

Elle croisa le regard de Daphné.

— Ils étaient très conscients des devoirs liés à leur titre. Ils prenaient leurs responsabilités au sérieux.

Daphné approuva d'un hochement de tête.

— Madame était absolument résolue à lui donner un fils. Elle a continué d'essayer, sans écouter les médecins qui le lui avaient interdit. Chaque mois, lorsque son cycle revenait, elle pleurait dans mes bras.

Daphné fit de nouveau signe qu'elle comprenait, dans l'espoir de cacher sa nervosité. Ce n'était guère facile d'écouter l'histoire d'une femme qui ne pouvait pas avoir d'enfants, mais elle allait devoir s'y habituer. Ce serait encore plus difficile quand elle devrait répondre à des questions sur le sujet !

Car on ne manquerait pas de lui en poser. D'abord avec tact, puis avec compassion, et peut-être enfin avec une pitié non dissimulée...

Par chance, Mme Colson n'avait pas remarqué la tension qui s'était emparée d'elle. D'une voix émue, elle poursuivit son récit.

— Madame se désolait toujours de ne pas être à la hauteur de ses devoirs de duchesse et de ne pouvoir donner de fils à son époux. Cela me brisait le cœur. Tous les mois, je souffrais avec elle.

Daphné se demanda si son cœur aussi se briserait tous les mois. Peut-être pas. Au moins, elle savait déjà qu'elle ne pourrait avoir d'enfants. La mère de Simon, elle, avait vu à chaque fois ses espoirs anéantis.

— Et bien sûr, enchaîna la gouvernante, tout le monde en parlait comme si *elle* était la seule responsable. Vraiment, comment pouvaient-ils le savoir ? Ce n'est pas toujours la femme qui est stérile. Parfois, c'est l'homme.

Daphné garda le silence.

— Je ne sais combien de fois je le lui ai répété, mais elle se sentait tout de même coupable. Je lui ai dit...

Elle rougit.

— Puis-je parler crûment devant madame ?

— Je vous en prie.

— Eh bien, je lui ai dit ce que ma mère m'avait expliqué. Un ventre ne s'arrondit pas s'il n'est pas ensemencé par de solides graines.

Ne sachant que répondre, Daphné se forgea un masque impassible et hocha imperceptiblement la tête.

— Et finalement, elle a eu notre petit Simon.

Mme Colson laissa échapper un soupir attendri, puis elle leva vers Daphné un regard inquiet.

— Que madame veuille bien m'excuser, ajouta-t-elle aussitôt. Je ne dois plus l'appeler ainsi, à présent.

— Ne changez pas vos habitudes pour moi ! s'exclama Daphné.

— À mon âge, on a du mal à réformer ses habitudes, renchérit la gouvernante. En outre, j'ai bien peur qu'une part de moi-même ne cesse jamais de voir en lui le pauvre petit bonhomme d'autrefois.

Cherchant le regard de Daphné, elle secoua la tête d'un air navré.

— Il aurait bien mieux supporté tout cela si sa mère avait vécu.

— Tout cela ? répéta Daphné, espérant que la gouvernante n'aurait pas besoin d'encouragements supplémentaires pour se montrer plus loquace.

— Monsieur le duc n'a jamais compris cet enfant, s'emporta la gouvernante. Il se fâchait contre lui, le traitait d'idiot, et...

Daphné sursauta.

— Son père croyait que Simon était idiot ? l'interrompit-elle.

Cela n'avait aucun sens. Simon était l'un des hommes les plus intelligents qu'elle connaissait !

— Le duc n'était pas d'une grande patience, dit Mme Colson dans un petit rire sans joie. Il n'a jamais manifesté la moindre indulgence envers cet enfant.

Fascinée par ces paroles, Daphné se pencha en avant. Qu'avait donc fait le vieux duc à Simon ? Était-ce pour cela que ce dernier se glaçait chaque fois que le nom de son père était prononcé ?

La gouvernante prit un mouchoir pour tamponner ses paupières d'un geste délicat.

— Il fallait voir les efforts que déployait le petit pour accomplir des progrès. Cela me brisait le cœur, vraiment.

De frustration, Daphné enfonça ses ongles dans le canapé. Mme Colson allait-elle en venir au fait ?

— Et pourtant, rien de ce qu'il faisait n'était assez bien aux yeux de son père ! Bien sûr, ce n'est que mon avis, mais...

À cet instant, une bonne entra, apportant le thé. Daphné dut presque retenir un gémissement d'irritation. Il fallut deux bonnes minutes à la jeune fille pour disposer les tasses et les emplir, pendant que Mme Colson s'enquérait des préférences de Daphné pour les biscuits : les préférait-elle nature ou avec un glaçage de sucre ?

La jeune femme s'obligea à replier les mains, de peur d'abîmer la toile du sofa que Mme Colson avait pris tant de soin à faire retapisser. Enfin, la bonne se retira. La gouvernante but une gorgée de thé, avant de demander :

— Où en étais-je ?

— Vous parliez du duc, lui rappela Daphné. Le père de mon époux. Vous m'expliquiez que rien de ce que faisait son fils n'était assez bien pour lui, et qu'à votre avis...

— Je vois que madame m'écoutait avec attention, murmura la gouvernante, flattée.

— Oui. Donc, vous disiez... ? l'invita Daphné.

— Oh, tout simplement que monsieur le duc n'a jamais pardonné à son fils ses imperfections.

— Personne n'est parfait, madame Colson, déclara Daphné avec calme.

— Certes, mais...

L'espace d'un instant, la gouvernante leva les yeux au plafond d'un air de dédain.

— Si madame avait connu l'ancien duc, elle comprendrait. Il avait attendu ce fils si longtemps ! Dans son esprit, Basset était synonyme de « parfait ».

— Et mon époux n'était pas l'héritier qu'il attendait ? s'enquit Daphné, incrédule.

— Ce n'était pas un enfant qu'il voulait, mais une réplique de lui-même en miniature.

Daphné ne put refréner sa curiosité.

— Enfin, qu'a donc fait Simon pour lui déplaire à ce point ?

Daphné vit la gouvernante ouvrir des yeux ronds de surprise, puis poser une main sur son cœur.

— Comment, madame ne sait pas... ? demanda-t-elle dans un souffle. Bien sûr. Elle ne peut pas savoir... !

— Quoi donc ?

— Il ne parlait pas.

Daphné la dévisagea, bouche bée.

— Pardon ?

— L'enfant ne pouvait pas parler. Il n'a pas dit un mot jusqu'à l'âge de quatre ans, et encore, uniquement en bégayant et en bafouillant. Chaque fois qu'il ouvrait la bouche, j'en avais le cœur brisé ! Je voyais bien que c'était un petit garçon très intelligent, mais il n'arrivait pas à prononcer correctement une seule parole.

— Lui qui s'exprime si bien ! protesta Daphné. Jamais je ne l'ai entendu buter sur un mot. Ou si c'est le cas, je... je ne l'ai même pas remarqué. Tenez ! Cela vient juste de m'arriver. Nous hésitons tous, lorsque nous sommes troublés.

— Il a travaillé très dur pour apprendre à parler. Cela lui a pris sept ans, si ma mémoire est bonne. Pendant tout ce temps, il n'a rien fait d'autre que des exercices de diction, en compagnie de sa nurse.

Mme Colson fronça les sourcils, pensive.

— Voyons, comment s'appelait-elle ? Oh oui ! Mme Hopkins. Cette femme était une sainte ! Aussi dévouée à l'enfant que si elle l'avait mis au monde. À l'époque, je secondais la gouvernante, mais elle me laissait souvent les rejoindre pour aider le petit à s'entraîner.

— Était-ce si difficile pour lui ? l'interrogea Daphné dans un murmure.

— Certains jours, j'avais l'impression qu'il souffrait tant qu'il allait exploser de rage, mais il avait de la volonté Une volonté de fer ! Jamais je n'ai vu quelqu'un d'aussi obstiné.

Mme Colson secoua tristement la tête.

— Et son père continuait de le rejeter. Cela...

— ... vous brisait le cœur, acheva Daphné à sa place. J'aurais ressenti la même chose.

Un long et inconfortable silence tomba. La gouvernante prit une gorgée de thé.

— Je remercie infiniment madame de m'avoir fait l'honneur de prendre le thé avec moi, murmura-t-elle, se méprenant sur l'attitude songeuse de Daphné. Madame m'a accordé une faveur tout à fait...

Daphné vit la gouvernante hésiter, cherchant le mot juste.

— Exceptionnelle, reprit celle-ci. C'était extrêmement généreux de la part de madame.

— Merci, répliqua Daphné, pensive.

— Oh, mais je m'aperçois que je n'ai pas répondu aux questions de madame au sujet de Clyvedon ! s'exclama alors la brave femme.

Daphné secoua la tête.

— Une autre fois, dit-elle distraitement.

Pour l'instant, elle avait besoin de réfléchir.

Avec tact, la gouvernante se leva et, après une rapide révérence, quitta le petit salon jaune sur la pointe des pieds.

# 16

*Assurément, la chaleur étouffante qui règne sur Londres cette semaine a ralenti la vie mondaine. Votre dévouée chroniqueuse a vu miss Prudence Featherington s'évanouir au bal Huxley, mais il est impossible de préciser si ce manque temporaire de verticalité est à mettre sur le compte de la canicule, ou de la présence de M. Colin Bridgerton, qui ne passe pas inaperçu depuis son retour.*

*Les températures inhabituellement élevées ont fait une autre victime en la personne de lady Danbury, qui a quitté la ville voici quelques jours, au motif que son chat – une créature à poil long d'aspect assez broussailleux – ne supportait pas ce climat tropical. Il est probable qu'elle s'est retirée dans sa villégiature du Surrey.*

*On peut supposer que le duc et la duchesse de Hastings ne souffrent pas de cette vague de chaleur, sur la côte où souffle en permanence une rafraîchissante brise marine. Cependant, votre dévouée chroniqueuse ne peut affirmer que tout se passe bien pour eux. Contrairement à une croyance solidement établie, elle ne dispose pas d'espions dans toutes les grandes maisons, et certainement pas en dehors de Londres !*

*La Chronique mondaine de lady Whistledown*, juin 1813

Comme c'était étrange ! songea Simon. Daphné et lui n'étaient pas mariés depuis deux semaines, mais ils s'étaient déjà installés dans une confortable routine. En cet instant précis, il se tenait pieds nus dans l'entrée de son dressing, ôtant sa cravate tout en observant sa femme qui se brossait les cheveux.

Exactement comme la veille, et l'avant-veille… Cependant, il en retirait un inexplicable sentiment de bien-être.

Et comme la veille et l'avant-veille, se dit-il en la dévorant du regard, il espérait bien l'entraîner vers le lit pour de tendres ébats.

Achevant de dénouer le savant arrangement du foulard, il jeta celui-ci sur le sol et se dirigea vers sa femme.

Ce soir encore, il obtiendrait ce qu'il voulait.

Il s'arrêta près de Daphné, assise devant sa coiffeuse. Levant les yeux vers lui, elle battit des paupières d'un air confus.

Il caressa sa main, avant de refermer les doigts sur les siens autour du manche de la brosse.

— J'adore te contempler quand tu te coiffes, dit-il, mais ce que je préfère, c'est le faire moi-même.

Elle lui décocha un regard curieusement appuyé. Puis, lentement, elle lâcha la brosse.

— As-tu réglé toute ta comptabilité ? Tu es resté enfermé dans ton bureau avec ton régisseur pendant une éternité !

— Oui. C'était assez fastidieux, mais il le fallait et…

Il fronça les sourcils.

— Que regardes-tu ?

Elle détourna les yeux.

— Rien, répondit-elle d'un ton bizarrement inexpressif.

Il hocha la tête, plus pour lui-même que pour elle, et commença à lui brosser les cheveux. L'espace d'un instant, il lui avait semblé qu'elle observait ses lèvres.

Il réprima un désagréable frisson. Toute son enfance, les gens avaient scruté sa bouche. Ils l'étudiaient avec une fascination horrifiée, puis s'obligeaient à lever les yeux vers les siens, avant de redescendre, comme s'ils refusaient de croire que des lèvres d'apparence aussi normale puissent émettre ces affreux borborygmes.

Il devait s'être trompé. Pourquoi Daphné aurait-elle prêté la moindre attention à sa bouche ?

Il passa doucement la brosse dans sa chevelure, avant de peigner de ses doigts les longues mèches soyeuses.

— As-tu eu une conversation intéressante avec Mme Colson ? demanda-t-il.

Elle tressaillit. Son mouvement avait été léger, presque imperceptible, mais il l'avait remarqué.

— Oui, répondit-elle. Elle sait beaucoup de choses.

— Bien sûr, elle est ici depuis... Enfin, que regardes-tu donc ?

Daphné sursauta sur son siège.

— Le miroir, répliqua-t-elle.

Elle disait vrai, mais Simon ne pouvait chasser un doute. Ses yeux étaient restés fixés sur un point précis de son visage.

— Comme je le disais, s'empressa-t-elle de poursuivre, je pense qu'elle me sera d'une aide inestimable, le temps que je sache diriger Clyvedon. La propriété est immense, et j'ai tout à apprendre.

— N'y consacre pas trop d'énergie. Nous ne séjournerons pas longtemps ici.

— Ah ?

— Je pense que nous résiderons à Londres, la plupart du temps.

Devant son expression surprise, il ajouta :

— Tu seras plus proche des tiens. Il m'a semblé que cela te plairait.

— Oui, bien entendu. C'est vrai qu'ils me manquent. Je ne suis jamais restée aussi longtemps loin d'eux. J'ai toujours su qu'un jour, je partirais fonder ma propre famille et que...

Un silence gêné tomba entre eux.

— Eh bien, ma famille c'est toi, désormais, reprit-elle d'une voix teintée de tristesse.

Simon laissa échapper un soupir, tandis que la brosse ornée d'argent s'immobilisait dans la chevelure lustrée.

— Daphné, ta famille demeurera toujours ta famille. Je ne pourrai jamais prendre sa place.

— Non, admit-elle.

Elle se tourna pour lui faire face.

— Non, murmura-t-elle, les yeux brillants de tendresse, mais tu peux être plus que cela.

Simon comprit alors que ses projets de séduction étaient parfaitement inutiles. Manifestement, c'était *elle* qui avait décidé de le séduire...

Elle se leva, faisant glisser de ses épaules son peignoir de soie. Dessous, elle portait un négligé assorti, qui révélait plus son anatomie qu'il ne la dissimulait.

Simon approcha sa main de son sein. Sa propre peau lui semblait encore plus mate contre l'étoffe vert pâle du vêtement.

— Tu aimes cette couleur, on dirait ? s'enquit-il d'une voix aux inflexions rauques.

Elle lui décocha un sourire lumineux.

— Elle est assortie à mes yeux, le taquina-t-elle. Tu te souviens ?

Sans savoir comment, Simon parvint à répondre à son sourire – un véritable exploit pour un homme sur le point de mourir d'asphyxie ! Parfois, son envie d'elle se faisait si violente que le simple fait de la regarder sans la toucher le mettait au supplice...

Il l'attira à lui. Il le fallait ! S'il ne le faisait pas, il allait devenir fou.

— Serais-tu en train de me dire, murmura-t-il en posant ses lèvres dans sa nuque, que tu l'as commandée à ta couturière rien que pour me séduire ?

— Bien sûr. Qui d'autre...

Sa voix se brisa lorsqu'il fit courir la pointe de sa langue sur le lobe de son oreille.

— Qui d'autre que toi me verra la porter ? reprit-elle dans un souffle.

— Personne, déclara-t-il en descendant ses mains vers ses hanches pour la plaquer contre lui, ne lui laissant rien ignorer de son désir. Absolument personne. Jamais !

Elle parut légèrement surprise par ce soudain accès de possessivité.

— De toute façon, ajouta-t-elle, elle fait partie de mon trousseau.

Simon laissa échapper un grondement.

— J'aime ta lingerie… Elle me rend fou ! Te l'ai-je déjà dit ?

— Pas avec des mots, répliqua-t-elle dans un filet de voix, mais ce n'était pas difficile à comprendre.

— Cela dit, poursuivit-il en l'entraînant vers le lit en même temps qu'il arrachait sa chemise, je te préfère sans.

Il ne sut jamais ce qu'elle voulait lui répondre, car ses paroles se perdirent quand elle bascula avec lui sur le lit.

Simon s'étendit aussitôt sur elle. Il la prit d'abord par les hanches puis, en une lente caresse, remonta le long de son buste. Il marqua une pause à la hauteur de ses épaules pour les presser délicatement.

— Tu es forte, dit-il. Bien plus que les autres femmes…

Elle darda sur lui un regard à peine amusé.

— Je ne veux pas entendre parler des autres femmes.

Malgré lui, Simon sourit. Puis, vif comme l'éclair, il saisit ses mains pour les plaquer sur le matelas au-dessus de sa tête.

— … mais pas autant que moi, précisa-t-il d'une voix aux inflexions paresseuses.

Elle laissa échapper l'un de ces petits soupirs de surprise qui avaient le don de l'exciter. D'un geste rapide, il enserra ses poignets dans l'une de ses mains, gardant l'autre libre de parcourir son corps de savantes caresses.

Et il ne s'en priva pas…

— Si tu n'es pas la femme idéale, gémit-il en faisant glisser le bas de son déshabillé sur ses hanches, alors ce monde est…

— Chut ! l'interrompit-elle d'une voix tremblante. Je ne suis pas parfaite, et tu le sais très bien.

— Ah ?

Un sourire gourmand aux lèvres, il passa une main sous ses fesses.

— On t'aura mal informée, car ceci…

Il palpa doucement ses rondeurs.

— ... est la perfection même.
— Simon !
— Et ceci...
Soulevant le bras, il referma la main autour de son sein, dont il fit rouler la pointe entre ses doigts à travers la soie.
— Ma foi, je n'ai pas besoin de te dire ce que j'en pense.
— Tu perds la raison.
— Tout à fait possible, admit-il, mais j'ai des goûts très sûrs. Quant à toi...
Il se pencha vivement pour mordre ses lèvres.
— ... tu es à croquer.
Daphné ne put réprimer un fou rire.
Aussitôt, il fronça les sourcils.
— Oserais-tu te moquer de moi ?
— En temps normal, oui, rétorqua-t-elle, mais puisque tu me retiens prisonnière...
De sa main libre, Simon entreprit de défaire les attaches de son pantalon.
— Je vois que j'ai épousé une femme pleine de bon sens !
Éperdue d'amour et d'admiration, Daphné l'écouta formuler ses paroles avec une élocution parfaite. À l'entendre aujourd'hui, nul n'aurait deviné qu'il avait bégayé dans son enfance !
Son mari était extraordinaire. Avoir été affligé d'un tel handicap, et l'avoir surmonté par la seule force de la volonté ! Il était l'homme le plus solide, le plus déterminé qu'elle ait jamais connu.
— Je suis si heureuse d'être ta femme, dit-elle, ivre de tendresse. Si fière de te savoir à moi !
Simon se figea, apparemment surpris. Puis, d'une voix qui avait descendu d'une octave, il répondit :
— Moi aussi, je suis fier que tu sois à moi...
Il tira d'un coup sec sur son pantalon.
— ... et je compte bien te montrer à quel point, grommela-t-il. Dès que je me serai débarrassé de ces maudits vêtements.
Daphné refoula un nouvel éclat de rire.

— Peut-être qu'en utilisant tes deux mains... ? suggéra-t-elle.

Il lui décocha un regard qui disait clairement : « Me prendrais-tu pour un sot ? »

— Certes, mais cela m'obligerait à te libérer.

Elle pencha la tête de côté avec coquetterie.

— Et si je te promets de ne pas bouger les bras ?

— Je n'en croirai pas un mot.

Le sourire de Daphné se fit franchement coquin.

— Alors, si je te promets de *bouger* les bras ?

— Voilà qui devient intéressant.

Il bondit du lit avec une grâce féline. Trois secondes plus tard, il s'étendait de nouveau à son côté, nu comme Adam.

— Eh bien, où en étions-nous ?

Daphné sourit.

— Exactement là, il me semble.

— Ah, ah ! feignit-il de se fâcher. Tu ne faisais pas attention. Nous en étions précisément...

Il roula sur elle, la plaquant de tout son poids contre le matelas.

— ... ici.

Cette fois-ci, elle éclata de rire.

— Personne ne t'a jamais dit de ne pas te moquer d'un homme qui tente de te séduire ?

— Oh, Simon ! dit-elle dans un soupir. Je t'aime tant !

Il sursauta.

— Pardon ?

Daphné se contenta de lui caresser la joue. Elle le comprenait infiniment mieux, à présent. Lui qui avait tant souffert d'être rejeté dans son enfance, il ignorait qu'il méritait d'être aimé, et ne savait sans doute pas rendre cet amour en retour. Elle pouvait attendre. Elle pourrait attendre cet homme toute sa vie.

— Tu n'es pas obligé de répondre, murmura-t-elle. Sache seulement que je t'aime.

Simon lui jeta un regard où se mêlaient une profonde détresse et une joie sans bornes. Lui avait-on jamais dit « Je t'aime » auparavant ? s'interrogea la jeune femme en songeant qu'il avait grandi sans famille, sans ce cocon d'amour et de chaleur qu'elle-même avait connu.

Sa voix, lorsqu'il la retrouva, était brisée.

— D-Daphné, je...

— Chut ! fit-elle en plaçant un doigt sur ses lèvres. Ne dis rien pour l'instant. Attends que cela vienne tout seul.

Elle se demanda soudain si elle ne venait pas de prononcer les paroles les plus blessantes qui soient. Pour Simon, les mots étaient-ils *jamais* venus tout seuls ?

— Embrasse-moi, murmura-t-elle, impatiente de lui faire oublier ce manque de délicatesse. S'il te plaît, embrasse-moi.

Ce qu'il fit.

Il prit ses lèvres avec ardeur, vibrant du désir et de la passion qui les consumaient tous deux. Ses caresses et ses baisers ne laissèrent pas intacte une seule parcelle de son corps, sur lequel il fit courir sa bouche et ses mains, tantôt avec légèreté, tantôt avec insistance, jusqu'à ce que les draps défaits tombent au pied du lit.

Toutefois, contrairement aux autres nuits, il ne lui fit pas perdre totalement ses esprits. La journée avait apporté à la jeune femme tant de sujets de réflexion que rien, pas même les appétits les plus ardents de son corps, ne pouvait enrayer la course folle de ses pensées. Tout en frémissant de désir sous les assauts de son époux, chaque fibre de son être portée à incandescence par ses caresses expertes, elle continuait de réfléchir et d'analyser.

Lorsqu'il plongea dans les siens ses yeux si bleus qu'ils étincelaient même dans la faible lueur des bougies, elle se demanda si leur éclat était dû à des émotions qu'il ne savait exprimer par des mots. Lorsqu'il l'appela dans un murmure, elle ne put s'empêcher de guetter une hésitation, même imperceptible, dans sa voix. Et lorsqu'il plongea en elle, rejetant la tête en arrière avec tant de force qu'elle vit saillir les veines de son cou, elle eut l'impression qu'il était la proie d'une terrible souffrance.

Elle tressaillit.

— Simon ? s'enquit-elle, l'inquiétude l'emportant momentanément sur le désir. Est-ce que tout va bien ?

Il acquiesça, les mâchoires serrées par l'effort, puis nicha la tête au creux de son cou. Sans cesser d'aller et venir en elle, il chuchota à son oreille :

— Je te veux. Tout de suite.

Cela ne lui serait guère difficile, songea Daphné, haletante, alors qu'il refermait ses lèvres sur la pointe de son sein. Cela ne lui était jamais difficile. Il paraissait savoir exactement comment la toucher, quand bouger en elle ou la porter au comble de la frustration par une exaspérante immobilité. Il glissa les doigts entre leurs corps pour effleurer les plis les plus secrets de sa chair, jusqu'à ce qu'elle soulève ses hanches en rythme, au même sauvage tempo que le sien.

Cette fois encore, la vague de plaisir désormais familière monta en elle, la submergeant lentement. Que c'était bon...

— Maintenant ! la supplia-t-il en passant son autre main sous ses fesses pour la plaquer plus fermement contre lui. Je veux que tu... Maintenant, Daphné !

Au même instant, la jouissance déferla en elle. Il sembla à la jeune femme que l'univers tout entier était secoué d'une formidable déflagration. Elle ferma les paupières, si fort que des taches de lumière dansèrent devant ses yeux clos dans une pluie d'étincelles et de diaprures fabuleuses. Une implorante mélopée se fit entendre – le gémissement qui jaillissait de ses lèvres tandis qu'elle sombrait dans le néant de l'extase, si puissant et mélodieux qu'il couvrait les sourds battements de son cœur.

Dans un grognement qui venait du plus profond de lui-même, Simon se retira d'elle, une seconde avant de déverser sa semence, comme il le faisait toujours, sur les draps au bord du lit.

Dans un instant, il allait se tourner vers elle pour la prendre dans ses bras, selon un rituel qu'elle en était venue à chérir. Il la serrerait fort contre lui, plaqué derrière elle, avant d'enfouir son visage dans son cou. Puis, leurs souffles apaisés, ils dériveraient ensemble vers les rivages du sommeil.

Ce soir-là pourtant, Daphné ne parvint pas à trouver le repos. Son corps comblé était rompu de fatigue, mais quelque chose n'allait pas. À la lisière de sa conscience, une insaisissable idée la taraudait.

Simon avait roulé sur lui-même pour se presser contre elle, tout en la poussant vers le côté propre du lit. Il procédait toujours ainsi, faisant écran de son corps entre elle et les draps humides. C'était un geste très attentionné, en vérité, et...

Daphné ouvrit les yeux dans le noir. Elle ravala de justesse un hoquet de stupeur.

*Un ventre ne s'arrondit pas s'il n'est pas ensemencé par de solides graines.*

Sur le moment, Daphné n'avait pas accordé grand intérêt aux paroles de Mme Colson, cet après-midi-là. Elle était trop absorbée par le récit de l'enfance de Simon, et par la façon dont elle pourrait lui apporter assez d'amour pour bannir à jamais ses mauvais souvenirs.

Elle s'assit brusquement, repoussant les couvertures jusqu'à sa taille. D'une main tremblante, elle alluma la bougie posée sur la table de chevet.

Simon ouvrit un œil.

— Quelque chose ne va pas ? s'étonna-t-il d'une voix ensommeillée.

Sans répondre, elle considéra l'auréole qui maculait les draps, de l'autre côté du lit.

Sa semence.

— Daphné ?

Il lui avait dit qu'il ne pouvait pas avoir d'enfants. Il lui avait *menti.*

— Daphné, qu'est-ce qui ne va pas ? insista-t-il en s'asseyant à son tour, une expression soucieuse sur le visage.

Faisait-il semblant, là aussi ?

Elle tendit le doigt vers la tache.

— Qu'est-ce que c'est ? demanda-t-elle d'une voix à peine audible.

— Qu'est-ce que *quoi* ?

Il suivit du regard la direction qu'elle indiquait, mais ne parut voir que le matelas.

— De quoi parles-tu ?

— Pourquoi ne peux-tu pas avoir d'enfants, Simon ?

Il plissa les yeux et garda le silence.

— *Pourquoi,* Simon ? répéta-t-elle, consciente qu'elle avait presque crié.

— Qu'importent les détails, Daphné ?

Il avait parlé d'un ton calme, un brin condescendant. Il sembla soudain à Daphné que quelque chose se brisait en elle.

— Sors d'ici, ordonna-t-elle.

Il la regarda, bouche bée.

— De ma chambre ?

— Très bien. C'est moi qui m'en vais.

Elle sauta du lit, avant d'arracher l'un des draps pour couvrir sa nudité.

En un éclair, Simon la rattrapa.

— Je t'interdis de quitter cette pièce, siffla-t-il entre ses dents.

— Tu m'as menti.

— Jamais je n'ai...

— Tu m'as menti ! hurla-t-elle. Tu m'as menti, et je ne te le pardonnerai jamais !

— Daphné...

— Tu as profité de ma naïveté.

Elle laissa échapper un soupir incrédule.

— Comme tu as dû te réjouir en découvrant que j'ignorais tout des relations conjugales !

— On appelle cela « faire l'amour », Daphné, rectifia-t-il.

— Oh non, pas entre nous.

Simon tressaillit. Pourquoi tant de rancœur ? Il demeura immobile, nu au milieu de la chambre, cherchant désespérément un moyen de sauver la situation. Il n'était même pas certain de ce qu'elle savait, ou de ce qu'elle *croyait* savoir.

— Daphné, dit-il avec lenteur, afin de ne pas laisser l'émotion brouiller ses paroles. Si tu me disais exactement ce qui se passe ?

— Ah, tu veux jouer à *ce* petit jeu ? ricana-t-elle. Très bien, je vais te raconter une histoire. Il était une fois une...

Les inflexions méprisantes de sa voix étaient comme autant de coups de poignard dans le cœur de Simon.

— Daphné, supplia-t-il en secouant la tête, les yeux clos. Pas comme cela.

— Il était une fois une jeune femme, reprit-elle un ton plus haut. Appelons-la Daphné.

Il se dirigea à grandes enjambées vers le dressing pour arracher une robe de chambre de sa patère. Il y avait des situations qu'un homme ne pouvait affronter nu.

— Cette Daphné était très, très stupide.

— S'il te plaît !

— Oh, très bien, fit-elle avec un geste de dédain. Disons « ignorante », alors. Elle était très, très ignorante.

Simon croisa les bras sur sa poitrine.

— Daphné n'avait aucune idée de ce qui se passe entre un homme et une femme. Elle ignorait tout de ce qu'ils faisaient, sinon que cela se passait dans un lit, et que, d'une façon ou d'une autre, un bébé arrivait ensuite.

— Cela suffit, Daphné.

Seul signe qu'elle l'avait entendu, une lueur de rage passa dans son regard.

— Seulement voilà, elle ne savait pas *vraiment* comment on faisait ce bébé. Aussi, lorsque son mari lui annonça qu'il ne pouvait pas avoir d'enfants…

— Je t'ai prévenue avant de t'épouser. Je t'ai donné la possibilité de renoncer à ce mariage, souviens-t'en ! s'emporta-t-il. Ne t'avise jamais de l'oublier !

— J'étais désolée pour toi !

— Allons bon ! Voilà bien le genre d'argument qu'un homme adore entendre, ironisa-t-il.

— Simon, pour l'amour du Ciel. Tu sais que je ne t'ai pas épousé *parce que* j'étais désolée pour toi !

— Pourquoi, alors ?

— Parce que je t'aimais, répondit-elle d'un ton acide. Et aussi parce que je ne voulais pas te voir mourir, ce à quoi tu semblais ridiculement résolu.

Faute de réplique cinglante, il se contenta de darder sur elle un regard sarcastique.

— Cela dit, n'essaie pas de retourner tout ceci contre *moi,* poursuivit-elle d'un ton furieux. Ce n'est pas moi qui ai menti. Tu as prétendu que tu ne peux pas avoir d'enfants, mais la vérité, c'est que tu ne *veux* pas en avoir.

À quoi bon riposter ? songea Simon.

Elle fit un pas vers lui, visiblement incapable de maîtriser sa colère.

— Si tu ne pouvais vraiment pas avoir d'enfants, peu importerait où va ta semence, n'est-ce pas ? Tu ne prendrais pas tant de précautions, chaque soir, pour qu'elle tombe n'importe où sauf en moi.

— Tu ne sais r-rien de tout cela, Daphné.

Il avait parlé à voix basse et, malgré sa fureur, il avait à peine écorché ses mots.

Elle croisa les bras sur sa poitrine.

— Eh bien, apprends-moi !

— Je n'aurai jamais d'enfants, gronda-t-il entre ses dents. *Jamais.* Comprends-tu ?

— Non.

Une vague de rage déferla en lui, nouant son estomac. Elle n'était pas tournée contre Daphné, ni même contre lui. Comme toujours, elle était dirigée vers l'homme dont la présence, ou l'absence, avait toujours régi sa propre vie.

— Mon père, dit-il, luttant pour conserver son empire sur lui-même, n'était pas un homme aimant.

Daphné soutint son regard.

— Je suis au courant.

Il la dévisagea, stupéfait.

— Que sais-tu ?

— Je sais qu'il t'a fait du mal. Qu'il t'a rejeté...

Il vit une lueur passer dans ses grands yeux noisette – pas tout à fait de la pitié, mais presque.

— Qu'il te croyait stupide.

Le cœur de Simon s'emballa. Par quel miracle parvint-il à parler, et même à respirer ? Toujours est-il qu'il réussit à répondre :

— Alors tu as appris, pour...

— Ton bégaiement ? finit-elle à sa place.

Il lui adressa un remerciement silencieux. Étrangement, il n'avait jamais maîtrisé les mots « bégaiement » et « balbutiement ».

Elle esquissa un haussement d'épaules.

— Cet homme était un sot.

Simon la regarda, bouche bée. Comment pouvait-elle, d'un simple revers de main, balayer des années de rancœur ?

— Tu ne comprends pas, dit-il en secouant la tête, mais je suppose que c'est normal, étant donné la famille dont tu viens... Tout ce qui comptait aux yeux de mon père, c'était la lignée. Le sang et le titre. Quand il s'est avéré que je n'étais pas parfait... Daphné, il a raconté autour de lui que j'étais mort !

À ces mots, elle devint livide.

— Je l'ignorais, avoua-t-elle dans un souffle.

— Ça a été pire que ça, poursuivit-il. Je lui ai envoyé des lettres – des centaines de lettres, où je le suppliais de venir me voir. Il n'a jamais répondu à une seule.

— Simon...

— Savais-tu que je n'ai pas prononcé un mot avant l'âge de quatre ans ? Les rares fois où il me rendait visite, il me secouait, il menaçait de me battre jusqu'à ce que je p-parle. Voilà quel p-père j'ai eu.

Daphné fit mine de ne pas remarquer qu'il avait recommencé à buter sur les mots. Elle tenta de chasser le sentiment de malaise qui l'oppressait, et la colère qui montait en elle contre l'homme qui avait maltraité Simon.

— Il n'est plus là, maintenant, répondit-elle. Il est parti, mais toi, tu es vivant.

— Il disait qu'il ne supportait pas de me voir. Il avait prié pendant des années pour avoir un héritier. Pas un *fils,* précisa-t-il en haussant dangereusement le ton. Un héritier. Et p-pour quel résultat ? Pour transmettre Hastings à un simple d'esprit. Son p-précieux duché allait tomber entre les mains d'un crétin !

— Il avait tort, dit Daphné d'une voix très douce.

— Là n'est pas la question ! gronda Simon. Tout ce qu'il voyait, c'était le titre. Il ne m'a jamais accordé une seule pensée, ni à ce que je ressentais, emmuré dans mon silence !

Daphné recula d'un pas, désemparée par un tel déferlement de rage. Que. pouvait-elle, face à une colère nourrie par des années de ressentiment ?

Simon franchit l'espace qui les séparait pour presser son visage contre le sien.

— Mais tu sais quoi ? murmura-t-il avec un calme effrayant. C'est moi qui aurai le dernier mot. Il croyait qu'il ne pouvait rien lui arriver de pire que de laisser Hastings à un crétin.

— Simon, tu n'es pas un…

— M'écoutes-tu, oui ou non ? tonna-t-il.

Effrayée pour de bon, elle bondit en arrière en cherchant à tâtons la poignée de la porte, au cas où elle aurait besoin de s'enfuir.

— Je sais très bien que je ne suis p-pas un imbécile, et vers la fin, je p-pense qu'il l'avait compris. Je suppose que cela le réconfortait. Hastings était en sécurité. L'important, pour lui, n'était pas que je ne souffre plus autant qu'autrefois. Hastings… *voilà* ce qui comptait !

Daphné réprima un haut-le-corps. Elle avait deviné ce qu'il allait dire.

Au même instant, un sourire étira les lèvres de Simon – un sourire cruel, effrayant, qu'elle n'avait jamais vu sur son visage.

— Eh bien, Hastings mourra avec moi ! poursuivit-il. Et tous ces cousins entre les mains de qui il craignait tant de voir tomber l'héritage…

Il laissa échapper un rire sans joie.

— Ils ont tous eu des filles ! Est-ce que ce n'est pas formidable, ça ?

Il esquissa un haussement d'épaules fataliste, avant de poursuivre :

— C'est sans doute p-pour cette raison qu'il a finalement décidé que je n'étais p-pas si bête que cela. Il avait compris que j'étais son dernier espoir.

— Il avait compris qu'il s'était trompé, rectifia Daphné avec une calme détermination.

Elle venait de se souvenir du paquet de lettres que le duc de Middlethorpe lui avait fait parvenir. Celles que le père de Simon lui avait écrites. Elle les avait laissées à Londres, à Bridgerton House... ce en quoi elle avait été bien inspirée, puisque cela lui laissait le temps de décider de ce qu'elle en ferait.

— Peu importe, rétorqua Simon d'un ton désinvolte. À ma mort, le titre s'éteindra. Et j'aurai enfin ma revanche.

Sur ce, il quitta la pièce à grands pas et sortit par le dressing, puisque Daphné bloquait l'entrée.

Toujours vêtue du drap qu'elle avait arraché au lit, celle-ci se laissa tomber dans un fauteuil, désemparée.

Son corps fut parcouru de frissons, puis d'un irrépressible tremblement. Elle comprit alors qu'elle pleurait. Sans un bruit, sans même un hoquet, les larmes jaillissaient de ses yeux et roulaient sur ses joues.

Au nom du Ciel, qu'allait-elle faire à présent ?

# 17

*Affirmer que les hommes sont des têtes de mule serait insultant. Pour les mules.*

La Chronique mondaine de lady Whistledown, 2 juin 1813

En dernier ressort, Daphné opta pour la seule solution qu'elle connaissait. Les Bridgerton avaient toujours constitué un clan bruyant et exubérant, dont aucun des membres n'était enclin à ruminer ses griefs en silence.

Aussi tenta-t-elle de parler avec Simon, dans l'espoir de lui faire entendre raison.

Le matin suivant – elle n'avait aucune idée de l'endroit où il avait passé la nuit, sinon que ce n'était pas dans le lit conjugal –, elle le trouva dans son cabinet de travail. La pièce, fort sombre, était si masculine que c'en était presque agressif ; sans doute avait-elle été décorée par le père de Simon. Daphné fut très surprise de constater que celui-ci puisse être à l'aise dans un tel environnement, lui qui détestait tout ce qui rappelait le vieux duc.

Car, manifestement, il ne ressentait pas le moindre inconfort. Il était assis derrière le bureau, se balançant sur son fauteuil, les pieds insolemment posés sur le sous-main de cuir destiné à protéger le somptueux plateau en bois de cerisier. Entre ses doigts, il faisait rouler un galet poli. Avisant le flacon de whisky qui se trouvait à portée de sa main, Daphné eut la nette impression que celui-ci lui avait tenu compagnie une bonne partie de la nuit.

Simon n'en avait pas bu beaucoup, toutefois, remarqua-t-elle. C'était là une maigre consolation, mais elle en fut soulagée.

Le battant étant entrouvert, elle n'eut pas besoin de frapper à la porte.

— Simon ? appela-t-elle en demeurant prudemment sur le seuil.

Il leva les yeux et haussa un sourcil interrogateur.

— Es-tu occupé ?

— Visiblement pas, répondit-il en posant la pierre.

Daphné désigna celle-ci d'un geste.

— Un souvenir de voyage ?

— Elle vient des Caraïbes. Je l'ai ramassée sur une plage.

Il s'exprimait avec une élocution parfaite, nota la jeune femme. Toute trace de son bégaiement de la veille avait disparu. À présent, il était calme... si calme que c'en était presque inquiétant.

— J'imagine que les rivages là-bas sont très différents des nôtres...

— Ils sont plus chauds, répliqua-t-il avec une pointe d'arrogance.

— Oh. Ma foi, je m'en doutais un peu.

Il la scruta d'un regard intense.

— Je présume que tu n'es pas venue me trouver pour un cours de géographie ?

Il avait raison, bien entendu, mais la conversation risquait de ne pas être facile, et en la repoussant de quelques instants, Daphné s'était donné un peu de courage.

Elle prit une profonde inspiration.

— Il est urgent que nous parlions de ce qui s'est passé la nuit dernière.

— Apparemment, tu en es persuadée.

Daphné refoula l'envie soudaine de s'approcher de lui pour effacer d'un soufflet son masque d'impassibilité.

— Je n'en suis pas persuadée, je le *sais*.

Il ne répondit pas immédiatement.

— Je suis désolé si je t'ai donné l'impression de t'avoir trahie...

— Ce n'est pas cela, l'interrompit-elle.

— ... mais souviens-toi que j'ai tout fait pour te décourager de m'épouser.

— Voilà une élégante façon de dire les choses ! marmonna-t-elle.

— Tu sais que j'étais bien décidé à ne jamais me marier, rétorqua-t-il comme s'il lui faisait la leçon.

— Là n'est pas la question, Simon.

— C'est au contraire toute la question.

Il posa les pieds sur le plancher, faisant retomber son fauteuil dans un bruit sourd.

— Pourquoi crois-tu donc que j'aie fui le mariage avec une telle détermination ? Tout ce que je voulais, c'était éviter de briser le cœur d'une femme en l'empêchant d'avoir des enfants.

— Ce n'est pas à je ne sais quelle hypothétique épouse que tu pensais, répliqua-t-elle, mais à toi-même !

— Peut-être, concéda-t-il. Seulement, quand tu es devenue celle-là, Daphné, tout a changé.

— On ne dirait pas, commenta-t-elle d'un ton amer.

Il esquissa un geste vaguement désolé.

— Tu sais que je te tiens en très haute estime. Jamais je n'ai voulu te faire souffrir.

— Eh bien, c'est raté, murmura-t-elle.

L'ombre d'un remords passa dans son regard, promptement remplacé par une résolution de fer.

— Souviens-toi que j'ai refusé de demander ta main, même lorsque ton frère l'a exigé. Même, ajouta-t-il acerbe, si cela me condamnait à une mort certaine.

Daphné ne tenta pas de le contredire ; ils savaient aussi bien l'un que l'autre qu'il n'aurait pas survécu à ce duel. Quoi qu'elle pensât de lui à présent, quel que fût son mépris pour la haine qui le dévorait encore aujourd'hui, elle en était consciente : Simon n'aurait pas fait feu sur Anthony.

Quant à ce dernier, il accordait trop de valeur à la réputation de sa sœur pour viser ailleurs qu'en plein cœur de l'homme qui l'avait compromise, fût-il son meilleur ami...

— J'ai agi ainsi, poursuivit Simon, parce que j'étais conscient que jamais je ne pourrais être un bon mari pour toi. Je savais que tu voulais des enfants. Tu me l'avais dit à de nombreuses reprises, et je n'ai aucune raison de te le reprocher. Tu viens d'une famille nombreuse et aimante, *toi.*

— Tu peux très bien en fonder une à ton tour.

Il enchaîna comme s'il ne l'avait pas entendue.

— Ensuite, quand tu as interrompu le duel et m'as supplié de t'épouser, je t'ai avertie. Je t'ai dit que je n'aurais pas d'enfants…

— Que tu ne le *pouvais* pas, rectifia-t-elle, incapable de refréner sa colère. La nuance est de taille !

— Pas pour moi, répliqua-t-il d'un ton glacial. Je ne *peux* pas avoir d'enfants. Ma conscience ne le supporterait pas.

— Je vois.

À cet instant, quelque chose se recroquevilla en elle, et Daphné eut l'inquiétante impression qu'il s'agissait de son cœur. Qu'était-elle censée opposer à un tel argument ? La haine que Simon vouait à son père l'emportait manifestement sur l'amour qu'il éprouverait peut-être un jour envers elle.

— Très bien, dit-elle sèchement. Il est clair que tu refuses tout débat sur ce sujet.

Il lui adressa un bref hochement de tête, auquel elle répondit.

— Bonne journée, Simon.

Et elle s'en alla.

Simon demeura seul jusqu'au soir. Il n'avait pas particulièrement envie de voir Daphné ; cela n'aurait fait qu'éveiller en lui un sentiment de culpabilité. Or, il n'avait rien à se reprocher, n'est-ce pas ? Il l'avait avertie avant le mariage qu'il ne pouvait avoir d'enfants. Il lui avait amplement laissé l'occasion de renoncer, mais elle avait tenu à l'épouser malgré tout. Il ne l'avait obligée à rien. Était-ce de *sa* faute si elle avait interprété ses propos de travers, et s'était persuadée qu'il était *physiquement* inapte à la procréation ?

Pourtant, même si une bouffée de regrets montait en lui chaque fois qu'il pensait à elle – c'est-à-dire à peu près depuis l'aube, sans discontinuer – et même si son cœur se serrait chaque fois qu'il revoyait son expression de détresse absolue, il lui semblait qu'un poids venait d'être ôté de ses épaules, à présent que tout était dit.

Certains secrets sont trop lourds à porter. Désormais, ce fardeau ne s'interposerait plus entre elle et lui. Cela était certainement un point positif.

Lorsque le soir tomba, Simon avait presque la conscience en paix. Presque. Il avait contracté cette union avec la certitude de briser le cœur de Daphné, et depuis le début, il en concevait une sourde inquiétude. Il éprouvait un profond respect envers elle. Diable ! Elle était peut-être même la personne qu'il estimait le plus au monde ! C'était d'ailleurs pour cela qu'il avait eu tant de réticences à l'épouser. Il n'éprouvait aucun plaisir à briser ses rêves, ni à la priver de la famille qu'elle avait espéré fonder. En vérité, il aurait préféré se retirer du jeu et la voir en épouser un autre, qui lui aurait donné la nombreuse progéniture qu'elle souhaitait.

Soudain, il frémit. Daphné, entre les bras d'un autre ? L'idée lui semblait beaucoup moins facile à accepter qu'un mois auparavant !

Ce qui était normal, songea-t-il en essayant de se montrer rationnel. Elle était sa femme, à présent. Elle était *à lui.*

Tout était différent.

En l'épousant, il avait su qu'elle désirait plus que tout avoir des enfants, et qu'il ne lui en donnerait pas.

Tu l'avais avertie ! protesta une petite voix en lui. Elle savait exactement à quoi elle s'engageait !

Simon, qui depuis des heures était resté assis à son bureau, faisant rouler ce stupide galet entre ses doigts, se redressa d'un bond. Il avait prévenu Daphné qu'ils n'auraient pas d'enfants et elle avait accepté de l'épouser malgré tout. Il comprenait qu'elle ait été contrariée en apprenant quelles étaient ses raisons, mais elle ne pouvait prétendre avoir eu la moindre illusion en devenant sa femme.

Il était temps qu'ils aient une nouvelle discussion... à son initiative, cette fois. Il ne l'avait pas vue depuis le matin ; cela avait assez duré.

Elle était *son épouse*, se répéta-t-il. Il devait pouvoir la voir lorsque cela lui chantait !

Il remonta le corridor à grands pas et ouvrit à la volée la porte de sa chambre, bien décidé à la sermonner au sujet de... eh bien, il ne le savait pas exactement, mais l'inspiration, il n'en doutait pas, lui viendrait en temps utile.

La pièce était vide.

Simon cligna des yeux, incrédule. Où était-elle donc ? Minuit allait bientôt sonner ; elle aurait dû être au lit.

Le dressing, songea-t-il. C'est là qu'elle devait se trouver ! Elle s'obstinait à passer chaque soir une chemise de nuit, alors qu'elle savait qu'il la lui ôterait quelques minutes plus tard.

— Daphné ? appela-t-il en traversant la chambre. Daphné !

Elle ne répondit pas. En outre, aucun rai de lumière ne filtrait sous la porte. Elle ne s'habillait tout de même pas dans l'obscurité !

Simon poussa le battant. Daphné n'était décidément pas là.

Il tira sans ménagement sur le cordon de la sonnette, puis revint dans le couloir pour y attendre le domestique qui aurait l'infortune de répondre à son appel.

Il vit arriver l'une des bonnes, une frêle créature blonde dont le prénom lui échappait totalement.

— Où est ma femme ? aboya-t-il.

— Votre femme, monsieur ?

— Oui, répondit-il d'un ton impatient. Mon épouse.

Elle lui jeta un regard vide.

— Je suppose que vous voyez de qui je parle ? À peu près votre taille, cheveux brun-roux, longs...

Simon aurait continué ses sarcasmes si l'expression terrifiée de la petite bonne n'avait éveillé en lui une vague culpabilité. Il laissa échapper un soupir de frustration.

— Savez-vous où elle se trouve ? reprit-il d'un ton radouci.

— N'est-elle pas couchée, monsieur ?

Simon désigna d'un brusque coup de tête la chambre déserte.

— Manifestement pas.

— Ce n'est pas là que madame dort, monsieur.

Simon arqua les sourcils.

— Plaît-il ?

— Madame n'est-elle pas...

Les yeux agrandis par l'horreur, la domestique parcourut le couloir d'un regard frénétique. À la recherche d'une sortie de secours, comprit Simon. Ou bien d'un hypothétique sauveteur qui viendrait la protéger de son maître...

— Parlez donc ! tonna-t-il.

— Madame n'est-elle pas dans la chambre à coucher de la duchesse ? demanda la soubrette d'une toute petite voix.

— Dans la chambre de...

Un rugissement de rage monta de ses lèvres.

— Depuis quand ?

— Depuis... aujourd'hui, je crois, monsieur. Nous avons tous supposé que madame et monsieur occuperaient des appartements séparés, une fois passé la lune de miel.

— Ah oui ? gronda-t-il.

La domestique se mit à trembler.

— Les parents de monsieur faisaient ainsi, et...

— *Nous ne sommes pas mes parents !* hurla-t-il.

La petite bonne recula d'un bond.

— Et surtout, ajouta Simon d'une voix coupante, je ne suis pas mon père !

— Bien... bien sûr, monsieur.

— Veuillez m'indiquer quelle pièce la duchesse a choisie comme nouvelle chambre à coucher, je vous prie.

D'un doigt tremblant, la bonne désigna une porte située un peu plus loin dans le couloir.

— Merci.

Il fit trois pas, avant de pivoter sur ses talons.

— Vous pouvez vous retirer.

Le déménagement de Daphné, songea-t-il, avait de quoi occuper les conversations du personnel pour la journée du lendemain. Inutile d'en rajouter en laissant une domestique assister à ce qui promettait d'être une scène de ménage d'anthologie !

Après s'être assuré qu'elle avait disparu en bas de l'escalier, Simon se dirigea d'un pas furieux vers la chambre de Daphné. Il pila net sur le seuil, réfléchit à ce qu'il allait dire, s'aperçut qu'il n'en avait pas la moindre idée, décida de ne pas s'arrêter pour autant et frappa.

Pas de réponse.

Il abattit son poing fermé sur la porte.

Toujours rien.

Il leva une troisième fois la main, avant de s'aviser que Daphné n'avait peut-être pas fermé à clef. De quoi aurait-il l'air si...

Il tourna la poignée.

Elle *avait* fermé à clef. Simon laissa échapper un chapelet de jurons. Curieusement, jamais sa langue n'avait buté sur une grossièreté.

— Daphné ? Daphné !

Ce n'était pas exactement un hurlement, mais c'était bien plus qu'un appel.

— *Daphné !*

Enfin, il distingua des bruits de pas à l'intérieur.

— Oui ? répondit-elle.

— Laisse-moi entrer.

Il y eut un bref silence, puis la voix de Daphné s'éleva :

— Non.

Incrédule, il considéra le lourd battant de bois. Jamais il ne lui était venu à l'idée qu'elle pourrait lui désobéir. Elle était sa femme, bon sang ! N'avait-elle pas promis de lui être loyale ?

— Daphné, ordonna-t-il, ouvre cette porte immédiatement.

Elle devait se tenir juste derrière, car il l'entendit soupirer :

— Simon, la seule raison de te laisser entrer serait que j'envisage de t'inviter à partager mon lit, ce qui n'est pas le cas. Par conséquent, j'apprécierais… ou, plus exactement, toute la maisonnée apprécierait que tu ailles te coucher. Dans *ta* chambre.

Simon en demeura bouche bée. Il réfléchit rapidement. Quel était le poids de cette maudite porte, et combien de coups de pied lui faudrait-il pour la mettre en pièces ?

— Daphné, déclara-t-il avec un calme qui l'effraya lui-même, si tu n'ouvres pas sur-le-champ, j'entre de force.

— Tu ne le feras pas.

Pour toute réponse, il se contenta de croiser les bras, le regard fixe, persuadé qu'elle saurait *exactement* quelle était son expression.

— Tu ne le ferais pas, n'est-ce pas ?

De nouveau, il décida que le silence était la meilleure stratégie.

— J'*espère* que tu ne le ferais pas, reprit-elle d'une voix où perçait une sourde inquiétude.

Il considéra le battant d'un air buté.

— Tu risques de te faire mal, ajouta Daphné.

— Alors ouvre cette fichue porte, gronda-t-il entre ses dents.

Il y eut un silence, suivi par le lent déclic de la clef qui tournait dans la serrure. Simon eut tout juste assez de présence d'esprit pour s'interdire d'ouvrir la porte à la volée ; Daphné devait se tenir derrière.

Il se rua à l'intérieur. Elle se trouvait à quelques pas de lui, les bras croisés sur la poitrine, campée sur ses jambes en une attitude défensive.

— Ne m'interdis plus jamais l'accès de ta chambre, maugréa-t-il.

Elle haussa les épaules. Comment osait-elle ?

— J'avais besoin de tranquillité.

Il s'approcha.

— Je veux que toutes tes affaires soient rapportées dans notre chambre demain matin. Quant à *toi*, c'est ce soir que tu reviens.

— Non.

— Que veux-tu fichtre dire par *non* ?

— Que crois-tu fichtre que je dise ? rétorqua-t-elle.

Simon ne savait pas ce qui le choquait et le contrariait le plus : le fait qu'elle le défie, ou celui de l'entendre parler de la sorte.

— Non, poursuivit-elle en haussant le ton, signifie *non*.

— Tu es ma femme, tonna-t-il. Tu dormiras avec moi. Dans mon lit.

— Non.

— Daphné, je t'avertis...

Les paupières de Daphné se plissèrent.

— Tu m'as volontairement privée de quelque chose, l'interrompit-elle. Je te prive volontairement d'autre chose. Ma personne.

Il en demeura sans voix. Littéralement.

Elle, en revanche, n'avait pas perdu sa langue. S'étant dirigée vers la porte, elle l'invita d'un geste impatient à quitter les lieux.

— Maintenant, sors de chez moi.

Une bouffée de colère étrangla Simon.

— Cette pièce est ma propriété. Et *toi* aussi, tu es à moi !

— Tu ne possèdes rien d'autre que le titre de ton père, répliqua-t-elle. Tu ne t'appartiens même pas !

Simon était dans une telle fureur qu'il tremblait de la tête aux pieds. Il recula d'un pas, de peur de faire mal à Daphné.

— Que veux-tu d-dire ? bégaya-t-il.

Elle le nargua d'un nouveau haussement d'épaules désinvolte.

— Devine, répondit-elle simplement.

Toutes ses bonnes intentions s'évanouirent en un éclair. Il s'élança pour la prendre par le bras. Il savait qu'il la serrait trop fort, mais il était ivre de rage.

— Explique-toi, siffla-t-il entre ses dents. Allons !

Elle soutint son regard avec une telle fermeté d'âme qu'il en fut décontenancé.

— Tu n'es pas maître de toi, dit-elle. Ton père te dicte encore ta conduite depuis la tombe.

Simon fut parcouru d'un violent tremblement. Elle recula.

— Tes actes, tes choix... poursuivit-elle tandis qu'une expression navrée passait sur son visage. Ils n'ont rien à voir avec toi, avec tes désirs, tes besoins. Tout ce que tu fais, Simon, chacune de tes décisions, chacune de tes paroles, ne visent qu'à le contrarier.

Sa voix se brisa.

— Alors qu'il n'est même plus *vivant*.

Il se rapprocha d'elle avec une grâce féline.

— Pas tous mes gestes, dit-il très bas. Pas tous mes mots.

Elle recula de nouveau, déconcertée par la lueur carnassière qui venait de s'allumer dans ses yeux.

— Simon ? demanda-t-elle, inquiète.

Il lui sembla que la bravoure avec laquelle elle l'avait défié, lui qui était deux fois plus grand et sans doute trois fois plus fort qu'elle, fondait soudain comme neige au soleil.

Du bout de l'index, il traça un sillon de feu sur son bras. Malgré la barrière de sa manche de soie, elle frémit, comme brûlée par la chaleur et la puissance qui émanaient de lui. Il l'enlaça, avant de poser sur son séant une main de propriétaire.

— Quand je te touche comme cela, murmura-t-il, ses lèvres dangereusement proches de son oreille, cela n'a rien à voir avec lui.

Daphné frémit, furieuse contre elle-même du désir qui montait en elle. Furieuse contre lui d'éveiller ses appétits.

— Quand je t'embrasse comme ça, reprit-il en imprimant une délicate morsure au lobe de son oreille, cela n'a rien à voir avec lui.

Elle voulut le repousser, mais lorsque ses mains trouvèrent ses épaules, elles ne purent que l'agripper.

Il commença à l'acculer vers le lit, lentement, inexorablement.

— Et quand je m'étends sur toi, enchaîna-t-il, son souffle brûlant contre la peau de son cou, et que tu es nue dans mes bras, il n'y a que toi et...

— Non ! s'écria-t-elle en l'écartant de toutes ses forces.

Décontenancé, il tressaillit.

— Même dans ces moments-là, dit-elle d'une voix étranglée, nous ne sommes jamais seuls. L'ombre de ton père plane *toujours* sur nous.

Simon, qui avait glissé une main sous le volant de sa manche, imprima une brutale pression sur son bras. Il ne dit rien – c'était inutile. La colère froide que reflétaient ses iris bleu pâle était assez éloquente.

— Peux-tu me regarder dans les yeux, murmura-t-elle, et me dire que c'est à *moi* que tu penses lorsque tu te retires de moi pour déverser ta semence sur le drap ?

Le visage grave, les traits tirés, il fixa ses lèvres.

Secouant la tête, elle se libéra de sa poigne, qui avait soudain perdu toute sa puissance.

— Moi, je ne le crois pas, poursuivit-elle dans un souffle.

Elle s'éloigna de lui en veillant à rester loin du lit. Il était encore capable de la séduire, s'il le voulait. Il saurait l'embrasser, la caresser, l'entraîner vers d'étourdissants sommets de jouissance… et au matin, elle le haïrait.

Et se haïrait encore plus.

Ils se défièrent du regard dans un silence effrayant. Simon se tenait les bras ballants, une expression de stupeur, de rage et de douleur sur le visage. On aurait dit un petit garçon perdu, songea-t-elle, le cœur brisé.

— Je crois, dit-elle très doucement, que tu ferais mieux de t'en aller.

Il soutint son regard d'un air fiévreux.

— Tu es ma femme.

Elle ne répondit pas.

— D'un point de vue légal, tu m'appartiens.

Elle plongea ses yeux dans les siens.

— C'est possible.

Soudain, il fondit sur elle et la saisit par les épaules.

— Si je le veux, je peux te donner envie de moi, murmura-t-il.

Sa voix, qui avait baissé d'une octave, avait pris des inflexions rauques, impérieuses.

— Et même si je n'y arrive pas, tu es tout de même à moi. Je te possède. Je peux t'imposer ma présence.

Daphné eut l'impression d'avoir vieilli d'un siècle lorsqu'elle répliqua :

— Tu ne le feras pas.

Sans doute savait-il qu'elle disait vrai, car il se détourna et se rua hors de la chambre.

# 18

*Votre dévouée chroniqueuse est-elle la seule à l'avoir remarqué, ou ces messieurs du beau monde auraient-ils bu plus que de coutume, ces jours-ci ?*

LA CHRONIQUE MONDAINE DE LADY WHISTLEDOWN, 4 juin 1813

Simon sortit et s'enivra. Ce n'était pas dans ses habitudes. Ce n'était même pas un plaisir pour lui, mais il le fit tout de même.

La côte ne manquait pas de tavernes aux alentours de Clyvedon. Et les tavernes ne manquaient pas de marins prompts à la querelle. Deux d'entre eux s'en prirent à Simon.

Et le regrettèrent assez vite.

Voilà des années qu'une sourde colère bouillonnait à petit feu au plus profond de lui. Tel un volcan en furie, elle trouva son chemin vers la surface, et il suffit de la plus infime provocation pour le jeter dans la bagarre.

À ce moment-là, il avait déjà tant bu que lorsqu'il frappait, ce n'étaient plus les marins au teint rouge brique qu'il voyait, mais le fantôme du vieux duc. À chaque coup de poing, c'étaient ses remarques blessantes, ses regards dédaigneux qu'il écrasait. Et cela lui fit un bien fou. Il ne s'était jamais considéré comme un homme particulièrement violent, mais bon sang, quel plaisir c'était !

Quand il en eut fini avec les deux matelots, personne d'autre n'osa le défier. Les gens du coin savaient reconnaître plus fort qu'eux – mais surtout, ils savaient reconnaître plus fou qu'eux. Et ils n'ignoraient pas que cette seconde éventualité était de loin la plus à craindre.

Simon resta au pub jusqu'à ce que les premières lueurs du jour strient le ciel. Il vida consciencieusement la bouteille qu'il avait achetée, puis il se dressa sur ses jambes tremblantes, glissa une autre flasque dans sa poche et rentra chez lui.

Tout en chevauchant, il continua de boire le mauvais whisky qui lui brûlait les entrailles. À mesure qu'il s'enivrait, une unique pensée émergeait du brouillard qui noyait son esprit.

Il fallait que Daphné revienne vers lui.

Elle était sa femme, nom de nom ! Il s'était habitué à l'avoir à ses côtés. Elle ne pouvait pas s'en aller comme cela de leur chambre !

Il la persuaderait. Il la cajolerait, il la séduirait, il...

Simon laissa échapper un rot de légionnaire. Eh bien, cela devrait suffire. Il était bien trop soûl pour entreprendre quoi que ce soit d'autre.

Lorsqu'il parvint à Clyvedon Castle, il était parfaitement ivre, et persuadé de son irréprochable droiture morale. Il arriva, tanguant et trébuchant, devant la porte de la chambre de Daphné, faisant un raffut à réveiller les morts.

— Daphnéééééé ! hurla-t-il en essayant de masquer les accents désespérés de sa voix.

Il n'avait pas besoin d'avoir l'air pathétique ! Il fronça soudain les sourcils, pensif. D'un autre côté, s'il paraissait très, très malheureux, peut-être Daphné lui ouvrirait-elle plus facilement sa porte ? Il émit quelques reniflements sonores, avant d'appeler d'une voix geignarde :

— Daphnéééé... ?

Comme elle ne répondait pas immédiatement, il s'appuya contre le lourd panneau de bois – en grande partie parce que son sens de l'équilibre avait depuis longtemps disparu dans les vapeurs de l'alcool.

— Oh, Daphné ! gémit-il, le front contre le battant. Si tu...

La porte s'ouvrit alors. Privé de soutien, il roula sur le plancher.

— Tu n'étais paj... paj obligée d'ouvrir ch... chi *vite* ! marmonna-t-il.

Daphné plaqua sa robe de chambre contre sa poitrine et regarda la loque humaine vautrée à ses pieds. Elle reconnaissait à peine son mari.

— Juste Ciel, Simon ! Qu'as-tu donc...

Elle se pencha pour l'aider à se relever, mais à peine eut-elle humé son haleine qu'elle recula d'un bond.

— Tu es ivre ! s'exclama-t-elle.

Il approuva d'un hochement de tête solennel.

— Ch'est bien pochible.

— Où étais-tu ?

Il cligna des yeux, avant de la regarder comme s'il n'avait jamais entendu une question aussi inepte.

— Parti voir ailleurs chi j'y étais, rétorqua-t-il dans un hoquet.

— Simon, tu devrais être au lit.

Il acquiesça de nouveau, avec plus de vigueur et d'enthousiasme.

— Oui, cha ch'est chûr.

Il tenta de se redresser, mais ne parvint qu'à se mettre à quatre pattes, avant de s'étaler de nouveau de tout son long sur le tapis.

— Hum ! gronda-t-il en considérant ses membres d'un œil rond. N'ai plus mes jambes.

— Tu n'as plus ta *tête !* rectifia Daphné. Que vais-je faire de toi ?

Il leva les yeux vers elle, un sourire béat aux lèvres.

— M'aimer ? suggéra-t-il. Tu m'as dit que tu m'aimais, tu t'en chouviens ?

Il marqua un silence pensif.

— Et che qui est dit est dit, commenta-t-il d'un ton sentencieux.

Daphné poussa un soupir de lassitude. Elle aurait dû être furieuse contre lui – Dieu du ciel, elle l'*était* ! – mais comment rester suffisamment en colère alors qu'il était si pitoyable ?

Par ailleurs, grâce à ses trois frères aînés, elle avait acquis une certaine expérience des crises de soûlographie. Le seul remède efficace était une bonne nuit de sommeil. Il se réveillerait avec une épouvantable migraine, sans doute bien méritée, puis il insisterait pour boire quelque douteuse mixture de sa composition, supposée chasser les conséquences de l'ébriété.

— Simon ? l'interrogea-t-elle, résignée. Combien d'alcool as-tu bu ?

Il lui adressa un sourire d'idiot du village.

— Une chertaine quantité.

— Je m'en doutais un peu, maugréa-t-elle.

Elle se pencha de nouveau vers lui et glissa les mains sous ses bras.

— Allons, debout ! Je vais t'aider à te coucher.

Il ne bougea pas d'un pouce. Assis sur son séant, il la considéra d'un air parfaitement stupide.

— Pourquoi est-che que je me lèverais, d'abord ? s'enquit-il d'une voix pâteuse. Deschends plutôt, toi !

Il enlaça maladroitement les genoux de Daphné.

— Allons, Daphné, achieds-toi avec moi.

— Simon !

Il tapota le tapis près de lui.

— On est très bien, ichi.

— Non, Simon, je ne peux pas m'asseoir avec toi, protesta-t-elle en essayant de se libérer de l'étau de ses bras. Tu dois aller te coucher.

Elle fit une nouvelle tentative pour le soulever, sans plus de résultat.

— Au nom du Ciel ! marmonna-t-elle. Quel besoin avais-tu d'aller te soûler ?

Elle n'avait parlé que pour elle-même, mais il dut entendre car il déclara, inclinant la tête de côté :

— Je voulais que tu reviennes.

Daphné préféra ne pas répondre. Ils savaient l'un comme l'autre ce qu'il devait faire pour être pardonné, mais il était trop éméché pour suivre une quelconque discussion sur ce point. Aussi se contenta-t-elle de le tirer par le bras :

— Nous parlerons de tout ceci demain, Simon.

Il battit plusieurs fois des paupières.

— Ch'est *déjà* demain, non ?

Elle le vit tourner la tête d'un côté, puis de l'autre, cherchant la fenêtre.

— Fait jour, marmonna-t-il. Tu vois ?

Il agita un bras vers la croisée.

— On est demain.

— Alors nous discuterons ce soir, décréta Daphné, à bout.

Il lui semblait que son cœur était en miettes. Elle ne pouvait en supporter davantage.

— Je t'en prie, Simon. N'en parlons plus pour l'instant.

— Le problème, Daphrey...

Il secoua la tête comme un chien qui s'ébroue.

— Daphné, corrigea-t-il en articulant avec soin. Daphné, Daphné...

Elle ne put retenir un sourire attendri.

— Oui, Simon ?

— Le problème, tu vois...

Il se gratta la tête.

— Ch'est que tu ne comprends pas.

— Quoi donc ? demanda-t-elle avec douceur.

— Pourquoi je ne peux pas...

Il leva les yeux vers elle. Elle tressaillit en voyant la détresse qui hantait son regard.

— Je n'ai jamais voulu te faire de mal, Daph', dit-il d'une voix enrouée. Tu le chais, n'est-che pas ?

Elle hocha la tête.

— Oui, Simon.

— Tant mieux, parche que le problème, ch'est que...

Il laissa échapper un soupir qui semblait jaillir du plus profond de son âme.

— ... je ne peux pas te donner che que tu veux.

Elle ne répondit pas.

— Toute ma vie, poursuivit-il tristement, toute ma vie, ch'est lui qui a gagné. Tu le chais ? Toujours lui. Chette fois, ch'est moi le plus fort !

D'un geste inutilement ample, il décrivit de la main un long arc de cercle avant de pointer le pouce sur sa poitrine.

— Moi. Pour une fois, je veux être le plus fort.

— Oh, Simon ! murmura-t-elle. Il y a longtemps que tu as gagné ! Dès que tu as prouvé que tu valais mieux que ce qu'il croyait, tu as gagné. Chaque fois que tu as déjoué ses prévisions, que tu t'es fait un ami, que tu as visité un nouveau pays, tu as gagné.

Le souffle court, elle lui pressa tendrement l'épaule.

— Tu l'as battu. Tu as gagné. Ne le vois-tu donc pas ?

Il remua la tête.

— Je refuse de devenir ce qu'il voulait. Même si...

Il fut secoué d'un hoquet.

— Même s'il ne comptait p-pas sur moi, ce qu'il voulait, c'était un fils p-parfait, qui serait devenu un duc p-parfait, aurait épousé une duchesse p-parfaite et eu des enfants p-parfaits.

Daphné se mordit les lèvres. Il bégayait de nouveau. Il devait être profondément en colère. Son cœur se brisa pour lui, pour le petit garçon qui toute sa vie avait guetté l'approbation paternelle.

Penchant la tête, il l'observa d'un regard étonnamment ferme.

— Tu es un choix qu'il aurait approuvé, mais...

— Voyons ! s'exclama Daphné, ne sachant comment interpréter ces paroles.

— ... je t'ai quand même épousée, poursuivit-il en lui adressant un petit sourire espiègle.

Il semblait si sincère, plein de sérieux enfantin, qu'elle eut toutes les peines du monde à se retenir de jeter ses bras autour de son cou pour le consoler. Même si sa souffrance était réelle, même si son âme avait été profondément blessée, il s'y prenait de façon désastreuse. La meilleure revanche sur son père aurait été de mener une vie heureuse et épanouie, d'atteindre les sommets de réussite dont celui-ci avait voulu le priver.

Daphné ravala un sanglot de frustration. Comment pourrait-il trouver le bonheur si tous ses choix ne visaient qu'à s'opposer aux désirs d'un homme mort ?

Ils aborderaient ce débat plus tard, songea-t-elle. Elle était épuisée, il était ivre, le moment était fort mal choisi.

— Allons, viens te coucher, dit-elle.

Il la scruta longuement, tandis que ses yeux s'emplissaient d'une détresse infinie.

— Ne me quitte pas, murmura-t-il.

— Simon ! s'écria-t-elle d'une voix étranglée par l'émotion.

— S'il te plaît, ne t'en va pas. Il est parti. Tout le monde est parti. Même moi, je suis parti.

Il pressa sa main entre ses doigts.

— Reste.

Elle acquiesça, tremblante, et se mit sur ses pieds.

— Tu peux t'installer dans mon lit, le temps de te remettre. Je suis sûre que demain, tu seras parfaitement rétabli.

— Oui, mais tu restes avec moi ?

Daphné commettait une erreur. Elle le savait, mais elle s'entendit répliquer :

— D'accord, je reste avec toi.

— Merci.

Il se redressa avec peine.

— Parce que je ne pourrais pas... J'ai vraiment...

Dans un soupir, il leva vers elle un regard agrandi par l'angoisse.

— J'ai besoin de toi, Daphné.

Elle le guida jusqu'au lit, et faillit tomber avec lui lorsqu'il roula sur le matelas.

— Tiens-toi tranquille, ordonna-t-elle en s'agenouillant pour lui ôter ses bottes.

Elle avait déjà fait cela pour ses frères, aussi savait-elle comment prendre le talon, et non la pointe, mais la chaussure épousait si étroitement le pied de son propriétaire que

Daphné s'étala de tout son long sur le tapis quand la botte céda enfin.

— Bonté gracieuse, marmonna-t-elle en s'apprêtant à répéter la manœuvre. Et on dit que les femmes sont esclaves de la mode !

Simon émit un son qui ressemblait à s'y méprendre à un ronflement.

— Tu dors ? demanda-t-elle, incrédule.

Elle tira sur la seconde botte, qui vint un peu plus facilement que la première, et souleva les jambes de Simon, lourdes et inertes, pour les déposer sur le lit.

Qu'il semblait jeune et paisible, avec ses longs cils bruns qui ombraient ses joues ! Tendant une main vers lui, elle écarta une mèche de son front.

— Dors, mon chéri, chuchota-t-elle.

Elle se détourna... mais, vif comme l'éclair, il tendit le bras pour l'enlacer.

— Tu m'as promis de rester, dit-il d'un ton accusateur.

— Je pensais que tu t'étais assoupi.

— Cela ne te donne pas le droit de manquer à ta parole.

Comme il tirait sur son bras avec insistance, elle renonça et s'étendit à son côté. Son corps était chaud, familier, et même si elle éprouvait de vives inquiétudes quant à leur avenir commun, elle ne trouva pas la force de résister à sa tendre insistance.

Daphné se réveilla environ une heure plus tard, étonnée de s'être endormie. Près d'elle, Simon respirait doucement. Ils étaient tous deux habillés, lui dans ses vêtements imbibés de senteurs d'alcool, elle dans sa robe de chambre.

D'un geste léger, elle lui caressa la joue.

— Que vais-je faire de toi ? murmura-t-elle. Je t'aime, tu le sais. Je t'aime, mais je ne supporte pas de voir le mal que tu t'infliges.

Elle prit une longue inspiration saccadée.

— Et à moi aussi. Je n'accepte pas ce que tu me fais subir.

Il s'agita dans un demi-sommeil, et l'espace d'un instant elle songea, alarmée, qu'il ne dormait peut-être pas.

— Simon ? l'appela-t-elle.

Un soupir de soulagement lui échappa lorsqu'elle constata qu'il ne répondait pas. Elle savait qu'elle n'aurait pas dû prononcer à haute voix des paroles qu'elle n'était pas prête à lui dire, mais il semblait si innocent, étendu sur les oreillers à la blancheur de neige ! C'était si naturel d'épancher ses pensées les plus secrètes quand il arborait cette expression sereine !

— Oh, Simon, gémit-elle en fermant les yeux pour retenir les larmes qui perlaient à ses paupières.

Elle devait se lever. Elle devait impérativement se lever et le laisser se reposer. Certes, elle comprenait les raisons qui le poussaient à refuser toute perspective de concevoir un enfant, mais elle ne pouvait en aucun cas être d'accord avec lui. S'il la trouvait encore dans ses bras en se réveillant, il serait tenté de croire qu'elle était disposée à accepter ses conditions, ainsi que l'idée qu'il se faisait d'une famille.

Lentement, à contrecœur, elle entreprit de se redresser. Aussitôt, il resserra son étreinte en marmonnant « non » d'une voix ensommeillée.

— Simon, je...

Il l'attira plus près de lui... et elle s'aperçut qu'il la désirait violemment.

— Simon ? chuchota-t-elle. Est-ce que tu dors ?

Il répondit par des paroles indistinctes. Sans autre tentative de la séduire, il se contenta de la presser contre lui.

Daphné battit des cils, stupéfaite. Jamais elle n'avait imaginé qu'un homme puisse ressentir une telle excitation dans son sommeil.

Reculant la tête pour scruter le visage de Simon, elle souligna d'un geste léger la ligne de sa mâchoire. Il laissa échapper un petit soupir aux inflexions graves, presque rauques. Daphné tressaillit. Très lentement, avec une sensualité qu'elle ne se connaissait pas, elle défit les boutons de sa chemise, ne s'arrêtant qu'une fois pour effleurer du bout du doigt son abdomen.

En le voyant tressaillir d'impatience, elle ressentit une enivrante sensation de pouvoir. Comme c'était étrange de constater qu'il était sous sa domination ! Il était endormi, probablement encore sous l'effet de l'alcool... Elle pouvait faire de lui ce qu'elle voulait.

Elle pouvait *obtenir* de lui ce qu'elle voulait.

D'un bref regard, elle s'assura qu'il sommeillait toujours, puis elle le débarrassa de son pantalon. Il était tendu par le désir. Elle referma sa main sur lui. Sous ses doigts, son sexe durcit encore.

— Daphné, gémit-il.

Dans un soupir saccadé, il battit des paupières.

— Oh ! Que c'est bon !

— Chut, murmura-t-elle en ôtant sa robe de chambre. Laisse-moi faire...

Étendu sur le dos, il serra les poings lorsqu'elle imprima une plus forte pression de ses doigts. Elle avait acquis une certaine expérience au cours de leurs deux semaines de mariage ! Bientôt, il gémit de plaisir sous ses savantes caresses, tout en laissant échapper de petits halètements de volupté.

Sur son âme, elle aussi le désirait ! C'était elle qui décidait, et c'était là le plus formidable aphrodisiaque qu'elle eût imaginé. Quelque chose en elle tressaillit, son cœur s'accéléra. Elle avait faim de lui.

Elle n'avait qu'une envie, qu'il entre en elle, l'emplisse totalement... et lui donne tout ce qu'un homme était supposé offrir à sa femme.

— Oh, Daphné ! supplia-t-il, agitant sa tête sur l'oreiller. Je te veux. Tout de suite !

Elle se plaça sur lui et, s'appuyant sur ses épaules, se posa à califourchon sur son bassin. Puis, d'une main ferme, elle le guida jusqu'en elle. Elle était déjà humide de désir.

Simon se cambra tandis que, très lentement, elle glissait le long de son membre, jusqu'à ce qu'il soit presque complètement en elle.

— Plus loin, gémit-il. Vite !

Rejetant la tête en arrière, elle obtempéra. Elle l'agrippa un peu plus fermement en cherchant son souffle. Il la comblait si profondément qu'elle aurait pu en mourir de plaisir. Jamais elle n'avait ressenti aussi pleinement le bonheur d'être femme !

Dans un gémissement, elle creusa les reins, puis commença à bouger au-dessus de lui. Tout en continuant sa danse sensuelle, elle posa les mains sur son propre ventre, avant de remonter vers sa poitrine.

Simon ouvrit les yeux et émit un hoquet de ravissement en suivant son geste d'un regard fasciné. Jaillissant de ses lèvres entrouvertes, son souffle se fit plus lourd, plus impatient.

— Daphné ! Que fais-tu ? Qu'as-tu...

Au même instant, elle effleura la pointe de son sein. Sous elle, il s'arc-bouta violemment.

— Où as-tu appris cela ?

Baissant les yeux, elle lui adressa un sourire mutin.

— Je ne sais pas.

— Caresse-toi encore, ordonna-t-il. Je veux te voir

Ne sachant exactement ce qu'elle était supposée faire, Daphné s'en remit à son instinct. Elle se cambra tout en imprimant à ses hanches un sensuel mouvement de bascule, faisant fièrement saillir ses seins. Puis elle prit ceux-ci en coupe dans ses paumes pour en éprouver la lourdeur voluptueuse, avant de faire rouler leurs pointes entre ses doigts... tout cela sans quitter un instant Simon du regard.

Celui-ci s'arqua de nouveau, cette fois plus vivement, et se mit à aller et venir en elle avec une ardeur renouvelée, les mains crispées sur les draps. Daphné comprit alors qu'il avait presque atteint la jouissance. D'habitude, il se montrait attentif à elle et prenait toujours soin de l'emporter jusqu'au summum du plaisir avant de s'accorder le même privilège. Cette fois-ci, il plongerait le premier dans l'extase.

Elle n'en était pas loin, mais il la devançait.

— Ah ! s'écria-t-il d'une voix aux intonations sauvages, presque primitives. Je vais... je ne peux plus...

Fixant sur elle un regard étrangement suppliant, il tenta de se retirer.

Daphné appuya sur lui de tout son poids.

Il jouit en elle, si violemment que son bassin se souleva du lit, imprimant à Daphné une brusque poussée. Elle referma les mains sur ses hanches et les serra aussi fort qu'elle en était capable pour le garder en elle. Elle ne voulait pas perdre une goutte de lui. Cette fois-ci, elle ne laisserait pas échapper sa chance !

Tandis que le plaisir explosait en lui, Simon rouvrit les yeux, comprenant, mais trop tard, son erreur. Son corps n'avait plus la force de s'arrêter : la volupté qui l'emportait était d'une telle puissance qu'il ne pouvait lutter. S'il avait été au-dessus, peut-être aurait-il réussi à se retirer à temps mais, étendu sous Daphné, hypnotisé par le jeu de ses petites mains courant sur son corps, il avait été le jouet du prodigieux désir qu'elle avait éveillé en lui.

Il serra les dents sous la violence du spasme, puis il vit l'expression extatique de son visage aux traits délicats... et retrouva sa lucidité. Daphné avait agi à dessein. Elle avait tout manigancé !

Elle avait profité de son sommeil et de son ivresse pour l'exciter, avant de l'introduire en elle afin de lui voler sa semence.

Les yeux agrandis par l'horreur, il chercha le regard de la jeune femme.

— Comment as-tu pu... ? murmura-t-il.

Elle ne répondit pas, mais il lut sur son visage qu'elle l'avait entendu.

Il s'arracha à son étreinte à l'instant même où elle commençait à se resserrer autour de lui, lui refusant le plaisir qu'il venait de connaître.

— Comment as-tu pu ? répéta-t-il. Tu savais. Tu savais q-que j-j-j...

Elle ne l'écoutait plus, roulée sur elle-même, les genoux remontés sur sa poitrine.

Dans un juron de rage, il sauta sur ses pieds, prêt à l'accabler d'insultes pour l'avoir si lâchement trahi, mais sa gorge se noua, sa langue se bloqua. Plus un mot ne pouvait franchir la barrière de ses lèvres.

— T... t-tu... ! bégaya-t-il, avant de renoncer.

Daphné lui jeta un regard effrayé.

— Simon ?

Il ne voulait pas cela. Il refusait qu'elle le dévisage ainsi, comme s'il était quelque créature monstrueuse. Seigneur, oh, Seigneur ! Il avait l'impression d'avoir de nouveau sept ans. Il ne pouvait pas parler. Son propre corps ne lui obéissait plus. Il était perdu.

Une expression inquiète, vaguement apitoyée, passa sur le visage de Daphné. C'était insupportable !

— Est-ce que ça va ? demanda-t-elle dans un filet de voix. Peux-tu respirer ?

— G... g-ga...

C'était bien loin du « garde ta pitié ! » qu'il aurait voulu hurler. Il lui semblait presque percevoir le regard ironique de son père, dont la seule présence lui nouait la gorge et paralysait sa langue.

— Simon ? appela-t-elle en se ruant vers lui.

L'affolement perçait à présent dans sa voix.

— Simon, dis quelque chose !

Elle fit mine de le prendre par le bras, mais il la rejeta brutalement.

— Ne me touche pas ! cria-t-il d'un trait.

Elle recula aussitôt.

— Je constate que tu peux encore prononcer certaines paroles, commenta-t-elle d'un ton infiniment triste.

Simon se détestait. Il détestait sa voix qui l'avait abandonné. Il détestait sa femme, qui possédait le pouvoir de réduire en miettes son contrôle. Ce mutisme total, cette sensation d'étranglement, d'étouffement, il avait consacré sa vie à les fuir, et voilà qu'*elle* les faisait revenir au centuple.

Il ne pouvait accepter cela. Il ne pouvait redevenir celui qu'il avait été autrefois.

Il tenta de prononcer son prénom, mais pas une syllabe ne dépassa ses lèvres.

Il devait partir. Il ne supportait pas de la regarder. Il ne tolérait pas sa présence. Sa propre présence lui était tout aussi inacceptable, mais contre cela, hélas ! il n'y avait guère de remède.

— N... ne t-t'approche p-pas de moi, bégaya-t-il en l'arrêtant d'une main, tandis que de l'autre il enfilait son pantalon. T... t-tu as fait ça !

— Quoi donc ? s'écria Daphné en s'enveloppant du drap. Simon, calme-toi et dis-moi ce que j'ai fait de mal. Tu me désirais. Tu le sais, n'est-ce pas ?

— C... c... ceci ! éructa-t-il en montrant sa gorge du doigt.

Puis, désignant le ventre de Daphné :

— Et cela !

Enfin, incapable de supporter cette scène plus longtemps, il quitta la chambre en trombe.

Si seulement, songea-t-il, il pouvait échapper à lui-même avec la même facilité !

Dix heures plus tard, Daphné trouva la note suivante :

*Des affaires pressantes m'appellent dans une autre de mes propriétés. J'ose espérer que si tes tentatives pour concevoir un enfant s'avéraient fructueuses, tu m'en informerais.*

*Mon régisseur te transmettra mes instructions en cas de besoin.*

*Simon*

La feuille de papier glissa des doigts de Daphné et flotta quelques instants dans les airs avant de tomber sur le parquet. La jeune femme porta la main à ses lèvres pour comprimer un sanglot de détresse, dans le vain espoir d'apaiser la violence des émotions qui déferlaient en elle.

Il l'avait quittée. Il l'avait réellement quittée ! Elle savait qu'il était en colère, et même qu'il ne lui pardonnerait peut-être pas, mais jamais elle n'avait songé qu'il s'en irait pour de bon.

Elle avait cru... Oui, même lorsqu'il était sorti précipitamment de sa chambre, elle avait cru qu'ils pourraient résoudre ce différend. À présent, elle ne savait plus.

Peut-être s'était-elle montrée trop optimiste. Non sans une certaine arrogance, elle avait pensé être capable de le guérir, de panser les blessures de son cœur. À présent, elle comprenait qu'elle avait dangereusement surestimé ses propres capacités. Elle s'était imaginé que par la seule force de son amour si pur, Simon oublierait les années de souffrance et de ressentiment qui avaient donné un sens à sa vie.

Comme elle avait manqué de modestie ! Et comme elle avait honte de sa stupidité !

Certaines choses n'étaient pas à sa portée. Elle avait mené une existence si protégée que, jusqu'à présent, elle n'en avait jamais pris conscience.

Certes, elle n'avait pas cru qu'il lui suffirait de tendre la main pour obtenir tout ce qu'elle désirait, mais elle avait toujours supposé qu'à condition de s'en donner la peine et de traiter les autres comme elle souhaitait être traitée elle-même, elle serait récompensée de ses efforts.

Cette fois-ci, ce n'était pas le cas. Elle ne pouvait rien pour Simon.

Un silence surnaturel semblait planer autour d'elle tandis que Daphné se rendait au rez-de-chaussée, dans le petit salon jaune. Les domestiques, ayant appris le départ de son mari, prenaient-ils un soin méticuleux à ne pas la croiser ? Sans doute avaient-ils entendu des bribes de leur dispute la nuit passée.

Elle poussa un soupir. Le chagrin était encore plus pénible à endurer sous le regard des autres.

Des autres qui demeuraient décidément invisibles ! songea-t-elle en tirant sur le cordon de la sonnette. Elle ne pouvait les voir mais elle savait qu'ils étaient là, murmurant dans son dos, la prenant en pitié.

Curieusement, jamais jusqu'alors elle n'avait prêté une grande attention aux ragots des domestiques. À présent, se dit-elle en s'asseyant sur le canapé, elle était désespérément seule. À quoi d'autre pouvait-elle occuper ses pensées ?

— Madame ?

Levant les yeux, elle aperçut une petite bonne qui se tenait, hésitante, sur le seuil.

— Du thé, s'il vous plaît, demanda Daphné d'un ton calme. Pas de biscuits, juste du thé.

La soubrette hocha la tête et s'enfuit.

Avec un soupir, Daphné effleura son ventre de la main. Fermant les yeux, elle formula une prière muette. Seigneur, implora-t-elle, faites qu'il y ait un enfant...

Elle n'aurait peut-être pas d'autre chance.

Daphné ne ressentait aucun scrupule d'avoir agi comme elle l'avait fait. Peut-être aurait-elle dû, mais ce n'était pas le cas !

Elle n'avait rien manigancé. Jamais elle n'avait posé les yeux sur Simon endormi en se disant : « Il est probablement encore ivre ; je vais lui faire l'amour et lui voler sa semence sans qu'il s'en aperçoive... »

Cela ne s'était pas passé ainsi.

Daphné avait oublié de quelle façon c'était arrivé, mais elle se souvenait de l'instant où elle s'était trouvée au-dessus de lui et de celui où, comprenant qu'il ne se retirerait pas à temps, elle avait fait en sorte de le retenir en elle.

Ou peut-être... Elle ferma les yeux de toutes ses forces. Peut-être était-ce le contraire. Peut-être n'avait-elle pas profité de l'instant... mais plutôt de Simon.

Elle ne savait plus. Tout était confus, à présent. Le bégaiement de Simon, le besoin désespéré qu'elle ressentait d'avoir un bébé, la haine de Simon envers son propre père... tout se mélangeait dans son esprit, de sorte qu'elle était incapable de distinguer un fait d'un autre.

Et elle était si seule !

Entendant du bruit à la porte, elle leva la tête. Elle s'attendait à voir la timide petite bonne apportant le plateau de thé, mais à sa place elle reconnut Mme Colson, les traits tirés, le regard inquiet.

Daphné adressa un faible sourire à la gouvernante.

— Je croyais que c'était la domestique, dit-elle dans un souffle.

— Comme j'avais à faire dans la pièce voisine, expliqua Mme Colson, j'en ai profité pour servir madame moi-même.

Daphné comprit qu'elle mentait, mais elle hocha tout de même la tête.

— La bonne m'a bien précisé que madame ne désirait pas de biscuits, mais je me suis permis d'en ajouter quelques-uns sur le plateau, car j'ai remarqué que madame n'avait pas mangé ce matin.

— C'est très attentionné de votre part, répondit Daphné d'une voix méconnaissable.

Son timbre lui semblait monocorde, étranger.

— Madame est trop bonne.

La gouvernante parut vouloir ajouter quelque chose, mais n'en fit rien. Se redressant, elle demanda :

— Puis-je faire autre chose pour le service de madame ?

Daphné secoua la tête.

Mme Colson se dirigea vers la porte, et l'espace d'un instant, Daphné faillit la rappeler. Elle était sur le point de la prier de s'asseoir avec elle pour prendre le thé en sa compagnie. Alors, elle lui aurait confié sa honte et son chagrin, et elle aurait laissé couler ses larmes...

Non parce qu'elle se sentait proche de la gouvernante, mais parce qu'elle n'avait personne d'autre.

Finalement, elle ne dit rien, et Mme Colson quitta la pièce.

Daphné prit un biscuit. Peut-être, songea-t-elle en mordant dedans, le temps était-il venu de rentrer chez elle.

# 19

*La nouvelle duchesse de Hastings a été aperçue dans Mayfair aujourd'hui. Philipa Featherington, voyant la ci-devant miss Bridgerton marcher d'un pas rapide dans la rue, l'a appelée, mais lady Hastings a feint de ne pas l'entendre.*

*Et nous savons qu'elle faisait semblant, car tout de même, il faut être sourd pour ne pas remarquer les cris de miss Philipa Featherington !*

LA CHRONIQUE MONDAINE DE LADY WHISTLEDOWN, 9 juin 1813

Les peines de cœur, apprit Daphné, ne disparaissaient jamais complètement ; tout au plus s'atténuaient elles. La pointe acérée qui semblait vous transpercer à chaque inspiration finissait par céder la place à une douleur plus sourde – de celles que l'on pouvait presque ignorer. Presque.

Daphné avait quitté Clyvedon Castle le lendemain du départ de Simon et pris la route de Londres, bien décidée à rentrer à Bridgerton House. Puis, s'étant avisée qu'un retour au bercail apparaîtrait comme un aveu d'échec, au dernier instant elle avait ordonné au cocher de l'emmener plutôt à Hastings House. Elle serait près des siens, si elle ressentait le besoin de leur soutien et de leur solidarité, mais en tant que femme mariée, elle se devait de résider dans sa propre demeure.

Elle se présenta elle-même au personnel qui la reçut sans poser la moindre question – mais non sans une vive curiosité – et s'établit dans sa nouvelle vie d'épouse abandonnée.

Sa mère fut la première à lui rendre visite. Daphné ne s'étant pas donné la peine d'informer qui que ce soit d'autre de son retour à Londres, elle ne fut pas surprise outre mesure par son arrivée.

— Où est-il ? demanda Violet sans autre préambule.

— Je présume que vous parlez de mon époux ?

— Non, de votre grand-oncle Edmund, riposta sa mère d'un ton sec. Bien entendu, votre mari !

Évitant le regard maternel, Daphné répondit :

— Je crois qu'il s'occupe de l'une de ses propriétés à la campagne.

— Vous *croyez* ?

— Disons que je le sais, rectifia Daphné.

— Et *savez*-vous pour quelle raison vous n'êtes pas à ses côtés ?

Daphné envisagea de mentir. Elle songea à raconter crânement quelque fable où elle ferait figurer des fermiers affolés, des troupeaux malades, ou *n'importe quoi* d'autre. Puis ses lèvres se mirent à trembler, ses paupières à la brûler. D'une toute petite voix, elle avoua :

— Parce qu'il n'a pas voulu m'emmener avec lui.

Violet la prit par les mains.

— Oh, ma chérie ! s'exclama-t-elle. Que s'est-il passé ?

Daphné s'assit sur un canapé et invita sa mère à s'installer auprès d'elle.

— Plus que je ne pourrais l'expliquer.

— Voulez-vous essayer ?

Elle secoua la tête. Jamais de sa vie elle n'avait eu de secrets pour sa mère. Jamais il n'y avait eu un sujet qu'elle avait hésité à aborder avec elle…

Seulement, jamais elle ne s'était trouvée dans pareille situation !

Elle tapota la main de Violet.

— Ça va aller.

Celle-ci ne sembla pas convaincue.

— En êtes-vous certaine ?

— Non, dit Daphné en laissant son regard errer sur le plancher, mais il faut bien que je le croie.

Après le départ de Violet, Daphné posa une main sur son ventre et murmura une prière.

Le second à passer la voir fut Colin. Une semaine après la visite de sa mère, alors qu'elle rentrait d'une brève promenade dans les allées du parc, Daphné le découvrit dans son séjour, les bras croisés, l'air furieux.

— Tiens ? fit-elle en ôtant ses gants. Tu as appris mon retour.

— Que se passe-t-il, nom de nom ? grommela-t-il.

Colin, songea-t-elle avec ironie, n'avait manifestement pas hérité de la subtilité toute diplomatique de leur mère.

— Réponds ! tonna-t-il.

Elle ferma les paupières quelques instants, dans l'espoir de chasser la migraine qui la tenaillait depuis plusieurs jours. Elle n'avait pas l'intention de révéler ses tourments à Colin, ni même de lui en dire autant qu'à Violet, même s'il était sans doute déjà au courant. Les nouvelles voyageaient vite à Bridgerton House.

Daphné ne savait pas où elle trouva la force de résister, mais elle puisa un certain réconfort dans le simple fait de montrer bonne figure. Redressant les épaules, elle haussa les sourcils :

— Qu'entends-tu par là ?

— Je veux savoir, répliqua Colin entre ses dents serrées, où est ton mari ?

— Occupé ailleurs.

Une bien meilleure explication, songea-t-elle, que : « Il m'a abandonnée. »

— Daphné ! insista-t-il d'une voix aux intonations lourdes de menaces.

— Tu es venu seul ? demanda-t-elle.

— Anthony et Benedict sont à la campagne ce mois-ci, si c'est ce que tu veux savoir.

Elle réprima de justesse un soupir de soulagement. Une confrontation avec son frère aîné était la dernière chose dont elle avait besoin ! Certes, elle avait réussi à l'empêcher d'occire Simon une première fois, mais elle n'était pas certaine de pouvoir renouveler cet exploit.

Colin ajouta :

— Daphné, je t'ordonne de me dire sur-le-champ où se cache ce misérable.

Elle tressaillit sous l'insulte. Si elle s'accordait le droit de traiter de tous les noms son époux, elle ne tolérait pas que son frère se permette les mêmes libertés.

— Je présume, rétorqua-t-elle d'un ton glacial, que le terme « misérable » se réfère à mon mari ?

— Tu vas me dire immédiatement...

— Je vais surtout te prier de partir d'ici, l'interrompit-elle.

Colin la dévisagea comme s'il venait de lui pousser des cornes.

— Pardon ?

— Je n'ai aucune envie de discuter de ma vie conjugale avec toi. Si tu ne peux pas t'empêcher de donner un avis que personne n'a sollicité, il est préférable que tu t'en ailles.

— Tu ne peux pas me demander une chose pareille ! s'exclama-t-il, incrédule.

Elle croisa les bras sur sa poitrine.

— Je suis chez moi.

Colin la scruta longuement, puis il parcourut la pièce – le salon de la duchesse de Hastings – d'un regard stupéfait avant de la fixer de nouveau, comme s'il venait seulement de prendre conscience que sa petite sœur était devenue une femme libre.

Il s'approcha d'elle et prit sa main.

— Daph', déclara-t-il calmement. Je vais te laisser régler ceci comme tu l'entends.

— Merci.

— *Pour l'instant,* précisa-t-il. Ne crois pas que je tolérerai longtemps cette situation.

Il n'en aurait pas besoin, songea Daphné une demi-heure plus tard, alors que Colin quittait l'hôtel particulier.

Son attente ne durerait pas indéfiniment. Dans deux semaines, elle saurait.

Chaque matin, Daphné se réveillait en retenant son souffle. Bien avant le premier jour prévu de son cycle, déjà, elle murmurait une brève prière puis, se mordant les lèvres, soulevait les couvertures d'une main tremblante pour voir si elle avait perdu du sang.

Et chaque matin, elle ne voyait que les draps d'une blancheur immaculée.

Une semaine après la date fatidique, elle commença à entrevoir une lueur d'espoir. Mais son cycle n'avait jamais été très régulier. Il pouvait encore arriver n'importe quand. Tout de même, *jamais* il n'avait pris un tel retard...

Une autre semaine passa. À présent, elle s'éveillait le sourire aux lèvres, veillant sur son secret comme sur le plus précieux des trésors. Elle n'était pas encore prête à le partager avec qui que ce soit – ni avec sa mère, encore moins avec ses frères, et certainement pas avec Simon.

Elle ne ressentait pas une grande culpabilité à l'idée de priver ce dernier de la bonne nouvelle. Ne l'avait-il pas privée de sa semence ? En outre, elle craignait une réaction violemment négative de sa part, et elle n'avait aucune envie qu'il ruine ce bonheur par une explosion de colère. Toutefois, elle adressa un billet à son régisseur pour qu'il lui indique la nouvelle adresse de Simon.

À la fin de la troisième semaine, sa conscience finalement l'emporta. Daphné s'installa à son secrétaire pour écrire à Simon.

Hélas ! Elle était occupée à faire sécher la cire à cacheter sur l'enveloppe lorsque Anthony, de retour de son séjour campagnard, effectua une entrée fracassante dans la pièce. Daphné se trouvait à l'étage, dans ses appartements privés, où elle n'était *pas* supposée recevoir de visiteurs. Elle préféra ne pas songer au nombre de domestiques qu'Anthony avait molestés sur son passage.

Il paraissait furieux. Daphné était consciente de commettre une erreur en le provoquant, mais son frère avait toujours eu le don de la rendre sarcastique.

— Que fais-tu ici ? N'ai-je pas un majordome ?

— Tu *avais* un majordome, rectifia Anthony.

— Diable !

— Où est-il ?

— Pas ici, comme tu peux le constater.

À quoi bon prétendre ignorer de qui il parlait ?

— Je vais le tuer.

Daphné se leva, agacée.

— Certainement pas !

Les poings sur les hanches, Anthony se pencha vers elle pour la transpercer d'un regard meurtrier.

— J'ai posé une condition à Hastings avant qu'il t'épouse, si tu t'en souviens.

Elle secoua la tête.

— Je lui ai rappelé que je n'aurais pas hésité à le tuer pour avoir ruiné ta réputation. Que le Ciel lui vienne en aide s'il te brisait le cœur !

— Il n'a rien fait de cela, Anthony, répondit-elle en posant une main sur son ventre. C'est même exactement le contraire.

Elle ne sut jamais s'il avait été surpris par ces paroles, car elle le vit poser les yeux sur son secrétaire, puis froncer les sourcils.

— Qu'est-ce que c'est ?

Suivant son regard, elle aperçut la pile des brouillons de la lettre destinée à Simon.

— Rien du tout, répliqua-t-elle en retournant à la table pour s'emparer des pièces à conviction.

— Tu lui écris ?

Le visage déjà menaçant d'Anthony prit une expression effrayante.

— Et pour l'amour du Ciel, ne me mens pas ! J'ai vu son nom en haut du papier.

Daphné froissa les feuillets raturés et les jeta dans la corbeille sous le bureau.

— Ce ne sont pas tes affaires.

Anthony loucha sur le panier comme s'il envisageait de plonger sous le secrétaire pour s'emparer des lettres. Finalement, posant les yeux sur Daphné, il se contenta de déclarer :

— Je ne le laisserai pas s'en sortir à si bon compte.

— Anthony, cela ne te regarde pas.

Il ne se donna pas la peine de répondre.

— Je le retrouverai, sois-en certaine. Je le débusquerai, et je l'abatt...

— Oh, assez ! s'impatienta Daphné. Il s'agit de *mon* couple, Anthony, pas du tien. Si tu te mêles de ma vie privée, je te préviens, je ne t'adresserai plus jamais la parole.

Son regard était si ferme, son ton si résolu qu'Anthony perdit un peu de sa superbe.

— Très bien, marmonna-t-il. Je l'épargnerai...

— Comme c'est magnanime ! commenta-t-elle, sarcastique.

— ... mais je le retrouverai, poursuivit-il d'une voix vibrante de colère, et je lui signifierai clairement ma désapprobation.

Un seul regard suffit à Daphné pour comprendre qu'il était sincère.

— Très bien, dit-elle en prenant la lettre qu'elle avait glissée dans un tiroir. Tu lui apporteras ceci.

— Entendu.

Il tendit la main, mais Daphné recula d'un pas.

— À la condition expresse que tu me fasses deux promesses.

— À savoir ?

— En premier lieu, que tu ne la liras pas.

Le seul fait qu'elle l'en croie capable parut le vexer mortellement.

— Épargne-moi tes airs vertueux, se moqua-t-elle. Je te connais, Anthony Bridgerton. Je sais que tu t'empresserais de la lire si tu espérais y arriver sans te faire pincer.

Anthony lui lança un regard furibond.

— Je sais également, enchaîna-t-elle, que tu ne briserais pas une promesse formulée sans la moindre ambiguïté. J'attends, Anthony.

— Allons, Daph', est-ce bien nécessaire ?

— Promets ! ordonna-t-elle.

— C'est bon, grommela-t-il. Je promets.

— Parfait.

Elle lui confia la lettre, qu'il couva d'un regard brillant de convoitise.

— En second lieu, ajouta-t-elle d'une voix sonore pour attirer son attention, tu dois t'engager à ne pas lui faire de mal.

— Dis donc, attends un instant ! s'impatienta Anthony. Tu m'en demandes beaucoup trop !

Elle tendit la main.

— Alors rends-moi cette lettre.

Il cacha aussitôt le pli derrière son dos.

— Tu me l'as déjà donnée.

Elle lui décocha un sourire suffisant.

— Oui, mais pas l'adresse.

— Je peux l'obtenir, répliqua-t-il.

— Non, et tu le sais. Il possède je ne sais combien de domaines ; il te faudrait plus d'une semaine pour déterminer dans lequel il se trouve.

— Ah, ah ! s'écria Anthony, triomphant. Alors il est dans une de ses propriétés. Ma chère, tu viens de me livrer un indice essentiel dans ce jeu.

— C'est un *jeu* ? s'exclama Daphné, stupéfaite.

— Allons, sœurette, dis-moi où il se cache.

— Pas tant que tu n'auras pas donné ta parole. Pas de violence, Anthony.

Elle croisa les bras.

— Et ce n'est pas négociable, ajouta-t-elle.

— C'est bon, maugréa Anthony.

— Dis-le.

— Tu es dure en affaires, Daphné Bridgerton.

— C'est Daphné Basset, et j'ai été à bonne école.

— Je promets... commença-t-il du bout des lèvres.

Son élocution manquait singulièrement de conviction.

— Cela ne me suffit pas.

Décroisant les bras, elle dévida de sa main droite un rouleau invisible, comme pour faire jaillir les paroles de la bouche de son frère.

— Je promets... de ne pas...

— Je promets de ne pas lever la main sur la triple buse qui te tient lieu de mari, marmonna Anthony. Là, es-tu satisfaite ?

— Tout à fait, approuva-t-elle.

Ouvrant un tiroir, elle en sortit la lettre qu'elle avait reçue quelques jours auparavant de la part du régisseur de Simon, et sur laquelle figurait l'adresse de ce dernier.

— Voilà.

Anthony la lui arracha des mains d'un geste aussi dénué d'élégance que de respect. Il baissa les yeux, parcourut le feuillet d'un regard rapide, puis déclara :

— Je serai de retour dans quatre jours.

— Tu pars aujourd'hui ? s'étonna Daphné.

— J'ignore combien de temps je pourrai brider mes pulsions meurtrières, rétorqua-t-il avec des intonations traînantes.

— Alors je t'en conjure, dépêche-toi ! l'exhorta Daphné.

Anthony ne se le fit pas répéter.

— Donnez-moi une bonne raison, une seule, de ne pas vous étriper sur-le-champ, Hastings !

Simon leva les yeux de son bureau. Sur le seuil de son cabinet de travail, se tenait un Anthony Bridgerton couvert de poussière et manifestement fou de rage.

— Moi aussi, je suis ravi de vous retrouver, Anthony, murmura-t-il.

L'intéressé entra dans la pièce avec la délicatesse d'une tornade, posa ses paumes sur le plateau de la table et se pencha d'un air menaçant.

— Pourriez-vous m'expliquer pourquoi ma sœur se trouve à Londres, passant toutes ses soirées à pleurer, pendant que vous êtes dans le...

Il regarda autour de lui en fronçant les sourcils.

— Où sommes-nous, au fait ?

— Dans le Wiltshire, répondit Simon.

— Pendant que vous êtes dans le Wiltshire, jouant les ermites dans cette propriété sans importance ?

— Daphné est à Londres ?

— On pourrait penser, grommela Anthony, qu'un mari sait ce genre de choses.

— On pourrait penser beaucoup de choses, marmonna Simon, et dans l'ensemble, on se tromperait.

Voilà deux mois qu'il avait quitté Clyvedon. Deux mois que, plongeant les yeux dans ceux de Daphné, il avait été frappé de mutisme. Deux longs mois de solitude absolue.

Il s'étonnait sincèrement qu'elle eût attendu si longtemps pour reprendre contact avec lui, même si elle avait préféré passer par l'intermédiaire de ce frère aîné aux manières agressives. Il ne savait exactement pourquoi, mais il aurait cru qu'elle se manifesterait plus tôt, ne serait-ce que pour le harceler. Daphné n'était pas le genre de femme à ruminer ses contrariétés en silence. En vérité, il n'aurait pas été surpris qu'elle se lance à sa poursuite pour l'accabler d'interminables reproches.

Et pour tout avouer, après environ un mois, il avait même commencé à espérer qu'elle le ferait.

— Je vous arracherais la tête, tonna Anthony, si je n'avais pas promis à Daphné de ne pas lever la main sur vous.

— Gageons que cela n'a pas été un engagement facile à prendre, commenta Simon.

Croisant les bras, Anthony darda sur lui un regard noir.

— Ni à respecter, ajouta-t-il.

Simon s'éclaircit la gorge. Comment demander des nouvelles de Daphné sans se trahir ? Elle lui manquait terriblement. Il s'était comporté comme le dernier des imbéciles, et son absence lui était insupportable. Il regrettait son rire, son parfum, et cette façon qu'elle avait, au beau milieu de la nuit, d'enrouler ses jambes autour des siennes.

Il avait l'habitude de la solitude, mais jamais il n'en avait autant souffert.

— Daphné vous envoie me chercher ? s'enquit-il finalement.

— Non.

Anthony porta une main à sa poche et en sortit une petite enveloppe de vélin qu'il déposa sur le bureau dans un claquement sec.

— Elle cherchait quelqu'un pour vous apporter ceci.

Simon considéra le pli avec un sentiment d'horreur croissante. Cela ne pouvait avoir qu'une signification. Il essaya de formuler une réponse neutre, comme « Je vois », mais sa gorge se noua.

— Je l'ai assurée que je me ferais une joie d'être son messager, poursuivit Anthony, sarcastique.

Simon l'ignora. Il tendit une main vers l'enveloppe, en espérant qu'Anthony ne remarquerait pas le tremblement qui agitait ses doigts.

En vain.

— Bon sang, que vous arrive-t-il ? demanda Anthony d'un ton rogue. Vous avez une mine épouvantable.

Simon prit l'enveloppe d'un geste sec et la ramena à lui.

— Pour moi aussi, c'est toujours un plaisir de vous retrouver, parvint-il à répliquer.

Anthony le considéra, visiblement partagé entre la colère et l'inquiétude. Il toussota plusieurs fois, avant de s'enquérir, avec une douceur inattendue :

— Seriez-vous souffrant ?

— Bien sûr que non.

Anthony pâlit.

— Alors, c'est Daphné ?

Simon redressa brusquement la tête.

— Pas à ma connaissance, pourquoi ? A-t-elle l'air malade ? Aurait-elle... ?

— Non, elle semble en parfaite santé.

Une lueur de curiosité brilla dans l'œil d'Anthony.

— Simon, reprit-il finalement, que faites-vous ici ? Manifestement, vous l'aimez. Et aussi incompréhensible que cela soit à mes yeux, elle paraît également très éprise dc vous.

Simon pressa ses doigts contre ses tempes dans l'espoir d'en chasser la migraine qui le tenaillait depuis des jours.

— Il y a certaines choses que vous ignorez, dit-il, épuisé, en fermant les yeux sous les assauts de la douleur. Des choses que vous ne pourriez pas comprendre.

Une longue minute silencieuse passa. Enfin, alors que Simon rouvrait les paupières, Anthony s'écarta du bureau et retourna vers la porte.

— Je ne vous ramènerai pas de force à Londres, dit-il à voix basse. Je devrais, mais je ne le ferai pas. Daphné doit être certaine que vous rentrez pour elle, pas parce que son frère aîné braque un pistolet entre vos omoplates.

Simon faillit rétorquer que c'était pourtant sous une telle menace qu'il l'avait épousée, mais il se mordit la langue. Ce n'était pas vrai. Pas tout à fait, du moins. Dans une autre vie, c'est lui qui aurait supplié Daphné à genoux de lui accorder sa main...

— Sachez néanmoins, poursuivit Anthony, que l'on commence à jaser. Daphné est rentrée seule à Londres, tout juste quinze jours après votre mariage hâtif. Elle fait bonne figure, mais elle doit souffrir. Personne n'est réellement venu la narguer, mais on ne peut pas supporter indéfiniment la pitié des autres, aussi bien intentionnée soit-elle. Et cette peste de Whistledown ne s'est pas privée de la citer dans ses colonnes.

Simon tressaillit. Il n'était pas en Angleterre depuis très longtemps, mais suffisamment pour avoir compris la capacité de nuisance de la fictive lady Whistledown.

Anthony laissa échapper un juron de mépris.

— Consultez un médecin, Hastings. Et allez retrouver votre femme.

Sur ce, il s'en alla à grandes enjambées.

Simon regarda longuement la lettre qu'il tenait entre ses mains. L'irruption d'Anthony avait été un choc, et le fait de savoir que celui-ci n'avait quitté Daphné que depuis peu l'avait empli de nostalgie.

Bon sang, il n'avait pas prévu qu'elle lui manquerait autant !

Cela ne signifiait pas, toutefois, qu'il n'était plus fâché contre elle. Elle lui avait volé ce qu'il ne pouvait absolument pas lui offrir. Il ne voulait pas d'enfants. Il le lui avait dit. Elle le savait en l'épousant. Elle avait trahi sa confiance.

Quoique... En était-il certain ? Il frotta ses paupières douloureuses et son front en essayant de convoquer les souvenirs de cette nuit désastreuse. C'était indiscutable, Daphné avait pris l'initiative de le séduire, mais il s'entendait encore la supplier de continuer. Il n'aurait jamais dû encourager une étreinte dont il savait qu'il ne pourrait l'interrompre quand il le déciderait !

Au demeurant, la probabilité qu'elle soit enceinte était faible, se dit-il pour se rassurer. Sa propre mère n'avait-elle pas attendu plus de dix ans pour mettre au monde son unique enfant vivant ?

Le soir, seul dans son lit, il s'avouait la vérité. Il n'avait pas fui parce que Daphné lui avait désobéi, ou par crainte qu'elle ne porte un bébé.

Il était parti parce qu'il n'avait pas supporté ce qu'elle avait fait de lui. En sa présence, il avait recommencé à bégayer et à bafouiller comme le gamin qu'il avait été autrefois. Elle lui avait fait perdre l'usage de la parole, ravivant cette effrayante impression d'étouffement, ainsi que l'horreur d'être incapable d'exprimer ce qu'il ressentait.

Il se remémora l'époque où il la courtisait – où il *feignait* de la courtiser, songea-t-il avec un sourire nostalgique – et se rappela combien cela était facile d'être en sa compagnie, de discuter avec elle. Ses souvenirs étaient cependant ternis par la conclusion de toute cette histoire, dans la chambre de Daphné, en ce matin de cauchemar où il s'était réveillé, la langue paralysée et la gorge nouée.

Comme il détestait celui qu'il avait été en cet instant !

Alors il s'était réfugié dans l'une de ses villégiatures – en tant que duc, il en possédait un certain nombre. Celle-ci se trouvait dans le Wiltshire, c'est-à-dire, avait-il estimé, pas trop loin de Clyvedon. Il pouvait être de retour en un jour et demi en chevauchant à bride abattue. Ce n'était pas vraiment une fuite, n'est-ce pas, s'il pouvait revenir aussi facilement ?

À présent, il allait probablement devoir rentrer.

Prenant une profonde inspiration, il saisit son coupe-papier et fendit l'enveloppe, dont il retira un simple feuillet. Il le parcourut du regard.

*Simon,*

*Mes tentatives, comme tu les appelles, ont été couronnées de succès. Afin de me rapprocher de ma famille, je me suis installée à Londres, où j'attends tes directives.*

*Bien à toi,*

*Daphné*

Simon ne sut jamais combien de temps il demeura assis à son bureau, le souffle coupé, la feuille de vélin entre ses doigts. Puis, tout à coup, un courant d'air le chatouilla, ou peut-être est-ce la lumière qui avait changé, ou bien y eut-il un craquement quelque part dans la maison... Toujours est-il que quelque chose le tira de sa rêverie. Il bondit sur ses pieds, traversa le hall en trombe et appela le majordome.

— Faites préparer l'attelage ! tonna-t-il. Je pars pour Londres !

# 20

*Le mariage de la saison semble avoir fait long feu. La duchesse de Hastings, anciennement miss Bridgerton, est rentrée à Londres voici maintenant deux mois, et votre dévouée chroniqueuse n'a toujours pas vu l'ombre de son nouvel époux, le duc.*

*La rumeur affirme que celui-ci a disparu de Clyvedon, où le couple, du temps de son bonheur, avait choisi de passer sa lune de miel. En vérité, votre dévouée chroniqueuse n'a rencontré personne qui prétende savoir où il se trouve – si la duchesse le sait, elle ne le dit pas, et en outre on a rarement l'occasion de lui poser la question, car elle fuit la société, à l'exception de sa nombreuse famille.*

*C'est bien entendu le rôle, et même le devoir, de votre dévouée chroniqueuse que de spéculer sur les raisons d'une telle rupture, mais nous devons avouer que même nous, nous sommes déconcertée. Ils semblaient tellement épris l'un de l'autre !*

*La Chronique mondaine de lady Whistledown,* 2 août 1813

Le voyage de Simon dura deux jours, soit deux jours en tête à tête avec ses ruminations. Simon avait apporté quelques livres pour la route dans l'espoir de se distraire de l'ennui du trajet, mais ceux qu'il avait réussi à ouvrir étaient restés sur ses genoux, sans qu'il en lise une seule ligne.

Il avait bien du mal à ne pas penser à Daphné…

Et encore plus à chasser de son esprit la perspective d'être père !

Une fois à Londres, il donna l'ordre au cocher de l'emmener directement à Bridgerton House. Il était couvert de la poussière du voyage, et il aurait sans doute eu bien besoin de se changer, mais après deux interminables journées à se préparer à retrouver Daphné, il ne voyait pas l'intérêt de prolonger son supplice.

À destination, une surprise l'attendait. Daphné n'était pas là !

— Comment, la duchesse n'est pas ici ? demanda-t-il d'une voix menaçante, totalement indifférent au fait que le majordome n'avait rien fait pour s'attirer ses foudres. Que voulez-vous dire ?

Ce dernier fit la grimace.

— Je veux dire, monsieur, répondit-il sans aménité, que lady Hastings ne réside pas ici.

— J'ai une lettre de ma femme...

Simon glissa la main dans sa poche, mais la maudite enveloppe ne s'y trouvait pas.

— Eh bien, j'ai quelque part une lettre de ma femme, maugréa-t-il, dans laquelle celle-ci m'informe en termes explicites qu'elle s'est installée à Londres.

— C'est le cas, monsieur.

— Alors où diable se trouve-t-elle ? tonna-t-il.

Le majordome arqua imperceptiblement un sourcil.

— Madame est à Hastings House, monsieur.

Simon se mordit les lèvres. Quoi de plus humiliant que de se faire clouer le bec par un domestique ?

— N'est-elle pas, poursuivit ce dernier d'un air secrètement ravi, l'épouse de *monsieur,* à présent ?

Simon le fusilla du regard.

— Vous ne manquez pas d'assurance !

— C'est bien possible, monsieur.

Simon lui décocha un bref hochement de tête – il ne parvenait pas à remercier l'audacieux majordome – et s'en alla à grands pas, furieux de s'être ridiculisé. Bien sûr, Daphné était allée à Hastings House ! Elle ne l'avait pas *quitté,* après tout. Elle avait seulement voulu se rapprocher de sa famille.

S'il avait pu se botter les fesses, songea-t-il en retournant à son attelage, il l'aurait fait !

Une fois sur la banquette, il poussa un nouveau soupir d'exaspération. Il habitait juste de l'autre côté de Grosvenor Square. Il aurait eu plus vite fait de traverser à pied cette fichue place !

Au demeurant, il n'y avait aucune urgence, comprit-il lorsque, ayant ouvert à la volée la porte de Hastings House et traversé le hall en trombe, il s'aperçut que sa femme n'était pas à la maison.

— Madame est partie se promener à cheval, expliqua Jeffries.

Simon dévisagea son majordome, incrédule.

— À cheval ? répéta-t-il.

— Exactement, monsieur. À cheval.

Simon se demanda un instant quelle était la peine légale encourue pour strangulation de majordome.

— Où est-elle allée ? questionna-t-il d'un ton sec.

— Dans Hyde Park, je crois, monsieur.

Le cœur de Simon se mit à cogner violemment dans sa poitrine. Daphné pratiquait encore l'équitation ? Avait-elle perdu la raison ? Elle était enceinte, nom de nom ! Même *lui,* il savait que les femmes dans son état ne devaient pas monter !

— Faites seller un cheval, ordonna-t-il. Sur-le-champ !

— Monsieur a-t-il une préférence ? s'enquit Jeffries.

— Le plus rapide, répliqua Simon. Dépêchez ! Ou plutôt, non. Je m'en charge.

Sur ce, il pivota sur ses talons et sortit à grandes enjambées.

À mi-chemin des écuries, son inquiétude se transforma en peur panique, et il s'élança au pas de course.

Chevaucher en amazone était moins commode que de monter à califourchon, songea Daphné.

À la campagne, adolescente, elle empruntait les culottes de Colin pour suivre ses frères dans leurs folles cavalcades.

Leur mère manquait se trouver mal chaque fois qu'elle la voyait rentrer couverte de boue, et la plupart du temps ornée d'un bleu aux proportions impressionnantes, mais Daphné n'en avait cure. De même, elle se moquait éperdument de savoir où allaient ses frères. Tout ce qui comptait, c'était d'aller vite.

En ville, où elle ne pouvait pas porter de pantalon, elle en était réduite à monter en amazone, sur une selle pour dame. Toutefois, en sortant suffisamment tôt, à l'heure où le beau monde paressait encore au lit, et à condition de choisir les coins les plus reculés de Hyde Park, elle pouvait se pencher sur sa monture pour la lancer au galop. Le vent défaisait son chignon, projetant dans ses yeux des mèches folles qui la faisaient pleurer, mais en ces instants magiques, elle oubliait tout.

Au dos de sa jument préférée, chevauchant à travers champs, elle éprouvait un intense sentiment de liberté. Elle ne connaissait pas de meilleur remède pour un cœur brisé !

Une fois de plus, elle avait semé son valet, feignant de ne pas l'entendre lorsqu'il s'était écrié :

— Madame ! Madame la duchesse !

Elle n'aurait qu'à prendre un air désolé quand il la retrouverait... À Bridgerton House, le personnel était habitué à ses lubies et connaissait son agilité à cheval. Cet homme, qui appartenait à la maison de son époux, devait sûrement s'inquiéter pour elle.

Daphné ressentit un pincement de culpabilité, qui ne dura guère. Elle avait besoin de solitude. Elle avait besoin de vitesse !

Elle ralentit l'allure en parvenant sous la fraîcheur des arbres pour humer avec délices les senteurs automnales. Fermant les paupières, elle s'imprégna des parfums et des bruissements du sous-bois. Elle se rappela ce que lui avait dit un aveugle qu'elle avait rencontré un jour, et qui lui avait affirmé que sa cécité avait affiné ses autres sens. Assise sur sa monture, enveloppée par les fragrances de bois et d'humus, elle songea qu'il devait avoir raison.

Elle tendit l'oreille. D'abord, elle entendit le chant haut perché des passereaux. Puis elle distingua le sautillement des écureuils en quête de noisettes à stocker pour l'hiver. Ensuite...

Fronçant les sourcils, elle rouvrit les yeux, contrariée. Peste ! Ce trot était bel et bien celui d'un autre cheval qui approchait.

Daphné ne voulait pas de compagnie. Elle désirait être seule avec ses pensées et sa douleur, et elle n'avait pas la moindre envie d'expliquer à l'un de ses pairs, aussi bien intentionné soit-il, la raison de sa présence ici. Elle écouta de nouveau pour savoir d'où provenait l'importun et fit tourner sa jument dans la direction opposée.

Elle maintint celle-ci à un pas régulier. Si elle ne barrait pas le passage à l'autre cavalier, il la dépasserait probablement sans se soucier d'elle.

Hélas ! se dit-elle quelques instants plus tard. Quelle que soit l'allée qu'elle empruntait, celui-ci semblait déterminé à la suivre...

Talonnant sa monture, elle prit de la vitesse. Elle chevauchait à présent bien plus vite qu'elle n'aurait dû dans cette zone boisée du parc, où abondaient les branches basses et les racines sortant du sol, mais elle était soudain inquiète. Son cœur battait si fort qu'elle en était assourdie, tandis que d'horribles interrogations défilaient dans son esprit.

Et si le cavalier n'était pas, comme elle l'avait cru, un membre de la bonne société ? Il pouvait très bien s'agir d'un criminel, ou d'un ivrogne ! À cette heure matinale, le parc était désert. Si elle appelait à l'aide, qui l'entendrait ? Son valet était-il à portée d'oreille ? Était-il resté là où elle l'avait laissé, ou avait-il tenté de la suivre ? Dans ce cas, était-il au moins parti dans la bonne direction ?

Son valet ? Mais bien sûr ! Elle faillit laisser échapper un soupir de soulagement. Il ne pouvait s'agir que de lui ! Elle ralentit l'allure et se retourna dans l'espoir d'apercevoir son poursuivant. La livrée de la maison Hastings était d'un rouge facile à reconnaître. Elle saurait vite si...

*Bam !*

Il lui sembla que tout son corps se vidait de son air : une branche basse venait de la frapper en plein milieu de la poitrine. Un son étranglé jaillit de ses lèvres, tandis que sa jument continuait d'avancer, sans elle. Elle s'aperçut alors qu'elle tombait... tombait...

Sa chute lui parut durer une éternité.

Puis elle s'abattit sur le sol dans un bruit mat, effrayant, sur le maigre tapis de feuilles rougies par l'automne. Dans un réflexe, elle se roula en boule. Comme si, en devenant la plus petite possible, elle pouvait faire en sorte que la douleur soit elle aussi la plus petite possible...

Car elle souffrait, bonté divine ! Elle souffrait comme une damnée ! Fermant les paupières, elle s'efforça d'apaiser sa respiration. Un chapelet de blasphèmes lui vint à l'esprit, que son éducation lui interdit évidemment de proférer à haute voix. Mais Dieu qu'elle avait mal ! Même le contact de l'air dans ses poumons la mettait au supplice.

Il le fallait, pourtant.

Respire, Daphné ! s'exhorta-t-elle. Inspire. Expire. Tu vas y arriver...

— Daphné !

— Simon ? murmura-t-elle, incrédule.

La soudaine apparition de Simon était parfaitement improbable, mais c'était pourtant sa voix. Elle ne le voyait pas, n'ayant pas encore réussi à soulever les paupières, mais elle le *percevait.* Lorsqu'il était là, un changement subtil s'opérait dans l'atmosphère...

Une main légère la parcourut, sans doute à la recherche d'une éventuelle blessure. La main de Simon.

— Dis-moi où tu as mal.

— Partout, répondit-elle dans un souffle.

Elle l'entendit grommeler, mais son toucher demeura si doux, si apaisant que c'en était presque insoutenable.

— Ouvre les yeux, ordonna-t-il d'une voix tendue. Regarde-moi.

Elle secoua la tête.

— Je n'y arrive pas.

— Si, tu le peux !

Elle distingua le froissement de ses gants qu'il ôtait, puis elle perçut la chaleur de ses doigts sur ses tempes et s'apaisa aussitôt sous le léger massage qu'il lui prodigua. Il passa ensuite à ses sourcils, puis au point situé entre ses yeux.

— Chut ! murmura-t-il. Laisse-toi faire. La douleur va s'en aller. Ouvre les yeux, Daphné.

Lentement, au prix d'un effort considérable, elle souleva les paupières. Le visage de Simon apparut, emplissant son champ de vision. L'espace d'un instant, elle oublia tous leurs griefs pour ne garder que l'amour qu'elle lui vouait. Elle l'aimait. Il était là. Il était en train de chasser la douleur.

— Regarde-moi, répéta-t-il d'une voix grave et pénétrante. Regarde-moi et ne me quitte plus des yeux.

Elle approuva d'un imperceptible hochement de tête et obéit. Hypnotisée par la puissance qui émanait de lui, elle demeura immobile.

— Maintenant, je veux que tu te détendes.

Sa voix était douce mais impérieuse, et cela était exactement ce dont Daphné avait besoin. Tout en parlant, il avait recommencé à la palper, à la recherche de fractures ou d'entorses.

Pas un instant il ne détacha ses yeux des siens.

Simon continua de parler à Daphné pendant qu'il l'examinait pour s'assurer qu'elle n'avait pas été blessée. À l'exception de quelques belles contusions et de sa difficulté à respirer, elle ne semblait pas avoir trop souffert, mais on n'était jamais trop prudent, et avec le bébé...

Il crut que son cœur allait s'arrêter de battre. Dans son affolement, il avait presque oublié la petite vie qu'elle portait. Son enfant.

*Leur* enfant !

— Daphné ? s'enquit-il avec prudence. Comment te sens-tu ?

Elle hocha la tête.

— As-tu encore mal ?

— Un peu, répondit-elle d'une voix étranglée en battant des cils, mais ça va déjà mieux.

— Tu en es sûre ?

Elle acquiesça de nouveau.

— Bon, dit-il très calmement.

Il demeura silencieux quelques instants... avant de hurler de toute la force de ses poumons :

— *Alors peux-tu me dire, nom de nom, quelle mouche t'a piquée ?*

Daphné le regarda, bouche bée, et se mit à battre des cils. Un son étranglé jaillit de ses lèvres, qui aurait pu devenir un mot intelligible s'il avait cessé de vociférer :

— Que diable faisais-tu ici, sans escorte ? Et pourquoi as-tu lancé ta monture au galop sur un terrain aussi accidenté ?

Il fronça furieusement les sourcils.

— Et, au nom du Ciel, que fabriques-tu sur un cheval ?

— Je me promenais, répondit-elle d'une petite voix.

— Sans te soucier de l'enfant ? Tu n'as pas pensé une seule seconde à sa sécurité !

— Simon ! protesta-t-elle faiblement.

— Une femme enceinte ne devrait pas s'approcher à moins de dix pas d'un cheval !

Elle leva vers lui un regard las.

— Que t'importe ? Tu ne voulais pas de ce bébé.

— Non, en effet, mais maintenant qu'il est là, je refuse que tu l'*assassines* !

— Eh bien, rassure-toi.

Elle se mordit brièvement la lèvre inférieure, avant d'ajouter :

— Il n'est pas là.

Simon ouvrit des yeux ronds de surprise.

— Que veux-tu dire ?

Elle détourna les yeux.

— Je ne suis pas enceinte.

— Tu n'es pas...

Il ne put finir sa phrase. Une émotion qu'il n'aurait su nommer l'envahit soudain. Ce n'était certainement pas de la déception... mais il n'en aurait pas juré.

— Tu m'as menti ? demanda-t-il dans un souffle.

Elle secoua vigoureusement la tête et s'assit.

— Non ! s'écria-t-elle. Non, je n'ai jamais fait cela, je te le jure ! J'ai cru que je portais un enfant. Je l'ai sincèrement cru. Et puis... Et puis...

Elle étouffa un sanglot et ferma les yeux comme pour refouler des larmes. Repliant les jambes sur sa poitrine, elle posa le front contre ses genoux.

Simon ne l'avait jamais vue en proie à un tel chagrin. Il la contempla, furieux de sa propre impuissance. Sa seule envie était de l'aider à se sentir mieux, et le fait de se savoir responsable de ses souffrances ne le réconfortait guère.

— Et puis quoi, Daphné ?

Elle leva enfin vers lui un regard agrandi par la détresse.

— Je ne sais pas... Je crois que je désirais tellement cet enfant que j'en ai interrompu mon cycle. Si tu savais comme j'ai été heureuse pendant un mois !

Elle laissa échapper un soupir saccadé qui ressemblait à s'y méprendre à un sanglot.

— J'ai attendu, par prudence. J'avais préparé tout ce qu'il me fallait, au cas où mon cycle reviendrait, mais rien ne se passait.

Ses lèvres tremblèrent tandis qu'elle esquissait un petit sourire ironique.

— Jamais de ma vie je n'avais connu un tel bonheur, parce qu'il ne se passait rien !

Il fronça les sourcils.

— As-tu eu des nausées ?

Elle secoua la tête.

— J'étais exactement comme d'habitude, sauf que mon cycle ne venait pas. Et puis, il y a deux jours...

Simon posa les doigts sur les siens.

— Je suis désolé, Daphné.

— Non, tu ne l'es pas, répliqua-t-elle en retirant brusquement sa main. Ne fais pas semblant d'avoir de la peine. Et je t'en conjure, ne me mens plus jamais. Tu n'as jamais voulu de cet enfant.

Elle laissa échapper un petit rire sans joie.

— *Cet* enfant ? Ma parole, je parle comme s'il existait vraiment. Comme s'il avait été autre chose que le produit de mon imagination...

Elle baissa les yeux avant d'ajouter, d'une voix brisée :

— Et de mes rêves.

Simon dut s'y reprendre à trois fois avant de réussir à articuler :

— Je déteste te voir aussi malheureuse.

Elle leva vers lui un regard où se mêlaient les regrets et l'incrédulité.

— Comment voudrais-tu qu'il en soit autrement ?

— Je... je... je...

Il déglutit dans l'espoir de détendre sa gorge nouée par l'émotion, et les mots jaillirent tout droit de son cœur.

— Je veux que tu reviennes.

Daphné ne répondit pas. Il lui adressa une prière muette pour qu'elle dise quelque chose, mais elle garda le silence. Il réprima un geste d'humeur. Manifestement, elle attendait qu'il se montre plus persuasif !

— Quand nous avons eu cette querelle, reprit-il avec lenteur, j'ai perdu le contrôle de moi-même. Je... je ne pouvais plus parler.

Il ferma les yeux tandis que ses mâchoires se contractaient douloureusement. Enfin, après un long soupir, il avoua :

— Je ne me supporte pas moi-même, dans ces moments-là.

Daphné redressa la tête en haussant les sourcils, surprise.

— C'est pour cela que tu es parti ?

Il acquiesça.

— Ce n'est pas à cause de... ce que j'ai fait ? s'enquit-elle.

Il soutint fermement son regard.

— Cela, je ne l'ai pas apprécié.

— Mais ce n'est pas pour cette raison que tu es parti ? insista-t-elle.

Simon attendit un bref instant avant de répondre :

— Ce n'est pas pour cela.

Daphné resserra les bras autour de ses genoux et réfléchit à ses paroles. Dire que pendant tout ce temps elle avait cru qu'il l'avait abandonnée parce qu'il la détestait, qu'il haïssait ce qu'elle avait fait, alors qu'en réalité, c'était contre lui-même qu'était tournée sa colère !

— Tu sais, je ne ressens aucun mépris pour toi quand tu bégaies, dit-elle très doucement.

— Moi, si.

Elle hocha la tête, pensive. Quoi d'étonnant à cela ? Il était si fier, si entêté ! Et la bonne société ne jurait que par lui ! Les hommes recherchaient sa complicité, les femmes flirtaient outrageusement... pendant qu'en son for intérieur il était terrifié chaque fois qu'il devait prendre la parole !

Enfin, peut-être pas à chaque fois, rectifia-t-elle en le scrutant avec attention. Lorsqu'ils étaient ensemble, il lui avait toujours parlé avec une telle aisance, avait toujours répondu avec un tel esprit de repartie que, c'était évident, les mots jaillissaient spontanément de ses lèvres.

Elle posa sa main sur la sienne.

— Tu n'es pas le petit garçon que croyait ton père.

— Je sais, répondit-il en détournant les yeux.

— Simon, regarde-moi, ordonna-t-elle d'une voix tendre.

Quand il obtempéra, elle répéta :

— Tu n'es pas le petit garçon que croyait ton père.

— Je sais ! dit-il de nouveau d'un air désorienté, et vaguement contrarié.

— Vraiment ? insista-t-elle avec douceur.

— Bon sang, Daphné, je sais très bien que...

Sa phrase demeura en suspens, tandis qu'il était agité d'un frisson si violent qu'elle crut qu'il allait pleurer. Toutefois, aucune larme ne roula de ses yeux, et lorsqu'il leva de nouveau la tête vers elle, encore tout tremblant, il déclara simplement :

— Je le hais. Je le... Je le...

Elle tendit la main vers sa joue pour l'obliger à tourner le visage vers elle et le regarda avec fermeté.

— C'est normal, dit-elle. C'était un homme cruel, mais tu dois oublier tout cela.

— Je ne peux pas.

— Si, tu le peux. Ta colère est tout à fait compréhensible, mais tu ne dois pas la laisser diriger ta vie. Encore aujourd'hui, c'est lui qui te dicte tes choix.

Simon se détourna.

Lâchant son visage, elle posa ses paumes sur les genoux de Simon. Elle avait besoin de ce contact. Étrangement, il lui semblait que si elle laissait se défaire le lien en cet instant, elle perdrait Simon pour toujours.

— T'es-tu jamais demandé si *tu* voulais une famille ? Si *tu* voulais des enfants ? Tu as tout pour être un père merveilleux, Simon, et tu ne t'es même pas autorisé à y songer ! Tu crois que tu tiens ta revanche, mais tu ne fais rien d'autre que le laisser mener ta vie depuis la tombe.

— Si je lui donne un héritier, il aura gagné.

— Si tu *te* donnes un héritier, *tu* auras gagné, rectifia-t-elle. Nous aurons tous gagné.

Il ne répondit pas, mais elle vit qu'il tremblait de tous ses membres.

— Ne pas vouloir d'enfant parce que *tu* n'en désires pas, c'est tout à fait respectable, mais te priver du bonheur d'être père à cause d'un homme mort, c'est de la pure lâcheté !

Daphné tressaillit quand ces mots durs franchirent ses lèvres, mais elle devait dire la vérité.

— Il faudra bien que tu le laisses derrière toi et que tu commences à vivre ta vie. Il faudra bien que tu renonces à ta colère pour...

Il secoua la tête. Une détresse sans fond hantait son regard.

— Ne me demande pas cela. C'est tout ce que j'ai. Ne vois-tu pas que c'est *tout ce que j'ai* ?

— Pardon ? demanda-t-elle sans comprendre.

Il éleva la voix :

— Pourquoi penses-tu que j'aie appris à parler correctement ? À ton avis, qu'est-ce qui me motivait ? La colère. Toujours la colère, et le besoin de lui prouver que j'en étais capable !

— Simon...

Un éclat de rire amer monta de ses lèvres.

— N'est-ce pas merveilleux ? Je le hais. Je le hais plus que tout au monde, mais si je m'en suis sorti, c'est uniquement à cause de lui !

Daphné fit un geste de dénégation.

— C'est faux ! s'emporta-t-elle. Tu aurais réussi de toute façon. Tu es doué et obstiné, je commence à te connaître ! Si tu as appris à parler, c'était d'abord *pour toi-même,* pas pour lui.

Comme il ne répondait pas, elle ajouta, radoucie :

— Cela aurait simplement été plus facile pour toi s'il t'avait manifesté de l'amour.

Simon fit non de la tête, mais elle l'interrompit en prenant sa main pour la serrer très fort entre ses doigts.

— Moi, j'ai reçu de l'amour, murmura-t-elle. Je n'ai rien connu d'autre que l'amour et la confiance dans mon enfance. Et crois-moi, cela change tout !

Simon demeura d'une fixité de marbre un long moment. Daphné n'entendait que son souffle, tandis qu'il luttait contre le flot d'émotions qui semblait le submerger. Finalement, alors qu'elle commençait à croire son combat perdu, elle le vit lever vers elle un regard égaré.

— Je veux être heureux, chuchota-t-il.

— Tu le seras, promit-elle en le prenant dans ses bras. Tu seras heureux, Simon.

# 21

*Le duc de Hastings est de retour !*

La Chronique mondaine de lady Whistledown, 6 août 1813

Simon garda le silence durant le trajet jusqu'à la maison. Ils avaient retrouvé le cheval de Daphné, broutant paisiblement dans une clairière proche, mais malgré l'insistance de son épouse, il avait refusé de laisser cette dernière monter de nouveau. Après avoir attaché les rênes de sa jument à son hongre, il avait soulevé Daphné pour la déposer en selle et bondi derrière elle, avant de prendre le chemin de Grosvenor Square.

En vérité, il avait besoin de la serrer contre lui.

Il commençait à comprendre que le temps était venu pour lui de se trouver une nouvelle raison de vivre. Daphné avait peut-être raison ; la colère n'était pas nécessairement la solution. Sans doute – ce n'était encore qu'une hypothèse – avait-il besoin de faire une place à l'amour dans sa vie.

À leur arrivée à Hastings House, un valet courut à leur rencontre pour s'occuper des montures. Simon gravit le perron au bras de Daphné et entra dans le hall.

Pour se trouver nez à nez avec les trois aînés du clan Bridgerton, qui le considéraient d'un œil mauvais.

— Puis-je savoir ce que vous faites chez moi ? demanda-t-il d'un ton rogue.

Il n'avait qu'une envie, emmener sa femme à l'étage pour de tendres retrouvailles sur l'oreiller, et voilà qu'il était accueilli par l'infernal trio ! Les trois frères avaient adopté une posture identique : solidement campés sur leurs jambes, les poings sur les hanches, le menton fièrement relevé. Si Simon n'avait pas été aussi furieux de les trouver là, il en aurait conçu une salutaire inquiétude.

Car s'il était capable de tenir tête à l'un d'entre eux, voire à deux, il n'avait aucune chance contre les trois à la fois.

— Il paraît que vous êtes de retour ? lança Anthony.

— Comme vous pouvez le constater, répliqua Simon. Maintenant, sortez d'ici.

— Pas si vite ! protesta Benedict en croisant les bras.

Simon se tourna vers Daphné.

— Sur lequel puis-je faire feu en premier ?

Elle parcourut ses frères d'un regard noir.

— Je n'ai aucune préférence.

— Nous avons quelques conditions avant de vous laisser garder Daphné, déclara Colin.

— Pardon ? s'écria celle-ci.

— C'est *ma* femme ! rugit Simon, couvrant la voix de Daphné.

— C'était d'abord notre sœur, gronda Anthony, et vous la rendez malheureuse.

— Cela ne vous regarde pas, riposta Daphné.

— Nous devons nous occuper de toi, dit Benedict.

— C'est *moi* qui m'occupe d'elle ! tonna Simon. Une dernière fois, fichez le camp de ma maison.

— Quand vous serez mariés, tous les trois, vous viendrez me donner vos avis, contre-attaqua Daphné. Mais en attendant, mêlez-vous de vos affaires.

— Désolé, Daph', rétorqua Anthony, mais nous ne reculerons pas sur ce point.

— Sur quel point ? s'emporta-t-elle. Vous n'avez pas à reculer ou à avancer sur quoi que ce soit ! Ce qui se passe ici ne vous concerne en aucun cas !

Colin fit un pas en avant.

— Nous ne partirons pas tant que nous n'aurons pas la preuve qu'il t'aime.

Daphné se figea. Jamais Simon ne lui avait rien dit de la sorte. Il lui avait montré son amour de mille façons différentes, mais sans rien formuler à haute voix. S'il devait un jour le faire, elle n'avait aucune envie que ce soit sous la menace de ses frères. Elle voulait que les mots jaillissent librement de ses lèvres et viennent tout droit de son cœur.

— Colin, murmura-t-elle d'une voix suppliante, pathétique, qui lui faisait horreur. N'interviens pas. Laisse-moi mener mes propres batailles.

— Daph'...

— S'il te plaît.

Simon se plaça entre eux.

— Si vous voulez bien nous excuser ! dit-il à Colin, ainsi qu'à ses deux frères, avant d'entraîner Daphné à l'écart, loin des oreilles indiscrètes.

Il aurait préféré s'isoler avec elle dans une autre pièce, mais il ne doutait pas que ses trois lourdauds de frères les auraient suivis.

— Je suis désolée, murmura Daphné. Ce sont des rustres ; ils n'ont pas à s'introduire ainsi chez toi. Si je le pouvais, je les renierais ! Je comprends tout à fait qu'après une telle scène, le mot « famille » te fasse horreur, et...

Simon la fit taire en posant un doigt sur ses lèvres.

— Pour commencer, c'est chez nous, pas chez moi. Et en ce qui concerne tes frères, ils m'exaspèrent, mais ils agissent par amour pour toi.

Il se pencha légèrement vers elle, juste assez pour qu'elle perçoive sur sa peau la caresse de son souffle.

— Qui pourrait les en blâmer ? ajouta-t-il à voix basse.

Daphné crut que son cœur allait s'arrêter.

Simon s'approcha encore, jusqu'à ce que son front effleure le sien.

— Je t'aime, Daphné, murmura-t-il.

Le cœur de celle-ci repartit dans un hoquet douloureux.

— Vraiment ?

Il hocha la tête, frottant son nez contre le sien.

— Je ne peux pas m'en empêcher.

Un faible sourire étira les lèvres de la jeune femme.

— Voilà qui n'est pas terriblement romantique !

— Non, mais c'est la vérité, répondit-il en haussant les épaules d'un geste fataliste. Tu sais mieux que quiconque que je n'ai pas souhaité tout cela. Je ne voulais pas me marier, je ne voulais pas avoir d'enfants, et je ne voulais *surtout pas* tomber amoureux.

Il posa sa bouche sur la sienne, éveillant en elle de délicieux petits frissons.

— Seulement, poursuivit-il en continuant son ballet sensuel, j'ai découvert à ma grande consternation qu'il était impossible de *ne pas* t'aimer.

Daphné se jeta dans ses bras.

— Oh, Simon ! s'écria-t-elle dans un soupir.

Simon captura ses lèvres, dans l'espoir de lui montrer par un baiser ce qu'il apprenait tout juste à exprimer par les paroles. Il l'aimait. Il l'adorait ! Il aurait marché pieds nus sur les braises pour elle ! Il l'aimait tant qu'il en oubliait…

Ses trois frères, à quelques pas dans le hall.

S'arrachant avec peine à la douceur de ce baiser, il se tourna dans leur direction. Anthony, Benedict et Colin n'avaient pas bougé. Le premier étudiait le plafond, le deuxième feignait d'inspecter ses ongles, et le troisième les observait sans vergogne.

Simon serra un peu plus fort Daphné contre lui tout en leur jetant un regard furieux.

— Vous êtes encore là, vous trois ?

Comme il fallait s'y attendre, aucun d'eux ne trouva rien à répondre.

— Dehors ! tonna-t-il.

— Allons ! renchérit Daphné sans trop de politesse.

— C'est bon, dit Anthony en donnant une claque sur la nuque de Colin. Mission accomplie, les gars.

Simon entraîna Daphné vers l'escalier.

— Vous connaissez le chemin ! leur cria-t-il par-dessus son épaule.

Anthony acquiesça d'un signe de tête et poussa ses cadets vers la porte.

— Bon vent ! commenta Simon. Nous, nous avons à faire là-haut.

— Simon ! le gronda Daphné dans un murmure.

— Comme s'ils n'avaient pas compris ce que nous allons faire ! répliqua-t-il à son oreille.

— Tout de même. Ce sont mes *frères* !

— Trois fois hélas !

Ils n'avaient pas atteint le palier que la porte d'entrée fut ouverte à la volée, cédant le passage à un déluge d'imprécations aux intonations indubitablement féminines.

— Mère ? demanda Daphné d'une voix étranglée de stupeur.

Violet, car c'était elle, n'avait d'yeux que pour ses trois aînés.

— Je savais que je vous trouverais ici ! s'exclama-t-elle d'un ton accusateur. Je reconnais bien là mes stupides entêtés de...

Daphné n'entendit pas le reste de sa phrase, qui se perdit sous les éclats de rire de Simon.

— Il la rendait malheureuse ! plaida Benedict. En tant que frères, nous avons considéré qu'il était de notre devoir de...

— De croire suffisamment en son intelligence pour la laisser régler seule ses problèmes, l'interrompit Violet. Notez qu'elle n'a pas l'air trop désespérée, pour l'instant.

— Justement, c'est...

— Si vous essayez de me faire croire que c'est parce que vous avez foncé chez elle comme une horde de béliers furieux, je vous déshérite tous les trois.

Aucune protestation ne s'éleva du trio.

— Et maintenant, poursuivit-elle d'un ton sans appel, je crois qu'il est temps de nous en aller. N'est-ce pas ?

Comme ses rejetons ne réagissaient pas avec la célérité espérée, elle tendit une main vers l'un d'eux et...

— Non, mère ! supplia Colin. Pas par...

Elle lui pinça le lobe de l'oreille.

— ... l'oreille, finit-il d'un ton dépité.

Daphné prit Simon par le bras. Il riait à présent si fort qu'elle craignait de le voir dévaler les marches.

Violet donna à sa petite troupe le signal du départ d'un « Ouste ! » retentissant, puis se tourna vers Daphné et Simon.

— Ravie de vous voir de retour à Londres, Hastings, le salua-t-elle avec un sourire radieux. Encore une semaine et c'est moi qui venais vous chercher, en vous traînant derrière moi au besoin.

Puis elle sortit, avant de refermer la porte derrière elle.

Simon pivota vers Daphné, encore secoué de rire.

— C'était ta mère ? demanda-t-il en s'essuyant les yeux.

— Maman possède des ressources insoupçonnées.

— En effet.

Daphné se rembrunit.

— Simon, je suis désolée que mes frères t'aient obligé à...

— À rien du tout, l'interrompit-il. Ils ne peuvent pas me contraindre à prononcer des paroles auxquelles je ne souscris pas de toute mon âme.

Il pencha la tête, songeur.

— Enfin, sauf s'ils sont armés.

Daphné lui donna une petite tape sur l'épaule, qu'il ignora.

— Ce que je t'ai dit, je le ressens vraiment, assura-t-il en l'attirant pour l'enlacer. Je t'aime. Il y a un moment que je le sais, mais...

— C'est bon, l'interrompit-elle en posant la joue sur sa poitrine. Tu n'as aucun compte à me rendre.

— Si, insista-t-il. Je... Je...

Les mots se dérobaient sous sa langue. La faute aux violentes émotions qui déferlaient en lui, au trop-plein de sentiments qui l'envahissait...

— Laisse-moi te montrer, reprit-il d'une voix brisée. Laisse-moi te montrer combien je t'aime.

Pour toute réponse, Daphné lui offrit ses lèvres. Lorsque sa bouche effleura la sienne, elle dit dans un soupir :

— Moi aussi, je t'aime.

Simon l'embrassa avec dévotion, en serrant sa taille entre ses mains comme s'il craignait qu'elle ne disparaisse d'un instant à l'autre.

— Viens là-haut, chuchota-t-il. Tout de suite !

Elle hocha la tête, mais avant qu'elle ait eu le temps de faire un pas, il l'avait soulevée entre ses bras pour l'emporter jusqu'à l'étage.

Quand Simon parvint sur le palier, il était déjà dur comme le roc, et impatient d'assouvir le brasier qui courait dans ses veines.

— Dans quelle chambre t'es-tu installée ? s'enquit-il, le souffle court.

— Dans la tienne, répondit-elle, apparemment surprise qu'il ne l'ait pas deviné.

Grommelant son approbation, il se dirigea aussitôt vers sa… non, rectifia-t-il, vers *leur* chambre, dont il referma la porte derrière eux d'un coup de pied.

— Je t'aime, dit-il en roulant avec elle sur le lit.

À présent qu'il avait prononcé ces mots, ils jaillissaient librement de ses lèvres ; il fallait qu'il les lui répète afin de s'assurer qu'elle avait bien compris tout ce qu'elle représentait à ses yeux.

Et s'il devait les répéter un millier de fois, ce n'était pas un problème !

— Je t'aime, enchaîna-t-il en faisant courir fiévreusement ses doigts sur les boutons de sa robe.

— Je sais, répondit-elle, tremblante.

Elle saisit son visage entre ses mains pour l'obliger à la regarder.

— Moi aussi, je t'aime.

Puis elle l'embrassa avec une candeur qui acheva de le rendre fou.

— Si jamais je te fais à nouveau souffrir, murmura-t-il d'une voix fervente sans écarter sa bouche de la sienne, je veux que tu me tues.

— Jamais ! rétorqua-t-elle en souriant.

Il posa ses lèvres dans son cou, juste sous son oreille.

— Alors soumets-moi à la torture. Inflige-moi les pires supplices...

— Ne dis pas n'importe quoi, répliqua-t-elle en glissant sa main sur son menton pour tourner son visage vers elle. Tu ne me feras pas de mal.

La passion qu'il éprouvait pour elle l'emplissait tout entier. Elle inondait son cœur, éveillait des picotements dans ses mains, lui coupait la respiration.

— Parfois, chuchota-t-il, je t'aime tant que cela m'effraie. Si je pouvais t'offrir le monde, je le ferais. Tu le sais, n'est-ce pas ?

— Tout ce que je veux, c'est toi. Je n'ai pas besoin de posséder le monde, mais juste que tu m'aimes. Et aussi, ajouta-t-elle avec un petit sourire en coin, que tu enlèves tes bottes.

Un sourire étira les lèvres de Simon. Sa femme détenait le don de toujours savoir exactement ce qu'il lui fallait. À l'instant précis où ses émotions menaçaient de le submerger, au risque de lui arracher des larmes, elle le faisait sourire et allégeait la tension entre eux.

— Les désirs de madame sont des ordres, répondit-il avant de rouler sur le côté pour se déchausser.

Une botte tomba sur le plancher tandis que la seconde volait à travers la chambre.

— Y a-t-il autre chose pour le service de madame ?

Elle pencha la tête d'un air provocant.

— Ta chemise aussi pourrait s'en aller, suggéra-t-elle.

Il obtempéra, et le vêtement de lin atterrit sur la table de chevet.

— Est-ce que ce sera tout ?

— Ceci, dit-elle en glissant l'index sous la taille de son pantalon, n'a rien à faire là.

— Tout à fait d'accord, déclara-t-il en se débarrassant de ses culottes.

Puis il s'étendit sur elle, prenant appui sur ses mains et ses genoux pour l'emprisonner dans sa chaleur.

— Et maintenant ?

Elle eut un petit hoquet de surprise.

— Ma foi, te voilà presque nu.

— Exact, acquiesça-t-il en la couvant d'un regard brûlant.

— Et moi pas.

— Tout aussi exact.

Il lui décocha un sourire carnassier, avant d'ajouter :

— Et fort regrettable.

Incapable de parler, elle approuva d'un hochement de menton.

— Assieds-toi, ordonna-t-il d'une voix très douce.

Elle obéit et, quelques secondes plus tard, sa robe passait par-dessus sa tête.

— Eh bien, commenta-t-il d'une voix enrouée par le désir, les yeux fixés sur ses seins, voilà ce que j'appelle une considérable amélioration.

Ils se trouvaient à présent à genoux l'un en face de l'autre, au milieu du vaste lit à baldaquin. Daphné observa son mari, et son cœur battit un peu plus fort au spectacle de sa large poitrine qui se soulevait et s'abaissait au rythme de son souffle. D'une main tremblante, elle effleura son torse et fit courir un doigt léger sur lui. Sa peau était tiède et soyeuse.

Simon retint sa respiration jusqu'à ce que Daphné atteigne son téton. Alors il recouvrit sa main de la sienne d'un geste vif.

— Je te veux, dit-il.

Elle baissa les yeux, puis il vit un imperceptible sourire éclore sur ses lèvres.

— Je vois, répliqua-t-elle dans un murmure espiègle.

— Non, gronda-t-il en l'attirant à lui. Je veux être dans ton cœur...

Simon fut parcouru d'un frisson lorsque leurs peaux se touchèrent.

— Je veux être dans ton âme, reprit-il.

— Oh, Simon... gémit-elle.

Elle enfonça les doigts dans son épaisse chevelure sombre.

— Tu y es déjà !

Puis il n'y eut plus de mots, mais seulement des baisers, des caresses, et la volupté de tendres et fougueuses retrouvailles.

Laissant libre cours à sa passion, Simon s'autorisa toutes les fantaisies, toutes les audaces pour prouver à Daphné combien il était fou d'elle. Il fit courir ses paumes sur ses jambes, embrassa l'intérieur de ses genoux, souligna les courbes de ses hanches d'une main de velours, traça de la pointe de la langue un sillon de feu autour de son nombril... Et quand il s'étendit au-dessus d'elle, prêt à lui donner le dernier assaut, luttant de toutes ses forces contre un torrent de désir presque incontrôlable, il l'enveloppa d'un regard brillant d'adoration qui fit venir les larmes aux yeux de Daphné.

— Je t'aime, murmura-t-il d'une voix tremblante. Tu es la seule que j'aie jamais aimée.

Daphné hocha la tête. Ses lèvres formulèrent une réponse, telle une prière muette. *Moi aussi.*

Alors il se plaça à l'orée de sa féminité et, d'un lent coup de reins, entra en elle. Il l'emplissait à présent totalement, et soudain, rien ne lui paraissait plus important au monde.

Le visage rejeté en arrière, elle entrouvrit les lèvres en cherchant son souffle. Il parsema de baisers ses joues rosies par le désir.

— Tu es ce qu'il y a de plus beau dans ma vie, chuchota-t-il. Jamais je n'ai vu... Jamais je ne saurai...

En réponse, elle se cambra sous lui.

— Aime-moi ! supplia-t-elle. S'il te plaît, fais-moi l'amour !

Il commença à aller et venir en elle, danse sensuelle au rythme immémorial. Chaque fois qu'il plongeait un peu plus loin, elle resserrait un peu plus fort ses petites mains dans son dos, enfonçant ses ongles dans sa chair.

Bientôt, les halètements impudiques de Daphné emplirent la chambre, avivant encore l'incendie qui le consumait. Il allait perdre le contrôle... Il ne s'en fallait que de quelques secondes... Déjà, ses coups de reins se faisaient plus fiévreux, plus impérieux.

— Je ne vais pas tenir longtemps, dit-il entre ses dents.

Il voulait tant attendre, afin de s'assurer qu'il l'avait amenée jusqu'au plaisir avant de sombrer à son tour dans la volupté !

Enfin, à l'instant même où il craignait que son corps ne refuse de supporter davantage l'effroyable pression à laquelle il le soumettait, Daphné frémit entre ses bras, l'appela dans un gémissement de pure félicité, tandis que les plis les plus secrets de sa chair, tel un étau de velours, se refermaient convulsivement autour de lui.

La respiration coupée, Simon regarda son visage. Il avait toujours été si absorbé par la crainte de déverser en elle sa semence qu'il n'avait jamais prêté attention à son expression au moment du plaisir. Sa tête était rejetée en arrière sur l'oreiller, sa gorge offerte, ses lèvres ouvertes sur un cri silencieux.

Il la contempla, éperdu d'adoration.

— Je t'aime, dit-il en plongeant plus vigoureusement en elle. Si tu savais combien je t'aime !

Elle entrouvrit les paupières alors qu'il reprenait ses va-et-vient entre ses cuisses à un rythme frénétique.

— Simon ? demanda-t-elle, un peu inquiète. Es-tu certain que... ?

Ils savaient l'un comme l'autre ce qu'elle voulait dire.

Simon acquiesça.

— Ne le fais pas pour moi, chuchota-t-elle. Il faut que toi aussi, tu en aies envie.

Une curieuse émotion lui noua la gorge, qui n'avait rien à voir avec ce qu'il ressentait lorsqu'il était pris de bégaiements. Cela n'était, comprit-il soudain, que de l'amour. Les larmes aux yeux, incapable de parler, il hocha la tête... et, dans un ultime assaut, sombra dans la jouissance.

Que c'était bon ! Jamais de sa vie il n'avait connu une si profonde extase !

Ses bras se mirent à trembler. Vidé de ses forces, il se laissa retomber sur elle et, pendant quelques instants, seuls ses halètements emplirent la chambre.

Puis Daphné écarta une mèche de son front pour y déposer un baiser.

— Je t'aime, murmura-t-elle. Je t'aimerai toujours.

Il enfouit son visage au creux de son cou pour respirer le parfum de sa peau. Elle l'enveloppait de son corps, l'entourait de son amour. Il n'aurait pu connaître de bonheur plus absolu.

Quelques heures plus tard, Daphné ouvrit les yeux. Elle s'étira, avant de constater que les rideaux avaient été fermés. Par Simon, probablement, songea-t-elle en étouffant un bâillement. La lumière du jour éclairait les bords des tentures, baignant la pièce d'une lueur tamisée.

Elle se glissa hors du lit et se rendit dans le dressing afin d'y prendre une robe de chambre. Ce n'était pas dans ses habitudes de s'assoupir en plein jour... mais, songea-t-elle aussitôt, cette journée n'était pas comme les autres !

Elle enfila le vêtement et noua la ceinture autour de sa taille. Où était donc Simon ? Il ne devait pas avoir quitté le lit depuis bien longtemps, car elle se souvenait confusément de s'être trouvée entre ses bras très peu de temps auparavant.

Les appartements privés du maître des lieux étaient composés de cinq pièces – deux chambres, chacune dotée d'un dressing privé, reliées par un salon aux vastes proportions. Par la porte entrouverte qui donnait sur ce séjour, passait une vive lueur. Les rideaux y étaient donc ouverts, se dit Daphné. Marchant sur la pointe des pieds, elle franchit le seuil et regarda autour d'elle.

Simon, devant la fenêtre, contemplait les toits de la ville. Il avait passé un moelleux peignoir grenat, mais il était encore pieds nus. Ses yeux bleu pâle semblaient songeurs, perdus, et un peu tristes.

Daphné fronça les sourcils. Elle traversa la pièce dans sa direction avant de le saluer d'un tranquille :

— Bonjour.

Elle n'était plus qu'à un pas de lui. Simon tourna la tête en l'entendant, et son expression s'adoucit aussitôt.

— Bonjour à toi aussi, murmura-t-il en la prenant dans ses bras.

Sans savoir comment, elle se retrouva face à la fenêtre, le dos contre le torse de Simon. Ce dernier posa le menton sur le sommet de son crâne tandis qu'elle laissait son regard errer au-delà de Grosvenor Square.

Il fallut à Daphné quelques instants pour trouver le courage de demander :

— Aurais-tu des regrets ?

Elle ne pouvait pas le voir mais, au frottement de son menton sur ses cheveux, elle comprit qu'il secouait négativement la tête.

— Aucun, répondit-il avec douceur. Seulement des pensées.

Alertée par une fêlure inhabituelle dans sa voix, Daphné pivota pour scruter son visage.

— Simon, qu'est-ce qui ne va pas ?

— Rien, répliqua-t-il en détournant les yeux.

Elle l'entraîna jusqu'à un petit canapé, où elle s'assit en le tirant par le bras pour l'obliger à prendre place auprès d'elle.

— Si tu n'es pas prêt à devenir père, ce n'est pas grave.

— Ce n'est pas ça.

Elle n'en crut pas un mot. Il avait répondu trop vite, avec des intonations étranglées qui la mettaient mal à l'aise.

— Je peux attendre, assura-t-elle.

Puis, d'un ton un peu timide :

— À vrai dire, cela ne me dérangerait pas d'avoir un peu de temps rien que pour nous deux.

Simon garda le silence, et ses yeux s'emplirent un peu plus de tristesse. Puis il ferma les paupières en portant une main à son front pour le masser.

De plus en plus anxieuse, Daphné se mit à parler à tort et à travers.

— Ne va pas t'imaginer que je voulais un bébé tout de suite. J'aimerais seulement en avoir un, un jour, mais c'est tout, et il me semble que toi aussi, tu pourrais en avoir envie, si tu t'autorises à y réfléchir. J'étais furieuse parce que je détestais te voir nous refuser le droit de fonder une famille pour le seul plaisir de contrarier ton père, mais ne va pas t'imaginer pour autant que...

Simon plaqua sa main sur sa cuisse.

— Daphné, arrête. S'il te plaît.

Il y avait tant d'angoisse, tant d'émotion dans sa voix qu'elle se tut immédiatement. Elle se mordit la lèvre inférieure et attendit. C'était à lui de parler. Il semblait oppressé par une vive inquiétude, mais s'il lui fallait toute la journée pour trouver les mots afin de l'exprimer, elle attendrait.

Pour lui, elle aurait toute la patience du monde.

— Je ne peux pas dire que l'idée d'être père m'enchante particulièrement, commença-t-il avec lenteur.

Remarquant sa respiration oppressée, elle mit sa main sur son avant-bras dans un geste de réconfort.

Il tourna vers elle un regard soucieux.

— Il y a si longtemps que j'ai décidé de ne pas en avoir, vois-tu, que...

Il déglutit péniblement.

— Je ne sais même pas comment me faire à cette idée.

Daphné lui adressa un sourire rassurant.

— Tu apprendras, chuchota-t-elle. Et j'apprendrai avec toi.

— Ce n'est p-pas cela, dit-il en secouant la tête dans un soupir impatient. Je ne veux p-pas consacrer ma vie à contrarier mon p-père.

Lorsqu'il se tourna vers elle, Daphné fut bouleversée par l'émotion intense qui se lisait sur son visage. Son menton tremblait, un muscle de sa joue tressaillait, et son port de tête était raide, tendu, comme s'il avait besoin de toute son énergie pour formuler ses paroles.

Elle aurait voulu le prendre dans ses bras pour réconforter le petit garçon malheureux en lui, effacer d'une caresse la ride de concentration qui barrait son front, serrer sa main dans la sienne pour lui communiquer tout son amour. Elle aurait voulu tout cela, et bien plus, mais elle demeura immobile et l'encouragea du regard à poursuivre.

— Tu avais raison, reprit-il d'une élocution maladroite. Depuis le début, tu as raison. Au sujet de mon p-père. De ma façon de le laisser gagner.

— Oh, Simon !

— Seulement, qu-que se passera-t-il si... ?

Son beau visage aux traits si nets, à l'expression si résolue, parut se décomposer.

— Que se passera-t-il si nous avons un enfant et qu'il est c-comme moi ?

Pendant un instant, Daphné ne sut que dire. Les larmes qu'elle s'interdisait de verser lui brûlaient les paupières.

Simon avait détourné la tête, mais pas assez vite. Elle avait eu le temps de remarquer la détresse absolue dans son regard, son sanglot étouffé, et le long soupir qu'il avait poussé en essayant de maîtriser le flot d'émotions qui le submergeait.

— Si notre enfant bégaie, répondit-elle prudemment, je l'aimerai. Je l'aiderai. Et...

Elle marqua une pause en priant pour que sa réaction soit la plus adéquate.

— Et je te demanderai des conseils, puisque manifestement tu as appris à surmonter cette difficulté.

Il pivota vers elle avec une surprenante vivacité.

— Je refuse de mettre au monde un enfant qui souffrira autant que j'ai souffert.

Il fallut un instant à Daphné pour s'apercevoir qu'un léger sourire venait de fleurir sur ses propres lèvres... comme si son corps avait compris avant son esprit qu'elle possédait déjà la réponse à ces paroles.

— Comment pourrait-il souffrir, avec un père comme toi ?

L'expression de Simon resta imperturbable, mais une nouvelle lueur envahit son regard.

— Rejetterais-tu un enfant parce qu'il bégaie ? l'interrogea-t-elle d'un ton calme.

Il répondit par un « non » ferme et résolu, vibrant d'indignation, qui arracha un sourire à Daphné.

— Dans ce cas, je n'ai aucune raison de m'inquiéter pour lui.

Simon demeura immobile pendant un bref moment puis, d'un geste soudain, il la prit dans ses bras et enfouit son visage au creux de son cou.

— Je t'aime, dit-il d'une voix étranglée. Si tu savais comme je t'aime !

Daphné comprit alors que tout irait bien.

Quelques heures plus tard, ils se trouvaient toujours dans le petit canapé du salon privé. Tout l'après-midi, ils étaient restés main dans la main, tête contre tête. Les mots n'avaient pas été indispensables. Le soleil brillait, les oiseaux chantaient, et ils étaient ensemble.

Cela suffisait à leur bonheur.

Toutefois, un souvenir rôdait à la lisière des pensées de Daphné. Ce n'est qu'en posant les yeux sur un nécessaire à correspondance posé sur un secrétaire qu'elle se souvint.

Les lettres du père de Simon.

Fermant les paupières, elle expira profondément pour se donner du courage. En les lui confiant, le vieux duc de Middlethorpe l'avait assurée qu'elle saurait trouver le moment approprié pour les rendre à leur destinataire.

Elle s'arracha aux bras de Simon et se dirigea vers la chambre.

— Où vas-tu ? demanda d'une voix ensommeillée celui-ci, qui paressait dans la tiédeur du soleil de l'après-midi.

— Chercher... quelque chose.

Il dut déceler l'hésitation dans sa voix car il ouvrit tout grand les yeux et se redressa pour la suivre du regard.

— Quoi donc ? l'interrogea-t-il, intrigué.

Sans répondre, Daphné se hâta de gagner la chambre.

— J'en ai pour un instant ! cria-t-elle depuis l'autre pièce.

Elle avait rangé dans le tiroir du bas de son bureau les lettres reliées par un ruban rouge et or – les couleurs ancestrales de la maison Hastings. À vrai dire, elle les avait presque oubliées pendant les premières semaines de son retour à Londres, alors qu'elles se trouvaient dans son ancienne chambre de Bridgerton House. Un jour qu'elle rendait visite à sa mère, celle-ci lui avait proposé de monter prendre un certain nombre d'affaires. En cherchant ses flacons de parfum et une taie d'oreiller qu'elle avait brodée à l'âge de dix ans, Daphné avait retrouvé les enveloppes, intactes.

Plus d'une fois, elle avait été tentée d'en ouvrir au moins une, ne fût-ce que pour mieux comprendre son mari. Et pour tout dire, si les plis n'avaient pas été cachetés par un sceau de cire, elle aurait sans doute oublié ses scrupules.

Elle prit le paquet et revint lentement dans le salon. Simon était toujours sur le canapé, mais il s'était assis bien droit et l'observait.

— Ceci t'appartient, annonça-t-elle en s'approchant pour lui tendre les lettres.

— De quoi s'agit-il ?

Si elle en jugeait au ton de sa voix, il le savait déjà.

— Les lettres de ton père. Le duc de Middlethorpe me les a remises, t'en souviens-tu ?

Il hocha la tête.

— Je me souviens également de lui avoir demandé de les brûler.

Elle lui adressa un faible sourire.

— Apparemment, il a désobéi.

Simon avait les yeux fixés sur la liasse. Comme s'il voulait éviter de croiser son regard.

— Et toi aussi, on dirait, ajouta-t-il d'une voix très calme.

Elle acquiesça et s'assit à son côté.

— Ne veux-tu pas les lire ?

Simon réfléchit quelques instants à ce qu'il allait répondre, puis décida de jouer cartes sur table.

— Je ne sais pas.

— Cela pourrait t'aider à tourner la page.

— Ou compliquer encore la situation.

— C'est vrai, reconnut-elle.

Pensif, il considéra le paquet retenu par un ruban. Malgré l'apparence tout à fait inoffensive de ces enveloppes, il s'attendait à ressentir de l'animosité. De la colère.

Étrangement, il n'éprouvait aucune émotion.

Et cela était extrêmement déstabilisant. Il tenait entre ses mains une série de lettres, toutes écrites pour lui de la main de son père, et cependant il n'avait pas envie de les jeter au feu, ni de les déchirer en mille morceaux... et encore moins de les lire.

— Je crois que je vais attendre, dit-il en souriant.

Daphné battit des paupières, comme si elle refusait de le croire.

— Tu ne veux pas les lire ?

Il secoua la tête.

— Tu n'as pas l'intention de les brûler ? ajouta-t-elle.

Il haussa les épaules, évasif.

— Non, pas particulièrement.

Elle posa les yeux sur le paquet, avant de chercher son regard.

— Que comptes-tu en faire, alors ?

— Rien.

— Rien ?

Le sourire de Simon se fit plus franc.

— Tu as bien entendu.

— Oh.

Elle paraissait si confuse que c'en était attendrissant.

— Dois-je les remettre dans mon secrétaire ?

— Si tu veux.

— Et... elles vont y rester ?

Il tira sur la ceinture de sa robe de chambre pour l'attirer à lui.

— Hmm, hmm, répondit-il.

— Mais... bafouilla-t-elle. Mais... mais...

— Encore un « mais », et tu vas commencer à me ressembler.

Daphné le regarda, bouche bée. Il n'en fut pas surpris. C'était sans doute la première fois de sa vie qu'il était capable de plaisanter au sujet de son handicap.

— Ces lettres peuvent attendre, déclara-t-il au moment où elles glissaient des genoux de Daphné et s'éparpillaient sur le plancher. Je viens enfin, grâce à toi, de chasser mon père de ma vie.

Il secoua la tête en souriant.

— Les lire maintenant ne ferait que le ramener.

— Tu ne veux même pas voir ce qu'il avait à te dirc ? insista-t-elle. Peut-êtrc te demandait-il de l'excuser ? Peut-être faisait-il amende honorable !

Elle voulut ramasser les lettres, mais Simon la plaqua fermement contre lui pour l'en empêcher.

— Simon ! protesta-t-elle.

Il arqua un sourcil hautain.

— Oui ?

— Que fais-tu ?

— J'essaie de te séduire. Est-ce que j'y arrive ?

Ses joues s'empourprèrent.

— Peut-être, marmonna-t-elle.

— C'est tout ? Peste ! J'ai perdu la main !

Il glissa ses paumes sous ses fesses, lui arrachant un cri de surprise.

— Tu n'as rien perdu du tout, répondit-elle en hâte.

— Vraiment ? Cela manque d'enthousiasme.

— D'accord, admit-elle, j'étais en dessous de la réalité.

Simon ne put retenir le sourire qui naissait au plus profond de lui pour s'épanouir sur ses lèvres. En un éclair, il bondit sur ses pieds pour entraîner sa femme vers la chambre conjugale.

— Daphné, annonça-t-il d'un ton grave, j'ai une proposition à te soumettre.

— Une proposition ? répéta-t-elle en haussant les sourcils.

— Une demande, rectifia-t-il.

Elle pencha la tête en souriant.

— Quel genre de demande ?

Il lui fit franchir le seuil pour la pousser dans la pièce.

— En fait, c'est une offre en deux temps.

— Tu piques ma curiosité !

— La première étape fait intervenir trois éléments : toi, moi...

Il la souleva dans ses bras pour la déposer sur le matelas.

— ... et cette solide antiquité de lit.

— Solide ?

Dans un rugissement de fauve, il la rejoignit.

— Il vaudrait mieux.

Elle poussa un petit cri et se mit à rire tout à la fois, en reculant pour lui échapper.

— Je pense qu'il devrait résister. Et la seconde étape ?

— J'ai peur qu'elle n'exige de ta part un engagement sur le long terme.

Elle fronça les sourcils, mais un sourire éclairait toujours son visage.

— Combien de temps, exactement ?

Sans prévenir, il roula sur elle.

— Environ neuf mois.

Une expression de surprise passa sur le visage de Daphné.

— En es-tu certain ?

— Que *cela* prend neuf mois ? répliqua-t-il, hilare. C'est ce que l'on m'a toujours dit.

Il n'y avait plus aucune trace de légèreté dans le regard de Daphné.

— Tu sais que ce n'est pas ce que je voulais dire, protesta t-elle doucement.

— Oui, je le sais.

Il soutint son regard, avant d'ajouter avec une gravité nouvelle :

— Et, oui, j'en suis certain. Cela me fait horriblement peur. Cela me rend fou de joie. Cela me donne encore je ne sais combien d'émotions que je n'avais jamais ressenties avant toi.

Daphné battit des cils pour retenir les larmes qui lui montaient aux yeux.

— C'est la plus jolie déclaration que tu m'aies faite.

— Je te dis la vérité, insista-t-il. Avant de te rencontrer, je n'étais pas complètement vivant.

— Et maintenant ?

— Maintenant ? répéta-t-il. Il n'y a plus que le bonheur, la joie, et une femme que j'adore. Et tu sais quoi ?

Elle secoua la tête, trop bouleversée pour parler.

Il se pencha vers elle pour l'embrasser.

— Ce que je vis aujourd'hui n'arrive pas à la hauteur de ce que je vivrai demain, et demain n'aura rien à voir avec ce qui viendra ensuite. Aussi parfait que soit l'instant présent, il est sans commune mesure avec ce que sera l'avenir. Daphné...

Il posa ses lèvres sur les siennes.

— Chaque jour, je t'aimerai un peu plus. Je t'en fais le serment. Chaque jour...

# Épilogue

*C'est un garçon ! Le duc et la duchesse de Hastings ont un fils !*

*Après trois filles, le couple le plus épris de Londres a enfin mis au monde un héritier. Votre dévouée chroniqueuse ne peut qu'imaginer le soulagement qui doit régner dans la maison Hastings. N'est-ce pas une vérité universellement reconnue que tout homme marié et détenteur d'une grande fortune espère un héritier ?*

*Le prénom du nouveau-né n'a pas encore été rendu public, mais nous nous croyons assez qualifiée pour donner notre opinion sur la question. En effet, après trois sœurs baptisées Amelia, Belinda et Caroline, le nouveau lord Clyvedon peut-il s'appeler autrement que David ?*

LA CHRONIQUE MONDAINE DE LADY WHISTLEDOWN, 15 décembre 1817

Furieux, Simon leva les bras au plafond, faisant voler le journal à travers la pièce.

— Comment sait-elle cela ? tonna-t-il. Nous n'avons dit à personne que nous voulions le prénommer David !

Daphné réprima un sourire en voyant son mari arpenter le salon à pas rageurs.

— Elle a deviné, voilà tout.

Elle baissa les yeux vers le nourrisson qu'elle tenait dans ses bras. Il était encore trop tôt pour savoir si ses yeux resteraient bleus ou s'ils prendraient la même nuance marron que ceux de ses sœurs, mais l'enfant était déjà le portrait de son père. Elle n'imaginait pas que ses iris puissent s'assombrir, atténuant ainsi la ressemblance !

— Elle doit avoir un espion parmi le personnel, grommela Simon, les poings sur les hanches. C'est obligé !

— Tu te fais des idées, répondit-elle sans lever les yeux vers lui, trop occupée à observer la façon dont David agrippait son doigt dans son minuscule petit poing.

— Tout de même...

Elle se décida à croiser son regard.

— Simon, ne sois pas ridicule. Ce journal n'est qu'un tissu de ragots.

— Whistledown... Ah, ah ! Ce nom-là n'existe pas. Je donnerais cher pour savoir qui est cette satanée lady Whistledown !

— Toi, et tout le monde à Londres, murmura Daphné.

— Il est temps que quelqu'un mette un terme à ses méfaits.

— Si tu le voulais vraiment, ne put-elle s'empêcher de lui faire remarquer, tu commencerais par ne pas acheter son journal.

— Je...

— Et n'essaie pas de me faire croire que tu prends le *Whistledown* pour moi.

— Tu le lis, maugréa-t-il.

— Toi aussi.

Elle déposa un baiser sur le front de David, avant d'ajouter :

— La plupart du temps, bien avant que j'aie le temps de m'en emparer. Cela dit, j'éprouve une certaine affection pour lady Whistledown, en ce moment.

Simon la couva d'un regard suspicieux.

— Pourquoi donc ?

— Tu n'as pas lu ce qu'elle dit de nous ? Elle nous appelle « le couple le plus épris de Londres ».

Elle lui décocha un sourire espiègle.

— Cela me plaît assez.

Simon grommela :

— C'est seulement parce que Philipa Featherington...

— Elle s'appelle Philipa Berbrooke, à présent, lui rappela Daphné.

— Eh bien, mariée ou non, elle est toujours aussi incapable de discrétion ! Depuis qu'elle m'a entendu t'appeler « mon cœur » au théâtre le mois dernier, je n'ai pu remettre les pieds dans aucun des clubs où je vais d'habitude.

— Cela est donc si ridicule d'aimer sa femme ? feignit-elle de s'étonner.

Simon fit la grimace. Ainsi, il ressemblait à un petit garçon en colère.

— Peu importe, ajouta-t-elle. Je ne veux pas entendre ta réponse.

Un sourire attendrissant, à la fois penaud et rusé, éclaira le visage de Simon.

— Tiens, reprit-elle en lui tendant David. Veux-tu le prendre ?

— Bien sûr.

Il traversa la pièce pour soulever l'enfant entre ses bras. Il le berça quelques instants, puis regarda sa femme.

— J'ai l'impression qu'il me ressemble.

— Moi, j'en suis sûre.

Simon déposa un baiser sur le bout de son petit nez en murmurant :

— Ne t'inquiète pas, mon bonhomme. Je t'aimerai toujours. Je t'apprendrai à réciter ton alphabet, et à compter, et à monter à cheval. Je te protégerai contre tous les méchants, surtout contre cette sorcière de Whistledown...

Non loin de Hastings House, dans une petite chambre élégamment meublée, une jeune femme s'assit à son bureau, prit une plume et un flacon d'encre, et sortit une feuille de papier.

Le sourire aux lèvres, elle trempa sa plume dans l'encre et écrivit :

*19 décembre 1817*

*Ah, ami lecteur ! Votre dévouée chroniqueuse a le plaisir de vous informer que...*

# Note de l'auteure

Une partie des droits d'auteur rapportés par la vente de ce livre sera versée à la Société nationale de sclérose en plaques.

Danse, Elizabeth !

# ANTHONY

*Traduit de l'anglais (États-Unis)*
*par Edwige Hennebelle*

*Pour Little Goose Twist,*
*qui m'a tenu compagnie durant l'écriture de ce livre.*
*Je suis impatiente de te rencontrer !*

*Et pour Paul,*
*même s'il est allergique aux comédies musicales.*

# Prologue

Anthony Bridgerton avait toujours su qu'il mourrait jeune.

Oh, pas lorsqu'il était enfant, non ! Anthony n'avait alors aucune raison de s'inquiéter de sa propre mortalité. Dès le jour de sa naissance, il avait mené une existence dont auraient rêvé la plupart des petits garçons.

Il était certes le descendant d'une vieille famille aristocratique fort riche, mais, à la différence de la plupart des autres couples, lord et lady Bridgerton étaient très amoureux, aussi n'accueillirent-ils pas leur fils comme un héritier, mais comme un enfant.

Il n'y eut donc ni fêtes ni cérémonies ; seulement un père et une mère contemplant avec émerveillement leur nouveau-né.

Quoique très jeunes – ils étaient âgés respectivement de dix-huit et vingt ans –, Violet et Edmund étaient sages et solides, et ils aimaient leur fils avec une intensité et une dévotion rares dans leur milieu. À la grande horreur de sa mère, Violet insista pour nourrir elle-même son bébé. Quant à Edmund, il ne souscrivit jamais au précepte qui voulait que les pères ne voient ni n'entendent leurs enfants. Il emmenait Anthony faire de longues promenades dans la campagne du Kent, lui parlait poésie et philosophie avant même qu'il ne soit en âge de comprendre les mots, et lui racontait une histoire tous les soirs avant de dormir.

Le vicomte et la vicomtesse étaient si jeunes et si amoureux que personne ne fut surpris lorsque, deux ans tout juste après la naissance d'Anthony, naquit un petit frère qu'on prénomma Benedict. Edmund prit aussitôt des dispositions pour pouvoir emmener son dernier-né en promenade avec l'aîné. Il passa une semaine cloîtré dans les écuries afin de fabriquer, avec l'aide de son sellier, un sac qui lui permettrait de porter Anthony sur le dos lorsqu'il aurait Benedict dans les bras.

Tandis qu'ils traversaient champs et ruisseaux, il leur parlait de choses merveilleuses, de fleurs magnifiques, de ciels d'azur, de chevaliers en armure étincelante et de damoiselles en détresse. Violet ne pouvait s'empêcher de rire quand ils rentraient, échevelés, brunis par le soleil, et qu'Edmund lançait :

— Regardez ! Voilà notre damoiselle en détresse. Il nous faut la secourir !

Anthony se jetait alors dans les bras de sa mère en gloussant, et jurait de la protéger contre le dragon cracheur de feu qu'ils venaient de croiser « juste à une demi-lieue d'ici ».

— À une demi-lieue ? répétait Violet d'un air épouvanté. Juste ciel, que deviendrais-je sans trois hommes forts pour me protéger ?

— Benedict est un bébé, protestait Anthony.

— Mais il va grandir, comme toi, répondait-elle en lui ébouriffant les cheveux. Et toi aussi, tu vas encore grandir.

Edmund témoignait la même affection à tous ses enfants. Il n'empêche que la nuit, quand Anthony serrait contre sa poitrine la montre des Bridgerton – il l'avait reçue le jour de ses huit ans des mains de son père, qui l'avait lui-même reçue au même âge de son propre père –, il aimait à penser qu'il entretenait avec son père une relation un peu privilégiée. Non parce que ce dernier le préférait à ses frères et sœur ; Colin et Daphné étaient nés entre-temps, et Anthony savait fort bien que tous les enfants Bridgerton étaient aimés de la même manière.

Non. S'il croyait sa relation avec son père particulière, c'était simplement parce qu'il le connaissait depuis plus longtemps. Après tout, il l'avait connu deux ans avant Benedict, et six avant Colin. Quant à Daphné, en plus d'être une fille (quelle horreur !), elle avait huit ans de retard sur lui et, songeait-il avec plaisir, ne les rattraperait jamais.

Aux yeux d'Anthony, Edmund Bridgerton était tout simplement le centre du monde. Grand, les épaules larges, il montait à cheval comme s'il était né sur une selle ; il connaissait toujours les réponses aux problèmes d'arithmétique, même lorsque leur précepteur les ignorait ; il ne voyait pas pourquoi ses fils n'auraient pas une cabane dans un arbre, et il la leur construisait de ses propres mains ; et quand il riait, une douce chaleur semblait vous envelopper.

Edmund apprit à Anthony à monter à cheval, à tirer au pistolet, à nager. Il le conduisit lui-même à Eton, au lieu de le faire accompagner par des domestiques, comme la plupart des autres garçons. Et lorsqu'il vit Anthony jeter des regards anxieux autour de lui, il eut avec lui une conversation à cœur ouvert pour lui assurer que tout se passerait bien.

Ce fut le cas, et Anthony n'en fut pas surpris. Son père ne mentait jamais.

Anthony aimait sa mère. Il se serait coupé un bras pour elle s'il l'avait fallu. Mais en grandissant, tout ce qu'il faisait, ses espoirs, ses rêves, ses buts, il le faisait en pensant à son père.

Et puis un jour, tout changea. Étrange, songea-t-il plus tard, comment l'existence pouvait basculer en l'espace d'une minute...

Cela survint l'année de ses dix-huit ans. Il était rentré pour les vacances d'été, avant d'entamer sa première année à Oxford, où son père avait également fait ses études. Il jouissait de la vie avec la joyeuse exubérance de n'importe quel jeune homme. Il avait découvert les femmes et, mieux encore, les femmes l'avaient découvert, lui. Ses parents continuant à procréer avec bonheur, Éloïse, Francesca et Gregory étaient venus grossir la famille, et Anthony faisait de son mieux pour ne pas lever les yeux au ciel quand il croisait sa mère enceinte de son *huitième* enfant ! Avoir des enfants à leur âge lui paraissait un peu inconvenant, mais il gardait son opinion pour lui.

Après tout, qui était-il pour douter de la sagesse d'Edmund ? Peut-être que lui aussi voudrait d'autres enfants à l'âge avancé de trente-huit ans.

L'après-midi s'achevait. Anthony rentrait d'une chevauchée harassante avec Benedict et venait de pousser la porte d'Aubrey Hall, la demeure ancestrale des Bridgerton. Benedict était encore à l'écurie car, ayant perdu un pari idiot, il s'était vu contraint de s'occuper de leurs deux chevaux.

Anthony s'arrêta net en apercevant sa petite sœur Daphné assise par terre, dans l'entrée. Il fut encore plus surpris de découvrir qu'elle sanglotait.

Daphné ne pleurait jamais.

— Daphné... commença-t-il, un peu hésitant.

Il était trop jeune pour savoir comment se comporter face à une fille en larmes, et se demandait s'il y parviendrait un jour.

— Qu'est-ce que... ?

Avant qu'il puisse terminer sa phrase, Daphné releva la tête, et l'absolu désespoir qu'il lut dans ses grands yeux bruns lui fit l'effet d'un coup de poignard en plein cœur. Il recula d'un pas, devinant que quelque chose de terrible s'était produit.

— Il est mort, souffla Daphné. Papa est mort.

L'espace d'un instant, Anthony fut persuadé d'avoir mal entendu. Son père ne pouvait pas mourir. D'autres personnes mouraient jeunes, comme oncle Hugo, mais oncle Hugo était petit et frêle. En tout cas, plus petit et plus frêle qu'Edmund.

— Tu te trompes, dit-il à Daphné. Tu te trompes sûrement.

Elle secoua la tête.

— C'est Éloïse qui me l'a dit. Il s'est... C'est à cause...

Même s'il savait qu'il n'aurait pas dû secouer sa sœur alors qu'elle sanglotait, il ne put s'en empêcher.

— À cause de *quoi* ?

— D'une abeille, hoqueta-t-elle. Il a été piqué par une abeille.

Anthony la fixa, interdit. Puis, d'une voix rauque, à peine reconnaissable :

— Un homme ne meurt pas d'une piqûre d'abeille, Daphné.

Elle ne dit rien, mais demeura assise là, avalant convulsivement sa salive pour tenter de retenir ses pleurs.

— Il a déjà été piqué avant, ajouta Anthony avec force. J'étais avec lui. Nous sommes tombés sur un essaim et nous avons tous les deux été piqués. Moi, à l'épaule, précisa-t-il en levant la main malgré lui pour toucher l'endroit. Et lui au bras.

Il avait chuchoté ces derniers mots. Daphné le regardait fixement, une expression hébétée sur le visage.

— Ça ne lui a rien fait, insista Anthony, en proie à une panique grandissante.

Il savait qu'il effrayait sa petite sœur, mais était incapable de se dominer.

— Un homme ne peut pas mourir d'une piqûre d'abeille !

Daphné secoua la tête. Ses yeux sombres, soudain, furent ceux d'une vieille femme.

— C'est une abeille, dit-elle d'une voix blanche. Éloïse l'a vue. Il était là, debout, et, l'instant d'après, il était... il était...

Anthony éprouva une sensation étrange, comme si sa peau allait exploser sous la poussée de ses muscles.

— Il était *quoi* ?

— Mort, murmura-t-elle, l'air aussi déconcerté en prononçant ce mot qu'il l'était en l'entendant.

Abandonnant sa sœur dans le hall, Anthony grimpa l'escalier quatre à quatre pour se rendre dans la chambre de ses parents. Son père ne pouvait être mort. On ne mourait pas d'une piqûre d'abeille. C'était impossible, et même, complètement aberrant. Edmund Bridgerton était jeune, grand et fort. Bon sang, ce n'était pas une abeille insignifiante qui allait venir à bout de lui !

Mais quand il atteignit le palier, et découvrit une dizaine de domestiques silencieux, il sut qu'il devait s'attendre au pire.

Et leurs visages... Jusqu'à la fin de ses jours l'expression pleine de pitié avec laquelle ils le contemplaient le hanterait.

Dès qu'il eut ouvert la porte, il comprit.

Assise au bord du lit, sa mère ne pleurait pas, n'émettait pas le moindre son. Elle tenait simplement la main de son père tout en se balançant d'avant en arrière.

Son père était immobile. Aussi immobile qu'un... Anthony ne voulait même pas penser au mot.

— Maman ? dit-il d'une voix étranglée.

Cela faisait des années qu'il ne l'appelait plus « maman », mais « mère ».

Elle se tourna vers lui, lentement, comme si sa voix lui était parvenue à travers un long tunnel.

— Que s'est-il passé ? souffla-t-il.

Elle secoua la tête, les yeux fixés au loin.

— Je ne sais pas.

Ses lèvres demeurèrent entrouvertes, comme si elle avait eu l'intention de dire autre chose, mais avait oublié.

Anthony fit un pas mal assuré en avant.

— Il est parti, finit par murmurer Violet. Il est parti et je... Ô mon Dieu, je... balbutia-t-elle en pressant la main sur son ventre arrondi, je lui avais dit... Oh, Anthony...

Elle paraissait sur le point de se briser de douleur. Ravalant les larmes qui lui brûlaient les yeux et la gorge, Anthony vint s'asseoir près d'elle.

— Ça va, maman, ne t'inquiète pas, assura-t-il, bien que persuadé du contraire.

— Je lui avais dit que ce serait le dernier, articula-t-elle entre deux sanglots. Je lui avais dit que je n'aurais plus la force, qu'il nous faudrait faire attention et que... Oh, Anthony, que ne ferais-je pour l'avoir à côté de moi et lui donner un autre enfant ! Je ne comprends pas. Je ne comprends vraiment pas...

Elle pleurait, la tête sur son épaule. Anthony la tint serrée contre lui, sans rien dire. À quoi bon ? Il n'existait pas de mots capables d'exprimer la dévastation de son cœur.

Lui non plus ne comprenait pas.

Les médecins, arrivés un peu plus tard, avouèrent leur perplexité. Ils avaient déjà entendu parler de cas semblables, mais jamais chez quelqu'un d'aussi jeune et fort. Edmund était si plein de vie, si solide, personne n'aurait pu prévoir une chose pareille. Certes, le jeune frère du vicomte était décédé brutalement l'année précédente, mais cela n'impliquait pas une prédisposition familiale. Et même si Hugo était seul, dehors, lorsqu'il était mort, personne n'avait remarqué de piqûre d'abeille sur son corps.

Cela dit, personne n'en avait cherché.

« Personne n'aurait pu prévoir une chose pareille », ne cessèrent de répéter les médecins jusqu'à ce qu'Anthony, prêt à les étrangler, les congédie. Il mit ensuite sa mère au lit, dans une chambre d'amis que l'on prépara à la hâte, car elle ne supportait pas l'idée de dormir dans le lit qu'elle avait partagé tant d'années avec Edmund. Anthony s'occupa ensuite de coucher ses six frères et sœurs, en leur promettant qu'ils parleraient tous ensemble le lendemain matin, que tout se passerait bien, qu'il prendrait soin d'eux, comme leur père l'aurait souhaité.

Puis il entra dans la pièce où le corps de celui-ci avait été transporté et le regarda. Il le contempla des heures durant, pratiquement sans ciller.

Quand il quitta la chambre, il portait un regard nouveau sur sa propre vie et sa propre mortalité.

Edmund Bridgerton était mort à l'âge de trente-huit ans. Anthony n'imaginait pas surpasser son père dans quelque domaine que ce fût, y compris en longévité.

# 1

*Le sujet des libertins a déjà été abordé dans ces colonnes, bien sûr, et la conclusion de votre dévouée chroniqueuse est qu'il y a libertins, et Libertins.*

*Anthony Bridgerton est un Libertin.*

*Un libertin – « l » minuscule – est jeune et immature. Il 1se vante de ses exploits, se conduit de manière hautement stupide et se croit dangereux pour les femmes.*

*Un Libertin – « L » majuscule –* sait *qu'il est dangereux pour les femmes.*

*Il ne se vante pas de ses exploits. C'est inutile, puisque les hommes comme les femmes se les chuchoteront à l'oreille ; pourtant, il préférerait qu'on ne parle pas du tout de lui. Il sait qui il est, et ce qu'il a fait, et tout commentaire lui semble redondant.*

*Il ne se conduit pas stupidement pour la bonne raison qu'il n'est pas stupide (dans la limite de ce qu'on peut attendre d'un être appartenant à la gent masculine, bien évidemment). Il montre peu de patience pour les travers du beau monde, et votre dévouée chroniqueuse doit avouer que, la plupart du temps, il est difficile de l'en blâmer.*

*Et si ce portrait ne dépeint pas à la perfection le vicomte Bridgerton – incontestablement le célibataire le plus convoité de la saison –, votre dévouée chroniqueuse remisera sa plume sur-le-champ.*

*La seule vraie question est : l'année 1814 le verra-t-elle succomber à l'exquise félicité du mariage ?*

*De l'avis de votre dévouée chroniqueuse...*
*Non.*
*LA CHRONIQUE MONDAINE DE LADY WHISTLEDOWN,* 20 avril 1814

— Je t'en prie, ne me dis pas qu'elle a encore écrit sur le vicomte Bridgerton, lança Kate Sheffield à la cantonade.

Sa demi-sœur Edwina, plus jeune de quatre ans, la regarda par-dessus le journal dans la lecture duquel elle était plongée.

— Comment l'as-tu deviné ?

— Tu glousses comme une idiote.

Un nouveau gloussement secoua le sofa de damas bleu sur lequel toutes deux étaient assises.

— Tu vois ? fit Kate en lui donnant un léger coup de coude. Tu glousses toujours quand elle parle de quelque vaurien infréquentable.

Kate souriait, néanmoins, car elle n'aimait rien tant que taquiner sa sœur. En toute gentillesse, bien sûr.

Mary Sheffield, mère d'Edwina et belle-mère de Kate depuis près de dix-huit ans, leva les yeux de sa broderie et remonta ses lunettes sur son nez.

— Qu'est-ce qui vous fait rire, toutes les deux ?

— Kate est dans tous ses états parce que lady Whistledown écrit une fois de plus sur cet impossible vicomte.

— Je ne suis pas dans tous mes états, protesta Kate, même si personne ne l'écoutait.

— Le vicomte Bridgerton ? demanda Mary d'un air absent.

— Celui-là même, confirma Edwina.

— Elle écrit tout le temps sur lui.

— Parce qu'elle aime écrire sur les débauchés, voilà tout, riposta Edwina.

— Évidemment qu'elle aime écrire sur les débauchés, rétorqua Kate. Si elle écrivait sur des gens ennuyeux, personne n'achèterait son journal.

— Ce n'est pas vrai. Pas plus tard que la semaine dernière, elle a parlé de nous, et Dieu sait que nous ne sommes pas les personnes les plus intéressantes à Londres.

La naïveté de sa sœur fit sourire Kate. Mary et elle n'étaient sans doute pas les personnes les plus intéressantes de Londres, mais Edwina, avec ses cheveux blonds comme les blés et ses yeux d'un bleu extraordinaire, avait d'ores et déjà été surnommée « l'incomparable de 1814 ». Avec sa chevelure et ses yeux d'un brun quelconque, Kate, elle, était généralement désignée comme « la sœur aînée de l'incomparable ».

Ç'aurait pu être pire. Au moins, personne ne l'avait encore baptisée « la sœur vieille fille de l'incomparable ». Ce qui était pourtant bien plus près de la vérité qu'aucune des Sheffield n'osait l'admettre. À vingt ans (presque vingt et un, si l'on voulait être scrupuleusement honnête), Kate était un peu trop âgée pour faire son entrée dans le monde.

Mais elle n'avait pas eu le choix. Du vivant du père de Kate, les Sheffield n'étaient pas riches. Après sa mort, cinq ans plus tôt, elles avaient été contraintes d'économiser encore davantage. Elles n'étaient pas à la rue, mais elles devaient néanmoins faire attention à chaque livre dépensée.

Avec leurs maigres revenus, elles ne pouvaient s'offrir qu'un unique séjour à Londres. Louer une maison et un véhicule pour la saison, et engager des domestiques – même le strict minimum – coûtait de l'argent. Beaucoup d'argent. Elles avaient dû économiser sou après sou pendant cinq ans et ne pourraient se le permettre une seconde fois. Si les deux sœurs ne remportaient pas de succès à la « Foire au mariage », la famille ne serait certes pas condamnée à la prison pour dettes, mais elle devrait se contenter d'une existence modeste dans un petit cottage du Somerset.

C'est pourquoi les deux filles avaient été obligées de faire leur entrée dans le monde la même année. Il avait été décidé que le moment le plus opportun serait celui où Edwina venait d'atteindre ses dix-sept ans. Mary aurait préféré attendre une année supplémentaire afin qu'Edwina soit un peu plus mûre, mais Kate aurait eu alors presque vingt-deux ans, et qui diable risquait-elle d'épouser ?

Cela dit, elle se serait bien passée de faire son entrée dans le monde. Dès le début, elle avait su qu'elle n'était pas du genre à retenir l'attention de la haute société. Elle n'était pas suffisamment belle pour compenser son absence de dot, et elle n'avait jamais su minauder, marcher avec grâce, ni accomplir toutes ces choses que les autres jeunes filles semblaient maîtriser dès le berceau. Même Edwina, qui était l'honnêteté incarnée, parvenait à se tenir, à se déplacer, à soupirer de telle façon que les hommes se battaient pour le simple honneur de l'aider à traverser la rue.

Kate, pour sa part, ne supportait pas de rester assise à ne rien faire ; elle marchait la tête haute, d'un pas décidé. Après tout, si on allait quelque part, pourquoi ne pas s'y rendre le plus rapidement possible ?

Même Londres ne lui plaisait pas plus que cela. Oh, il y avait de bons moments, et elle avait rencontré quelques personnes très sympathiques ! Il n'empêche qu'une saison londonienne lui apparaissait, financièrement parlant, comme un pur gaspillage, alors qu'elle se serait parfaitement contentée de rester à la campagne et d'y trouver un homme raisonnable à épouser.

Mais Mary n'avait pas voulu en entendre parler.

— Quand je me suis mariée avec ton père, lui avait-elle dit, j'ai fait le vœu de t'aimer et de t'élever comme si tu étais ma propre fille.

— Mais…

— J'ai une responsabilité vis-à-vis de ta pauvre mère – paix à son âme –, avait continué Mary sans lui laisser le temps d'aller plus loin. Et cette responsabilité implique, entre autres, que je veille à ce que tu fasses un mariage heureux et stable.

— Je pourrais trouver le bonheur et la stabilité à la campagne, avait répliqué Kate.

— Le choix d'hommes convenables est plus étendu à Londres.

Edwina s'en était alors mêlée. Elle serait tellement malheureuse à Londres sans elle ! Kate ne supportant pas de voir sa sœur malheureuse, son sort avait été scellé.

C'était donc la raison pour laquelle elle se retrouvait dans le salon un peu fané d'un meublé, dans un quartier de Londres *presque* à la mode... en proie à l'envie irrésistible d'arracher le journal des mains de sa sœur.

— Kate ! glapit Edwina en regardant, les yeux exorbités, le minuscule triangle de papier qui lui restait entre le pouce et l'index droits. Je n'avais pas fini !

— Ça fait des heures que tu le lis ! Et puis, je veux savoir ce qu'elle a à dire du vicomte Bridgerton aujourd'hui.

Les yeux d'Edwina, que l'on comparait habituellement à des lacs paisibles, étincelèrent de malice.

— Tu sembles *terriblement* intéressée par le vicomte, Kate. Nous cacherais-tu quelque chose ?

— Ne sois pas sotte. Je ne le connais même pas. Et si je le rencontrais, je prendrais probablement mes jambes à mon cou. C'est exactement le genre d'homme que toi et moi devrions éviter à tout prix. Il serait sans doute capable de séduire un iceberg.

— Kate ! s'exclama Mary.

Flûte, elle avait oublié que sa belle-mère écoutait !

— C'est vrai, quoi ! J'ai entendu dire qu'il a eu plus de maîtresses que je n'ai d'années.

Mary la fixa quelques secondes, comme si elle s'interrogeait sur l'opportunité ou non de répondre.

— Ce n'est certes pas un sujet convenable pour des jeunes filles, finit-elle par dire, mais je dois avouer que c'est le cas de beaucoup d'hommes.

— Oh, murmura Kate, avec le dépit de celle qui croyait avoir marqué un point capital. Alors, il en a eu deux fois plus que les autres. Quoi qu'il en soit, c'est le plus débauché de tous, et Edwina ne devrait pas permettre qu'il lui fasse la cour.

— Je te ferai remarquer que toi aussi, tu es censée tirer profit de la saison, lui rappela Mary.

Kate lui adressa un regard sarcastique. Toutes les trois savaient que si le vicomte décidait de courtiser une Sheffield, ce ne serait pas elle.

— Je ne crois pas qu'il y ait dans cet article de quoi modifier ton opinion, enchaîna Edwina avec un haussement d'épaules, en se penchant sur le journal. Elle ne parle pas tant du vicomte que des libertins en général.

Kate parcourut l'article des yeux.

— Mmm... Je parie qu'elle a raison. Ce n'est pas cette année qu'il se rangera.

— Tu trouves toujours que lady Whistledown a raison, observa Mary avec un sourire.

— C'est souvent le cas. Pour une échotière, elle fait preuve d'un remarquable bon sens. J'ai pu vérifier que son jugement sur tous les gens que j'ai rencontrés à Londres jusqu'à maintenant était pertinent.

— Tu devrais te fier à ton propre jugement, conseilla Mary d'un ton léger. Fonder ton opinion sur des échos n'est pas digne de toi.

Kate savait que sa belle-mère avait raison mais refusait de l'admettre. Elle laissa donc échapper un autre « Mmm... » et reporta son attention sur le journal.

La chronique de lady Whistledown était, sans conteste, la lecture la plus intéressante de tout Londres. Kate ne savait plus quand elle avait débuté – dans le courant de l'année précédente, d'après ce qu'elle avait entendu dire –, mais une chose était sûre : si personne ne savait qui se cachait derrière ce pseudonyme, lady Whistledown ne pouvait qu'appartenir à la haute société. Un simple mortel n'aurait jamais été au courant des potins qu'elle révélait tous les lundis, mercredis et vendredis.

Lady Whistledown connaissait toujours les dernières rumeurs et, à la différence des autres échotiers, elle n'hésitait pas à donner des noms. Ainsi, la semaine précédente, ayant jugé que le jaune ne seyait pas à Kate, elle avait écrit noir sur blanc : *Avec sa chevelure sombre et sa robe jaune, Mlle Kate Sheffield ressemblait à une jonquille roussie.*

Kate n'en avait guère été affectée. Après tout, ne disait-on pas qu'on ne pouvait se considérer comme « arrivée » tant qu'on n'avait pas été épinglée par lady Whistledown ? Même Edwina enviait Kate d'avoir été ainsi distinguée.

Kate n'appréciait pas particulièrement de passer la saison à Londres, mais quitte à participer au tourbillon mondain, mieux valait ne pas connaître un échec absolu. Et si se faire insulter dans une chronique mondaine était son seul signe de succès, eh bien, soit. On avait la gloire qu'on pouvait.

À présent, quand Pénélope Featherington se vantait d'être un agrume trop mûr dans sa robe mandarine, Kate pouvait rétorquer avec un soupir dramatique :

— Eh bien, moi, je suis une jonquille roussie.

— Un jour ou l'autre quelqu'un finira par découvrir l'identité de cette femme, et elle aura des ennuis, déclara Mary.

Edwina considéra sa mère avec intérêt.

— Tu crois vraiment que c'est possible ? Cela fait maintenant un an qu'elle a réussi à garder le secret.

— C'est trop gros pour le demeurer éternellement, répliqua Mary. Croyez-moi, ajouta-t-elle en tirant une longue aiguillée de fil jaune, tôt ou tard cela éclatera au grand jour. Et ce sera un énorme scandale.

— Eh bien, moi, si je savais qui c'est, j'en ferais ma meilleure amie, décréta Kate en commençant la lecture du verso. Elle est terriblement amusante. Et, quoi que certains prétendent, elle tombe presque toujours juste.

À cet instant, Newton, le corgi rondouillard de Kate, pénétra dans la pièce en se dandinant.

— Est-ce que ce chien n'est pas censé rester dehors ? fit remarquer Mary. Kate ! cria-t-elle aussitôt après, comme le chien s'asseyait sur ses pieds avec l'air de quémander un baiser.

— Newton, viens ici immédiatement ! ordonna Kate.

Il obtempéra, non sans avoir jeté un regard énamouré à Mary, sauta sur le sofa et posa les pattes avant sur Kate.

— Il va mettre plein de poils sur toi, observa Edwina.

— Ça m'est égal, répondit Kate en caressant l'épaisse fourrure caramel.

Edwina soupira, ce qui ne l'empêcha pas de tendre la main pour tapoter la tête de Newton.

— Que raconte-t-elle d'autre ? demanda-t-elle, penchée sur le journal. Puisque tu m'as empêchée de lire la deuxième page.

— Pas grand-chose. Un entrefilet sur le duc et la duchesse d'Hastings, qui sont arrivés en ville il y a quelques jours ; la liste des mets servis au bal de lady Danbury, qu'elle qualifie « d'étonnamment délicieux » ; et une description plutôt défavorable de la robe portée par Mme Featherington lundi dernier.

Edwina fronça les sourcils.

— J'ai l'impression qu'elle épingle les Featherington plus souvent qu'à leur tour, non ?

— Rien d'étonnant, dit Mary, qui reposa sa broderie et se leva. Cette femme serait incapable de choisir une couleur pour ses filles même si un arc-en-ciel s'enroulait autour de son cou.

— Maman ! s'exclama Edwina, outrée.

Kate plaqua la main sur sa bouche pour ne pas rire. Mary émettait rarement un jugement définitif, mais, quand cela arrivait, c'était toujours merveilleux.

— C'est la vérité. Elle persiste à habiller sa cadette en orange. Alors qu'il est évident que cette pauvre fille devrait porter du bleu ou du turquoise.

— Tu m'as fait porter du jaune, lui rappela Kate.

— Et j'en suis désolée. Cela m'apprendra à écouter les conseils d'une vendeuse. Je n'aurais jamais dû mettre mon jugement en doute. Nous n'avons plus qu'à la faire retailler pour Edwina.

Celle-ci ayant une tête de moins que Kate, cela ne poserait pas de problème.

— Le moment venu, veille à supprimer le volant sur la manche, conseilla Kate à sa sœur. Non seulement il est affreusement gênant, mais il gratte. J'ai bien failli l'arracher, au bal des Ashbourne.

Mary leva les yeux au ciel.

— Je suis à la fois surprise et reconnaissante que tu aies jugé bon de t'abstenir.

— Je suis surprise, mais pas reconnaissante, dit Edwina avec un sourire malicieux. Imagine le commentaire de lady Whistledown !

— Je le vois d'ici, répliqua Kate en pouffant. « La jonquille roussie arrache ses pétales… »

— Je monte dans ma chambre, annonça Mary, en secouant la tête devant les pitreries de ses filles. Essayez de vous souvenir que nous sortons, ce soir. Vous pourriez peut-être vous reposer un peu en attendant. Nous allons encore nous coucher tard.

Kate et Edwina murmurèrent quelques promesses en ce sens. Dès que Mary eut quitté la pièce, Edwina se tourna vers sa sœur.

— Tu as choisi ta robe ?

— Celle en gaze verte, je pense. Je sais que je devrais être en blanc, mais j'ai bien peur que cela ne m'aille pas.

— Si tu ne portes pas de blanc, déclara Edwina avec loyauté, moi non plus. Je mettrai ma robe en mousseline bleue.

Kate approuva d'un hochement de tête tout en reportant les yeux sur le journal.

— Pas plus tard que la semaine dernière, M. Ber-brooke a dit que tu ressemblais à un ange en bleu, parce que c'est parfaitement assorti à tes yeux.

Edwina battit des paupières.

— M. Berbrooke a dit cela ? À toi ?

— Bien sûr, répondit Kate en relevant la tête. Tous tes soupirants essayent de te faire passer leurs compliments par mon intermédiaire.

— Ah bon ? Pourquoi ?

Kate sourit avec indulgence.

— Eh bien, cela a peut-être quelque chose à voir avec l'annonce que tu as faite publiquement à la soirée musicale des Smythe-Smith, selon laquelle tu ne te marierais jamais sans l'approbation de ta sœur.

Edwina rougit légèrement.

— Je ne l'ai pas annoncé publiquement, marmonna-t-elle.

— C'est tout comme. La nouvelle s'est répandue comme une traînée de poudre. Je n'étais pas dans la pièce à ce moment-là, mais il n'a fallu que deux minutes pour qu'elle me parvienne.

Croisant les bras, Edwina laissa échapper un « Mmm » qui la fit ressembler à sa sœur aînée.

— De toute manière, c'est la vérité, rétorqua-t-elle. Alors, peu importe. Je sais que l'on attend de moi que je fasse un grand mariage, mais je n'épouserai pas quelqu'un qui me traitera mal. Celui qui réussira à t'impressionner, *toi,* sera certainement quelqu'un de valable.

— Je suis si difficile à impressionner que ça ?

Les deux sœurs échangèrent un regard avant de lâcher avec un bel ensemble :

— Oui !

Si Kate joignit son rire à celui d'Edwina, elle ne put cependant réprimer un léger sentiment de culpabilité. Toutes les trois savaient qu'il revenait à Edwina de conquérir un aristocrate et d'épouser une grande fortune. C'était à elle qu'il incomberait d'assurer à sa famille une existence décente. Edwina était une beauté, alors que Kate…

Kate était Kate. Elle n'était pas jalouse de la beauté d'Edwina. À ses yeux, c'était un simple fait, et elle avait appris depuis longtemps à accepter certaines vérités. Elle ne saurait jamais danser la valse sans essayer de mener ; elle aurait toujours peur de l'orage, malgré ses tentatives pour se raisonner ; et elle aurait beau s'habiller, se coiffer, se pincer les joues, elle ne serait jamais aussi jolie qu'Edwina.

D'ailleurs, Kate n'était pas certaine qu'elle apprécierait d'être, comme sa sœur, l'objet de toutes les attentions. Pas plus qu'elle n'aimerait endosser la responsabilité d'un mariage avantageux pour subvenir aux besoins de ses proches.

— Edwina, dit-elle, reprenant son sérieux, tu n'es pas obligée d'épouser quelqu'un que tu n'aimes pas. Tu le sais, n'est-ce pas ?

Edwina hocha la tête, l'air soudain prête à pleurer.

— Si tu décides qu'il n'y a pas un seul gentleman digne de toi à Londres, ce n'est pas grave. Nous retournerons simplement dans le Somerset et nous nous satisferons de notre propre compagnie. De toute manière, il n'y a rien que je préfère à cela.

— Moi non plus, murmura Edwina.

— Mais si tu déniches un homme qui te fait perdre la tête, Mary et moi serons enchantées. Tu ne dois pas non plus t'inquiéter à l'idée de nous laisser. Nous nous entendrons très bien.

— Toi aussi, tu pourrais peut-être trouver quelqu'un à épouser.

Kate ne put réprimer un sourire.

— Peut-être, concéda-t-elle sans trop y croire.

Elle ne tenait pas à rester vieille fille, mais elle doutait de trouver un mari à Londres.

— On ne sait jamais. L'un de tes prétendants pourrait se tourner vers moi quand il comprendra que tu es inatteignable, la taquina-t-elle.

— Ne dis pas de bêtises, répliqua Edwina en lui lançant un coussin.

— Mais c'est la vérité !

Kate était sincère. C'était là, selon elle, la manière la plus probable de se trouver un mari en ville.

— Tu sais quel genre d'homme j'aimerais épouser ? lâcha Edwina, le regard rêveur.

Kate secoua la tête.

— Un lettré.

— Un *lettré* ?

— Un lettré, confirma Edwina.

Kate s'éclaircit la voix.

— Je ne suis pas certaine qu'ils soient nombreux à être venus passer la saison à Londres.

— Je m'en doute. Mais tu sais très bien, ajouta-t-elle après avoir poussé un petit soupir, que, même si je ne suis pas censée l'avouer en public, je suis plutôt du genre rat de bibliothèque. Je préférerais de beaucoup passer mes journées à lire plutôt qu'à déambuler dans Hyde Park. Je crois que j'aimerais vivre avec un homme qui apprécie d'étudier, lui aussi.

— Eh bien… Tu sais, Edwina, il te sera peut-être difficile de rencontrer un véritable intellectuel en dehors des villes universitaires. Tu devras peut-être te contenter d'un homme qui, comme toi, aime lire et s'instruire.

— Ce serait très bien. Un lettré amateur me suffirait amplement.

Kate laissa échapper un soupir de soulagement. Il était sans doute possible de trouver à Londres un homme qui aimait lire.

— Et tu sais quoi ? ajouta Edwina. Il ne faut pas se fier aux apparences. Qui sait, ce vicomte Bridgerton dont lady Whistledown ne cesse de parler est peut-être un érudit dans l'âme.

— Ne gaspille pas ta salive, Edwina. Tu ne dois pas avoir affaire ni de près ni de loin au vicomte Bridgerton. C'est un débauché. Le pire de tout Londres. Et même de tout le pays !

— Je le sais, c'était histoire de donner un exemple. De toute façon, il ne choisira pas une épouse cette année. C'est ce que dit lady Whistledown, et tu as toi-même fait remarquer qu'elle avait presque toujours raison.

— Ne t'inquiète pas, fit Kate en lui tapotant le bras, nous te trouverons un époux convenable. Mais le vicomte Bridgerton ? Non, trois fois non !

Au même instant, l'objet de leur discussion se détendait en buvant un verre au *White,* en compagnie de deux de ses frères.

Anthony Bridgerton se rencogna dans son fauteuil de cuir, fit tourner son scotch dans son verre d'un air pensif, puis lâcha à brûle-pourpoint :

— J'envisage de me marier.

Benedict Bridgerton, qui était en train de se balancer sur sa chaise – une manie que sa mère détestait –, en dégringola. Colin Bridgerton, quant à lui, avala de travers.

Heureusement pour lui, Benedict se releva assez vite pour lui assener une grande claque dans le dos. L'olive que Colin recracha survola la table et manqua de peu l'oreille d'Anthony.

Celui-ci fit mine de n'avoir rien vu. Il n'avait que trop conscience que sa déclaration soudaine était susceptible de provoquer une légère surprise. Peut-être même plus que légère. « Totale » ou « absolue » aurait été plus adapté.

Anthony savait pertinemment qu'il n'offrait pas l'image d'un homme décidé à se ranger. Ces dix dernières années, il s'était conduit comme un débauché de la pire espèce, prenant son plaisir là où il le trouvait. Car, il était bien placé pour le savoir, la vie était courte et il fallait en profiter.

Il observait néanmoins un certain code de l'honneur : pas de badinage avec les jeunes filles de bonne famille. Quiconque était en droit d'exiger le mariage se voyait impitoyablement exclue.

Nanti lui-même de quatre jeunes sœurs, il respectait la réputation des femmes bien nées. Il avait déjà failli se battre en duel pour l'une de ses sœurs, dont l'honneur avait été quelque peu bafoué. Quant aux trois autres... La simple pensée qu'elles pourraient se lier avec un homme ayant sa réputation lui flanquait des sueurs froides, et il ne s'en cachait pas.

Jamais il ne déshonorerait la jeune sœur d'un gentleman.

En revanche, en ce qui concernait les autres femmes – les veuves ou les actrices, qui savaient ce qu'elles voulaient et à quoi elles s'engageaient –, il ne s'était pas privé de jouir de leur compagnie. Du jour où il avait quitté Oxford pour vivre à Londres, il avait toujours eu une maîtresse. Voire deux, parfois.

Il avait aussi participé à toutes les compétitions hippiques possibles, appris à boxer et gagné d'innombrables parties de cartes. Entre vingt et trente ans, il s'était livré à une quête effrénée du plaisir avec, pour seule limite, la conscience aiguë qu'il avait de ses responsabilités familiales.

La mort d'Edmund Bridgerton avait été à la fois brutale et inattendue, et ce dernier n'avait pas eu l'occasion de faire une ultime requête à son fils aîné. S'il l'avait pu, cependant, Anthony était persuadé qu'il lui aurait demandé de s'occuper de sa mère et de ses frères et sœurs avec autant d'affection et de diligence que lui-même.

C'est ainsi que, entre les fêtes et les courses hippiques, il avait envoyé ses frères à Eton et Oxford, assisté à un nombre assommant de concerts de piano donnés par ses sœurs – dévouement louable, car trois d'entre elles n'avaient aucune oreille – et surveillé de près les finances familiales. Avec sept frères et sœurs, il considérait de son devoir de veiller à ce qu'il y ait assez d'argent pour assurer l'avenir de chacun d'entre eux.

À mesure qu'il approchait de ses trente ans, il s'était rendu compte qu'il consacrait de plus en plus de temps à sa famille et à ses obligations, et de moins en moins à la poursuite de plaisirs en tout genre. Il avait certes toujours une maîtresse, mais une seule à la fois, et il n'éprouvait plus le besoin de s'attarder jusqu'à l'aube dans une soirée afin de gagner une dernière partie de cartes.

Cependant, sa réputation lui collait aux basques, ce dont, au fond, il se moquait. Il y avait en effet certains bénéfices à être considéré comme le pire débauché de toute l'Angleterre. Ainsi, il était universellement craint, ce qui était une bonne chose, selon lui.

Mais à présent, il était temps de se ranger et d'avoir un fils. Après tout, il avait un titre à transmettre. À l'idée qu'il ne vivrait sans doute pas assez longtemps pour le voir grandir, il ressentait un vif regret, et même une pointe de culpabilité. Mais qu'y pouvait-il ? Il était le premier-né, comme son père avant lui, et comme huit générations de fils Bridgerton. En tant qu'héritier de la dynastie, il lui revenait de croître et de se multiplier.

En outre, savoir qu'il laisserait trois frères aimants et capables derrière lui lui procurait un certain réconfort. Ceux-ci veilleraient à ce que son fils soit élevé dans l'amour et le sens de l'honneur, comme tous les Bridgerton. Ses sœurs le dorloteraient et sa mère le gâterait...

Même s'il engendrait plusieurs enfants, il avait conscience qu'ils seraient trop jeunes pour se souvenir de lui ! S'il avait été lui-même le plus affecté par le décès de leur père, c'était parce qu'il était le plus âgé.

Il avala une gorgée de son scotch et, carrant les épaules, chassa ces déplaisantes ruminations de son esprit. Il lui fallait se concentrer sur son objectif : la quête d'une épouse.

Étant plutôt sagace et organisé, il avait établi mentalement la liste de ses attentes. Tout d'abord, elle devait être raisonnablement séduisante. Pas forcément d'une beauté renversante – encore que ce serait plaisant –, mais il estimait qu'un physique agréable rendrait l'exercice du devoir conjugal plus aisé.

En second lieu, elle ne devait pas être stupide. Cette condition serait peut-être la plus difficile à remplir. Anthony n'avait pas été impressionné outre mesure par les prouesses intellectuelles des débutantes londoniennes. La dernière fois qu'il avait commis l'erreur d'engager la conversation avec une demoiselle fraîche émoulue d'une institution de jeunes filles, il n'avait rien pu tirer d'elle hormis des commentaires sur la pluie, le beau temps et la qualité du buffet.

Il lui serait certes possible d'éviter de discuter avec une épouse peu intelligente, mais il était exclu qu'il ait des enfants stupides.

Le troisième point était le plus important : il ne fallait pas qu'il risque de tomber amoureux d'elle.

Et cette règle ne devait être enfreinte à aucun prix.

N'étant pas un cynique complet, Anthony savait que le véritable amour existait. Quiconque s'était un jour trouvé dans la même pièce que ses parents ne pouvait qu'en être convaincu.

Mais l'amour était une complication qu'il souhaitait éviter. Étant habitué à obtenir ce qu'il désirait, il ne doutait pas de trouver une femme séduisante, intelligente, dont il ne tomberait jamais amoureux. Et où était le problème ? Aurait-il cherché l'amour de sa vie, il est probable qu'il ne l'aurait pas trouvé, comme la plupart des hommes.

— Bon sang, Anthony, pourquoi es-tu si renfrogné ? Ce n'est quand même pas à cause de cette olive. J'ai bien vu qu'elle ne t'avait pas touché !

Il n'avait pas fait part, bien sûr, de ses pensées concernant sa mort prématurée à qui que ce soit, pas même à ses frères. Diable, si quelqu'un était venu lui dire une chose pareille, il lui aurait ri au nez.

Mais personne ne pouvait comprendre la profondeur du lien qui l'unissait à son père, pas plus que cette intuition, ancrée en lui, qu'il ne pourrait vivre plus longtemps que lui. Edmund était tout pour lui. Il avait toujours aspiré à lui ressembler, s'y était essayé, tout en sachant que faire aussi bien que lui, dans quelque domaine que ce soit, était quasiment impossible. Son père était un grand homme, et penser qu'il pourrait l'égaler lui semblait d'une suffisance sans nom.

Quelque chose s'était produit la nuit où il avait veillé son corps en tentant désespérément de se souvenir de chaque instant partagé. Il aurait été si facile d'oublier les petites choses ; la façon qu'il avait de lui presser le bras en signe d'encouragement, ou de réciter de mémoire la chanson *Sigh no more,* tirée de la pièce de Shakespeare *Beaucoup de bruit pour rien.*

Quand Anthony s'était résigné à quitter la pièce, aux premières lueurs de l'aube, il savait, d'une manière ou d'une autre, que ses jours étaient comptés, et que ce compte serait le même que celui d'Edmund.

— Crache le morceau, dit Benedict, le tirant une nouvelle fois de ses réflexions. Je ne t'offrirai pas un sou pour tes pensées, car je sais très bien qu'elles n'en valent pas tant. Mais à quoi penses-tu, bon sang ?

Anthony se redressa, se forçant à ramener son attention sur le présent.

— Qui est considérée comme la reine de la saison ? demanda-t-il.

— Edwina Sheffield, répondit Colin après un instant de réflexion. Tu l'as sûrement vue. Elle est plutôt petite, les cheveux blonds, les yeux bleus. Tu la repéreras au troupeau de prétendants qui la suivent partout en bêlant.

— Elle a un cerveau ? voulut savoir Anthony, ignorant le ton sarcastique de son frère.

Colin cilla, comme si la question d'une femme possédant un cerveau ne lui avait jamais traversé l'esprit.

— J'inclinerais à le penser. Je l'ai entendue un jour discuter de mythologie avec Middlethorpe, et elle semblait savoir de quoi elle parlait.

— Bien, fit Anthony en reposant son verre d'un geste décidé. Alors c'est elle que j'épouserai.

# 2

*Mercredi, au bal donné par les Hartside, on a vu le vicomte Bridgerton danser avec plus d'une gracieuse demoiselle. Cette attitude ne peut être qualifiée que de « stupéfiante », Bridgerton s'efforçant en général d'éviter les jeunes filles convenables avec une persévérance qui serait impressionnante si elle n'était aussi exaspérante pour les mères-de-filles-à-marier.*

*Se pourrait-il que le vicomte ait lu le dernier article de votre dévouée chroniqueuse, et qu'avec la perversité commune aux mâles de toutes espèces, il ait décidé de lui prouver qu'elle s'était trompée ?*

*Il pourrait sembler que votre dévouée chroniqueuse s'attribue beaucoup plus d'importance qu'elle n'en possède en vérité, mais l'on connaît des hommes qui ont pris des décisions en se fondant sur moins, bien moins que cela.*

*La Chronique mondaine de lady Whistledown,* 22 avril 1814

Ce soir-là, à 23 heures, toutes les craintes de Kate se confirmèrent.

Anthony Bridgerton invita Edwina à danser.

Pire, Edwina accepta.

Pire encore, Mary observait le couple comme si elle s'apprêtait à réserver l'église.

— Tu vas arrêter, siffla Kate en lui décochant un coup de coude.

— Arrêter quoi ?
— De les regarder comme ça !
Mary écarquilla les yeux.
— Comme quoi ?
— Comme si tu établissais le menu du lendemain de noces.
— Oh, murmura Mary en s'empourprant, l'air coupable.
— Mary !
— Et alors, où est le mal ? Ce serait un excellent parti pour Edwina.
— Tu as écouté ce que nous disions, cet après-midi ? Il est déjà assez pénible de voir tous ces débauchés tourner autour d'Edwina. Tu n'imagines pas le temps qu'il m'a fallu pour faire le tri. Mais Bridgerton ! Enfin ! C'est le pire de tout Londres. Tu ne veux tout de même pas qu'elle épouse un homme pareil.
— Ne te mêle pas de me dire ce que je peux ou ne peux pas faire, Katharine Grace Sheffield, lui intima Mary en se redressant de toute sa hauteur. Je suis encore ta mère, que je sache. Enfin, ta belle-mère. Et ce n'est pas rien.
Kate se sentit aussitôt réduite à l'état de ver de terre. Mary était la seule mère qu'elle eût connue et jamais, pas une seule fois, elle ne l'avait traitée différemment de sa propre fille. Elle l'avait bordée dans son lit, lui avait lu des histoires, l'avait embrassée, câlinée, aidée à franchir le cap difficile entre l'enfance et l'âge adulte. La seule chose qu'elle n'avait jamais faite : lui demander de l'appeler « maman ».
— Ce n'est pas rien, en effet, murmura Kate, honteuse, les yeux fixés sur ses pieds. Tu *es* ma mère, dans tous les sens du terme.
Mary la fixa un long moment, puis se mit à battre furieusement des paupières.
— Mon Dieu, fit-elle d'une voix étranglée en fouillant dans son réticule. Voilà que par ta faute, je me transforme en fontaine.
— Je suis désolée, souffla Kate. Viens, tourne-toi, qu'on ne te voie pas...

Ayant enfin déniché un carré de linon blanc, Mary se tamponna les yeux, qui étaient exactement du même bleu que ceux d'Edwina.

— Je t'aime, Kate. Tu le sais, n'est-ce pas ?

— Bien sûr ! s'exclama Kate, choquée que Mary puisse ne serait-ce que lui poser la question. Et tu sais bien... tu sais que je...

— Oui, je le sais, répondit Mary en lui tapotant le bras. Simplement, quand tu acceptes d'être la mère d'un enfant que tu n'as pas porté, ta responsabilité est deux fois plus grande. Tu dois faire encore plus d'efforts pour assurer le bien-être et le bonheur de cet enfant.

— Mary, je t'aime. Et j'aime Edwina.

Toutes deux tournèrent les yeux vers la piste de danse, où celle-ci dansait avec le vicomte. Comme toujours, elle était la beauté et la grâce incarnées, avec sa silhouette frêle et son visage délicat encadré de boucles blondes.

Kate nota, non sans irritation, que le vicomte était fort bel homme. Contrairement aux jeunes gens à la mode qui affectionnaient les couleurs criardes, il était sobrement vêtu d'un habit noir sur une chemise d'un blanc éclatant. De haute taille, le maintien fier, il avait d'épais cheveux châtains qui avaient tendance à lui retomber sur le front.

En apparence, il avait tout de l'homme parfait.

— Ils forment un beau couple, non ? chuchota Mary.

Kate se mordit la langue, au propre et non au figuré.

— Il est peut-être un tout petit peu trop grand pour elle, mais je ne pense pas que ce soit un obstacle insurmontable, continua Mary. Qu'en penses-tu ?

Kate croisa les mains et les serra si fort qu'elle sentit la morsure de ses ongles à travers ses gants de chevreau.

Mary esquissa un sourire qui lui parut suspect.

— Il danse bien, tu ne trouves pas ?

— Il n'épousera pas Edwina ! explosa Kate.

Le sourire de Mary se fit triomphant.

— Je me demandais combien de temps tu réussirais à garder le silence.

— Bien plus longtemps qu'il ne m'est naturel, rétorqua Kate d'un ton mordant.

— Aucun doute là-dessus.

— Mary, tu sais bien que ce n'est pas le genre d'homme que nous voulons pour Edwina.

Inclinant la tête sur le côté, Mary haussa les sourcils.

— La question serait plutôt de savoir s'il est le genre d'homme qu'*Edwina* veut pour Edwina.

— Justement ! Pas plus tard que cet après-midi, elle me disait qu'elle voulait épouser un lettré. Un lettré ! Il en a l'air selon toi ? ajouta-t-elle avec feu, en désignant du menton l'homme qui dansait avec sa sœur.

— Non. Cela dit, tu n'as pas particulièrement l'air d'une aquarelliste accomplie, et pourtant, je sais que tu l'es.

L'air plutôt satisfait, Mary semblait la mettre au défi de répondre.

— Je reconnais qu'on ne doit pas juger les gens sur leur apparence, déclara Kate, les dents serrées. Tu admettras cependant que si nous nous fondons sur ce que nous avons entendu à son sujet, il ne semble pas être du genre à passer l'après-midi courbé sur un volume poussiéreux dans une bibliothèque.

— Peut-être que non, reconnut Mary, l'air songeur. Il n'empêche que j'ai eu une très agréable conversation avec sa mère, tout à l'heure.

— Avec sa mère ? Quel est le rapport ?

Mary haussa les épaules.

— J'ai peine à croire que le fils d'une personne aussi intelligente et bienveillante puisse être autre chose qu'un parfait gentleman, quelle que soit sa réputation.

— Mais, Mary…

— Quand tu seras mère toi-même, tu comprendras ce que je veux dire.

— Mais…

— T'ai-je dit à quel point tu étais ravissante dans ce tulle vert ? demanda Mary d'un ton qui ne souffrait pas de réplique. Je suis vraiment ravie de notre choix !

Baissant les yeux, Kate considéra sa robe en se demandant pourquoi diable sa belle-mère avait changé de sujet aussi abruptement.

— La couleur te va bien. Dans sa chronique de vendredi, lady Whistledown ne pourra pas te traiter de brin d'herbe roussi.

Kate la regarda avec des yeux ronds. Souffrait-elle de la chaleur ? À sa décharge, la salle commençait à être surpeuplée, et l'air devenait irrespirable.

C'est alors qu'elle sentit Mary lui donner un petit coup sous l'omoplate gauche. Elle comprit que quelque chose se préparait.

— Monsieur Bridgerton ! s'écria soudain Mary avec l'enthousiasme d'une jeune fille.

Horrifiée, Kate tourna la tête, et vit un homme extrêmement séduisant s'approcher d'elles. Un homme extrêmement séduisant... qui ressemblait de manière frappante au vicomte.

Elle s'obligea à déglutir pour ne pas rester bouche bée.

— Monsieur Bridgerton ! répéta Mary. Je suis si heureuse de vous voir. Voici ma fille Kate.

Le nouveau venu s'empara de la main inerte de cette dernière et baisa ses doigts gantés – si légèrement qu'elle le soupçonna de n'avoir fait que feindre ce baisemain.

— Bonsoir, mademoiselle Sheffield.

— Kate, continua Mary, voici M. Colin Bridgerton. J'ai fait sa connaissance un peu plus tôt dans la soirée, alors que je m'entretenais avec sa mère, lady Bridgerton. Une personne adorable, ajouta-t-elle à l'adresse de Colin en la gratifiant d'un sourire éclatant.

Le jeune homme lui rendit son sourire.

— Nous le pensons tous.

Mary gloussa sottement. Oui, *glousse* ! Inimaginable !

— Kate, reprit-elle, M. Bridgerton est le frère du vicomte. Qui est en train de danser avec Edwina, précisa-t-elle bien inutilement.

— C'est ce que j'ai cru comprendre.

Colin Bridgerton lui jeta un regard oblique. Le léger sarcasme dans son ton ne lui avait apparemment pas échappé.

— C'est un plaisir de faire votre connaissance, mademoiselle Sheffield, dit-il poliment. J'espère que vous m'accorderez la faveur d'une danse.

— Je… Bien sûr. Ce serait un honneur, ajouta-t-elle après s'être éclairci la voix.

— Kate, fit Mary avec douceur, donne ton carnet de bal à monsieur.

— Oh ! Oui, bien sûr, murmura-t-elle en essayant d'attraper son carnet, coquettement attaché à son poignet par un ruban vert.

Ne pas réussir à s'en saisir d'emblée était un peu inquiétant ; Kate imputa sa maladresse à l'apparition inattendue d'un frère Bridgerton dont elle ignorait l'existence. Tout en sachant pertinemment que, même dans les circonstances les plus favorables, elle n'était jamais la jeune fille la plus gracieuse de l'assemblée.

Colin s'inscrivit pour une danse ultérieure, puis lui demanda si elle voulait l'accompagner jusqu'à la table des rafraîchissements.

— Va, va, dit Mary avant qu'elle ait le temps de répondre. Ne t'inquiète pas pour moi. Je peux très bien me passer de toi.

— Je peux te rapporter une limonade, proposa Kate en se demandant s'il était possible de fusiller sa belle-mère du regard sans que M. Bridgerton s'en aperçoive.

— Ne te donne pas cette peine. Il faut vraiment que je retourne auprès des autres mères de famille et des chaperons.

Mary tourna la tête en tous sens jusqu'à ce qu'elle repère un visage familier.

— Oh, regarde, Mme Featherington ! Je dois aller la voir. Portia ! Portia !

Elle s'éloigna en toute hâte. Après l'avoir suivie des yeux, Kate se tourna vers M. Bridgerton.

— Je crois qu'elle ne veut pas de limonade, déclara-t-elle, ironique.

Une étincelle amusée s'alluma dans le regard vert du jeune homme.

— Ou alors, elle a l'intention de courir jusqu'en Espagne pour cueillir elle-même les citrons.

Kate ne put s'empêcher de rire. Elle ne voulait pas apprécier M. Colin Bridgerton, ni aucun Bridgerton, après tout ce qu'elle avait lu dans le journal au sujet du vicomte. Mais elle reconnut qu'il n'était sans doute pas juste de juger un homme sur les frasques de son frère. Aussi s'efforça-t-elle de se détendre un peu.

— Avez-vous vraiment soif, ou vous montriez-vous simplement poli ? demanda-t-elle.

— Je suis toujours poli, assura-t-il avec un sourire espiègle, mais j'ai aussi soif.

L'association fatale de ce sourire et de ces irrésistibles yeux verts faillit arracher un grognement à Kate.

— Et voilà, un autre débauché, soupira-t-elle.

Sans qu'elle en comprenne la cause, Colin s'étrangla.

— Je vous demande pardon ?

Kate rougit quand elle s'aperçut, horrifiée, qu'elle avait parlé à voix haute.

— Non, c'est à moi de vous demander pardon. Excusez-moi, je vous en prie. C'était abominablement grossier.

— Non, non, protesta-t-il, l'air à la fois intéressé et amusé, continuez.

Kate déglutit. Il n'y avait aucun moyen de s'en sortir.

— Je... commença-t-elle avant de se racler la gorge. Si je peux me permettre d'être franche...

Il hocha la tête avec un sourire narquois. De toute évidence, il ne l'imaginait pas *ne pas* être franche.

Kate s'éclaircit la voix une fois de plus. Ça devenait ridicule, vraiment. Elle donnait l'impression d'avoir avalé un crapaud.

— Il m'est venu à l'esprit que vous étiez peut-être comme votre frère, c'est tout.

— Mon frère ?

— Eh bien... le vicomte.

— J'ai trois frères, expliqua-t-il.

— Oh... souffla-t-elle, se sentant ridicule, je suis désolée.

— Pas tant que moi, répliqua-t-il avec véhémence. La plupart du temps, ils sont insupportables.

Kate fut obligée de simuler une quinte de toux pour dissimuler son exclamation de surprise.

— Mais au moins, continua-t-il avec un profond soupir de soulagement, vous ne me compariez pas à Gregory. Il a treize ans, précisa-t-il en lui jetant un regard effronté.

Mais ses yeux riaient, et Kate comprit qu'il la menait en bateau. Il n'était pas homme à dénigrer ses frères, au contraire.

— Vous êtes plutôt dévoué à votre famille, n'est-ce pas ?

— Je le suis entièrement, assura-t-il, soudain très sérieux.

— De même que moi, fit Kate avec un regard éloquent.

— Ce qui signifie ?

Elle savait qu'elle aurait dû tenir sa langue, mais elle en fut incapable.

— Ce qui signifie que je ne laisserai personne briser le cœur de ma sœur.

Sans mot dire, Colin tourna lentement la tête pour regarder son frère et Edwina, dont la danse venait de s'achever.

— Je vois, murmura-t-il.

— Vraiment ?

Ils étaient arrivés devant la table des rafraîchissements. Colin tendit un verre de limonade à Kate, qui en avait déjà bu trois depuis le début de la soirée. Ce que, elle en était sûre, Mary n'ignorait pas quand elle avait insisté pour qu'elle aille en chercher un autre.

Colin but une gorgée tout en l'observant par-dessus le rebord de son verre, puis il lâcha :

— Mon frère s'est mis en tête de se ranger cette année.

À son tour, sans se presser, Kate prit une gorgée.

— Est-ce possible ?

— Je suis certainement bien placé pour le savoir.

— Il a la réputation d'être un libertin effréné.

— Ce qui est vrai, admit Colin en soutenant son regard.

— Il est difficile d'imaginer qu'un coureur aussi notoire se contente d'une seule femme et trouve le bonheur dans le mariage.

— Vous semblez avoir beaucoup réfléchi à la question, mademoiselle Sheffield.

Elle le regarda droit dans les yeux.

— Votre frère n'est pas le premier homme à la réputation discutable à courtiser ma sœur, monsieur Bridgerton. Et, croyez-moi, je ne prends pas le bonheur de ma sœur à la légère.

— J'imagine que n'importe quelle femme trouverait le bonheur en épousant un gentleman riche et titré. N'est-ce pas à cela que sert la saison londonienne ?

— Peut-être, reconnut Kate. Mais je crains fort que le problème ne se trouve ailleurs.

— C'est-à-dire ?

— C'est-à-dire qu'un mari peut briser un cœur bien plus douloureusement qu'un simple prétendant. Vous ne croyez pas ? ajouta-t-elle avec un petit sourire entendu.

— N'ayant jamais été marié, je ne suis certainement pas en position d'avoir un avis.

— Honte à vous, monsieur Bridgerton ! Voilà une échappatoire de la pire sorte.

— Vous trouvez ? Je la croyais très habile, au contraire. Visiblement, je perds la main.

— Il n'y a pas de danger, je le crains.

Kate termina sa limonade. Le verre était petit ; lady Hartside, leur hôtesse, était d'une avarice notoire.

— Vous êtes bien trop généreuse.

Cette fois, le sourire qu'elle lui adressa était sincère.

— C'est une accusation que l'on porte rarement contre moi, monsieur Bridgerton.

Il éclata de rire – bruyamment – au beau milieu de la salle de bal. Kate se rendit compte, gênée, qu'ils attiraient soudain un grand nombre de regards curieux.

— Il faut que vous rencontriez mon frère, déclara-t-il avec un amusement évident.

— Le vicomte ? demanda-t-elle, incrédule.

— La compagnie de Gregory vous plairait peut-être aussi, mais, comme je vous l'ai dit, il n'a que treize ans, et il serait capable de poser une grenouille sur votre chaise.

— Et le vicomte ?

— N'est pas susceptible de placer une grenouille sur votre chaise, répondit-il gravement.

Kate eut le plus grand mal à ne pas s'esclaffer.

— Je vois, assura-t-elle avec le plus grand sérieux. Cela fait donc de lui un homme tout à fait recommandable.

— Ce n'est pas un si mauvais bougre, assura Colin avec un large sourire.

— Vous m'en voyez soulagée. Je devrais commencer à organiser le petit déjeuner de lendemain de noces dès à présent.

Colin en demeura bouche bée.

— Je ne voulais pas dire... Vous ne devriez pas... C'est-à-dire que cela serait un peu prématuré...

Kate eut pitié de lui.

— Je plaisantais.

— Bien sûr, dit-il, en rougissant légèrement.

— À présent, si vous voulez bien m'excuser, je dois vous laisser.

Il arqua les sourcils.

— Vous n'allez pas partir aussi tôt ?

— Pas du tout. J'ai promis à une amie de la retrouver.

Elle n'allait quand même pas lui confier qu'elle devait aller aux toilettes. Quatre verres de limonade, c'était un peu trop.

— Ç'a été un plaisir, affirma-t-il en s'inclinant. Puis-je vous raccompagner ?

— Non, merci. Je devrais réussir à me débrouiller toute seule.

Après lui avoir adressé un sourire par-dessus son épaule, elle battit en retraite.

Colin Bridgerton la suivit des yeux, l'air songeur, puis se dirigea vers son frère aîné qui, adossé au mur, avait les bras croisés d'une manière presque belliqueuse.

— Alors, Anthony, cette danse avec la charmante Mlle Sheffield ?

— Elle fera l'affaire, répondit Anthony, laconique.

Tous deux savaient ce que cela signifiait.

— Vraiment ? Dans ce cas, il faut que tu rencontres sa sœur, déclara Colin avec un imperceptible sourire.

— Je te demande pardon ?

— Sa sœur, répéta Colin, qui se mit à rire. Tu dois tout simplement rencontrer sa sœur.

Vingt minutes plus tard, Anthony était sûr d'avoir soutiré à Colin tout ce qui concernait Edwina Sheffield. Et il semblait que le chemin qui menait au cœur et à la main de cette dernière passait inévitablement par sa sœur.

À l'évidence, Edwina Sheffield ne se marierait pas sans l'approbation de son aînée. Selon Colin, c'était de notoriété publique depuis au moins une semaine. Depuis, en fait, qu'Edwina l'avait annoncé lors de la soirée musicale annuelle des Smythe-Smith. Les frères Bridgerton avaient manqué cette déclaration capitale, car – à l'image de tous ceux qui appréciaient Bach, Mozart et la musique sous toutes ses formes – ils fuyaient les soirées musicales des Smythe-Smith comme la peste.

La sœur aînée d'Edwina, une certaine Katharine, plus connue sous le nom de Kate, faisait également ses débuts cette année, alors qu'on lui attribuait au moins vingt et un ans. Cela incitait Anthony à penser que les Sheffield appartenaient aux rangs les moins aisés de la bonne société, ce qui l'arrangeait grandement. Il n'avait pas besoin d'une épouse richement dotée, et une femme sans dot aurait plus besoin de lui. Il était prêt à user de tous ses avantages.

À la différence d'Edwina, l'aînée des Sheffield n'était pas devenue la coqueluche de la bonne société. D'après Colin, elle était plutôt appréciée, mais ne possédait pas la beauté éblouissante de sa cadette. Elle était grande et brune, alors que sa sœur était petite et blonde ; et il lui manquait cette grâce éthérée qui caractérisait Edwina. Toujours selon Colin, qui, bien qu'arrivé depuis peu à Londres, était une source de renseignements inépuisable, plus d'un gentleman s'était plaint d'avoir les pieds meurtris après une danse avec Kate Sheffield.

Anthony trouvait la situation absurde. Depuis quand une fille sollicitait-elle l'approbation de sa sœur dans le choix d'un mari ? Celle d'un père, bien sûr, d'un frère, ou même d'une mère... Mais d'une sœur ? Qu'Edwina s'en remette à Katharine pour la guider était d'autant plus incongru que l'ignorance de cette dernière en matière de mondanités était flagrante.

Cependant, comme il n'avait pas particulièrement envie de chercher une autre candidate, Anthony en déduisit, commodément, que la famille était importante aux yeux d'Edwina. Et, puisque sa propre famille était ce qui comptait le plus à ses yeux, il vit là la confirmation de l'excellence de son choix.

En conséquence, il ne lui restait plus qu'à charmer la grande sœur. Ce qui ne devrait pas être bien difficile.

— Tu n'auras aucun mal à la gagner à ta cause, prédit Colin avec un sourire confiant. Absolument aucun mal. Une vieille fille timide ? Elle n'a sans doute jamais reçu d'attentions de la part d'un homme comme toi. Elle ne comprendra pas ce qui lui arrive.

— Je ne veux pas qu'elle tombe amoureuse de moi, répliqua Anthony. Je veux simplement qu'elle me recommande à sa sœur.

— Tu ne peux pas échouer. Crois-moi, j'ai discuté avec elle quelques minutes un peu plus tôt dans la soirée, et elle était intarissable à ton sujet.

— Parfait, dit Anthony en s'écartant du mur pour regarder autour de lui d'un air déterminé. Où est-elle ? J'ai besoin que tu me la présentes.

— Ah, la voilà, fit Colin après avoir parcouru la pièce des yeux. D'ailleurs, elle vient vers nous. Quelle coïncidence merveilleuse !

Anthony en était venu à se méfier des coïncidences quand elles survenaient non loin de son frère. Il suivit néanmoins son regard.

— Laquelle est-ce ?

— Celle en vert, répondit Colin avec un mouvement imperceptible du menton.

Elle n'était pas du tout telle qu'Anthony s'y attendait. Pour commencer, elle n'avait rien d'une amazone. Ce n'était que comparée à Edwina, qui mesurait à peine un mètre cinquante, qu'elle paraissait si grande. En vérité, Kate Sheffield n'était pas vilaine, avec son épaisse chevelure châtaine et ses yeux sombres. Elle avait le teint clair, les lèvres roses, et fendait la foule avec une assurance qu'il ne put s'empêcher de trouver séduisante.

Certes, contrairement à sa sœur, on ne la considérerait jamais comme un diamant de la plus belle eau, mais Anthony ne voyait pas pourquoi elle ne trouverait pas un mari, elle aussi. Après avoir épousé Edwina, il lui constituerait peut-être une dot. C'était le moins qu'un homme puisse faire.

Colin fit quelques pas, se frayant un passage parmi les invités.

— Mademoiselle Sheffield ! Mademoiselle Sheffield !

Anthony lui emboîta le pas, tout en se préparant mentalement à charmer la sœur aînée d'Edwina. Elle allait lui manger dans la main en moins de temps qu'il n'en fallait pour le dire, cette pauvre jeune femme qu'on qualifiait déjà de vieille fille.

— Mademoiselle Sheffield, quel plaisir de vous voir à nouveau, fit Colin.

Elle parut un peu perplexe, ce dont Anthony ne put la blâmer. Colin laissait entendre que cette rencontre était due au hasard, alors qu'ils savaient tous qu'il avait piétiné au moins une demi-douzaine de personnes pour l'atteindre.

— Je suis tout aussi ravie de vous revoir, monsieur, répliqua-t-elle d'un ton ironique. Et si peu de temps après notre dernière rencontre, comme c'est inattendu !

Anthony réprima un sourire. Elle avait l'esprit plus vif qu'on le lui avait laissé supposer.

Le sourire triomphant que Colin arbora alors lui mit la puce à l'oreille. Il eut la désagréable impression que son frère mijotait quelque chose.

— Je ne saurais expliquer pourquoi, reprit Colin, mais il m'a semblé soudain impératif de vous présenter mon frère.

Elle tourna la tête avec brusquerie, et, découvrant Anthony, se raidit comme si elle avait avalé un antidote. Ce dernier trouva sa réaction curieuse.

— Comme c'est aimable à vous, murmura-t-elle... entre ses dents.

— Mademoiselle Sheffield, continua Colin avec enthousiasme, je vous présente mon frère Anthony, vicomte Bridgerton. Anthony, Mlle Katharine Sheffield. Je crois que tu as fait la connaissance de sa sœur un peu plus tôt dans la soirée.

— En effet, acquiesça Anthony, en proie à l'envie grandissante d'étrangler son frère.

Mlle Sheffield esquissa une révérence maladroite.

— C'est un honneur de faire votre connaissance, lord Bridgerton.

Colin laissa échapper un son qui ressemblait à un grognement. Ou à un rire. Ou peut-être aux deux.

Soudain, Anthony comprit. Un seul regard au visage de son frère aurait dû le renseigner. Il n'avait pas en face de lui une vieille fille timide. Et, quoi qu'elle ait pu dire à son sujet un peu plus tôt, ce n'était certainement pas flatteur.

Avec un temps de retard, il s'aperçut que Mlle Sheffield lui tendait la main, comme l'exigeait la simple politesse. Il s'en empara et l'effleura des lèvres.

— Mademoiselle Sheffield, murmura-t-il, la tête ailleurs, vous êtes aussi jolie que votre sœur.

Si, jusqu'à présent, elle avait semblé mal à l'aise, son attitude se fit tout coup franchement hostile. Anthony se serait giflé : il avait dit exactement ce qu'il ne fallait pas ! Il n'aurait pas dû la comparer à sa sœur, bien sûr. C'était le seul compliment auquel elle ne croirait jamais.

— Et vous, lord Bridgerton, riposta-t-elle d'un ton à geler du champagne, vous êtes presque aussi beau que votre frère.

De nouveau, Colin émit un grognement. Sauf que, cette fois, on aurait cru qu'on l'étranglait.

— Vous vous sentez bien ? demanda Mlle Sheffield.

— Il va très bien, aboya Anthony.

L'ignorant, elle s'adressa de nouveau à Colin.

— En êtes-vous certain ?

Colin hocha la tête avec vigueur.

— La gorge me chatouille.

— Ou peut-être ta conscience, suggéra Anthony.

Colin se détourna délibérément de lui pour faire face à Kate.

— Je crois que j'ai besoin d'un verre de limonade, haleta-t-il.

— Ou peut-être de quelque chose de plus fort, intervint Anthony. De la ciguë, par exemple ?

Mlle Sheffield plaqua la main sur sa bouche, sans doute pour étouffer un éclat de rire horrifié.

— De la limonade conviendra parfaitement, assura Colin d'une voix suave.

— Voulez-vous que j'aille vous en chercher un verre ? proposa Kate.

Anthony remarqua qu'elle avait déjà reculé d'un pas. Elle saisirait la première excuse pour se sauver.

— Non, non, fit Colin, je suis parfaitement capable d'y aller. Mais je crois que j'avais réservé la prochaine danse avec vous, mademoiselle Sheffield.

— Je vous en tiens quitte, dit-elle avec un petit geste de la main.

— Oh, mais je ne pourrais plus me regarder en face si je vous laissais seule !

Il était visible que l'étincelle diabolique qui dansait dans l'œil de Colin inquiétait de plus en plus Mlle Sheffield. Avec un manque parfait de charité, Anthony s'en amusait. Sa réaction était un peu disproportionnée, il le savait. Mais il y avait quelque chose dans cette fille qui attisait sa combativité, et lui donnait envie de l'affronter.

Et de gagner, cela allait sans dire.

— Anthony, tu n'es pas pris pour cette danse ?

Colin semblait si innocent, si sincère, qu'Anthony dut faire un effort surhumain pour ne pas l'assassiner sur place. Il se contenta de le fusiller du regard.

— Bien. Alors, tu danseras avec Mlle Sheffield.

— Ce n'est pas nécessaire, lâcha la demoiselle en question.

Anthony foudroya de nouveau son frère du regard puis, pour faire bonne mesure, Mlle Sheffield, qui le regardait comme s'il venait de dépouiller dix vierges en sa présence.

— Oh, mais si ! insista Colin avec emphase, feignant de ne pas remarquer que leurs yeux lançaient des éclairs. Je ne me vois pas abandonner une jeune femme à son triste sort. Ce serait indigne d'un gentleman !

Anthony était pour sa part au bord de commettre un acte indigne d'un gentleman. Comme d'écraser son poing sur la figure de Colin, par exemple.

— Je vous assure, se hâta de dire Mlle Sheffield, que je préfère rester seule plutôt que de danser av...

C'en était assez ! décida Anthony. Son propre frère s'était déjà joué de lui ; il n'allait pas, en plus, se laisser insulter sans réagir par cette vieille fille à la langue acérée, fût-elle la sœur d'Edwina.

Il posa une main impérieuse sur le bras de Mlle Sheffield.

— Permettez-moi de vous éviter de commettre une grave erreur, mademoiselle.

— Je vous demande pardon ? fit-elle, raide comme un piquet.

— Je crois que vous vous apprêtiez à dire quelque chose que vous regretteriez sous peu.

Elle afficha un air délibérément songeur.

— Non. Je ne pense pas que les regrets figurent dans mon avenir.

— Ils y figureront, riposta-t-il, menaçant.

Puis, la prenant par le bras, il la traîna pratiquement sur la piste de danse.

# 3

*On vit lord Bridgerton danser aussi avec Mlle Katharine Sheffield, sœur aînée de la ravissante Edwina. La conclusion s'impose d'elle-même, car il n'a pas échappé à votre dévouée chroniqueuse que l'aînée des demoiselles Sheffield se voit très sollicitée depuis que sa cadette a fait une étrange déclaration à la soirée musicale des Smythe-Smith, la semaine dernière.*

*Qui a jamais entendu parler d'une fille ayant besoin de la permission de sa sœur pour choisir son mari ?*

*Et, plus important peut-être, qui a un jour décidé que les mots « Smythe-Smith » et « soirée musicale » pouvaient être associés dans une même phrase ? Votre dévouée chroniqueuse a assisté à l'une de ces réunions par le passé, et n'a rien entendu qui se rapprochât, de près ou de loin, de ce qu'on nomme « musique ».*

*LA CHRONIQUE MONDAINE DE LADY WHISTLEDOWN,* 22 avril 1814

Consternée, Kate dut se rendre à l'évidence : elle était piégée. Lui était vicomte, elle une simple mortelle du Somerset, et ils se trouvaient tous deux au beau milieu d'une salle de bal bondée. Peu importait qu'elle l'ait détesté au premier coup d'œil, elle était *obligée* de danser avec lui.

— Inutile de me tirer ainsi, siffla-t-elle.

Il desserra son étreinte avec une ostentation qui exaspéra Kate. Elle se jura que cet homme n'épouserait jamais sa sœur. Ses manières étaient trop froides et suffisantes ; il était trop grand, trop séduisant – même si le reproche était un peu injuste – avec ses yeux de velours, et ses lèvres, d'un beau modelé classique, se crispaient aux commissures comme s'il ne savait pas sourire.

— À présent, attaqua-t-il une fois qu'ils eurent commencé à danser, si vous me disiez pourquoi vous me haïssez.

Kate lui marcha sur le pied. Sapristi, il était direct !

— Je vous demande pardon ?

— Inutile de m'estropier, mademoiselle Sheffield.

— C'était un accident, je vous assure.

Ce qui était la pure vérité, même si elle ne regrettait pas cet exemple précis de son manque de grâce.

— Pourquoi, fit-il pensivement, est-ce que je vous crois ?

Décidée à se montrer aussi directe que lui, Kate lui répondit avec un sourire narquois :

— Probablement parce que vous savez que si l'envie m'était venue de vous marcher délibérément sur le pied, je l'aurais fait.

Il rejeta la tête en arrière et se mit à rire. Ce n'était pas la réaction qu'elle escomptait. À y réfléchir, elle ne savait pas ce qu'elle avait espéré, mais ce n'était certainement pas cela.

— Voulez-vous cesser, milord ? chuchota-t-elle d'une voix pressante. On commence à nous regarder.

— On a commencé à nous regarder il y a deux minutes. Ce n'est pas souvent qu'un homme comme moi danse avec une femme comme vous.

Dans le genre pique, celle-ci était bien envoyée. Malheureusement pour lui, elle tombait à côté.

— Erreur ! répliqua-t-elle, enjouée, vous n'êtes certainement pas le premier des toqués d'Edwina à essayer d'obtenir ses faveurs par mon intermédiaire.

— Non pas prétendants, mais toqués ?

L'amusement sincère que reflétait son regard la prit de court.

— Vous n'allez quand même pas me tendre un appât aussi appétissant, milord ?

— Pourtant, vous n'y avez pas mordu...

Kate baissa les yeux, histoire de voir s'il n'y avait pas moyen de lui marcher de nouveau discrètement sur le pied.

— Mes bottes sont très épaisses, mademoiselle Sheffield, la prévint-il.

De surprise, elle releva brusquement la tête.

— Et j'ai l'œil, ajouta-t-il avec un demi-sourire moqueur.

— Apparemment. Avec vous, je vais devoir faire attention où je mets les pieds.

— Seigneur, s'agirait-il d'un compliment ? Le choc pourrait me tuer.

— S'il vous plaît de le prendre pour un compliment, libre à vous. Vous risquez de ne pas en recevoir beaucoup d'autres.

— Vous me blessez, mademoiselle Sheffield.

— Cela signifie-t-il que votre cuir n'est pas aussi épais que celui de vos bottes ?

— Oh, loin de là.

Kate s'entendit rire avant même d'avoir pris conscience de son amusement.

— Ça, j'ai du mal à le croire.

Il attendit qu'elle cesse de sourire avant de reprendre :

— Vous n'avez pas répondu à ma question. Pourquoi me haïssez-vous ?

Kate tressaillit. Elle ne s'attendait pas qu'il répète sa question ou, du moins, avait espéré qu'il s'en abstiendrait.

— Je ne vous hais point, répondit-elle, choisissant ses mots avec soin. Je ne vous connais même pas.

— Connaître est rarement une condition préalable pour haïr, observa-t-il sans ciller. Allons, mademoiselle Sheffield, je n'ai pas l'impression que vous soyez lâche. Répondez-moi.

Kate garda le silence pendant une minute entière. C'est vrai, elle n'était pas prédisposée à aimer cet homme et, encore moins, à lui donner sa bénédiction pour courtiser

Edwina. Elle ne croyait pas une seconde que les débauchés repentis formaient les meilleurs maris. Elle n'était même pas certaine qu'un débauché puisse se repentir.

Mais il aurait pu l'aider à surmonter ses préjugés. Il aurait pu se montrer charmant, sincère, direct, et réussir à la convaincre que les histoires publiées dans la chronique de lady Whistledown étaient exagérées ; qu'il n'était pas le pire libertin que Londres ait connu depuis le début du siècle ; qu'il respectait un code de l'honneur et était un homme de principes...

S'il ne s'était laissé aller à la comparer à Edwina.

Car aucun mensonge n'aurait pu être plus manifeste. Kate savait qu'elle n'était pas un laideron. Elle possédait un visage et une silhouette assez plaisants. Mais, en aucune manière, elle ne pouvait être comparée à Edwina et se poser en rivale. Edwina était un diamant, alors qu'elle-même ne serait jamais qu'une femme ordinaire.

Et si cet homme prétendait le contraire, c'était qu'il poursuivait un but précis, car il n'était de toute évidence pas aveugle.

Il aurait pu lui adresser n'importe quel compliment banal, qu'elle aurait accepté comme une attention polie de la part d'un gentleman. Elle aurait même pu être flattée si ce compliment avait été peu ou prou proche de la vérité. Mais la comparer à Edwina...

Kate adorait sa sœur, et savait mieux que personne que son cœur était aussi beau et rayonnant que son visage. Elle ne se croyait pas jalouse, et cependant... la comparaison l'avait piquée au vif.

— Je ne vous hais pas, répéta-t-elle.

Ses yeux arrivaient à la hauteur du menton du vicomte, mais, n'aimant pas la lâcheté, elle s'obligea à soutenir son regard quand elle ajouta :

— Mais il m'est impossible de vous apprécier.

Quelque chose dans ses yeux lui dit qu'il lui savait gré de son honnêteté.

— Et pourquoi cela ? demanda-t-il doucement.

— Puis-je être franche ?

— Je vous en prie.

— Si vous êtes en train de danser avec moi, c'est parce que vous souhaitez courtiser ma sœur. Cela ne m'ennuie pas, s'empressa-t-elle de préciser. J'ai l'habitude de faire l'objet d'attentions de la part des prétendants d'Edwina.

Comme elle semblait penser à tout autre chose qu'à ses pieds, Anthony écarta les siens pour éviter qu'elle ne les lui écrase de nouveau. Il nota avec intérêt que les « toqués » étaient redevenus des prétendants.

— Je vous en prie, continuez.

— Vous n'êtes pas le genre d'homme que je voudrais comme mari pour ma sœur, dit-elle simplement, son regard intelligent rivé au sien. Vous êtes un libertin. Vous êtes un gredin. En vérité, il est notoire que vous êtes les deux. Je dois veiller à ce que ma sœur garde ses distances avec vous.

— Et pourtant, rétorqua-t-il avec un sourire canaille, j'ai dansé avec elle un peu plus tôt dans la soirée.

— Ce qui ne se reproduira pas, je peux vous l'assurer.

— Est-ce à vous de décider du destin d'Edwina ?

— Edwina a confiance en mon jugement, riposta-t-elle d'un ton guindé.

— Je vois... Très intéressant. Je croyais qu'Edwina était adulte.

— Elle n'a que dix-sept ans !

— Et vous êtes tellement plus âgée à, quoi, vingt ans ?

— Vingt et un, répliqua-t-elle.

— Voilà qui fait de vous une véritable experte en matière d'hommes en général, et de maris en particulier. D'autant que vous avez été vous-même mariée, n'est-ce pas ?

— Vous savez que je suis célibataire, grinça-t-elle.

Anthony réprima un sourire. Quel plaisir inattendu il prenait à tourmenter l'aînée des demoiselles Sheffield !

— J'imagine que vous avez trouvé relativement facile de mettre au pas la plupart des hommes venus frapper à la porte de votre sœur. Je me trompe ?

Elle garda un silence de marbre.

— N'est-ce pas vrai ?

Elle finit par acquiescer d'un bref signe de tête.

— C'est bien ce que je pensais, murmura-t-il. Vous avez bien le genre.

Elle lui décocha un tel regard qu'il eut le plus grand mal à ne pas éclater de rire. Il se contenta de hausser les sourcils en affectant un air songeur.

— Mais je crois que vous commettez une grave erreur en pensant que vous pourriez me mettre au pas, moi aussi.

Les lèvres pincées, Kate rétorqua :

— Je ne cherche nullement à vous mettre au pas, lord Bridgerton, mais à vous tenir éloigné de ma sœur.

— Ce qui prouve que vous connaissez bien mal les hommes, mademoiselle Sheffield. Ou du moins, les libertins et les fripons.

Il se pencha vers elle, si près que son souffle lui effleura la joue. Elle frémit, ce qu'il avait escompté.

— Rien ne nous plaît plus qu'un défi, enchaîna-t-il avec un sourire narquois.

La musique s'arrêta, les laissant face à face au milieu de la piste de danse. Anthony lui prit le bras, mais avant de la raccompagner, il approcha les lèvres de son oreille et chuchota :

— Et vous, mademoiselle Sheffield, m'avez jeté le plus délicieux des défis.

Kate lui marcha sur le pied. Si fort qu'il ne put retenir un cri tout à fait indigne d'un libertin… ou d'un fripon.

Quand il la foudroya du regard, elle se contenta de hausser les épaules.

— C'était ma seule défense.

— Vous êtes un vrai danger, mademoiselle Sheffield.

— Et vous, lord Bridgerton, avez besoin de bottes plus épaisses.

Il resserra son étreinte sur le bras de Kate.

— Avant de vous ramener dans le sanctuaire des chaperons et des vieilles filles, je tiens à vous préciser une chose.

Kate retint son souffle. Elle n'aimait pas la dureté de sa voix.

— Je vais courtiser votre sœur. Et si j'estime qu'elle fera une lady Bridgerton convenable, je l'épouserai.

— Vous considérez donc, apparemment, que c'est *à vous* de décider du destin d'Edwina ? riposta Kate. N'oubliez pas, milord, que même si vous décidiez qu'elle ferait une lady Bridgerton *convenable,* elle pourrait en juger autrement.

Il baissa les yeux sur elle avec l'assurance du mâle qu'on ne contredit jamais.

— Si je décide de demander la main d'Edwina, elle ne dira pas non.

— Essayez-vous de me convaincre qu'aucune femme n'a jamais été capable de vous résister ?

Sans répondre, il arqua un sourcil arrogant et la laissa tirer ses propres conclusions.

D'un geste brusque, Kate se dégagea de son emprise et rejoignit sa belle-mère, tremblant de fureur, de ressentiment, et aussi de peur.

Car elle avait l'horrible sentiment qu'il ne mentait pas. Et s'il se révélait vraiment irrésistible…

Elle frissonna. Edwina et elle seraient dans de beaux draps.

L'après-midi suivant ressembla à tous ceux des lendemains de grands bals. Le salon des Sheffield se remplit d'innombrables bouquets accompagnés d'une carte immaculée portant la mention : *Edwina Sheffield.*

Comme si la précision était indispensable ! songea Kate avec une grimace. Depuis un mois, chacun des bouquets livrés chez les Sheffield était destiné à Edwina.

Néanmoins, Kate se consolait en riant sous cape. En effet, la plupart des fleurs faisaient éternuer Edwina, et elles finissaient généralement dans la chambre de Kate.

— Que tu es belle, murmura-t-elle en caressant une orchidée du bout du doigt. Je pense que tu seras très bien sur ma table de nuit. Quant à vous, continua-t-elle en se penchant pour humer un splendide bouquet de roses blanches, vous ferez un effet extraordinaire sur ma coiffeuse.

— Est-ce dans vos habitudes de parler aux fleurs ? fit soudain une voix masculine.

Kate fit volte-face. Dieu du ciel, c'était lord Bridgerton, scandaleusement séduisant dans une veste de drap bleu !

— Que diab...

Elle se reprit juste à temps. Elle ne laisserait pas cet homme la réduire à jurer tout haut, même si cela lui arrivait souvent dans sa tête.

— Que faites-vous ici ?

Il haussa les sourcils tout en réajustant l'énorme bouquet de fleurs coincé sous son bras. Des roses thé admirables, aux pétales délicatement ourlés. Simples, élégantes, exactement ce que Kate aurait choisi pour elle-même.

— Si je ne m'abuse, la coutume veut que les prétendants rendent visite aux jeunes filles, non ? À moins que je n'aie mal interprété mon guide du savoir-vivre.

— Je voulais dire : comment êtes-vous entré ? grommela Kate. Personne ne m'a prévenue de votre arrivée.

— À la manière habituelle, répondit-il avec un signe de tête en direction du vestibule. J'ai frappé à la porte.

Le regard que ce sarcasme lui attira ne l'empêcha pas de continuer :

— Assez curieusement, votre domestique a répondu. Je lui ai alors donné ma carte, il l'a regardée et m'a fait entrer dans le salon. Je ne désirerais rien tant que de me vanter d'un subterfuge sournois, ajouta-t-il avec une morgue insupportable. Malheureusement, tout s'est passé de façon on ne peut plus banale.

— Maudit valet, murmura Kate. Il est censé s'assurer que nous sommes « à la maison » avant de faire entrer qui que ce soit.

— Peut-être avait-il reçu des instructions selon lesquelles vous seriez toujours « à la maison » pour moi.

— Je ne lui ai donné aucune instruction en ce sens, riposta-t-elle.

— Non, dit lord Bridgerton avec un petit rire, je ne l'imagine pas.

— Et je sais qu'Edwina n'en a rien fait non plus.

— Votre mère, peut-être ?

— Mary, gémit-elle d'un ton accusateur.

— Vous l'appelez par son prénom ?

Kate hocha la tête.

— En fait, c'est ma belle-mère. Mais je n'ai jamais connu qu'elle, car elle a épousé mon père quand j'avais trois ans. Je ne sais pas pourquoi je l'appelle encore Mary... C'est comme ça, c'est tout, ajouta-t-elle en haussant légèrement les épaules.

Comme il gardait les yeux fixés sur elle, elle se rendit compte qu'elle venait de laisser cet homme – son ennemi – pénétrer dans un petit coin de son existence. Elle faillit lui présenter ses excuses pour avoir parlé aussi librement. Mais il n'était pas question de s'excuser de quoi que ce soit devant cet homme, aussi se contenta-t-elle de dire :

— Je crains qu'Edwina ne soit sortie, et que vous ne soyez, par conséquent, venu pour rien.

— Oh, je ne sais pas, répliqua-t-il en s'emparant des fleurs qu'il tenait sous le bras.

Kate s'aperçut alors qu'il s'agissait non pas d'un énorme bouquet, mais de trois plus modestes.

— Celui-ci, dit-il en posant l'un d'eux sur une console, est pour Edwina. Celui-là, continua-t-il, pour votre mère.

Il lui restait le bouquet d'exquises roses thé que Kate, pétrifiée par le choc, ne parvenait pas à quitter des yeux. Elle devinait que sa seule raison pour l'inclure dans son geste était d'impressionner Edwina. Il n'empêche ! Personne ne lui avait jamais apporté de fleurs auparavant, et elle ne s'était jamais rendu compte, jusqu'à cet instant, à quel point elle aspirait à ce que quelqu'un le fasse.

— Et celles-ci, conclut-il en lui tendant les roses, sont pour vous.

— Je... je vous remercie. Elles sont splendides, dit-elle en se penchant pour sentir leur parfum, avant de relever la tête avec un soupir de plaisir. C'est très attentionné de votre part d'avoir pensé à Mary et à moi.

— Tout le plaisir est pour moi. Je dois confesser qu'un des prétendants de ma sœur a, un jour, agi de même avec ma mère, et je ne crois pas l'avoir jamais vue plus ravie.

— Votre mère ou votre sœur ?

— Les deux, répondit-il en souriant.

— Et qu'est-il arrivé à ce prétendant ?

Le sourire d'Anthony se fit diabolique.

— Il a épousé ma sœur.

— Hmm... N'allez pas croire que l'histoire est susceptible de se répéter. Cependant...

Kate toussota. Quand bien même elle ne tenait pas particulièrement à se montrer honnête avec lui, elle se sentait incapable de faire autrement.

— Cependant, ces roses sont vraiment superbes et... et c'est un geste délicat de votre part.

Elle déglutit. Ce n'était pas facile pour elle.

— Et elles me plaisent beaucoup.

— Une phrase aimable, dit-il, songeur, en s'inclinant légèrement vers elle. Et qui m'est adressée. Avouez, ce n'était quand même pas si difficile que cela ?

Kate, qui respirait avec bonheur le parfum des fleurs, se redressa abruptement.

— Vous semblez vraiment avoir le don de dire *exactement* ce qu'il ne faut pas.

— Seulement avec vous, chère mademoiselle Sheffield. Je vous assure que les autres femmes boivent mes paroles.

— C'est ce que j'ai lu, en effet, marmonna-t-elle.

Une lueur s'alluma dans les yeux de lord Bridgerton.

— C'est donc là que vous vous êtes forgé votre opinion à mon sujet ? Mais bien sûr ! La très estimable lady Whistledown ! J'aurais dû m'en douter. Bon sang, que j'aimerais étrangler cette femme !

— Je la trouve plutôt intelligente et pertinente, déclara Kate d'un ton guindé.

— Cela ne m'étonne pas.

— Lord Bridgerton, grinça-t-elle, je suis certaine que vous n'êtes pas venu ici pour m'insulter. Puis-je laisser un message de votre part à Edwina ?

— Je ne crois pas. Je craindrais qu'il ne lui parvienne falsifié.

— Sachez que je ne m'abaisserais jamais à interférer dans la correspondance de quiconque, parvint-elle à articuler, alors que son corps tout entier frémissait de rage. Comment osez-vous insinuer une chose pareille ?

Aurait-elle été moins maîtresse d'elle-même, elle aurait déjà refermé les mains autour de sa gorge.

— Je ne vous connais pas très bien, mademoiselle Sheffield, reconnut-il avec un calme exaspérant. Tout ce que je sais, c'est que vous avez juré de ne pas me laisser approcher à moins de dix pas de votre sœur. Dites-moi, à ma place, vous laisseriez un message en toute confiance ?

— Si vous essayez de gagner les faveurs de ma sœur par mon intermédiaire, répliqua Kate d'un ton glacial, vous ne vous y prenez pas très bien.

— J'en ai conscience. Je ne devrais pas vous provoquer, c'est un fait. Mais j'ai bien peur de ne pouvoir m'en empêcher, prétendit-il avec un sourire canaille, tout en levant les mains en signe d'impuissance. Que puis-je dire ? C'est l'effet que vous me faites, mademoiselle Sheffield.

Ce sourire ! Consternée, Kate dut admettre que c'était là un atout dont elle devrait tenir compte. Une brusque faiblesse la terrassa. Un siège... Oui, il était impératif qu'elle s'asseye.

— Si vous voulez bien vous asseoir, fit-elle avec un geste en direction du sofa recouvert de damas bleu, tandis qu'elle-même se dirigeait vers un fauteuil.

Elle ne tenait pas particulièrement à ce qu'il s'attarde, mais elle ne pouvait décemment pas s'asseoir sans lui proposer un siège, et ses jambes menaçaient de se dérober sous elle.

Si le vicomte trouva curieux cet accès soudain de politesse, il n'en dit rien. Il se contenta d'enlever une longue boîte noire qui se trouvait sur le sofa, la posa sur une table, et s'installa à sa place.

— C'est un instrument de musique ? s'enquit-il.

— Oui, une flûte.

— Vous en jouez ?

Elle commença par secouer la tête, puis acquiesça.

— J'essaie d'apprendre. Je n'ai commencé que cette année.

À son tour, il hocha la tête, et ce fut apparemment sa façon de clôturer le sujet, car il demanda poliment :

— Quand Edwina est-elle censée rentrer ?

— Pas avant une heure, je pense. M. Berbrooke l'a emmenée se promener en cabriolet.

— Nigel Berbrooke ? s'exclama-t-il, s'étranglant à moitié.

— Oui, pourquoi ?

— Il a plus de cheveux que d'esprit. Beaucoup plus, même.

— Mais il se dégarnit, ne put-elle s'empêcher de faire remarquer.

Il fit la grimace.

— Si cela n'est pas la preuve de ce que j'avance, je veux bien être pendu.

Bien que parvenue à la même conclusion quant à l'intelligence de M. Berbrooke – ou à son absence d'intelligence, en l'occurrence –, Kate répliqua :

— Ne considère-t-on pas comme déloyal d'insulter un rival ?

Anthony laissa échapper un ricanement.

— Ce n'est pas une insulte, c'est la vérité. Il a courtisé ma sœur l'année dernière. Il a essayé, en tout cas, mais Daphné a fait de son mieux pour le décourager. C'est un assez gentil garçon, je vous l'accorde, mais vous n'aimeriez pas qu'il vous construise un bateau si vous étiez naufragée sur une île déserte.

Une image curieuse et malvenue surgit dans l'esprit de Kate : le vicomte naufragé sur une île déserte, les vêtements en lambeaux, la peau hâlée par le soleil... À cette évocation, ses joues s'enflammèrent.

Penchant la tête de côté, Anthony lui adressa un regard perplexe.

— Dites-moi, mademoiselle Sheffield, vous vous sentez bien ?

— Très bien, répliqua-t-elle d'une voix haut perchée. Je ne me suis jamais sentie mieux. Vous disiez ?

— Vous êtes un peu rouge, assura-t-il en se penchant pour la regarder avec une attention presque inquiète.

— Il fait un peu chaud ici, vous ne trouvez pas ? dit-elle en s'éventant.

— Non, pas du tout.

Kate jeta un regard impatient vers la porte.

— Je me demande ce que fait Mary.

— Vous l'attendez ?

— Cela ne lui ressemble pas de me laisser sans chaperon aussi longtemps, expliqua-t-elle.

Sans chaperon ? s'alarma Anthony. Les implications étaient effrayantes. À la pensée soudaine qu'il pourrait être contraint d'épouser l'aînée des demoiselles Sheffield, il en eut des sueurs froides. Kate était si différente des autres débutantes qu'il avait plus ou moins oublié l'obligation d'être chaperonnés.

— Elle ne sait peut-être pas que je suis ici, suggéra-t-il vivement.

— Oui, ce doit être ça.

Kate bondit sur ses pieds plus qu'elle ne se leva et traversa la pièce pour tirer le cordon de la sonnette d'un geste ferme.

— Je vais demander qu'on la prévienne. Je suis sûre qu'elle ne voudrait pas vous manquer.

— Bien. Elle pourra peut-être nous tenir compagnie pendant que nous attendons le retour de votre sœur.

Kate, qui regagnait son fauteuil, se figea sur place.

— Vous avez l'intention d'attendre Edwina ?

Il haussa les épaules, secrètement ravi de son malaise évident.

— Je n'ai rien d'autre de prévu pour cet après-midi.

— Mais elle peut revenir dans plusieurs heures !

— Dans une heure elle sera là, j'en suis certain. De plus...

Il s'interrompit quand une domestique apparut à la porte.

— Vous avez sonné, mademoiselle ?

— Oui, Annie. Voulez-vous avertir Mme Sheffield que nous avons de la visite, s'il vous plaît ?

La domestique esquissa une révérence et disparut.

— Mary devrait être là d'une minute à l'autre, fit Kate, qui se mit à taper nerveusement du pied. Dans une minute, tout au plus. J'en suis certaine.

Le vicomte se contenta de lui adresser ce sourire exaspérant dont il avait le secret, l'air tout à fait détendu et à l'aise.

Un silence gênant s'abattit dans la pièce. Comme Kate lui adressait un sourire contraint, il haussa les sourcils.

— Je suis sûre qu'elle sera là...

— Dans une minute tout au plus, termina-t-il à sa place avec une expression franchement amusée.

Elle se rencogna dans son fauteuil en s'efforçant, en vain sans doute, de réprimer une grimace.

C'est alors qu'un tohu-bohu leur parvint du vestibule : quelques aboiements insistants, suivis de cris perçants.

— Newton ! Newton ! Ça suffit !

— Newton ? répéta le vicomte d'un air interrogateur.

— C'est mon chien, expliqua Kate avec un soupir tout en se levant. Il ne...

— NEWTON !

— ... s'entend pas très bien avec Mary, j'en ai peur. Mary ?

Anthony, qui s'était levé en même temps qu'elle, tressaillit quand le chien laissa échapper trois aboiements assourdissants, suivis aussitôt par un hurlement terrifié de Mary.

— Ma parole, marmonna-t-il, ce doit être au moins un mastiff !

Il n'était pas surpris. L'aînée des Sheffield était bien le genre à posséder un mastiff mangeur d'hommes qui lui obéissait au doigt et à l'œil.

— Non, fit Kate en se ruant hors de la pièce alors que Mary laissait échapper un nouveau cri, c'est un...

Anthony n'entendit pas le reste de sa phrase. Ce qui n'était guère important car, une seconde plus tard, le corgi le plus débonnaire qu'il eût jamais vu, à l'épais poil caramel et au ventre qui traînait presque par terre, entrait en trottinant dans le salon.

La surprise cloua Anthony sur place. C'était *ça*, l'effrayante créature du vestibule ?

— Bonjour, le chien, le salua-t-il.

Le chien en question s'arrêta net, s'assit, et... sourit ?

# 4

*Votre dévouée chroniqueuse déplore de n'être pas en mesure de fournir tous les détails, mais une histoire retentissante a eu lieu jeudi dernier à Hyde Park, au bord de la Serpentine, impliquant le vicomte Bridgerton, M. Nigel Berbrooke, les deux demoiselles Sheffield, ainsi qu'un chien inconnu de race indéterminée.*

*Votre dévouée chroniqueuse n'en a pas été témoin, mais tous les comptes rendus semblent indiquer que la victoire est revenue au chien.*

*La Chronique mondaine de lady Whistledown*, 25 avril 1814

Kate retourna précipitamment dans le salon, et se cogna à sa belle-mère qui tentait de franchir le seuil en même temps qu'elle. Newton trônait au milieu de la pièce, et contemplait le vicomte d'un œil ravi tout en bavant sur le tapis.

— J'ai l'impression qu'il vous aime bien, commenta Mary d'un ton légèrement accusateur.

— Toi aussi, il t'aime bien, Mary, riposta Kate. Le problème, c'est que *toi,* tu ne l'aimes pas.

— Je l'aimerais davantage s'il n'essayait pas de m'accoster chaque fois que je traverse le vestibule.

— Vous ne m'avez pas dit que Mme Sheffield et le chien ne s'entendaient pas ? intervint lord Bridgerton.

— C'est le cas, répondit Kate. Enfin, non. C'est-à-dire, oui et non.

— Voilà qui éclaire considérablement ma lanterne, murmura-t-il.

— Newton adore Mary, expliqua Kate sans relever le sarcasme, mais Mary n'adore pas Newton.

— Je l'adorerais un tantinet plus s'il m'adorait un tantinet moins, se défendit Mary.

— Donc, continua Kate d'un ton décidé, le pauvre Newton voit en Mary une espèce de défi. Si bien que dès qu'elle apparaît... eh bien, je crains qu'il ne l'adore *encore plus*.

Fort à propos, le chien regarda Mary et bondit à ses pieds.

— Kate !

Celle-ci se précipita vers sa belle-mère alors que Newton posait les pattes avant au-dessus des genoux de Mary.

— Newton, assis ! Vilain chien. Tu es un vilain chien.

Ce dernier se rassit avec un petit gémissement.

— Kate, dit Mary d'un ton sans réplique, ce chien doit aller se promener. Immédiatement.

— Je me préparais à le sortir quand le vicomte est arrivé, répliqua Kate en désignant ce dernier d'un geste de la main.

— Oh ! s'écria Mary. Pardonnez-moi de ne pas vous avoir salué, milord. Quelle grossièreté de ma part !

— Ce n'est pas grave, assura Anthony d'un ton amène. Vous étiez un peu préoccupée en arrivant.

— En effet, grommela Mary, cet animal insupportable... Oh, mais je manque à tous mes devoirs. Puis-je vous offrir du thé ? Une collation ? C'est si aimable de votre part de nous rendre visite.

— Non, merci. Je profitais simplement de la compagnie revigorante de votre fille en attendant le retour de Mlle Edwina.

— Ah oui, Edwina est sortie avec M. Berbrooke, je crois. C'est cela, Kate ?

Kate hocha la tête avec raideur, n'étant pas certaine d'apprécier le qualificatif « revigorante ».

— Connaissez-vous M. Berbrooke, lord Bridgerton ? s'enquit Mary.

— Euh, oui, répondit-il avec une réticence que Kate trouva plutôt curieuse. Oui, je le connais.

— Je ne savais pas si je pouvais permettre à Edwina d'aller se promener avec lui. Ces cabriolets sont terriblement difficiles à manœuvrer, non ?

— Je pense que M. Berbrooke conduit son équipage d'une main sûre, répliqua Anthony.

— Alors, c'est parfait, déclara Mary avec un soupir de soulagement. Grâce à vous, me voilà tranquillisée.

Newton laissa échapper quelques aboiements étouffés, histoire de rappeler sa présence.

— Mieux vaut que j'aille chercher sa laisse et que je le sorte, fit Kate en toute hâte.

Un peu d'air frais lui ferait du bien. Et elle échapperait enfin à la compagnie abominable du vicomte.

— Attends, Kate ! s'écria Mary. Tu ne peux pas laisser lord Bridgerton ici, avec moi. Je l'ennuierais sûrement à périr.

Kate pivota lentement, redoutant d'entendre les mots qu'allait prononcer Mary.

— Vous ne sauriez m'ennuyer, madame Sheffield, assura le vicomte en vil séducteur qu'il était.

— Oh, que si ! On voit que vous n'êtes jamais resté en tête à tête avec moi pendant une heure. Or, c'est à peu près le temps qui s'écoulera avant le retour d'Edwina.

Kate dévisagea sa belle-mère, interdite. À quoi diable jouait-elle ?

— Pourquoi n'iriez-vous pas promener Newton avec Kate ? suggéra Mary.

— Je ne peux pas demander à lord Bridgerton d'effectuer une telle corvée avec moi, protesta vivement Kate. Ce serait de la plus extrême grossièreté.

— Ne sois pas sotte, répliqua Mary sans même laisser au vicomte la possibilité d'articuler une syllabe. Je suis sûre que lord Bridgerton ne considère pas cela comme une corvée.

— Bien sûr que non, murmura-t-il, l'air tout à fait sincère.

Mais franchement, que pouvait-il dire d'autre ?

— Eh bien, voilà qui est réglé, conclut Mary, qui semblait étonnamment satisfaite d'elle-même. Et, qui sait ? il se peut que vous croisiez Edwina.

— Certes, fit Kate à voix basse.

Elle aurait été ravie de se débarrasser du vicomte, mais la dernière chose qu'elle souhaitait, c'était de le voir refermer ses griffes sur Edwina. Sa sœur était encore jeune et impressionnable. Que se passerait-il si elle succombait à l'un de ses sourires ? Ou à son éloquence ?

Bien malgré elle, Kate devait reconnaître que lord Bridgerton exsudait un charme considérable. Et elle ne l'aimait même pas ! Edwina étant de nature moins soupçonneuse, il n'en ferait qu'une bouchée.

— Ne vous sentez pas obligé de me tenir compagnie, milord, dit-elle en se tournant vers lui.

— J'en serai enchanté, répliqua-t-il avec un sourire moqueur, qui donna à Kate l'impression qu'il acceptait uniquement pour la contrarier. De plus, comme le dit Mme Sheffield, nous pourrions croiser Edwina. Ne serait-ce pas une délicieuse coïncidence ?

— Délicieuse, répéta Kate sans enthousiasme. Tout à fait délicieuse.

— Parfait ! s'exclama Mary en joignant les mains. J'ai vu la laisse de Newton sur la table de l'entrée. Je vais la chercher.

Anthony suivit Mary des yeux, puis fit face à Kate.

— L'affaire a été menée tambour battant.

— Comme vous dites, marmonna-t-elle.

— Vous pensez qu'elle joue les entremetteuses pour vous ou pour Edwina ? chuchota-t-il en s'inclinant vers elle.

— Pour moi ? croassa Kate. Vous plaisantez, je suppose !

Anthony se caressa le menton d'un air songeur.

— Je n'en suis pas certain, mais...

Il s'interrompit au moment où Mary revint.

— Voilà, fit-elle en tendant la laisse à Kate.

Newton aboya avec enthousiasme et recula comme s'il se préparait à sauter sur Mary, mais Kate le retint fermement par son collier.

— Tenez, dit alors Mary en remettant la laisse à Anthony. Pourriez-vous la donner à Kate ? Je préfère ne pas trop m'approcher.

Elle fit un pas en arrière quand Newton, le regard adorateur, fit entendre un nouveau jappement.

— Assis et pas bouger ! ordonna Anthony au chien.

À la grande surprise de Kate, Newton obtempéra avec une vivacité presque comique.

— Et voilà, conclut Anthony avec une évidente satisfaction en tendant la laisse à Kate. À vous l'honneur ou à moi ?

— Oh, faites donc ! Vous semblez avoir beaucoup d'affinité avec les canidés.

— Ils ne sont pas si différents des femmes, répliqua-t-il à voix basse pour ne pas être entendu de Mary. Les deux espèces boivent mes paroles.

Kate lui marcha sur la main alors qu'il s'accroupissait pour fixer la laisse au collier de Newton.

— Oups ! Je suis désolée ! s'exclama-t-elle avec un manque de sincérité flagrant.

— Votre tendre sollicitude causera ma perte, rétorqua-t-il en se redressant. Je pourrais fondre en larmes.

Le regard de Mary allait de l'un à l'autre. Elle ne pouvait entendre leur échange, mais elle paraissait fascinée.

— Il y a un problème ?

— Pas du tout, répondit Anthony.

— Aucun ! assura Kate au même moment.

— Alors, je vous accompagne jusqu'à la porte, décida Mary. Finalement, peut-être pas, se ravisa-t-elle tandis que Newton manifestait sa joie par un aboiement. Je préfère ne pas trop m'approcher de ce chien. Je vous ferai signe de loin.

— Que deviendrais-je si tu ne me faisais pas signe de loin ? lui glissa Kate en passant devant elle.

Mary eut un sourire entendu.

— Je l'ignore, ma fille, je l'ignore.

À ces mots, Kate, mal à l'aise, se demanda si lord Bridgerton pouvait avoir raison. Qui sait si Mary n'usait pas de ses talents de marieuse pour le compte d'une autre qu'Edwina ?

Quelle pensée horrible ! songea-t-elle en mettant son bonnet.

— En général, je prends les petites rues, expliqua-t-elle au vicomte dès qu'ils furent dehors. Mais vous préférez peut-être aller directement à Hyde Park.

— Comme vous voulez. Je vous suis.

— Très bien, dit-elle en empruntant son itinéraire habituel d'un pas décidé.

Si elle regardait droit devant elle et marchait à grandes enjambées, cela le dissuaderait peut-être de bavarder. Ses promenades quotidiennes avec Newton lui offraient l'occasion de se plonger dans ses réflexions, aussi n'appréciait-elle pas d'avoir à supporter sa présence.

Durant quelques minutes, sa stratégie fut couronnée de succès. Puis, soudain, il déclara :

— Mon frère s'est moqué de nous, la nuit dernière.

Kate s'arrêta net.

— Je vous demande pardon ?

— Savez-vous ce qu'il m'a dit de vous avant de nous présenter l'un à l'autre ?

Kate trébucha, car Newton, lui, ne s'était pas arrêté et tirait sur sa laisse comme un fou. Elle réussit néanmoins à secouer la tête.

— Il m'a dit que vous étiez intarissable à mon sujet.

— Eh bien, à condition de ne pas être trop pointilleux, ce n'est pas entièrement faux.

— Il insinuait que vous ne tarissiez pas *d'éloges*.

— Là c'est faux, admit-elle, consciente qu'elle n'aurait pas dû sourire.

— Je m'en doutais, répliqua-t-il en souriant aussi, ce dont elle lui sut gré.

— Pourquoi a-t-il fait une chose pareille ?

Anthony lui glissa un regard de biais.

— Vous n'avez pas de frères, n'est-ce pas ?

— Non, juste Edwina, et elle appartient indubitablement à la gent féminine.

— Il a fait cela uniquement pour me torturer.

— Une noble entreprise, commenta Kate dans un souffle.

— Je vous ai entendue.

— C'est un peu ce que j'espérais.

— Et j'imagine qu'il voulait vous torturer vous aussi.

— Moi ? Et pourquoi donc ? Que lui ai-je fait ?

— Vous avez pu l'énerver un peu en dénigrant son frère bien-aimé, suggéra-t-il.

— Bien-aimé ? répéta-t-elle en levant les sourcils.

— Fort admiré ? hasarda-t-il.

Elle secoua la tête.

— Ça ne marche pas non plus.

Anthony sourit. Si agaçante soit-elle, l'aînée des Sheffield n'en était pas moins pleine d'esprit.

Il lui prit le bras pour traverser l'avenue qui bordait Hyde Park, puis ils empruntèrent une allée. Chien de la campagne dans l'âme, Newton pressa le pas en atteignant les bosquets. Encore qu'il fût difficile d'imaginer ce chien grassouillet se déplaçant à une allure qui aurait mérité d'être qualifiée de rapide.

Néanmoins, il semblait d'humeur folâtre, et s'intéressait à chaque fleur, animal ou promeneur qu'il croisait en chemin. L'air printanier picotait, mais le soleil était chaud, et le ciel d'un bleu surprenant après tant de jours de pluie. Même si la femme qu'il avait au bras n'était pas celle qu'il entendait prendre pour épouse – ni pour quoi que ce soit d'autre –, Anthony éprouvait un sentiment de contentement plutôt agréable.

— Prenons-nous vers Rotten Row ? demanda-t-il à Kate.

— Hmmm ? fit-elle d'un air distrait.

Le visage levé vers le ciel, elle l'offrait à la chaleur du soleil. L'espace d'un instant, Anthony, déconcerté, ressentit la morsure de... *quelque chose.*

De quelque chose ? Il secoua légèrement la tête. Ce ne pouvait être du désir. Pas pour cette femme.

— Vous m'avez parlé ? murmura-t-elle.

Il s'éclaircit la voix et prit une profonde inspiration dans l'espoir de s'éclaircir les idées. Au lieu de cela, il respira une bouffée enivrante de son parfum, un mélange curieux de lys exotique et de banal savon.

— Vous semblez apprécier le soleil, dit-il.

Le sourire aux lèvres, elle le regarda, l'œil limpide.

— Je sais que ce n'est pas ce que vous avez dit, mais oui. Le temps a été si maussade, ces derniers jours.

— Je croyais que les jeunes femmes n'étaient pas censées exposer leur visage au soleil.

— C'est vrai, admit-elle. Mais c'est tellement divin. Si seulement je pouvais ôter mon bonnet, ajouta-t-elle avec une telle frustration qu'il en eut presque mal pour elle.

— Vous pouvez peut-être le repousser un tout petit peu sans que personne le remarque, suggéra-t-il.

— Vous croyez ?

À cette perspective, son visage s'illumina, et cet étrange *quelque chose* transperça de nouveau Anthony.

— Bien sûr, murmura-t-il en levant la main pour ajuster le bord dudit bonnet.

C'était l'une de ces coiffes bizarres que les femmes semblaient affectionner, toute de dentelle et de rubans, et nouée de telle sorte qu'aucun homme raisonnable ne s'y reconnaissait.

— Ne bougez pas, je vais l'arranger.

Kate se tint tranquille, comme il le lui ordonnait doucement. Mais quand ses doigts lui effleurèrent accidentellement la tempe, elle cessa de respirer. Il était si proche que c'en était étrange. Elle percevait la chaleur de son corps et son odeur de linge frais.

Malgré elle, elle sentit un frémissement la parcourir.

Elle le détestait ou, du moins, ne l'appréciait absolument pas, et pourtant, elle était saisie de l'envie absurde de se pencher légèrement jusqu'à ce que l'espace entre leurs corps se réduise à néant et que...

Elle déglutit et s'obligea à s'écarter. Quelle mouche la piquait donc ?

— Attendez, je n'ai pas fini.

— Je suis sûre que c'est bien, balbutia-t-elle en ajustant son bonnet, les doigts tremblants. Inutile… inutile de vous inquiéter.

— Vous sentez davantage le soleil à présent ?

Kate hocha la tête, bien que trop troublée pour en être certaine.

— Oui, merci. C'est délicieux. Je… Oh ! s'écria-t-elle quand, jappant de toutes ses forces, Newton tira un grand coup sur sa laisse. Newton !

Mais le chien avait aperçu quelque chose – Kate ignorait quoi –, et il s'élança avec enthousiasme en l'entraînant si brusquement qu'elle faillit perdre l'équilibre.

— Newton ! cria-t-elle de nouveau, impuissante à le retenir. Arrête !

Amusé, Anthony regarda le chien foncer droit devant lui à une vitesse surprenante étant donné la taille de ses pattes. Kate luttait vaillamment pour le retenir, mais il aboyait maintenant comme un fou et courait tout aussi follement.

— Mademoiselle Sheffield, permettez-moi de prendre la laisse, cria-t-il en leur emboîtant le pas.

Il y avait plus glorieux pour jouer les héros, mais tout était bon quand il s'agissait d'impressionner la sœur de sa future épouse.

C'est alors que, au moment où Anthony les rattrapait, Newton donna une secousse si forte que la laisse échappa des mains de Kate. Elle poussa un cri et plongea en avant, mais, la laisse serpentant dans l'herbe derrière lui, le chien avait déjà filé.

Anthony hésita entre le rire et l'accablement. Newton paraissait bien décidé à ne pas se laisser attraper.

Kate se figea sur place, la main sur la bouche. Puis son regard croisa celui d'Anthony, et il eut l'horrible intuition de ce qu'elle allait faire.

— Mademoiselle Sheffield, se hâta-t-il de dire, je suis sûr que…

Trop tard. Elle s'était mise à courir en hurlant « Newton ! » au mépris de la plus élémentaire bienséance.

Avec un soupir, Anthony s'élança derrière elle. Il pouvait difficilement la laisser poursuivre seule son chien et se targuer encore d'être un gentleman.

Elle avait un peu d'avance sur lui, cependant, et quand il tourna au coin de l'allée, elle s'était arrêtée. Le souffle court, les mains sur les hanches, elle scrutait les alentours.

— Quelle direction a-t-il prise ? s'enquit-il en s'efforçant d'oublier qu'il y avait quelque chose d'assez excitant à voir une femme haleter ainsi.

— Je... ne sais pas... Je crois... qu'il poursuit... un lapin.

— Voilà qui va nous faciliter la tâche ! Il est bien connu que les lapins empruntent les allées toutes tracées.

Elle ne parut pas apprécier son ironie.

— Qu'allons-nous faire ?

Anthony fut bien près de répondre : « Rentrer chez vous et acquérir un *vrai* chien », mais elle avait l'air si inquiet qu'il s'abstint. À y regarder de plus près, elle paraissait d'ailleurs plus exaspérée qu'inquiète.

— Je suggère que nous attendions d'entendre un grand cri, dit-il. Ce n'est plus qu'une question de secondes avant qu'il ne se jette aux pieds d'une demoiselle et lui flanque une peur bleue.

— Vous croyez ? demanda-t-elle, dubitative. Il n'a rien d'effrayant. Il croit l'être, et c'est plutôt attendrissant, mais en vérité, il...

— Aaaaaaaaah !

— Je crois que nous avons notre réponse, lâcha Anthony, flegmatique, avant de foncer en direction du cri de la dame anonyme.

Lui emboîtant le pas, Kate coupa elle aussi par la pelouse. À la vue du vicomte qui courait devant elle, elle ne put s'empêcher de penser qu'il tenait vraiment à épouser Edwina. Car il avait beau être un athlète incontestable, il manquait singulièrement de dignité à courser ainsi un corgi rondouillard. Pire, ils allaient être obligés de traverser Rotten Row, la promenade favorite de toute la bonne société.

Tout le monde allait les voir, et un homme moins déterminé aurait abandonné la poursuite depuis belle lurette.

En dépit de ses efforts, Kate perdait du terrain. Sans en avoir jamais porté, elle devinait qu'il était plus facile de courir en pantalon qu'en jupes. Surtout en public, lorsqu'on ne pouvait relever celles-ci plus haut que la cheville.

Elle traversa Rotten Row comme une flèche, en s'abstenant de croiser le regard de quiconque paradait à cheval ou en voiture. Avec un peu de chance, personne ne reconnaîtrait le garçon manqué qui traversait le parc comme s'il avait le diable aux trousses.

Alors que, parvenue de l'autre côté, elle s'arrêtait un instant pour reprendre son souffle, l'horreur la terrassa. Ils avaient presque atteint la Serpentine !

Newton n'aimait rien tant que de sauter dans l'eau. Surtout quand le soleil était au rendez-vous, que l'on était une créature enveloppée d'une épaisse fourrure et que l'on courait ventre à terre depuis cinq minutes. *Ventre à terre* étant à prendre au sens littéral vu l'embonpoint de ladite créature.

Kate releva ses jupes d'un centimètre – au diable les témoins ! – et repartit en courant. Elle n'avait aucun espoir de rattraper Newton, mais elle rejoindrait peut-être lord Bridgerton avant qu'il ne le tue.

Ce devait être son intention, à présent. Il aurait fallu qu'il soit un saint pour ne pas avoir envie d'occire ce chien. Or, si un centième de ce qui était écrit dans la Chronique de lady Whistledown était vrai, il était loin d'être un saint.

— Lord Bridgerton ! cria-t-elle, dans l'intention de lui demander d'abandonner la poursuite. Lord Bridgerton ! Nous attendrons...

Elle s'immobilisa. N'était-ce pas Edwina, debout au bord de la Serpentine ? Si, il s'agissait bien de sa sœur, les mains gracieusement croisées devant elle tandis que l'infortuné M. Berbrooke s'employait apparemment à réparer quelque chose sur son cabriolet.

Elle repéra soudain Newton, qui s'était arrêté, lui aussi. Changeant brusquement de direction, il bondit vers sa bien-aimée en aboyant joyeusement.

— Lord Bridgerton ! cria de nouveau Kate. Regardez ! Il y a…

Anthony se retourna au son de sa voix et suivit le doigt qu'elle pointait vers Edwina. C'était donc la raison pour laquelle ce maudit cabot avait pris un virage à quatre-vingt-dix degrés ! Anthony avait failli glisser dans la boue et se casser la figure en essayant de l'imiter.

Il allait le tuer ! Non, il allait tuer Kate Sheffield ! Ou peut-être…

Le cri d'Edwina le tira de ses délicieux projets de vengeance.

— Newton !

Il aimait à se considérer comme un homme d'action, mais lorsqu'il vit le chien bondir dans les airs en direction d'Edwina, il resta tout simplement pétrifié. Shakespeare lui-même n'aurait pu concevoir une fin plus adaptée à cette farce. Et, comme dans un rêve, cette fin se déroulait sous son regard impuissant.

Le chien allait heurter Edwina en pleine poitrine. Celle-ci allait basculer en arrière… droit dans la Serpentine.

— Noooon ! hurla-t-il en chargeant, alors même qu'il savait que tout acte héroïque de sa part était inutile.

*Plouf !*

— Seigneur Dieu, elle est toute mouillée ! s'exclama Berbrooke.

— Ne restez pas planté là ! aboya Anthony qui, parvenu sur les lieux, se précipita dans l'eau. Faites quelque chose pour aider !

Berbrooke ne dut pas comprendre cette injonction car il demeura immobile, les yeux écarquillés, tandis qu'Anthony se penchait, attrapait la main d'Edwina et la remettait debout.

— Ça va ? s'enquit-il d'un ton bourru.

Elle hocha la tête, trop occupée à cracher et à éternuer pour répondre.

— Mademoiselle Sheffield, rugit-il comme Kate s'immobilisait sur la berge, rattachez donc votre maudite bête !

Après s'être joyeusement ébroué, Newton était maintenant assis sur l'herbe, la langue pendante et l'air content de lui. Kate se précipita pour saisir sa laisse. Anthony remarqua, avec une satisfaction mauvaise, qu'elle avait obtempéré sans broncher. Il n'aurait pas cru que cette satanée femme possédait assez de bon sens pour la boucler.

Il se tourna vers Edwina qui, incroyablement, parvenait à être toujours aussi ravissante alors qu'elle ruisselait.

— Laissez-moi vous sortir de là, marmonna-t-il, avant de la soulever hors de l'eau sans lui laisser le loisir de protester.

— Je n'ai jamais vu une chose pareille, commenta Berbrooke en secouant la tête.

Anthony se garda de répondre de peur de jeter ce crétin à l'eau. Que n'avait-il réagi quand Edwina avait été agressée par ce prétendu chien ?

— Edwina ? Ça va ? demanda Kate en s'avançant aussi près que le lui permettait la laisse de Newton.

— Vous en avez fait assez, il me semble, gronda Anthony en avançant sur elle.

— Moi ?

— Regardez votre sœur, lança-t-il sans la quitter des yeux, mais en pointant un doigt accusateur vers Edwina. Regardez la donc !

— Mais, c'était un accident !

— Je n'ai rien ! cria Edwina, l'air un peu affolé par l'intensité de l'échange entre Kate et le vicomte. J'ai froid, mais je vais bien !

— Vous voyez ? répliqua Kate après avoir dégluti convulsivement. C'était un accident.

Il se contenta de croiser les bras et de hausser un sourcil.

— Vous... vous ne me croyez pas, balbutia-t-elle. Je n'arrive pas à croire que vous ne me croyiez pas.

Anthony garda le silence. Il lui semblait inconcevable que Kate Sheffield, malgré tout son esprit et toute son intelligence, ne soit *pas* jalouse de sa sœur. Même si elle n'avait rien pu faire pour éviter cet incident, elle devait sûrement tirer un certain plaisir à voir Edwina ressembler à un rat noyé. Un rat séduisant, certes, mais néanmoins un rat noyé.

De toute évidence, Kate n'avait pas dit son dernier mot.

— Hormis le fait que je serais incapable de nuire à Edwina, riposta-t-elle, comment ai-je, selon vous, réussi à manigancer cet étonnant stratagème ? Ah, bien sûr ! continua-t-elle en se frappant le front, je connais le langage secret des corgis. J'ai ordonné au chien de me faire lâcher sa laisse et, comme j'ai aussi un don de seconde vue, je savais qu'Edwina serait au bord de la Serpentine. Alors, j'ai commandé au chien – par l'esprit, évidemment, car il était bien trop loin pour entendre ma voix – de changer de direction, de se précipiter sur Edwina et de la pousser dans l'eau.

— Le sarcasme ne vous sied pas, mademoiselle Sheffield.

— *Rien* ne vous sied, lord Bridgerton.

— Les femmes ne devraient pas avoir d'animaux domestiques quand elles sont incapables de les contrôler, déclara-t-il en se penchant d'un air menaçant.

— Et les hommes ne devraient pas accompagner des femmes et leurs animaux en promenade dans le parc quand ils ne savent pas non plus les contrôler, rétorqua-t-elle.

Anthony eut du mal à contenir le flot de rage qui le submergeait.

— Madame, vous êtes un danger pour la société.

Elle ouvrit la bouche comme pour riposter, se contenta de le gratifier d'un sourire mauvais, puis se tourna vers son chien.

— Ébroue-toi, Newton !

Newton suivit la direction de son index, pointé droit sur Anthony, et, obligeamment, trottina jusqu'au vicomte avant de s'ébrouer une seconde fois des oreilles à la queue.

— Je... vais... vous tuer ! rugit Anthony qui s'élança vers elle, prêt à l'étrangler.

Kate esquiva l'attaque en se précipitant au côté d'Edwina.

— Allons, allons, lord Bridgerton, railla-t-elle. Ce ne serait pas judicieux de perdre votre sang-froid devant la belle Edwina.

— Kate ? chuchota cette dernière d'une voix pressante. Que se passe-t-il ? Pourquoi es-tu si méchante avec lui ?

— Pourquoi est-il si méchant avec *moi* ? répliqua Kate.

— Ma foi, dit soudain M. Berbrooke, ce chien m'a mouillé.

— Il nous a tous mouillés, fit remarquer Kate.

Elle y compris, mais cela en valait la peine. Oh, l'expression de rage et de surprise sur le visage de cet aristocrate prétentieux !

— Vous ! Taisez-vous ! éructa Anthony en la désignant d'un doigt furieux.

Kate se tint coite. Il avait l'air prêt à exploser, et elle n'était pas assez téméraire pour le provoquer davantage. Mais il avait perdu toute sa dignité. Sa manche droite dégoulinait, ses bottes paraissaient condamnées après leur immersion forcée, et le reste de sa personne était constellé de taches dues aux prouesses de Newton.

— Je vais vous dire ce que nous allons faire, continua-t-il d'une voix grondante.

— Ce que je dois faire, intervint M. Berbrooke, jovial et totalement inconscient du danger, c'est terminer la réparation de ce cabriolet. Puis je ramènerai Mlle Sheffield chez elle.

Il désignait Edwina, au cas où personne n'aurait compris de quelle demoiselle Sheffield il parlait.

— Monsieur Berbrooke, articula Anthony entre ses dents serrées, savez-vous réparer un cabriolet ?

M. Berbrooke cligna plusieurs fois des paupières.

— Savez-vous même ce qui ne va pas avec votre cabriolet ?

— J'ai quelques idées, finit-il par répondre, après avoir ouvert et fermé la bouche à plusieurs reprises. Il ne devrait pas me falloir longtemps pour découvrir quel est le problème.

Kate ne pouvait détacher le regard de la veine qui palpitait sur le cou d'Anthony. Elle n'avait encore jamais vu un homme aussi visiblement à bout. Appréhendant une éruption imminente, elle recula prudemment d'un pas pour se placer derrière Edwina.

Mais le vicomte parvint à conserver son sang-froid, et c'est d'une voix terriblement égale qu'il dit :

— Voici ce que nous allons faire…

Trois paires d'yeux écarquillés le fixèrent, attendant la suite.

— Je vais me rendre là-bas, continua-t-il en désignant un couple qui s'efforçait – en vain – d'ignorer la scène, et je demanderai à Montrose si je peux lui emprunter sa voiture pendant quelques minutes.

— Est-ce Geoffrey Montrose ? demanda Berbrooke en se tordant le cou. Cela fait des siècles que je ne l'ai vu.

Cette fois, ce fut sur la tempe de lord Bridgerton qu'une veine se mit à palpiter. Kate agrippa la main d'Edwina pour se rassurer.

Mais Bridgerton, et ce fut tout à son honneur, ignora la réflexion incongrue de Berbrooke.

— Et comme il va dire oui… continua-t-il.

— Vous en êtes sûr ? lâcha Kate.

— Sûr de quoi ? rétorqua-t-il, le regard glacial.

— Rien, marmonna-t-elle tout en se maudissant. Continuez, je vous en prie.

— Comme je le disais, en tant qu'ami et en tant que gentleman, il acceptera, reprit-il en foudroyant Kate du regard. Je ramènerai Mlle Sheffield chez elle, puis je rentrerai chez moi et demanderai à l'un de mes domestiques de rapporter son cabriolet à Montrose.

— Et Kate ? risqua Edwina.

Kate lui pressa la main en signe de reconnaissance.

— M. Berbrooke reconduira votre sœur, répondit Anthony en regardant Edwina droit dans les yeux.

— Mais je ne peux pas, intervint Berbrooke. Il faut que j'en termine avec ce cabriolet.

— Où habitez-vous ? aboya Anthony.

De surprise, Berbrooke cilla, mais il répondit néanmoins.

— Je m'arrêterai chez vous et vous enverrai un domestique. Il attendra auprès de votre voiture pendant que vous reconduirez Mlle Sheffield chez elle, décréta Anthony. Est-ce clair ?

Il adressa à chacun – y compris le chien – un regard dur. Étant la seule personne présente à n'avoir pas attisé sa colère, Edwina, bien sûr, y échappa.

— Est-ce clair ? répéta-t-il.

Tout le monde acquiesça de la tête, et son plan fut mis à exécution. Quelques minutes plus tard, Kate regardait lord Bridgerton et Edwina disparaître à l'horizon – les deux seules personnes dont elle s'était juré qu'elles ne se retrouveraient jamais dans la même pièce.

Pire, elle restait seule avec M. Berbrooke et Newton.

Il ne lui fallut que deux minutes pour comprendre que, des deux, c'était Newton le plus brillant causeur.

# 5

*Il est parvenu aux oreilles de votre dévouée chroniqueuse que Mlle Katharine Sheffield s'est émue en découvrant que son compagnon à quatre pattes bien-aimé avait été qualifié de « chien inconnu de race indéterminée ».*

*Votre dévouée chroniqueuse ne peut que se prosterner de honte après cette monumentale et terrible erreur, et vous supplie, chers lecteurs, d'accepter ses plus humbles excuses et de prendre note de la première correction à avoir jamais figuré dans l'histoire de cette chronique.*

*Le chien de Mlle Katharine Sheffield est un corgi. Il s'appelle Newton, encore qu'il soit difficile d'imaginer que le célèbre inventeur et physicien anglais aurait apprécié d'être immortalisé sous la forme d'un canidé grassouillet et mal élevé.*

*La Chronique mondaine de lady Whistledown*, 27 avril 1814

Le soir venu, il fut évident qu'Edwina ne sortirait pas indemne de cette épreuve. À en juger par son nez rouge, son visage gonflé et ses yeux larmoyants, tout le monde comprit que, même si elle n'était pas sérieusement malade, elle avait attrapé un mauvais rhume.

On venait de la border dans son lit avec une bouteille chaude entre les pieds et une tasse fumante sur sa table de nuit quand Kate pénétra dans sa chambre, bien décidée à avoir une petite conversation avec elle.

— Que t'a-t-il dit pendant le trajet ? demanda-t-elle en se penchant sur le bord du lit de sa sœur.

— Qui ? répondit Edwina en reniflant d'un air méfiant le remède concocté par la cuisinière. Regarde, elle est bizarre, cette fumée.

— Le vicomte, évidemment. Qui d'autre aurait pu te parler pendant le trajet ? Et ne fais pas ta chochotte. Ce n'est pas de la fumée, mais simplement de la vapeur.

— Oh, murmura Edwina qui renifla de nouveau et fit la grimace. Ça ne sent pas comme de la vapeur.

— C'en est pourtant, rétorqua Kate, en enfonçant les doigts dans le matelas jusqu'à en avoir mal aux ongles. Qu'a-t-il dit, sapristi ?

— Lord Bridgerton ? Oh, rien de particulier. Il a parlé de la pluie et du beau temps.

— Alors que tu étais trempée jusqu'aux os ? fit Kate, incrédule.

Edwina but une gorgée, et réprima un haut-le-cœur.

— Mais qu'est-ce qu'il y a là-dedans ?

— On dirait de la réglisse, hasarda Kate après s'être penchée pour humer le breuvage. Et je crois que je vois un raisin tout au fond.

Au même instant, elle crut entendre le bruit de la pluie contre les carreaux, et se redressa.

— Il pleut ?

— Je ne sais pas, répondit Edwina. Ce n'est pas impossible, car le ciel était plutôt nuageux, tout à l'heure. Si je bois ça, ajouta-t-elle en reposant la tasse sur sa table de nuit, je suis certaine d'être encore plus malade.

— Mais qu'a-t-il dit d'autre ? insista Kate, qui se leva pour aller jeter un coup d'œil par la fenêtre.

Il tombait des gouttes, mais espacées, et il était trop tôt pour savoir si l'averse serait accompagnée de tonnerre ou d'éclairs.

— Qui ça ? Le vicomte ?

Il fallait être une sainte pour ne pas secouer Edwina comme un prunier !

— Oui, le vicomte.

Edwina haussa les épaules. La conversation ne l'intéressait visiblement pas.

— Pas grand-chose. Il m'a demandé comment je me sentais. Ce qui était normal, vu que je venais de faire un plongeon dans la Serpentine. Et qu'en plus d'être froide, l'eau n'était certainement pas propre.

Kate s'éclaircit la voix avant de poser la plus scandaleuse des questions. Malgré la fascination absolue qu'elle éprouvait, elle s'efforça de parler d'une voix égale.

— Est-ce qu'il t'a fait des avances ?

Edwina se renversa en arrière, les yeux ronds.

— Bien sûr que non ! Il s'est conduit en parfait gentleman. Franchement, je ne comprends pas ce qui t'excite à ce point. Ce n'était pas une conversation très intéressante. Je ne me souviens même pas de la moitié de ce qui a été dit.

Kate ne put que dévisager sa sœur avec stupéfaction. Comment, elle avait été condamnée à s'entretenir pendant dix bonnes minutes avec ce vaurien, et cela ne lui avait *pas* laissé une impression indélébile ? À sa grande consternation, le moindre mot qu'il lui avait adressé était gravé à jamais dans son cerveau.

— Au fait, comment s'est passé ton retour avec M. Berbrooke ? reprit Edwina. Il t'a fallu presque une heure pour rentrer.

Kate frissonna ostensiblement.

— Ç'a été pénible à ce point ?

— Je suis sûre qu'une femme sera heureuse de l'avoir pour mari. Une femme sans cerveau, cela va sans dire.

— Oh, Kate, tu es horrible ! gloussa Edwina.

— Je sais, je sais. C'était terriblement cruel de ma part. Le pauvre homme n'a pas une once de méchanceté en lui. C'est juste que...

— Il n'a pas non plus une once d'intelligence, acheva Edwina.

Kate arqua les sourcils. Sa sœur émettait rarement ce genre de jugement critique.

— Je sais, fit Edwina avec un sourire contrit. Là, c'est moi qui suis cruelle. Je n'aurais pas dû dire cela, mais, franchement, j'ai cru mourir, dans son cabriolet.

Kate se raidit, inquiète.

— Il conduisait dangereusement ?

— Pas du tout. C'est sa conversation.

— Ennuyeuse ?

— Il était si difficile à suivre que c'en était fascinant. Mais essayer de comprendre comment fonctionne son cerveau a fini par me donner la migraine, avoua-t-elle avant d'être prise d'une quinte de toux.

— Donc, ce ne sera pas lui ton mari lettré ? demanda Kate avec un sourire indulgent.

Edwina toussa de nouveau.

— Je crains fort que non.

— Tu devrais peut-être boire un peu de ce remède, suggéra Kate. La cuisinière ne jure que par lui.

Edwina secoua la tête énergiquement.

— C'est une abomination !

Kate patienta quelques instants avant de poser la question qui la taraudait.

— Est-ce que le vicomte a parlé de moi ?

— De toi ?

— Non, un moi quelconque, rétorqua Kate. Évidemment, *moi* ! De qui d'autre veux-tu que je parle en disant « moi » ?

— Inutile de te fâcher.

— Je ne me fâche pas...

— En fait, non, il n'a pas fait allusion à toi.

Fâchée, Kate le fut brusquement.

— Il avait beaucoup à dire sur Newton, cependant, continua Edwina, à la grande consternation de Kate.

Il n'était jamais flatteur de se voir préférer un chien.

— Je lui ai assuré que Newton était adorable et que je ne lui en voulais pas du tout. Mais lord Bridgerton était contrarié pour moi, ce qui est charmant de sa part.

— Charmant, comme tu dis, marmonna Kate.

— Dis-moi, Kate, reprit Edwina après s'être mouchée, tu parais plutôt intéressée par le vicomte.

— Figure-toi que j'ai dû passer pratiquement tout l'après-midi en sa compagnie, répliqua Kate, comme si ceci expliquait cela.

— Bien. Alors, tu as eu l'occasion de constater à quel point il peut être poli et gentil. Et il est très riche, en plus. J'ai beau penser qu'on ne doit pas choisir un mari uniquement sur des critères financiers, étant donné notre manque d'argent, ce serait faire preuve de légèreté que de ne pas prendre ce fait en considération, non ?

— Eh bien…

Même si Edwina avait raison, Kate ne voulait pas dire un mot en faveur de lord Bridgerton.

— Je pense que nous devrions l'ajouter à notre liste, déclara Edwina d'une voix nasillarde, après s'être mouchée avec une vigueur bien peu féminine.

— Notre liste ?

— Oui, celle des unions possibles. Je crois que lui et moi, nous nous entendrions très bien.

— Je croyais que tu voulais un homme cultivé !

— C'est vrai. Mais tu as toi-même souligné le peu de chances que j'avais d'en trouver. Lord Bridgerton paraît plutôt intelligent. Il faut juste que je trouve un moyen de découvrir s'il aime lire.

— Je serais surprise que ce rustre sache seulement lire, grommela Kate.

— Kate Sheffield ! s'exclama Edwina en pouffant de rire. Ai-je bien entendu ?

— Non, riposta Kate.

— Si ! Tu es vraiment la pire. Mais tu me fais bien rire, ajouta-t-elle avec un sourire.

Le grondement sourd d'un lointain coup de tonnerre roula dans la nuit. Kate s'appliqua à sourire en réprimant un tressaillement. En général, elle supportait assez bien le tonnerre et les éclairs quand ils étaient distants l'un de l'autre. Ce n'était que lorsqu'ils se déchaînaient presque simultanément, juste au-dessus de sa tête, qu'elle éprouvait une peur panique.

— Edwina, commença-t-elle, à la fois par devoir et pour ne plus penser à la tempête imminente, tu dois te sortir le vicomte de l'esprit. Ce n'est absolument pas le genre de mari qui te rendrait heureuse. En dehors du fait que c'est un libertin de la pire espèce et qu'il n'hésiterait pas à s'afficher avec une dizaine de maîtresses...

Comme Edwina fronçait les sourcils, Kate décida de s'en tenir à ce dernier point.

— Je t'assure ! Tu n'as pas lu la Chronique de Lady Whistledown ? Ou écouté les mères des autres jeunes filles ? Elles disent toutes que c'est un fieffé débauché. Le seul mérite qu'on lui reconnaisse, c'est de bien s'occuper de sa famille.

— Un point en sa faveur. Une épouse fait partie de la famille, non ?

— Une épouse n'est pas du même sang. Des hommes qui ne prononceraient jamais un mot plus haut que l'autre devant leur mère n'hésitent pas à piétiner les sentiments de leur femme jour après jour.

— Et comment le sais-tu ?

Kate en resta bouche bée. C'était bien la première fois qu'Edwina doutait de son jugement sur une question importante et, malheureusement, elle n'avait aucune réponse à lui fournir.

— Je le sais, c'est tout, répondit-elle assez lamentablement. Edwina, enchaîna-t-elle, cela mis à part, je ne crois pas que tu aimerais le vicomte si tu le connaissais.

— Je l'ai trouvé plutôt agréable quand il m'a ramenée ici.

— Mais il se conduisait de son mieux ! Rien d'étonnant à ce qu'il se soit montré gentil. Il veut que tu tombes amoureuse de lui.

— Alors, tu crois qu'il jouait la comédie ? demanda Edwina en battant des paupières.

— Exactement ! Écoute, entre la soirée d'hier et cet après-midi, j'ai passé plusieurs heures en sa compagnie et, crois-moi, il ne s'est *pas* conduit de son mieux avec moi.

Edwina laissa échapper un son étouffé, à mi-chemin entre l'horreur et l'excitation.

— Il t'a embrassée ?

— Non ! Bien sûr que non ! D'où diable te vient une pareille idée ?

— Tu as dit qu'il ne s'était pas conduit de son mieux.

— Ce que je voulais dire, c'est qu'il ne s'est pas montré poli. Ni gentil, d'ailleurs. En vérité, il a fait preuve d'une arrogance insupportable, et il s'est comporté de manière horriblement grossière et insultante.

— Voilà qui est intéressant, murmura Edwina.

— Pas le moins du monde. C'était horrible !

— Ce que *je* voulais dire, c'est qu'il est curieux qu'il se soit montré impoli envers toi, expliqua Edwina, pensive. Il a sûrement entendu dire que je m'en référerais à ton jugement pour choisir un mari ; on pourrait donc penser qu'il se mettrait en quatre pour te plaire. Pourquoi se conduirait-il comme un rustre ?

Kate se sentit rougir jusqu'aux oreilles lorsqu'elle marmonna :

— Il a dit qu'il ne pouvait pas s'en empêcher.

Un instant, Edwina en resta interdite. Puis elle éclata de rire.

— Oh, Kate ! C'est excellent ! Vraiment !

— Ce n'est pas drôle, protesta sa sœur en la foudroyant du regard.

Edwina s'essuya les yeux.

— C'est peut-être la chose la plus drôle que j'aie entendue de toute l'année ! Oh, bonté divine…

Une quinte de toux lui coupa la parole, puis elle reprit :

— Tu sais quoi ? Je crois bien que tu m'as débouché le nez.

— Edwina, c'est dégoûtant !

— Mais vrai, répliqua Edwina d'une voix triomphante après s'être mouchée.

— Ça ne durera pas, marmonna Kate. Tu seras malade comme un chien demain matin.

— Tu as probablement raison. Mais Dieu que je me suis amusée ! Il a dit qu'il ne pouvait pas s'en empêcher ? Kate, c'est vraiment grandiose.

— Inutile d'insister, grommela Kate.

— Sais-tu que, depuis le début de la saison, ça pourrait être le premier gentleman que tu n'aies pas réussi à manœuvrer ?

Kate pinça les lèvres. Le vicomte avait dit la même chose, et ils avaient tous deux raison. Elle avait effectivement passé la saison à manœuvrer des hommes... pour le compte d'Edwina. Soudain, elle n'était plus si certaine d'aimer ce rôle de mère poule qu'elle s'était imposé.

Edwina ne s'y trompa pas.

— Oh, je suis désolée, Kate ! Je n'avais pas l'intention de te taquiner.

Comme Kate arquait un sourcil, elle ajouta :

— Bon, d'accord, je voulais te taquiner. Mais pas te blesser. Je n'imaginais pas que lord Bridgerton t'avait à ce point ennuyée.

— Je n'aime pas cet homme, c'est tout. Et je ne crois pas que tu devrais envisager de l'épouser. Peu importe l'ardeur et la constance avec lesquelles il te fait la cour. Il ne fera pas un bon mari.

Edwina garda le silence un moment, le visage grave, puis :

— Eh bien, si tu le dis, ce doit être vrai. Jusqu'à présent, ton jugement n'a jamais été pris en défaut. Et il est vrai que tu as passé plus de temps en sa compagnie que moi, et que tu es plus à même de le juger.

Kate s'efforça de retenir un soupir de soulagement.

— Bien. Quand tu te sentiras prête, nous chercherons parmi tes prétendants celui qui te conviendrait le mieux.

— Tu pourrais peut-être prospecter aussi pour ton propre compte, non ? suggéra Edwina.

— C'est ce que je fais. Sinon, quel serait l'intérêt pour moi d'assister à la saison ?

Edwina eut l'air dubitatif.

— Je n'ai pas l'impression que tu cherches vraiment. Tu étudies les candidats pour moi, c'est tout. Mais il n'y a pas de raison pour que tu ne te trouves pas un mari, toi aussi. Tu as besoin de fonder une famille. Je ne connais personne à qui le rôle de mère conviendrait mieux qu'à toi.

Kate se mordit la lèvre pour ne pas répondre directement à Edwina. Car derrière ces yeux bleus magnifiques et ce visage parfait se cachait une personne d'une perspicacité redoutable. Sa sœur avait raison : elle n'avait pas cherché de mari. À quoi bon ? Personne n'envisageait non plus de l'épouser.

Elle soupira, le regard tourné vers la fenêtre. La tempête semblait s'être éloignée en épargnant leur quartier. Sans doute devrait-elle rendre grâce au ciel de ses petits bienfaits.

— Occupons-nous de toi d'abord, si tu veux bien, finit-elle par dire, puisque nous sommes d'accord pour penser que tu recevras très certainement une demande avant moi. Ensuite, nous penserons à mon avenir.

Edwina haussa les épaules, et Kate devina que, par son silence délibéré, elle signifiait son désaccord.

— Très bien, reprit-elle en se levant et en se dirigeant vers la porte. Je te laisse te reposer. Tu en as certainement besoin.

Pour toute réponse, Edwina se mit à tousser.

— Et bois cette potion ! lui lança Kate en riant.

En refermant la porte derrière elle, elle entendit sa sœur grommeler :

— Plutôt mourir !

Quatre jours plus tard, Edwina buvait consciencieusement la potion de la cuisinière, quoique avec force protestations. Si son état s'était un peu amélioré, elle gardait toujours le lit, toussait encore, et était de fort méchante humeur.

Mary avait décrété qu'Edwina n'assisterait à aucune mondanité avant mardi, au plus tôt. Pour Kate, cela signifiait qu'elles profiteraient toutes les trois d'un répit bienvenu. Malheureusement, après un week-end paisible où elle ne fit rien d'autre que lire et promener Newton, Mary annonça soudain qu'elles iraient toutes deux à la soirée musicale donnée par lady Bridgerton, ce lundi. Kate songea bien à protester, mais renonça quand sa belle-mère conclut par un vigoureux : « Et ça ne se discute pas ! », avant de tourner les talons.

C'est ainsi qu'elle se retrouva dans leur modeste voiture, vêtue de soie bleu glacier, un éventail à la main.

— Tout le monde sera surpris de nous voir sans Edwina, observa-t-elle en tripotant la gaze noire de sa cape de soirée.

— Toi aussi, tu es à la recherche d'un mari, répliqua Mary. Et arrête de jouer avec ta cape, elle va être toute chiffonnée.

Kate laissa retomber sa main. De l'autre, elle se mit à tambouriner sur le siège, jusqu'à ce que Mary explose :

— Enfin, Kate, tu ne peux pas rester tranquille ?

— Tu sais bien que non.

Mary se contenta de soupirer.

Après un long silence, ponctué uniquement par un battement rythmique du pied, Kate reprit :

— Edwina va se sentir bien seule sans nous.

— Edwina a un roman à lire, répliqua Mary sans même tourner la tête vers elle. Le dernier de cette Jane Austen. Elle ne remarquera même pas notre absence.

Ce n'était pas faux. Son lit pourrait prendre feu qu'Edwina ne s'en apercevrait pas si elle était plongée dans un livre.

— La musique va probablement être calamiteuse. Après la soirée des Smythe-Smith...

— Chez les Smythe-Smith, c'étaient les filles de la maison qui jouaient, répliqua Mary avec un soupçon d'impatience. Lady Bridgerton a engagé une chanteuse d'opéra professionnelle venue tout droit d'Italie. Le simple fait d'avoir reçu une invitation est un honneur.

Pour Kate, il ne faisait pas de doute que l'invitation concernait Edwina, et que Mary et elle n'avaient été incluses que par politesse. Cependant, comme sa belle-mère commençait à pincer les lèvres, Kate fit le vœu de tenir sa langue jusqu'à la fin du trajet.

Ce qui ne fut pas difficile vu que leur voiture ralentissait devant Bridgerton House. Kate jeta un coup d'œil par la portière et demeura bouche bée.

— C'est immense, constata-t-elle, atterrée.

— N'est-ce pas ? Il paraît que lord Bridgerton ne vit pas ici. Même si la maison lui appartient, il continue d'occuper son appartement de célibataire afin que sa mère et ses frères et sœurs puissent résider à Bridgerton House. N'est-ce pas gentil de sa part ?

Personnellement, Kate n'aurait jamais songé à associer les mots « gentil » et « lord Bridgerton ». Mais elle se contenta de hocher la tête, trop impressionnée par la taille et la splendeur de la demeure pour faire une remarque intelligente.

Les deux femmes descendirent de voiture, aidées par un valet de pied qui s'était précipité pour ouvrir la portière. Après les avoir débarrassées de leur manteau, un majordome leur indiqua le salon de musique, qui se trouvait à l'extrémité du hall.

Kate avait pénétré dans suffisamment de grandes maisons londoniennes pour ne pas se laisser aller à béer devant la richesse et la beauté de celle-ci ; elle fut néanmoins impressionnée par l'élégance sans ostentation de la décoration.

Des rangées de chaises avaient été disposées dans le salon de musique, et Kate dirigea adroitement sa belle-mère vers le fond. Si ce que l'on racontait des liens étroits de lord Bridgerton avec sa famille était vrai, alors il assisterait à la soirée. Et avec un peu de chance, il ne remarquerait même pas sa présence.

Anthony sut exactement à quel moment Kate posa le pied dans la demeure familiale. Il se trouvait dans son bureau, en train de siroter un verre avant d'assister à la soirée. Pour préserver sa vie privée, il avait choisi de ne pas vivre à Bridgerton House, où il conservait néanmoins son bureau. En tant que chef de famille, il avait de nombreuses responsabilités qu'il trouvait plus facile à assumer en demeurant à proximité des siens.

Les fenêtres du bureau donnaient sur Grosvenor Square, et il s'était amusé à observer les voitures qui arrivaient. Quand Kate Sheffield descendit de la sienne, elle leva le visage vers la façade de Bridgerton House, un peu comme elle l'avait offert à la chaleur du soleil dans Hyde Park. À la lueur des torches disposées de chaque côté de la porte, sa peau se colora de reflets dansants.

Et Anthony en eut le souffle coupé.

Il reposa son verre sur l'appui de fenêtre d'un geste brusque. Cela devenait ridicule. Inutile de se leurrer : le durcissement de ses muscles était dû au désir et à rien d'autre.

Bon sang, il ne l'appréciait même pas ! Elle était trop autoritaire, trop sûre d'elle, trop catégorique. Et elle n'était même pas belle, en tout cas comparée à nombre de débutantes, et notamment à sa sœur.

Le visage de Kate était un poil trop allongé, son menton trop pointu, ses yeux trop grands. En elle, tout était un peu « trop ». Même sa bouche, qui ne cessait de déverser insultes et perfidies à son encontre, était trop pleine. Dans les moments, extrêmement rares, où elle gardait ses yeux fermés, et où il s'aventurait à lui jeter un coup d'œil, il ne voyait qu'une bouche pulpeuse qui – tant qu'elle ne s'ouvrait pas – appelait les baisers.

Appelait les baisers ? Anthony frémit. La pensée d'embrasser Kate Sheffield était terrifiante. Et le simple fait d'y avoir songé le rendait bon pour l'asile d'aliénés.

Et pourtant… Et pourtant, il avait rêvé d'elle.

C'était après le fiasco de la Serpentine. Il était si furieux qu'il pouvait à peine parler. Qu'il ait réussi à articuler quelques paroles de pure politesse lorsqu'il avait ramené Edwina, sa future femme, tenait du miracle.

Bien sûr, celle-ci n'avait pas encore accepté de l'épouser. Du reste, il ne le lui avait pas demandé. Mais sa décision était prise. Edwina incarnait tout ce qu'il recherchait. Elle était belle, intelligente, d'humeur égale. Ils seraient heureux ensemble sans qu'il risque jamais de tomber amoureux d'elle.

Et pourtant…

Anthony tendit la main vers son verre et le vida d'un trait.

Et pourtant, il avait rêvé de sa sœur. Et en dépit de tous ses efforts, il ne parvenait pas à l'oublier.

Ce soir-là, de retour chez lui, transi jusqu'aux os, il s'était plongé dans un bain brûlant. S'il n'avait pas été complètement immergé dans la Serpentine, comme Edwina, l'énergique ébrouement de Newton avait achevé de le tremper.

Épuisé, il s'était ensuite couché avec la ferme intention de profiter d'un sommeil réparateur. Mais, au milieu de la nuit, son corps avait commencé à faire des siennes. Des images terribles avaient pris naissance dans son esprit. C'était comme s'il regardait la scène depuis le plafond tout en ressentant physiquement chaque sensation : son corps nu se mouvant sur celui d'une femme ; la chair tiède sous la caresse de ses mains ; le délicieux enchevêtrement de bras et de jambes ; le parfum musqué des corps en train de faire l'amour...

Puis il s'était déplacé, juste un petit peu, pour embrasser l'oreille de la femme sans visage. D'abord était apparue une épaisse boucle brune, mais c'est lorsqu'il avait reculé davantage qu'il l'avait vue.

Kate Sheffield !

Il s'était réveillé en sursaut, s'était assis dans son lit, le cœur battant la chamade. Ç'avait été le rêve érotique le plus saisissant de toute son existence. Et son pire cauchemar.

D'une main tremblante, il avait tâté le drap autour de lui, horrifié à l'idée de trouver la preuve de sa passion nocturne pour la femme la plus détestable qu'il connût.

Avec un soupir de soulagement, il s'était laissé retomber sur ses oreillers. Puis il était resté des heures à contempler le plafond en récitant des déclinaisons latines, puis en comptant jusqu'à mille, dans l'espoir de chasser Kate Sheffield de son esprit.

Si étonnant que cela puisse paraître, il avait fini par se rendormir.

Mais à présent, elle était de retour, ici, chez lui.

Cette pensée le terrifiait.

Et où diable était Edwina ? Pourquoi n'accompagnait-elle pas sa mère et sa sœur ?

Quelques notes discordantes s'insinuèrent dans le bureau. Le quatuor engagé par sa mère pour accompagner Maria

Rosso, la dernière cantatrice que tout Londres se disputait, était en train de s'accorder.

Anthony s'était gardé de dire à sa mère que Maria et lui avaient partagé un agréable intermède amoureux lors de son dernier séjour dans la capitale. Peut-être devrait-il envisager de renouer avec elle. Si la pulpeuse beauté italienne ne le guérissait pas du mal dont il souffrait, rien n'y parviendrait.

Anthony carra les épaules, conscient qu'il semblait se préparer à un combat – ce qui était précisément l'impression qu'il avait. Cela dit, si la chance était avec lui, il réussirait peut-être à éviter Kate Sheffield. Cela devrait être d'autant plus facile qu'elle n'avait pas caché qu'elle éprouvait pour lui aussi peu d'estime qu'il en éprouvait pour elle, et qu'il l'imaginait mal engager la conversation avec lui.

# 6

*La soirée musicale de lady Bridgerton se révéla être incontestablement... musicale. Ce qui, votre dévouée chroniqueuse vous l'assure, est loin d'être toujours le cas. La chanteuse invitée n'était autre que Maria Rosso, la soprano italienne qui fit ses débuts à Londres il y a deux ans, avant de se produire sur la scène viennoise.*

*Avec son opulente chevelure brune et ses yeux de braise, Mlle Rosso a apporté la preuve que son plumage était aussi beau que son ramage, et plus d'un soi-disant gentleman (en vérité, ils étaient bien une dizaine) eut bien du mal à détourner le regard de sa personne, même après la fin de son récital.*

*La Chronique mondaine de lady Whistledown*, 27 avril 1814

Kate eut conscience de son arrivée à la seconde même où il pénétra dans la pièce.

Elle essaya de se convaincre que cela ne signifiait nullement qu'elle était particulièrement sensible à la présence de cet homme. Qu'il fût affreusement séduisant était un fait, non une opinion. Aucune femme, selon elle, ne pouvait ignorer lord Bridgerton.

Il était arrivé tard. Pas très tard, puisque la soprano venait de commencer son récital, mais suffisamment pour user de discrétion lorsqu'il se glissa sur une chaise, au premier rang, près de sa famille.

Kate demeura immobile, certaine qu'il ne l'avait pas vue. Non seulement il n'avait pas regardé dans sa direction, mais comme on avait soufflé quelques bougies, le salon baignait dans une pénombre romantique.

Elle essaya de garder les yeux fixés sur Mlle Rosso durant tout le récital. Mais la tâche lui parut d'autant plus difficile que la cantatrice ne quittait pas lord Bridgerton du regard. Tout d'abord, elle crut être victime de son imagination. À la moitié du concert, cependant, le doute ne fut plus permis : Maria Rosso adressait au vicomte une invitation sans équivoque.

Pourquoi en éprouvait-elle une telle contrariété ? Kate l'ignorait. Après tout, cela ne faisait que confirmer sa réputation de débauché. Elle aurait dû se réjouir d'être ainsi confortée dans son opinion.

Au lieu de cela, elle ne ressentit que de la déception. Un sentiment si pénible, si désagréable qu'elle s'affaissa légèrement sur sa chaise.

Une fois le récital terminé, Kate remarqua que la soprano, après avoir accepté les applaudissements avec grâce, se dirigeait droit vers le vicomte et lui décochait un sourire de pure séduction. Le genre de sourire qu'elle-même ne réussirait jamais à maîtriser quand bien même une dizaine de cantatrices tenteraient de le lui apprendre. Ce que ce sourire signifiait, cela sautait aux yeux.

Seigneur, cet homme n'avait même pas besoin de courir après les femmes ! Elles lui tombaient pratiquement dans les bras. C'était ignoble. Vraiment ignoble. Et pourtant, Kate ne pouvait pas s'empêcher de regarder.

En retour, lord Bridgerton adressa à la chanteuse un demi-sourire mystérieux. Puis, levant la main, il repoussa une de ses boucles brunes derrière son oreille. Au vu et au su de tout le monde !

Kate frémit.

À présent, penché vers Maria Rosso, il lui chuchotait quelque chose à l'oreille. Kate sentit ses propres oreilles se tendre dans leur direction, alors même qu'il était absolument impossible d'entendre quoi que ce soit à cette distance.

Mais, après tout, était-ce un crime que d'être curieuse ? Et…

Sapristi, ne venait-il pas de l'embrasser dans le cou ? Non, il ne ferait pas cela dans la maison de sa mère. Certes, légalement, Bridgerton House lui appartenait. Mais il aurait pu faire preuve d'un peu de correction vis-à-vis de sa famille.

— Kate ? Kate ?

Même s'il n'avait fait qu'effleurer de ses lèvres la peau de la cantatrice, c'était néanmoins un baiser.

— Kate !

Kate sursauta et pivota pour faire face à Mary, qui la fixait avec une expression irritée.

— Euh, oui ?

— Cesse de regarder le vicomte, lui intima sa belle-mère à voix basse.

— Je ne… Enfin, si. Mais tu l'as vu ? Il se comporte honteusement.

Elle reporta les yeux sur lui. Il flirtait toujours avec Maria Rosso, et se moquait visiblement des témoins éventuels.

Les lèvres pincées, Mary rétorqua :

— Son comportement ne nous regarde pas.

— Bien sûr que si. Il veut épouser Edwina.

— Nous n'en sommes pas certaines.

— Je serais pourtant prête à le parier, et une grosse somme, répliqua Kate en se remémorant sa conversation avec lord Bridgerton.

— Quoi qu'il en soit cesse de le regarder. Je suis sûre qu'il ne veut plus rien avoir à faire avec toi après le fiasco de Hyde Park. En outre, il y a ici nombre de gentlemen célibataires à qui tu ferais mieux de t'intéresser plutôt que de ne te soucier que d'Edwina.

Kate s'affaissa davantage sur son siège. La simple pensée de séduire un prétendant l'épuisait. De toute manière, ils s'intéressaient tous à Edwina. Et puis, même si elle ne voulait rien avoir à faire avec le vicomte, elle avait été piquée au vif quand Mary avait déclaré que *lui* ne voulait rien avoir à faire avec *elle*.

Sa belle-mère lui prit le bras avec une fermeté qui n'admettait aucune protestation.

— Viens, à présent, allons saluer notre hôtesse.

Kate déglutit. Lady Bridgerton ? Elle devait rencontrer lady Bridgerton ? La mère du vicomte ? Difficile d'imaginer que ce dernier ait seulement une mère.

Au nom des bonnes manières, et quelle que soit son envie de s'éclipser, Kate savait qu'elle devait remercier leur hôtesse pour avoir organisé cette délicieuse soirée.

Car délicieuse, elle l'avait été. Kate répugnait à l'admettre, mais Maria Rosso possédait une voix céleste.

Guidée avec autorité par Mary, Kate attendit son tour pour saluer la vicomtesse. Celle-ci était ravissante : blonde, les yeux clairs, et plutôt petite. Vu la taille de ses fils, on pouvait sans risque de se tromper en déduire que feu le vicomte était très grand.

Enfin, elles parvinrent au premier rang du petit groupe rassemblé autour d'elle. La vicomtesse saisit la main de Mary.

— Madame Sheffield, dit-elle avec chaleur, quel plaisir de vous revoir. J'ai tellement apprécié notre rencontre au bal des Hartside, la semaine dernière. Je suis très heureuse que vous ayez accepté mon invitation.

— Nous n'aurions pas imaginé passer la soirée ailleurs, assura Mary. Puis-je vous présenter ma fille ?

Elle fit un signe à Kate, qui s'avança et esquissa la révérence d'usage.

— C'est un grand plaisir de faire votre connaissance, mademoiselle Sheffield. Et voici ma fille Éloïse, enchaîna lady Bridgerton en désignant la jeune fille qui se tenait près d'elle.

Kate adressa un sourire chaleureux à la jeune fille en question, qui paraissait avoir à peu près le même âge qu'Edwina. Elle avait les cheveux de la même couleur que ses frères, et un grand sourire amical illuminait son visage. Elle plut d'emblée à Kate.

— Bonsoir, mademoiselle Bridgerton, la salua-t-elle. Est-ce votre première saison ?

— Officiellement, je ne ferai mes débuts que l'année prochaine, mais maman me permet d'assister aux réceptions qui se tiennent ici, à Bridgerton House.

— Vous avez beaucoup de chance. J'aurais aimé assister à quelques soirées l'année dernière. Tout était tellement nouveau, quand je suis arrivée à Londres, au printemps dernier ! L'esprit s'embrouille rien qu'à essayer de retenir le nom de tout le monde.

— En fait, ma sœur Daphné a fait ses débuts il y a deux ans, expliqua Éloïse. Et elle m'a tout raconté avec un tel luxe de détails que j'ai l'impression de reconnaître chaque personne.

— Daphné est votre fille aînée ? demanda Mary à lady Bridgerton.

La vicomtesse hocha la tête.

— Elle a épousé le duc de Hastings l'année dernière.

— Vous avez dû être enchantée.

— Effectivement. Il est duc mais, plus important, c'est un homme bon et qui aime ma fille. Tout ce que j'espère, c'est que mes autres enfants feront des mariages aussi heureux.

Lady Bridgerton tourna la tête vers Kate pour ajouter :

— J'ai cru comprendre que votre sœur a été empêchée d'assister à la soirée.

Kate réprima un grognement. De toute évidence, lady Bridgerton voyait déjà Anthony et Edwina remonter la nef de l'église.

— Elle a malheureusement attrapé un rhume la semaine dernière.

— Rien de grave, j'espère ? dit la vicomtesse à Mary, d'un ton qui trahissait l'inquiétude maternelle.

— Rien de grave, non, la rassura Mary. Elle est presque rétablie, mais j'ai préféré qu'elle garde la chambre une journée supplémentaire. Je ne voudrais pas qu'elle risque une rechute.

— Non, bien sûr. Enfin, c'est très dommage, reprit lady Bridgerton après un silence. Je suis si impatiente de faire sa connaissance. Elle s'appelle Edwina, n'est-ce pas ?

Kate et Mary acquiescèrent d'un hochement de tête.

— J'ai entendu dire qu'elle était ravissante...

Mais alors même qu'elle prononçait ces paroles, lady Bridgerton jeta un coup d'œil à son fils – qui flirtait toujours de manière éhontée avec la cantatrice italienne – et fronça les sourcils.

Kate se sentit mal à l'aise. À en croire la Chronique de lady Whistledown, la vicomtesse s'était donné pour tâche de marier son fils. Et, même si le vicomte ne paraissait pas être le genre d'homme à se plier à la volonté de sa mère (ni de quiconque du reste), Kate avait le sentiment que cette dernière saurait faire pression sur lui si elle le décidait.

Après quelques instants de bavardage poli, Mary et Kate abandonnèrent lady Bridgerton à ses autres invités. Elles ne tardèrent pas à être interpellées par Mme Featherington qui, avec trois filles à marier, avait toujours quantité de choses à dire à Mary. Mais tandis qu'elle fondait sur elles, la grosse dame gardait les yeux obstinément fixés sur Kate. Celle-ci essaya aussitôt de trouver un moyen de s'échapper.

— Kate ! tonna Mme Featherington. Quelle surprise !

— Pourquoi cela, madame Featherington ? demanda Kate, interloquée.

— Vous avez certainement lu la Chronique de lady Whistledown ce matin.

Kate s'obligea à sourire.

— Oh, vous faites allusion à ce petit incident avec mon chien ?

Les sourcils de Mme Featherington se haussèrent jusqu'au milieu de son front.

— D'après ce que j'ai entendu dire, c'était plus qu'un « petit incident ».

— Il n'a pas eu de conséquences, assura Kate, qui trouvait difficile de ne pas rembarrer cette matrone indiscrète. Et je dois avouer que j'en veux à lady Whistledown d'avoir traité Newton de chien de race indéterminée. Je tiens à dire que c'est un corgi de pure race.

— Ce n'était vraiment pas grand-chose, déclara Mary, venant enfin au secours de Kate. Je suis surprise qu'il y ait été seulement fait allusion dans l'article.

Kate offrit à Mme Featherington son sourire le plus suave, alors que cette dernière savait pertinemment que Mary et elle mentaient comme des arracheurs de dents. L'immersion d'Edwina – et la quasi-immersion de lord Bridgerton – dans la Serpentine n'était pas un « petit incident », mais si lady Whistledown n'avait pas jugé nécessaire de donner tous les détails, Kate se garderait de le faire.

Mme Featherington ouvrit la bouche après avoir pris une ample inspiration, signe qu'elle allait se lancer dans un interminable monologue sur l'importance des manières, de la conduite, de l'éducation ou tout autre sujet du même acabit. Aussi Kate se hâta-t-elle de proposer d'aller leur chercher une limonade.

Les deux dames ayant acquiescé, elle s'éloigna. Quand elle revint, elle leur adressa un sourire innocent.

— Comme je n'ai que deux mains, je dois y retourner pour aller chercher un verre pour moi.

Elle s'arrêta brièvement devant la table des rafraîchissements, juste au cas où Mary la regarderait, puis elle se glissa hors de la pièce. Parvenue dans le hall, elle se laissa tomber sur une banquette capitonnée, heureuse de respirer un peu d'air frais. Lady Bridgerton avait bien laissé ouvertes les portes-fenêtres du salon de musique, qui donnait sur un petit jardin, mais la foule était telle que l'atmosphère était néanmoins étouffante.

Kate jouissait de sa solitude depuis quelques minutes quand une voix s'éleva au-dessus du brouhaha, suivie par un rire musical. Horrifiée, elle se rendit compte que lord Bridgerton et sa maîtresse potentielle quittaient le salon de musique.

— *Oh non,* gémit-elle.

Il n'était pas question que le vicomte la découvre assise toute seule dans le hall. C'était certes un choix de sa part, mais lui penserait probablement qu'elle n'avait aucun talent mondain, et que tout un chacun partageait son jugement à son sujet, à savoir, qu'elle était un danger pour la société, aussi impertinente que sans attrait.

Un danger pour la société ? Kate serra les dents. Il s'écoulerait un très, très long moment avant qu'elle lui pardonne cette insulte.

Pour l'heure, elle était fatiguée et ne se sentait pas de taille à l'affronter. Elle empoigna donc ses jupes pour éviter de trébucher et franchit le seuil de la première pièce à côté de la banquette. Avec un peu de chance, sa dulcinée et lui ne feraient que passer, et elle pourrait ensuite se faufiler dans le salon de musique sans attirer l'attention.

Kate regarda autour d'elle tout en refermant la porte. Une lampe jetait une faible lumière dans ce qui semblait être un bureau. Les murs étaient certes tapissés de livres, mais il y en avait trop peu pour qu'il s'agisse de la bibliothèque de Bridgerton House. Un bureau de chêne massif occupait le centre de la pièce. Les piles de papiers soigneusement alignées, la plume et l'encrier posés sur le buvard indiquaient que cet endroit était bel et bien une pièce de travail.

Poussée par la curiosité, Kate s'approcha du bureau et y laissa courir les doigts. Il flottait dans l'air une légère odeur d'encre et, peut-être, un imperceptible parfum de tabac.

C'était une pièce très agréable, en vérité. À la fois confortable et pratique, et qui donnait envie de s'y attarder. Mais alors même qu'elle s'appuyait au bureau pour savourer sa solitude, elle entendit un bruit affreux.

Celui d'une porte qu'on ouvre.

Avec une exclamation étouffée, elle plongea sous le bureau et se pelotonna dans l'espace étroit, bénissant le ciel que le meuble soit fermé, et non supporté par quatre pieds malingres.

Osant à peine respirer, elle tendit l'oreille.

— J'avais entendu dire que cette année serait celle où nous verrions, finalement, le scandaleux lord Bridgerton tomber dans le piège du mariage, fit une voix féminine mélodieuse.

Kate se mordit la lèvre. La voix en question avait un accent *italien.*

— Et où avez-vous entendu cela ? s'enquit la voix, reconnaissable entre toutes, du vicomte, accompagnée du bruit encore plus horrible de la porte qui se refermait.

Kate était au désespoir. Elle était enfermée dans le bureau avec un couple d'amants. La vie n'aurait pu lui réserver pire épreuve.

— Mais tout le monde en parle, milord, répondit Maria. On dit que vous avez décidé de vous ranger et de choisir une femme.

Il y eut un silence, mais Kate aurait pu jurer avoir *entendu* lord Bridgerton hausser les épaules.

Quelques pas, qui rapprochèrent sans aucun doute les amants, puis Bridgerton murmura :

— Il est plus que temps, je crois.

— Vous me brisez le cœur, le saviez-vous ?

Kate se sentit au bord de la nausée.

— Allons, allons, ma douce *signorina*... Nous savons tous deux que votre cœur est imperméable à n'importe laquelle de mes entreprises.

Un bruit de baiser, suivi d'un froissement d'étoffe que Kate attribua à un recul de Maria.

— Le badinage ne m'intéresse pas. Je ne recherche pas le mariage, bien sûr, ce serait une sottise de ma part. Mais la prochaine fois que je choisirai un protecteur, ce sera pour... le long terme, dirons-nous.

De nouveau, des pas. Peut-être Bridgerton avait-il comblé la distance qui les séparait.

— Je ne vois pas où est le problème, dit-il d'une voix rauque.

— Votre femme le verrait peut-être.

Bridgerton se mit à rire.

— La seule raison d'abandonner sa maîtresse, ce serait d'aimer sa femme. Et comme je n'entends pas choisir une épouse dont je pourrais tomber amoureux, je ne vois pas pourquoi je me priverais d'une aussi charmante personne que vous.

« Et vous voulez épouser Edwina ? » faillit s'écrier Kate. Si elle n'avait été accroupie comme une grenouille, les mains autour des chevilles, elle aurait probablement bondi telle une furie pour lui sauter à la gorge.

Suivirent alors quelques bruits peu identifiables, dont Kate espéra de tout cœur qu'ils n'étaient pas le prélude à quelque chose de plus intime. Après un moment, cependant, la voix du vicomte se fit entendre de nouveau :

— Voulez-vous boire quelque chose ?

Maria acquiesça, et le pas assuré de Bridgerton résonna sur le parquet, de plus en plus près jusqu'à ce que...

*Oh, non !*

La carafe se trouvait sur l'appui de la fenêtre, juste en face de la cachette de Kate. Si Anthony gardait le visage vers la fenêtre en remplissant les verres, il pouvait ne pas la remarquer, mais s'il se tournait, ne serait-ce qu'à demi...

Kate se pétrifia, au point de ne plus respirer ni même de battre des paupières. Les yeux écarquillés, elle vit apparaître Bridgerton, dont la silhouette athlétique profita étonnamment du point de vue qu'elle avait depuis le sol.

Les verres tintèrent légèrement quand il les posa, puis il retira le bouchon de la carafe et versa deux doigts d'un liquide ambré dans chacun.

« Ne vous retournez pas ! lui ordonna-t-elle en silence. Ne vous retournez pas ! »

— Tout va bien ? demanda Maria.

— Très bien, répondit-il, d'un ton vaguement distrait, cependant.

Il s'empara des verres et, tout en fredonnant, commença à pivoter lentement.

« Continuez à avancer ! lui intima-t-elle, toujours en silence. Continuez à avancer ! »

S'il marchait tout en se retournant, il se dirigerait vers Maria et Kate serait sauvée. Mais s'il se retournait complètement, *puis* marchait, c'était la mort assurée.

Car il la tuerait, elle n'en doutait pas. Pour être franche, elle était même surprise qu'il n'ait pas essayé la semaine passée, au bord de la Serpentine.

Lentement, il continua de pivoter. Et il n'avança pas.

Kate s'efforça de faire le compte de toutes les bonnes raisons qui justifiaient de mourir à l'âge de vingt et un ans.

Anthony savait fort bien pourquoi il avait emmené Maria Rosso dans son bureau. Aucun homme au sang chaud n'était immunisé contre ses charmes. Ses formes étaient pulpeuses, sa voix envoûtante, et il avait déjà éprouvé le pouvoir de ses caresses.

Cependant, alors même qu'il contemplait cette chevelure soyeuse et ces lèvres pleines, alors même que ses muscles se tendaient au souvenir de ce corps désirable, il avait conscience d'utiliser la jeune femme.

Il ne se serait pas senti coupable de l'utiliser pour son propre plaisir, car elle faisait de même avec lui. Et au moins, elle en tirerait avantage sous forme de bijoux, de rentes, sans compter la location d'une maison élégante dans un quartier tout aussi élégant.

Non. S'il se sentait mal à l'aise, frustré, prêt à flanquer le poing dans un mur de brique, c'était parce qu'il utilisait Maria pour chasser de son esprit le cauchemar que constituait Kate Sheffield. Plus jamais il ne voulait s'éveiller tourmenté par un désir suscité par Kate Sheffield. Il voulait se perdre dans une autre femme jusqu'à ce que le souvenir même de ce rêve se dissolve dans le néant.

Mais, bon sang, cette femme avait dû l'ensorceler ! Il n'y avait pas d'autre explication à ce rêve ou, plutôt, à ce cauchemar. Même en cet instant, il avait l'impression qu'elle était là. Il sentait ce mélange de lys et de savon, ce parfum exaspérant qu'il avait remarqué à Hyde Park, la semaine précédente.

Et voilà que, alors qu'il préparait un verre de son meilleur whisky pour Maria Rosso, l'une des rares femmes de sa connaissance capable d'apprécier à la fois un bon whisky et les sensations diaboliques qu'il provoquait, il continuait d'être hanté par ce maudit parfum. Il savait que Kate Sheffield se trouvait dans la maison – il était du reste au bord de tuer sa mère pour l'avoir invitée –, mais là, ça devenait ridicule.

— Tout va bien ? entendit-il Maria lui demander.

— Très bien, répondit-il d'une voix qui lui parut crispée.

Il se mit à fredonner, ce qui l'aidait à se détendre.

Quand il se décida à pivoter, il marqua un temps d'arrêt. Encore ce maudit parfum. Il aurait juré qu'il s'agissait de lys. Et de savon. Si les lys étaient surprenants, le savon l'était moins. Une femme à l'esprit aussi terre à terre que Kate Sheffield était du genre à se récurer avec une brosse et du savon.

Il hésita un instant. Le pas qu'il accomplit ensuite était beaucoup plus petit que ses enjambées habituelles. Il n'arrivait pas à échapper à ce parfum et il tourna sur lui-même, son nez entraînant malgré lui son regard vers un endroit où il savait pertinemment qu'il n'y avait pas de lys.

C'est alors qu'il *la* vit. Sous son bureau. Non, ce devait être un cauchemar ! Il lui suffirait de fermer les yeux et elle serait partie lorsqu'il les rouvrirait.

Mais il eut beau cligner des paupières, elle ne disparut pas.

Kate Sheffield, la femme la plus exaspérante de toute l'Angleterre, était tapie comme une grenouille sous son bureau.

Ce fut un miracle s'il ne laissa pas tomber les verres de whisky.

Leurs yeux se croisèrent, et il vit les siens s'agrandir de terreur. « Bien fait ! » songea-t-il férocement. Elle avait sacrément raison d'avoir peur, car il allait l'étriper.

Que diable fabriquait-elle là ? L'avoir aspergé d'eau sale ne lui suffisait donc pas ? Tenter de saboter la cour qu'il faisait à sa sœur ne lui apportait pas assez de satisfactions ? Elle avait besoin, en plus, de l'espionner ?

— Maria, dit-il avec un calme factice, en s'avançant vers le bureau de manière à marcher sur la main de Kate.

Il ne pesa pas de tout son poids, mais eut néanmoins l'immense joie de lui arracher un couinement.

— Maria, répéta-t-il, je viens soudain de me rappeler que j'ai une affaire urgente à traiter.

— Ce soir ? demanda-t-elle, l'air dubitatif.

— Je le crains, malheureusement. Oumpf !

— N'avez-vous pas grogné juste à l'instant ?

— Non, mentit Anthony, qui manqua de s'étrangler.

Kate avait enlevé un gant et, la main refermée sur son genou, elle enfonçait les ongles dans sa chair à travers l'étoffe de son pantalon.

Du moins espérait-il que c'étaient bien ses ongles et non ses dents.

— Vous êtes sûr qu'il n'y a pas de problème ? insista Maria.

— Sûr et...

Ongles ou dents, Kate les enfonça dans sa jambe un peu plus profondément.

— ... certain !

Le dernier mot se termina en hululement, et il lança le pied en avant, heurtant ce qu'il supposa être l'estomac de Kate.

En temps ordinaire, Anthony serait mort plutôt que de frapper une femme, mais la situation lui semblait vraiment exceptionnelle. Pour dire la vérité, ce ne fut pas sans un soupçon de plaisir qu'il la frappa alors qu'elle était à terre.

Après tout, elle lui avait mordu la jambe !

— Permettez-moi de vous raccompagner, dit-il à Maria, tout en secouant la cheville pour se débarrasser de Kate.

Le regard empli de curiosité, Maria fit quelques pas en avant.

— Anthony, il y a un animal sous votre bureau ?

Il laissa échapper un rire qui ressemblait à un aboiement.

— On peut dire cela, répondit-il, ce qui lui valut un coup de poing dans le tibia.

— C'est un chien ?

Anthony hésita à répondre par l'affirmative. Cependant, même lui n'était pas cruel à ce point. Kate parut apprécier ce tact soudain, car elle le lâcha.

Anthony en profita pour s'écarter en hâte du bureau.

— Trouveriez-vous insupportablement grossier de ma part si je vous raccompagne simplement jusqu'à la porte, et non jusqu'au salon de musique ? s'enquit-il en prenant Maria par le bras.

Son rire de gorge, bas, un peu boudeur, aurait dû le séduire.

— Je suis une femme faite, milord. Je devrais réussir à me débrouiller.

— Vous me pardonnez ?

— Aucune femme au monde ne serait capable de résister à ce sourire, répondit-elle en franchissant le seuil de la pièce.

— Vous êtes une femme rare, Maria Rosso.

— Pas assez, apparemment, répliqua-t-elle en s'esclaffant de nouveau.

Anthony referma la porte sur elle, puis, sans doute poussé par quelque démon, il tourna la clef dans la serrure et la fourra dans sa poche.

— Vous ! tonna-t-il en regagnant le bureau en quatre enjambées. Sortez de là !

Comme Kate ne s'exécutait pas assez promptement, il se pencha, referma la main sur son bras et la tira.

— Expliquez-vous, siffla-t-il quand elle fut debout.

Les jambes de Kate, qui étaient restés pliées pendant presque un quart d'heure, faillirent céder sous elle quand le sang circula de nouveau.

— C'était un accident, dit-elle en agrippant le bord du bureau pour ne pas tomber.

— La fréquence avec laquelle ce mot sort de votre bouche est pour le moins stupéfiante.

— Mais c'est la vérité ! J'étais assise dans le hall et...

Elle déglutit, car le vicomte s'était avancé et se tenait à présent très, très près.

— J'étais dans le hall, répéta-t-elle d'une voix qui lui parut enrouée, et je vous ai entendu venir. J'essayais simplement de vous éviter.

— C'est la raison pour laquelle vous avez investi mon bureau ?

— J'ignorais qu'il s'agissait de votre bureau. Je...

Kate avait du mal à respirer. Il était à présent si proche que les larges revers de sa veste touchaient presque son corsage. Elle savait qu'il se comportait ainsi de façon délibérée, qu'il cherchait à l'intimider plutôt qu'à la séduire, mais il n'empêche que son cœur battait à un rythme frénétique.

— Je crois que, peut-être, vous saviez que c'était mon bureau, murmura-t-il en suivant de l'index le contour de sa joue. Peut-être que vous ne cherchiez pas du tout à m'éviter.

Kate avala convulsivement, sans plus se préoccuper de faire bonne figure.

— Alors ? insista-t-il, tandis que son doigt descendait vers son menton. Qu'en dites-vous ?

Les lèvres de Kate s'entrouvrirent, mais elle n'aurait pu articuler un mot, sa vie en eût-elle dépendu. Le contact de sa peau sur la sienne était si troublant qu'il semblait contrôler son corps : elle respirait quand il arrêtait sa caresse, elle cessait quand il la reprenait. Son cœur battait au rythme du sien, à n'en pas douter.

— Peut-être, chuchota-t-il, à présent si proche qu'elle sentait son souffle sur sa bouche, désiriez-vous tout autre chose...

Kate tenta de secouer la tête, mais ses muscles refusèrent de lui obéir.

— En êtes-vous sûre ?

Cette fois, sa tête la trahit et s'inclina.

Il sourit, et tous deux surent qu'il avait gagné.

# 7

*Assistaient également à la soirée musicale de lady Bridgerton : Mme Featherington et ses trois filles aînées (Prudence, Philippa et Pénélope, dont aucune ne portait de couleur seyant à son teint) ; M. Nigel Berbrooke (qui, comme à son habitude, avait beaucoup de choses à dire, sans que personne, hormis Philippa Featherington, parût intéressé), et, bien sûr, Mme Sheffield et Mlle Katharine Sheffield.*

*Votre dévouée chroniqueuse présume que l'invitation des Sheffield concernait également Mlle Edwina Sheffield, mais celle-ci n'était pas présente. Lord Bridgerton n'a pas paru affecté par son absence, contrairement à sa mère, qui semblait désappointée.*

*Cela dit, il est de notoriété publique que lady Bridgerton est une marieuse invétérée ; et que, très certainement, elle se trouve fort démunie à présent que sa fille a épousé le duc de Hastings.*

La Chronique mondaine de lady Whistledown, 27 avril 1814

Il devait être fou. Anthony ne voyait pas d'autre explication. Il voulait l'effrayer, la terrifier même, lui faire comprendre qu'il ne tolérerait jamais qu'elle se mêle de ses affaires. Au lieu de cela…

Il l'embrassa.

Son intention était de l'intimider, aussi s'était-il approché de plus en plus près… Si près que, pauvre innocente, elle n'aurait su dire où commençait son souffle à lui, et où finissait le sien. Si près qu'elle découvrirait ce que signifiait la chaleur d'un corps masculin s'insinuant dans ses vêtements.

Elle ne reconnaîtrait pas les premiers picotements du désir, ni ne comprendrait cette tension qui naissait au plus profond d'elle-même.

Pourtant, cette tension était là. Il la voyait sur son visage.

Elle se rendrait compte simplement qu'il la menaçait, qu'il était plus fort qu'elle, et qu'elle avait commis une terrible erreur en investissant son sanctuaire privé.

Il pensait s'en tenir là, et la laisser inquiète et haletante. Mais, alors que quelques centimètres seulement les séparaient, l'attirance avait été trop forte. Son parfum était trop enivrant, le bruit de sa respiration trop excitant. Les picotements de désir qu'il avait eu l'intention d'éveiller en elle, soudain, c'était en lui qu'ils fourmillaient. Et l'index dont il effleurait sa joue – uniquement pour la torturer, bien sûr – devint soudain une main qui se referma sur sa nuque, tandis qu'il s'emparait de ses lèvres dans une explosion de colère et de désir.

Elle émit un cri étouffé, et il profita de ses lèvres entrouvertes pour glisser la langue entre elles. Elle était raide dans ses bras, mais cela avait apparemment plus à voir avec la surprise qu'autre chose. Laissant glisser la main jusqu'au creux de ses reins, il la pressa contre lui.

— C'est de la folie, chuchota-t-il contre son oreille, sans toutefois faire mine de la lâcher.

Elle répondit par un gémissement, et il sentit son corps s'amollir contre le sien. Il savait qu'il aurait dû cesser, qu'il n'aurait même pas dû commencer, en tout premier lieu, mais son sang pulsait dans ses veines, et il la trouvait si... si...

*Si délicieuse.*

Délaissant sa bouche, il goûta la saveur légèrement salée de son cou. Elle lui convenait comme jamais aucune femme auparavant, comme si son corps avait découvert quelque chose que son esprit refusait catégoriquement d'envisager.

Quelque chose en elle sonnait merveilleusement... juste.

Cette justesse, il la retrouvait dans son parfum, dans le goût de son baiser, dans la saveur de sa peau. Et il savait que s'il lui arrachait ses vêtements et la prenait là, sur le tapis de son bureau, son corps dans l'amour lui semblerait juste également.

Il se rendit compte que, quand elle ne se querellait pas avec lui, Kate Sheffield pouvait être la femme la plus agréable d'Angleterre.

Elle dégagea doucement les bras de son étreinte et posa, hésitante, les mains sur son dos. Puis il sentit comme un effleurement sur son front. Elle l'avait embrassé !

Un grognement de triomphe lui échappa tandis qu'il s'emparait à nouveau de sa bouche et l'embrassait férocement, la défiant de poursuivre ce qu'elle avait commencé.

— Oh, Kate... murmura-t-il en la poussant doucement jusqu'à ce qu'elle heurte le bord du bureau. Sapristi, vous êtes délicieuse.

— Lord Bridgerton ? chevrota-t-elle.

— Ne dites rien. Quoi que vous fassiez, ne dites rien.

— Mais...

— Pas un mot, l'interrompit-il en posant le doigt sur ses lèvres.

Il ne voulait surtout pas qu'elle gâche la perfection de cet instant en ouvrant la bouche pour discuter.

— Mais je...

Le repoussant des deux mains, elle se dégagea.

Déséquilibré, le souffle court, Anthony lâcha un juron, et pas des moindres.

Kate s'enfuit, non pas à l'autre bout de la pièce, mais jusqu'à un fauteuil au haut dossier, qu'elle contourna, histoire d'interposer entre eux une barrière solide.

L'humeur du vicomte ne paraissait pas être des meilleures.

— Pourquoi avez-vous fait cela ? demanda-t-elle d'une voix si basse qu'elle ressemblait à un chuchotement.

Il haussa les épaules, ce qui lui donna aussitôt l'air moins furieux, et un peu plus indifférent.

— Parce que j'en avais envie.

Kate en resta bouche bée. Comment pouvait-on faire une réponse aussi simple à ce qui était, en dépit des apparences, une question tellement compliquée ?

— Mais... ce n'est pas possible, finit-elle par balbutier.

Un lent sourire se dessina sur les lèvres de Bridgerton.

— Mais si.

— Vous ne m'aimez pas !

— C'est vrai, admit-il.

— Et je ne vous aime pas.

— C'est ce que vous m'avez dit. Il faudra que je vous croie sur parole, puisque ce n'était pas particulièrement évident il y a quelques secondes.

Kate sentit ses joues s'empourprer de honte. Elle se détestait d'avoir répondu à son baiser presque autant qu'elle le détestait d'en avoir pris l'initiative.

Mais sa raillerie était déplacée. Il avait agi en mufle. Elle serra le dossier du fauteuil jusqu'à ce que ses phalanges deviennent blanches, ne sachant plus si elle l'utilisait comme une défense contre Bridgerton ou un moyen de s'empêcher de se jeter sur lui pour l'étrangler.

— Je ne vous laisserai pas épouser Edwina, articula-t-elle d'une voix sourde.

— Je n'en attends pas moins de vous, murmura-t-il en s'approchant jusqu'à se trouver de l'autre côté du fauteuil.

— Et il est hors de question que *je* vous épouse, continua-t-elle en relevant le menton d'un cran.

Il posa les mains sur les accoudoirs et se pencha en avant. Son visage n'était plus qu'à quelques centimètres du sien.

— Je ne me souviens pas de vous l'avoir demandé.

Kate se rejeta en arrière.

— Mais vous venez juste de m'embrasser !

Il se mit à rire.

— Si je proposais le mariage à toutes les femmes que j'ai embrassées, je serais en prison depuis longtemps pour polygamie.

Kate commença à trembler, et elle se raccrocha de toutes ses forces au fauteuil.

— Vous êtes, monsieur, dépourvu d'honneur, lança-t-elle avec tout le mépris dont elle était capable.

Les yeux du vicomte flamboyèrent. Tendant la main, il lui prit le menton et le tint ainsi pendant quelques secondes pour obliger Kate à le regarder dans les yeux.

— C'est faux, dit-il entre ses dents, et si vous étiez un homme, j'exigerais réparation.

Kate demeura immobile un long moment, les yeux rivés aux siens, la peau brûlante là où ses doigts s'enfonçaient dans sa chair. Finalement, elle se résigna à ce qu'elle s'était juré de ne jamais faire : le supplier.

— Je vous en prie, murmura-t-elle, lâchez-moi.

Il s'exécuta avec une rapidité déconcertante.

— Toutes mes excuses.

Était-ce de la surprise qu'elle crut déceler dans son ton ? Non, c'était impossible, rien ne pouvait surprendre cet homme.

— Je ne voulais pas vous faire mal, ajouta-t-il à voix basse.

— Vraiment ?

— Non. Vous effrayer, peut-être, mais pas vous faire mal.

Kate recula, les jambes flageolantes.

— Vous n'êtes qu'un débauché, l'accusa-t-elle d'une voix qu'elle aurait aimée plus dédaigneuse et moins chevrotante.

— Je sais, admit-il avec un haussement d'épaules, une étincelle amusée dans le regard. C'est dans ma nature.

Kate fit un nouveau pas en arrière. Elle ne se sentait pas la force d'affronter ses brusques changements d'humeur.

— Je m'en vais, maintenant.

— Je vous en prie, dit-il, affable, en désignant la porte.

— Vous ne pouvez pas m'en empêcher.

Il sourit.

— Je m'en garderais bien.

À reculons, sans le quitter des yeux de peur qu'il n'essaye de la rattraper, elle se dirigea vers la porte.

— Je m'en vais, répéta-t-elle sans nécessité.

Mais, alors qu'elle allait poser la main sur la poignée, il lança :

— Je suppose que je vous verrai la prochaine fois que je rendrai visite à Edwina.

Kate se sentit blêmir.

— Vous aviez dit que vous la laisseriez tranquille, fit-elle d'un ton accusateur.

— Non, répondit-il en s'accoudant nonchalamment au dossier du fauteuil, j'ai dit que je n'attendais pas de vous que vous me « laissiez » épouser Edwina. Ce qui ne signifie pas grand-chose vu que je n'ai pas l'intention de vous permettre de diriger ma vie.

Kate eut l'impression d'avoir reçu un soufflet.

— Mais, vous ne pouvez pas vouloir l'épouser après que vous... après que je...

Il fit quelques pas dans sa direction – il se déplaçait avec une grâce féline, nota-t-elle.

— Après que vous m'avez embrassé ?

— Je ne vous ai pas...

Elle s'interrompit tant il était évident que ce qu'elle s'apprêtait à dire était un mensonge. Quand bien même elle n'avait pas initié le baiser, elle y avait, finalement, participé.

— Allons, mademoiselle Sheffield, ne nous aventurons pas sur ce terrain. Nous ne nous aimons pas, c'est vrai, mais, d'une façon un peu bizarre et perverse, je vous respecte, et je sais que vous n'êtes pas une menteuse.

Kate garda le silence. Que pouvait-elle dire ? Comment répondre à une affirmation associant les mots « respect » et « pervers » ?

— Vous m'avez rendu mon baiser, continua-t-il avec un petit sourire satisfait. Pas avec grand enthousiasme, je vous l'accorde, mais cela n'aurait été qu'une question de temps.

Elle secoua la tête ; elle n'en croyait pas ses oreilles.

— Comment pouvez-vous parler ainsi une minute seulement après avoir déclaré votre intention de courtiser ma sœur ?

— Cela dérange un peu mes projets, je l'admets, observa-t-il d'un ton à la fois léger et songeur, comme s'il envisageait l'achat d'un nouveau cheval ou choisissait le foulard qu'il allait porter.

Peut-être était-ce son attitude désinvolte, ou la manière dont il se caressait le menton en affectant de réfléchir. Toujours est-il qu'une bouffée de fureur submergea Kate, qui se jeta sur lui et lui martela la poitrine de ses poings.

— Jamais vous ne l'épouserez ! cria-t-elle. Jamais ! Vous m'entendez ?

Il leva le bras pour parer un coup au visage.

— Difficile de faire autrement, à moins d'être sourd, riposta-t-il avant de lui saisir les poignets pour l'immobiliser.

— Je ne vous laisserai pas la rendre malheureuse. Je ne vous laisserai pas gâcher sa vie, hoqueta-t-elle. Elle est tout ce qu'il y a de bon, de pur et d'honorable. Et elle mérite mieux que vous.

Anthony scruta son visage, que la colère embellissait. Ses joues étaient empourprées, ses yeux brillaient de larmes contenues, et il commença à envisager qu'il était peut-être un mufle de la pire espèce.

— Mademoiselle Sheffield, dit-il doucement, je crois comprendre que vous aimez énormément votre sœur.

— Évidemment que je l'aime ! Pourquoi croyez-vous que je fais tant d'efforts pour la tenir éloignée de vous ? Vous pensez que cela m'amuse ? Permettez-moi de vous assurer, milord, que je connais des choses bien plus amusantes que d'être retenue prisonnière dans votre bureau.

Il lui lâcha brusquement les poignets.

— S'il y a *une* chose à laquelle je m'attendais de votre part, poursuivit-elle avec un reniflement, tout en frottant sa peau rougie, c'est que vous compreniez mon attachement à Edwina, vous qui êtes censé être si dévoué à votre famille.

Anthony se contenta de la regarder, en se demandant s'il n'y avait pas en elle bien plus qu'il ne l'avait estimé au départ.

— Si vous étiez le frère d'Edwina, vous l'autoriseriez à épouser un homme tel que vous ? lâcha-t-elle, fine mouche.

Il garda le silence si longtemps qu'il finit par en être lui-même gêné.

— Là n'est pas la question, finit-il par dire.

À son crédit, elle ne sourit pas et ne l'accabla pas de sarcasmes.

— Je crois que j'ai ma réponse, fit-elle avec raison, avant de tourner les talons.

— Ma sœur a épousé le duc de Hastings, lança-t-il d'une voix suffisamment forte pour qu'elle s'immobilise avant d'atteindre la porte. Connaissez-vous sa réputation ?

Elle s'immobilisa effectivement, mais ne se retourna pas.

— On le dit tout entier dévoué à sa femme.

— Alors, répliqua-t-il avec un petit rire, vous ne connaissez pas sa réputation. En tout cas, pas celle qu'il avait avant d'être marié.

Kate pivota lentement.

— Si vous essayez de me convaincre que les débauchés repentis font les meilleurs des maris, vous perdez votre temps. Il n'y a pas un quart d'heure, dans cette même pièce, vous déclariez à Mlle Rosso que vous ne voyiez pas de raison d'abandonner une maîtresse pour une épouse.

— Lorsqu'un homme n'aime pas sa femme, ai-je précisé.

L'espèce de ricanement qu'elle laissa échapper prouva, à cet instant du moins, qu'elle n'avait aucun respect pour lui.

— Et aimez-vous ma sœur, lord Bridgerton ? s'enquit-elle, une étincelle narquoise dans les yeux.

— Bien sûr que non. Et ce serait insulter votre intelligence que de prétendre le contraire. Cependant, continua-t-il en haussant le ton pour l'empêcher de l'interrompre, je ne connais votre sœur que depuis une semaine. Je n'ai aucune raison de croire que je n'en viendrai pas à l'aimer après avoir partagé de nombreuses années de félicité conjugale.

— Pourquoi ai-je le plus grand mal à croire un mot de ce que vous racontez ?

— Franchement, je n'en sais rien.

En fait, il le savait parfaitement. Il avait choisi Edwina pour une raison simple : il était certain qu'il n'en tomberait jamais amoureux. Il l'aimait bien, il la respectait, il ne doutait pas qu'elle ferait une excellente mère pour ses héritiers, mais il ne serait jamais amoureux d'elle. L'étincelle n'avait pas jailli entre eux, tout bonnement.

Kate secoua la tête, l'air déçu. Une déception qui le laissa passablement honteux.

— Je ne pensais pas que vous étiez menteur, moi non plus, commenta-t-elle d'une voix douce. Un débauché et un libertin, et peut-être un tas d'autres choses encore, mais pas un menteur.

Anthony reçut chaque mot comme une gifle. Un sentiment désagréable lui étreignit le cœur, et il fut saisi de l'envie de la frapper, de la blesser ou, du moins, de lui montrer qu'elle n'avait pas le pouvoir de l'atteindre.

— Au fait, mademoiselle Sheffield, lança-t-il d'une voix volontairement traînante, vous n'irez pas très loin sans *cela*.

Avant même qu'elle réagisse, il plongea la main dans sa poche, en sortit la clé du bureau et la jeta dans sa direction, visant délibérément ses pieds. Comme elle ne s'y attendait pas, elle leva les mains avec un temps de retard. Celles-ci claquèrent l'une contre l'autre à l'instant où la clé heurtait le parquet avec un bruit sourd.

Kate demeura immobile, les yeux fixés sur la clé, et il sut à quel moment elle comprit qu'il avait fait en sorte qu'elle ne puisse l'attraper. Le regard qu'elle leva alors sur lui était brûlant de haine, et de quelque chose de pire encore.

De dédain.

Il fit à Anthony l'effet d'un direct à l'estomac. Si violent qu'il dut lutter contre l'impulsion ridicule d'aller ramasser la clé, de mettre un genou en terre pour la lui tendre, de lui demander d'excuser sa conduite et de lui pardonner.

Mais il ne ferait rien de tout cela. Il ne voulait pas combler ce fossé entre eux ; il ne voulait pas se la concilier.

Parce que cette étincelle insaisissable – celle qui n'existait pas entre sa sœur, qu'il avait l'intention d'épouser, et lui – pétillait et brûlait avec une telle intensité qu'il aurait dû faire aussi clair qu'en plein jour.

Et que rien n'aurait pu le terrifier davantage.

Kate demeura immobile bien plus longtemps qu'il ne s'y attendait. Elle répugnait visiblement à s'agenouiller devant lui, même si c'était pour ramasser la clé qui lui permettrait de s'échapper.

— Vous ne souhaitez pas partir, mademoiselle Sheffield ? s'enquit-il d'un ton trop suave.

Il vit son menton trembler tandis qu'elle déglutissait avec difficulté. Puis, brusquement, elle s'accroupit et ramassa la clé.

— Vous n'épouserez jamais ma sœur, articula-t-elle d'une voix si sourde, si déterminée, qu'il en eut le frisson. Jamais.

La seconde d'après, la porte se refermait. Elle était partie.

Deux jours plus tard, Kate n'avait toujours pas décoléré. D'autant que, dans l'après-midi qui avait suivi la soirée musicale, un gros bouquet de fleurs était arrivé pour Edwina accompagné d'une carte : *Tous mes vœux de prompt rétablissement. La soirée fut ennuyeuse sans votre présence lumineuse. Bridgerton.*

Mary avait poussé des « Oh ! » et des « Ah ! ». Un message si poétique, avait-elle soupiré, si délicieux, si révélateur de l'homme sincèrement épris. Kate, quant à elle, n'était pas dupe. Ces quelques lignes étaient plus une insulte dirigée contre elle qu'un compliment adressé à Edwina.

Ennuyeuse, vraiment ! fulmina-t-elle en lorgnant la carte, posée en bonne place sur une table dans le salon. Comment pourrait-elle la déchirer en mille morceaux et invoquer un accident ? Elle avait beau ne pas connaître grand-chose aux affaires de cœur et aux relations entre hommes et femmes, elle aurait parié sa vie que quoi que le vicomte ait ressenti ce soir-là, dans le bureau, ce n'était pas de l'ennui.

Il ne les avait toutefois pas honorées de sa visite. Pourtant, emmener Edwina en promenade aurait été une provocation encore pire que la carte. Kate s'efforçait de croire qu'il n'était pas venu parce qu'il appréhendait de se retrouver devant elle, mais elle savait pertinemment que c'était faux.

Cet homme n'avait peur de personne, et surtout pas d'une quasi vieille fille insignifiante qu'il avait probablement embrassée par curiosité, colère et pitié.

C'était la pitié qui la rongeait. Quelle qu'ait été la raison de ce baiser, elle priait pour que la curiosité et la colère aient pesé plus lourd que la pitié.

Mais Kate n'eut pas le temps de s'appesantir plus longtemps sur ce baiser et ce qu'il signifiait ou ne signifiait pas. Car l'après-midi même arriva une invitation bien plus perturbante que tout ce que lord Bridgerton aurait pu imaginer lui-même. La présence des Sheffield était requise, semblait-il, pour un séjour à la campagne qu'organisait lady Bridgerton une semaine plus tard.

La mère du diable lui-même !

Et Kate ne voyait aucun moyen de s'y soustraire. À part un tremblement de terre accompagné d'un ouragan et d'une tornade – événements peu susceptibles de se produire en Grande-Bretagne –, rien n'empêcherait Mary de franchir le seuil de la résidence campagnarde des Bridgerton, Edwina dans son sillage. Et elle n'autoriserait certainement pas Kate à rester seule à Londres. De toute manière, celle-ci n'envisageait pas un instant de permettre à Edwina d'aller là-bas sans elle.

Le vicomte était dénué de scrupule. Il embrasserait probablement sa sœur comme il l'avait embrassée, elle. Et Edwina n'aurait sans doute pas la force morale de résister à une telle avance. Elle trouverait cela si romantique qu'elle tomberait amoureuse de lui sur-le-champ.

Kate elle-même avait eu du mal à garder la tête froide quand il avait posé ses lèvres sur les siennes. L'espace d'un merveilleux instant, elle avait tout oublié. Plus rien n'avait compté que cette sensation exquise d'être précieuse et désirée. Une sensation absolument grisante, presque à même de faire oublier à une femme que l'homme qui l'embrassait était un mufle de la pire espèce.

Presque... mais pas complètement.

# 8

*Comme le sait n'importe quel lecteur régulier de cette chronique, il existe à Londres deux clans aux visées totalement contradictoires : Les Mères Ambitieuses et Les Célibataires Endurcis.*

*Les Mères Ambitieuses ont des filles à marier ; Les Célibataires Endurcis ne veulent pas d'une épouse. Le nœud du conflit devrait être évident à ceux qui sont dotés d'un demi-cerveau ou, en d'autres termes, à la moitié environ du lectorat de votre dévouée chroniqueuse.*

*Cette dernière n'a pas encore vu la liste des invités de la partie de campagne de lady Bridgerton, mais des sources fiables révèlent que presque toutes les demoiselles bien nées en âge de convoler migreront vers le Kent la semaine prochaine.*

*Personne n'en sera surpris. Lady Bridgerton n'a jamais caché son désir de voir ses fils bien mariés. Un vœu qui la rend particulièrement chère au clan des Mères Ambitieuses, lesquelles considèrent avec désespoir les frères Bridgerton comme les pires des Célibataires Endurcis.*

*À en croire les registres de paris, les cloches sonneront pour au moins l'un des frères Bridgerton avant la fin de l'année.*

*Bien que cela lui soit fort pénible (les registres de paris sont tenus par des hommes, et donc intrinsèquement imparfaits), votre dévouée chroniqueuse ne peut que souscrire à cette prédiction.*

*Lady Bridgerton aura bientôt une belle-fille. Mais qui sera-t-elle et à quel frère se retrouvera-t-elle mariée ? Je laisse, cher lecteur, à chacun le soin de le deviner.*

La Chronique mondaine de lady Whistledown, 29 avril 1814

Une semaine plus tard, Anthony était dans le Kent – dans ses appartements, pour être précis – et attendait le début des festivités.

Il avait parcouru la liste des invités. La raison pour laquelle sa mère avait décidé d'organiser cette réception était évidente : elle entendait marier l'un de ses fils, lui de préférence. Aubrey Hall, la demeure ancestrale des Bridgerton, allait être pleine à craquer de demoiselles de bonne famille, toutes plus adorables et écervelées les unes que les autres. Par souci d'équilibre, lady Bridgerton avait invité un nombre égal de gentlemen, non sans avoir veillé, toutefois, à ce qu'ils ne soient ni aussi riches ni aussi bien introduits dans la société que ses propres fils, à l'exception de quelques messieurs déjà mariés.

La subtilité n'était pas l'une des qualités premières de sa mère, songea Anthony avec regret. Du moins lorsque le bonheur – selon sa propre définition, bien sûr – de ses enfants était en jeu.

Il n'avait pas été surpris de constater que l'invitation incluait les demoiselles Sheffield. À plusieurs reprises, sa mère avait déclaré qu'elle aimait beaucoup Mme Sheffield. Et il avait été contraint d'écouter sa théorie selon laquelle « de bons parents font de bons enfants » assez souvent pour savoir ce que cela signifiait.

En vérité, il avait ressenti une espèce de satisfaction résignée à la vue du nom d'Edwina sur la liste. Il avait hâte de lui demander sa main et d'en finir. Bien sûr, ce qui s'était passé avec Kate le mettait un peu mal à l'aise. Mais il n'y avait pas grand-chose à faire, semblait-il, à moins qu'il ne veuille se donner le mal de chercher une autre épouse potentielle.

Ce qu'il n'avait pas l'intention de faire. Une fois qu'il avait pris une décision, Anthony ne voyait pas de raison de lanterner. La procrastination était réservée à ceux qui bénéficiaient d'un peu plus de temps que lui pour vivre leur vie. Il avait évité le piège matrimonial pendant une décennie, mais, à présent qu'il était décidé à se marier, tarder n'avait aucun sens.

Se marier, procréer et mourir. Telle était l'existence des aristocrates anglais, même ceux dont le père et l'oncle n'étaient pas décédés brutalement à l'âge respectif de trente-huit et trente-quatre ans.

Au point où il en était, il n'aurait d'autre choix que d'éviter Kate Sheffield. Sans doute faudrait-il aussi qu'il lui présente ses excuses. Cela n'allait pas être facile, mais les murmures de sa conscience s'étaient transformés en rugissements, et il savait qu'elle méritait les mots : « Je suis désolé. »

Elle méritait probablement davantage, mais Anthony se refusait à y réfléchir.

De toute façon, s'il ne s'obligeait pas à lui parler, elle ferait barrage à son union avec Edwina jusqu'à son dernier souffle.

L'heure était venue de passer à l'action. S'il existait un lieu romantique pour une demande en mariage, c'était bien Aubrey Hall. Bâti au début du XVIIIe siècle en pierre blonde, il trônait au milieu d'une vaste pelouse, elle-même entourée d'un parc de trente hectares, dont une bonne dizaine était consacrée à des jardins d'agrément. L'été venu, les roses s'épanouiraient ; pour le moment, les parterres étaient tapissés de muscaris et de tulipes aux couleurs éclatantes, importés de Hollande par sa mère.

D'où il était, Anthony apercevait les ormes vénérables qui se dressaient autour de la maison. Grâce à eux, celle-ci semblait faire partie intégrante de la nature, et ne ressemblait que de fort loin aux demeures que, traditionnellement, les aristocrates se faisaient construire à la campagne – des monuments à la gloire de la richesse, du rang et du pouvoir. Le domaine comptait plusieurs étangs, un ruisseau, et d'innombrables collines et vallons ; à chacun d'entre eux étaient rattachés des souvenirs particuliers de son enfance.

Et de son père.

Anthony ferma les yeux et exhala lentement. Il adorait venir à Aubrey Hall, mais les odeurs et les paysages familiers lui rappelaient son père avec une intensité telle qu'elle en était presque douloureuse. Encore aujourd'hui, près de douze ans après sa mort, Anthony s'attendait encore à le voir bondir à l'angle de la maison, le plus jeune de ses enfants hurlant de joie sur les épaules.

Cette image le fit sourire. L'enfant pouvait être un garçon ou une fille ; Edmund n'avait jamais fait de distinction entre ses enfants quand il s'agissait de chahuter. Peu importait lequel occupait la place tant convoitée, ils étaient pourchassés par la nourrice qui leur ordonnait de cesser immédiatement ces bêtises, la place d'un enfant étant à la nursery et non pas sur les épaules de son père.

— Oh, père, murmura Anthony en levant les yeux vers le portrait d'Edmund, accroché au-dessus de la cheminée. Comment pourrai-je jamais me montrer à la hauteur de ce que tu as accompli ?

Car la plus belle réussite d'Edmund Bridgerton avait été incontestablement de fonder une famille pleine d'amour, de rire et de tout ce qui est si souvent absent dans la vie de l'aristocratie.

Se détournant du portrait de son père, Anthony alla se poster devant la fenêtre. Les équipages s'étaient succédé tout l'après-midi, et de chacun descendait une nouvelle jeune fille au frais minois, et aux yeux brillant de bonheur à la pensée d'avoir été invitée chez les Bridgerton.

Lady Bridgerton ne recevait pas souvent à la campagne. Aussi était-ce l'événement de la saison lorsque cela se produisait.

À la vérité, aucun des Bridgerton ne passait plus beaucoup de temps à Aubrey Hall. Anthony soupçonnait sa mère d'y retrouver, comme lui, des souvenirs d'Edmund à chaque instant. Les plus jeunes des enfants, eux, ne se rappelaient pas les longues balades à travers champs, les parties de pêche ou la cabane perchée dans l'arbre.

Hyacinthe, qui venait d'avoir onze ans, n'avait même jamais connu les bras de son père. Anthony s'était efforcé de le remplacer, mais il savait qu'il faisait pâle figure comparé à lui.

Avec un soupir las, il s'appuya contre le montant de la fenêtre. Il regardait au loin, un peu absent, quand une voiture beaucoup plus modeste que les autres remonta l'allée. Bien que solide et en bon état, elle était dépourvue de ces armoiries dorées qui ornaient les portières des autres équipages. Et elle semblait un peu plus cahotante.

Ce devait être les Sheffield, supposa Anthony. Tous les autres invités possédaient une fortune respectable. Seules les Sheffield avaient dû être obligées de louer un équipage pour la saison.

Il en eut la confirmation quand, l'un des valets de pied s'étant précipité pour ouvrir la portière, Edwina Sheffield apparut, adorable vision en robe de voyage jaune pâle et bonnet assorti. Anthony était trop loin pour distinguer ses traits, mais il imaginait sans peine ses joues veloutées et ses yeux magnifiques qui reflétaient le ciel sans nuage.

Mme Sheffield émergea à son tour. Comme elle s'arrêtait près d'Edwina, il remarqua pour la première fois à quel point elles se ressemblaient. Toutes deux étaient gracieuses, petites, et se tenaient de la même façon.

Edwina ne perdrait pas sa beauté l'âge venant, ce qui était rassurant. Encore que, songea Anthony en jetant un regard attristé au portrait de son père, il ne serait sans doute pas là pour la voir vieillir.

Kate descendit la dernière. Et Anthony se rendit compte qu'il avait retenu son souffle.

Elle ne se mouvait pas comme les autres Sheffield. Sa mère et sa sœur, en femmes délicates, avaient accepté l'aide du valet de pied, posant la main dans la sienne d'un geste charmant du poignet.

Kate, de son côté, bondit pratiquement de la voiture. Sa main reposait sur le bras tendu du valet, mais elle ne paraissait pas avoir besoin de son assistance. Dès que ses pieds touchèrent le sol, elle se redressa et contempla la façade. Tout en elle était direct et spontané, et s'il avait été assez près pour voir ses yeux, Anthony savait qu'il n'y aurait lu que de la franchise.

Une fois qu'elle l'aurait repéré, cependant, ils se rempliraient de dédain et peut-être même d'un soupçon de haine.

Ce qui était tout ce qu'il méritait. Un gentleman ne traitait pas une dame comme il avait traité Kate Sheffield sans s'exposer à des représailles.

Kate se tourna vers sa mère et sa sœur, et leur dit quelque chose qui provoqua le rire d'Edwina tandis que Mary s'autorisait un sourire indulgent. Anthony s'aperçut qu'il n'avait guère eu l'occasion de les observer toutes les trois ensemble. À l'aise les unes avec les autres, elles formaient une véritable famille, et la chaleur du lien qui les unissait se reflétait sur leur visage quand elles discutaient. C'était d'autant plus fascinant que Mary et Kate n'étaient pas du même sang.

Il lui fallait admettre qu'il existait des liens plus forts que ceux du sang. Mais il n'y avait pas place pour eux dans son existence.

Voilà pourquoi, quand il se marierait, le visage dissimulé par le voile devrait être celui d'Edwina Sheffield.

Kate s'était attendue à être impressionnée par Aubrey Hall. Mais pas à être enchantée.

La demeure était plus petite que ce qu'elle imaginait. Oh, elle était beaucoup, beaucoup plus grande que n'importe laquelle des maisons qu'elle avait eu l'honneur d'habiter, mais ce n'était pas un monstre de pierre surgissant du paysage telle une forteresse médiévale déplacée.

Au contraire, Aubrey Hall paraissait presque douillet. Un adjectif qui pouvait sembler bizarre pour décrire un édifice riche sans doute d'une cinquantaine de pièces. Mais avec ses charmantes tourelles et ses créneaux que le soleil de la fin de l'après-midi teintait de rose, il semblait sortir d'un conte de fées. Aubrey Hall n'avait rien d'austère ni d'imposant, et plut immédiatement à Kate.

— N'est-ce pas ravissant ? chuchota Edwina.

Kate hocha la tête.

— Ça l'est suffisamment pour rendre presque supportable une semaine en compagnie de cet horrible individu.

Edwina s'esclaffa et Mary fronça les sourcils, sans toutefois parvenir à réprimer un sourire.

— Tu ne devrais pas dire des choses pareilles, Kate, dit-elle à voix basse en jetant un coup d'œil au valet qui déchargeait leurs bagages. On ne sait jamais qui écoute, et il est malséant de parler ainsi de notre hôte.

— Ne crains rien, il ne m'a pas entendue, répliqua Kate. De plus, je croyais que c'était lady Bridgerton, notre hôtesse. C'est elle qui a lancé l'invitation.

— Le château appartient au vicomte, rétorqua Mary.

— Très bien. À l'instant où j'aurai posé le pied dans le saint des saints, je ne serai plus que décence et respectabilité.

Edwina pouffa.

— Le spectacle en vaudra sans doute la peine.

— Décence et respectabilité s'appliquent aussi à l'extérieur, déclara Mary en adressant à Kate un regard entendu.

— Sincèrement, Mary, je te promets de me conduire du mieux que je pourrai.

— Contente-toi de faire de ton mieux pour éviter le vicomte.

— Entendu.

« Dès lors qu'il fera de son mieux pour éviter Edwina », ajouta Kate en son for intérieur.

Un valet parut à leur côté et désigna le hall d'un ample geste du bras.

— Si vous voulez bien vous donner la peine d'entrer. Lady Bridgerton est impatiente d'accueillir ses invités.

Les trois Sheffield se dirigèrent vers la porte d'entrée. Tandis qu'elles gravissaient le perron, Edwina tourna la tête vers Kate et chuchota avec un sourire espiègle :

— La décence et la respectabilité commencent ici, ma chère sœur.

— Si nous n'étions pas en public, rétorqua Kate sur le même ton, il me faudrait te corriger.

Lady Bridgerton se tenait dans le grand hall quand elles y pénétrèrent. En haut de l'escalier, Kate entrevit les jupes des occupantes de la voiture précédente qui devaient gagner leur chambre.

— Madame Sheffield ! s'écria lady Bridgerton. Quel plaisir de vous voir. Ainsi que mademoiselle Sheffield ajouta-t-elle en se tournant vers Kate. Je suis si heureuse que vous ayez pu vous joindre à nous.

— C'était si aimable de votre part de nous inviter, répondit Kate. Et c'est vraiment un plaisir d'échapper à la ville pendant une semaine.

Lady Bridgerton sourit.

— Vous êtes donc une fille de la campagne dans l'âme ?

— J'en ai bien peur. Londres est excitante et mérite toujours une visite, mais je préfère de loin les champs et le grand air.

— Mon fils est comme vous, observa lady Bridgerton. Certes, il passe son temps en ville, mais une mère sait ce qu'il en est.

— Le vicomte ? demanda Kate, dubitative.

— Oui, Anthony. Nous vivions pratiquement tout le temps ici lorsqu'il était enfant. Nous nous rendions à Londres pour la saison, évidemment, car j'adore les fêtes et les bals. Mais jamais plus de quelques semaines. Ce n'est qu'après que mon mari nous a quittés que nous avons décidé de nous installer en ville.

— Je suis désolée de cette perte, murmura Kate.

— C'est très gentil à vous, dit la comtesse, dont les yeux bleus s'emplirent de nostalgie. Il est parti depuis de nombreuses années, mais je ressens son absence tous les jours que Dieu fait.

Une boule se forma dans la gorge de Kate. Elle se rappelait combien son père et Mary s'aimaient, et savait qu'elle se trouvait devant une autre femme qui avait connu le véritable amour. Elle se sentit soudain infiniment triste. Parce que Mary avait perdu son mari, la vicomtesse aussi, et...

Et surtout peut-être parce qu'elle-même ne connaîtrait sans doute jamais la félicité d'un amour parfait.

— Mais cessons de larmoyer, déclara lady Bridgerton avec un sourire un peu trop éclatant tout en se tournant vers Mary. Pensez que je n'ai pas encore fait la connaissance de votre autre fille.

— C'est vrai, fit Mary. Edwina n'avait pu assister à votre soirée musicale.

— Je vous ai aperçue de loin, bien sûr, précisa lady Bridgerton en adressant un sourire chaleureux à Edwina.

Comme Mary faisait les présentations, Kate ne put s'empêcher de remarquer le regard appréciateur dont la vicomtesse enveloppait sa sœur. Aucun doute n'était permis : elle avait décidé qu'Edwina serait une excellente adjonction à sa famille.

Après quelques échanges supplémentaires, lady Bridgerton leur offrit de prendre le thé pendant qu'on montait les bagages dans leurs chambres, mais elles déclinèrent l'invitation, Mary, fatiguée, souhaitant se reposer.

— À votre gré, dit lady Bridgerton en faisant signe à une domestique. Rose va vous conduire à vos chambres. Le dîner est servi à 20 heures. Y a-t-il quelque chose d'autre que je puisse faire pour vous ?

Mary et Edwina secouèrent la tête. Kate s'apprêtait à les imiter, quand elle se ravisa.

— Si vous le permettez, j'aurais aimé vous poser une question.

— Bien sûr, fit lady Bridgerton avec un sourire.

— J'ai remarqué que vous aviez d'immenses jardins. Cela vous ennuierait-il que je les parcoure ?

— Ainsi, vous aimez aussi jardiner ?

— Je n'ai pas la main verte, avoua Kate, mais j'admire le travail de ceux qui l'ont.

La vicomtesse rougit légèrement.

— Je serais honorée que vous visitiez les jardins. Ils sont ma joie et ma fierté. Je ne m'en occupe plus beaucoup, désormais, mais quand Edmund était viv...

Elle s'interrompit et s'éclaircit la voix.

— C'est-à-dire, quand je passais plus de temps ici, j'avais toujours les mains dans la terre. Cela rendait ma mère positivement folle.

— Et le jardinier aussi, j'imagine, fit remarquer Kate.

Lady Bridgerton éclata de rire.

— Oh que oui ! C'était un personnage redoutable. Il prétendait que la seule chose que les femmes connaissaient aux fleurs, c'était comment les recevoir quand on leur en offrait. Mais c'était un magicien, et j'ai donc appris à le supporter.

— Et lui, il a appris à vous supporter ?

— Non, jamais, répondit lady Bridgerton, espiègle. Mais je ne me suis pas laissé décourager pour autant.

Kate sourit, de plus en plus conquise par la vicomtesse.

— Si vous voulez aller vous installer, à présent, je ne voudrais pas vous retenir. Mademoiselle Sheffield, si vous le souhaitez, je serai ravie de vous faire faire le tour des jardins un peu plus tard dans la semaine. Malheureusement, pour le moment, je crains d'être trop occupée à accueillir mes invités.

— J'en serais enchantée, merci, assura Kate avant d'emboîter le pas à la femme de chambre en compagnie de Mary et d'Edwina.

Anthony poussa la porte, déjà entrouverte, derrière laquelle il se tenait et rejoignit sa mère.

— Étaient-ce les Sheffield que vous accueilliez ?

La question était de pure forme. Mais ses appartements étaient trop éloignés pour qu'il ait entendu les propos échangés par les quatre femmes.

— Oui, répondit Violet. Une famille charmante, tu ne trouves pas ?

Anthony se contenta d'un grommellement.

— Je suis vraiment ravie de les avoir invitées. Je les ai ajoutées à ma liste à la dernière minute.

— Ah bon ? murmura Anthony.

— Il m'a même fallu débaucher trois gentlemen du village pour conserver l'équilibre.

— Nous pouvons donc nous attendre à avoir le vicaire à dîner ?

— Ainsi que son frère, qui est en visite chez lui, et son fils.

— John n'a que seize ans, non ?

Violet haussa les épaules.

— J'étais à bout de ressources.

Anthony demeura songeur. Sa mère devait vraiment tenir à la présence des Sheffield pour en être réduite à inviter un jeune boutonneux à dîner. Non qu'elle ne l'eût pas reçu à la table familiale. En dehors des réceptions officielles, les Bridgerton rompaient avec la tradition, et tous les enfants dînaient dans la salle à manger, quel que fût leur âge. Au point que, la première fois qu'il avait séjourné chez un ami, Anthony avait été choqué de devoir prendre son repas à la nursery.

Néanmoins, une réception était une réception, et même Violet Bridgerton n'acceptait pas les enfants à table.

— J'ai cru comprendre que tu as fait la connaissance des deux filles Sheffield ?

Anthony hocha la tête.

— Je les trouve délicieuses, continua-t-elle. Elles n'ont guère de fortune, mais j'ai toujours soutenu que lorsqu'il s'agissait de choisir une épouse, la personnalité était plus importante que la fortune. À moins, bien sûr, d'être dans une situation financière désespérée.

— Ce qui, comme vous vous apprêtez sûrement à le souligner, n'est pas mon cas.

— À ta place, mon fils, je ne serais pas si prompt à me moquer. Je ne fais que dire la vérité. Tu devrais remercier le ciel chaque jour de n'être pas *obligé* d'épouser une héritière. La plupart des hommes ne peuvent s'offrir le luxe de choisir, tu sais.

— Je devrais remercier le ciel ? Ou ma mère ? demanda-t-il en souriant.

— Tu es un monstre.
— Un monstre que vous avez élevé.
— Et ce ne fut pas une tâche facile, marmonna-t-elle, je peux te l'assurer.
Anthony se pencha pour déposer un baiser sur sa joue.
— Amusez-vous bien à accueillir vos invités, mère.
Elle fit mine de le fusiller du regard, avant de s'enquérir :
— Où vas-tu ?
— Marcher un peu.
— Vraiment ?
Il pivota, un peu surpris par son intérêt soudain.
— Oui, vraiment. Cela pose un problème ?
— Pas du tout. C'est juste que tu n'es pas allé marcher - pour le simple plaisir de marcher – depuis une éternité.
— Il y a une éternité que je ne suis pas venu à la campagne.
— C'est vrai, concéda-t-elle. Dans ce cas, tu devrais aller voir les parterres. Les espèces précoces commencent à s'épanouir, et c'est tout bonnement spectaculaire. Tu ne verras jamais rien de pareil à Londres.
Anthony hocha la tête.
— À tout à l'heure, au dîner.
Avec un grand sourire, Violet le chassa d'un geste de la main. Elle le suivit des yeux tandis qu'il retournait dans ses appartements, lesquels ouvraient sur les jardins par des portes-fenêtres.
L'intérêt de son fils aîné pour les Sheffield était des plus surprenants. Si seulement elle parvenait à savoir laquelle des deux sœurs l'intéressait...
Un quart d'heure plus tard, Anthony déambulait dans les jardins, savourant le contraste entre la chaleur du soleil et la fraîcheur de la brise. Il entendit soudain un bruit de pas légers à proximité. Sa curiosité en fut piquée. Les invités étaient censés s'installer dans leurs chambres, c'était le jour de congé du jardinier, et il pensait jouir d'une solitude complète.
Sans bruit, il s'avança jusqu'au bout de l'allée, regarda à droite, à gauche... et c'est alors qu'il la vit.

Pourquoi donc était-il surpris ?

Kate Sheffield, vêtue de bleu lavande, s'harmonisait de manière charmante avec les iris et les muscaris. Elle se tenait à côté d'une arche de bois qui, l'été venu, se couvrirait de roses grimpantes.

Il l'observa quelques instants. Elle caressa du bout du doigt les feuilles duveteuses d'une plante dont il oubliait toujours le nom, puis se pencha pour respirer une tulipe.

— Elles ne sentent rien, cria-t-il tout en s'avançant vers elle.

Elle se redressa abruptement, et il devina à la tension de son corps qu'elle l'avait reconnu à sa voix avant même de se retourner, ce qui lui procura une étrange satisfaction.

L'ayant rejointe, il désigna la splendide corolle rouge.

— Elles sont ravissantes et plutôt rares dans un jardin anglais, mais, hélas, elles sont dépourvues de parfum.

Elle ne répondit pas aussi vite qu'il s'y attendait.

— Je n'avais jamais vu de tulipe, finit-elle par avouer.

Il ne put réprimer un sourire.

— Jamais ?

— Enfin, pas en pleine terre. Edwina a reçu beaucoup de bouquets, et les fleurs à bulbe sont très à la mode à cette époque de l'année. Mais je n'en avais jamais vu une en train de pousser.

— Ce sont les préférées de ma mère, fit Anthony en se penchant pour en cueillir une. Avec les hyacinthes, bien sûr.

— Bien sûr ? répéta-t-elle en arquant les sourcils.

— Ma plus jeune sœur s'appelle Hyacinthe, expliqua-t-il en lui tendant la fleur. Vous l'ignoriez ?

— Oui.

— Je vois, murmura-t-il. Nous sommes célèbres pour avoir été prénommés dans l'ordre alphabétique, d'Anthony à Hyacinthe. Mais j'en sais peut-être beaucoup plus sur vous que vous n'en savez sur moi.

Cette déclaration énigmatique fit ouvrir de grands yeux à Kate, mais elle se contenta de dire :

— C'est fort possible.

— Je suis surpris, mademoiselle Sheffield, commenta-t-il en haussant un sourcil. J'avais endossé mon armure et je m'attendais à un : « J'en sais bien assez. »

Kate essaya de ne pas faire la grimace en l'entendant imiter sa voix.

— J'ai promis à Mary de bien me comporter, répliqua-t-elle sans parvenir, en revanche, à masquer son ironie.

Anthony laissa échapper un rire sonore.

— C'est curieux, marmonna Kate, Edwina a eu la même réaction.

Il appuya la main sur l'arche en prenant soin d'éviter les épines du rosier grimpant.

— Je suis absolument dévoré de curiosité quant à ce que signifie « bien se comporter ».

Elle haussa les épaules tout en tripotant la tulipe qu'elle tenait à la main, et répondit :

— Je suppose que je le découvrirai au fur et à mesure.

— Mais vous n'êtes pas censée vous disputer avec votre hôte, n'est-ce pas ?

— Il y a eu un débat pour savoir si l'on pouvait vous considérer comme notre hôte ou non, milord. Après tout, l'invitation a été faite par votre mère.

— C'est vrai. Mais je suis propriétaire de la maison.

— Oui, marmonna-t-elle, c'est ce que Mary a fait remarquer.

— Ça vous horripile, n'est-ce pas ? fit-il avec un grand sourire.

— De me montrer aimable avec vous ?

Il hocha la tête.

— Ce n'est pas ce que j'ai eu de plus facile à faire dans ma vie.

Son expression changea imperceptiblement, comme s'il en avait fini avec la taquinerie. Comme si, en vérité, il avait tout autre chose à l'esprit.

— Mais ce n'est pas non plus la chose la plus difficile, si ?

— Je ne vous aime pas, milord, lâcha-t-elle.

— Je n'imaginais pas qu'il en fût autrement, dit-il avec un sourire amusé.

Kate commençait à se sentir très bizarre, un peu comme dans le bureau juste avant qu'il ne l'embrasse. Soudain, sa gorge était nouée, ses paumes la brûlaient et une sensation indescriptible, une espèce de tension mêlée de picotements, lui contractait l'abdomen. D'instinct, elle recula d'un pas.

Le sourire du vicomte s'accentua, comme s'il savait exactement ce qu'elle ressentait.

Elle tripota de nouveau la fleur, avant de déclarer abruptement :

— Vous n'auriez pas dû la cueillir.

— Il fallait que vous ayez une tulipe, observa-t-il tranquillement. Il n'est pas juste qu'Edwina reçoive toutes les fleurs.

Le ventre de Kate, déjà serré, se contracta davantage.

— Il n'empêche que votre jardinier n'appréciera sûrement pas, réussit-elle à articuler.

Il eut un sourire diabolique.

— Le blâme retombera sur mes jeunes frères et sœurs.

— Un tel stratagème devrait vous faire baisser dans mon estime.

— Mais il n'en est rien ?

Kate secoua la tête.

— Cela dit, l'opinion que j'ai de vous ne peut guère tomber plus bas.

— Aïe ! fit-il, avant d'agiter le doigt dans sa direction. Je croyais que vous deviez bien vous comporter.

— Ça ne compte pas s'il n'y a personne pour m'entendre, non ? hasarda-t-elle en regardant autour d'elle.

— Je vous entends, *moi.*

— *Vous* ne comptez certainement pas.

Il inclina légèrement la tête vers elle.

— J'aurais plutôt cru que j'étais le *seul* qui compte.

Kate demeura silencieuse, n'osant même pas lever les yeux. Car chaque fois qu'elle se risquait à croiser son regard de velours, son ventre se nouait de plus belle.

— Mademoiselle Sheffield ? murmura-t-il.

— Pourquoi me cherchiez-vous ?

— Je ne vous cherchais pas. En fait, j'ai été tout aussi surpris de vous voir que vous en me voyant.

Encore qu'il n'aurait pas dû l'être. Comment n'avait-il pas deviné que sa mère manigançait quelque chose, quand elle lui avait conseillé d'aller voir les parterres de fleurs ?

Mais se pouvait-il qu'elle l'ait dirigé vers la « mauvaise » demoiselle Sheffield ? Il était impossible qu'elle ait jeté son dévolu sur Kate plutôt que sur Edwina comme future belle-fille.

— Mais puisque nous nous sommes rencontrés, reprit-il, il y a quelque chose que je voulais vous dire.

— Quelque chose que vous n'avez pas encore dit ? J'ai du mal à l'imaginer.

— Je voulais vous présenter mes excuses, enchaîna-t-il, ignorant sa raillerie.

Elle en resta bouche bée, les yeux ronds.

— Je vous demande pardon ?

— Je vous dois des excuses pour ma conduite de l'autre soir. Je vous ai traitée avec une grossièreté inqualifiable.

— Vous vous excusez pour le baiser ? demanda-t-elle, l'air toujours abasourdie.

Le baiser ? Il ne l'avait même pas envisagé. Il n'avait jamais présenté d'excuses pour un baiser, ni embrassé quelqu'un qui pût prétendre ensuite à des excuses.

— Euh... oui, mentit-il. Et aussi pour ce que j'ai dit.

— Je vois, murmura-t-elle. Je ne pensais pas que les débauchés présentaient des excuses.

Il serra le poing. Cette manie qu'elle avait de toujours tirer des conclusions hâtives à son sujet l'exaspérait.

— En l'occurrence, ce débauché-là le fait, répliqua-t-il sèchement.

Elle prit une profonde inspiration, expira longuement.

— Dans ce cas, j'accepte vos excuses.

— Parfait, fit-il en lui adressant un sourire vainqueur. Puis-je vous raccompagner jusqu'à la maison ?

Elle accepta d'un signe de tête.

— N'allez cependant pas croire que je changerai brusquement d'avis en ce qui concerne Edwina et vous.

— Je n'ai jamais présumé que vous étiez aussi influençable, déclara-t-il, non sans honnêteté.

Elle se tourna vers lui et planta son regard dans le sien.

— Le fait est que vous m'avez embrassée.

— Et que vous m'avez embrassé, ne put-il s'empêcher de rétorquer.

Ses joues se teintèrent d'une rougeur délicieuse.

— Le fait est, répéta-t-elle d'un ton ferme, que c'est arrivé. Et que si vous deviez épouser Edwina – indépendamment de votre réputation, que je ne considère pas comme insignifiante...

— Le contraire m'aurait étonné, l'interrompit-il d'une voix suave.

Elle le foudroya du regard.

— Indépendamment de votre réputation, il serait toujours entre nous. Une fois que quelque chose a eu lieu, on ne peut l'effacer.

Anthony faillit céder au démon qui le poussait à répéter « il » d'un ton interrogateur, pour qu'elle soit obligée de prononcer à nouveau le mot « baiser ». Mais il eut pitié d'elle et y renonça. D'autant qu'elle n'avait pas tout à fait tort. Ce baiser demeurerait entre eux. Même à cet instant, alors que l'embarras lui rosissait ses joues et qu'elle pinçait les lèvres avec irritation, il se surprit à s'interroger. Que ressentirait-il s'il l'attirait dans ses bras ? Et quel goût aurait sa bouche s'il en dessinait les contours de la pointe de la langue ?

Aurait-elle le parfum du jardin ? Ou cette odeur enivrante de lys et de savon lui collerait-elle encore à la peau ?

S'abandonnerait-elle à son étreinte ? Ou le repousserait-elle pour regagner la maison en courant ?

Il n'y avait qu'un moyen de le savoir, et celui-ci ruinerait à jamais ses chances avec Edwina. Mais, comme Kate l'avait souligné, épouser Edwina entraînerait peut-être trop de complications. Éprouver du désir pour sa belle-sœur ne pouvait rien apporter de bon, après tout.

Peut-être le moment était-il venu de se mettre en quête d'une nouvelle épouse, si assommante cette perspective fût-elle.

Peut-être le moment était-il venu d'embrasser de nouveau Kate Sheffield, ici même, au milieu des jardins enchanteurs d'Aubrey Hall.

Peut-être...

# 9

*Les hommes sont des créatures contrariantes. Leur tête et leur cœur ne sont jamais d'accord. Et, comme les femmes ne le savent que trop bien, leurs actions ne sont, en général, gouvernées ni par l'une ni par l'autre.*

*La Chronique mondaine de lady Whistledown*, 29 avril 1814

Ou peut-être que non.

Au moment où Anthony s'apprêtait à s'incliner vers ses lèvres, retentit l'horrible voix de son plus jeune frère.

— Anthony ! cria Colin. Te voilà !

Mlle Sheffield, dans l'ignorance bienheureuse d'avoir été tout près d'être embrassée avec fougue, pivota pour regarder Colin arriver.

— Un de ces jours, grommela Anthony, je vais être obligé de le tuer.

Kate se retourna vers lui.

— Vous avez dit quelque chose, milord ?

Anthony l'ignora. Ce qui était probablement la meilleure tactique puisque ne *pas* l'ignorer, c'était la convoiter, et donc, comme il le savait, le chemin le plus direct vers le désastre.

En vérité, il aurait probablement dû remercier Colin de son arrivée intempestive. Quelques secondes de plus, et il commettait la plus grave erreur de sa vie.

— Anthony… et mademoiselle Sheffield, fit Colin en les observant avec curiosité. Quelle surprise.

— J'explorais les jardins de votre mère, expliqua Kate, et j'ai rencontré votre frère.

Anthony se contenta d'acquiescer d'un signe de tête.

— Daphné et Simon sont là, annonça Colin.

Anthony se tourna vers Kate.

— Ma sœur et son mari.

— Le duc ? demanda-t-elle poliment.

— En personne, grommela Anthony.

Colin s'esclaffa.

— Il était opposé à leur mariage, raconta-t-il à Kate. Ça l'agace qu'ils soient heureux.

— Oh, pour l'amour de...

Anthony se retint à temps pour ne pas jurer devant Kate.

— Je suis très heureux que ma sœur soit heureuse, affirma-t-il d'un air qui démentait le propos. C'est juste que j'aurais voulu avoir l'occasion de flanquer une raclée à ce sal... à ce malotru avant qu'ils embarquent sur le « ils furent heureux et eurent beaucoup d'enfants ».

Kate faillit s'étrangler de rire.

— Je vois, dit-elle, certaine d'avoir échoué à garder une expression impassible.

Colin lui adressa un sourire avant de revenir à son frère.

— Daphné a suggéré un jeu de Pall Mall. Qu'en dis-tu ? Cela fait une éternité que nous n'avons pas joué. Et si nous commençons assez tôt, nous pourrons échapper aux demoiselles gentillettes que mère a invitées pour nous.

Il se tourna vers Kate avec le genre de sourire à vous faire pardonner n'importe quoi.

— La présente compagnie exceptée, bien entendu.

— Bien entendu, murmura-t-elle.

Colin se pencha vers elle, ses yeux verts brillant d'espièglerie.

— *Personne* ne commettrait l'erreur de vous traiter de « demoiselle gentillette ».

— Est-ce un compliment ? demanda-t-elle d'un ton acerbe.

— Sans aucun doute.

— Alors, je l'accepte avec grâce.

Colin se mit à rire et dit à son frère :

— Je l'aime bien.

Anthony n'eut pas l'air amusé.

— Avez-vous déjà joué au Pall Mall, mademoiselle Sheffield ? enchaîna Colin.

— Je crains que non. Je ne suis même pas sûre de savoir de quoi il s'agit.

— C'est un jeu d'extérieur. Très amusant. Il est plus populaire en France qu'ici, encore que les Français l'appellent *Paille Maille*.

— Comment y joue-t-on ? demanda Kate.

— On installe des arceaux sur un trajet, expliqua Colin, puis on fait passer des boules en bois en dessous à l'aide des maillets.

— Ça semble assez simple.

— Pas quand vous jouez avec les Bridgerton, assura-t-il en riant.

— Ce qui signifie ?

— Ce qui signifie, intervint Anthony, que nous n'avons jamais vu la nécessité d'édicter des règles pour l'établissement du trajet. Colin installe les arceaux sur des racines d'arbres...

— Et toi, tu diriges les tiens vers le lac, coupa Colin. Nous n'avons jamais retrouvé la boule rouge que Daphné a envoyée dedans.

Bien que sachant qu'elle ne devrait pas s'engager à passer l'après-midi en compagnie du vicomte Bridgerton, Kate envoya toute prudence au diable. Le jeu lui semblait trop amusant.

— Y aurait-il de la place pour une joueuse supplémentaire ? Puisque vous m'avez déjà exclue des rangs des demoiselles gentillettes ?

— Bien sûr ! répondit Colin. J'ai dans l'idée que vous vous entendrez très bien avec notre bande de tricheurs et de conspirateurs.

— Venant de vous, commenta Kate en riant, je sais que c'est un compliment.

— Absolument. Il y a un temps pour l'honneur et l'honnêteté, mais certainement *pas* dans un jeu de Pall Mall.

— Et nous pourrons aussi inviter votre sœur, suggéra Anthony, l'air très content de lui.

— Edwina ? s'écria Kate, qui manqua s'étrangler.

Elle avait donné la tête la première dans le piège ! Elle qui avait travaillé à les séparer, elle venait pratiquement d'organiser un après-midi de plein air. Elle ne voyait pas comment elle aurait pu exclure Edwina du jeu après s'être elle-même invitée.

— Vous avez une autre sœur ? s'enquit Colin d'une voix suave.

— Il se peut qu'elle n'ait pas envie de jouer, répliqua-t-elle, le regard noir. Je crois qu'elle se repose dans sa chambre.

— Je demanderai à la femme de chambre de frapper très doucement à sa porte, assura-t-il, ce qui était un mensonge éhonté.

— Parfait ! s'exclama Colin. Nous serons en nombre égal, trois hommes et trois femmes.

— Parce qu'on joue en équipe ? demanda Kate.

— Non, mais ma mère est inflexible sur le principe de l'égalité en toutes choses. Elle sera ennuyée si la partie n'est pas équilibrée.

Kate imaginait difficilement leur gracieuse hôtesse être contrariée par un jeu de Pall Mall, mais elle s'abstint de le faire remarquer.

— Je vais aller chercher Mlle Sheffield, annonça Anthony. Colin, tu pourrais peut-être accompagner *cette* Mlle Sheffield jusqu'à la clairière, où je vous retrouverai dans une demi-heure.

Kate ouvrit la bouche pour protester, puis se ravisa. Quelle raison invoquer pour empêcher le vicomte de rester en tête à tête avec Edwina durant le court trajet jusqu'à la clairière ?

Ayant surpris son hésitation, Anthony esquissa un sourire absolument odieux avant d'ajouter :

— Je suis heureux de constater que vous êtes d'accord avec moi, mademoiselle Sheffield.

Elle se contenta de grommeler quelques mots qui, s'ils avaient été articulés, n'auraient été guère polis.

— Parfait ! répéta Colin. À tout à l'heure.

Il passa son bras sous celui de Kate pour l'entraîner à sa suite, laissant derrière eux Anthony et son sourire suffisant.

Colin et Kate gagnèrent une espèce de clairière surplombant un lac, à quelques centaines de mètres de la maison.

— Le repaire de la fameuse boule rouge, je présume ? dit-elle en désignant l'eau.

Colin hocha la tête.

— C'est dommage, parce que nous avions assez de matériel pour huit joueurs. Notre mère voulait que tous ses enfants puissent participer.

— Vous êtes une famille très soudée, n'est-ce pas ?

— Difficile de trouver mieux, répondit simplement Colin, avant de se diriger vers une petite remise.

Kate le suivit tout en se tapotant machinalement la cuisse du bout des doigts.

— Vous avez l'heure ?

Il s'arrêta, tira sa montre de gousset et l'ouvrit.

— 15 h 10.

— Merci.

Ils avaient dû quitter Anthony un peu avant 15 heures, et il avait promis de les rejoindre avec Edwina une demi-heure plus tard ; ils devraient donc être là à 15 h 30 au plus tard.

Colin eut quelques difficultés à ouvrir la porte de la remise.

— Elle semble un peu rouillée, commenta Kate.

— Cela fait longtemps que nous n'avons pas joué.

— Vraiment ? Si je possédais une maison comme Aubrey Hall, je ne mettrais jamais les pieds à Londres.

— Savez-vous que vous ressemblez beaucoup à Anthony ? fit remarquer Colin en se tournant à demi vers elle.

— Vous devez plaisanter, répliqua Kate, abasourdie.

Il secoua la tête, un étrange petit sourire aux lèvres.

— C'est peut-être parce que vous êtes tous deux des aînés. Dieu sait que je rends grâce chaque jour de n'être pas à la place d'Anthony.

— Que voulez-vous dire ?

— Que je ne voudrais pas de ses responsabilités, tout simplement. Le titre, la famille, la fortune... Ça fait beaucoup pour un seul homme.

Kate ne souhaitait pas particulièrement entendre parler de la manière dont le vicomte assumait les responsabilités qui lui incombaient, ni de tout ce qui aurait pu changer l'opinion qu'elle avait de lui. Elle devait cependant confesser qu'elle avait été impressionnée par son apparente sincérité quand il lui avait présenté ses excuses, un peu plus tôt.

— Qu'est-ce que cela a à voir avec Aubrey Hall ? demanda-t-elle.

Colin la dévisagea d'un air perplexe, comme s'il avait oublié que la conversation avait commencé par sa remarque innocente sur la beauté de leur demeure campagnarde.

— Rien, je suppose, finit-il par dire. Et tout. Anthony adore cet endroit.

— Mais il passe tout son temps à Londres, si je ne m'abuse.

— Je sais, fit Colin en haussant les épaules. C'est curieux, non ?

Faute de savoir quoi répondre, Kate garda le silence.

— Et voilà ! s'exclama-t-il en tirant un chariot qui semblait avoir été conçu spécialement pour transporter les huit maillets et les boules en bois. Il est un peu vieux, mais rien qui puisse nuire au jeu.

— Sauf qu'il manque la boule rouge, lui rappela Kate avec un sourire.

— Ça, c'est la faute de Daphné. J'accuse toujours Daphné, ça me facilite l'existence.

— Je t'ai entendu !

Kate se retourna. Un jeune couple approchait. L'homme, un brun aux yeux clairs, était incroyablement séduisant. La femme ne pouvait être qu'une Bridgerton, avec la même chevelure châtaine qu'Anthony et Colin. Sans parler du sourire et de la structure du visage. Kate avait entendu dire que tous les Bridgerton se ressemblaient beaucoup, mais elle ne l'avait jamais vraiment cru jusqu'à cet instant.

— Daphné ! s'écria Colin. Tu tombes à pic pour nous aider à planter les arceaux.

Elle lui adressa un sourire espiègle.

— Tu ne pensais quand même pas que j'allais te laisser marquer le parcours tout seul ? La confiance que j'ai en lui, ajouta-t-elle en se tournant vers son mari, ne va pas plus loin que la distance à laquelle je pourrais le lancer.

— Ne l'écoutez pas, dit Colin à Kate. Elle est très forte. Je parie qu'elle réussirait à me jeter dans le lac.

Daphné leva les yeux au ciel avant de se tourner vers Kate.

— Comme je suis sûre que mon misérable frère va manquer à tous ses devoirs, je me présenterai moi-même. Je suis Daphné, duchesse de Hastings, et voici mon mari, Simon.

Kate fit une petite révérence.

— Votre Grâce, murmura-t-elle avant de se tourner vers le duc pour répéter : Votre Grâce.

Colin la désigna d'un geste de la main tout en se penchant sur le chariot de Pall Mall pour s'emparer des maillets.

— Voici Mlle Sheffield.

Daphné afficha une expression perplexe.

— Je viens juste de croiser Anthony à la maison. J'avais cru comprendre qu'il allait chercher Mlle Sheffield.

— Ma sœur, expliqua Kate. Edwina. Je suis Katharine. Kate pour mes amis.

— Eh bien, si vous êtes assez courageuse pour jouer au Pall Mall avec les Bridgerton, je vous veux pour amie, décréta Daphné avec un grand sourire. Par conséquent, vous devez m'appeler Daphné. Et mon mari Simon. Simon ?

— Oh, évidemment, fit celui-ci.

Kate eut la conviction qu'il aurait répondu de même si sa femme avait déclaré que le ciel était orange. Non pas qu'il ne l'écoutait pas, mais il l'aimait à en perdre la tête, cela sautait aux yeux.

C'était ce genre d'amour que Kate voulait pour Edwina.

— Donne-moi la moitié des arceaux, ordonna Daphné à son frère. Mlle Sheffield et moi... enfin, Kate et moi, se reprit-elle en adressant à Kate un sourire amical, nous en installerons quatre. Simon et toi planterez le reste.

Sans laisser à Kate le temps d'émettre un avis, Daphné la prit par le bras et l'entraîna vers le lac.

— Nous devons nous débrouiller pour qu'Anthony envoie sa boule dans l'eau, expliqua Daphné. Je ne lui ai pas pardonné la dernière fois. J'ai cru que Benedict et Colin allaient mourir de rire, quant à Anthony, c'était encore pire. Il était là, avec son petit sourire suffisant. Carrément suffisant ! répéta-t-elle en regardant Kate avec une expression outrée. Je ne connais personne qui puisse avoir l'air aussi suffisant que mon frère aîné.

— Je sais, marmonna Kate.

Dieu merci, la duchesse ne l'entendit pas.

— Si j'avais pu le tuer, je jure que je l'aurais fait.

— Que se passera-t-il une fois que toutes vos boules auront fini dans le lac ? ne put s'empêcher de demander Kate. Je n'ai pas encore joué avec vous, mais vous semblez avoir l'esprit de compétition, et j'imagine que...

— Que c'est inévitable ? termina Daphné à sa place. Vous avez probablement raison. Quand nous jouons au Pall Mall, nous perdons tout esprit sportif. Il suffit qu'un Bridgerton se saisisse d'un maillet, et nous devenons tous plus tricheurs et menteurs les uns que les autres. En fait, le jeu consiste moins à gagner qu'à s'assurer que les autres perdent.

— Ça paraît... commença Kate sans trouver les mots.

— Terrible ? suggéra Daphné en souriant. Pas du tout. Je vous garantis que jamais vous ne vous amuserez autant. Au train où nous allons, c'est vrai que le jeu tout entier finira dans le lac. Je suppose qu'il faudra aller en chercher un autre en France... Mais ça en vaut la peine si je réussis à humilier mes frères, conclut-elle en plantant avec force un arceau dans le sol.

Kate eut beau faire, elle ne put s'empêcher de rire.

— Avez-vous des frères, mademoiselle Sheffield ?

Puisque la duchesse omettait de s'adresser à elle par son prénom, Kate jugea préférable de revenir à des manières plus protocolaires.

— Aucun, Votre Grâce. Je n'ai qu'Edwina.

La main en visière au-dessus des yeux, Daphné étudiait le terrain à la recherche d'un endroit diabolique où installer son arceau. Dès qu'elle l'eut repéré – sur la racine d'un arbre –, elle partit à grands pas, ne laissant à Kate d'autre choix que de la suivre.

— Quatre frères vous permettent d'acquérir une éducation fabuleuse, assura-t-elle en enfonçant son arceau.

— Toutes les choses que vous avez dû apprendre ! Êtes-vous capable de mettre un œil au beurre noir à un homme ? De l'étendre à terre ?

— Demandez à mon mari, répondit Daphné avec un sourire malicieux.

— Me demander quoi ? lança le duc qui, en compagnie de Colin, plantait un arceau sur une racine de l'autre côté de l'arbre.

— Rien, prétendit son épouse d'un air innocent. J'ai aussi appris, continua-t-elle à voix basse à l'intention de Kate, que dans certaines circonstances, il vaut mieux ne rien dire. Les hommes sont bien plus faciles à manipuler une fois que vous avez appris quelques faits élémentaires sur leur nature.

— Qui sont ?

Penchée en avant, Daphné murmura derrière sa main :

— Ils ne sont pas aussi intelligents que nous, ils ne sont pas aussi intuitifs que nous, et ils n'ont pas besoin de savoir la moitié de ce que nous faisons. Il ne m'a pas entendue, n'est-ce pas ? ajouta-t-elle en jetant un coup d'œil autour d'elle.

Simon sortit de derrière l'arbre.

— J'ai entendu chaque mot.

Kate étouffa un rire et Daphné sursauta.

— Mais c'est vrai, insista-t-elle.

Simon croisa les bras.

— Je vous laisserai le penser. J'ai appris une chose ou deux au sujet des femmes au fil des années, continua-t-il en se tournant vers Kate.

— Vraiment ? dit-elle, fascinée.

— Elles sont plus faciles à manipuler, chuchota-t-il sur un ton de conspirateur, si on les laisse croire qu'elles sont plus intelligentes et plus intuitives que les hommes. Et nos existences sont bien plus paisibles si nous prétendons ne savoir que cinquante pour cent de ce qu'elles font.

— Ils ont une prise de bec ? s'enquit Colin en s'approchant.

— Une discussion, corrigea Daphné.

— Que Dieu me préserve de telles discussions, murmura Colin. Si nous choisissions nos couleurs ?

Kate le suivit jusqu'au chariot, pianotant de la main sur sa cuisse.

— Vous avez l'heure ?

— Un peu passé 15 h 30, répondit-il après avoir sorti sa montre. Pourquoi ?

— Je pensais simplement qu'Edwina et le vicomte devraient être là, c'est tout, répondit-elle en s'efforçant de ne pas avoir l'air trop soucieuse.

— Ils le devraient, en effet, acquiesça-t-il sans paraître sensible à son inquiétude. En tant qu'invitée, à vous de choisir. Quelle couleur voulez-vous ?

Sans y prêter beaucoup d'attention, Kate s'empara d'un maillet. Ce ne fut que lorsqu'elle l'eut en main qu'elle s'aperçut qu'il était noir.

— Le maillet de la mort, commenta Colin, approbateur. Je savais que ce serait une bonne joueuse !

— Laissons le rose à Anthony, proposa Daphné en prenant le maillet vert.

Après avoir saisi le maillet orange, le duc se tourna vers Kate.

— Vous êtes témoin que je n'ai absolument rien à voir avec le maillet rose de Bridgerton.

— J'ai tout de même remarqué que *vous* n'avez pas choisi le rose, répliqua-t-elle avec un sourire moqueur.

— Bien sûr que non. Ma femme l'avait déjà choisi pour lui. Je ne pouvais décemment pas la contredire, n'est-ce pas ?

— Le jaune pour moi, déclara Colin, et le bleu pour Mlle Edwina. Qu'en pensez-vous ?

— Oh, oui, répondit Kate. Edwina adore le bleu.

Tous les quatre contemplèrent les deux maillets restants : le rose et le violet.

— Il ne va aimer aucun des deux, assura Daphné.

— Mais il aimera encore moins le rose, répliqua Colin qui, saisissant le maillet violet, le jeta dans la remise, avant de faire suivre à la boule violette le même chemin.

— Mais où est donc Anthony ? s'étonna le duc.

— C'est une bonne question, marmonna Kate en pianotant de nouveau sur sa cuisse.

— Je suppose que vous voulez savoir l'heure, fit Colin d'un air narquois.

— Non, ça ira, merci, dit Kate en rougissant.

— Très bien. C'est juste que lorsque votre main commence à s'agiter de cette manière...

Kate s'immobilisa.

— ... vous êtes sur le point de me demander l'heure.

— Vous en avez beaucoup appris sur moi en si peu de temps, observa Kate avec flegme.

— Je suis du genre observateur, répliqua-t-il avec un sourire.

— De toute évidence.

— Mais au cas où vous voudriez le savoir, il est 15 h 45.

— Ils sont en retard.

Colin se pencha vers elle pour chuchoter :

— Je doute fortement que mon frère soit en train de déshonorer votre sœur.

— Monsieur Bridgerton ! s'exclama Kate avec un haut-le-corps.

— De quoi parlez-vous, tous les deux ? s'enquit Daphné.

— Mlle Sheffield redoute qu'Anthony ne soit en train de compromettre l'autre Mlle Sheffield.

— Colin ! Ce n'est absolument pas drôle.

— Et certainement pas vrai, renchérit Kate.

Pas totalement, en tout cas. Elle ne soupçonnait pas le vicomte de compromettre Edwina, mais plutôt de tenter de la charmer. Ce qui était dangereux en soi.

Soupesant son maillet, elle se demanda comment l'abattre sur le crâne du vicomte et faire passer cela pour un accident.

Le maillet de la mort, le bien nommé.

Anthony jeta un coup d'œil à l'horloge de son bureau. Presque la demie. Ils allaient être en retard, songea-t-il en souriant.

En temps ordinaire, il était la ponctualité incarnée, mais quand son retard avait pour effet de torturer Kate Sheffield, il ne s'en inquiétait guère.

À cet instant même, elle devait se morfondre, horrifiée à l'idée que sa précieuse petite sœur se retrouve entre ses griffes.

Et s'il s'amusait de la situation, il n'en était même pas responsable ! La femme de chambre était venue l'informer qu'Edwina le rejoindrait dans dix minutes… vingt minutes plus tôt. Ce n'était pas sa faute si elle était en retard.

Il lui vint soudain à l'esprit l'image d'une vie future passée à attendre Edwina. Était-elle du genre chroniquement en retard ? À la longue, cela pouvait se révéler contrariant.

À ce moment précis, il entendit un bruit de pas dans le vestibule, et quand il releva les yeux, la silhouette exquise d'Edwina s'encadrait sur le seuil.

Une apparition, nota-t-il avec un parfait détachement. Tout en elle était digne de louanges : l'ovale parfait de son visage, la grâce de son attitude, le bleu de ses yeux, si intense qu'on ne pouvait qu'être surpris chaque fois qu'elle battait des paupières.

Anthony attendit qu'une réaction quelconque se produise en lui. Aucun homme, sûrement, ne pouvait rester indifférent à une telle beauté.

L'attente fut vaine. Il n'eut même pas la moindre envie de l'embrasser.

Mais peut-être était-ce une bonne chose puisqu'il ne voulait pas d'une épouse dont il tomberait amoureux. Éprouver du désir aurait été agréable, mais dangereux ; il avait plus de chances de conduire à l'amour qu'un désintérêt complet.

— Je suis affreusement désolée d'être en retard, milord.

— Ce n'est pas grave. Mais ne nous attardons pas. Les autres doivent déjà avoir installé le parcours.

Anthony lui offrit le bras et ils sortirent. Sur le chemin, il fit une remarque sur le temps, à laquelle elle répondit ; puis il en fit une sur le temps de la veille, et elle abonda dans son sens.

Après avoir épuisé tous les sujets relatifs aux phénomènes météorologiques, ils marchèrent en silence jusqu'à ce que, au bout de trois bonnes minutes, Edwina demande à brûle-pourpoint :

— Qu'avez-vous étudié à l'université ?

Anthony lui jeta un regard perplexe. Il ne se souvenait pas qu'une jeune femme lui ait un jour posé une telle question.

— Oh, les matières habituelles.

— C'est-à-dire ? Quelles sont les matières habituelles ?

— L'histoire, répondit-il, étonné de la sentir presque impatiente. Et un peu de littérature.

— J'adore lire, déclara-t-elle, après être restée songeuse un instant.

— Vraiment ? fit-il en l'observant avec un intérêt nouveau. Et qu'aimez-vous lire ?

— Des romans si je suis d'humeur fantasque. De la philosophie lorsque j'ai envie approfondir la connaissance que j'ai de moi-même.

— De la philosophie ? C'est là quelque chose à quoi je n'ai jamais réussi à accrocher.

Edwina laissa échapper un petit rire musical.

— Kate est pareille. Elle ne cesse de me répéter qu'elle sait parfaitement comment vivre sa vie, et qu'elle n'a pas besoin qu'un mort le lui explique.

— J'aurais tendance à être d'accord avec votre sœur, murmura-t-il après avoir songé à ses brefs démêlés avec Aristote et Descartes.

— *Vous,* d'accord avec Kate ? répliqua Edwina avec un grand sourire. Je devrais me mettre en quête d'un carnet pour y consigner cet instant. Ce doit être une première.

— Vous êtes plus impertinente que vous ne le laissez paraître, savez-vous ? observa-t-il après lui avoir jeté un regard en biais.

— Mais moitié moins que Kate.

— Ça, je n'en ai jamais douté.

Il l'entendit glousser, et quand il la regarda, elle paraissait lutter pour conserver une expression impassible. Lorsqu'ils arrivèrent en vue de la clairière, les autres les attendaient, maillet à la main.

— Enfer et damnation ! jura Anthony, oubliant qu'il se trouvait en compagnie de la femme qu'il comptait épouser. Elle a le maillet de la mort !

# 10

*La partie de campagne est un événement porteur de très grands dangers. Il arrive que des personnes mariées se surprennent à jouir de la compagnie de conjoints qui ne sont pas les leurs, et que des personnes célibataires reviennent en ville fiancées presque malgré elles.*

*On ne peut nier que les fiançailles les plus surprenantes suivent toujours de près ces intermèdes champêtres.*

*La Chronique mondaine de lady Whistledown,* 2 mai 1814

— Vous avez pris votre temps, commenta Colin lorsque Anthony et Edwina eurent rejoint le petit groupe. Nous sommes prêts à commencer. Edwina, vous avez le bleu, ajouta-t-il en lui tendant le maillet. Anthony, tu as le rose.

— J'ai le rose et *elle*... dit-il en pointant le doigt sur Kate... a le noir ?

— Je l'ai laissée choisir la première. Après tout, c'est notre invitée.

— C'est Anthony qui a le noir, d'ordinaire, expliqua Daphné. Il a même donné son nom au maillet.

— Vous ne devriez pas avoir le rose, intervint Edwina. Ça ne vous va pas du tout. Pourquoi ne pas échanger ? continua-t-elle en lui tendant son maillet.

— Ne dites pas de sottises, protesta Colin. Nous vous avons réservé le bleu. Il est assorti à vos yeux.

Kate crut entendre Anthony grogner. Mais, arrachant le maillet en question des mains de son frère, il se contenta de déclarer :

— Je prends le rose, cela ne m'empêchera pas de gagner. Commençons, voulez-vous ?

Dès qu'Edwina eut été présentée au duc et à la duchesse, tous placèrent leurs boules sur la ligne de départ.

— Allons-nous du plus jeune au plus vieux ? suggéra Colin en s'inclinant galamment en direction d'Edwina.

Celle-ci secoua la tête.

— Je préférerais jouer en dernier, afin de pouvoir observer la manière de jouer de ceux qui ont plus d'expérience que moi.

— Une femme raisonnable, murmura Colin. Nous jouerons donc du plus vieux au plus jeune. Anthony, je crois que tu es le doyen.

— Désolé, mon cher frère, mais Hastings a quelques mois de plus que moi.

— Pourquoi ai-je l'impression d'assister à un règlement de comptes familial ? chuchota Edwina à l'oreille de Kate.

— Je crois que les Bridgerton prennent le Pall Mall très au sérieux, lui répondit cette dernière à mi-voix.

Les trois Bridgerton affichaient en effet des mines féroces et paraissaient déterminés à remporter la victoire.

— Hé ! La collusion n'est pas autorisée, les avertit Colin en les menaçant du doigt.

— Nous ne saurions même pas par où commencer, rétorqua Kate, puisque personne n'a jugé nécessaire de nous expliquer les règles du jeu.

— Suivez le mouvement, indiqua Daphné. Vous comprendrez au fur et à mesure.

— Je crois que le but est d'envoyer la boule de ton adversaire dans le lac, murmura Kate à l'intention d'Edwina.

— Vraiment ?

— Non, je plaisante. Mais je pense que c'est comme ça que les Bridgerton le voient.

— Vous chuchotez encore ! cria Colin sans même regarder dans leur direction. Hastings, vous la frappez, cette maudite boule ? Nous n'avons pas toute la journée.

— Colin, ne jure pas, lui intima Daphné. Il y a des dames ici.

— Tu ne comptes pas.

— Il y a deux dames qui ne sont pas moi.

Colin cilla, puis se tourna vers les sœurs Sheffield.

— Ça vous ennuie ?

— Pas du tout, assura Kate, fascinée, tandis qu'Edwina se contentait de secouer la tête.

— Bien, fit Colin en se retournant vers le duc. Hastings, allez-y.

Le duc donna un petit coup dans sa boule, qui roula un peu en avant des autres.

— Vous rendez-vous compte, lança-t-il à la cantonade, que je n'ai jamais joué au Pall Mall auparavant ?

— Envoyez simplement votre boule dans cette direction, mon chéri, expliqua Daphné en désignant le premier arceau.

— Ce n'est pas le dernier arceau ? demanda Anthony.

— C'est le premier.

— Ça *devrait* être le dernier.

— C'est moi qui ai marqué ce trajet, rétorqua Daphné, l'air outré, et c'est le premier.

— J'ai l'impression que ça pourrait tourner au pugilat, murmura Edwina à l'oreille de Kate.

Le duc se tourna vers Anthony et lui adressa un sourire étincelant de fausseté.

— Je n'ai d'autre choix que de croire Daphné.

— Elle a effectivement dessiné le trajet, intervint Kate.

Anthony, Colin, Simon et Daphné la regardèrent, l'air abasourdi, comme s'ils n'en revenaient pas qu'elle ait eu l'audace de se mêler de la conversation.

— Mais c'est vrai, insista Kate.

Daphné glissa son bras sous le sien.

— Je crois que je vous adore, Kate Sheffield, déclara-t-elle.

— Que le ciel me vienne en aide, grommela Anthony.

Le duc leva son maillet, puis l'abattit sur la boule orange qui dévala la clairière.

— Bien joué, Simon ! cria Daphné.

Colin adressa à sa sœur un regard dédaigneux.

— On n'encourage pas ses adversaires au Pall Mall, lui rappela-t-il avec condescendance.

— Il n'a jamais joué. Il ne risque pas de gagner.

— Peu importe.

Daphné se tourna vers Kate et Edwina pour leur expliquer :

— Je crains fort que beaucoup de mauvais esprit ne soit requis pour jouer au Pall Mall avec les Bridgerton.

— C'est ce que j'ai cru comprendre, riposta Kate, ironique.

— C'est mon tour ! aboya Anthony.

Après avoir jeté un regard méprisant à la boule rose, il lui donna un grand coup. Elle décrivit un arc splendide au-dessus de l'herbe, mais termina sa course en heurtant le tronc d'un arbre et tomba comme une pierre sur le sol.

— Magnifique ! s'exclama Colin en se préparant à jouer.

Les quelques mots qu'Anthony marmonna n'étaient sans doute pas destinés à des oreilles chastes.

Colin envoya la boule jaune vers le premier arceau, puis s'écarta pour laisser la voie libre à Kate.

— Puis-je jouer un coup pour rien ? s'enquit-elle.

Le « non ! » qu'elle obtint en réponse fut d'autant plus sonore qu'il sortit de trois bouches.

— Bon, très bien, grommela-t-elle. Écartez-vous tous. Je ne voudrais pas être tenue pour responsable si je blessais quelqu'un au premier essai.

Elle balança son maillet en arrière et heurta la boule avec force. Celle-ci s'envola haut dans les airs, avant de heurter le même arbre que celle d'Anthony et de retomber juste à côté de celle-ci.

— Oh, Seigneur, murmura Daphné, tout en balançant son maillet d'avant en arrière pour préparer son coup.

— Quoi, « Oh, Seigneur » ? demanda Kate avec inquiétude comme la duchesse affichait un sourire légèrement compatissant.

— Vous verrez...

Kate glissa un regard du côté d'Anthony. Il avait l'air on ne peut plus satisfait de la tournure des événements.

— Qu'allez-vous me faire ? risqua-t-elle.

— Qu'est-ce que je ne vais *pas* vous faire serait une question plus pertinente.

— Je crois que c'est mon tour, dit Edwina en s'avançant vers la ligne de départ.

Elle donna à sa boule une secousse anémique, puis laissa échapper un gémissement en voyant que celle-ci ne franchissait pas le tiers de la distance des autres.

— Mettez un peu plus d'énergie, la prochaine fois, conseilla Anthony avant de se diriger vers sa boule.

— Merci, marmonna Edwina dans son dos, je n'y aurais jamais pensé toute seule.

— Hastings ! hurla Anthony. C'est votre tour !

Tandis que le duc envoyait sa boule vers l'arceau suivant, Anthony s'adossa à l'arbre, les bras croisés, et attendit Kate.

— Mademoiselle Sheffield ! finit-il par crier. La règle du jeu impose que l'on suive sa boule !

Il la regarda le rejoindre à grandes enjambées.

— Me voilà. Et maintenant ?

— Vous devriez vraiment me traiter avec plus de respect, lui fit-il remarquer avec un sourire narquois.

— Après que vous vous êtes tant attardé avec Edwina ? Ce que je devrais, ce serait vous faire écarteler.

— Quelle demoiselle assoiffée de sang vous faites, commenta-t-il, songeur. Vous vous débrouillerez bien au Pall Mall... finalement.

Il regarda avec un franc amusement son visage passer du rouge au blanc.

— Que voulez-vous dire ? demanda-t-elle.

— Pour l'amour de Dieu, Anthony, hurla Colin, tu attends quoi pour jouer ?

Anthony baissa les yeux vers les deux boules accolées, la noire et l'abominable rose.

— Bon, murmura-t-il, ne faisons pas attendre ce cher et doux Colin.

Sur ce, il posa le pied sur sa propre boule, éleva son maillet et...

— Qu'est-ce que vous faites ? s'écria Kate.

... et l'abattit. La boule rose resta bien en place sous sa botte ; celle de Kate dévala la pente pendant ce qui lui parut une éternité.

— Espèce de monstre !

— En amour comme à la guerre, tous les coups sont permis, lança-t-il, sarcastique.

— Je vais vous *tuer*.

— Vous pouvez toujours essayer, mais il vous faudra d'abord me rattraper.

Kate considéra le maillet de la mort, puis son pied botté.

— N'y songez même pas, la prévint-il.

— C'est tellement, tellement tentant !

— Il y a des témoins, dit-il en se penchant vers elle, menaçant.

— Et c'est uniquement cela qui vous sauve la vie pour le moment.

Il sourit à peine.

— Je crois que votre boule est tout en bas du pré, mademoiselle Sheffield. Nous vous reverrons dans une demi-heure, à peu près, quand vous nous aurez rattrapés.

Daphné arriva sur ces entrefaites, suivant sa boule qui était arrivée à leurs pieds sans qu'ils la remarquent.

— C'est pour cela que j'ai dit « Oh, Seigneur », expliqua-t-elle, ce que Kate jugea superflu.

— Vous me le paierez, siffla-t-elle à l'adresse d'Anthony.

Son petit sourire suffisant en dit plus que n'importe quels mots.

Kate traversa le pré, et laissa échapper un juron sonore, et très peu féminin, quand elle se rendit compte que sa boule était allée se loger sous une haie.

Trente minutes plus tard, Kate avait encore deux arceaux de retard sur l'avant-dernier joueur. Anthony gagnait, ce qui la mettait en rage. Dieu merci, elle était tellement loin en arrière qu'elle ne pouvait voir son expression triomphante.

Alors qu'elle se tournait les pouces en attendant son tour (vu la distance qui la séparait des autres joueurs, il n'y avait rien d'autre à faire), elle entendit Anthony laisser échapper un cri de dépit.

Elle fut aussitôt en alerte.

Souriant d'avance, elle scruta le pré, jusqu'à ce qu'elle voie la boule rose qui dévalait la pente comme un boulet de canon, droit sur elle.

— Oups ! s'exclama-t-elle en bondissant sur le côté pour ne pas perdre un orteil.

Quand elle se retourna, Colin sautait en l'air et brandissait son maillet au-dessus de la tête en hurlant :

— Youpi !

Anthony paraissait sur le point d'étriper son frère.

Kate aurait bien exécuté elle aussi une petite danse de la victoire – à défaut de gagner, elle se satisferait très bien de le voir perdre. Sauf que, apparemment, elle allait se retrouver coincée avec lui pour quelques tours. Si la solitude n'avait rien de très exaltant, elle était quand même préférable à l'obligation de *lui* faire la conversation.

Elle éprouva néanmoins quelque difficulté à dissimuler son contentement quand il arriva au pas de charge, la mine sombre.

— La chance n'était pas avec vous sur ce coup-là, milord, murmura-t-elle.

Il la foudroya du regard.

Elle affecta de soupirer.

— Je suis certaine que vous parviendrez à être deuxième ou troisième.

Il se pencha en avant, l'air féroce, et elle crut l'entendre gronder.

— Mademoiselle Sheffield ! cria Colin avec impatience depuis le haut du pré. C'est votre tour !

Kate étudia les différents tirs possibles. Elle pouvait viser l'arceau suivant ou essayer de rendre la position d'Anthony encore plus précaire. Malheureusement, sa boule ne touchait pas la sienne, ce qui l'empêchait de tenter le coup du pied sur la boule. Mais cela valait peut-être mieux car, avec sa chance, elle aurait pu manquer la boule et se démolir le pied.

— Décidons-nous, décidons-nous... murmura-t-elle.

Anthony croisa les bras.

— Si vous songez à ruiner mon jeu, vous ruinerez le vôtre par la même occasion.

— Exact.

Si elle voulait l'anéantir, elle risquait de connaître le même sort, puisqu'elle devait frapper sa propre boule pour déplacer la sienne. Et Dieu seul savait où le coup la projetterait.

— Cela dit, enchaîna-t-elle en lui adressant un sourire innocent, je n'ai aucune chance de remporter la partie.

— Vous pourriez terminer deuxième ou troisième.

Elle secoua la tête.

— C'est assez peu probable, non ? Je suis si loin derrière, et la fin de la partie approche.

— Vous n'allez pas faire cela, mademoiselle Sheffield.

— Oh, que si.

Et, arborant son sourire le plus mauvais, elle leva son maillet, et frappa sa boule de toutes ses forces. Cette dernière heurta celle d'Anthony avec une énergie si phénoménale qu'elle l'envoya encore plus loin sur la pente. Plus loin... Plus loin...

Droit dans le lac.

Muette de ravissement, Kate regarda sombrer la boule rose. Puis quelque chose monta en elle, une émotion étrange et primitive, et avant même de savoir ce qu'elle faisait, elle se mit à sauter sur place comme une folle en hurlant :

— J'ai gagné ! J'ai gagné !

— Vous n'avez pas gagné, se récria Anthony.

— Oh, mais c'est tout comme !

Colin et Daphné dévalèrent le pré pour les rejoindre.

— Bien joué, mademoiselle Sheffield ! s'exclama Colin. Je savais que vous étiez digne du maillet de la mort.

— Splendide, renchérit Daphné. Absolument splendide.

Anthony n'eut d'autre choix, bien sûr, que de croiser les bras d'un air outré.

Colin donna à Kate une tape amicale dans le dos.

— Êtes-vous sûre de n'être pas une Bridgerton déguisée ? Vous avez vraiment compris l'esprit du jeu.

— Je n'aurais pas pu le faire sans vous, répliqua Kate gracieusement. Si vous n'aviez pas envoyé sa boule en bas de la pente...

— J'espérais que vous achèveriez son anéantissement.

Le duc les rejoignit avec Edwina.

— Une fin de partie plutôt stupéfiante, commenta-t-il.

— Ce n'est pas encore fini, protesta Daphné.

Son mari lui jeta un regard amusé.

— Après un tel exploit, continuer le jeu risque d'être plutôt décevant, non ?

— Il est vrai que je ne peux rien imaginer de plus fort, concéda Colin.

Alors que Kate souriait jusqu'aux oreilles, le duc scruta le ciel.

— En outre, le temps se couvre. Je voudrais ramener Daphné à la maison avant qu'il pleuve. Vous comprenez, dans son état...

Non sans surprise, Kate regarda Daphné, qui avait commencé à rougir. Elle ne paraissait pas le moins du monde enceinte.

— Très bien, fit Colin. Je suggère que nous mettions un terme à la partie et que nous déclarions Mlle Sheffield vainqueur.

— J'étais deux arceaux derrière vous, objecta Kate.

— Peu importe. N'importe quel amateur véritable du Pall Mall des Bridgerton comprendra qu'envoyer Anthony dans le lac est bien plus important que de faire passer sa boule sous tous les arceaux.

Colin jeta un regard à la ronde, puis s'arrêta sur Anthony.

— Tout le monde est d'accord ?

Comme personne ne se manifestait – même si Anthony paraissait prêt à mordre –, il conclut :

— Parfait. Dans ce cas, Mlle Sheffield est déclarée le vainqueur, et toi, Anthony, tu es le perdant.

Un rire étranglé échappa à Kate.

— Il faut bien que quelqu'un perde, conclut Colin avec un grand sourire. C'est la tradition.

— C'est vrai, renchérit Daphné. Nous sommes des brutes assoiffées de sang, mais nous aimons respecter les traditions.

— Vous êtes tous malades, voilà la vérité, déclara le duc avec affabilité. Sur ce, Daphné et moi allons prendre congé. Personne ne nous en voudra si nous partons sans aider à ranger le matériel ?

Personne ne fit d'objection, bien sûr, aussi tous deux se dirigèrent-ils vers Aubrey Hall.

Edwina, qui était restée silencieuse durant cet échange, même si elle avait regardé les Bridgerton comme s'ils venaient de s'échapper d'un asile d'aliénés, se racla la gorge.

— Vous ne croyez pas que nous devrions essayer de récupérer la boule ? demanda-t-elle, la tête tournée vers le lac.

Les autres se contentèrent de suivre son regard, l'air perplexe.

— Ce n'est pas comme si elle avait atterri au beau milieu, ajouta-t-elle. Elle a juste roulé dedans. Elle est sans doute tout près du bord.

Colin se gratta la tête. Anthony, lui, ne semblait pas décolérer.

— Vous ne voulez pas perdre une autre boule, j'imagine, insista Edwina.

N'obtenant pas de réponse, elle lâcha son maillet et leva les bras.

— Très bien ! Je vais chercher cette stupide boule.

Cela suffit à faire émerger les hommes de leur stupeur ; ils se précipitèrent pour offrir leur aide.

— Ne dites pas de sottise, mademoiselle Sheffield. J'y vais, dit Colin avec galanterie, joignant le geste à la parole.

— Pour l'amour du ciel, marmonna Anthony, je peux m'en charger !

Il s'éloigna à grandes enjambées et ne tarda pas à dépasser son frère.

Bien que bouillant de colère, il ne pouvait pas vraiment blâmer Kate. À sa place, il aurait fait exactement la même chose. Sauf qu'il aurait frappé la boule avec suffisamment de force pour l'envoyer au milieu du lac.

Il n'empêche qu'il était humiliant au dernier degré d'être battu par une femme, surtout *elle*.

Parvenu sur la berge, il sonda l'eau du regard. La boule était d'un rose si vif qu'elle devait être aisément repérable.

— Tu la vois ? demanda Colin en le rejoignant.

Anthony secoua la tête.

— De toute manière, c'est une couleur stupide. Personne ne veut jamais prendre le rose. Même le violet valait encore mieux, continua-t-il en se déplaçant vers la droite.

Il releva brusquement la tête et foudroya son frère du regard.

— Que diable est-il arrivé au maillet violet, au fait ?

Colin haussa les épaules.

— Je n'en sais fichtre rien.

— Et moi, je sais qu'il réapparaîtra mystérieusement dans le chariot de Pall Mall dès demain.

— Il se peut que tu aies raison, lança gaiement Colin, les yeux toujours fixés sur l'eau. Peut-être même cet après-midi, si nous avons de la chance.

— Un de ces jours, déclara Anthony posément, je te tuerai.

— Oh, ça, je n'en doute pas. La voilà ! s'écria-t-il soudain, l'index tendu.

La boule rose reposait en eau peu profonde, à moins d'un mètre de la berge. Anthony jura à voix basse, car il allait devoir enlever ses bottes pour entrer dans l'eau. À croire que Kate Sheffield l'obligeait sans cesse à patauger dans un plan d'eau quelconque.

Cela dit, il n'avait pas eu le temps d'ôter ses bottes quand il avait foncé dans la Serpentine pour secourir Edwina. Le cuir avait été si abîmé que son valet de chambre avait failli s'évanouir d'horreur.

Avec un grognement, il s'assit sur un rocher pour se déchausser. Edwina méritait sans doute le sacrifice d'une paire de belles bottes, mais une stupide boule rose, franchement, ne valait même pas de se mouiller les pieds.

— Puisque tu sembles avoir la situation bien en main, je vais aller aider Mlle Sheffield à enlever les arceaux, annonça Colin.

Résigné, Anthony se contenta de secouer la tête, puis il pénétra dans l'eau.

— Elle est froide ? demanda une voix féminine.

Seigneur Dieu ! Il se retourna lentement. Kate Sheffield se tenait sur la berge.

— Je croyais que vous étiez en train d'enlever les arceaux, lâcha-t-il d'un ton irrité.

— C'est Edwina qui s'en charge.

— Deux demoiselles Sheffield, c'est une de trop, grommela-t-il. Il devrait y avoir une loi pour interdire à deux sœurs de faire leur entrée dans le monde au cours de la même saison.

— Je vous demande pardon ? fit-elle, la tête inclinée de côté.

— J'ai dit qu'elle était glacée.

— Oh, je suis désolée.

— Non, vous ne l'êtes pas, répliqua-t-il après l'avoir observée un instant.

— Eh bien, non, admit-elle. En tout cas, pas que vous ayez perdu. Mais mon but n'était pas que vous ayez les orteils gelés.

Anthony fut soudain saisi du désir irrationnel de voir les orteils de Kate. C'était une pensée horrible. Il n'avait aucune raison de convoiter cette femme, qu'il n'appréciait même pas.

Enfin, ce n'était pas tout à fait exact. Avec un soupir, il dut convenir que, d'une manière étrange et paradoxale, il l'aimait bien, finalement. Et, curieusement, la pensée lui vint que Kate éprouvait peut-être la même chose à son endroit.

— À ma place, vous auriez agi de même, lui lança-t-elle.

Sans répondre, il continua à avancer dans l'eau.

— Je vous assure ! insista-t-elle.

Il se pencha pour ramasser la boule, mouilla sa manche au passage et ravala un juron.

— Je sais, répliqua-t-il.

— Oh, fit-elle, surprise, comme si elle ne s'attendait pas qu'il l'admette.

Remontant sur la berge, il se réjouit que le sol soit compact sous ses pieds. Au moins, ces derniers ne seraient pas pleins de boue.

— Tenez, reprit Kate en lui tendant une espèce de couverture. C'était dans la remise. J'ai pensé que ça pourrait vous être utile pour vous sécher les pieds.

Anthony ouvrit la bouche, mais, curieusement, aucun son n'en sortit.

— Merci, finit-il par articuler en lui prenant la couverture des mains.

— Je ne suis pas si méchante que ça, vous savez, fit-elle avec un sourire.

— Moi non plus.

— Peut-être, concéda-t-elle, mais il n'empêche que vous n'auriez pas dû vous attarder aussi longtemps avec Edwina. Je sais que vous l'avez fait exprès pour me contrarier.

Il haussa un sourcil tout en s'asseyant sur le rocher.

— Vous n'avez pas envisagé que mon retard pouvait être dû au fait que je souhaitais passer du temps avec la femme que j'envisage d'épouser ?

Kate rougit légèrement, puis marmonna :

— C'est peut-être la chose la plus égocentrique que j'aie jamais dite mais, non, je pense que vous l'avez fait uniquement pour me contrarier.

Elle avait raison, bien sûr, mais il n'allait pas le lui dire.

— Il se trouve qu'Edwina a été retardée. Pour quelle raison, je l'ignore. J'ai jugé impoli d'aller jusqu'à sa chambre et d'exiger qu'elle se dépêche, aussi l'ai-je attendue dans mon bureau.

Il y eut un long silence.

— Merci de me l'avoir dit, murmura-t-elle finalement.

— Je ne suis pas si méchant que ça, vous savez, dit-il avec un sourire ironique.

Elle soupira.

— Je sais.

Quelque chose dans son expression résignée le fit sourire.

— Peut-être un peu pénible quand même ? la taquina-t-il.

— Oh, certainement, acquiesça-t-elle, tandis que son visage s'éclairait.

— Bien. Je détesterais être ennuyeux.

Kate sourit puis, tandis qu'il enfilait ses bottes, elle ramassa la boule rose.

— Je ferais mieux de la rapporter dans la remise.

— Au cas où je serais pris de l'irrépressible désir de la jeter de nouveau dans le lac ?

Elle hocha la tête.

— Quelque chose comme ça, oui.

— Je me charge de la couverture, dans ce cas, dit-il en se levant.

— Ça me paraît juste.

Alors qu'elle pivotait, elle aperçut Colin et Edwina qui disparaissaient au loin.

— Oh !

— Qu'y a-t-il ? demanda Anthony en se retournant à son tour. Oh, je vois ! On dirait que votre sœur et mon frère ont décidé de rentrer sans nous.

Kate fronça les sourcils, puis haussa les épaules.

— Je suppose que je devrais réussir à supporter votre compagnie quelques minutes de plus, si vous êtes capable de supporter la mienne.

Elle fut surprise qu'il garde le silence. C'était le genre de déclaration à laquelle il aurait pu répondre par un trait d'esprit, voire une pique. Elle leva les yeux vers lui, et recula d'un pas, décontenancée. Il fixait sur elle un regard des plus étranges...

— Tout... tout va bien, milord ? demanda-t-elle après une hésitation.

— Oui, répondit-il, mais il semblait distrait.

Ils ne prononcèrent pas un mot jusqu'à la remise. Kate replaça la boule rose dans son logement, remarquant au passage que Colin et Edwina avaient rangé avec soin le reste du matériel, y compris la boule et le maillet violets portés disparus.

Elle glissa un coup d'œil à Anthony et ne put réprimer un sourire. À en juger par sa mine renfrognée, il était évident que lui aussi avait remarqué leur réapparition.

— La couverture était rangée là, lui indiqua-t-elle, en s'efforçant de ne pas rire.

Anthony haussa les épaules.

— Je vais la rapporter à la maison. Elle a probablement besoin d'un bon nettoyage.

Elle acquiesça d'un signe de tête, et ils refermèrent la porte.

# 11

*Rien n'est plus susceptible qu'une situation de rivalité pour faire ressortir le pire chez un homme… ou le meilleur chez une femme.*

La Chronique mondaine de lady Whistledown, 2 mai 1814

Anthony sifflotait tandis qu'ils remontaient l'allée vers la maison, et jetait des regards à la dérobée à Kate quand elle ne le regardait pas. Dans son genre, c'était vraiment une femme fort séduisante. Il ignorait pourquoi cela le surprenait chaque fois, mais c'était ainsi. Le souvenir qu'il gardait d'elle n'était jamais aussi enchanteur que la réalité. Kate était toujours en mouvement, toujours en train de sourire, de froncer les sourcils ou de pincer les lèvres. De toute évidence, elle n'avait jamais réussi à acquérir l'expression sereine et placide à laquelle toutes les jeunes femmes étaient censées aspirer.

Comme tant d'autres, il était tombé dans le piège qui consistait à ne la juger que par comparaison avec sa sœur cadette. Or, Edwina était d'une beauté si stupéfiante que n'importe qui, auprès d'elle, ne pouvait que passer inaperçu. Il était difficile de regarder qui que ce soit d'autre quand Edwina était dans une pièce.

Et pourtant…

Et pourtant, songea-t-il en fronçant les sourcils, il avait à peine accordé un regard à Edwina durant tout le jeu de Pall Mall. L'explication la plus simple ? Il s'agissait du Pall

Mall des Bridgerton, qui faisait ressortir le pire chez ceux qui portaient ce nom. Sans doute n'aurait-il pas prêté la moindre attention au prince régent si celui-ci avait daigné se joindre à eux.

Mais cette explication ne tenait pas, car son esprit était rempli d'autres images. Kate penchée sur son maillet, le visage crispé par la concentration ; Kate gloussant parce que quelqu'un avait raté son coup ; Kate applaudissant Edwina qui venait de faire rouler sa boule sous un arceau – une réaction inconnue des Bridgerton ; et, bien sûr, le sourire moqueur de Kate lorsqu'elle avait envoyé sa boule dans le lac.

De toute évidence, s'il n'avait pas été capable d'accorder un coup d'œil à Edwina, il avait réussi à en accorder de nombreux à Kate.

Un fait qui aurait dû le troubler.

Il la regarda de nouveau. Cette fois, le visage légèrement levé vers le ciel, elle fronçait les sourcils.

— Il y a un problème ? s'enquit-il.

— Je me demandais juste s'il allait pleuvoir.

Il observa le ciel à son tour.

— Pas tout de suite, j'imagine.

— Je déteste la pluie, avoua-t-elle avec une expression si enfantine qu'il ne put s'empêcher de rire.

— Dans ce cas, vous ne vivez pas dans le bon pays, mademoiselle Sheffield.

— Une petite averse ne me dérange pas, répliqua-t-elle avec un sourire penaud. C'est juste quand elle devient violente que je n'aime pas.

— Pour ma part, j'ai toujours aimé les tempêtes.

Elle lui adressa un regard interloqué, puis, sans faire de commentaire, baissa les yeux sur le chemin. Tout en marchant, elle donnait des petits coups de pied dans des cailloux, s'écartant au besoin pour pouvoir en atteindre un. Il y avait quelque chose de charmant dans ce mouvement qui découvrait à intervalles réguliers la pointe de sa bottine.

Anthony l'observait avec une telle curiosité qu'il en oublia de détourner les yeux quand elle releva les siens.

— Pensez-vous que... Pourquoi me regardez-vous ainsi ?

— Que je pense quoi ? répéta-t-il, ignorant délibérément la deuxième question.

Elle pinça les lèvres. Anthony, lui, réprima un sourire amusé.

— Êtes-vous en train de vous moquer de moi ? s'enquit-elle, soupçonneuse.

Comme il secouait la tête, elle s'immobilisa abruptement.

— Je crois que si.

— Je vous assure que je ne me moque pas de vous, affirma-t-il d'un ton qui, même à ses propres oreilles, trahissait son envie de rire.

— Vous mentez.

— Je ne...

Il dut s'interrompre. S'il avait continué, il savait qu'il aurait éclaté de rire. Le plus étrange, c'était qu'il ignorait pourquoi.

— Pour l'amour du ciel, qu'y a-t-il ?

Anthony s'adossa au tronc d'un orme tout proche, le corps tout entier secoué d'une hilarité à peine contenue.

Kate planta les mains sur ses hanches, une lueur à la fois curieuse et furieuse dans le regard.

— Qu'y a-t-il de si drôle ?

Laissant libre cours à son fou rire, il parvint à peine à hausser les épaules.

— Je ne sais pas. Votre expression... Elle est tellement...

Il remarqua qu'elle souriait. Il adorait quand elle souriait.

— Votre expression ne manque pas non plus d'être amusante, milord.

— Oh, j'en suis sûr.

Il inspira à fond à plusieurs reprises, puis, quand il estima s'être suffisamment ressaisi, il s'écarta de l'arbre. Il s'aperçut que Kate continuait de le regarder d'un air vaguement soupçonneux, et soudain, il eut envie de savoir ce qu'elle pensait de lui. Sur-le-champ.

Il ignorait pourquoi, mais il lui importait qu'elle ait une bonne opinion de lui. Bien sûr, il avait besoin de son approbation pour courtiser Edwina, mais ce n'était pas la seule raison. Elle l'avait insulté, par sa faute, il avait été contraint de patauger dans la Serpentine, elle l'avait humilié au Pall Mall et, pourtant, il tenait plus que tout à son estime.

Anthony ne se souvenait pas de la dernière fois où le regard de quelqu'un avait compté à ce point pour lui.

— Je crois que vous me devez une faveur, dit-il, pesant ses mots.

Il allait lui falloir jouer habilement. Car s'il voulait savoir ce qu'elle pensait à son sujet, il ne voulait pas qu'elle devine l'importance que cela revêtait à ses yeux – pas avant, en tout cas, qu'il en ait lui-même compris les raisons.

— Je vous demande pardon ?

— Une faveur. À cause du Pall Mall.

Kate laissa échapper un grognement assez peu féminin, puis s'adossa à l'arbre, les bras croisés.

— Si quelqu'un doit une faveur à quelqu'un, c'est *vous*. Après tout, c'est moi qui ai gagné.

— Mais c'est moi qui ai été humilié.

— C'est vrai, admit-elle.

— Vous ne seriez pas vous-même si vous résistiez au besoin pressant d'acquiescer, observa-t-il, pince-sans-rire.

— Une dame doit se montrer honnête en toute chose, se défendit-elle.

Quand elle le regarda, il arborait un demi-sourire entendu.

— J'espérais que vous diriez cela, murmura-t-il.

Kate se sentit immédiatement mal à l'aise.

— Et pourquoi cela ?

— Parce que la faveur que je vous demande, mademoiselle Sheffield, c'est de vous poser une question de mon choix, et que vous y répondiez avec l'honnêteté la plus scrupuleuse.

Il appuya la main sur le tronc de l'arbre, assez près de son visage, et se pencha en avant. Kate se sentit soudain prise au piège, même s'il lui était facile de s'échapper.

Avec une pointe de désarroi – et un frisson d'excitation –, elle se rendit compte que c'était de ses yeux, sombres et brûlants, qu'elle se sentait prisonnière.

— Vous pensez en être capable, mademoiselle Sheffield ? reprit-il.

— Quelle... quelle est votre question ?

Elle ne se rendit compte qu'elle chuchotait que lorsqu'elle entendit sa voix, haletante, un peu sourde.

— Vous vous souvenez que vous devez répondre en toute honnêteté ?

Elle acquiesça d'un signe de tête. Il n'était pas assez près d'elle pour qu'elle sente son souffle, mais suffisamment pour la faire frissonner.

— Voici donc ma question, mademoiselle Sheffield.

Les lèvres de Kate s'entrouvrirent.

— Est-ce que...

Il se rapprocha.

— ... vous me haïssez...

Encore plus près.

— ... toujours ?

Kate déglutit convulsivement. Elle ne savait certes trop à quelle question s'attendre, mais ce n'était sûrement pas celle-là. Elle se passa la langue sur les lèvres, ouvrit la bouche pour répondre – quand bien même elle n'avait aucune idée de ce qu'elle allait dire –, mais aucun son n'en sortit.

Les lèvres d'Anthony s'étirèrent en un lent sourire.

— Je considérerai cela comme un non, murmura-t-il.

Puis, avec une soudaineté qui donna le vertige à Kate, il s'écarta de l'arbre et dit d'un ton brusque :

— Eh bien, je crois qu'il est temps de rentrer et de nous préparer pour la soirée, non ?

Kate se laissa aller contre le tronc d'arbre, vidée de toute énergie.

— Vous souhaitez rester dehors encore un moment ?

Les mains sur les hanches, il scrutait le ciel. Son comportement, pragmatique et efficace, était à l'opposé de la nonchalance séductrice qu'il affichait quelques secondes plus tôt.

— Profitez-en, je ne crois pas qu'il pleuve, finalement. Du moins pas dans les heures qui viennent.

Elle se contenta de le dévisager fixement. Soit il avait perdu l'esprit, soit elle avait perdu l'usage de la parole. Soit les deux.

— Très bien. J'ai toujours admiré les femmes qui apprécient le grand air. Je vous revois au dîner, dans ce cas ?

Elle hocha la tête, presque surprise d'y parvenir.

— Parfait.

Il lui prit la main et déposa un baiser brûlant à l'intérieur de son poignet, sur la minuscule étendue de peau nue entre son gant et le bord de sa manche.

— À ce soir, mademoiselle Sheffield.

Il s'éloigna, la laissant avec l'impression des plus étranges que quelque chose d'important venait d'avoir lieu.

Mais quoi ? Elle n'en avait aucune idée.

À 19 h 30, Kate envisagea de tomber gravement malade. À 19 h 45, elle optait pour une attaque d'apoplexie. Mais à 19 h 55, quand retentit la cloche appelant les invités à se rassembler dans le grand salon, elle carra les épaules et sortit sur le palier à la rencontre de Mary.

Pas question de se laisser aller à la couardise.

Non seulement elle n'était pas lâche, mais il était fort probable qu'elle serait assise très loin de lord Bridgerton. Étant vicomte et maître de maison, il présiderait au bout de la table. En tant que fille du second fils d'un baron, elle-même était d'un rang moins élevé que les autres invités, et serait probablement placée si loin de lui qu'elle devrait se tordre le cou pour l'apercevoir.

Edwina, qui partageait sa chambre, avait déjà rejoint Mary, car elle devait l'aider à choisir un collier. Aussi Kate se retrouva-t-elle seule sur le palier. Elle aurait certes pu les rejoindre, mais elle ne se sentait pas encline à bavarder. En outre, Edwina ayant déjà remarqué son humeur pensive, elle craignait que Mary ne lui demande ce qui n'allait pas.

Or elle l'ignorait. Seul fait indéniable : quelque chose avait changé cet après-midi entre le vicomte et elle, et cela l'effrayait.

Ce qui, au fond, n'avait rien d'anormal. La plupart des gens craignaient ce qu'ils ne comprenaient pas.

Et Kate ne comprenait absolument pas le vicomte.

Juste au moment où elle commençait à apprécier sa solitude, une porte s'ouvrit en face d'elle, livrant passage à une jeune femme qu'elle reconnut comme étant Pénélope Featherington, la plus jeune des trois fameuses sœurs Featherington. Plus précisément des trois ayant fait leur entrée dans le monde, une quatrième étant encore à venir.

Malheureusement pour elles, si les sœurs Featherington étaient connues, c'était pour leur absence de succès sur le marché du mariage. Trois années s'étaient écoulées depuis que Prudence et Philippa avaient fait leurs débuts, et elles n'avaient pas reçu une seule demande en mariage. Pénélope en était à sa deuxième saison, et elle s'infligeait toutes sortes de corvées mondaines pour éviter sa mère et ses sœurs, considérées, de l'avis général, comme des bécasses.

Kate avait toujours apprécié Pénélope. Elles s'étaient beaucoup rapprochées depuis que lady Whistledown avait épinglé leurs choix peu judicieux, à l'une comme à l'autre, en matière de couleurs.

Avec un soupir désolé, Kate remarqua que la robe de soie jaune citron que portait Pénélope lui faisait le teint cireux. Et comme si cela ne suffisait pas, elle était ornée d'une telle multitude de fronces et de volants que la pauvre fille, de petite taille, paraissait littéralement écrasée.

C'était vraiment dommage, car elle aurait pu être tout à fait charmante si sa mère l'avait laissée choisir elle-même ses toilettes. Elle avait des traits agréables, une jolie peau claire, et des cheveux d'un auburn qui tirait sur le châtain doré.

Mais qui, en aucun cas, ne supportaient le jaune citron, songea Kate, consternée.

— Kate ! s'écria Pénélope après avoir refermé sa porte. Quelle surprise ! Je n'avais pas compris que vous veniez.

— Je crois qu'on nous a invitées au dernier moment. Nous n'avons fait la connaissance de lady Bridgerton que la semaine dernière.

— Enfin, je viens de dire que j'étais surprise, mais ce n'est pas tout à fait vrai. Lord Bridgerton s'est montré fort empressé auprès de votre sœur.

— Euh, oui… balbutia Kate en rougissant. C'est vrai.

— C'est ce que l'on prétend, en tout cas. Mais, bon, il ne faut pas toujours croire les ragots.

— Lady Whistledown se trompe rarement, répliqua Kate.

Pénélope haussa les épaules et baissa les yeux sur sa robe d'un air dégoûté.

— Une chose est sûre, elle ne se trompe jamais à *mon* sujet.

— Ne dites pas de bêtises, protesta Kate.

Mais toutes deux savaient qu'elle se montrait polie, rien de plus.

Pénélope secoua la tête d'un air affligé.

— Ma mère est persuadée que le jaune est une couleur joyeuse, et qu'une fille joyeuse attrapera un mari.

— Ô mon Dieu, pouffa Kate.

— Ce qu'elle n'arrive pas à entendre, continua Pénélope, pince-sans-rire, c'est qu'une si joyeuse nuance de jaune ne me fait pas la mine joyeuse du tout, et qu'elle repousse carrément les gentlemen.

— Avez-vous suggéré du vert ? Je suis certaine que vous seriez superbe en vert.

— Elle n'aime pas le vert. Elle trouve que c'est mélancolique.

— Le vert ? Mélancolique ?

— Je n'essaye même pas de la comprendre.

Kate, qui portait une robe verte, posa sa manche à côté du visage de Pénélope, en cachant le jaune du mieux qu'elle pouvait.

— Cela illumine magnifiquement votre visage.

— Ne me dites pas ça, je vous en prie. Cela rend le jaune encore plus insupportable.

— Je vous en prêterais bien une à moi, mais je crains qu'elle ne traîne par terre.

Pénélope déclina son offre d'un geste de la main.

— C'est vraiment très gentil de votre part, mais je suis résignée à mon sort. Au moins, c'est mieux que l'année dernière.

Kate haussa les sourcils, l'air interrogateur.

— Ah, c'est vrai, vous n'étiez pas là, l'année dernière ! Je pesais une bonne dizaine de kilos supplémentaires.

— Dix kilos ? répéta Kate, incrédule.

Pénélope hocha la tête en faisant la grimace.

— J'étais grassouillette quand j'étais petite. Je ne voulais pas faire mon entrée dans le monde avant d'avoir dix-huit ans, mais maman m'a forcée parce qu'elle pensait que ce serait mieux pour moi.

Il suffisait de voir l'expression de Pénélope pour comprendre que cela n'avait pas été mieux pour elle. Kate se sentait proche de la jeune fille, même si celle-ci avait trois ans de moins qu'elle. Toutes deux avaient en commun de n'être pas la fille que l'on se dispute dans les soirées, et savaient quelle expression plaquer sur son visage quand on n'est pas invitée à danser mais qu'on veut feindre de s'en moquer.

— Pourquoi ne pas descendre ensemble ? suggéra Pénélope. J'ai l'impression que nos deux familles sont retardées.

Kate n'était guère pressée de retrouver le salon et l'inévitable compagnie de lord Bridgerton, mais attendre Mary et Edwina ne ferait que différer l'épreuve de quelques minutes, aussi décida-t-elle d'accompagner Pénélope.

Après avoir prévenu leurs mères respectives, elles gagnèrent le rez-de-chaussée.

Quand elles pénétrèrent dans le salon, la plupart des invités étaient déjà présents et discutaient en attendant les retardataires. Kate, qui n'avait jamais assisté à une partie de campagne auparavant, remarqua avec surprise que presque tout le monde paraissait plus détendu et plus animé qu'à Londres. Sans doute le grand air, songea-t-elle. Ou peut-être que la distance adoucissait les règles strictes en usage dans la capitale. Elle préférait de beaucoup cette ambiance à celle qui régnait dans les soirées londoniennes.

Elle voyait lord Bridgerton à l'autre bout de la pièce. Plus exactement, elle le *sentait,* car dès qu'elle l'avait aperçu près de la cheminée, elle avait pris soin de garder les yeux obstinément détournés.

Il n'empêche qu'elle le sentait. C'était grotesque, mais elle aurait juré qu'elle savait quand il penchait la tête, et qu'elle l'entendait quand il parlait ou riait.

De même qu'elle savait avec une acuité incroyable à quel moment il la regardait. C'était comme si sa nuque allait s'enflammer.

— Je ne m'étais pas rendu compte que lady Bridgerton avait invité autant de monde, fit remarquer Pénélope. Oh non, gémit-elle soudain. Cressida Cowper est là !

Kate suivit discrètement son regard. Si quelqu'un pouvait disputer à Edwina le titre de reine de la saison, c'était Cressida Cowper. Grande, mince, avec une chevelure couleur de miel et des yeux verts étincelants, on la voyait rarement sans une petite cour d'admirateurs. Mais alors qu'Edwina était gentille et généreuse, Cressida était, selon Kate, une sorcière égoïste et mal élevée qui prenait plaisir à tourmenter ses semblables.

— Elle me déteste, chuchota Pénélope.

— Elle déteste tout le monde, répliqua Kate.

— Non, elle me déteste *vraiment.*

— Pourquoi donc ? Qu'avez-vous bien pu lui faire ?

— L'année dernière, je l'ai bousculée par mégarde et elle a répandu son verre de punch sur elle *et* sur le duc d'Ashbourne.

— C'est tout ?

Pénélope leva les yeux au ciel.

— C'était suffisant pour Cressida. Elle est convaincue qu'il l'aurait demandée en mariage si elle n'avait pas eu l'air maladroite.

Kate émit un ricanement très peu distingué.

— Ashbourne n'est pas près de se laisser attraper, tout le monde le sait. Il est presque aussi débauché que Bridgerton.

— Lequel va très probablement se marier cette année, lui rappela Pénélope. Si la rumeur dit vrai.

— Bah ! Lady Whistledown en personne a écrit qu'elle doutait qu'il se marierait cette année.

— C'était il y a des semaines, rétorqua Pénélope. Lady Whistledown change sans cesse d'avis. De plus, tout le monde a constaté que le vicomte courtisait votre sœur.

Kate se mordit la langue avant de marmonner :

— Inutile de me le rappeler.

Mais le pincement douloureux qu'elle éprouvait se dissipa quand Pénélope chuchota d'une voix sourde :

— Oh, non ! Elle vient par ici !

Kate lui pressa le bras pour la rassurer.

— Ne vous inquiétez pas. Elle n'est pas meilleure que vous.

— Ça, je le *sais*, répliqua Pénélope en lui adressant un regard sarcastique, mais ça ne la rend pas moins désagréable pour autant. Et il faut toujours qu'elle s'arrange pour me croiser.

— Kate ! Pénélope ! roucoula Cressida avec un mouvement affecté de la tête. Quelle surprise de vous voir ici !

— Pourquoi donc ? demanda Kate.

Cressida battit des paupières, apparemment surprise que Kate ose la questionner.

— Eh bien, il n'est sans doute pas si surprenant de vous voir, *vous*, puisque votre sœur est très demandée, et que nous savons tous que vous devez l'accompagner. Mais Pénélope… Enfin, ajouta-t-elle avec un délicat haussement d'épaules, qui suis-je pour juger ? Lady Bridgerton est une femme d'une grande bonté.

La grossièreté de ce commentaire était telle que Kate en demeura bouche bée. Tandis qu'elle la dévisageait, stupéfaite, Cressida continua de plus belle :

— Quelle robe ravissante, Pénélope ! J'adore le jaune. Il faut avoir un teint très particulier pour le porter, vous ne trouvez pas ?

Kate serra les dents. Évidemment, Cressida était splendide dans sa robe jaune pâle. Mais elle aurait été splendide vêtue d'un sac.

Elle eut l'impression de voir un serpent quand Cressida sourit, puis se détourna légèrement pour faire signe à quelqu'un.

— Grimston, Grimston ! Venez ici un instant.

Regardant par-dessus son épaule, Kate vit approcher Basil Grimston. Elle réprima un grognement. Grimston était l'équivalent masculin de Cressida : grossier, arrogant et vaniteux. La raison pour laquelle une femme aussi adorable que la vicomtesse Bridgerton l'avait invité était un mystère. Mais avec toutes ces jeunes filles présentes, elle s'était sans doute trouvée un peu à court de messieurs.

Grimston s'insinua entre elles, la bouche pincée en un simulacre de sourire.

— Je suis votre serviteur, dit-il à Cressida, après avoir jeté un coup d'œil dédaigneux à Kate et à Pénélope.

— Ne trouvez-vous pas notre chère Pénélope séduisante dans cette robe ? demanda Cressida. Le jaune doit décidément être la couleur de la saison.

D'un regard lent, insultant, Grimston étudia Pénélope de la tête aux pieds, puis dans l'autre sens. Il bougeait à peine la tête, se contentant de promener les yeux sur la silhouette de la jeune fille. Kate était si révulsée qu'elle en eut un haut-le-cœur. Elle n'avait qu'une envie, entourer Pénélope de ses bras et serrer la pauvre fille contre elle. Mais un tel geste l'aurait désignée encore davantage comme quelqu'un de faible et de désarmé.

Quand il eut enfin terminé son inspection grossière, Grimston se tourna vers Cressida en haussant les épaules, comme s'il ne voyait rien là susceptible d'être complimenté.

— Vous n'avez pas autre chose à faire ? lança Kate.

— Mademoiselle Sheffield, je ne comprends pas votre impertinence, répondit Cressida, l'air choqué. J'admirais simplement Pénélope. Cette nuance de jaune fait beaucoup pour son teint. Et il est tellement agréable de la voir si bien après l'année dernière.

— Effectivement, renchérit Grimston, avec une suavité répugnante.

Kate sentait Pénélope trembler à côté d'elle. Elle espérait qu'elle tremblait de colère, et non de peine.

— Je ne vois pas de quoi vous parlez, répliqua Kate d'un ton glacial.

— Allons donc, vous le savez sûrement, fit Grimston, dont les yeux brillaient d'une joie perverse.

Il se pencha en avant pour chuchoter, plus fort qu'il ne parlait d'ordinaire, si fort qu'un grand nombre de personnes put l'entendre :

— Elle était *grosse.*

Kate ouvrit la bouche pour lui adresser une remarque cinglante, mais Cressida ne lui en laissa pas le temps.

— C'est vraiment dommage, parce qu'il y avait tellement plus de jeunes gens à Londres l'année dernière. Bien sûr, la plupart d'entre nous n'ont que le choix des danseurs, mais je me mets à la place de la pauvre Pénélope quand je la vois assise avec les douairières.

— Les douairières sont souvent les seules personnes dans la salle à posséder un brin d'intelligence, riposta Pénélope.

Kate faillit applaudir.

— Oh, murmura Cressida, comme si elle avait le droit de se considérer comme offensée. Quoi qu'il en soit, on ne peut s'empêcher... Lord Bridgerton !

Kate s'écarta pour permettre au vicomte de se joindre à leur petit groupe, notant, non sans dégoût, que les manières de Cressida avaient changé du tout au tout. Elle s'était mise à battre des cils tandis que sa bouche formait un délicieux petit arc de Cupidon. Des simagrées que Kate trouva si consternantes qu'elle en oublia d'être mal à l'aise avec le vicomte.

Ce dernier adressa un regard froid à Cressida puis, sans mot dire, se tourna délibérément vers Kate et Pénélope pour les saluer par leur nom.

Kate retint un cri extatique. Il avait snobé Cressida Cowper !

— Mademoiselle Sheffield, dit-il avec affabilité, j'espère que vous voudrez bien nous excuser. J'accompagne Mlle Featherington jusqu'à la salle à manger.

— Mais... vous ne pouvez pas l'accompagner ! s'écria Cressida.

Bridgerton tourna vers elle un regard froid.

— Vous ai-je incluse dans la conversation ?

Cressida parut se ratatiner, de toute évidence mortifiée de n'avoir pas su tenir sa langue. Il n'empêche qu'il était au-delà des convenances que lord Bridgerton accompagne Pénélope. En tant que maître de maison, il était de son devoir d'escorter la femme du rang le plus élevé. Kate ne savait pas exactement qui pouvait prétendre à ce titre, ce soir, mais ce n'était certainement pas Pénélope, dont le père n'était même pas noble.

En offrant le bras à Pénélope, Bridgerton tourna carrément le dos à Cressida.

— Je déteste vraiment les pestes, pas vous ? murmura-t-il.

Kate plaqua la main sur sa bouche, mais ne put étouffer un gloussement. Bridgerton la gratifia d'un petit sourire complice par-dessus la tête de Pénélope et, à cet instant, elle eut l'étrange sentiment de comprendre parfaitement cet homme.

Plus étrange encore, elle n'était soudain plus si certaine qu'il fût le libertin sans foi ni loi qu'elle s'obstinait à croire.

— Tu as vu ça ?

Kate qui, avec le reste de l'assemblée, avait suivi bouche bée la sortie de Bridgerton et de Pénélope, vers qui le vicomte s'inclinait comme si elle était la femme la plus fascinante du monde, se retourna vers Edwina.

— Oui, j'ai tout vu, répondit Kate, abasourdie. Et j'ai tout entendu.

— Que s'est-il passé ?

— Il s'est... il s'est... balbutia Kate, qui ne savait comment décrire exactement ce qu'il avait fait.

Puis elle s'entendit dire quelque chose qu'elle n'aurait jamais cru possible :

— Il s'est conduit en héros.

# 12

*Un homme possédant du charme est chose plaisante ; un homme beau est, bien sûr, un régal pour les yeux ; mais un homme doté du sens de l'honneur – ah, chère lectrice ! c'est celui-là que toutes les jeunes filles devraient s'arracher.*

LA CHRONIQUE MONDAINE DE LADY WHISTLEDOWN, 2 mai 1814

Le dîner avait eu lieu. Les hommes s'étaient retirés au fumoir pour boire un porto avant de rejoindre les dames avec l'air de ceux qui viennent d'évoquer des sujets bien plus graves que le cheval susceptible de remporter la course d'Ascot. On avait joué à plusieurs jeux de charades, tantôt ennuyeuses, tantôt hilarantes. Lady Bridgerton s'était éclairci la voix et avait discrètement suggéré qu'il était temps de se retirer. Les dames avaient pris leur chandelle et regagné leur chambre. Les messieurs étaient censés en avoir fait autant...

Et Kate ne dormait toujours pas.

Il était évident que cette nuit allait être l'une de celles où l'on contemple les fissures dans le plafond. Sauf qu'il n'y avait pas de fissures dans le plafond à Aubrey Hall. Et que, comme il n'y avait pas de lune, aucune lumière ne filtrait à travers les rideaux, ce qui signifiait que même s'il y avait eu des fissures, elle n'aurait pas pu les voir et...

Avec un grognement, Kate repoussa ses couvertures et se leva. Un jour ou l'autre, il lui faudrait apprendre à empêcher son cerveau de partir dans dix directions à la fois. Cela faisait bien une heure qu'elle était étendue dans son lit, à s'efforcer de trouver le sommeil.

En vain.

Elle ne pouvait s'empêcher de repenser à l'expression de Pénélope quand le vicomte avait volé à son secours. Quant à son propre visage, Kate était sûre qu'il avait révélé le même mélange d'incrédulité, de ravissement et de pâmoison imminente.

Oui, Bridgerton avait été magnifique.

Kate avait passé la journée entière à observer ou à discuter avec les Bridgerton. Une chose lui était apparue évidente : tout ce qu'on racontait sur Anthony et son dévouement à sa famille était exact.

Et si elle n'était pas encore prête à revenir sur l'opinion qu'elle avait de lui, elle commençait à se rendre compte que, outre un débauché et un libertin, il pouvait être aussi autre chose.

Et cette autre chose, si elle tentait de se montrer objective – ce qui ne lui était pas facile –, ne le disqualifiait pas comme mari potentiel pour Edwina.

Pourquoi, mais pourquoi donc avait-il fallu qu'il se montre gentil ? Pourquoi ne s'était-il pas contenté de rester le libertin suave, mais superficiel, dans la catégorie desquels il lui avait été si aisé de le ranger ? Désormais, il lui apparaissait comme une tout autre personne ; une personne à qui elle pourrait bien s'attacher, craignait-elle.

Kate se sentit rougir. Elle devait cesser de penser à Anthony Bridgerton. Sinon, au train où allaient les choses, elle ne fermerait pas l'œil de la semaine.

Peut-être pourrait-elle essayer de lire. Les Bridgerton possédaient une bibliothèque de belle taille, avait-elle constaté un peu plus tôt dans la soirée.

Après avoir enfilé son peignoir, elle gagna la porte sur la pointe des pieds pour ne pas réveiller Edwina. Par pure précaution, car celle-ci avait toujours dormi comme un loir. Selon Mary, elle avait fait ses nuits dès sa naissance.

Une fois sur le palier, Kate enfila ses mules, puis regarda à droite et à gauche avant de filer sans bruit vers l'escalier.

C'était sa première invitation à la campagne, mais elle avait entendu une ou deux choses au sujet de ce genre de rassemblements, et préférait éviter de se heurter à quelqu'un en train de se diriger vers une chambre qui n'était pas la sienne.

Quelques minutes plus tard, elle pénétrait dans la bibliothèque. Elle n'était pas de grande taille selon les critères de la haute société, mais trois des murs étaient couverts de livres du sol au plafond. Kate ne ferma pas complètement la porte, de peur que, si d'aventure quelqu'un était debout, il ne l'entende.

Elle sortit un livre du rayonnage le plus proche. *Botanique,* tel était le titre inscrit sur la couverture. Elle adorait le jardinage, mais un ouvrage technique sur le sujet ne lui semblait pas très excitant. Devait-elle chercher un roman, qui captiverait son imagination, ou un texte plus ardu qui favoriserait l'endormissement ?

Posant sa chandelle sur une table, elle passa à l'étagère suivante. Il s'agissait du rayon philosophie.

— Définitivement non, marmonna-t-elle en poussant sa chandelle sur la table à mesure qu'elle se déplaçait le long de la bibliothèque.

Alors qu'elle se penchait pour déchiffrer les titres des livres suivants, un éclair violent, totalement inattendu, illumina la pièce.

Laissant échapper un cri, Kate fit un bond en arrière et se cogna contre la table. « Non, pas maintenant, supplia-t-elle en silence. Pas ici. »

Un violent coup de tonnerre parut faire exploser la pièce. L'obscurité se fit à nouveau, laissant Kate tremblante, les doigts crispés sur le bord de la table au point d'en avoir les jointures douloureuses. Oh, Dieu qu'elle détestait cela ! Elle détestait le bruit, les éclats de lumière, la tension qui imprégnait l'atmosphère, mais, plus que tout, elle détestait cette terreur qui s'emparait d'elle au point qu'elle ne ressentait plus rien.

Elle avait réagi ainsi toute sa vie ou, du moins, aussi loin que remontaient ses souvenirs. Quand elle était petite, son père et Mary la réconfortaient dès qu'un orage se déclenchait. L'un ou l'autre s'asseyait au bord de son lit, lui tenait la main et chuchotait des mots apaisants tandis que les éléments se déchaînaient autour d'eux. En grandissant, elle s'était débrouillée pour convaincre son entourage qu'elle avait surmonté sa peur. Certes, tout le monde savait qu'elle détestait les tempêtes. Mais elle avait réussi à dissimuler l'étendue de sa terreur.

C'était une faiblesse de la pire espèce, car elle n'avait pas de causes apparentes et, malheureusement, pas de remède.

Comme elle n'entendait pas la pluie frapper les carreaux, elle voulut espérer que l'orage ne serait pas si terrible. Peut-être même qu'il s'éloignait...

Un autre éclair déchira la nuit, arrachant un nouveau cri à Kate. Cette fois, le tonnerre résonna aussitôt après, ce qui indiquait que l'orage se rapprochait.

Kate sentit qu'elle s'effondrait sur le sol.

Trop de bruit. Trop de bruit, trop de lumière, trop de...

*BOUM !*

En proie à une terreur sans nom, Kate se blottit sous la table, les jambes repliées, les bras enserrant ses genoux, dans l'attente du coup suivant.

C'est alors que la pluie commença à tomber.

Il était minuit passé et tous les invités étaient allés se coucher. Anthony, lui, était toujours dans son bureau, pianotant sur le bord de sa table au rythme de la pluie qui cinglait les vitres. De temps à autre, la lueur fulgurante d'un éclair embrasait la pièce, suivie d'un coup de tonnerre si violent qu'il en tressaillait chaque fois.

Il adorait l'orage. Pourquoi ? C'était difficile à expliquer. Peut-être y voyait-il la preuve de la toute-puissance de la nature sur l'homme. À moins qu'il ne soit sensible à l'énergie brute qui se dégageait de la lumière et du bruit qui accompagnaient le déchaînement des éléments. Toujours est-il que l'orage lui donnait l'impression d'être vivant.

Il n'était pas particulièrement fatigué quand sa mère avait mis un terme à la soirée, et, sachant que les jours à venir s'annonçaient chargés, il avait décidé de profiter de ces quelques instants de tranquillité pour parcourir les livres de comptes laissés par l'intendant d'Aubrey Hall.

Cependant, après une heure de vérification méticuleuse, ses paupières commencèrent à s'alourdir. La journée avait été longue. Il avait passé une grande partie de la matinée à rendre visite aux métayers et à inspecter des bâtiments. La porte d'un des cottages devait être réparée ; une famille avait des problèmes pour moissonner et payer son loyer depuis que le père s'était cassé la jambe. Anthony avait tranché des disputes, admiré des nouveau-nés et même aidé à réparer une fuite dans un toit.

Le jeu de Pall Mall avait offert un intermède agréable, mais il avait ensuite dû endosser le rôle de maître de maison, ce qui avait été presque aussi épuisant que la visite des métayers. Éloïse avait à peine dix-sept ans, et quelqu'un devait la surveiller. Cette peste de Cowper avait harcelé la pauvre Pénélope Featherington, et il avait fallu intervenir. Et puis…

Et puis, il y avait Kate Sheffield. À la fois le fléau de son existence et l'objet de ses désirs.

Quel chaos ! Il était censé courtiser sa sœur, que diable ! Edwina, la reine de la saison, belle au-delà des mots, douce, généreuse et égale d'humeur.

Au lieu de cela, il ne pouvait s'empêcher de penser à Kate. À Kate qui, si exaspérante fût-elle, avait réussi à gagner son respect. Comment aurait-il pu ne pas admirer quelqu'un qui défendait si ardemment ses convictions ? D'autant que celle qui lui tenait le plus à cœur – le dévouement à sa famille – était celle que lui-même plaçait au-dessus de tout.

Anthony se leva en bâillant et s'étira. Avec un peu de chance, il s'endormirait dès que sa tête toucherait l'oreiller. Il n'avait pas du tout envie de se retrouver à contempler le plafond en songeant à Kate.

Et à toutes les choses inconvenantes qu'il aurait voulu lui faire…

Il gagna le hall obscur, sur les murs duquel la chandelle qu'il tenait à la main jetait des ombres mouvantes. Soudain, il s'immobilisa. Par la porte entrouverte de la bibliothèque, il distinguait la lueur d'une bougie.

Il était à peu près certain que personne n'était levé. D'ailleurs, aucun bruit ne provenait de la bibliothèque. Quelqu'un avait dû venir emprunter un livre et avait laissé une chandelle allumée. Anthony fronça les sourcils. Quelle irresponsabilité ! Un incendie pouvait détruire une maison en moins de temps qu'il n'en faut pour le dire, même au cœur d'un orage, et la bibliothèque, pleine à craquer de livres, ne demandait qu'à flamber.

Il poussa la porte. Un mur entier de la pièce étant garni de hautes fenêtres, le martèlement de la pluie était beaucoup plus bruyant ici que dans le hall. Un coup de tonnerre ébranla la maison puis, presque simultanément, un éclair zébra les ténèbres.

Le sourire aux lèvres, il s'approcha de la table où se trouvait la bougie abandonnée. Il se pencha, la souffla, et...

Se figea. Il avait entendu quelque chose. Le bruit d'une respiration haletante, accompagnée d'un imperceptible gémissement.

— Il y a quelqu'un ? demanda-t-il en parcourant la pièce du regard.

Mais il ne vit personne. Le son résonna de nouveau, venant d'en bas.

Sa propre bougie à la main, il s'accroupit pour jeter un coup d'œil sous la table. Le souffle lui manqua.

— Mon Dieu, Kate...

Elle était roulée en boule, les bras serrés autour des jambes, la tête appuyée sur les genoux, et son corps tout entier était agité de tremblements convulsifs.

Anthony sentit son sang se glacer dans ses veines. Il n'avait jamais vu personne trembler à ce point.

— Kate ? répéta-t-il en posant son bougeoir sur le sol pour s'approcher d'elle.

Il n'aurait su dire si elle l'entendait. Elle semblait s'être réfugiée en elle-même, comme pour échapper désespérément à quelque chose. Était-ce l'orage ? Elle avait dit qu'elle détestait la pluie, mais sa réaction allait bien au-delà. Elle paraissait prête à se briser s'il s'aventurait à la toucher.

Un coup de tonnerre ébranla la pièce, et Kate tressaillit de manière si douloureuse qu'Anthony l'éprouva dans son propre corps.

— Oh, Kate... chuchota-t-il, le cœur serré de la voir dans cet état.

Lentement, il tendit la main vers elle. Il n'était pas certain qu'elle soit consciente de sa présence ; la surprendre pouvait avoir le même effet que réveiller un somnambule.

Il posa doucement la main sur son bras.

— Je suis là, Kate, murmura-t-il. Tout ira bien.

L'éclat aveuglant d'un éclair troua l'obscurité, et elle se recroquevilla davantage encore. Il comprit qu'en gardant le visage écrasé contre les genoux, elle essayait de se protéger les yeux.

Il se risqua à lui prendre la main ; elle était glacée, ses doigts raidis par la terreur. Il eut du mal à détacher l'un de ses bras de ses jambes, mais, finalement, il réussit à amener sa main jusqu'à sa bouche pour essayer de la réchauffer.

— Je suis là, Kate, répéta-t-il, faute de savoir que dire. Je suis là. Tout ira bien.

Il parvint à se glisser sous la table de manière à être assis à côté d'elle, puis passa le bras autour de ses épaules tremblantes. Elle sembla se détendre légèrement à son contact, ce qui le remplit d'un sentiment étrange – comme une espèce de fierté à être capable de l'aider. Tout en lui chuchotant des paroles de réconfort, il lui caressait doucement l'épaule. Après un temps qui lui parut interminable, il sentit ses muscles se relâcher, et sa respiration, quoique encore saccadée, parut s'apaiser.

Finalement, quand il jugea le moment propice, il mit deux doigts sous son menton et, avec mille précautions, tourna son visage vers lui.

— Regardez-moi, Kate, ordonna-t-il d'une voix douce mais ferme. Si vous me regardez, vous saurez qu'il n'y a rien à craindre.

Ses paupières se crispèrent, puis battirent quelques secondes, comme si elle refusait de voir ce qui la terrorisait. Quand elle parvint à les ouvrir, Anthony fut bouleversé. Si les yeux étaient la fenêtre de l'âme, quelque chose s'était brisé en Kate Sheffield cette nuit-là. Elle paraissait hantée, et complètement perdue.

— Je ne me souviens pas, chuchota-t-elle d'une voix à peine audible.

Anthony porta sa main, qu'il n'avait pas lâchée, à ses lèvres et l'embrassa, presque paternellement.

— Vous ne vous souvenez pas de quoi ?

Elle secoua la tête.

— Je ne sais pas.

— Vous vous rappelez être venue dans la bibliothèque ?

Elle acquiesça d'un signe de tête.

— Vous vous souvenez de l'orage ?

Elle ferma les yeux un instant, comme épuisée par l'effort de les garder ouverts.

— Il n'est pas fini, dit-elle avant de le regarder d'un air désespéré. Je ne peux pas… je ne…

— Vous n'avez pas besoin de dire quoi que ce soit, assura-t-il en lui pressant la main.

— Merci, souffla-t-elle, le corps agité d'un dernier frisson.

— Voulez-vous que je vous parle ? demanda-t-il.

Fermant les yeux, mais pas aussi fort que précédemment, elle hocha la tête. Il sourit, en espérant qu'à défaut de le voir, elle entendrait son sourire dans sa voix.

— Voyons… De quoi puis-je vous parler ?

— De la maison, chuchota-t-elle.

— De cette maison ? Très bien, ajouta-t-il, absurdement touché quand elle fit un signe affirmatif – cet endroit avait une telle importance pour lui. J'ai grandi ici, vous savez.

— Votre mère me l'a dit.

Une onde de chaleur s'épanouit dans sa poitrine quand elle lui répondit. Cela signifiait sûrement qu'elle se sentait mieux. Si elle avait eu les yeux ouverts – et s'ils n'avaient pas été assis sous la table –, la situation aurait paru presque normale.

— Voulez-vous que je vous raconte le jour où mon frère a noyé la poupée préférée de ma sœur ?

Elle secoua la tête, puis tressaillit lorsque, sous l'effet d'une bourrasque, la pluie tambourina sur les carreaux avec une férocité accrue. Mais elle affermit le menton et reprit :

— Parlez-moi de vous.

— Très bien, murmura Anthony en s'efforçant d'ignorer le sentiment d'inconfort qui le gagnait.

Il lui était infiniment plus facile de parler de ses frères et sœurs que de lui-même.

— Parlez-moi de votre père.

Il se figea.

— De mon père ?

— Vous devez bien en avoir eu un, dit-elle avec un sourire timide.

La gorge d'Anthony se noua. Il n'évoquait pas souvent son père, même avec sa famille. Non pas parce que sa mort remontait à plus de dix ans, mais tout bonnement parce que le sujet était encore trop douloureux.

— C'était... c'était un homme droit. Un père fabuleux. Je l'aimais énormément.

— Votre mère parle de lui avec une grande affection, dit-elle en croisant son regard pour la première fois. C'est la raison pour laquelle j'ai posé cette question.

— Nous l'aimions tous, dit-il simplement, en détournant les yeux et en regardant droit devant lui d'un air absent. C'était le père le plus formidable qu'un garçon puisse avoir.

— Quand est-il mort ?

— Il y a onze ans, au cours de l'été. J'avais dix-huit ans et je venais d'entrer à Oxford.

— C'est un âge difficile pour perdre son père, quand on est un homme.

Il tourna brusquement la tête vers elle.

— C'est difficile à n'importe quel âge.

— Bien sûr, acquiesça-t-elle, mais il y a des moments pires que d'autres, je crois. Et c'est sûrement différent pour les garçons et les filles. Mon père est décédé il y a cinq ans et il me manque terriblement, mais je ne pense pas que ce soit la même chose.

Il n'eut pas à poser la question, elle la lut dans ses yeux.

— Mon père était formidable, reprit-elle, alors que son regard s'animait. Il était doux et gentil, mais sévère quand il le fallait. Cependant, le père d'un garçon... Il faut qu'il apprenne à son fils comment être un homme. Alors, le perdre à dix-huit ans, quand on commence tout juste à le devenir... C'est sans doute présomptueux de ma part ne serait-ce que d'en parler, continua-t-elle après avoir soupiré longuement, puisque je ne suis pas un homme. Mais je pense... eh bien, je pense que ça doit être très difficile.

— Mes frères avaient seize, douze et deux ans, dit Anthony à voix basse.

— Je suppose que cela a été difficile pour eux aussi, encore que votre plus jeune frère ne se souvienne probablement pas de lui.

Anthony secoua la tête. Kate eut un sourire nostalgique.

— Moi non plus, je ne me souviens pas de ma mère. Cela fait un drôle d'effet.

— Vous aviez quel âge quand vous l'avez perdue ?

— C'était le jour de mes trois ans. Mon père a épousé Mary quelques mois plus tard. Il n'a pas observé la période de deuil normale, et certains de nos voisins en ont été choqués. Mais il pensait que me donner une mère était plus important que de respecter l'étiquette.

— De quoi est morte votre mère ? voulut savoir Anthony, surpris par sa propre curiosité.

— De la grippe. C'est ce que l'on a dit, en tout cas. Mais cela aurait pu être n'importe quelle forme d'affection pulmonaire. Ç'a été très rapide, poursuivit Kate, le menton posé sur la main. Mon père m'a dit que j'étais tombée malade, moi aussi, mais mon affection était moins grave.

Songeant au fils qu'il espérait avoir, et qui était la raison même qui le poussait à se marier, Anthony demanda :

— Est-ce qu'un parent qu'on n'a jamais connu vous manque ?

Kate réfléchit quelques secondes. Il y avait dans sa voix une urgence qui rendait difficile sa réponse. Elle ignorait quoi, mais, de toute évidence, quelque chose dans son enfance avait touché une corde sensible chez lui.

— Oui, finit-elle par dire, mais pas de la manière qu'on pourrait croire. Il ne peut pas vraiment vous manquer puisque vous ne l'avez pas connu. Cependant, il y a un trou dans votre existence, une grande place vide dont vous savez qu'il devrait l'occuper. Mais vous ne vous souvenez pas de lui, vous ne savez pas à quoi il ressemblait, alors vous ne pouvez pas savoir comment il aurait rempli ce vide. Est-ce que c'est compréhensible ? demanda-t-elle en esquissant un sourire triste.

— Tout à fait compréhensible.

— Je crois que perdre un parent que vous avez connu et aimé est plus dur. Je le sais parce que j'ai connu les deux situations.

— Je suis désolé.

— Ne le soyez pas. Le vieil adage est vrai : le temps panse toutes les blessures.

Au regard qu'il fixa sur elle, elle comprit qu'il ne partageait pas cette opinion.

— C'est vraiment plus difficile quand on est plus âgé, enchaîna-t-elle. Vous avez eu la chance de les connaître, mais la douleur de la disparition est plus intense.

— Ce fut comme si j'avais perdu un bras, murmura Anthony.

Kate se contenta de hocher la tête, avec l'intuition qu'il n'avait pas dû évoquer son chagrin avec beaucoup de monde.

— C'était peut-être mieux pour moi, alors, de perdre ma mère si jeune, dit-elle doucement. Et Mary a été merveilleuse. Elle m'aime comme sa propre fille. En fait...

Elle se tut, surprise de sentir brusquement les larmes lui monter aux yeux. Quand elle parla de nouveau, sa voix n'était plus qu'un chuchotement.

— En fait, pas une seule fois elle ne m'a traitée différemment d'Edwina. Je... je ne pense pas que j'aurais pu aimer davantage ma propre mère.

Anthony plongea son regard dans le sien.

— J'en suis si heureux, déclara-t-il d'une voix grave.

Kate déglutit.

— Elle est tellement drôle, parfois. Elle se rend sur la tombe de ma mère, juste pour lui raconter ce que je fais. C'est si gentil de sa part. Quand j'étais petite, je l'accompagnais pour dire à ma mère comment Mary se débrouillait.

— Et votre rapport était favorable ? demanda Anthony en souriant.

— Toujours.

Ils restèrent assis en silence pendant un moment, les yeux fixés sur la bougie, à regarder les gouttes de cire couler jusqu'au bougeoir. Quand la quatrième goutte se fut figée, Kate se tourna vers Anthony.

— Je suis sûre que je vais paraître d'un optimisme insupportable, mais je pense qu'un grand dessein régit l'existence.

Il arqua un sourcil interrogateur.

— Tout finit par s'arranger au mieux, expliqua-t-elle. J'ai perdu ma mère, mais j'ai gagné Mary. Et une sœur que j'aime tendrement. Et...

Un éclair illumina la bibliothèque. Kate se mordit la lèvre en s'obligeant à inspirer profondément. Le tonnerre allait retentir, mais elle s'y préparait...

Quand il ébranla la pièce, elle parvint à garder les yeux ouverts.

Après avoir expiré longuement, elle s'autorisa à sourire avec fierté. Ça n'avait pas été aussi difficile que cela. Pas drôle, certes, mais rien d'impossible non plus. Peut-être était-ce la présence réconfortante d'Anthony à côté d'elle, ou le pressentiment que l'orage s'éloignait, mais elle avait réussi à supporter l'épreuve sans être pétrifiée de terreur.

— Ça va ? s'enquit Anthony.

Elle tourna les yeux vers lui, et quelque chose s'amollit en elle quand elle vit son expression inquiète. Quoi qu'il ait pu faire par le passé, quelles qu'aient pu être leurs discussions et leurs disputes, à cet instant, il se souciait vraiment d'elle.

— Oui, répondit-elle, consciente de la surprise qu'exprimait sa voix malgré elle. Oui, je crois.

Il lui pressa doucement la main.

— Depuis combien de temps êtes-vous ainsi ?

— Ce soir ? Ou en général ?

— Les deux.

— Ce soir, depuis le premier coup de tonnerre. Je deviens assez nerveuse quand il se met à pleuvoir, mais, tant qu'il n'y a pas de tonnerre et d'éclairs, ça va. En fait, ce n'est pas la pluie qui m'ennuie, mais simplement la peur qu'elle puisse se transformer en tempête. Pour répondre à l'autre question, continua-t-elle après s'être humecté les lèvres, je ne me souviens pas d'une époque où je n'étais pas terrifiée par les orages. Ça fait partie de moi. C'est assez idiot, je le sais...

— Ce n'est pas idiot, coupa-t-il.

— C'est très gentil de votre part, dit-elle avec un demi-sourire penaud, mais c'est faux. Rien n'est plus idiot que de craindre quelque chose sans raison.

— Quelquefois... commença Anthony d'une voix heurtée, quelquefois, il y a des raisons qu'on ne peut expliquer. C'est quelque chose que l'on ressent au plus profond de soi, que nous savons être vrai, mais qui paraîtrait idiot à n'importe qui d'autre.

Kate le regarda fixement. À la lueur vacillante de la bougie, et juste avant qu'il ne détourne la tête, elle surprit un éclat douloureux dans ses yeux sombres. Et elle devina qu'il évoquait ses propres peurs, quelque chose qui le hantait chaque minute de chaque jour.

Elle n'avait pas le droit de lui demander de quoi il s'agissait. Mais Dieu qu'elle souhaitait – ô combien – être celle qui pourrait l'aider le jour où il serait prêt à affronter ses démons.

Mais cela ne serait pas. Il en épouserait une autre, peut-être même Edwina, et seule sa femme aurait le droit de parler avec lui de sujets aussi intimes.

— Je crois que je suis prête à retourner là-haut, fit-elle.

Tout à coup, il lui était trop pénible d'être en sa présence, trop douloureux de savoir qu'il appartiendrait à une autre.

Les lèvres d'Anthony esquissèrent un sourire gamin.

— Seriez-vous en train de me dire que je peux enfin m'extirper de sous cette table ?

— Ô mon Dieu ! Je suis vraiment désolée. Je crois que je n'avais même pas conscience de l'endroit où nous étions assis. Vous devez vraiment me prendre pour une nigaude.

— Jamais, Kate, répliqua-t-il sans cesser de sourire. Même quand je vous considérais comme la plus insupportable femelle de la création, je n'ai jamais douté de votre intelligence.

Kate, qui avait entrepris de s'extraire de sous la table, s'immobilisa à quatre pattes.

— Je ne sais pas si je dois me sentir complimentée ou insultée.

— Sans doute les deux, admit-il. Mais, au nom de l'amitié, décidons-nous pour le compliment.

Elle tourna la tête pour le regarder, consciente du ridicule de sa posture, mais également de l'importance du moment.

— Ainsi, nous sommes amis ? murmura-t-elle.

Il hocha la tête, puis se glissa près d'elle avant de se redresser.

— C'est difficile à croire, mais je pense que oui.

Avec un sourire, Kate prit la main qu'il lui tendait pour l'aider à se relever.

— Je suis contente. Vous n'êtes... vous n'êtes décidément pas le démon que je croyais.

Il haussa un sourcil d'un air moqueur.

— Enfin, peut-être que vous l'êtes, corrigea-t-elle. Mais peut-être que vous êtes aussi plutôt gentil.

— *Gentil* semble tellement insipide...

— *Gentil*, c'est gentil, insista-t-elle avec emphase. Étant donné ce que je pensais de vous, vous devriez être transporté de joie.

Il se mit à rire.

— Il y a au moins une chose de bien avec vous, Kate Sheffield, c'est que vous n'êtes jamais ennuyeuse.

— *Ennuyeuse* est si insipide...

Il sourit – un vrai sourire, dépourvu de cette ironie dont il usait en société –, et Kate sentit sa gorge se serrer.

— Je crains de ne pouvoir vous raccompagner jusqu'à votre chambre, dit-il. Si l'on croisait quelqu'un...

Kate acquiesça d'un signe de tête. Une amitié improbable venait de naître entre eux, mais elle ne voulait pas se retrouver dans l'obligation de l'épouser. Et il allait sans dire que *lui* ne voulait pas l'épouser, *elle*.

— Surtout vu votre tenue... ajouta-t-il avec un geste dans sa direction.

Baissant les yeux, Kate laissa échapper une exclamation étouffée et resserra les pans de son peignoir autour d'elle. Elle avait complètement oublié qu'elle n'était pas décemment vêtue. Certes, sa tenue n'avait rien de provocant, et son peignoir était particulièrement épais, mais il n'en demeurait pas moins qu'il s'agissait d'une tenue de nuit.

— Ça ira ? demanda-t-il. Il pleut toujours.

Kate s'immobilisa et écouta. La pluie, plus douce et régulière, ne cinglait plus les vitres.

— Je pense que l'orage est fini.

— La voie est libre, annonça-t-il après avoir jeté un regard dans le hall.

Il s'écarta pour la laisser passer. Mais, au moment de franchir le seuil, elle se retourna.

— Lord Bridgerton ?

— Anthony, corrigea-t-il. Vous devez m'appeler Anthony. Je crois que je vous ai déjà appelée Kate.

— Ah bon ?

— Oui, quand je vous ai découverte sous la table. Mais je ne pense pas que vous ayez entendu quoi que ce soit de ce que j'ai dit.

— Vous avez sans doute raison. Anthony, dit-elle avec un sourire hésitant.

Son prénom sonnait étrangement dans sa bouche.

Il se pencha légèrement en avant, une étincelle presque démoniaque dans le regard.

— Kate, murmura-t-il en retour.

— Je voulais juste vous remercier de m'avoir aidée cette nuit. Je... Ç'aurait été bien plus difficile sans vous, avoua-t-elle après s'être raclé la gorge.

— Je n'ai rien fait, observa-t-il d'un ton bourru.

— Détrompez-vous, souffla-t-elle, et elle sortit en hâte de crainte d'être tentée de rester.

# 13

*Les potins se font rares à Londres, puisqu'une grande partie de la bonne société se trouve dans la propriété campagnarde des Bridgerton, dans le Kent. Votre dévouée chroniqueuse ne peut qu'imaginer tous les commérages qui ne tarderont pas à déferler en ville. Il y aura un scandale, n'est-ce pas ? Il y a toujours un scandale lors d'une partie de campagne.*

*La Chronique mondaine de lady Whistledown*, 4 mai 1814

Le matin suivant fut de ceux qui suivent habituellement une violente tempête : clair et radieux, mais imprégné d'une humidité qui collait à la peau.

Cependant, Anthony demeura indifférent à ces considérations météorologiques, car le visage de Kate l'ayant obsédé une grande partie de la nuit, il n'avait sombré dans le sommeil qu'à l'apparition des premières lueurs de l'aube.

Il était midi passé quand il s'éveilla, avec la sensation d'être à la fois épuisé et consumé par une énergie nerveuse. Quand son estomac émit un tel grondement qu'il crut voir trembler le plâtre du plafond, il se leva en chancelant et enfila son peignoir. Bâillant à se décrocher la mâchoire, il s'approcha de la fenêtre, non pas pour regarder quelqu'un ou quelque chose en particulier, mais par habitude.

Et pourtant, une fraction de seconde avant que son regard ne survole la propriété, il sut ce qu'il allait voir.

Kate traversait la pelouse à pas lents. Bien plus lents que d'habitude, elle qui semblait toujours avoir le diable aux trousses.

Elle était trop éloignée pour qu'il puisse voir son visage. Il distinguait tout juste son profil et la courbe de sa joue. Cependant, il ne pouvait la quitter des yeux. Il y avait une telle magie dans sa silhouette, une grâce étrange dans la manière dont elle balançait le bras, un charme puissant dans le dessin de ses épaules...

Il comprit qu'elle se dirigeait vers les jardins, et il sut qu'il devait l'y rejoindre.

Le temps demeura contrasté pendant une grande partie de la journée, divisant les invités en deux camps : ceux qui invoquaient le soleil éclatant pour organiser des sorties à l'extérieur, et ceux qui arguaient de l'herbe humide et de la fraîcheur de l'atmosphère pour se réfugier dans le salon.

Kate se situait, bien sûr, dans le premier groupe, encore qu'elle ne fût pas d'humeur très sociable. Elle était trop songeuse pour faire l'effort de parler de tout et de rien avec des gens qu'elle connaissait à peine. Elle se réfugia une fois de plus dans les magnifiques jardins de lady Bridgerton et se dénicha un coin tranquille dans la roseraie. Le banc de pierre était froid et un peu humide lorsqu'elle s'y assit, mais, ayant mal dormi la nuit précédente, elle se sentait trop fatiguée pour arpenter les lieux.

De toute manière, c'était le seul endroit où elle était à peu près sûre de ne pas être dérangée. Si elle était restée dans la maison, on l'aurait sûrement enrôlée dans le groupe de dames qui bavardaient au salon tout en écrivant leur correspondance ou, pire, dans celui qui avait investi l'orangerie pour y poursuivre ses travaux de broderie.

Quant aux amateurs de grand air, ils s'étaient eux aussi scindés en deux groupes. L'un descendait au village pour faire des achats et admirer d'éventuels points de vue, tandis que l'autre entreprenait une promenade de santé jusqu'au lac.

Kate demeura assise quelques minutes, à regarder sans vraiment le voir le bouton étroitement enroulé d'une rose. Dieu qu'il était agréable d'être seule pour bâiller tout son soûl, et sans personne pour commenter vos cernes ou votre mutisme inaccoutumé !

Agréable d'être seule pour tenter de démêler les multiples réflexions que lui inspirait le vicomte... C'était une tâche impressionnante, mais qu'elle ne pouvait plus différer.

En fait, il n'y avait pas tant que ça à démêler. Car tout ce qu'elle avait appris dernièrement menait à une seule conclusion : elle ne pouvait s'opposer plus longtemps à ce que Bridgerton courtise Edwina.

Au cours des jours précédents, il avait prouvé qu'il était sensible, bienveillant et attaché aux principes. Et même héroïque, songea-t-elle avec un sourire, en se souvenant de la façon dont il avait arraché Pénélope Featherington aux griffes de Cressida Cowper.

Il était entièrement dévoué à sa famille ; il avait usé de sa position et de son pouvoir non pour dominer les autres, mais pour préserver quelqu'un d'une insulte ; il l'avait aidée lors de son attaque de panique avec une sensibilité qui, elle s'en rendait compte à présent, était stupéfiante.

Il avait la réputation d'être un débauché et un libertin – et peut-être l'était-il –, mais cela ne suffisait pas à le définir. La seule objection de Kate à son mariage avec Edwina, c'était...

Elle déglutit avec peine ; elle avait l'impression d'avoir dans la gorge une boule de la taille d'un boulet de canon.

Car, au plus profond de son cœur, elle le voulait pour elle-même.

Mais c'était égoïste. Elle avait passé sa vie à essayer de ne pas être égoïste, et elle ne demanderait jamais à Edwina de renoncer à Anthony pour une telle raison. Si sa sœur venait à soupçonner qu'elle éprouvait un quelconque sentiment pour le vicomte, elle mettrait fin à sa cour sur-le-champ. Et à quoi cela servirait-il ? Anthony trouverait simplement une autre jeune fille sur qui jeter son dévolu.

Ce n'était pas comme s'il avait l'intention de la demander, *elle,* en mariage. Il ne servirait à rien d'empêcher une union entre lui et Edwina, sauf à s'épargner le chagrin de le voir marié à sa sœur. Mais celui-ci s'estomperait avec le temps. N'avait elle pas déclaré elle-même que le temps pansait toutes les blessures ? Du reste, elle trouverait tout aussi douloureux de le voir marié à une autre femme. La seule différence serait qu'elle n'aurait pas à le rencontrer lors des baptêmes et autres fêtes familiales.

Le cœur lourd, Kate soupira si profondément que ses épaules s'affaissèrent. Soudain, une voix grave résonna à ses oreilles.

— Seigneur, que vous avez l'air sérieux.

Kate se releva si brusquement que l'arrière de ses jambes heurta le bord du banc de pierre et qu'elle vacilla.

— Milord... balbutia-t-elle.

— Je pensais bien vous trouver là, dit-il en esquissant un sourire.

Il était donc allé délibérément à sa recherche ? Elle rendit grâce au ciel qu'il ne puisse percevoir les battements précipités de son cœur.

D'un bref coup d'œil en direction du banc, il l'invita à y reprendre place.

— En fait, je vous ai vue de ma fenêtre, et je voulais m'assurer que vous alliez mieux.

Kate se rassit, dépitée. Il se montrait simplement poli. Mais à quoi s'attendait-elle donc ? Il était ridicule de sa part de rêver, ne serait-ce qu'un instant, qu'il pût y avoir plus. Il était gentil, ce dont elle avait fini par se rendre compte, et n'importe quelle personne gentille serait venue prendre de ses nouvelles après les événements de la nuit.

— Tout va bien, répondit-elle d'une voix un peu hachée. Je vous remercie.

— J'en suis heureux, fit-il en s'asseyant près d'elle. Je me suis inquiété pour vous une grande partie de la nuit.

Le cœur de Kate fit un bond dans sa poitrine.

— Vraiment ?

— Bien sûr. Comment aurait-il pu en être autrement ?

Kate déglutit. De nouveau cette infernale politesse ! Oh, elle ne doutait pas de la sincérité de sa sollicitude. Mais il était blessant de devoir l'attribuer à sa bonté naturelle plutôt qu'à un intérêt particulier à son égard.

Même si elle n'attendait rien d'autre, il lui était impossible de ne pas espérer.

— Je suis désolée de vous avoir dérangé cette nuit, dit-elle, en grande partie parce qu'elle s'y sentait obligée.

En vérité, elle était terriblement heureuse qu'il ait été là.

— Ne dites pas de sottises. Quand je pense que vous étiez toute seule pour affronter l'orage ! Je suis content d'être arrivé pour vous réconforter.

— Je suis en général toute seule durant les orages.

— Votre famille ne vous offre pas son aide ?

— Elle ignore que j'en ai toujours peur, avoua-t-elle d'un air penaud.

— Je vois. Il y a des moments où...

Anthony s'interrompit pour s'éclaircir la voix, avant de reprendre :

— Je pense que ce serait moins dur si vous cherchiez du réconfort auprès de votre mère et de votre sœur, mais je sais que...

De nouveau, il se racla la gorge.

— Je sais, répéta-t-il lentement, qu'il est souvent plus difficile de partager ses peurs avec ceux qu'on aime le plus.

Le regard pénétrant de Kate croisa le sien. L'espace d'une seconde, il eut la sensation bizarre qu'elle connaissait tout de lui, dans le moindre détail, de sa naissance à sa certitude qu'il mourrait prématurément.

C'était exaltant, mais, plus encore, terrifiant.

— Vous êtes un homme très sage, chuchota-t-elle.

Il lui fallut quelques secondes pour se souvenir de quoi ils étaient en train de parler. Ah oui, les peurs... Il était bien placé pour les connaître.

— La plupart du temps, je suis un homme plutôt idiot, répliqua-t-il avec un petit rire destiné à minimiser le compliment.

— Non, je crois que vous avez mis le doigt dessus, comme on dit. Il est évident que je n'en parlerais pas à Mary et à Edwina. Je ne veux pas les inquiéter.

Elle se mordilla pensivement la lèvre inférieure, et il trouva cela étrangement séduisant.

— Si j'étais vraiment honnête avec moi-même, continua-t-elle, je reconnaîtrais que mes motifs ne sont pas entièrement désintéressés. Une grande partie de mes réticences vient sûrement de mon refus de passer pour faible.

— Ce n'est pas un péché si terrible, commenta-t-il.

— Comparé à d'autres, sans doute, admit-elle avec un sourire. J'oserai avancer, cependant, que c'en est un qui vous est familier, à vous aussi.

Il se contenta d'acquiescer d'un signe de tête.

— Nous avons tous un rôle à jouer dans la vie, poursuivit-elle, et le mien a toujours été de me montrer forte et raisonnable. Se blottir sous une table pendant un orage n'est ni l'un ni l'autre.

— Votre sœur est probablement beaucoup plus forte que vous ne le pensez, déclara-t-il.

Elle essaya de déchiffrer son expression. Essayait-il de lui dire qu'il était tombé amoureux d'Edwina ? Il avait fait allusion à la beauté et à la grâce de sa sœur auparavant, mais jamais encore il n'avait évoqué sa personnalité.

Kate le scruta aussi longtemps qu'elle l'osa, en vain.

— Je n'ai jamais prétendu le contraire, finit-elle par dire. Mais, en tant qu'aînée, j'ai toujours dû me montrer forte pour elle. Alors qu'il lui suffisait d'être forte pour elle-même. Vous êtes le plus âgé, vous aussi. Je suis sûre que vous comprenez ce que je veux dire.

— Tout à fait, assura-t-il d'un air à la fois amusé et résigné.

Ils échangèrent un sourire complice. Et tandis qu'elle se sentait de plus en plus à l'aise avec lui, au point d'avoir envie de se presser contre lui pour sentir sa chaleur l'envelopper, elle sut que le moment était venu.

Elle devait lui dire qu'elle ne s'opposait plus à son union avec Edwina. Il aurait été injuste de ne pas le faire simplement parce qu'elle voulait le garder pour elle, ne serait-ce que durant quelques instants parfaits ici, dans les jardins.

Elle prit une profonde aspiration, carra les épaules et se tourna vers lui. Mais aucun son ne sortit de ses lèvres entrouvertes.

— Oui ? fit-il avec une expression amusée.

— Milord...

— Anthony, corrigea-t-il.

— Anthony, répéta-t-elle, non sans se demander pourquoi l'usage de son prénom rendait la chose encore plus difficile. Je dois vous parler.

— J'ai cru le comprendre.

Kate fixa des yeux son pied droit, qui traçait des demi-cercles dans le sable de l'allée.

— C'est... Euh... C'est au sujet d'Edwina.

— Votre sœur a un problème ? s'enquit-il doucement.

— Non, pas du tout, répliqua-t-elle en relevant la tête. Je crois qu'elle est dans le salon, en train d'écrire une lettre à notre cousin du Somerset. Cela fait partie des obligations des dames, vous savez.

— Quoi donc ? demanda-t-il, perplexe.

— D'écrire des lettres. Je ne suis pas une très bonne épistolière moi-même, ajouta-t-elle, son débit curieusement précipité, car j'ai rarement la patience de rester assise à une table assez longtemps pour rédiger une lettre entière. Sans parler de mon écriture, qui est une catastrophe. Mais la plupart des dames consacrent beaucoup de temps, chaque jour, à écrire des lettres.

Il essaya de ne pas sourire.

— Vous vouliez me prévenir que votre sœur aime écrire des lettres ?

— Non, bien sûr que non, marmonna-t-elle. C'est juste que vous m'avez demandé si elle allait bien ; j'ai répondu par l'affirmative et vous ai dit où elle se trouvait, et la conversation a dévié...

Il posa la main sur les siennes, et elle s'interrompit net.

— Que souhaitiez-vous me dire, Kate ?

Il la regarda avec intérêt se redresser et serrer la mâchoire. Elle paraissait se préparer à une tâche horrible. Puis elle déclara d'une traite :

— Je voulais juste vous faire savoir que je n'ai plus d'objection à ce que vous courtisiez Edwina.

Ce fut comme si un trou se creusait brusquement dans sa poitrine.

— Je... je vois, fit-il pour dire quelque chose.

— Je reconnais que j'avais un fort préjugé contre vous. Mais j'ai appris à vous connaître depuis mon arrivée à Aubrey Hall et, en toute conscience, je ne pouvais pas continuer à vous laisser penser que je me mettrais en travers de votre chemin. Ce... ce ne serait pas bien de ma part.

Anthony ne put que la fixer en silence. Il y avait quelque chose d'assez déconcertant dans sa volonté de le marier à sa sœur, alors qu'il avait passé la plus grande partie des deux derniers jours à lutter contre son envie de l'embrasser.

N'était-ce pas ce qu'il désirait, cependant ? Edwina ferait une épouse parfaite. Kate, non. Et tout badinage avec Kate était exclu s'il avait l'intention de se marier avec Edwina.

Elle lui donnait *exactement* ce qu'il voulait. Avec la bénédiction de sa sœur, Edwina l'épouserait la semaine suivante s'il le souhaitait.

Dans ce cas, pourquoi diable avait-il envie de la prendre par les épaules pour la secouer jusqu'à ce qu'elle ravale chacune de ses maudites paroles ?

C'était à cause de cette étincelle entre eux qui semblait ne jamais faiblir. À cause de cette tension qu'il ressentait chaque fois qu'elle entrait dans une pièce ou remuait l'orteil. À cause de cette impression angoissante qu'il pourrait, s'il n'y prenait garde, en venir à l'aimer.

Rien au monde n'aurait pu l'effrayer davantage.

Ironiquement, la mort était la seule chose dont il n'avait pas peur. Un homme sans attachement terrestre ne craint pas l'au-delà.

Anthony savait que l'amour était un sentiment exceptionnel et sacré. Il en avait été témoin chaque jour de son enfance, lorsque ses parents échangeaient un regard ou se tenaient par la main.

Mais l'amour était l'ennemi de l'homme à l'agonie. Goûter à la félicité et savoir que celle-ci vous serait brutalement arrachée, ce seul fait rendrait ses dernières années intolérables.

Ce fut sans doute la raison pour laquelle Anthony, quand il finit par réagir, ne l'attira pas contre lui pour l'embrasser à perdre haleine afin qu'elle comprenne qu'il brûlait pour elle, et non pour sa sœur.

Il se contenta de la regarder avec une impassibilité qu'il était loin de ressentir.

— Je suis soulagé, dit-il, avec la sensation étrange que ce n'était pas lui qui parlait, qu'il assistait à la scène en spectateur

— C'est ce que j'espérais, répliqua-t-elle avec un sourire contraint.

— Kate, je...

Elle ne saurait jamais ce qu'il avait eu l'intention de lui dire. En vérité, lui-même ne le savait pas.

Si ses mots furent perdus à jamais, ce fut parce qu'à cet instant, il l'entendit.

Un bourdonnement sourd. Un vrombissement, en fait. Le genre de bruit que la plupart des gens trouvent assez ennuyeux. Mais pour Anthony, rien n'aurait pu être plus terrifiant.

— Ne bougez pas, chuchota-t-il d'une voix durcie par la peur.

Kate plissa les yeux et, évidemment, tenta de regarder autour d'elle.

— Qu'y a-t-il ? Qu'est-ce qui ne va pas ?

— Surtout, ne bougez pas, lui ordonna-t-il de nouveau.

Elle glissa un coup d'œil à gauche, puis tourna le menton de quelques millimètres.

— Oh, mais c'est juste une abeille ! s'exclama-t-elle avec un sourire de soulagement, avant de lever la main pour la chasser. Pour l'amour du ciel, Anthony, ne refaites pas cela ! Vous avez presque réussi à m'effrayer.

— Je vous ai dit de ne pas bouger, fit-il entre ses dents, en refermant une main de fer sur son poignet.

— Anthony, voyons, ce n'est qu'une abeille, s'esclaffa-t-elle.

Il l'immobilisa de force, les yeux fixés sur l'infâme créature qui vrombissait autour de sa tête. Il était paralysé par la peur, la colère et autre chose qu'il n'aurait su nommer.

Il avait pourtant été en contact avec des abeilles durant les onze années écoulées depuis la mort de son père. En Angleterre, il était difficile d'y échapper. Jusqu'à cet instant précis, il s'était comporté envers elles avec fatalisme. Considérant qu'il suivrait en tout les traces de son père, il acceptait d'être terrassé par un misérable insecte. Mais, bon sang, il ne prendrait pas ses jambes à son cou pour être frappé le plus tard possible ! Quand l'une de ces bestioles tournicotait autour de lui, il riait, jurait et la chassait d'un geste de la main dédaigneux.

Et il n'avait jamais été piqué.

Mais voir cette abeille si dangereusement près de Kate, qui lui frôlait les cheveux et se posait sur sa manche de dentelle, c'était terrifiant, presque hypnotisant. Il imaginait déjà le monstre minuscule plantant son dard dans sa chair tendre, Kate suffoquant, puis s'effondrant sur le sol.

— Tenez-vous tranquille, murmura-t-il. Nous allons nous lever très lentement. Puis nous nous éloignerons.

— Anthony, que vous arrive-t-il ? demanda-t-elle, à la fois impatiente et perplexe.

Il tira sur sa main pour l'obliger à se lever, mais elle résista.

— Ce n'est qu'une abeille, répéta-t-elle avec une pointe d'exaspération dans la voix. Cessez de vous comporter aussi étrangement. Pour l'amour du ciel, elle ne va pas me tuer !

Ses mots demeurèrent comme supendus entre eux, presque comme des objets solides prêts à tomber et à les pulvériser.

— Elle le pourrait, finit-il par articuler d'une voix rauque.

Kate s'immobilisa, non pour suivre ses ordres, mais parce que quelque chose dans son attitude, dans son regard l'effrayait. Elle ne le reconnaissait plus. Il paraissait possédé par quelque démon inconnu.

— Anthony, dit-elle d'une voix qu'elle espérait calme et autoritaire, lâchez mon poignet immédiatement.

Elle tira, mais il ne céda pas. L'abeille continuait de vrombir autour d'elle.

— Anthony ! Arrêtez tout de…

Elle n'acheva pas sa phrase car, ayant réussi brusquement à se libérer de son étreinte, elle manqua de perdre l'équilibre, son bras décrivit un grand mouliné et son coude vint frapper l'abeille qui, avec un vrombissement irrité, plongea droit sur son décolleté.

— Oh, pour l'amour de… Aïe ! cria-t-elle lorsque l'abeille, assurément furieuse, planta son dard juste à la limite de son corsage. Bonté divine ! jura-t-elle, sans plus se soucier d'utiliser un langage châtié.

Il ne s'agissait que d'une piqûre d'abeille, certes, et ce n'était pas la première, mais il n'empêche que c'était douloureux.

— Et flûte ! maugréa-t-elle en rentrant le menton pour tenter de voir la petite trace rouge qui commençait à enfler. Il va falloir que j'aille demander un cataplasme, et il coulera sur ma robe. Au moins, elle est morte, la sale bête, ajouta-t-elle en repoussant, d'un geste désinvolte de la main, le cadavre de l'insecte. Il y a quand même une justice dans ce…

C'est alors que, levant la tête, elle vit le visage d'Anthony. Il n'était pas pâle, mais livide.

— Ô mon Dieu, murmura-t-il en bougeant à peine les lèvres. Ô mon Dieu…

Oubliant momentanément la douleur, elle se pencha vers lui.

— Anthony ? Qu'y a-t-il ?

Il parut alors sortir d'une transe et, d'un geste brusque, il lui empoigna l'épaule d'une main tandis que, de l'autre, il saisissait le rebord de son corsage et le tirait vers le bas pour dégager la piqûre.

— Milord ! s'écria Kate. Arrêtez !

Sans un mot, le souffle court, il la plaqua contre le dossier du banc, la main toujours accrochée à son corsage. Il ne le maintenait pas assez bas pour lui dégager les seins, mais bien plus bas que ne l'exigeait la décence.

— Anthony ! cria-t-elle alors, espérant attirer son attention par l'usage de son prénom.

Elle ne le reconnaissait pas. Il n'avait plus rien de commun avec l'homme qui se tenait assis à côté d'elle deux minutes plus tôt.

— Allez-vous vous taire ? siffla-t-il, les yeux rivés sur le rond rouge et gonflé qui marquait son décolleté.

Les doigts tremblants, il enleva le dard planté dans sa chair.

— Anthony, je n'ai rien ! Vous devez...

Les mots moururent sur ses lèvres quand, d'une manière peu délicate, il referma la main sur son sein tandis que, de l'autre, il tirait un mouchoir de sa poche.

— Que faites-vous ? s'écria-t-elle en lui agrippant la main pour essayer de la repousser.

— Ne bougez pas ! lui intima-t-il avant de commencer à presser son mouchoir contre la piqûre.

— Que faites-vous ? répéta-t-elle sans renoncer à tenter de se libérer.

Il ne leva pas les yeux.

— Je fais sortir le venin.

— Il y a *vraiment* du venin ?

— Il doit y en avoir, marmonna-t-il. Il est en train de vous tuer.

Tout d'abord, Kate resta médusée.

— Il est en train de me *tuer* ? Êtes-vous fou ? C'est une piqûre d'abeille, rien de plus.

Mais il était trop concentré sur sa tâche pour lui prêter attention.

— Anthony, reprit-elle d'une voix apaisante, je suis sensible à votre inquiétude, mais j'ai déjà été piquée par des abeilles au moins une demi-douzaine de fois. Et je...

— Lui aussi, il avait déjà été piqué, coupa-t-il.

Quelque chose dans sa voix fit courir un frisson dans son dos.

— Qui ? souffla-t-elle.

Il pressa plus fortement sur l'enflure, puis tapota avec son mouchoir le liquide clair qui s'en échappait.

— Mon père, dit-il. Et il en est mort.

— À cause d'une abeille ?

— Oui, une abeille. Vous n'avez donc pas écouté ?

— Anthony, une petite abeille ne peut pas tuer un homme.

Il cessa ses soins un instant pour la regarder. Son regard était dur, hanté.

— Je vous assure que si.

Kate ne parvenait pas à le croire, mais elle ne pensait pas non plus qu'il mentait. Aussi se tint-elle tranquille pendant quelques instants, comprenant qu'il avait plus besoin de soigner sa piqûre qu'elle de se soustraire à ses attentions.

— C'est encore enflé, marmonna-t-il en pressant plus fort. Je ne crois pas que tout soit sorti.

— Je suis sûre que tout ira bien, dit-elle doucement.

Son irritation contre lui s'était transformée en une inquiétude presque maternelle. Il avait le front plissé par la concentration et ses gestes demeuraient affolés. Il était épouvanté, comprit-elle, à la pensée qu'elle allait tomber raide morte sur ce banc, fauchée par une minuscule abeille.

Cela semblait incroyable, et pourtant, c'était la vérité.

— Ce n'est pas suffisant, fit-il d'une voix sourde en secouant la tête. Il faut que j'extraie le reste.

— Anthony, je crois que… Mais que faites-vous ?

Il avait repoussé le menton de Kate en arrière et s'approchait d'elle, presque comme s'il s'apprêtait à l'embrasser.

— Je vais devoir sucer le venin, annonça-t-il sombrement. Ne bougez pas, surtout.

— Anthony ! glapit-elle. Vous ne pouvez pas…

Un cri étouffé lui échappa, l'empêchant de terminer sa phrase, quand elle sentit ses lèvres se poser sur sa peau et l'aspirer doucement. Elle ne savait plus que faire, le repousser ou l'attirer vers elle.

Finalement, elle se figea. Car lorsqu'elle leva la tête et regarda par-dessus l'épaule d'Anthony, elle aperçut trois femmes qui les fixaient, l'air aussi médusées les unes que les autres.

Mary... Lady Bridgerton... Et Mme Featherington, la commère la plus redoutable de toute la haute société.

Et Kate sut à cet instant que sa vie ne serait plus jamais la même.

# 14

*Et si, effectivement, un scandale éclate dans la demeure campagnarde de lady Bridgerton, ceux d'entre nous qui sont restés à Londres peuvent être assurés que toutes les nouvelles croustillantes nous reviendront aux oreilles en moins de temps qu'il n'en faut pour le dire. Avec autant d'illustres commères à pied d'œuvre sur place, nous avons la garantie d'un rapport complet et circonstancié.*

*La Chronique mondaine de lady Whistledown*, 4 mai 1814

Pendant une fraction de seconde, elles demeurèrent pétrifiées, comme dans un tableau. Kate sous l'effet du choc, les matrones sous celui de l'horreur. Quant à Anthony, il continuait de sucer le venin, sans se rendre compte qu'ils avaient un public.

Du quintette, ce fut Kate qui recouvra ses esprits la première. Tout en criant un « Arrêtez ! » sonore, elle repoussa Anthony de toutes ses forces. Attaqué par surprise, il n'eut pas le temps de réagir et tomba assis sur les fesses.

— Anthony ? fit lady Bridgerton d'une voix chevrotante, comme si elle n'en croyait pas ses yeux.

Il tourna la tête.

— Mère ?

— Anthony, que faisais-tu ?

— Elle a été piquée par une abeille.

— Je me sens très bien, assura Kate en tirant sur son corsage. Je le lui ai dit, mais il n'a rien voulu entendre.

Les yeux de lady Bridgerton s'embuèrent.

— Je comprends, murmura-t-elle tristement.

Et Anthony sut qu'elle seule pouvait vraiment comprendre.

— Kate, intervint finalement Mary d'une voix étranglée, il avait la bouche sur ta... sur ton...

— Sur son sein, précisa Mme Featherington en croisant les bras sur son ample poitrine.

Elle affichait une moue désapprobatrice, mais il était clair qu'elle jouissait immensément de la situation.

— Pas du tout ! protesta Kate en bondissant sur ses pieds. J'ai été piquée là, précisa-t-elle en pointant du doigt la tache rouge sur sa clavicule.

Les regards des trois dames convergèrent sur la piqûre d'abeille, et toutes trois s'empourprèrent à l'identique.

— Ce n'est pas du tout près de mon sein ! se défendit Kate, trop horrifiée par la direction que prenait la conversation pour se soucier de l'inconvenance de ces précisions anatomiques.

— Ça n'en est quand même pas très loin, souligna Mme Featherington.

— Quelqu'un va-t-il la faire taire ? rugit Anthony, qui s'était relevé.

— Par exemple ! s'offusqua Mme Featherington. Jamais je...

— Non, *toujours*, répliqua Anthony.

— Que veut-il dire par là ? demanda Mme Featherington en poussant lady Bridgerton du coude.

Comme la vicomtesse ne répondait pas, elle se tourna vers Mary et répéta sa question. Mais Mary n'avait d'yeux que pour sa fille.

— Kate, viens ici immédiatement.

Docile, Kate vint se placer à côté d'elle.

— Alors ? dit Mme Featherington. Qu'allons-nous faire ?

Quatre paires d'yeux incrédules se tournèrent vers elle.

— Nous ? interrogea Kate d'une voix faible.

— Je ne vois pas en quoi cela vous regarde, lança Anthony.

Mme Featherington fit une grimace accompagnée d'un reniflement dédaigneux.

— Vous allez devoir épouser cette petite, lâcha-t-elle.

— *Quoi ?* s'étrangla Kate. Vous devez être folle.

— Je dois être la seule personne raisonnable dans ce jardin, répliqua Mme Featherington. Enfin, ma fille, il avait sa bouche sur votre téton, et nous l'avons toutes vu !

— C'est faux ! gémit Kate. J'ai été piquée par une abeille. Une abeille !

— Portia, intervint lady Bridgerton, je ne crois pas qu'un tel langage soit nécessaire.

— La délicatesse n'est plus vraiment de mise, riposta Mme Featherington. Voilà qui va constituer un potin de choix, quelle que soit la manière dont vous présenterez les choses. Le célibataire le plus endurci de la haute société tombe à cause d'une abeille. Je dois dire, milord, que ce n'est pas ce que j'avais imaginé.

— Il n'y aura aucun potin, gronda Anthony en s'avançant vers elle d'un air menaçant, pour la bonne raison que personne n'en dira un mot. Je ne supporterai pas que la réputation de Mlle Sheffield soit ternie de quelque manière que ce soit.

Mme Featherington écarquilla les yeux, incrédule.

— Parce que vous croyez garder cela pour vous ?

— Moi, je ne dirai rien, et je doute que Mlle Sheffield agisse autrement, déclara-t-il, les mains sur les hanches, en la foudroyant du regard.

C'était le genre de regard à terroriser un homme fait, mais Mme Featherington y était imperméable, ou peut-être était-elle tout simplement stupide. Aussi Anthony continua-t-il :

— Nos mères respectives ayant certainement à cœur de protéger notre réputation, il ne reste donc que vous, madame Featherington, comme seul membre de notre charmant petit groupe à pouvoir jouer les commères.

Mme Featherington devint cramoisie.

— N'importe qui a pu vous voir de la maison, se défendit-elle, de toute évidence dépitée de devoir renoncer à être l'unique témoin d'un si beau scandale.

Lady Bridgerton jeta un coup d'œil en direction de la maison, puis pâlit.

— Elle a raison, Anthony. Vous étiez parfaitement visibles de l'aile ouest.

— C'était une abeille ! gémit pratiquement Kate. Juste une abeille. Nous ne sommes tout de même pas obligés de nous marier à cause d'une abeille.

Seul le silence lui répondit. Son regard fit la navette entre Mary et lady Bridgerton, qui la contemplaient toutes deux avec un mélange d'inquiétude, de bonté et de pitié. Elle se tourna ensuite vers Anthony, dont l'expression était dure, fermée et totalement indéchiffrable.

Au désespoir, Kate ferma les yeux. Ce n'était pas ainsi que c'était censé se passer. Même si elle lui avait donné sa bénédiction pour épouser sa sœur, elle avait secrètement désiré qu'il soit à elle, mais pas dans ces conditions.

Seigneur, non, pas de cette manière ! Pas s'il devait se sentir pris au piège. Pas s'il devait passer le reste de son existence à la regarder en souhaitant qu'elle fût une autre.

— Anthony ? chuchota-t-elle en s'approchant de lui.

Peut-être que s'il lui parlait, ou simplement la regardait, elle pourrait glaner quelque information sur ce qu'il pensait.

— Nous nous marierons la semaine prochaine, déclara-t-il d'une voix ferme, mais dépourvue de toute émotion.

— Oh, très bien ! fit lady Bridgerton avec un soulagement évident en joignant les mains. Mme Sheffield et moi allons commencer les préparatifs immédiatement.

— Anthony, chuchota de nouveau Kate, d'une voix encore plus pressante, êtes-vous sûr ?

Elle lui prit le bras et essaya de l'entraîner loin des matrones. Elle ne réussit à l'écarter que de quelques centimètres, mais, au moins, ils n'étaient plus en face d'elles.

Il posa sur elle un regard implacable.

— Nous nous marierons, dit-il simplement, de ce ton de l'aristocrate qui entend être obéi. Il n'y a rien d'autre à faire.

— Mais vous ne voulez pas m'épouser.

Il arqua un sourcil.

— Et vous, vous voulez m'épouser ?

Kate garda le silence. Elle ne pouvait rien répondre si elle voulait conserver un semblant de fierté.

— Je pense que nous nous entendrons bien, continua-t-il, son expression se radoucissant. Après tout, nous sommes amis. C'est plus que ce que la plupart des hommes et des femmes ont au début de leur mariage.

— Vous ne pouvez pas vouloir cela, insista-t-elle. Vous souhaitiez épouser Edwina. Qu'allez-vous lui dire ?

— Je n'ai jamais fait aucune promesse à Edwina, répondit-il en croisant les bras. J'imagine que nous lui dirons simplement que nous sommes tombés amoureux.

Malgré elle, Kate leva les yeux au ciel.

— Ça, elle ne le croira jamais.

— Alors, dites-lui la vérité : que vous avez été piquée par une abeille, que j'essayais de vous venir en aide, et que nous avons été surpris dans une situation compromettante. Dites-lui ce que vous voulez, c'est votre sœur, après tout.

Kate se laissa retomber sur le banc avec un soupir.

— Personne ne croira que vous souhaitiez m'épouser. Tout le monde va penser que vous avez été piégé.

Anthony jeta un regard explicite en direction des trois femmes qui les observaient toujours avec grand intérêt, et leur lança :

— Cela vous ennuierait-il ?

Sa mère et celle de Kate reculèrent de plusieurs pas et se détournèrent pour leur laisser un peu d'intimité. Comme Mme Featherington ne faisait pas mine de les imiter, Violet la tira par le bras à lui déboîter l'épaule.

— Nous ne pouvons pas faire grand-chose pour empêcher les gens de bavarder, reprit Anthony en s'asseyant à côté de Kate. Surtout avec Portia Featherington comme témoin. Elle ne tiendra pas sa langue plus de temps qu'il ne lui en faut pour retourner à la maison, continua-t-il en s'appuyant au dossier, la cheville gauche posée sur le genou droit. Alors, autant tirer le meilleur parti de l'incident. Je dois me marier cette année...

— Pourquoi ?

— Pourquoi quoi ?

— Pourquoi devez-vous vous marier cette année ?

— Parce que je l'ai décidé, ce qui est une raison suffisante à mes yeux, répondit-il après avoir réfléchi un instant. Quant à vous, vous auriez fini par vous marier...

— Pour être honnête, l'interrompit-elle de nouveau, j'avais dans l'idée que non.

Anthony se raidit. Il lui fallut quelques secondes pour comprendre que c'était de rage.

— Vous envisagiez de rester vieille fille ?

Elle acquiesça d'un hochement de tête, le regard à la fois innocent et franc.

— C'est ce qui me semblait le plus probable, en effet.

Anthony aurait voulu tuer tous ceux qui, la comparant à Edwina, l'avaient décrétée inintéressante. Kate ne concevait visiblement pas qu'on pût la trouver séduisante et désirable, elle aussi.

Quand Mme Featherington avait annoncé qu'ils devaient se marier, sa réaction initiale avait été la même que celle de Kate : l'horreur. Pour ne rien dire du coup infligé à sa fierté. Aucun homme n'aimait à être contraint au mariage, et il était plutôt vexant d'y être forcé par une abeille.

Néanmoins, quand il avait vu Kate protester avec véhémence – ce qui n'était pas très flatteur pour lui, mais il supposait qu'elle aussi avait sa fierté –, un étrange sentiment de satisfaction l'avait envahi.

Il la voulait. Désespérément.

Jamais il ne se serait autorisé à la choisir pour épouse. Elle était bien trop dangereuse pour la paix de son esprit.

Puis le destin était intervenu, et puisqu'il semblait qu'il fût obligé de l'épouser... il ne voyait pas l'intérêt de protester haut et fort. Il y avait pire sort que de se retrouver marié à une femme intelligente et distrayante pour qui, d'autre part, il éprouvait un désir de tous les instants.

Il lui fallait simplement s'assurer de ne pas tomber amoureux d'elle. Mais cela ne devait pas être impossible. Dieu sait qu'elle le rendait fou la moitié du temps, avec ses discussions incessantes. Être marié à Kate pouvait se révéler plaisant. Il jouirait de son amitié, il jouirait de son corps, et cela n'irait pas plus loin.

Et il n'aurait pu souhaiter meilleure mère lorsqu'il ne serait plus là, ce qui n'était pas à négliger.

— Tout ira bien, assura-t-il avec autorité. Vous verrez.

Quoique ouvertement dubitative, elle hocha la tête. Cela dit, elle n'avait pas le choix. Elle venait juste de se faire surprendre par la commère la plus redoutable de Londres avec la bouche d'un homme sur son décolleté. S'il n'avait pas proposé de l'épouser, sa réputation aurait été ruinée à jamais.

Et si elle avait refusé de l'épouser… Elle aurait été considérée non seulement comme une femme perdue, mais aussi comme une idiote.

Anthony se leva brusquement.

— Mère ! aboya-t-il en se dirigeant vers lady Bridgerton. Ma fiancée et moi souhaitons bénéficier d'un peu d'intimité ici, dans ce jardin.

— Bien sûr, murmura Violet.

— Mais est-ce bien raisonnable ? observa Mme Featherington d'un air pincé.

Anthony se pencha vers sa mère et lui chuchota à l'oreille :

— Si vous ne la soustrayez pas à ma présence dans les dix secondes, je serai contraint de l'occire.

Lady Bridgerton étouffa un petit rire, hocha la tête et réussit à articuler :

— Bien sûr.

Une minute plus tard, Anthony et Kate se retrouvaient seuls.

— Je crois que nous serions bien inspirés de nous dissimuler à la vue de la maison, dit-il en glissant le bras sous le sien pour l'entraîner.

Il marchait à grands pas décidés, au point qu'elle avait du mal à le suivre.

— Milord, est-ce bien raisonnable ?

— On dirait Mme Featherington, lui fit-il remarquer sans ralentir l'allure.

— Que le ciel m'en préserve ! marmonna Kate. Il n'empêche que je maintiens ma question.

— Oui, je pense que c'est très raisonnable, répliqua-t-il en l'entraînant dans un petit belvédère.

Celui-ci était ouvert à tous les vents, mais les lilas qui l'entouraient les dissimulaient remarquablement à la vue.

— Mais...

— Savez-vous que vous discutez beaucoup trop ? coupa-t-il en esquissant un lent sourire.

— Vous m'avez amenée jusqu'ici pour me dire *ça* ?

— Non, répondit-il d'une voix traînante. Je vous ai amenée ici pour vous faire *ceci*.

Et, sans lui laisser la possibilité de prononcer une parole, il se pencha et s'empara de sa bouche pour la gratifier d'un baiser passionné. Ses lèvres voraces prenaient tout ce que Kate avait à donner et exigeaient encore davantage. La flamme qui palpitait au plus profond d'elle-même se mit à crépiter dix fois plus fort que lors de cette soirée, dans le bureau d'Anthony.

Elle se consumait. Seigneur, elle se consumait, mais voulait encore plus.

— Vous ne devriez pas me faire ça, murmura Anthony tout contre sa bouche. Franchement. Rien en vous ne correspond à ce que je cherche, et pourtant...

Kate laissa échapper un cri étouffé quand, appliquant les mains sur ses reins, il la pressa durement contre son érection.

— Vous voyez ? dit-il d'une voix haletante. Vous sentez ? Comprenez-vous seulement ? continua-t-il avec un petit rire rauque, presque moqueur. Non, bien sûr.

Il mordillait la chair tendre du lobe de son oreille, et Kate se sentait glisser en lui. Sa peau commençait à la brûler, et ses bras – les traîtres ! – se levaient pour entourer le cou d'Anthony.

Elle le voulait. Dieu qu'elle le voulait ! Et pourtant, elle n'aurait pas dû, car il l'épousait pour de mauvaises raisons.

C'était mal, très mal. Elle avait des doutes considérables sur ce mariage, et elle savait qu'elle aurait dû conserver les idées claires. Mais cela n'empêcha pas ses lèvres de s'écarter pour lui permettre d'investir sa bouche, ni sa propre langue de goûter timidement à la sienne.

Le désir qui enflammait son ventre, car c'était sûrement du désir, cette sensation étrange, exigeante, ne cessait de croître.

— Est-ce que je suis une personne horrible ? chuchota-t-elle, plus pour elle-même que pour lui. Cela signifie-t-il que je suis une fille perdue ?

Mais il l'entendit, et son souffle chaud et humide lui effleura la joue quand il répondit :

— *Non.*

Il approcha les lèvres de son oreille et répéta :

— *Non.*

Puis, posant sa bouche sur la sienne, il l'obligea à avaler le mot.

— *Non.*

Sous la caresse de sa voix persuasive, Kate inclina la tête en arrière. Elle avait l'impression d'être née pour cet instant.

— Vous êtes parfaite, murmura-t-il en refermant la main sur le doux renflement de son sein. Ici, maintenant, à cet instant, dans ce jardin, vous êtes parfaite.

Ces paroles ébranlèrent quelque peu Kate. Essayait-il de lui dire – ainsi qu'à lui-même, peut-être – que le lendemain, elle ne serait plus parfaite, et encore moins le jour suivant ? Mais ses lèvres, ses mains étaient si persuasives qu'elle s'efforça de chasser ces pensées déplaisantes de son esprit pour savourer la félicité enivrante de cet instant.

Elle se sentait belle. Elle se sentait… oui, *parfaite*. Et elle ne pouvait s'empêcher d'adorer l'homme auquel elle devait ces sensations.

La soutenant d'une main passée autour de sa taille, Anthony referma les doigts de l'autre main sur son sein qu'il pressa doucement. Il en sentait la pointe dure et érigée sous sa paume, même à travers la mousseline de son corsage, et ce ne fut qu'au prix d'un effort surhumain qu'il se retint de déboutonner sa robe.

Il imaginait déjà la scène, alors qu'ils échangeaient un nouveau baiser ardent. La robe qui glissait de ses épaules, dévoilant ses seins, parfaits eux aussi. Il en prendrait un dans la main, l'élèverait vers le soleil et, lentement, il inclinerait la tête jusqu'à frôler de la langue l'extrémité durcie.

Bon sang ! Il en avait tellement envie qu'il se sentait sur le point d'exploser.

Mais ce n'était ni le moment ni l'endroit. Non pas qu'il jugeât nécessaire d'avoir prononcé ses vœux matrimoniaux. En ce qui le concernait, dès lors qu'il s'était déclaré publiquement, elle lui appartenait. Mais il n'allait pas la culbuter dans le belvédère du jardin maternel. Il était trop fier – et il la respectait trop – pour agir ainsi.

À regret, il la détacha doucement de lui et, posant les mains sur ses épaules minces, il la tint à bout de bras afin d'échapper à la tentation.

Car la tentation était grande. Il commit l'erreur de regarder Kate et, à cet instant, il aurait juré qu'elle était aussi belle que sa sœur.

Sa séduction était différente. Ses lèvres, plus pleines, étaient moins à la mode mais appelaient davantage les baisers. Et comment avait-il pu ne pas remarquer la longueur de ses cils ? Quant à son teint, rosi par le désir, il évoquait l'aurore naissante, à cet instant précis où le soleil, paraissant à l'horizon, peint le ciel d'une subtile palette de roses et de pêche.

Ils demeurèrent ainsi une minute entière, à reprendre leur souffle, jusqu'à ce qu'Anthony finisse par laisser retomber les bras.

— Nous n'aurions pas dû faire cela, murmura Kate en portant la main à sa bouche.

Anthony s'adossa à l'un des piliers du belvédère, l'air fort satisfait de son sort.

— Pourquoi pas ? Nous sommes fiancés.

— Non, pas vraiment. Aucun accord n'a été passé, expliqua-t-elle en hâte comme il haussait les sourcils. Aucun papier n'a été signé. Et je n'ai pas de dot. Il faut que vous sachiez que je n'ai pas de dot.

— Essayez-vous de vous débarrasser de moi ? demanda-t-il avec un sourire.

— Bien sûr que non !

Comme elle paraissait hésiter, passant d'un pied sur l'autre, il s'avança vers elle.

— Vous n'essayez quand même pas de me fournir une raison de me débarrasser de vous ?

Kate rougit.

— No... on, mentit-elle.

C'était pourtant ce qu'elle faisait. Avec une stupidité sans égale, bien sûr, car s'il se rétractait, elle serait perdue à jamais, non seulement à Londres, mais aussi dans son petit village du Somerset.

Il n'empêche qu'il n'était pas facile d'être le second choix. Quelque chose en elle exigeait qu'il confirme ses soupçons, à savoir qu'il ne voulait pas d'elle comme femme, qu'il aurait préféré de beaucoup Edwina, qu'il ne l'épousait que parce qu'il y était contraint. Quitte à souffrir horriblement, elle préférait connaître la vérité. Au moins, elle saurait exactement à quoi s'en tenir. Car pour l'instant, elle avait l'impression d'avoir les pieds pris dans des sables mouvants.

— Que les choses soient claires, reprit Anthony d'un ton ferme, en la fixant avec une telle intensité qu'elle ne put détourner le regard. J'ai dit que j'allais vous épouser.

Je suis un homme de parole. Toute spéculation supplémentaire à ce sujet serait des plus insultantes.

Kate hocha la tête, sans toutefois pouvoir s'empêcher de penser : « Fais attention à ce que tu souhaites… Fais attention à ce que tu souhaites. »

Elle venait juste d'accepter d'épouser l'homme même dont, craignait-elle, elle était en train de tomber amoureuse. Et la seule question qui la tourmentait était de savoir s'il pensait à Edwina quand il l'embrassait.

« Fais attention à ce que tu souhaites, lui serinait sa conscience. Car tu pourrais bien l'obtenir. »

# 15

*Une fois de plus, votre dévouée chroniqueuse avait raison. Les parties de campagne donnent lieu, effectivement, aux fiançailles les plus surprenantes.*

*Oui, cher lecteur, c'est certainement ici que vous le lirez pour la première fois : le vicomte Bridgerton va épouser Mlle Katharine Sheffield. Non pas Mlle Edwina, comme la rumeur en avait couru, mais Mlle Katharine.*

*Quant à savoir la manière dont ces fiançailles ont été conclues, les détails ont été étonnamment difficiles à obtenir. Votre dévouée chroniqueuse tient d'une autorité incontestable que le nouveau couple a été surpris dans une situation compromettante et que Mme Featherington en a été témoin, mais Mme F. a gardé un silence inaccoutumé au sujet de cette affaire. Étant donné le penchant de cette dame pour les commérages, votre dévouée chroniqueuse ne peut qu'en déduire que le vicomte (qui n'a pas la réputation d'avoir froid aux yeux) a menacé Mme F. de représailles physiques si elle en murmurait ne serait-ce qu'une syllabe.*

*La Chronique mondaine de lady Whistledown,*
11 mai 1814

Kate ne tarda pas à se rendre compte que la notoriété ne lui plaisait guère.

Les deux derniers jours dans le Kent avaient déjà été pénibles. Une fois leurs fiançailles annoncées au dîner, elle n'avait plus eu une seconde de répit entre les félicitations, les questions, et les sous-entendus dont l'accablaient les invités de lady Bridgerton.

Le seul moment où elle s'était sentie vraiment à l'aise avait été quand, quelques heures après l'annonce d'Anthony, elle avait enfin eu l'occasion de discuter avec Edwina en privé. Celle-ci l'avait entourée de ses bras en se déclarant « ravie, excitée, et pas le moins du monde surprise » !

Kate ayant exprimé son étonnement, Edwina s'était contentée de hausser les épaules.

— Il me semblait évident qu'il était épris. Je ne comprends pas pourquoi personne d'autre ne l'a remarqué.

Ce qui avait laissé Kate assez perplexe, dans la mesure où elle savait qu'Anthony avait des vues sur Edwina.

Une fois de retour à Londres, la situation avait encore empiré. Tous les membres de la bonne société paraissaient trouver impératif de s'arrêter à la petite maison que louaient les Sheffield pour rendre visite à la future vicomtesse. La plupart s'arrangeaient pour glisser dans leurs félicitations une bonne dose de sous-entendus peu flatteurs. Personne ne croyait possible que le vicomte désire *vraiment* épouser Kate, et personne ne semblait s'apercevoir à quel point le lui dire en face était grossier.

— Ma foi, vous avez eu de la chance, déclara lady Cowper, mère de l'infâme Cressida Cowper qui, pour sa part, n'adressa pas un mot à Kate et se contenta de bouder dans son coin en la fusillant du regard.

— Je n'aurais *jamais* deviné qu'il s'intéressait à vous, avoua Mlle Gertrude Knight, dont l'expression disait clairement qu'elle n'y croyait toujours pas et, peut-être même, espérait que ces fiançailles se révéleraient une farce, malgré le faire-part publié dans le *London Times*.

Quant à lady Danbury, bien connue pour ne pas mâcher ses mots, elle avait lâché :

— Je ne sais pas comment vous l'avez attrapé, mais ça a été vite fait, bien fait. Il y a quelques donzelles qui aimeraient bien prendre une leçon ou deux avec vous, c'est moi qui vous le dis.

Kate se contentait de sourire – en tout cas, s'y efforçait, sans être persuadée, toutefois, que ses efforts pour se montrer gracieuse et amicale étaient très convaincants –, de hocher la tête et de murmurer : « J'ai beaucoup de chance, en effet » chaque fois que Mary lui donnait un coup de coude.

Quant à Anthony, il s'était débrouillé pour se soustraire à la pénible curiosité qu'elle-même avait dû supporter. Il lui avait expliqué qu'il devait rester à Aubrey Hall pour régler quelques problèmes avant le mariage, prévu le samedi suivant. C'est-à-dire seulement neuf jours après l'incident dans le jardin. Mary avait craint qu'une telle précipitation ne fasse « jaser ». Mais lady Bridgerton lui avait répliqué que l'on jaserait de toute façon, et que Kate offrirait moins de prise à la médisance une fois protégée par le nom d'Anthony.

Kate soupçonnait la vicomtesse, réputée pour son désir ardent de marier ses enfants adultes, de vouloir simplement mener Anthony devant l'archevêque avant qu'il ne change d'avis.

Elle était cependant d'accord avec elle. Même si la perspective du mariage la rendait nerveuse, elle n'était pas du genre à différer les choses. Une fois sa décision prise – ou prise pour elle, en l'occurrence –, elle ne voyait pas de raison de lanterner. Et si une union hâtive donnait à jaser, plus tôt Anthony et elle seraient mariés, plus vite les commérages cesseraient, et plus vite elle retrouverait une existence obscure.

Quoique sa vie ne serait plus la même, évidemment. Dès à présent, prise dans un tourbillon d'activités, elle ne s'appartenait plus vraiment. Lady Bridgerton la traînait de boutique en boutique et dépensait des sommes folles pour constituer son trousseau. Kate avait rapidement compris que toute résistance était inutile. Lorsque lady Bridgerton – ou Violet, comme elle lui avait demandé de l'appeler – avait quelque chose en tête, mieux valait ne pas la contredire. Mary et Edwina les avaient accompagnées lors de l'une de ces sorties, mais avaient rapidement déclaré forfait, préférant aller manger une glace chez *Gunter*.

Finalement, deux jours seulement avant la cérémonie, Kate reçut un mot d'Anthony lui demandant d'être chez elle à 16 heures, heure à laquelle il lui rendrait visite. Kate se sentait un peu nerveuse à l'idée de le revoir. En ville, tout semblait différent, plus solennel. Néanmoins, elle profita de l'occasion pour éviter un autre après-midi à courir les couturières, les modistes, les gantières et toutes les boutiques dans lesquelles Violet comptait la traîner.

C'est ainsi que, pendant que Mary et Edwina faisaient quelques courses – Kate ayant fort commodément omis de leur faire part de la venue du vicomte –, elle s'assit dans le salon et attendit, Newton assoupi à ses pieds.

Anthony avait passé une grande partie de la semaine à réfléchir. À Kate, bien sûr, ainsi qu'à leur future union.

Il était inquiet à l'idée que, s'il n'y prenait garde, il pourrait tomber amoureux d'elle. La solution, lui semblait-il, consistait donc à se tenir sur ses gardes. Et plus il y songeait, plus il était convaincu que cela ne poserait pas de problème. Un homme, après tout, devait savoir contrôler ses actes et ses sentiments. Il n'était pas stupide ; il savait que l'amour existait. Mais il croyait aussi à la force de l'esprit et, peut-être plus important encore, à la force de la volonté. S'il ne voulait pas tomber amoureux, eh bien, il ne tomberait pas amoureux. C'était aussi simple que cela. Ça *devait* l'être, en tout cas.

Il lui faudrait, cependant, en discuter avec Kate avant le mariage. Certains points devaient être précisés. Non pas vraiment des règles… mais des « arrangements ».

Il fallait que Kate comprenne exactement ce qu'elle pouvait attendre de lui, et ce que lui attendait en retour. Leur union n'était pas un mariage d'amour, et ne le serait jamais. Sans doute ne se faisait-elle aucune illusion à ce sujet, mais il ne voulait pas qu'un éventuel malentendu n'engendre un désastre.

À 15 h 58 précises, Anthony se présenta devant la porte des Sheffield, en s'efforçant d'ignorer la demi-douzaine de personnes de sa connaissance qui, par un curieux hasard, passaient justement dans la rue.

Mais il n'était pas surpris. Même s'il venait de rentrer à Londres, il avait bien conscience que ses fiançailles constituaient le dernier scandale dont on parlait.

Le domestique qui lui ouvrit la porte le guida jusqu'au salon. Kate était assise sur le sofa ; ses cheveux relevés en chignon étaient couronnés d'un ridicule petit chapeau qui, supposa-t-il, était censé s'harmoniser avec la dentelle blanche dont sa robe bleu pâle était gansée.

Le chapeau serait la première chose à disparaître une fois qu'ils seraient mariés. Kate avait une chevelure splendide, épaisse et lustrée. Il savait que les convenances imposaient qu'elle porte un chapeau quand elle sortait, mais, franchement, il lui semblait criminel de cacher ses cheveux dans l'intimité de son propre foyer.

Avant même qu'il puisse ouvrir la bouche pour la saluer, elle désigna le service à thé en argent disposé sur la table devant elle.

— J'ai pris la liberté de faire servir le thé. L'air est un peu frais et j'ai pensé que vous aimeriez en boire une tasse. Si ce n'est pas le cas, je me ferai un plaisir de demander autre chose.

L'air n'était pas frais, pas qu'il l'eût remarqué, en tout cas. Ce qui ne l'empêcha pas de répondre :

— J'accepte avec plaisir, merci.

Kate s'empara de la théière, puis, juste avant de verser, suspendit son geste et fronça les sourcils.

— Je ne sais même pas comment vous prenez votre thé.

— Avec du lait. Et sans sucre, dit-il en esquissant un sourire.

Elle hocha la tête, et reposa la théière pour prendre le pot à lait.

— C'est une chose qu'une épouse devrait savoir.

Il s'assit dans un fauteuil disposé perpendiculairement au sofa.

— À présent, vous le savez.

Elle prit une profonde inspiration.

— Oui, je le sais, murmura-t-elle.

Anthony s'éclaircit la voix tout en la regardant verser le thé. Elle ne portait pas de gants et il s'aperçut qu'il aimait contempler ses mains à l'ouvrage. Elle avait des doigts longs et fins, d'une grâce qui le surprit vu le nombre de fois où elle lui avait écrasé les orteils lorsqu'ils dansaient.

Évidemment, quelques-uns de ces faux pas avaient été intentionnels, mais moins, sans doute, que ce qu'elle aurait aimé lui faire croire.

— Tenez, murmura-t-elle en lui tendant sa tasse. Attention, c'est chaud. Je n'ai jamais été amateur de thé tiède.

Voilà qui ne l'étonnait pas. Kate n'était pas du genre à aimer les demi-mesures, et c'était l'un de ses traits de caractère qu'il appréciait le plus.

— Milord ? dit-elle poliment comme il ne bougeait pas.

Quand Anthony se saisit de la soucoupe, il laissa ses doigts frôler ceux de Kate. Elle rougit légèrement, ce qui lui plut sans qu'il sache pourquoi.

— Aviez-vous quelque chose de particulier à me dire, milord ?

— « Anthony », rectifia-t-il. Et ne puis-je rendre visite à ma fiancée pour le simple plaisir de sa compagnie ?

Elle lui adressa un regard perspicace par-dessus le bord de sa tasse.

— Bien sûr que vous le pouvez, mais je ne crois pas que ce soit le cas, répliqua-t-elle non sans impertinence.

— Il se trouve que vous avez raison.

« Comme d'habitude », crut-il l'entendre murmurer.

— Je pensais que nous devrions discuter de notre mariage, enchaîna-t-il.

— Je vous demande pardon ?

— Nous sommes tous deux des personnes à l'esprit pratique. À mon avis, nous serons plus à l'aise une fois que nous saurons précisément ce que nous pouvons attendre l'un de l'autre.

— Euh... Bien sûr.

— Très bien, dit-il en reposant sa tasse sur la table. Je suis heureux que vous soyez d'accord avec moi.

Kate hocha lentement la tête, mais elle garda le silence. Elle l'étudia tandis qu'il se raclait la gorge. On aurait dit qu'il se préparait à faire un discours au Parlement.

— Nous n'avons pas eu un départ des plus favorables, reprit-il, avant de froncer légèrement les sourcils comme elle acquiesçait d'un signe de tête. Mais depuis, nous avons réussi – et j'espère que vous pensez de même – à tisser des liens d'amitié.

Elle hocha de nouveau la tête, soupçonnant qu'elle pourrait bien ne rien faire d'autre durant toute cette conversation.

— Or, l'amitié entre un mari et sa femme est de la plus haute importance, continua-t-il. Elle est même plus importante, selon moi, que l'amour.

Cette fois, pourtant, elle n'acquiesça pas.

— Notre mariage sera donc fondé sur l'amitié et le respect mutuels, annonça-t-il d'un ton pontifiant, et rien ne saurait me satisfaire davantage.

— Le respect, répéta Kate, uniquement parce qu'il semblait attendre qu'elle dise quelque chose.

— Je ferai de mon mieux pour être un bon mari. Et, à condition que vous ne me refusiez pas votre couche, je vous serai fidèle ainsi qu'à nos vœux.

— Voilà qui est très clair, murmura-t-elle.

Il n'avait rien dit de surprenant et, pourtant, ses propos l'agaçaient.

— J'espère que vous me prenez au sérieux, Kate, fit-il en plissant les yeux.

— Oh, tout à fait !

— Très bien.

Mais il lui jeta un drôle de regard, et elle se demanda s'il la croyait.

— En retour, continua-t-il, j'attends de vous que vous ne fassiez rien qui souillerait le nom de ma famille.

Kate se raidit.

— Cela va sans dire.

— Je le savais. C'est l'une des raisons pour lesquelles je suis si heureux de ce mariage. Vous ferez une excellente vicomtesse.

C'était censé être un compliment, mais il sonnait un peu creux, et s'accompagnait peut-être même d'une pointe de condescendance. Elle aurait préféré s'entendre dire qu'elle ferait une excellente épouse.

— Nous aurons donc de l'amitié et du respect l'un pour l'autre, et des enfants – des enfants intelligents, Dieu merci, étant donné que vous êtes la femme la plus intelligente que je connaisse.

Voilà qui rachetait sa condescendance. Mais Kate eut à peine le temps de le remercier d'un sourire qu'il continua :

— Mais vous ne devez pas vous attendre à de l'amour. Ce mariage ne sera pas un mariage d'amour.

Une boule affreuse se forma dans la gorge de Kate. Elle se surprit pourtant à acquiescer de nouveau, sauf que, cette fois, chaque hochement de tête ajoutait à la peine qui lui étreignait le cœur.

— Il y a certaines choses que je ne peux pas vous donner, et l'amour, j'en ai peur, en fait partie.

— Je comprends.

— Vraiment ?

— Bien sûr, répondit-elle d'un ton presque mordant. Vous l'écririez sur mon bras que ce ne serait pas plus clair.

— Je n'avais jamais envisagé de me marier par amour.

— Ce n'est pas ce que vous m'avez dit lorsque vous courtisiez Edwina.

— Lorsque je courtisais Edwina, c'est *vous* que j'essayais d'impressionner.

— À cet instant précis, vous ne m'impressionnez pas, rétorqua-t-elle, les yeux étrécis.

Il expira longuement avant de dire :

— Kate, je ne suis pas venu ici pour me disputer avec vous. Je pensais simplement qu'il valait mieux être honnête l'un vis-à-vis de l'autre avant notre mariage.

— Bien sûr, dit-elle avec un soupir.

Il n'avait pas eu l'intention de l'insulter, et elle n'aurait pas dû réagir de manière aussi excessive. Elle le connaissait suffisamment pour savoir qu'il n'agissait ainsi que par honnêteté envers elle.

Il n'empêche que c'était douloureux. Kate ne savait pas si elle l'aimait, mais elle était à peu près certaine qu'elle *pourrait* l'aimer, et redoutait qu'après quelques semaines de mariage elle l'aime bel et bien.

Et ce serait si agréable qu'il l'aime en retour...

— Mieux vaut que nous nous comprenions bien dès maintenant, dit-il doucement.

Kate ne cessait plus de hocher la tête. Un corps en mouvement tendait à rester en mouvement, et elle craignait, si elle s'arrêtait, de faire quelque chose de vraiment stupide, comme de se mettre à pleurer.

Par-dessus la table, il lui prit la main, ce qui la fit tressaillir.

— Je ne voulais pas que vous vous fassiez des illusions en vous engageant.

— Je comprends, milord.

Il fronça les sourcils.

— Je croyais vous avoir dit de m'appeler Anthony.

— Vous me l'avez dit, milord.

Il lui lâcha la main, et Kate eut l'impression étrange d'être abandonnée.

— Avant de partir, je dois vous donner quelque chose, murmura-t-il en fouillant dans sa poche sans quitter son visage des yeux. Veuillez accepter mes excuses d'avoir tant tardé à vous offrir une bague de fiançailles, ajouta-t-il en lui tendant un écrin.

Kate caressa du bout des doigts le velours bleu du petit coffret avant de l'ouvrir. Il contenait un anneau d'or plutôt simple, orné d'un diamant.

— C'est un bijou de famille. Il y avait plusieurs bagues de fiançailles dans la collection, mais j'ai pensé que celle-ci vous plairait. Les autres étaient plutôt imposantes et très chargées.

— Elle est magnifique, souffla Kate, incapable de la quitter des yeux.

— Me permettez-vous ? dit-il en se saisissant de la bague.

Elle tendit la main, non sans se maudire intérieurement quand elle s'aperçut qu'elle tremblait. Il le remarqua sans doute, mais n'en dit rien, et se contenta d'affermir sa main avec l'une des siennes tandis que, de l'autre, il glissait la bague à son annulaire.

— Elle vous va bien, non ? fit-il remarquer sans lui lâcher les doigts.

Kate acquiesça en silence, les yeux toujours rivés sur la bague. Elle n'en possédait que très peu, et celle-ci serait la première qu'elle porterait en permanence. Elle lui paraissait curieusement froide, lourde et très, très solide, à son doigt. Cette bague semblait rendre plus réel tout ce qui s'était passé au cours de la semaine précédente. Plus définitif, aussi.

Anthony s'inclina vers elle, puis porta sa main à ses lèvres.

— Nous pourrions peut-être sceller notre accord d'un baiser, murmura-t-il.

— Je ne suis pas sûre que…

Avec un sourire malicieux, il l'attira à lui.

— Moi, si.

Mais alors que Kate arrivait sur ses genoux, elle heurta accidentellement Newton qui condamna d'un aboiement sonore et plaintif cette interruption brutale de sa sieste.

Haussant les sourcils, Anthony se pencha par-dessus Kate.

— Je n'avais même pas vu qu'il était là.

— Il dormait. Il a le sommeil lourd.

Cependant, une fois réveillé, Newton refusa d'être laissé à l'écart et, avec un nouveau jappement, il bondit sur les genoux de Kate.

— Newton ! s'écria-t-elle.

— Oh, pour l'amour de…

Mais l'imprécation d'Anthony tourna court quand Newton lui appliqua un grand coup de langue baveux.

— Je crois qu'il vous aime bien, commenta Kate, si amusée par l'expression dégoûtée d'Anthony qu'elle en oublia sa gêne d'être assise sur ses genoux.

— Le chien, tu descends de là ! ordonna Anthony.

Newton baissa la tête et gémit.

— Immédiatement !

Avec un gros soupir, le corgi pivota et se laissa tomber sur le parquet.

— Ma foi, dit Kate en jetant un coup d'œil au chien, qui boudait à présent sous la table, le museau écrasé sur le tapis, je suis impressionnée.

— Tout est dans le ton, expliqua Anthony en lui entourant la taille du bras pour l'empêcher de se lever.

Kate regarda son bras, puis son visage, et arqua un sourcil interrogateur.

— Pourquoi ai-je l'impression que vous trouvez ce ton aussi efficace avec les femmes ?

Il haussa les épaules et se pencha vers elle, un sourire suave aux lèvres.

— En général, il l'est, murmura-t-il.

— Pas avec celle-ci, riposta-t-elle en agrippant des deux mains les bras du fauteuil pour essayer de se dégager.

Mais il était bien trop fort.

— Particulièrement avec celle-ci, contra-t-il, à voix si basse qu'on aurait dit un ronronnement.

De sa main libre, il lui prit le menton pour tourner son visage vers le sien. Ses lèvres étaient douces mais exigeantes, et il explora sa bouche avec une application qui la laissa haletante.

Il déposa une série de baisers de sa joue jusqu'à son cou, ne s'arrêtant que le temps de chuchoter :

— Où est votre mère ?

— Sortie.

— Pour combien de temps ? demanda-t-il avant de tirer le bord de son corsage de ses dents.

— Je l'ignore.

Un petit cri lui échappa quand, de la pointe de la langue, il dessina une ligne sensuelle sur sa peau.

— Grands dieux, Anthony, que faites-vous ?

— Combien de temps ? répéta-t-il.

— Une heure. Peut-être deux.

D'un coup d'œil, il s'assura qu'il avait bien refermé la porte derrière lui.

— Peut-être deux ? murmura-t-il en souriant tout contre sa peau. Vraiment ?

— Peut-être... peut-être juste une.

Il glissa l'index sous le bord de son corsage, près de l'épaule, en prenant soin d'attraper sa camisole en même temps.

— Même une seule, ce serait splendide.

Puis, ne s'arrêtant que le temps de capturer les lèvres de Kate pour étouffer une éventuelle protestation, il tira d'un geste vif sa robe vers le bas, entraînant sa camisole dans la foulée.

Il sentit son halètement de surprise dans sa bouche, mais approfondit son baiser tout en soulevant dans sa paume l'un de ses seins ronds. Il était doux et ferme à la fois, et emplissait sa main comme s'il avait été fait pour elle.

Quand il sentit s'évanouir ses dernières résistances, il glissa la bouche vers son oreille, dont il mordilla doucement le lobe.

— Aimez-vous cela ? murmura-t-il en pressant doucement son sein.

Elle eut un hochement de tête saccadé.

— Mmmm, bien, souffla-t-il. Cela rendrait les choses très difficiles si ce n'était pas le cas.

— Co... comment cela ?

Il lutta pour contenir le rire qui lui montait aux lèvres. Ce n'était absolument pas le moment, mais elle était si diablement innocente ! Il n'avait encore jamais fait l'amour à une femme comme elle, et se surprenait à trouver cette perspective délicieuse.

— Disons simplement que cela me plaît beaucoup, à moi, reprit-il.

— Oh ! murmura-t-elle en lui adressant un sourire timide.

— Il y a plus, vous savez, lui chuchota-t-il à l'oreille.

— J'en suis convaincue, répondit-elle dans un souffle.
— Vraiment ? s'enquit-il, taquin.
— Je ne suis pas naïve au point de croire qu'on peut avoir un bébé avec ce que nous avons fait.
— Je serais heureux de vous montrer le reste.
— Pas... Oh !
Il venait de presser de nouveau son sein, en ajoutant cette fois un chatouillement du bout des doigts. Qu'elle perde contenance quand il la caressait le ravissait.
— Vous disiez ? fit-il en lui mordillant le cou.
— Je... je disais quelque chose ?
— J'en suis certain. Mais peut-être que je préfère ne pas l'entendre. Cela commençait par « pas ». Voilà un mot, ajouta-t-il en suivant de son autre main la ligne de son cou, qui ne nous concerne pas, en un moment comme celui-ci. Mais je m'égare.
— Vous... vous croyez ?
Il hocha la tête.
— Il me semble que j'étais en train d'essayer de déterminer ce qui vous plaisait, comme tout bon mari se devrait de le faire.
Elle ne dit rien, mais sa respiration s'accéléra.
— Que pensez-vous, par exemple, de ceci ?
Il ouvrit la main, de sorte qu'elle ne soutenait plus son sein, et effleura légèrement de la paume la pointe érigée.
— Anthony ! fit-elle avec un cri étranglé.
— Bien, je suis heureux que nous en revenions à « Anthony ». « Milord » est si cérémonieux, vous ne trouvez pas ? Beaucoup trop cérémonieux pour *ça*.
Il fit alors ce dont il rêvait depuis des jours. Inclinant la tête, il prit l'extrémité de son sein dans sa bouche, et la goûta, la suça, la taquina, avec une jouissance qu'accentuait chaque gémissement, chaque tressaillement qu'elle laissait échapper.
— Quel délice ! murmura-t-il contre sa peau. Vous êtes à croquer...
— Anthony, risqua-t-elle d'une voix rauque, êtes-vous sûr que...

Sans même lever les yeux pour la regarder, il la fit taire d'un doigt sur les lèvres.

— Je n'ai aucune idée de ce que vous alliez demander, mais, quoi que ce soit, déclara-t-il en reportant son attention sur l'autre sein, j'en suis sûr.

Elle émit un doux gémissement, qui semblait venir du plus profond de sa gorge. Son corps s'arqua sous ses caresses et, avec une ferveur renouvelée, il taquina son sein qu'il avait saisi doucement entre ses dents.

— Ô mon Dieu... Oh, Anthony !

Du bout de la langue, il suivait l'aréole rose. Kate était parfaite, absolument parfaite. Il aimait le son de sa voix, enrouée de désir, et son corps entier vibrait à la pensée de leur nuit de noces et des cris passionnés qu'il lui arracherait.

Il s'écarta un peu afin de voir son visage. Elle avait les joues en feu, les pupilles dilatées, et une expression de stupeur. Sa chevelure commençait à s'échapper de sous son chapeau hideux.

— Ceci, décréta-t-il en le lui ôtant, doit disparaître.

— Milord ! s'exclama-t-elle quand il le jeta par-dessus son épaule.

— Promettez-moi de ne plus jamais le porter.

Elle se tortilla sur le fauteuil – sur lui, en fait, ce qui ne contribua certes pas à diminuer son érection – pour regarder par-dessus le dossier.

— Certainement pas, répliqua-t-elle. J'aime beaucoup ce chapeau.

— Ce n'est pas possible, fit-il avec le plus grand sérieux.

— Si et... *Newton !*

Anthony suivit la direction de son regard et éclata d'un rire sonore qui les secoua tous les deux. L'air satisfait, Newton mâchonnait ledit chapeau.

— Bon chien ! le félicita-t-il sans cesser de rire.

— Je vous obligerais bien à m'en acheter un nouveau, marmonna Kate en remettant son corsage en place, sauf que vous avez déjà dépensé une fortune pour moi cette semaine.

— Ah bon ? dit-il, amusé.

— J'ai fait des courses avec votre mère.

— Ah. Fort bien. Mais je suis certain qu'elle ne vous a pas laissée choisir des choses comme *ça,* ajouta-t-il en désignant le bonnet déchiqueté dans la gueule de Newton.

Anthony ne put s'empêcher de sourire en voyant sa moue. Il était si facile de lire en elle ! Violet n'était pour rien dans l'achat de cet affreux chapeau, et elle enrageait de ne pas pouvoir le gratifier d'une réplique bien sentie.

Il eut un soupir de satisfaction. La vie avec Kate s'annonçait tout sauf ennuyeuse.

Mais il commençait à se faire tard, et il était peut-être temps qu'il s'en aille. Kate avait dit que sa mère ne serait pas de retour avant au moins une heure, mais Anthony se méfiait de l'évaluation féminine en matière de durée. Kate pouvait se tromper, ou sa mère pouvait avoir changé d'avis, ou un tas de choses avaient pu se produire. Même si Kate et lui devaient se marier dans deux jours, il ne semblait pas particulièrement prudent de se laisser surprendre dans une position aussi compromettante.

À regret, il se leva, la soulevant dans ses bras, puis il la reposa dans le fauteuil.

— Cet intermède a été délicieux, murmura-t-il en se penchant pour l'embrasser sur le front. Mais je crains le retour prématuré de votre mère. À samedi matin donc ?

Elle battit des paupières.

— Samedi ?

— Une superstition de ma mère, expliqua-t-il avec un sourire contrit. Cela porte malheur que les futurs époux se voient la veille du mariage.

Kate s'était levée à son tour et lissait sa robe d'un air emprunté.

— Oh... Et vous y croyez aussi ?

— Pas du tout.

— Dans ce cas, c'est très gentil de votre part de faire plaisir à votre mère.

Anthony garda le silence un instant. La plupart des hommes ayant sa réputation ne souhaitaient pas paraître trop attachés à leur mère. Kate, cependant, était tout aussi dévouée que lui à sa famille, aussi dit-il en toute franchise :

— Rares sont les choses que je ne ferais pas pour qu'elle soit heureuse.

Elle lui adressa un sourire timide.

— C'est l'une des choses que je préfère en vous.

Il fit un geste censé provoquer un changement de sujet, mais elle continua :

— Non, c'est vrai. Vous êtes une personne bien plus attentionnée que vous ne voudriez le laisser croire.

À quoi bon contredire une femme quand elle vous fait un compliment ? Faute d'avoir le dernier mot, il mit un doigt sur ses lèvres.

— Chut ! Ne le dites à personne.

Puis, après avoir déposé un dernier baiser sur sa main et murmuré « Adieu », il sortit.

Une fois à cheval, il s'autorisa à tirer un bilan de sa visite. Elle s'était bien passée. Kate avait semblé comprendre les limites qu'il imposait à leur mariage, et elle avait réagi à ses caresses avec un mélange de douceur et de passion qui le comblait.

L'un dans l'autre, songea-t-il avec un sourire satisfait, l'avenir s'annonçait radieux. Son mariage serait un succès ; quant à ses craintes... Eh bien, il venait d'avoir la preuve qu'elles se révélaient sans fondement.

Kate était inquiète. Anthony s'était donné beaucoup de mal pour lui faire comprendre qu'il ne l'aimerait jamais. Et, de toute évidence, il ne voulait pas de son amour.

Puis il était parti en l'embrassant comme si elle était la plus belle femme du monde. Elle était la première à admettre qu'elle possédait très peu d'expérience en matière d'hommes, mais il la désirait, cela ne faisait aucun doute.

Ou peut-être souhaitait-il simplement qu'elle fût une autre ? Après tout, ce n'était pas elle qu'il avait choisie en premier lieu, et elle avait tout intérêt à ne pas l'oublier.

Et si jamais elle venait à tomber amoureuse de lui, elle serait obligée de garder cela pour elle. Il n'y avait vraiment rien d'autre à faire.

# 16

*Il est venu aux oreilles de votre dévouée chroniqueuse que la cérémonie de mariage de lord Bridgerton et de Mlle Sheffield serait simple et intime.*

*En d'autres termes, votre dévouée chroniqueuse n'a pas reçu d'invitation.*

*Mais n'ayez crainte, cher lecteur, votre dévouée chroniqueuse ne manque pas de ressources, surtout dans les moments difficiles, et vous promet de découvrir tous les détails de la cérémonie, du plus banal au plus intéressant.*

*Le mariage du célibataire le plus convoité de Londres doit à coup sûr être raconté dans cette modeste chronique, n'est-ce pas ?*

*La Chronique mondaine de lady Whistledown*, 13 mai 1814

La veille du mariage, Kate, assise sur son lit dans sa robe de chambre préférée, contemplait d'un air un peu hagard les innombrables malles jonchant le sol. Toutes ses affaires avaient été emballées pour être transportées dans son nouveau foyer.

Même Newton avait été préparé pour le voyage. Il avait été baigné, séché, un nouveau collier avait été fixé autour de son cou et ses jouets préférés rassemblés dans un petit sac qui se trouvait à présent dans le vestibule, juste à côté du coffre en bois délicatement sculpté que Kate possédait depuis qu'elle était bébé.

Il était rempli de ses jouets et ses trésors d'enfant, et elle tirait un réconfort immense de sa présence ici, à Londres. C'était bête et sentimental, mais cela rendait la transition un peu moins effrayante. En emportant ses affaires – des petits riens qui n'avaient de valeur que pour elle – dans la maison d'Anthony, elle avait l'impression d'en faire sa maison à elle aussi.

Mary, qui semblait toujours comprendre ce dont Kate avait besoin avant qu'elle-même ne le comprenne, avait écrit à des amis dans le Somerset dès ses fiançailles, pour leur demander d'envoyer le coffre à Londres à temps pour le mariage.

Kate se leva et commença à arpenter la chambre. Elle s'arrêta pour effleurer de la main la chemise de nuit pliée sur une table et qui attendait de rejoindre l'une des dernières malles encore ouvertes. C'était une de celles sélectionnées par lady Bridgerton ; la coupe en était simple, mais l'étoffe excessivement vaporeuse. La visite chez la bonnetière avait été une épreuve mortifiante. C'était sa future belle-mère, après tout, qui choisissait la tenue de sa nuit de noces !

Alors que Kate posait avec précaution la chemise de nuit dans une malle, on frappa à la porte et Edwina passa la tête dans l'entrebâillement.

— J'ai pensé que tu apprécierais un lait chaud.

— J'en rêvais, avoua Kate avec un sourire reconnaissant.

Edwina se pencha et ramassa la tasse qu'elle avait posée à terre.

— Je ne pouvais pas tenir les deux tasses et tourner la poignée de la porte en même temps, expliqua-t-elle en souriant.

Elle referma le battant d'un coup de pied, tendit l'une des tasses à Kate et demanda sans préambule :

— Tu as peur ?

Kate avala une gorgée prudente pour vérifier la température. Le lait était chaud, mais pas brûlant. Elle en buvait depuis l'enfance, et s'en trouvait toujours réconfortée et rassurée.

— Je n'ai pas vraiment peur, répondit-elle en s'asseyant au bord du lit. Mais je me sens nerveuse. Vraiment nerveuse.

— Évidemment, riposta Edwina. Seule une idiote ne serait pas nerveuse. Tout dans ta vie va changer. Tout, même ton nom ! Tu seras une femme mariée. Une vicomtesse. Demain, tu ne seras plus la même femme, Kate, et après la nuit de demain...

— Ça suffit, Edwina, l'interrompit sa sœur.

— Mais...

— Tu ne fais rien pour m'apaiser l'esprit.

— Oh, murmura Edwina avec un sourire penaud. Je suis désolée.

— Ce n'est pas grave, assura Kate.

Edwina réussit à tenir sa langue pendant quatre bonnes secondes avant de risquer :

— Maman est venue te parler ?

— Pas encore.

— Elle devrait, non ? Tu te maries demain, et je suis sûre qu'il y a un tas de choses que tu as besoin de savoir.

Edwina but une grande gorgée de lait, qui laissa une moustache blanche plutôt incongrue sur sa lèvre supérieure, puis s'assit à son tour sur le lit.

— Je sais qu'il y a plein de choses que, personnellement, j'ignore. Et, à moins que tu n'aies des secrets pour moi, je ne vois pas comment *toi,* tu pourrais les savoir.

Kate se demanda s'il serait impoli de museler sa sœur avec une pièce de la lingerie que lady Bridgerton avait choisie avec tant de soin. Le procédé n'aurait pas manqué d'une certaine justice poétique.

— Kate ? Pourquoi me regardes-tu bizarrement ?

— Mieux vaut que tu n'en saches rien.

— Bon, eh bien...

Un léger coup frappé à la porte interrompit son marmonnement.

— Ça doit être maman ! s'écria-t-elle. Je meurs d'impatience.

Kate leva les yeux au ciel avant d'aller ouvrir la porte. Mary se tenait dans le couloir, une tasse fumante dans chaque main.

— J'ai pensé que tu aimerais un peu de lait chaud, dit-elle avec un pâle sourire.

Kate lui montra sa tasse.

— Edwina a eu la même pensée.

— Que fait-elle ici ? demanda Mary en entrant dans la chambre.

— Depuis quand ai-je besoin d'une raison pour discuter avec ma sœur ?

Mary lui jeta un regard irrité avant de reporter son attention sur Kate.

— Hum... Nous semblons avoir abondance de lait chaud.

— Celui-ci est tiède, de toute manière, déclara Kate en posant sa tasse sur une malle, pour la remplacer par l'une de celles que tenait Mary. Edwina peut le rapporter à la cuisine en partant.

— Pardon ? dit Edwina d'un air distrait. Oh oui, bien sûr, je le ferai volontiers.

Mais elle ne fit pas mine de bouger. Sa tête seule effectuait un va-et-vient entre sa mère et sa sœur.

— Je dois m'entretenir avec Kate, annonça Mary.

Edwina hocha la tête avec enthousiasme.

— Seule.

Edwina cligna des yeux.

— Je dois partir ? Maintenant ? ajouta-t-elle quand Mary lui tendit la tasse de lait tiède.

Comme cette dernière acquiesçait pour la seconde fois, Edwina prit un air accablé, avant d'esquisser un sourire hésitant.

— Tu plaisantes, n'est-ce pas ? Je peux rester, en fait ?

— Non, répliqua sa mère.

Edwina tourna un regard suppliant vers Kate.

— Ne compte pas sur moi, dit cette dernière avec un sourire à peine voilé. C'est à Mary de décider. C'est elle qui va parler, après tout. Moi, je me contenterai d'écouter.

— Et de poser des questions, souligna Edwina. Et moi aussi, j'ai des questions. Quantité de questions, précisa-t-elle à l'adresse de sa mère.

— Je n'en doute pas, répondit celle-ci, et je serai heureuse d'y répondre la veille de ton mariage.

Edwina se leva en grommelant.

— Ce n'est pas juste.

— La vie n'est pas juste, répliqua Mary avec un sourire en lui tendant la tasse.

— Ça, c'est vrai, lâcha Edwina, qui se dirigea vers la porte en traînant les pieds.

— Et tu n'écoutes pas derrière le battant ! lui cria sa mère.

— Je n'essaierai même pas. De toute manière, vous ne parlerez pas assez fort pour que je comprenne un mot.

Mary soupira tandis qu'Edwina refermait la porte sans cesser de protester entre ses dents.

— Nous allons être obligées de chuchoter, dit-elle à Kate.

Kate hocha la tête, mais, loyale envers sa sœur, tint à préciser :

— Il se peut qu'elle n'écoute pas à la porte.

Le regard que Mary lui lança était pour le moins dubitatif.

— Tu veux ouvrir brusquement la porte pour vérifier ?

Kate ne put s'empêcher de sourire.

— Je préfère m'en abstenir.

Après avoir pris la place qu'Edwina venait de quitter, Mary adressa à son aînée un regard plutôt direct.

— Je suis sûre que tu sais pourquoi je suis ici.

Kate acquiesça d'un battement de paupières.

Mary but une gorgée de lait, puis demeura silencieuse un long moment.

— Quand je me suis mariée – la première fois, pas avec ton père –, commença-t-elle, je ne savais absolument pas à quoi m'attendre dans le lit conjugal. Ce ne fut pas...

Elle ferma brièvement les yeux.

— Mon ignorance n'a fait que rendre la chose plus difficile, poursuivit-elle.

À en juger par le soin avec lequel elle choisissait ses mots, Kate devina que « difficile » était un euphémisme.

— Je vois, murmura-t-elle.

— Non, je ne pense pas, répliqua Mary. Et j'espère que cela te sera épargné. Mais nous nous écartons du sujet. Je me suis toujours juré qu'aucune de mes filles ne se marierait sans savoir ce qui se passe entre un homme et sa femme.

— Je connais déjà quelques principes de base, avoua Kate.

— Vraiment ? demanda Mary, visiblement surprise.

— Ça ne doit pas être si différent que cela des animaux.

Mary secoua la tête avec un sourire légèrement amusé.

— Ça ne l'est pas, en effet.

Kate se demanda comment formuler la phrase suivante. De ce qu'elle avait vu à la ferme voisine, dans le Somerset, l'acte de procréation ne paraissait pas très plaisant. Cependant, quand Anthony l'embrassait, elle avait l'impression de perdre la tête. Et quand il l'embrassait deux fois, elle n'était même plus certaine de vouloir la retrouver ! Si leurs dernières rencontres avaient eu lieu dans des endroits plus appropriés, elle aurait laissé Anthony faire d'elle ce qu'il voulait sans protester, soupçonnait-elle.

Mais lorsqu'elle se remémorait le hennissement horrible de la jument à la ferme… les pièces du puzzle ne semblaient plus s'assembler.

Finalement, après force toussotements, elle lâcha :

— Ça ne paraît pas très agréable.

Mary ferma de nouveau les yeux, une expression douloureuse sur les traits, comme si elle se remémorait quelque chose qu'elle aurait préféré laisser reposer dans un recoin obscur de sa mémoire.

— Le plaisir d'une femme dépend entièrement de son mari, finit-elle par avouer.

— Et celui de l'homme ?

— L'acte d'amour peut et devrait être une expérience agréable pour l'homme et la femme, expliqua-t-elle en rougissant. Mais…

Elle toussa, but une gorgée de lait.

— Je manquerais à mon devoir si je te cachais qu'une femme n'éprouve pas toujours du plaisir.

— Mais un homme, si ?

Mary hocha la tête.

— Ça ne paraît pas très juste.

— Il me semble que je viens de dire à Edwina que la vie n'était pas toujours juste, répliqua Mary avec un sourire ironique.

— Il n'empêche que, franchement, ça paraît injuste.

— Cela ne signifie pas que l'expérience est forcément désagréable pour la femme, se hâta d'ajouter Mary. Et je suis certaine qu'elle ne le sera pas pour toi. Je suppose que le vicomte t'a déjà embrassée ?

Kate hocha la tête, les yeux baissés.

— À en croire le rouge qui te monte au visage, cela ne t'a pas déplu, observa Mary, et dans sa voix perçait un sourire.

De nouveau, Kate hocha la tête, les joues à présent brûlantes.

— Si tu as pris plaisir à son baiser, je suis certaine que tu ne seras pas ennuyée par ce qu'il fera ensuite. Je suis sûre qu'il se montrera doux et attentif avec toi.

« Doux » n'était pas vraiment le terme qu'elle aurait employé pour décrire les baisers d'Anthony, mais ce n'était sans doute pas le genre de choses qu'on est censée partager avec sa mère. La conversation était déjà bien assez embarrassante.

— Les hommes et les femmes sont très différents, continua Mary, comme si ce n'était pas une évidence, et un homme – même s'il est fidèle à sa femme, ce qui sera le cas du vicomte, j'en suis sûre – peut avoir du plaisir avec presque n'importe quelle femme.

C'était là une information dérangeante que Kate aurait préféré ignorer.

— Et une femme ? hasarda-t-elle.

— C'est différent. J'ai entendu dire que des femmes perverses trouvaient leur plaisir comme un homme, dans les bras de celui qui les satisfaisait, mais je n'en crois rien.

Je pense qu'une femme doit tenir à son mari pour apprécier le devoir conjugal.

Kate garda le silence pendant un moment.

— Tu n'aimais pas ton premier mari, n'est-ce pas ?

Mary secoua la tête.

— Cela fait toute la différence, ma chérie. Cela, et la façon dont un mari considère sa femme. Mais j'ai vu le vicomte en ta compagnie. Même si votre union a été soudaine et inattendue, il te traite avec sollicitude et considération. Tu n'auras rien à craindre, j'en suis certaine. Il te traitera bien.

Sur ces paroles, Mary embrassa Kate sur le front et lui souhaita une bonne nuit. Après avoir récupéré les deux tasses vides, elle quitta la pièce, laissant Kate assise sur le lit, le regard fixé dans le vide.

Mary se trompait. Kate avait beaucoup à craindre, au contraire.

Elle haïssait l'idée de n'être pas le premier choix d'Anthony, mais elle avait l'esprit pratique, et savait qu'il y avait des choses dans la vie qui devaient être acceptées comme des faits, tout simplement. Le souvenir du désir qu'elle avait ressenti – de même qu'Anthony, espérait-elle – entre ses bras lui avait été une consolation.

Et voilà qu'elle découvrait que le désir chez l'homme naissait d'un besoin plutôt primitif qui les poussait vers n'importe quelle femme – ce n'était donc pas nécessairement elle qui le suscitait.

Elle ne saurait donc jamais si, une fois les chandelles soufflées dans la chambre conjugale, Anthony ne fermerait pas les yeux...

Et n'imaginerait pas le visage d'une autre femme.

La cérémonie, qui fut célébrée dans le salon de Bridgerton House, fut brève et intime. Du moins aussi intime que le permettait la réunion de la famille Bridgerton au grand complet, depuis Anthony jusqu'à la petite Hyacinthe, âgée de onze ans. Cette dernière prit son rôle de demoiselle d'honneur très à cœur. Quand son frère Gregory, de deux ans son aîné, essaya de renverser son petit panier rempli de pétales de roses, elle lui flanqua son poing dans le menton, ce qui retarda la cérémonie de dix bonnes minutes, mais y injecta une dose bienvenue de rire et de légèreté.

Pour tout le monde à l'exception de Gregory, vexé par l'incident, et qui n'avait certainement pas envie de rire. Même si, comme le soulignait sa sœur à tous ceux qui voulaient bien l'entendre – vu qu'elle claironnait, personne n'avait vraiment le choix –, c'était lui qui avait commencé !

Kate avait assisté à toute la scène depuis le vestibule, par la porte laissée entrouverte. Elle n'avait pu s'empêcher de sourire, ce qui lui avait fait oublier un instant que ses genoux tremblaient depuis une heure. Heureusement que lady Bridgerton n'avait pas insisté pour qu'ils fassent une grande cérémonie. Kate, qui ne s'était jamais considérée comme nerveuse, se serait probablement évanouie de frayeur.

En réalité, Violet avait évoqué la possibilité d'un grand mariage pour couper court aux rumeurs qui circulaient au sujet de leurs fiançailles si précipitées. Mme Featherington, fidèle à sa parole, avait à peu près gardé le silence sur les détails de l'affaire, mais elle avait laissé échapper suffisamment de sous-entendus pour que chacun devine qu'elle ne s'était pas conclue de manière habituelle.

Résultat, tout le monde jasait, et ce n'était qu'une question de temps avant que Mme Featherington raconte la véritable histoire de Kate, déshonorée par une abeille.

Après réflexion, Violet avait décidé qu'un mariage en toute intimité était préférable, et la liste des invités s'était donc limitée à la famille. Kate prit Edwina comme témoin, Anthony son frère Benedict, et ils furent déclarés mari et femme.

Étrange, s'étonna Kate, un peu plus tard dans l'après-midi, alors qu'elle contemplait l'anneau d'or qui avait rejoint sa bague de fiançailles à son annulaire, comme la vie pouvait basculer rapidement. Une brève cérémonie, à laquelle elle avait assisté dans une espèce de brouillard, et son existence ne serait plus jamais la même. Edwina avait raison. Tout était différent. Elle était à présent une femme mariée, une vicomtesse.

*Lady Bridgerton...*

Cela sonnait comme le nom de quelqu'un d'autre. Combien de temps lui faudrait-il avant que, lorsque quelqu'un dirait : « lady Bridgerton », elle pense qu'on s'adressait à elle et non à la mère d'Anthony ?

Elle était une femme mariée, à présent, avec des responsabilités de femme mariée, et cela la terrifiait.

Les propos tenus par Mary la veille lui revenaient à présent en mémoire. Celle-ci avait raison : sous de nombreux aspects, elle était la femme la plus chanceuse du monde. Anthony la traiterait bien. Mais il traiterait bien n'importe quelle femme, et c'était là le problème.

Dans la voiture qui les conduisait à la résidence privée d'Anthony, elle jeta un coup d'œil à son tout nouveau mari. Il regardait droit devant lui, le visage étrangement sérieux.

— Avez-vous l'intention d'aller vivre à Bridgerton House, maintenant que vous êtes marié ? s'enquit-elle.

Anthony sursauta, comme s'il avait oublié sa présence.

— Oui, répondit-il en se tournant vers elle. Mais pas avant quelques mois. Il m'a semblé que nous serions contents de profiter d'un peu d'intimité au début de notre mariage. Qu'en pensez-vous ?

— Bien sûr, murmura Kate.

Elle baissa les yeux sur ses mains, qu'elle ne pouvait s'empêcher de croiser et de décroiser. Ayant suivi la direction de son regard, Anthony les emprisonna dans une seule des siennes.

— Êtes-vous nerveuse ?

— Vous pensiez que je ne le serais pas ? répliqua-t-elle en s'efforçant d'adopter un ton ironique.

— Il n'y a rien à redouter, assura-t-il en souriant.

Kate faillit éclater d'un rire hystérique. Était-elle condamnée à entendre cette platitude encore et encore ?

— Peut-être, mais il reste néanmoins de quoi être nerveuse.

Le sourire d'Anthony s'élargit.

— Touché, ma chère épouse !

Kate déglutit convulsivement. Cela lui paraissait si étrange d'être soudain l'épouse de quelqu'un, surtout celle de cet homme.

— Et vous, vous êtes nerveux ? demanda-t-elle à son tour.

Il s'inclina vers elle avec, dans son regard sombre et brûlant, la promesse des choses à venir.

— Désespérément, lui murmura-t-il au creux de l'oreille. Mon cœur bat la chamade, ajouta-t-il dans un chuchotement.

Le corps de Kate parut tout à la fois fondre et se raidir.

— Je crois que nous devrions attendre, lâcha-t-elle brusquement.

— Attendre quoi ? demanda-t-il en lui mordillant le lobe de l'oreille.

Kate tenta de s'écarter. Il ne comprenait pas. S'il avait compris, il aurait été furieux, or il n'avait pas l'air particulièrement fâché.

Mais cela ne saurait tarder.

— Pour... pour le mariage, balbutia-t-elle.

Il parut amusé et se mit à jouer avec les bagues qui ornaient son annulaire gauche par-dessus son gant.

— Ce n'est pas un peu tard ?

— Pour la nuit de noces, précisa-t-elle.

Il recula, ses sourcils sombres imperceptiblement froncés.

— Non, répondit-il simplement, sans toutefois esquisser un geste pour l'enlacer de nouveau.

Kate essaya de trouver les mots pour lui faire comprendre. C'était d'autant moins facile qu'elle n'était pas sûre de comprendre elle-même. Et il ne la croirait sans doute pas si elle lui avouait qu'elle n'avait pas eu l'intention de lui soumettre cette requête. Celle-ci avait jailli sans prévenir ; elle était née d'un affolement dont elle n'avait pas eu conscience d'être la proie avant cet instant.

— Je ne demande pas une éternité, reprit-elle d'une voix chevrotante qu'elle détesta. Juste une semaine.

Il haussa un sourcil ironique.

— Et dites-moi, je vous en prie, ce que vous espérez gagner en une semaine ?

— Je l'ignore, répondit-elle en toute honnêteté.

Il fixa sur elle un regard dur, ardent et sardonique.

— Vous allez devoir trouver mieux que cela.

— Ma vie a subi de grands changements au cours de ces derniers jours, commença-t-elle sans savoir où l'emmènerait cette déclaration.

— La mienne aussi, fit-il remarquer.

— Pas autant, riposta-t-elle. L'intimité du mariage n'a rien de neuf pour vous.

L'un des coins de la bouche d'Anthony se releva en un sourire légèrement arrogant.

— Je vous assure, madame, que je n'ai jamais été marié auparavant.

— Ce n'est pas ce que je voulais dire, et vous le savez très bien.

Il ne la contredit pas.

— Je voudrais simplement un peu de temps pour me préparer, reprit-elle.

Anthony l'observa un long moment, puis s'adossa à la banquette, la cheville gauche posée sur le genou droit d'une manière plutôt désinvolte.

— Très bien.

— Vraiment ? s'écria-t-elle en se redressant, surprise qu'il capitule si rapidement.

— À condition que...

Kate s'affaissa. Elle aurait dû deviner qu'il y aurait une condition.

— ... vous m'éclairiez sur un point.

Elle avala sa salive.

— Lequel, milord ?

Il se pencha en avant, une expression diabolique dans les yeux.

— Comment entendez-vous, précisément, vous préparer ?

Kate jeta un regard par la vitre, puis jura entre ses dents quand elle constata qu'ils n'étaient même pas dans la rue d'Anthony. Impossible d'échapper à sa question. Elle était coincée dans la voiture pendant encore au moins cinq autres minutes.

— Euh… Je ne comprends pas ce que vous voulez dire.

— Je m'en doute, répliqua-t-il avec un rire bref.

Elle le foudroya du regard. Rien n'était pire que d'être victime d'une plaisanterie, et cela semblait particulièrement inconvenant lorsqu'il s'agissait d'une femme le jour de son mariage.

— Et maintenant, vous vous amusez de moi, l'accusa-t-elle.

— Non, répliqua-t-il d'un ton qu'on aurait pu qualifier de lubrique, mais j'aimerais m'amuser *avec* vous. Il y a une différence.

— J'aimerais beaucoup que vous vous absteniez de parler ainsi, grommela-t-elle. Vous savez bien que je ne comprends pas.

— Vous le pourriez, murmura-t-il, si vous vous soumettiez simplement à l'inévitable et renonciez à votre sotte requête.

— Je n'apprécie pas qu'on se montre condescendant envers moi, répliqua Kate avec raideur.

Les yeux d'Anthony flamboyèrent.

— Et moi, je n'aime pas qu'on me prive de mes droits !

— Je ne vous prive pas de quoi que ce soit, protesta-t-elle.

— Oh, vraiment ?

— Je demande simplement un sursis. Un simple et court - *court,* répéta-t-elle, au cas où son orgueil de mâle l'aurait empêché de comprendre la première fois - sursis. Vous ne pouvez tout de même pas me refuser une chose aussi négligeable.

— De nous deux, je ne pense pas être celui qui refuse quoi que ce soit, rétorqua-t-il sèchement.

Il avait raison, malheureusement, et elle n'avait aucun argument à lui opposer pour étayer sa soudaine requête. Anthony avait tout à fait le droit de la jeter sur son épaule, de la traîner jusqu'au lit conjugal et de l'enfermer dans la chambre pendant une semaine si tel était son désir.

Elle se conduisait stupidement, poussée par un manque d'assurance dont elle n'avait jamais eu conscience avant de le rencontrer.

Toute sa vie, elle avait été celle qu'on ne remarquait qu'en second. En tant qu'aînée, elle aurait dû recevoir les attentions avant Edwina, mais sa cadette était d'une beauté si saisissante que les gens, en sa présence, oubliaient tout sens des convenances.

Kate n'y avait jamais accordé beaucoup d'importance. Edwina aurait été gâtée ou désagréable, ç'aurait peut-être été difficile. Pour dire la vérité, la plupart des hommes qu'elle avait rencontrés étaient fades et superficiels, et elle se moquait bien de n'être saluée qu'après sa sœur.

Jusqu'à maintenant.

Elle voulait que les yeux d'Anthony s'éclairent quand *elle* entrait dans une pièce. Elle voulait qu'il scrute la foule jusqu'à ce qu'il aperçoive *son* visage. Elle n'avait pas besoin qu'il l'aime – du moins, elle s'efforçait de s'en persuader –, mais elle voulait désespérément être la première dans son affection, la première dans ses désirs.

Et elle avait le sentiment atroce que cela signifiait qu'elle était en train de tomber amoureuse.

Tomber amoureuse de son mari... Qui aurait pensé que cela pouvait être un tel désastre ?

— Je vois que vous n'avez pas de réponse, observa Anthony d'un ton posé.

La voiture s'immobilisa, ce qui évita à Kate de répliquer. Mais alors qu'un valet de pied en livrée se précipitait pour ouvrir la portière, Anthony la referma brusquement. Il fixa sur elle un regard impérieux.

— Alors, comment, madame ?

— Comment... répéta-t-elle, ayant oublié sa question.

— Comment entendez-vous vous préparer à votre nuit de noces ? dit-il d'une voix à la fois coupante et ardente.

— Je... je n'y ai pas réfléchi.

— C'est bien ce que je pensais.

Il lâcha la poignée de la porte, qui s'ouvrit brutalement en dévoilant les visages des deux valets de pied, lesquels s'appliquaient à dissimuler leur curiosité. Kate demeura silencieuse tandis qu'Anthony l'aidait à descendre, puis la conduisit à l'intérieur de la maison.

Tous les domestiques étaient rassemblés dans le vestibule, et Kate les salua les uns après les autres à mesure que le majordome et la gouvernante les lui présentaient. Le personnel n'était pas très important, car la maison était petite, selon les critères de la bonne société. Il n'empêche que les présentations durèrent plus de vingt minutes.

Vingt minutes qui, malheureusement, ne contribuèrent pas à calmer sa nervosité. Lorsque Anthony posa la main au creux de ses reins pour la guider vers l'escalier, son cœur battait une folle chamade et, pour la première fois de sa vie, elle crut qu'elle allait s'évanouir.

Non parce qu'elle redoutait le lit conjugal. Ni même parce qu'elle craignait de ne pas satisfaire son mari. Aussi innocente soit-elle en matière de relations physiques, elle savait que les gestes et les réactions d'Anthony quand ils s'embrassaient prouvaient mieux que des mots qu'il la désirait. Il lui montrerait ce qu'il fallait faire ; de cela, elle ne doutait pas.

Ce qu'elle craignait...

La boule dans sa gorge devint si grosse que Kate s'étrangla. Appliquant le poing sur sa bouche, elle se mordit les phalanges pour tenter de juguler la terrible nausée qui lui retournait l'estomac.

— Mon Dieu, murmura Anthony comme ils atteignaient le palier, vous êtes terrifiée.

— Non, mentit-elle.

Il la prit par les épaules, la fit pivoter face à lui et plongea son regard dans le sien. Laissant échapper un juron entre ses dents, il lui agrippa la main et l'entraîna vers sa chambre.

— Nous avons besoin d'intimité, dit-il à voix basse.

Une fois dans la chambre – une pièce à la décoration masculine mais raffinée, dans les tons bordeaux et or –, il planta les mains sur ses hanches et demanda :

— Votre mère ne vous a-t-elle pas parlé de... Euh... C'est-à-dire...

Si elle n'avait pas été aussi nerveuse, Kate aurait ri de son embarras.

— Si, bien sûr, dit-elle en hâte. Elle m'a tout expliqué.

— Alors où est le problème, nom de Dieu ? jura-t-il de nouveau. Je vous demande pardon, s'excusa-t-il avec raideur. Ce n'est certainement pas la meilleure façon de vous mettre à l'aise.

— Je ne sais pas, souffla-t-elle, fixant sur le dessin compliqué du tapis un regard brouillé de larmes.

Un son étranglé sortit de la gorge d'Anthony.

— Kate ? interrogea-t-il d'une voix rauque. Est-ce que quelqu'un... Est-ce qu'un homme... vous a déjà manqué de respect ?

Elle releva la tête et lut sur son visage une telle inquiétude, une telle peur, que son cœur faillit fondre.

— Non ! s'écria-t-elle. Ce n'est pas cela. Ne me regardez pas ainsi, je ne peux pas le supporter.

— C'est *moi* qui ne peux pas le supporter, murmura Anthony, qui franchit l'espace qui les séparait pour lui prendre la main et la porter à ses lèvres. Je veux savoir, continua-t-il d'une voix curieusement étouffée. Avez-vous peur de moi ? Est-ce que je vous répugne ?

Kate secoua la tête avec vigueur. Comment pouvait-il seulement imaginer qu'une femme le trouve repoussant ?

— Dites-moi... dites-moi ce que je dois faire. Parce que je ne crois pas être capable de vous accorder votre sursis.

Il l'attira contre lui, moulant son corps au sien, l'étreignant de ses bras puissants.

— Je ne peux pas attendre une semaine, Kate, gronda-t-il contre son oreille. C'est tout simplement impossible.

— Je...

Elle commit l'erreur de lever les yeux, et elle oublia instantanément tout ce qu'elle voulait dire. Il la fixait avec une intensité telle qu'un incendie s'alluma au plus profond de son être, la laissant haletante et avide de quelque chose qu'elle n'identifiait pas.

Elle comprit qu'elle ne pouvait le faire attendre. Si elle regardait en elle-même avec honnêteté, elle était obligée d'admettre qu'elle non plus ne souhaitait pas attendre.

Car à quoi cela servirait-il ? Peut-être qu'il ne l'aimerait jamais. Peut-être que son désir ne serait jamais fixé sur elle aussi exclusivement que le sien l'était sur lui.

Mais elle pouvait faire semblant. Et quand il la tenait dans ses bras et appuyait les lèvres sur sa peau, c'était tellement, tellement facile de faire semblant !

— Anthony, chuchota-t-elle.

Et son prénom était tout à la fois une bénédiction, une supplique et une prière.

— Ce que vous voulez, répondit-il en se laissant tomber à genoux tandis que ses mains cherchaient fébrilement les boutons qui fermaient sa robe. Demandez-moi ce que vous voulez et, si c'est en mon pouvoir, je vous le donnerai.

Kate sentit ses ultimes défenses s'évanouir, et murmura :

— Aimez-moi... Aimez-moi, c'est tout.

Un sourd gémissement de désir fut sa seule réponse.

# 17

*L'affaire est faite ! Mlle Sheffield est à présent Katharine, vicomtesse Bridgerton.*

*Votre dévouée chroniqueuse présente ses vœux les plus sincères au jeune couple. Les personnes honorables et sensées sont plutôt rares dans la haute société, et il est on ne peut plus gratifiant de voir deux spécimens de cette précieuse espèce unis par les liens du mariage.*

LA CHRONIQUE MONDAINE DE LADY WHISTLEDOWN, 16 mai 1814

Avant cet instant, Anthony n'avait pas mesuré à quel point il voulait qu'elle dise oui, qu'elle admette son désir. Il s'accrocha à elle, pressant la joue contre le doux renflement de son ventre. Même dans sa robe de mariée, elle sentait le lys et le savon, ce parfum exaspérant qui l'avait hanté des jours durant.

— Je vous désire, gronda-t-il, sans être sûr que ses paroles ne se perdaient pas dans les épaisseurs de soie qui les séparaient encore. J'ai besoin de vous, maintenant.

Il se releva, la souleva dans ses bras et, en quelques pas, rejoignit le grand lit à baldaquin. Il n'avait jamais amené de femmes ici et, soudain, il en était absurdement heureux. Kate était différente, particulière ; c'était son épouse, et il ne voulait pas que d'autres souvenirs s'immiscent dans cette nuit ou dans celles à venir.

Après l'avoir déposée sur le lit, il entreprit de se déshabiller sans la quitter des yeux.

Surprenant son regard, sombre et empli d'interrogations, il sourit.

— Vous n'avez jamais vu un homme nu auparavant, n'est-ce pas ? murmura-t-il.

Elle secoua la tête.

— Bien, dit-il en se penchant vers elle pour lui enlever l'une de ses mules. Vous n'en verrez jamais d'autres.

Il revint aux boutons de sa chemise, qu'il défit lentement. Son désir décupla quand elle s'humecta les lèvres du bout de la langue.

Elle le désirait. Il avait connu suffisamment de femmes pour en être certain. Quand cette nuit toucherait à son terme, elle serait incapable de vivre sans lui.

Que *lui* ne puisse vivre sans *elle,* il se refusait à l'envisager. Son corps et son cœur étaient deux choses différentes, et il entendait qu'elles le restent. Qu'il ne souhaite pas aimer sa femme n'impliquait pas qu'ils ne puissent jouir l'un de l'autre dans le lit conjugal.

Ses mains glissèrent jusqu'au premier bouton de ses culottes, le défirent, puis s'arrêtèrent. Kate était encore entièrement vêtue, encore innocente. Elle n'était pas prête à voir la preuve de son désir.

Il la rejoignit sur le lit et, tel un félin, s'approcha doucement d'elle jusqu'à ce que ses coudes, sur lesquels elle se tenait en appui, cèdent sous elle, si bien qu'elle se retrouva étendue, les yeux fixés sur lui, le souffle court.

Il n'avait jamais rien vu de plus extraordinaire que le visage de Kate quand il irradiait de désir. Ses cheveux, épais et soyeux, s'échappaient déjà des épingles qui les retenaient en une coiffure élaborée. Ses lèvres pulpeuses avaient pris une couleur carmin dans la lumière de fin d'après-midi. Quant à sa peau... c'était un miracle de transparence et de luminosité. La légère rougeur qui teintait ses joues l'empêchait de ressembler aux pâles beautés à la mode, mais Anthony la trouvait irrésistible. Kate était réelle, humaine et tremblante de désir. Qu'aurait-il pu souhaiter de plus ?

Du dos de la main, il lui caressa la joue, puis la chair tendre du cou. Une interminable rangée de boutons fermait sa robe dans le dos, mais il en avait déjà défait presque un tiers, et son corsage était assez lâche pour qu'il rabatte sans peine l'étoffe soyeuse, dévoilant ainsi sa poitrine.

Si une telle chose était possible, ses seins lui parurent encore plus beaux que l'avant-veille.

— Pas de chemise ? murmura-t-il d'un ton appréciateur en laissant les doigts courir sur son décolleté.

— La... la coupe de la robe ne le permettait pas.

— Rappelez-moi d'envoyer une gratification à votre couturière, dit-il avec un demi-sourire éminemment masculin.

Sa main descendit un peu plus bas et se referma sur l'un de ses seins, qu'il pressa doucement. Un doux gémissement s'échappa des lèvres de Kate, en écho à celui qu'il ne put retenir.

— Vous êtes adorable... souffla-t-il en écartant la main pour se contenter de la caresser des yeux.

Il ne s'était jamais rendu compte que l'on pouvait tirer un tel plaisir à simplement contempler une femme. Jusqu'à présent, l'amour avait toujours passé par le contact charnel, mais pour la première fois, le simple fait de regarder le troublait tout autant.

Il la trouvait absolument parfaite, et éprouvait une satisfaction étrange et primitive à l'idée que la plupart des hommes étaient aveugles à sa beauté. C'était comme si ses charmes se dissimulaient au reste du monde, et il en était ravi. Il avait l'impression qu'elle lui appartenait davantage.

Éprouvant soudain le besoin qu'elle le touche, il s'empara d'une de ses mains encore gantées et la plaqua contre son torse. Il percevait la chaleur de sa peau à travers le tissu, mais cela ne lui suffisait pas.

— Je veux vous sentir, chuchota-t-il avant de lui enlever les deux bagues qu'elle portait à l'annulaire.

Il les déposa dans le creux que sa position couchée formait entre ses seins.

Kate frissonna au contact du métal froid sur sa peau, puis elle regarda, fascinée, Anthony lui ôter son gant. Il tira doucement un doigt après l'autre, puis fit glisser le satin sur son avant-bras. Le bruissement, comme un long baiser, lui arracha un frisson.

Avec une tendresse qui lui donna envie de pleurer, il glissa ensuite les bagues à son doigt, s'arrêtant entre les deux pour lui baiser la paume.

— Donnez-moi l'autre main…

Il répéta la même torture mais, cette fois, quand il eut fini, il happa son petit doigt entre ses lèvres et enroula la langue autour.

Kate sentit un flot de désir remonter le long de son bras, puis la traverser tout entière avant de se concentrer, chaud et mystérieux, entre ses cuisses. Anthony éveillait en elle quelque chose de sombre, d'un peu dangereux, peut-être ; quelque chose qui sommeillait depuis des années, n'attendant qu'un baiser de cet homme.

Toute sa vie avait été une préparation pour cet instant, lui semblait-il, et elle ne savait même pas ce qui allait suivre.

De la pointe de la langue, Anthony traça une ligne sur toute la longueur de son auriculaire, puis fit de même sur sa paume.

— De si jolies mains, murmura-t-il en lui mordillant la base du pouce avant d'entrecroiser ses doigts aux siens. Fortes, et cependant si gracieuses et délicates.

— Vous dites des bêtises, répliqua Kate, embarrassée. Mes mains…

Mais il la fit taire d'un doigt posé sur sa bouche.

— Chuuut ! N'avez-vous pas appris que vous ne devez jamais contredire votre mari quand il admire vos avantages ?

Kate en frissonna de ravissement.

— Ainsi, si je veux passer une heure à examiner l'intérieur de votre poignet… cela fait partie de mes prérogatives, non ?

Kate n'ayant pas de réponse, il rit doucement.

— Et ne croyez pas que je ne vais pas en user, la prévint-il en suivant du pouce les veines bleues qui pulsaient sous sa peau. Il se pourrait que je décide de passer *deux* heures à examiner votre poignet.

Kate suivit d'un regard fasciné ses doigts qui remontaient, en lui frôlant à peine la peau, jusqu'à l'intérieur du coude, où ils s'immobilisèrent pour dessiner de petits cercles.

— Je n'imagine pas passer deux heures à examiner votre poignet et ne *pas* le trouver adorable.

Sa main vola alors jusqu'à son buste et, de la paume, il frotta doucement la pointe dressée de son sein.

— Je serais fort contrarié que vous me contredisiez.

Il se pencha pour la gratifier d'un baiser aussi bref qu'intense. Puis, relevant à peine la tête :

— C'est le rôle d'une femme que d'être d'accord avec son mari en toute chose, non ?

Ses propos étaient si absurdes que Kate finit par retrouver sa voix.

— Si ses opinions lui semblent acceptables, milord, dit-elle avec un sourire amusé.

Il haussa un sourcil impérieux.

— Seriez-vous en train de discuter, madame ? Et la nuit de mes noces, qui plus est ?

— C'est également la mienne, souligna-t-elle.

Il claqua de la langue en secouant la tête.

— Il va falloir que je vous punisse. Mais comment ? En vous touchant ? s'interrogea-t-il en caressant légèrement l'un de ses seins, puis l'autre. Ou en ne vous touchant pas ?

S'inclinant, il souffla doucement sur l'extrémité de son sein.

— En me touchant, haleta Kate qui s'arqua sur le lit. En me touchant, sans la moindre hésitation.

— Vous croyez ? demanda-t-il avec un lent sourire. Je n'aurais jamais imaginé le dire, mais ne pas toucher ne manque pas d'attrait.

Kate leva les yeux vers lui. Il la dominait, appuyé sur les mains et les genoux, tel un prédateur s'apprêtant à porter le coup fatal à sa proie. Avec ses épais cheveux châtains lui tombant sur le front, il avait un air étrangement juvénile, mais ses yeux brûlaient d'un désir on ne peut plus adulte.

Il la désirait, *elle,* et en cet instant, elle avait l'impression d'être la plus belle femme du monde.

S'enhardissant, elle glissa la main sur sa nuque pour attirer son visage vers le sien.

— Embrassez-moi, lui intima-t-elle, surprise par le ton impérieux de sa voix. Embrassez-moi maintenant.

Il sourit, vaguement incrédule, mais les mots qu'il prononça juste avant que leurs lèvres se touchent furent :

— Tout ce que vous voulez, lady Bridgerton...

Puis tout sembla arriver en même temps. Ses lèvres furent sur les siennes, à la fois taquines et fougueuses, tandis que ses mains la soulevaient. Ses doigts achevèrent de déboutonner sa robe, et elle sentit la caresse de l'air sur sa peau à mesure que le tissu glissait, exposant son buste, puis son nombril, puis...

Il passa alors les mains sous ses reins pour la débarrasser de sa robe, et Kate émit un petit cri étouffé. Elle ne portait plus que sa culotte et ses bas. Jamais elle ne s'était sentie aussi exposée de sa vie et, pourtant, elle jouissait du regard qu'il posait sur son corps.

— Levez la jambe, lui ordonna-t-il d'une voix douce.

Elle s'exécuta et, avec une lenteur à la fois exquise et torturante, roula l'un de ses bas de soie jusqu'aux orteils. L'autre suivit, puis sa culotte, et elle fut complètement nue devant lui.

Il lui effleura doucement le ventre avant de faire remarquer :

— Je pense que je suis un peu trop habillé, non ?

Les yeux écarquillés, Kate le regarda quitter le lit et se débarrasser de ses vêtements. Son corps était parfait, son torse musclé sans excès, ses bras et ses jambes puissants, et son...

— Ô mon Dieu... souffla-t-elle.

Il eut un large sourire.

— Je prendrai cela pour un compliment.

Kate déglutit avec peine. Rien d'étonnant à ce que les animaux de la ferme voisine n'aient pas eu l'air d'apprécier l'acte de procréation. Les femelles, en tout cas... Comment allait-elle faire ?

Ne voulant cependant pas paraître sotte et naïve, elle ne dit rien et s'efforça de sourire.

Mais Anthony avait surpris son instant d'affolement.

— Faites-moi confiance, murmura-t-il en s'allongeant près d'elle. Faites-moi simplement confiance.

En appui sur le coude, il se mit à tracer de la main des cercles paresseux sur son abdomen, descendant de plus en plus bas, jusqu'à frôler le triangle sombre au creux de ses cuisses.

Elle se raidit, et il perçut sa brusque inspiration.

— Chuuut, murmura-t-il en se penchant sur elle pour la distraire d'un baiser.

La dernière fois qu'il avait fait l'amour avec une vierge, il l'était lui-même, et il comptait sur son instinct pour le guider avec Kate. Il voulait que sa première fois soit parfaite ; ou, sinon parfaite, du moins difficilement oubliable.

Pendant que, de la langue, il explorait sa bouche, sa main glissa plus bas, jusqu'à atteindre la chaude moiteur de sa féminité. Elle se crispa de nouveau, mais il continua néanmoins à la taquiner, savourant chacun de ses soubresauts, chacun de ses gémissements.

— Que faites-vous ? chuchota-t-elle contre sa bouche.

Il s'écarta un peu, lui adressa un sourire en coin tout en introduisant un doigt en elle.

— Quelque chose de très, très agréable ?

Elle gémit en réponse, ce qui le ravit. Si elle avait réussi à articuler des paroles intelligibles, il aurait su qu'il ne s'y prenait pas correctement.

Il s'étendit sur elle, lui écarta les jambes du genou, et laissa échapper un grognement quand son sexe reposa contre sa hanche. À la pensée de plonger en elle, il lui semblait qu'il allait exploser.

Elle était prête. Du moins, aussi prête qu'elle pouvait l'être. Il savait que cette première fois serait douloureuse, mais il priait pour que cela ne dure pas plus d'un instant.

Se soulevant sur les avant-bras, il se positionna à l'orée de son sexe, murmura son prénom, et attendit que son regard voilé par la passion se fixe sur le sien.

— Je vais vous faire mienne, à présent, lui dit-il tout en s'insérant lentement en elle.

C'était d'ores et déjà si bon qu'il lui fallut faire appel à toute sa volonté pour ne pas s'enfoncer en elle d'un seul coup de reins, en ne se souciant que de son propre plaisir.

— Dites-moi si cela fait mal.

Comme elle hochait la tête, il s'immobilisa aussitôt.

— Je vous fais mal ?

— Non, je voulais juste signifier que je vous préviendrais. Ce n'est pas vraiment douloureux, mais plutôt... bizarre.

Réprimant un sourire, Anthony se pencha pour lui embrasser le bout du nez.

— Je ne crois pas avoir jamais été traité de « bizarre » quand je faisais l'amour à une femme.

L'espace d'un instant, elle parut craindre de l'avoir insulté. Puis sa bouche s'étira en un petit sourire tremblant.

— Peut-être que vous ne faisiez pas l'amour à la femme qu'il fallait.

— Peut-être, admit-il en s'enfonçant un peu plus profondément.

— Puis-je vous avouer un secret ?

— Bien sûr.

— Quand je vous ai vu pour la première fois... Tout à l'heure, je veux dire...

— Dans toute ma gloire ? la taquina-t-il.

Elle lui jeta un regard noir qu'il trouva délicieux.

— J'ai pensé que ce serait impossible.

D'une douce pression, il s'introduisit presque complètement en elle.

— Puis-je, à mon tour, vous avouer un secret ?

— Bien sûr.

— Votre secret... n'en était pas un. C'était écrit sur votre visage, expliqua-t-il avec un sourire comme elle arquait les sourcils d'un air interrogateur.

Elle fit de nouveau la grimace et il eut envie d'éclater de rire.

— À présent, dit-il en affectant un ton grave, j'aurais une question à vous poser.

Elle le regarda, attendant visiblement qu'il veuille bien poursuivre. Il s'inclina, et lui chuchota à l'oreille :

— Et maintenant, qu'en pensez-vous ?

Pendant un moment, elle demeura sans réaction.

Puis il la sentit tressaillir de surprise quand elle comprit le sens de sa question.

— C'est fini ? demanda-t-elle avec une incrédulité évidente.

Cette fois, il partit d'un grand rire.

— Nous en sommes loin, ma chère épouse, très, très loin. C'est là que ça peut être un peu douloureux, Kate, enchaîna-t-il en recouvrant son sérieux. Mais je vous assure que cela ne se reproduira pas.

Elle hocha la tête, mais il sentit son corps se tendre sous le sien, ce qui, il le savait, ne ferait qu'empirer les choses.

— Chuuut, murmura-t-il. Détendez-vous.

— Je suis détendue, prétendit-elle, les yeux fermés.

Il fut heureux qu'elle ne puisse voir son sourire.

— Vous n'êtes absolument pas détendue.

Elle rouvrit brusquement les yeux.

— Si, je le suis.

— Je n'arrive pas à le croire, lança-t-il, comme s'il y avait quelqu'un d'autre dans la pièce pour l'entendre. Elle argumente lors de notre nuit de noces !

— Je ne...

Il lui ferma la bouche de l'index.

— Êtes-vous chatouilleuse ?

— Chatouilleuse ?

— Oui, chatouilleuse.

— Pourquoi ? demanda-t-elle, l'œil soupçonneux.

— À mon avis, cela signifie oui.

— Pas du... Non ! glapit-elle comme sa main dénichait un point particulièrement sensible sous son bras. Anthony, arrêtez ! C'est insupportable ! Je...

D'un mouvement fluide, il plongea en elle.

— Oh ! fit-elle dans un souffle. Ô mon Dieu...

Retenant un gémissement de pur bonheur, il commença à se mouvoir lentement en elle. Elle cambra les hanches à sa rencontre, ondulant d'abord timidement, puis avec un enthousiasme qui trahissait son excitation grandissante.

— Oh, Seigneur, Kate, gémit-il. Tu es parfaite... parfaite...

Elle respirait de plus en plus vite, et chacun de ses halètements nourrissait son ardeur. Il voulait la posséder, la tenir contre lui et ne plus jamais la laisser partir. À chaque coup de reins, il lui devenait plus difficile de différer son plaisir. Son esprit lui ordonnait de se retenir, de penser à Kate dont c'était la première fois, mais son corps exigeait l'assouvissement.

Avec un grognement de frustration, il s'obligea à l'immobilité.

— Kate ? fit-il d'une voix qu'il reconnut à peine tant elle lui paraissait rauque et désespérée.

— Ne vous arrêtez pas, balbutia-t-elle en rouvrant les yeux, je vous en supplie, ne vous arrêtez pas ! Je suis tout près de quelque chose... je ne sais pas de quoi.

— Oh, Kate ! gémit-il en plongeant en elle jusqu'à la garde, la tête rejetée en arrière. Tu es si belle, si incroyablement... Kate ?

Elle s'était raidie brusquement, et il se figea.

— Qu'y a-t-il ? souffla-t-il.

Un éclair de douleur – qui n'avait rien de physique – lui crispa le visage avant qu'elle ait le temps de la dissimuler et de murmurer :

— Rien.

— Ce n'est pas vrai, répliqua-t-il d'une voix sourde en la scrutant.

— Vous avez dit... que j'étais belle.

Pendant dix bonnes secondes, il la considéra en silence, ébahi. En quoi était-ce rédhibitoire ? Évidemment, il ne s'était jamais targué d'être un spécialiste de l'esprit féminin. Il songea à lui réaffirmer qu'en effet, il la trouvait belle, et où était le problème, mais une petite voix lui souffla qu'il s'agissait de l'un de ces moments particuliers où, quoi qu'il dise, ce serait une erreur. Il décida donc de procéder avec la plus extrême prudence, et se contenta de murmurer son prénom, avec l'intuition que ce serait le seul mot qui ne lui créerait pas d'ennuis.

— Je ne suis pas belle, finit-elle par dire d'une voix brisée. Qui imaginiez-vous tenir dans vos bras ? ajouta-t-elle sans lui laisser le temps de la contredire.

Anthony cilla.

— Je te demande pardon ?

— À qui pensez-vous quand vous faites l'amour avec moi ?

Ce fut comme s'il avait reçu un coup de poing dans le ventre. Ses poumons se vidèrent d'un coup.

— Kate, commença-t-il lentement. Kate, tu es folle, tu...

— Je sais qu'un homme n'a pas besoin de désirer une femme pour prendre son plaisir avec elle ! cria-t-elle.

— Tu crois que je ne te désire pas ? s'exclama-t-il d'une voix étranglée.

Dieu du ciel, il était prêt à exploser en elle alors qu'il n'avait pas bougé depuis trente secondes.

Elle se mordit la lèvre inférieure pour l'empêcher de trembler. Un petit muscle se mit à battre spasmodiquement dans son cou.

— Est-ce que... est-ce que vous pensez à Edwina ?

— Comment diable pourrais-je vous confondre, toutes les deux ?

Kate sentit qu'elle se décomposait tandis que des larmes brûlantes lui montaient aux yeux. Elle ne voulait pas pleurer devant lui, surtout pas maintenant, mais cela faisait mal, tellement mal, et...

D'une main impérieuse, Anthony l'obligea à le regarder.

— Écoute-moi, dit-il d'une voix grave et posée, et écoute-moi bien parce que je ne le dirai qu'une fois. Je te désire, je me consume pour toi, je ne peux pas dormir la nuit tellement je te veux. Même quand je te trouvais désagréable, je te désirais. C'est à n'y rien comprendre, mais c'est ainsi. Et si je t'entends encore dire ce genre de bêtise, je t'attache à ce maudit lit et je te fais l'amour de cent façons différentes, jusqu'à ce que tu te fourres dans le crâne que tu es la femme la plus belle et la plus désirable d'Angleterre, et que si personne d'autre ne s'en aperçoit, eh bien, c'est qu'ils sont tous de fieffés idiots !

Kate n'aurait pas cru qu'on pouvait rester bouche bée lorsqu'on était allongé. Et pourtant...

Anthony haussa les sourcils avec une arrogance sans doute rarement égalée.

— C'est compris ?

Incapable d'articuler un mot, elle se contenta de le regarder.

Il se pencha jusqu'à ce que son nez touche presque le sien.

— C'est compris ?

Kate hocha la tête.

— Bien, grommela-t-il, et, avant même qu'elle ait repris son souffle, ses lèvres capturèrent les siennes en un baiser si féroce qu'elle dut se retenir au lit pour ne pas hurler.

Elle s'accrocha à lui, sans vraiment savoir si elle essayait de l'attirer à elle ou de le repousser.

— Anthony, je ne peux pas...

S'il l'entendit, il n'en tint pas compte. Glissant l'une de ses mains entre eux, il la caressa au plus intime de son corps, et elle cria. Il donna un ultime coup de reins, et le monde de Kate vola en éclats. D'abord tétanisée, puis parcourue de tremblements, elle crut qu'elle tombait. Elle ne pouvait plus respirer, ni même haleter. Rejetant la tête en arrière, elle agrippa le matelas avec une sauvagerie qu'elle ignorait posséder.

Anthony s'immobilisa au-dessus d'elle, la bouche ouverte en un cri silencieux, puis il s'effondra sur elle de tout son poids.

— Jamais... haleta-t-il, le corps secoué de spasmes. Jamais... je n'ai eu... autant de plaisir.

Kate, qui mit quelques secondes de plus à recouvrer ses esprits, sourit en lui caressant les cheveux. Une pensée pleine de malice lui vint soudain à l'esprit.

— Anthony ? murmura-t-elle.

Le simple fait d'ouvrir les yeux et de pousser un grognement sembla exiger de lui un effort herculéen.

Le sourire de Kate se fit charmeur. Suivant du bout du doigt le contour anguleux de sa mâchoire, elle demanda dans un souffle :

— C'est déjà fini ?

L'espace d'une seconde, il ne réagit pas, puis ses lèvres s'étirèrent en un sourire bien plus diabolique que tout ce qu'elle aurait pu imaginer.

— Pour le moment, répondit-il d'une voix rauque en basculant sur le flanc sans la lâcher. Mais seulement pour le moment.

# 18

*Même si le mariage hâtif de lord et de lady Bridgerton (autrefois Mlle Katharine Sheffield, pour ceux d'entre vous qui auraient passé ces dernières semaines en hibernation) suscite encore des ragots, votre dévouée chroniqueuse a la conviction qu'il s'agissait d'un mariage d'amour. Le vicomte Bridgerton n'accompagne certes pas sa femme à chaque événement mondain (quel mari le fait ?) mais quand il est présent, l'auteur de ces lignes ne manque pas de remarquer qu'il semble toujours murmurer quelque chose à l'oreille de sa femme, et que ce quelque chose semble toujours la faire sourire et rougir.*

*En outre, il danse toujours avec elle une fois de plus que les convenances ne l'exigent. Considérant que de nombreux maris n'aiment pas du tout danser avec leur femme, c'est on ne peut plus romantique !*

*La Chronique mondaine de lady Whistledown*, 10 juin 1814

Les semaines suivantes s'écoulèrent à un rythme effréné. Après un bref séjour à Aubrey Hall, les jeunes mariés regagnèrent Londres où la saison battait son plein. Kate, qui avait espéré consacrer ses après-midi à son cours de flûte, découvrit rapidement qu'on la sollicitait de toutes parts. Elle passait ses journées en visites, excursions dans les boutiques avec sa famille et promenades à cheval dans le parc. Ses soirées étaient un tourbillon de bals et de fêtes.

Mais ses nuits étaient entièrement consacrées à Anthony.

Le mariage, avait décidé Kate, lui convenait. Elle voyait moins Anthony qu'elle ne l'aurait souhaité, mais elle comprenait et acceptait qu'il fût un homme très occupé. Ses responsabilités, à la fois au Parlement et sur ses terres, lui prenaient beaucoup de temps. Mais quand il rentrait et la rejoignait dans leur chambre – pas de chambres séparées pour lord et lady Bridgerton ! –, il se montrait merveilleusement attentionné, l'interrogeant sur sa journée et lui racontant la sienne avant de lui faire l'amour jusque tard dans la nuit.

Il avait même pris le temps, un jour, de l'écouter travailler sa flûte. Étant donné son piètre niveau, la présence de son mari durant les trente minutes de la leçon ne pouvait être interprétée que comme un signe de grande affection.

Évidemment, il n'avait pas échappé à Kate qu'il n'avait pas renouvelé l'expérience.

Elle menait une existence agréable, et sa vie conjugale était plus heureuse que celle de beaucoup de femmes dans sa situation. Si son mari ne l'aimait pas, au moins réussissait-il très bien à lui faire sentir qu'il tenait à elle et qu'il l'appréciait. Et pour l'heure, elle était disposée à s'en contenter.

La bonne société en général, et Edwina en particulier, s'étaient cependant mis dans la tête que l'union de lord et de lady Bridgerton était un mariage d'amour.

Edwina avait pris l'habitude de venir voir sa sœur l'après-midi, et ce jour-là ne faisait pas exception. Assises dans le salon, toutes deux buvaient du thé en grignotant des biscuits, ravies de savourer un moment d'intimité maintenant que les innombrables visiteuses de Kate étaient parties.

Newton avait sauté sur le sofa à côté d'Edwina, et elle le caressait paresseusement quand elle déclara :

— Tout le monde parle de toi, aujourd'hui.

Kate ne fit même pas mine de reposer la tasse qu'elle portait à ses lèvres.

— Tout le monde parle toujours de moi, répliqua-t-elle avec un haussement d'épaules. Ils finiront par trouver un autre sujet d'intérêt.

— Pas tant que ton mari continuera à te regarder comme il le faisait hier soir.

Kate se sentit rougir.

— Il n'a rien fait d'extraordinaire.

— Kate, il bouillait positivement d'impatience ! Je l'ai vu écarter de son chemin lord Haveridge dans sa hâte à te rejoindre.

— Nous étions arrivés séparément, expliqua Kate alors que son cœur se remplissait d'une joie secrète, et sans doute stupide. Je suis sûre qu'il devait avoir quelque chose à me dire.

— Et alors ? s'enquit Edwina, dubitative.

— Alors quoi ?

— Il t'a *dit* quelque chose ? riposta Edwina sans dissimuler son exaspération. Tu viens d'expliquer qu'il avait certainement quelque chose à te dire. Si c'était le cas, il a dû le faire ? Et alors, tu *sais* qu'il avait bien quelque chose à te dire, non ?

— Edwina, tu me donnes le vertige.

Sa sœur pinça les lèvres d'un air boudeur.

— Tu ne me dis jamais rien.

— Il n'y a rien à dire ! se défendit Kate en s'emparant d'un gâteau, dans lequel elle mordit afin d'avoir une bonne raison de se taire.

Qu'était-elle censée raconter à sa sœur ? Qu'avant même d'être marié, Anthony l'avait avertie calmement qu'il ne l'aimerait jamais ?

Voilà qui constituerait un charmant sujet de conversation à l'heure du thé !

— Bon, lâcha Edwina quand elle en eut assez de regarder sa sœur mastiquer, j'avais une autre raison de venir aujourd'hui. J'ai quelque chose à te dire.

Kate fut heureuse de pouvoir enfin avaler.

— Vraiment ?

Edwina hocha la tête, puis s'empourpra.

— De quoi s'agit-il ? demanda Kate avant de siroter son thé, tant elle avait la bouche desséchée par cette mastication forcée.

— Je crois que je suis amoureuse.

Kate faillit recracher son thé.

— De qui ?

— De M. Bagwell.

Kate eut beau se creuser la cervelle, impossible de se rappeler qui était M. Bagwell.

— C'est un homme cultivé, reprit Edwina avec un soupir rêveur. Je l'ai rencontré lors de la partie de campagne de lady Bridgerton.

— Je ne me souviens pas qu'on me l'ait présenté, avoua Kate, les sourcils froncés.

— Tu as été plutôt occupée, répliqua Edwina, narquoise. Tes fiançailles, tout ça...

Kate lui adressa le genre de grimace que l'on réserve à sa sœur ou à son frère.

— Parle-moi donc de ce M. Bagwell.

— Malheureusement, il n'est que cadet, commença Edwina, dont les yeux s'illuminèrent. Il ne peut donc s'attendre à grand-chose en matière de revenus. Mais, maintenant que tu as fait un excellent mariage, je n'ai plus besoin de me tracasser à ce sujet.

De manière inattendue, les larmes vinrent aux yeux de Kate. Elle ne s'était pas rendu compte de la pression qu'Edwina avait dû supporter depuis le début de la saison. Mary et elle avaient eu beau lui assurer qu'elle épouserait qui elle voulait, aucune d'entre elles n'ignorait l'état de leurs finances. Et elles ne s'étaient pas gênées pour plaisanter sur le fait qu'il était tout aussi aisé de tomber amoureuse d'un homme riche que d'un homme pauvre.

Un seul regard au visage d'Edwina suffisait pour deviner qu'un énorme fardeau venait d'être ôté de ses épaules.

— Je suis heureuse que tu aies trouvé quelqu'un qui te convienne, murmura Kate.

— Il me convient tout à fait. Je sais que nous n'aurons pas beaucoup d'argent mais, franchement, je n'ai pas besoin de soies et de bijoux. Je ne pense pas que ce soit ton cas, bien sûr, s'empressa-t-elle d'ajouter, comme son regard tombait sur le diamant scintillant au doigt de Kate. C'est juste que…

— Qu'il est agréable de ne plus avoir à t'inquiéter d'entretenir ta sœur et ta mère, termina Kate à sa place.

Edwina laissa échapper un soupir de soulagement.

— Exactement.

— Tu n'as certes plus à te faire de souci pour moi, continua Kate en lui prenant les mains. Et je suis certaine qu'Anthony et moi pourrons toujours subvenir aux besoins de Mary si nécessaire.

Les lèvres d'Edwina s'incurvèrent en un sourire tremblant.

— Quant à toi, poursuivit Kate, il est grand temps que tu penses à toi. Tu dois prendre une décision fondée sur ce que *tu* désires, et non sur ce que tu crois être les besoins des autres.

Edwina dégagea l'une de ses mains pour s'essuyer les yeux.

— Je l'aime vraiment beaucoup, souffla-t-elle.

— Alors, je suis persuadée que je l'aimerai moi aussi. Quand puis-je le rencontrer ?

— Malheureusement, il doit passer les deux semaines à venir à Oxford. Il avait des engagements, et je ne voudrais pas qu'il s'y soustraie à cause de moi.

— Bien sûr que non. Tu n'épouserais pas le genre de gentleman qui n'honore pas ses engagements.

Edwina acquiesça d'un signe de tête.

— J'ai reçu une lettre de lui ce matin, cependant. Il me dit qu'il viendra à Londres à la fin du mois, et qu'il espère pouvoir me rendre visite.

— Il t'envoie déjà des lettres ? demanda Kate avec un sourire espiègle.

— Plusieurs par semaine, avoua Edwina en rougissant.

— Et quel est son domaine d'étude ?

— L'archéologie. Il est très brillant. Il est allé en Grèce. Deux fois !

Kate n'aurait jamais imaginé que sa sœur – dont on louait déjà la beauté en tous lieux – pouvait être encore plus belle. Pourtant, quand Edwina parlait de son M. Bagwell, son visage irradiait.

— Je suis impatiente de le rencontrer, déclara Kate. Nous devons organiser un dîner informel dont il sera l'invité d'honneur.

— Ce serait merveilleux.

— Et nous pourrions peut-être faire un tour au parc tous les trois afin de faire plus ample connaissance. Maintenant que je suis une vieille dame mariée, je suis habilitée à jouer les chaperons. Tu ne trouves pas ça drôle ? demanda-t-elle en riant.

Une voix indubitablement masculine et incontestablement amusée se fit entendre :

— Qu'est-ce qui est drôle ?

— Anthony ! s'écria Kate, surprise que son mari arrive si tôt. Que je suis contente de te voir !

Il esquissa un sourire tout en saluant Edwina.

— Je me suis retrouvé à disposer d'un moment de liberté inattendu.

— Tu veux te joindre à nous pour le thé ?

— Je vais me joindre à vous, murmura-t-il en traversant la pièce pour aller chercher la carafe en cristal sur la desserte, mais je crois que je prendrai plutôt un cognac.

Kate l'observa pendant qu'il remplissait son verre. C'était dans des moments comme celui-ci qu'elle trouvait difficile d'empêcher son cœur de se refléter dans ses yeux. Anthony était si beau à cette heure de la journée ! Elle n'aurait su dire pourquoi. Était-ce la barbe naissante qui ombrait ses joues, ou ses cheveux un peu ébouriffés, ou simplement le fait qu'elle le voyait rarement l'après-midi ? Elle avait lu un jour dans un poème que l'inattendu était toujours plus doux.

Le poète avait sans doute raison.

— Alors, reprit Anthony après avoir bu une gorgée de cognac, de quoi discutiez-vous, mesdames ?

Du regard, Kate interrogea sa sœur. Quand celle-ci hocha la tête, elle répondit :

— Edwina a rencontré un jeune homme qui lui plaît beaucoup.

— Vraiment ? dit-il avec un intérêt presque paternel.

Il se percha sur le bras du fauteuil de Kate, un meuble très rembourré, pas du tout à la mode, mais très prisé chez les Bridgerton car extraordinairement confortable.

— J'aimerais le rencontrer, ajouta-t-il.

— C'est vrai ? Vous feriez cela ? demanda Edwina en clignant des yeux comme un hibou.

— Bien sûr. En fait, j'insiste pour le rencontrer.

Comme aucune de deux sœurs ne faisait de commentaires, il fronça les sourcils et ajouta :

— C'est le genre de devoir qui incombe au chef de famille. Ce que je suis, après tout.

— Je... je ne me rendais pas compte que vous vous sentiez une quelconque responsabilité envers moi, balbutia Edwina, visiblement surprise.

Anthony la regarda comme si elle avait momentanément perdu la raison.

— Vous êtes la sœur de Kate, dit-il, comme si cela suffisait comme explication.

Edwina le fixa encore quelques secondes, puis son visage s'illumina.

— Je me suis toujours demandé quel effet cela ferait d'avoir un frère.

— J'espère que je suis acceptable, marmonna Anthony, un peu embarrassé devant ce brusque accès d'émotion.

Edwina lui adressa un sourire radieux.

— Aucun problème. Franchement, je ne comprends pas pourquoi Éloïse se plaint autant.

Se tournant vers Anthony, Kate expliqua :

— Edwina et ta sœur sont devenues de grandes amies depuis notre mariage.

— Que Dieu me vienne en aide, murmura-t-il. Et, si je puis me permettre, de quoi Éloïse peut-elle bien se plaindre ?

— Oh, de rien, vraiment, affirma Edwina avec un sourire innocent. Simplement que vous vous montrez parfois un tout petit peu trop protecteur.

— C'est ridicule, grommela-t-il.

Kate s'étrangla avec son thé. Elle était à peu près persuadée que, lorsque leurs filles seraient pubères, Anthony se convertirait au catholicisme uniquement pour pouvoir les enfermer dans un couvent entouré de murs infranchissables.

— Qu'est-ce qui te fait rire ? lui demanda-t-il, les yeux plissés.

Kate fit mine de se tamponner les lèvres avec sa serviette.

— Rien.

— Éloïse prétend que vous vous conduisiez en dragon quand Simon courtisait Daphné, insista Edwina.

— Oh, vraiment ?

— Il paraît que Simon et vous vous êtes battus en duel !

— Éloïse parle trop, marmonna Anthony.

— Elle sait toujours tout, s'émerveilla Edwina. Tout ! Et même plus que lady Whistledown.

Anthony tourna vers Kate un visage où l'affolement le disputait à l'ironie.

— Rappelle-moi d'acheter une muselière pour ma sœur. Et une pour la tienne, par la même occasion.

Edwina laissa échapper un petit rire musical.

— Je n'aurais jamais pensé qu'un frère était aussi amusant à taquiner qu'une sœur. Je suis si contente que tu aies décidé de l'épouser, Kate !

— Je n'ai pas eu tellement le choix, répliqua cette dernière d'un ton ironique. Mais j'avoue que je suis moi-même plutôt contente de la tournure prise par les événements.

En se levant, Edwina réveilla Newton, qui dormait du sommeil du juste sur le sofa. Avec un gémissement outragé, il sauta lourdement à terre et se pelotonna sous la table.

— Je dois m'en aller, annonça Edwina en riant de son manège. Ne me raccompagnez pas, protesta-t-elle comme sa sœur et son beau-frère se levaient. Je saurai trouver mon chemin.

— Ne dis pas de bêtises, répliqua Kate en glissant le bras sous le sien. Anthony, je reviens tout de suite.

— Je vais compter les secondes, murmura-t-il alors que les deux femmes quittaient la pièce, suivies par Newton qui aboyait à présent avec enthousiasme, dans l'espoir sans doute que quelqu'un l'emmène en promenade.

Son verre à la main, Anthony s'installa dans le fauteuil confortable que venait d'abandonner Kate. Il gardait la chaleur de son corps, et... son parfum, nota-t-il. Le savon prédominait, cette fois, conclut-il après avoir humé l'étoffe. Le lys était peut-être un parfum dont elle usait le soir.

Il ne savait pas exactement pourquoi il était rentré chez lui cet après-midi. En tout cas, telle n'était pas son intention. Contrairement à ce qu'il avait dit à Kate, ses responsabilités n'exigeaient pas qu'il passe la journée entière à l'extérieur. La plupart de ses rendez-vous auraient facilement pu avoir lieu à son domicile. Et s'il était certes un homme occupé – il n'avait jamais souscrit au mode de vie indolent d'une grande partie de la haute société –, il avait passé néanmoins de nombreux après-midi au *White*, à lire le journal ou à jouer aux cartes avec ses amis.

Il trouvait cela préférable. Mieux valait garder une certaine distance avec son épouse. La vie ou, en tout cas, *sa* vie, devait être compartimentée, et une femme trouvait sa place dans les cases qu'il avait mentalement étiquetées : « événements mondains » et « chambre à coucher ».

Mais lorsqu'il était arrivé à son club, cet après-midi, il n'avait rencontré personne avec qui il avait particulièrement envie de s'entretenir. Le journal qu'il avait parcouru ne présentait que peu d'intérêt. Et tandis que, assis devant la fenêtre, il tentait de jouir, en vain, de sa propre compagnie, il avait été saisi de l'envie ridicule de rentrer chez lui pour voir à quoi s'occupait Kate.

Un après-midi ne portait pas à conséquence. Il n'allait pas tomber amoureux de sa femme parce qu'il avait passé un unique après-midi auprès d'elle. Non pas que ce danger le menaçait ; il y avait près d'un mois qu'il était marié, et il avait brillamment réussi à éviter cette complication. Pourquoi ne parviendrait-il pas à prolonger indéfiniment ce statu quo ?

Assez satisfait de lui-même, il but une nouvelle gorgée de cognac et leva les yeux au moment où Kate franchissait le seuil du salon.

— Je crois vraiment qu'Edwina est tombée amoureuse, déclara-t-elle, le visage illuminé par un sourire radieux.

Anthony sentit tout son corps se tendre en réponse. Cette manière qu'il avait de réagir au moindre de ses sourires était plutôt ridicule. Cela arrivait tout le temps, et c'était vraiment pénible.

Enfin, *pénible*... Pas toujours. Il le supportait beaucoup mieux quand il avait la possibilité d'entraîner son épouse jusqu'à la chambre à coucher.

Malheureusement, celle-ci ne semblait pas aussi disposée à la bagatelle que lui, puisqu'elle choisit de s'asseoir en face de lui. Pourtant, il y avait de la place pour deux dans son fauteuil, à condition de se serrer l'un contre l'autre... Même la chaise à côté de lui aurait été préférable, car il aurait pu l'attirer sur ses genoux. Alors que là, pour accomplir cette manœuvre, il lui faudrait la faire passer au milieu du service à thé.

Les yeux étrécis, Anthony essaya d'évaluer la quantité de thé qui se renverserait sur le tapis, puis le coût de son remplacement, puis le...

— Anthony ? Tu m'écoutes ?

Il sursauta. Penchée en avant, elle paraissait très concentrée, et un tout petit peu irritée.

— Alors ? insista-t-elle.

Il cligna des yeux.

— Tu m'écoutais ?

— Oh... Non, répondit-il avec un sourire éclatant.

Elle se contenta de lever les yeux au ciel.

— Je disais que nous devrions inviter Edwina et ce jeune homme à dîner, pour nous faire une opinion. Je ne l'ai jamais vue aussi intéressée par quelqu'un, et je voudrais tant qu'elle soit heureuse.

Anthony prit un biscuit. Il avait faim, et il avait quasiment renoncé à attirer sa femme sur ses genoux. D'un autre côté, s'il réussissait à écarter les tasses et les soucoupes, les dégâts seraient sans doute moindres...

Subrepticement, il poussa de côté le plateau supportant le service à thé.

— Hmm ? marmonna-t-il, le biscuit dans la bouche. Euh... oui, bien sûr, il faut qu'Edwina soit heureuse.

Kate lui adressa un regard soupçonneux.

— Tu es sûr de ne pas vouloir un peu de thé avec ce biscuit ? Je ne suis pas très amateur de cognac, mais je pense que le thé se marie mieux avec les sablés.

En vérité, Anthony ne détestait pas l'alliance cognac-sablé. Mais vider un peu la théière, au cas où elle se renverserait, ne pouvait nuire.

— Quelle idée fantastique ! dit-il en s'emparant d'une tasse pour la lui tendre. Du thé ! Comment n'y ai-je pas pensé plus tôt ?

— On se le demande, murmura-t-elle d'un ton acerbe, si tant est qu'on pût murmurer d'un ton acerbe.

Sans relever, Anthony lui adressa un sourire jovial tout en lui reprenant la tasse des mains. D'un coup d'œil, il s'assura qu'elle avait ajouté du lait. Elle l'avait fait, ce qui ne le surprit pas, car elle excellait à se rappeler ces petits détails.

— Il est assez chaud ? s'enquit elle.

Anthony vida sa tasse d'une traite.

— Il est parfait, assura-t-il avec un soupir d'aise. Puis-je te demander de m'en verser une autre tasse ?

— Tu sembles prendre goût au thé, fit-elle remarquer, pince-sans-rire.

Les yeux fixés sur la théière, Anthony se demandait quelle quantité elle contenait encore, et s'il serait capable de la finir sans être saisi d'une envie pressante.

— Tu devrais en boire aussi, suggéra-t-il. Tu sembles un peu desséchée.

Elle haussa brusquement les sourcils.

— Pardon ?

Il hocha la tête puis, inquiet d'avoir poussé le bouchon un peu trop loin, essaya de se rattraper.

— Juste un petit peu, bien sûr.

— Bien sûr.

— Il reste assez de thé pour que j'en reprenne une tasse ? demanda-t-il le plus nonchalamment possible.

— Je peux toujours demander à la cuisinière d'en refaire.

— Oh non, ce ne sera pas nécessaire ! s'écria-t-il avec un peu trop de force. Je me contenterai de ce qu'il reste.

Kate inclina la théière jusqu'à ce que les dernières gouttes tombent dans sa tasse. Après avoir ajouté un nuage de lait, elle la lui tendit en silence, mais avec un haussement de sourcil éloquent.

Tandis qu'il sirotait son breuvage – son estomac un peu trop plein ne lui permettait pas de l'avaler aussi vite que la tasse précédente –, Kate s'éclaircit la voix.

— Connais-tu le jeune homme d'Edwina ?

— Je ne sais même pas qui c'est.

— Oh, je suis désolée ! J'ai dû oublier de mentionner son nom. Il s'agit de M. Bagwell. J'ignore son prénom, mais c'est un fils cadet, si cette précision peut t'être utile. Edwina l'a rencontré lors de la réception organisée par ta mère à la campagne.

— Jamais entendu parler de lui, répondit Anthony en secouant la tête. C'est probablement l'un de ces pauvres garçons que ma mère invite pour répartir plus également les sexes. Il y a toujours énormément de jeunes filles, car elle espère que l'un de nous tombe amoureux, mais du coup, elle est obligée de trouver un paquet d'hommes quelconques afin de respecter un certain équilibre.

— D'hommes quelconques ? répéta Kate.

— Histoire que les femmes ne risquent pas de tomber amoureuses d'eux et non de nous, expliqua-t-il avec un sourire en coin.

— Elle est prête à tout pour vous marier, n'est-ce pas ?

— Tout ce que je sais, répondit Anthony avec un haussement d'épaules, c'est que ma mère a invité des jeunes filles en si grand nombre, la dernière fois, qu'il a fallu aller jusque chez le vicaire et supplier son fils de seize ans d'assister au dîner.

Kate fit la grimace.

— Je crois que je l'ai rencontré.

— Oui, il fait peine à voir tellement il est timide, le pauvre. Le vicaire m'a dit qu'il a eu de l'urticaire pendant une semaine après s'être retrouvé assis à côté de Cressida Cowper.

— Il y a de quoi donner de l'urticaire à n'importe qui.

— Je savais que tu cachais une certaine mesquinerie, commenta Anthony avec un grand sourire.

— Ce n'est pas de la mesquinerie ! protesta Kate. Juste la vérité.

— Inutile de te défendre, riposta-t-il en avalant la dernière gorgée de thé. La mesquinerie est l'un des traits que je préfère en toi.

— Mon Dieu, marmonna-t-elle, je préfère ne pas savoir ce que tu aimes le moins.

Anthony se contenta d'un geste désinvolte de la main.

— Si nous en revenions à ta sœur et à son M. Badwell…

— Bagwell.

— Comme tu voudras. Toujours est-il que j'avais pensé offrir une dot à Edwina.

L'ironie de la situation ne lui échappait pas. À l'époque où il projetait d'épouser Edwina, c'était à *Kate* qu'il avait songé fournir une dot…

Il glissa un coup d'œil à cette dernière, curieux de sa réaction. Bien sûr, il ne faisait pas cette offre uniquement pour gagner ses faveurs ; il n'empêche qu'il avait espéré un peu mieux que ce silence.

Il s'aperçut soudain qu'elle était au bord des larmes.

— Kate ? risqua-t-il, inquiet.

Elle s'essuya le nez, plutôt inélégamment, du dos de la main.

— C'est la chose la plus gentille qu'on ait jamais faite pour moi, avoua-t-elle en reniflant.

— Je le fais pour Edwina, en vérité, bougonna-t-il, gêné comme toujours devant une femme en larmes.

À l'intérieur de lui-même, cependant, il avait l'impression de mesurer deux mètres cinquante.

— Oh, Anthony ! gémit-elle.

À son immense surprise, elle bondit sur ses pieds, enjamba la table et se jeta dans ses bras, l'ourlet de sa jupe envoyant valser sur le tapis trois tasses, deux soucoupes et une cuillère.

— Tu es si gentil, fit-elle en se laissant tomber plutôt brutalement sur ses genoux. L'homme le plus gentil de tout Londres !

— Eh bien, je ne sais pas, répliqua-t-il, en glissant le bras autour de sa taille. Le plus dangereux, peut-être, ou le plus beau...

Elle enfouit le visage dans son cou.

— Le plus gentil, coupa-t-elle d'un ton ferme. Sans conteste, le plus gentil.

— Si tu insistes, murmura-t-il, pas du tout mécontent de la tournure prise par les événements.

— Heureusement que nous avions fini ce thé, observa-t-elle. Les dégâts auraient été affreux.

— Certes...

Il sourit en lui-même tout en l'enlaçant plus étroitement. Les jambes passées par-dessus l'accoudoir du fauteuil, le dos épousant la courbe de son bras, Kate s'adaptait idéalement à son propre corps.

Du reste, beaucoup de choses en elle étaient idéales. D'ordinaire, ce genre de constatation le terrifiait. Mais, à cet instant, il était tellement heureux, assis dans ce fauteuil avec sa femme sur les genoux, qu'il refusait tout simplement de penser à l'avenir.

— Tu es si bon avec moi, murmura-t-elle.

Anthony songea à toutes les fois où il était resté volontairement loin d'elle, puis il repoussa en hâte cet assaut de culpabilité. S'il imposait une distance entre eux, c'était pour le bien de Kate. Il ne voulait pas qu'elle tombe amoureuse de lui. Cela ne ferait que lui rendre l'existence plus difficile quand il mourrait.

Et s'il tombait amoureux d'elle...

Il n'osait même pas envisager à quel point ce serait difficile pour *lui*.

— Avons-nous quelque chose de prévu ce soir ? lui chuchota-t-il à l'oreille.

Ses cheveux lui chatouillèrent la joue quand elle hocha la tête.

— Un bal. Chez lady Mottram.

Incapable de résister à la douceur soyeuse de sa chevelure, il attrapa une mèche et en entoura ses doigts.

— Sais-tu ce je pense ? murmura-t-il.

Il entendit son sourire quand elle demanda :

— Quoi ?

— Que je n'ai jamais fait grand cas de lady Mot-tram. Et sais-tu ce que je pense d'autre ?

À présent, elle s'efforçait de ne pas rire, nota-t-il.

— Quoi ?

— Que nous devrions monter.

— Ah bon ? dit-elle, feignant de ne pas comprendre.

— Oui. Et à l'instant même, pour tout dire.

Elle se frotta contre lui – la rouée ! – comme pour évaluer l'urgence qu'il y avait à se rendre à l'étage.

— Je vois, murmura-t-elle d'un ton grave.

— J'aurais plutôt pensé que tu *sentirais*, fit-il remarquer en lui pinçant la hanche.

— Eh bien, ça aussi, admit-elle. C'est assez flagrant.

— Je ne te le fais pas dire, marmonna-t-il avant de faire pivoter son visage jusqu'à ce qu'ils soient nez à nez. Sais-tu ce que je pense *encore* ? continua-t-il avec un sourire canaille.

Kate ouvrit de grands yeux.

— Je ne vois vraiment pas.

— Je pense, fit-il en glissant la main sous sa jupe et en remontant le long de sa jambe, que si nous ne montons pas immédiatement, je me contenterai peut-être de rester ici.

— Ici ? répéta-t-elle d'une voix haut perchée.

— Ici, confirma-t-il, la main sur sa jarretière.

— Maintenant ?

Il taquina sa toison douce du bout des doigts, avant d'en insérer deux au plus profond de son intimité divinement chaude et moite...

— Oh que oui !

— Ici ?

— N'ai-je pas déjà répondu à cette question ? répliqua-t-il en lui mordillant le lobe de l'oreille.

Si Kate avait d'autres questions, elle ne les formula pas durant l'heure qui suivit. Peut-être, aussi, parce qu'il s'appliqua de son mieux à lui ôter toute envie de parler.

Et à en juger par les gémissements tour à tour tendres et voluptueux qui s'échappaient de sa bouche, il s'en sortit sacrément bien.

# 19

*Le bal annuel de lady Mottram fut très couru, comme toujours, mais les observateurs de la vie mondaine ne manquèrent pas de remarquer l'absence de lord et de lady Bridgerton. Lady Mottram est formelle : ils avaient promis de venir. Votre dévouée chroniqueuse ne peut donc que se perdre en conjectures sur ce qui a pu retenir les jeunes mariés chez eux...*

*La Chronique mondaine de lady Whistledown*, 13 juin 1814

Bien plus tard dans la nuit, Anthony, les bras refermés autour de Kate, veillait sur son sommeil. Elle dormait profondément, et c'était heureux, car il avait commencé à pleuvoir.

Il essaya de remonter la couverture jusqu'à son oreille afin d'étouffer le bruit des gouttes tambourinant contre la fenêtre. Mais Kate, aussi agitée la nuit que le jour, la repoussa aussitôt.

Le vent forcit et se mit à mugir, les branches des arbres giflèrent le flanc de la maison, et Kate commença à frémir en dépit des paroles rassurantes qu'Anthony lui murmurait à l'oreille. Elle n'était visiblement pas réveillée, mais la tempête avait fait intrusion dans son sommeil, si bien qu'elle marmonnait, se tournait et se retournait sans cesse.

— Que s'est-il passé pour que tu haïsses la pluie à ce point ? chuchota-t-il.

Oh, il ne la jugeait pas. Il ne connaissait que trop bien l'angoisse que faisaient naître les peurs infondées et les prémonitions.

La certitude de sa mort imminente, par exemple, n'était pas une chose qu'il pouvait expliquer ni même comprendre. Il *savait,* c'est tout.

Il n'avait jamais craint la mort, cependant. Pas vraiment. Elle faisait partie de son existence depuis si longtemps qu'il se contentait de l'accepter comme d'autres acceptent les enchaînements inévitables du cycle de la vie. Le printemps succède à l'hiver, puis l'été au printemps. Pour lui, la mort relevait presque du même phénomène.

Ces derniers temps, pourtant, il avait eu beau essayer de le nier, la mort avait commencé à revêtir un masque effrayant.

En épousant Kate, sa vie avait emprunté un autre chemin. Et ses efforts pour se convaincre qu'il pouvait limiter leur union à l'amitié et au sexe n'avaient pu l'empêcher. Il tenait à elle, bien plus qu'il ne le souhaitait. Il mourait d'envie de la retrouver quand ils étaient séparés, et il rêvait d'elle la nuit alors même qu'il la tenait dans ses bras.

Il n'était pas prêt à appeler cela de l'amour, mais était néanmoins terrifié à l'idée que cela s'achève. Existait-il ironie plus cruelle ?

Anthony ferma les yeux avec un soupir de lassitude, et les rouvrit presque aussitôt comme un éclair colorait l'intérieur de ses paupières d'un éclat sanglant.

Il constata qu'ils avaient laissé les rideaux entrouverts. Mais, quand il tenta de sortir du lit, Kate lui agrippa le bras avec force.

— Tout va bien, chuchota-t-il. Je vais juste fermer les rideaux.

Mais elle ne le lâcha pas, et le gémissement qui s'échappa de ses lèvres quand un coup de tonnerre ébranla les ténèbres lui brisa le cœur.

À la lumière pâle qui filtrait par les fenêtres, Anthony s'assura qu'elle dormait toujours, puis se dégagea doucement de son étreinte et alla fermer les rideaux. Il alluma ensuite une bougie sur la table de chevet. Elle n'éclairait pas suffisamment pour réveiller Kate, du moins l'espérait-il, mais elle empêchait la chambre d'être plongée dans l'obscurité totale. Car il n'y avait rien de plus brutal qu'un éclair trouant la nuit.

Quand il se glissa de nouveau dans le lit, la respiration de Kate était devenue laborieuse. Les éclairs ne semblaient plus la déranger, mais elle tressaillait à chaque grondement de tonnerre.

Il lui prit la main et se mit à lui caresser les cheveux pour tenter de l'apaiser. Mais à mesure que l'orage se rapprochait, elle s'agitait de plus en plus. Soudain, un coup de tonnerre particulièrement violent lui fit ouvrir les yeux. Son visage était un masque de pure panique.

— Kate ? murmura Anthony.

Elle se mit brusquement sur son séant, et se débattit pour reculer jusqu'à ce que son dos soit collé à la tête de lit. On aurait dit une statue de terreur. Comme pétrifiée, elle avait les yeux grands ouverts et, sans bouger la tête, les faisait rouler en tous sens mais, de toute évidence, sans rien distinguer.

L'épreuve apparaissait pire encore que lors de la nuit dans la bibliothèque, à Aubrey Hall. Le cœur déchiré, Anthony songea que personne n'aurait dû éprouver une terreur semblable, et surtout pas sa femme.

Avec des gestes lents afin de ne pas la surprendre, il la rejoignit, puis posa avec précaution le bras autour de ses épaules. Elle tremblait, mais ne le repoussa pas.

— T'en souviendras-tu seulement demain matin ? murmura-t-il.

Il ne fut pas surpris qu'elle ne réponde pas.

— Là, là, dit-il doucement, en essayant de se souvenir des paroles que sa mère utilisait pour réconforter ses enfants lorsqu'ils étaient effrayés. Tout va bien, maintenant. Ce n'est rien...

Ses tremblements parurent se calmer un peu, mais quand un nouveau coup de tonnerre retentit, tout son corps tressaillit, et elle se cacha le visage dans le cou d'Anthony.

— Non, gémit-elle, non, non. Ne t'en va pas !

Anthony cligna des yeux avant de scruter son visage. Elle paraissait différente. Elle n'était toujours pas réveillée, mais paraissait plus lucide, si une telle chose était possible. Et aussi très... *jeune.*

— Kate ? dit-il en resserrant son étreinte, ne sachant trop que faire.

Devait-il la réveiller ? Elle avait beau avoir les yeux ouverts, il était évident qu'elle dormait et rêvait. Il aurait voulu la soustraire à son cauchemar, mais une fois éveillée, elle se retrouverait au même endroit : dans son lit, au milieu d'un terrible orage. Se sentirait-elle mieux ?

Ou devait-il la laisser dormir ? Si elle allait au bout de son cauchemar, peut-être pourrait-il glaner quelques indices sur les causes de sa terreur.

— Non, répéta-t-elle avec une agitation grandissante. Nooooon !

Anthony appuya les lèvres contre sa tempe, s'efforçant de la rassurer par sa présence.

— Non, s'il te plaît...

Elle commença à sangloter, le corps secoué de soubresauts. Ses larmes ne tardèrent pas à mouiller l'épaule d'Anthony.

— Non, s'il te plaît... *Maman !*

Anthony tressaillit. Il savait que Kate appelait sa belle-mère Mary. Était-il possible qu'elle parle là de sa vraie mère, la femme qui l'avait mise au monde et était morte depuis tant d'années ?

Au moment même où il se posait la question, Kate se raidit et poussa un cri aigu.

Le cri d'une toute petite fille.

Puis elle se tourna vers lui et se cramponna à ses épaules, en proie à un désespoir terrifiant.

— Non, maman, sanglota-t-elle. Non, tu ne peux pas partir ! Oh, maman maman maman maman...

Si Anthony n'avait été adossé à la tête de lit, elle l'aurait renversé, si violente était son étreinte.

— Kate ? dit-il, surpris d'entendre dans sa voix une pointe de panique. Kate ? Tout va bien. Tu es là, avec moi. Personne ne va partir. Tu m'entends ? Personne.

Mais elle s'était tue, et, à présent, seul le bruit des pleurs qui la secouaient résonnait dans le silence de la chambre. Anthony la berça doucement puis, quand elle se fut calmée, il l'allongea sur le lit, s'étendit près d'elle, et la garda dans ses bras jusqu'à ce qu'elle sombre de nouveau dans le sommeil.

Quand Kate s'éveilla, le lendemain matin, elle fut surprise de découvrir son mari assis dans le lit, qui la contemplait avec une expression curieuse... un mélange d'inquiétude et de curiosité, et peut-être un soupçon de pitié. Elle attendit qu'il parle, puis, comme il ne semblait pas décidé, finit par dire, non sans hésitation :

— Tu as l'air fatigué.

— Je n'ai pas bien dormi, admit-il.

— Vraiment ?

Il secoua la tête.

— Il a plu. Il y a eu des coups de tonnerre.

Elle déglutit avec peine.

— Et des éclairs, je suppose ?

— Oui. Ç'a été un orage violent.

Il y avait dans la manière dont il s'exprimait quelque chose qui lui donna la chair de poule.

— Quelle... quelle chance que je ne m'en sois pas aperçue. Tu sais que les orages et moi, on ne fait pas bon ménage.

— Je sais, dit-il simplement.

Mais il y avait un tel sous-entendu derrière ces deux mots que Kate sentit les battements de son cœur s'accélérer.

— Anthony, que s'est-il passé la nuit dernière ? demanda-t-elle, pas vraiment certaine de vouloir connaître la réponse.

— Tu as fait un cauchemar.

Elle ferma brièvement les yeux.

— Je ne pensais pas que j'en faisais encore.

— J'ignorais que tu souffrais de cauchemars.

Kate prit une profonde inspiration et s'assit en ramenant le drap sur son buste.

— Si, quand j'étais petite. Dès qu'il y avait de l'orage. C'est en tout cas ce qu'on m'a dit, car je ne me suis jamais souvenue de rien. Je pensais que je…

Elle dut s'interrompre. Elle avait l'impression que sa gorge se refermait, et que les mots allaient l'étouffer.

Anthony posa la main sur la sienne, et ce geste spontané la toucha plus que n'importe quelles paroles.

— Kate ? s'enquit-il d'une voix douce. Ça va ?

Elle hocha la tête.

— Je croyais que c'était terminé, c'est tout.

Il resta silencieux un long moment, et la chambre était si paisible que Kate aurait juré entendre le battement de leurs deux cœurs. Elle perçut la légère inspiration que prit Anthony avant qu'il demande :

— Sais-tu que tu parles dans ton sommeil ?

Elle tourna brusquement la tête vers lui.

— Ah bon ?

— Tu as parlé, la nuit dernière.

Les doigts de Kate se crispèrent sur le drap.

— Qu'ai-je dit ?

Il hésita imperceptiblement, mais quand il parla, ce fut d'une voix égale.

— Tu as appelé ta mère.

— Mary ? chuchota-t-elle.

— Je ne crois pas. Je ne t'ai jamais entendue appeler Mary autrement que par son prénom. La nuit dernière, tu criais « maman » en pleurant. Ta voix était... On aurait dit la voix d'une petite fille.

Kate s'humecta les lèvres, puis mordilla celle du bas.

— Je ne sais pas quoi te dire, finit-elle par murmurer, effrayée à l'idée de fouiller les recoins les plus sombres de sa mémoire. J'ignore pourquoi j'appelais ma mère.

— Je crois que tu devrais demander à Mary, suggéra-t-il doucement.

Kate secoua aussitôt la tête.

— Je ne connaissais même pas Mary quand ma mère est morte. Mon père non plus ne la connaissait pas. Comment saurait-elle pourquoi je l'appelais ?

— Ton père a pu lui raconter des choses, hasarda-t-il en portant sa main à ses lèvres pour y déposer un baiser.

Kate baissa les yeux. Elle voulait comprendre pourquoi elle avait à ce point peur des orages, mais questionner l'une de ses pires terreurs lui semblait presque aussi effrayant que la terreur elle-même. Que se passerait-il si elle découvrait quelque chose qu'elle préférait ignorer ?

— J'irai avec toi, dit alors Anthony.

Kate le regarda et hocha la tête, les yeux embués de larmes.

— Merci, souffla-t-elle. Merci infiniment.

Quelques heures plus tard, tous deux gravissaient les marches de la petite maison de Mary. Un domestique les fit entrer dans le salon, et Kate prit place sur le sofa familier tandis qu'Anthony s'approchait de la fenêtre.

— Il y a des choses intéressantes à voir ? s'enquit-elle comme il se penchait pour regarder à l'extérieur.

Il secoua la tête et pivota pour lui faire face avec un sourire penaud.

— J'aime bien regarder par la fenêtre, c'est tout.

Kate n'aurait su dire pourquoi, mais elle trouvait qu'il y avait quelque chose de délicieux dans cet aveu. Chaque jour semblait lui révéler une nouvelle manie attendrissante, une habitude particulière, qui contribuaient à les rapprocher davantage. Elle aimait connaître de minuscules détails intimes à son sujet, comme la façon dont il repliait son oreiller avant de s'endormir, ou le fait qu'il détestait la marmelade d'orange mais adorait celle de citron.

— Tu sembles songeuse.

Kate sursauta. Anthony la contemplait d'un air amusé.

— Tu étais ailleurs, continua-t-il, et tu souriais avec une expression rêveuse.

Elle secoua la tête en rougissant, et marmonna :

— C'est sans importance.

Il émit un petit grognement peu convaincu tout en s'approchant du sofa.

— Je donnerais cent livres pour connaître tes pensées.

L'arrivée de Mary évita à Kate de répondre.

— Kate ! Quelle bonne surprise. Et lord Bridgerton ! Je suis contente de vous voir tous les deux.

— Vous devriez m'appeler Anthony, vraiment, fit-il d'un ton un peu bourru.

— Je tâcherai de m'en souvenir, promit Mary en lui souriant.

Elle s'assit en face de Kate, puis attendit qu'Anthony se soit installé sur le sofa avant de reprendre :

— Edwina est sortie, malheureusement. Son M. Bagwell est de passage en ville, et ils sont allés se promener au parc.

— Nous devrions leur prêter Newton, proposa Anthony, affable. Je n'imagine pas de chaperon plus efficace.

— En fait, c'est toi que nous sommes venus voir, Mary, expliqua Kate.

Son ton était si sérieux que Mary demanda vivement :

— Que se passe-t-il ? Tout va bien ?

Kate hocha la tête, ne sachant trop par où commencer. Ce n'était pourtant pas faute d'avoir répété avant de venir. Puis elle sentit la main d'Anthony recouvrir la sienne, chaude et réconfortante, et se jeta à l'eau :

— J'aimerais te poser des questions sur ma mère.

Sa belle-mère eut l'air un peu surpris.

— Bien sûr. Mais tu sais que je ne la connaissais pas personnellement. Je ne sais d'elle que ce que ton père m'en a dit.

— Je sais. Et tu n'auras peut-être pas toutes les réponses à mes questions, mais je ne vois pas à qui d'autre m'adresser.

— Très bien, dit Mary en croisant les mains sur ses genoux. Que souhaites-tu savoir ?

Kate avala sa salive, la bouche soudain sèche.

— Comment est-elle morte ?

Mary cilla, puis s'affaissa légèrement, peut-être de soulagement.

— Cela, tu le sais déjà. Elle a eu la grippe ou, en tout cas, une affection des poumons. Les médecins n'ont jamais vraiment su.

— Je sais, mais...

Kate regarda Anthony, qui l'encouragea d'un signe de tête. Après avoir pris une profonde inspiration, elle se lança :

— Je suis toujours terrifiée par les orages, Mary. Je veux savoir pourquoi. Je ne veux plus avoir peur.

Sa belle-mère ouvrit la bouche, mais aucun son n'en sortit. Puis elle pâlit.

— Je ne m'en étais pas rendu compte, murmura-t-elle. J'ignorais que tu...

— Je le cachais bien, dit Kate doucement.

— Si j'avais su, j'aurais... Je ne sais pas, continua-t-elle en portant la main à son front, je suppose que je te l'aurais dit...

Le cœur de Kate manqua un battement.

— Tu m'aurais dit quoi ?

Mary exhala longuement, la tête baissée, le bout des doigts pressé sur les tempes.

— Je veux juste que tu saches, dit-elle d'une voix sourde, que je ne t'en ai pas parlé parce que je croyais que tu avais oublié. Et que si tu avais oublié, mieux valait ne pas te le rappeler.

Quand elle releva la tête, les larmes ruisselaient sur ses joues.

— Mais tu te souviens, chuchota-t-elle, sinon tu n'aurais pas aussi peur. Oh, Kate, je suis désolée !

— Je suis certain qu'il n'y a rien de votre fait, intervint Anthony.

Mary le dévisagea avec surprise, comme si elle avait oublié sa présence.

— Oh, mais si, fit-elle tristement. J'ignorais que Kate souffrait encore de ces terreurs liées à l'orage. J'aurais dû le deviner. C'est le genre de choses qu'une mère devrait sentir.

Je ne lui ai peut-être pas donné la vie, mais j'ai essayé de mon mieux d'être une vraie mère pour elle...

— Tu l'as été, assura Kate avec ferveur, les larmes aux yeux. La meilleure. Mais je ne voulais pas que tu saches que j'avais peur. Je me cachais dans ma chambre, sous mon lit ou dans un placard.

— Mais pourquoi, ma chérie ?

— Je ne sais pas. Pour ne pas t'inquiéter, je suppose. Ou peut-être parce que je craignais de paraître faible.

— Tu as toujours essayé d'être forte, murmura Mary. Même quand tu étais toute petite.

Anthony serra la main de Kate, mais c'est Mary qu'il regarda.

— Elle est forte. Et vous aussi.

Mary observa longuement Kate puis, d'une voix curieusement détachée, elle commença :

— Tu avais trois ans quand ta mère est morte. C'était le jour de ton anniversaire, en fait. Je n'étais pas là, mais quand j'ai épousé ton père, il m'a raconté toute l'histoire. Il savait que je t'aimais déjà, et il pensait que cela pouvait m'aider à te mieux comprendre.

» La mort de ta mère est survenue très rapidement. Selon ton père, elle est tombée malade le jeudi, et elle est morte le mardi suivant. Durant ces quelques jours, il n'a cessé de pleuvoir. C'était l'une de ces horribles tempêtes qui semblent ne devoir jamais cesser, où la pluie tombe sans discontinuer jusqu'à ce que les rivières débordent et que les routes deviennent impraticables.

» Il disait qu'il était sûr qu'elle se remettrait si seulement cette satanée pluie voulait bien cesser. C'était idiot, il le savait, mais chaque nuit, il se couchait en priant pour que le soleil vienne à bout des nuages et lui redonne un peu d'espoir.

— Oh, papa, souffla Kate malgré elle.

— Tu étais confinée à la maison, bien sûr, ce qui te rendait furieuse, apparemment.

Mary sourit à Kate, de ce sourire qui trahit des années de souvenirs.

— Tu as toujours adoré être dehors. Ton père m'a raconté que ta mère transportait souvent ton berceau à l'extérieur et que tu t'endormais au grand air.

— Je l'ignorais, murmura Kate.

— Tu n'as pas tout de suite compris que ta mère était malade, continua Mary. On te gardait loin d'elle par crainte de la contagion. Mais, finalement, tu as dû sentir que quelque chose n'allait pas. Les enfants le perçoivent toujours...

» La nuit où elle est morte, la pluie a redoublé, et un orage effroyable s'est déchaîné. Tu te souviens du vieil arbre tordu dans le jardin ? Celui auquel Edwina et toi aviez l'habitude de grimper ?

— Celui qui est fendu en deux ?

Mary hocha la tête.

— C'est arrivé cette nuit-là. Ton père assurait que c'était le bruit le plus terrifiant qu'il ait jamais entendu. Les éclairs et le tonnerre se succédaient sans discontinuer, et la foudre est tombée sur l'arbre au moment précis où un coup de tonnerre ébranlait le sol.

» Je suppose que tu ne dormais pas. Je me souviens de cette tempête alors que je vivais dans le comté voisin. Ton père était au côté de ta mère. Elle se mourait, tous le savaient et, dans leur chagrin, ils t'avaient oubliée.

» Ton père était assis près de ta mère, et essayait de lui tenir la main durant son agonie. Ce ne fut pas une mort paisible, malheureusement, à cause de l'affection dont elle souffrait. Ma mère a connu la même fin. Elle n'arrivait plus à respirer et suffoquait sous mes yeux.

Mary déglutit avec peine, puis fixa son regard sur Kate.

— Je ne peux que supposer que tu as été témoin de la même chose, chuchota-t-elle. Mais, alors que j'avais vingt-cinq ans à la mort de ma mère, tu n'en avais que trois. Ce n'est pas le genre de chose qu'un enfant devrait voir. Ils ont essayé de t'emmener, mais c'était impossible. Tu les mordais, tu les griffais, et tu criais, tu criais... Et puis...

La voix de Mary se brisa et elle s'interrompit. Anthony lui tendit un mouchoir avec lequel elle se tamponna les yeux. Quelques secondes s'écoulèrent avant qu'elle soit capable de continuer.

— C'était la fin. Ils venaient juste de trouver quelqu'un d'assez fort pour te maîtriser quand il y a eu un éclair extraordinaire. Ton père m'a avoué... il m'a avoué que ce qui est arrivé ensuite a été le plus effroyable moment de toute son existence.

» L'éclair a illuminé la pièce comme en plein jour. Mais la lumière ne s'est pas évanouie aussitôt, comme d'ordinaire ; elle a semblé suspendue dans l'atmosphère. Il t'a regardée, tu étais pétrifiée. Je n'oublierai jamais la façon dont il t'a décrite. « Elle ressemblait à une petite statue », m'a-t-il dit.

Anthony sursauta.

— Qu'y a-t-il ? demanda Kate en se tournant vers lui.

Il secoua la tête avec incrédulité.

— C'est exactement ce à quoi tu ressemblais cette nuit. Ces mots mêmes me sont venus à l'esprit.

— Je...

Le regard de Kate allait de Mary à Anthony. Mais elle ne savait que dire.

Anthony lui pressa de nouveau la main et reporta les yeux sur Mary.

— Je vous en prie, continuez.

— Tes yeux étaient rivés sur ta mère. Alors ton père a tourné la tête afin de voir ce qui t'horrifiait à ce point, et c'est alors que... qu'il a vu...

Doucement, Kate dégagea sa main de celle d'Anthony et se leva pour aller s'asseoir à côté de Mary, sur un tabouret. Elle prit ses mains entre les siennes et murmura :

— Tu peux le dire, Mary. J'ai besoin de savoir.

Sa belle-mère hocha la tête.

— Ta mère s'était redressée. Ton père a dit qu'elle gisait sur ses oreillers depuis plusieurs jours et, pourtant, elle s'est brusquement assise. Elle était toute raide, la tête rejetée en arrière, et sa bouche était ouverte comme si elle criait, mais aucun son n'en sortait. Et puis, il y a eu un coup de tonnerre, et tu as dû croire que le bruit venait d'elle, parce que tu as poussé un hurlement, tu t'es précipitée vers le lit et tu as jeté les bras autour d'elle.

» Ils ont essayé de nouveau de t'arracher à elle, en vain. Tu ne cessais de hurler et de l'appeler. Et puis, il y a eu un fracas terrible. Une branche s'était cassée et avait brisé la fenêtre. Il y avait du verre partout, et du vent, de la pluie, du tonnerre, des éclairs, et toi, qui ne cessais de hurler. Même quand elle est retombée sur ses oreillers, morte, tes petits bras sont restés accrochés à son cou, et tu continuais de sangloter, et de la supplier de ne pas partir.

» Finalement, ils ont dû attendre pour t'emporter que tu tombes de sommeil.

Le silence dura plus d'une minute avant que Kate ne murmure :

— Je ne savais pas. J'ignorais que j'avais été témoin de cela.

— Ton père disait que tu refusais d'en parler. Sur le moment, de toute façon, tu n'étais pas en état. Tu as dormi pendant des heures et des heures, et quand tu t'es réveillée, il est apparu que tu avais attrapé la même maladie que ta mère. Ce n'était pas une forme aussi grave, heureusement. Mais tu étais malade, et ce n'était pas le moment d'évoquer la mort de ta mère. Quand tu t'es sentie mieux, tu as refusé d'en parler. Ton père a bien essayé, mais chaque fois qu'il y faisait allusion, tu secouais la tête en te plaquant les mains sur les oreilles. Il a fini par renoncer.

Mary fixa Kate d'un regard intense.

— Il disait que tu lui avais semblé plus heureuse à partir du moment où il avait cessé ses tentatives. Il a cru agir pour le mieux.

— Je sais. À ce moment-là, c'était sans doute mieux. Mais il fallait que je sache. Il le fallait, répéta Kate en se tournant vers Anthony comme pour le prendre à témoin.

— Comment te sens-tu, à présent ? lui demanda-t-il.

— Je ne sais pas, répondit-elle après avoir réfléchi quelques secondes. Bien, je crois. Un peu plus légère...

Et puis, presque malgré elle, elle sourit. Tout hésitant et discret qu'il fût, c'était néanmoins un sourire. Elle adressa à Anthony un regard étonné.

— C'est comme si un énorme poids m'avait été enlevé des épaules.

— Tu t'en souviens, maintenant ? s'enquit Mary.

— Non, mais je me sens mieux. Je ne peux pas expliquer pourquoi. Cela fait du bien de savoir, même si je n'arrive pas à me rappeler quoi que ce soit.

Mary émit un petit bruit de gorge, puis referma les bras autour de Kate et l'étreignit avec force. Toutes les deux pleuraient, mais leurs sanglots étaient mêlés de rire. Et quand, finalement, Kate se tourna vers Anthony, elle le surprit en train de s'essuyer furtivement le coin des yeux.

Il baissa vivement la main, bien sûr, mais c'était trop tard, elle l'avait vu. À cet instant, elle sut qu'elle l'aimait. De toutes les fibres de son être, elle l'aimait.

Et s'il ne l'aimait jamais en retour... Eh bien, elle ne voulait pas y penser. Pas maintenant.

Probablement jamais.

# 20

*Quelqu'un, en dehors de votre dévouée chroniqueuse, aurait-il remarqué que Mlle Edwina Sheffield paraissait très distraite ces derniers temps ? La rumeur prétend que son cœur est pris, encore que personne ne semble connaître l'identité de l'heureux élu.*

*Cependant, à en juger par l'attitude de Mlle Sheffield lors des soirées, votre dévouée chroniqueuse ne prend pas trop de risques en affirmant que le mystérieux gentleman ne réside pas à Londres en permanence. Mlle Sheffield n'a montré aucun intérêt particulier envers quiconque ; elle est même restée assise loin de la piste de danse lors du bal donné vendredi chez lady Mottram.*

*Se pourrait-il qu'elle ait rencontré son prétendant à la campagne, le mois dernier ? Votre dévouée chroniqueuse va devoir se livrer à une petite enquête pour découvrir la vérité.*

LA CHRONIQUE MONDAINE DE LADY WHISTLEDOWN, 13 juin 1814

— Sais-tu ce que je pense ? demanda Kate ce soir-là alors que, assise devant sa coiffeuse, elle se brossait les cheveux.

Anthony se tenait près de la fenêtre, le bras appuyé à l'encadrement, et regardait dehors.

— Mmm ? fit-il, absorbé qu'il était par ses pensées.

— Je crois que lors du prochain orage, tout ira bien.

Anthony se retourna lentement.

— Vraiment ?

Elle hocha la tête.

— Je ne sais pas pourquoi j'en suis persuadée. Un pressentiment, sans doute.

— Les pressentiments se révèlent souvent justes, observa-t-il d'une voix qu'il trouva curieusement atone.

— Je suis en proie au plus étrange des optimismes, reprit-elle. Toute ma vie, j'ai eu cette horrible épée de Damoclès suspendue au-dessus de ma tête. Je ne te l'ai pas dit – je ne l'ai jamais dit à personne, du reste –, mais chaque fois qu'il y avait un orage et que je m'effondrais, je croyais... Enfin, non pas seulement... Je *savais*...

— Quoi, Kate ? demanda-t-il, redoutant sa réponse sans même savoir pourquoi.

— D'une certaine façon, dit-elle d'un air pensif, quand j'étais secouée de sanglots, que je tremblais de tout mon corps, je savais que j'allais mourir. Je le savais. Il était impossible que je me sente aussi mal et que je survive jusqu'au lendemain.

Elle inclina la tête de côté, les traits un peu tendus, comme si elle ne savait trop comment exprimer ce qu'elle avait à dire.

Anthony comprit néanmoins, et son sang se glaça.

— Je suis certaine que tu vas trouver cela complètement idiot, reprit-elle en haussant les épaules d'un air penaud. Tu es si rationnel et si sensé. Je ne pense pas que tu puisses comprendre ce genre de chose.

« Si seulement elle savait », songea-t-il. Il se frotta les yeux avec l'étrange impression d'être ivre. D'un pas incertain, il se dirigea vers une chaise sur laquelle il se laissa tomber, en espérant qu'elle ne remarquerait pas son trouble.

Heureusement, Kate avait reporté son attention sur les flacons qui garnissaient sa coiffeuse. Ou peut-être était-elle simplement trop embarrassée pour le regarder.

— Une fois l'orage terminé, reprit-elle sans se retourner, je me rendais compte de ma folie. Après tout, j'avais vécu des orages auparavant et aucun ne m'avait jamais tuée. Mais mon esprit avait beau le savoir de manière rationnelle, ça ne m'aidait absolument pas. Tu comprends ce que je veux dire ?

Anthony essaya d'acquiescer d'un signe de tête. Il ne fut pas sûr d'avoir réussi.

— Quand l'orage se déclenchait, rien n'existait plus que lui. Et, bien sûr, ma peur. Puis le soleil revenait, et je comprenais à quel point j'avais été sotte ; mais la fois suivante, c'était exactement pareil. De nouveau, je savais que j'allais mourir. Je le savais, c'est tout.

Anthony se sentait de plus en plus mal. Son corps lui semblait étranger. Même s'il avait essayé, il aurait été incapable d'articuler un mot.

— En fait, la seule fois où j'ai eu l'impression que, finalement, je pourrais peut-être survivre, c'était dans la bibliothèque de Aubrey Hall.

Elle se leva, vint s'agenouiller devant lui et posa la joue sur ses cuisses.

— Avec toi, souffla-t-elle.

Quand Anthony lui caressa les cheveux, ce fut plus machinal qu'autre chose.

Jamais il n'aurait imaginé que Kate avait une telle conscience de sa propre mortalité. Rares étaient les personnes à l'avoir. Durant toutes ces années, il en avait conçu un grand sentiment de solitude, comme s'il connaissait une terrible vérité que ses semblables ignoraient.

Même si le sentiment d'être condamnée qu'éprouvait Kate était différent du sien – il était temporaire, lié au déchaînement des éléments, quand le sien ne le quittait pas –, contrairement à lui, elle avait réussi à le dominer.

Kate avait combattu ses démons, et elle avait gagné.

Il en était éperdument jaloux.

Sa réaction manquait de noblesse, il le savait. Il n'empêche que, si heureux pour elle qu'il fût, bon sang, il était jaloux !

Car lui qui admettait l'existence de ses démons, mais refusait d'en avoir peur, était à présent pétrifié de terreur. Simplement parce que la seule chose qu'il s'était juré d'éviter à jamais était survenue.

Il était tombé amoureux de sa femme.

Alors savoir qu'il mourrait, qu'il la quitterait, que les moments qu'ils passaient ensemble ne formeraient qu'un court poème, et non un long roman dense, c'était plus qu'il n'en pouvait supporter.

Et qui blâmer ? Son père, coupable d'être mort jeune et de lui avoir transmis cette malédiction ? Kate, pour être entrée dans sa vie et lui avoir appris à redouter sa propre fin ? Il aurait été prêt à accuser un étranger dans la rue si cela avait pu l'aider.

La vérité, c'était que personne n'était à blâmer, pas même lui.

— Je suis si heureuse, murmura Kate, la tête toujours sur ses genoux.

Anthony aussi voulait être heureux. Il voulait se réjouir des victoires qu'elle venait de remporter, sans songer à ses propres angoisses. Il voulait se perdre dans l'instant présent, oublier l'avenir, la prendre dans ses bras et...

D'un geste abrupt, non prémédité, il se leva et la tira sur ses pieds.

— Anthony ? s'exclama-t-elle, surprise.

En guise de réponse, il l'embrassa. Ses lèvres s'emparèrent des siennes avec une passion destinée à annihiler toute pensée. Rien ne comptait plus que d'être dans l'instant, et que cet instant dure à jamais.

La soulevant dans ses bras, il la porta sur le lit et s'allongea sur elle dès qu'il l'eut déposée sur le matelas. Elle était douce et forte sous lui, et consumée par le même feu qui l'embrasait tout entier. Elle ne comprenait peut-être pas ce qui avait suscité ce désir brutal, mais elle le sentait et le partageait.

À travers la soie délicate de sa chemise de nuit, les mains d'Anthony palpaient fiévreusement son corps, le touchaient, le caressaient avec avidité comme pour se l'approprier. S'il l'avait pu, il l'aurait engloutie et gardée en lui pour toujours.

— Anthony, balbutia Kate durant le bref moment où il lâcha sa bouche, tout va bien ?

— Je te veux, gronda-t-il en remontant sa chemise sur ses cuisses. Je te veux maintenant.

Le choc et l'excitation lui firent écarquiller les yeux quand il l'enfourcha, son poids reposant sur ses genoux pour ne pas l'écraser.

— Tu es si belle, chuchota-t-il, si incroyablement belle…

Kate s'illumina à ces mots, et leva les mains vers son visage pour le caresser. Il en prit une dans la sienne, en embrassa la paume tandis qu'elle suivait de l'autre la ligne de son cou.

Les fines bretelles de sa chemise de nuit ne tenaient que par un nœud lâche qu'il défit en un tournemain. Mais alors que le tissu soyeux glissait sur ses seins, Anthony perdit toute patience et tira dessus.

Lorsqu'elle fut nue, il se débarrassa de sa chemise avec un grognement excédé, ôta son pantalon, puis revint s'étendre sur elle, insinuant la jambe entre les siennes pour les lui écarter.

— Je ne peux pas attendre, dit-il d'une voix rauque. Je ne peux pas attendre ton plaisir.

Avec un gémissement fiévreux, elle l'attrapa par les hanches et le guida en elle.

— J'ai du plaisir, haleta-t-elle, et je ne veux pas que tu attendes…

Ce furent leurs dernières paroles. Avec un cri guttural, Anthony plongea en elle jusqu'à la garde. Les pupilles de Kate se dilatèrent et sa bouche forma un « O » de surprise devant la rapidité de cet assaut. Mais elle était prête à le recevoir. Plus que prête, même. Quelque chose dans la précipitation d'Anthony avait éveillé au plus profond d'elle-même un désir qui la laissait pantelante.

Ils ne furent ni doux ni délicats. Ils s'accrochèrent l'un à l'autre comme si, par la simple force de leurs volontés, ils pouvaient prolonger indéfiniment l'instant. Leur orgasme fut simultané et impétueux, leurs deux corps arqués l'un vers l'autre tandis que leurs cris de jouissance se mêlaient dans la nuit.

Quand ce fut fini et que, étroitement enlacés, ils luttaient pour reprendre leur souffle, Kate ferma les yeux et s'abandonna à une bienheureuse félicité.

Mais pas Anthony.

Il la regarda s'endormir paisiblement, puis il écouta le rythme calme et régulier de sa respiration. Il y avait certains souvenirs qu'un homme voulait graver dans sa mémoire, et celui-ci en faisait partie.

Mais, alors même qu'il avait la certitude qu'elle dormait profondément, elle soupira en se blottissant contre lui, puis ouvrit les yeux.

— Tu es encore éveillé ? dit-elle d'une voix ensommeillée.

Il hocha la tête en se demandant s'il la serrait trop étroitement. Il ne voulait pas la laisser partir. Jamais.

— Tu devrais dormir…

De nouveau, il hocha la tête, mais il semblait incapable de fermer les paupières.

— J'espère que nous serons toujours comme ça, murmura-t-elle en bâillant, prête à se rendormir. Toute notre vie.

Anthony se figea.

Toujours ? Toute notre vie ? Elle ne pouvait pas savoir ce que cela signifiait pour lui. Cinq ans ? Six ? Peut-être sept ou huit…

Soudain, il lui sembla qu'il étouffait. La couverture l'écrasait et il ne pouvait plus respirer. D'un bond, il sortit du lit et tâtonna à la recherche de ses vêtements qui gisaient en désordre sur le sol.

— Anthony ?

Il sursauta. Kate s'était redressée et étouffait un bâillement. Même à la lueur chiche de la chandelle, il vit son expression perplexe.

— Tu te sens bien ?

Il acquiesça d'un bref signe de tête.

— Alors pourquoi essayes-tu d'enfiler le pied dans la manche de ta chemise ?

Baissant les yeux, il lâcha un juron qu'il n'aurait jamais imaginé prononcer un jour devant une femme. Il roula la chemise en boule et la jeta par terre avant de ramasser son pantalon.

— Que fais-tu ? s'enquit-elle d'un ton anxieux.

— Je dois sortir.

— Maintenant ?

Il ne répondit pas, faute de savoir quoi dire.

— Anthony ?

Elle sortit du lit et tendit la main vers lui, mais une fraction de seconde avant qu'elle ne lui touche la joue, il tressaillit et recula, heurtant le lit. Il lut la peine sur son visage, la douleur d'être rejetée, mais il savait que si elle lui manifestait sa tendresse, il était perdu.

— Bon sang, où sont mes chemises ?

— Dans ton dressing. Là où elles sont toujours.

Il s'y rendit à grands pas, incapable de supporter le son de sa voix. Peu importait ce qu'elle disait, il ne cessait d'entendre « toujours » et « toute notre vie ».

Et cela le détruisait.

Quand il sortit du dressing vêtu de pied en cap, Kate arpentait la chambre en triturant la ceinture de son peignoir.

— Je dois m'en aller, annonça-t-il d'une voix sans timbre.

Elle demeura silencieuse, ce qu'il croyait être l'attitude qu'il attendait d'elle. Néanmoins, il resta là, incapable de bouger tant qu'elle ne disait rien.

— Quand reviendras-tu ? finit-elle par demander.

— Demain.

— C'est... bien.

— Je ne peux pas rester ici, lâcha-t-il. Je dois m'en aller.

Elle déglutit avec peine.

— Oui, tu me l'as déjà dit, fit-elle d'une voix faible.

Et alors, sans un regard en arrière et sans la moindre idée de l'endroit où il irait, Anthony partit.

Kate retourna lentement vers le lit et le fixa. Il lui semblait presque inconvenant de s'y recoucher seule. Elle s'attendait à pleurer, mais aucune larme ne lui vint. Elle finit par s'approcher de la fenêtre, repoussa les rideaux et regarda dehors, désirant presque, à sa grande surprise, qu'un orage éclate.

Anthony était parti, et si elle était certaine qu'il lui reviendrait physiquement, elle n'avait pas la même certitude quant à son esprit. Elle se rendit compte qu'elle avait besoin de quelque chose – de l'orage – pour avoir la preuve qu'elle pouvait être forte, pour elle-même et par elle-même.

Elle ne voulait pas être seule, mais peut-être n'aurait-elle pas le choix. Anthony semblait déterminé à maintenir une distance entre eux. Il y avait des démons en lui, et elle craignait qu'il ne se décide jamais à les affronter en sa présence.

Mais si son destin était d'être seule, même avec un mari à son côté, eh bien, par Dieu, elle serait seule... et forte.

La faiblesse, songea-t-elle en pressant le front contre la vitre, n'avait jamais mené personne nulle part.

Anthony ne se souvint pas de sa fuite à travers la maison, pourtant il se retrouva sur les marches du perron rendues glissantes par un léger brouillard. Il traversa la rue, ne sachant où il allait, certain en revanche qu'il lui fallait partir. Mais quand il atteignit le trottoir opposé, il ne put s'empêcher de lever les yeux vers la fenêtre de la chambre.

Il n'aurait pas dû la voir. Elle aurait dû être couchée, ou les rideaux tirés, ou il aurait dû être en route pour son club. Mais il la vit, et la douleur qui lui fouaillait la poitrine se fit plus aiguë. Il eut la sensation des plus troublantes que c'était sa propre main qui y enfonçait un poignard.

Il la regarda pendant une minute – ou peut-être une heure. Même lorsqu'elle eut quitté son poste à la fenêtre, il demeura immobile, comme si une corde invisible le retenait. Il voulait retourner en courant dans la maison, se jeter à ses pieds et implorer son pardon. Il voulait la prendre dans ses bras et lui faire l'amour jusqu'au petit matin. Mais il savait qu'il n'en ferait rien.

Ou peut-être qu'il ne *devait* pas le faire. Il ne savait plus.

La pluie se mit à tomber, des rafales de vent glacé balayèrent la rue, mais il ne les sentait pas quand il finit par partir.

Il ne sentait plus rien.

# 21

*Il s'est murmuré que lord et lady Bridgerton avaient été contraints de se marier, mais, quand bien même cela serait vrai, votre dévouée chroniqueuse refuse de croire que ce mariage n'est pas un mariage d'amour.*

*LA CHRONIQUE MONDAINE DE LADY WHISTLEDOWN*, 15 juin 1814

C'était étrange, constata Kate en regardant la table du petit déjeuner dressée dans la salle à manger, de se sentir à la fois affamée et sans appétit. Son estomac gargouillait et grondait, exigeant d'être rempli, et pourtant, tout lui répugnait, depuis les œufs jusqu'aux scones, sans parler des harengs fumés et des côtes de porc.

Avec un soupir découragé, elle se rabattit sur une tranche de pain grillé et une tasse de thé, et se laissa tomber dans un fauteuil.

Anthony n'était pas rentré la nuit précédente.

Espérant qu'il réapparaîtrait au petit déjeuner, elle avait différé celui-ci le plus possible. Mais il était déjà 11 heures – soit deux heures de plus que l'heure habituelle du petit déjeuner –, et son mari n'était toujours pas là.

— Lady Bridgerton ?

Kate leva la tête et battit des paupières. Un valet de pied se tenait devant elle, un plateau à la main sur lequel se trouvait une petite enveloppe couleur crème.

— C'est arrivé pour vous il y a quelques minutes.

Après avoir murmuré un remerciement, elle s'empara de l'enveloppe, fermée par un sceau de cire rose pâle, sur lequel figuraient les initiales EOB. Quelqu'un de la famille d'Anthony ? Dans ce cas, le « E » devait être pour Éloïse.

Après avoir brisé le sceau, elle sortit un unique feuillet, soigneusement plié en deux.

*Kate,*

*Anthony est ici. Il a l'air défait. Cela ne me regarde pas, bien évidemment, mais j'ai pensé que vous aimeriez le savoir.*

*Éloïse*

Kate considéra le billet quelques secondes, puis elle repoussa son siège et se leva. Il était temps qu'elle se rende à Bridgerton House.

À sa grande surprise, ce ne fut pas le majordome, mais Éloïse elle-même qui ouvrit la porte quand elle frappa.

— Vous avez fait vite ! s'écria celle-ci.

Kate parcourut le vestibule du regard, s'attendant plus ou moins à voir un ou deux autres Bridgerton se précipiter vers elle.

— Vous m'attendiez ?

— Oui, et vous savez que vous n'avez pas à frapper à la porte. Bridgerton House appartient à Anthony, après tout. Et vous êtes sa femme.

Kate sourit faiblement. Elle ne se sentait guère sa femme, ce matin.

— J'espère que vous ne me considérerez pas comme une fouineuse insupportable, continua Éloïse en glissant le bras sous celui de Kate pour l'entraîner à sa suite, mais Anthony n'a vraiment pas l'air bien, et j'avais l'impression que vous ignoriez qu'il était ici.

— Qu'est-ce qui vous fait croire cela ? ne put s'empêcher de demander Kate.

— Eh bien, il ne s'est pas donné beaucoup de mal pour *nous* faire savoir qu'il était là.

Kate adressa un coup d'œil suspicieux à sa belle-sœur.

— Ce qui signifie ?

Éloïse eut la bonne grâce de rougir un peu.

— Euh… cela signifie que la seule raison pour laquelle je sais qu'il est ici, c'est que je l'ai espionné. Je crois que même ma mère ignore sa présence.

— Vous avez espionné ? articula Kate, abasourdie.

— Non, bien sûr que non. Mais il se trouve que j'étais debout et que j'ai entendu quelqu'un entrer. Alors, j'ai mené mon enquête, et j'ai vu de la lumière sous la porte de son bureau.

— Dans ce cas, comment savez-vous qu'il a l'air défait ?

Éloïse haussa les épaules.

— J'ai supposé qu'il lui faudrait bien sortir pour aller manger ou satisfaire un besoin naturel, alors j'ai attendu sur les marches pendant une heure ou à peu près…

— Ou à peu près ? répéta Kate.

— Trois, admit Éloïse. Franchement, ce n'est pas si long quand on est intéressée par son sujet. En plus, j'avais apporté un livre pour passer le temps.

Kate secoua la tête, admirative malgré elle.

— À quelle heure est-il arrivé ?

— Vers 4 heures du matin.

— Que faisiez-vous debout à une heure pareille ?

Éloïse haussa de nouveau les épaules.

— Je n'arrivais pas à dormir. Cela m'arrive souvent. J'étais descendue chercher un livre dans la bibliothèque. Finalement, vers 7 heures – enfin, un peu avant, je crois, donc, je n'ai pas attendu tout à fait trois heures…

Kate commençait à voir la tête qui tournait.

— … il est sorti. Comme il ne s'est pas dirigé vers la salle à manger, je ne peux que supposer que c'était pour l'autre raison. Après une minute ou deux, il est revenu dans le bureau. Où, conclut Éloïse avec un grand geste de la main, il se trouve toujours.

Kate la regarda fixement pendant dix bonnes secondes.

— Avez-vous jamais envisagé d'offrir vos services au ministère de la Défense ?

Éloïse sourit, et sa ressemblance avec Anthony fut si saisissante que Kate en aurait pleuré.

— Comme espionne ?

Kate hocha la tête.

— Je serais brillante, vous ne croyez pas ?

— Exceptionnelle.

Spontanément, Éloïse étreignit Kate.

— Je suis si contente que vous ayez épousé mon frère ! À présent, il est temps d'aller voir ce qui ne va pas.

Kate hocha la tête, carra les épaules, et fit un pas en direction du bureau d'Anthony. Pivotant brusquement, elle menaça Éloïse du doigt.

— Ne vous avisez pas d'écouter à la porte.

— Je n'oserais pas.

— Je ne plaisante pas, Éloïse !

La jeune fille soupira.

— Il est temps que j'aille me coucher, de toute façon. Après être restée debout toute la nuit, une petite sieste ne me fera pas de mal.

Kate attendit qu'elle ait disparu en haut de l'escalier pour gagner le bureau. La main posée sur la poignée de la porte, elle supplia en silence : « Ne sois pas fermée ! » À son extrême soulagement, elle ne l'était pas.

— Anthony ? appela-t-elle d'une voix qui lui parut étrangement hésitante.

Comme elle n'obtenait pas de réponse, elle s'avança dans la pièce. Les lourdes tentures de velours étaient tirées, maintenant une certaine pénombre. Ses yeux tombèrent sur la silhouette de son mari, affalé sur son bureau, profondément endormi.

Sur la pointe des pieds, Kate alla entrouvrir les rideaux. Elle ne voulait pas qu'Anthony soit ébloui en se réveillant, mais elle ne souhaitait pas non plus avoir une conversation aussi importante dans l'obscurité. S'approchant du bureau, elle secoua doucement son mari par l'épaule.

— Anthony ? dit-elle à mi-voix. Anthony ?

Sa réponse fut plus proche du ronflement que d'autre chose.

Quelque peu agacée, elle le secoua un peu plus fort.

— Anthony ! Anthon...

Il se réveilla brusquement en marmonnant, puis se redressa d'un seul coup.

Kate attendit qu'il tourne la tête vers elle.

— Kate... Qu'est-ce que tu fais ici ? demanda-t-il d'une voix pâteuse... comme s'il avait un peu abusé de l'alcool.

— C'est à toi qu'il faut poser la question, répliqua-t-elle. Aux dernières nouvelles, nous vivions à deux kilomètres d'ici.

— Je ne voulais pas te déranger, marmonna-t-il.

Même si elle n'y croyait pas une seconde, Kate décida de ne pas argumenter sur ce point. Elle choisit une approche frontale.

— Pourquoi es-tu parti cette nuit ?

Un long silence s'abattit entre eux, suivi d'un soupir profond et las.

— C'est compliqué, souffla Anthony.

Kate s'abstint de croiser les bras, bien que ce ne fût pas l'envie qui lui en manquait, et s'efforça d'adopter une voix posée pour déclarer :

— Je suis une femme intelligente. En général, je parviens à comprendre les problèmes, même complexes.

Son sarcasme n'eut pas l'air de plaire à Anthony.

— Je n'ai pas envie d'en parler maintenant.

— Alors *quand* ?

— Retourne à la maison, Kate, dit-il doucement.

— As-tu l'intention de venir avec moi ?

Anthony laissa échapper un vague grognement tout en se passant la main dans les cheveux. Seigneur, elle était aussi acharnée qu'un chien qui a trouvé un os ! Il avait la tête lourde, un goût de cendre dans la bouche, il rêvait de s'asperger le visage d'eau fraîche et de se laver les dents, et voilà que sa femme lui infligeait un interrogatoire en bonne et due forme.

— Anthony ? insista-t-elle.

C'en était assez ! Il se leva si abruptement que son fauteuil bascula en arrière et heurta le sol avec fracas.

— Tu vas cesser immédiatement tes questions, aboya-t-il.

Elle pinça les lèvres avec colère. Mais ses yeux...

Le goût acide de la culpabilité remonta à la gorge d'Anthony tel un flot de bile. Les yeux de Kate exprimaient un tel chagrin que l'angoisse qui l'étreignait décupla.

Il n'était pas prêt. Pas encore. Il ne savait que faire d'elle, ni de lui-même, du reste. Ces onze dernières années, il avait su que certaines choses étaient vraies, que certaines choses *devaient* être vraies. Et puis, Kate était arrivée et avait chamboulé son univers.

Il ne voulait pas l'aimer. Bon sang, il ne voulait aimer personne ! C'était la seule façon qu'il avait trouvée de ne pas craindre sa propre mortalité. Et Kate ? Il avait promis de la chérir et de la protéger. Comment avait-il pu faire une telle promesse en sachant pertinemment qu'il l'abandonnerait ? Il lui était impossible de lui faire part de ses étranges convictions. Non seulement elle le prendrait pour un fou, mais ce serait aussi l'obliger à partager son fardeau. Et de cela, il ne voulait à aucun prix. Mieux valait qu'elle demeure dans une bienheureuse ignorance.

Anthony avait besoin d'un peu plus de temps. D'autant qu'il lui était impossible de réfléchir quand elle était là, devant lui, à fixer sur lui un regard empli de douleur.

— Va-t'en, lui intima-t-il d'une voix étranglée. Va-t'en, c'est tout.

— Non, rétorqua-t-elle avec une calme détermination, qui ne fit qu'accroître l'amour qu'il éprouvait pour elle. Pas tant que tu ne m'auras pas dit ce qui te ronge.

— Je ne peux pas te parler maintenant, répondit-il d'une voix rauque en la prenant par le bras. Demain. Je te verrai demain ou le jour d'après...

— Anthony...

— J'ai besoin de temps pour réfléchir.

— À *quoi* ? s'écria-t-elle.

— Ne rends pas les choses plus difficiles que...

— Comment pourraient-elles être plus difficiles ? Je ne sais même pas de quoi tu parles.

— J'ai juste besoin de quelques jours.

Juste quelques jours pour réfléchir, pour tenter de savoir ce qu'il allait faire et comment il allait vivre sa vie.

Mais elle pivota de manière à lui faire face, et posa la main sur sa joue avec une tendresse qui lui serra le cœur.

— Anthony, murmura-t-elle, je t'en prie...

Il était incapable de prononcer un mot, d'émettre le moindre son.

Elle glissa la main sur sa nuque et l'attira à elle. Plus près... Toujours plus près... Il ne put y résister. Il la désirait tellement. Il voulait sentir son corps pressé contre le sien, goûter à la saveur légèrement salée de sa peau, entendre son souffle contre son oreille.

Elle posa sa bouche sur la sienne et sa langue vint chatouiller la commissure de ses lèvres. Ce serait si facile de se perdre en elle, de l'allonger sur le tapis et...

— Non ! s'écria-t-il en la repoussant. Pas maintenant.

— Mais...

Il ne la méritait pas. Pas encore. Pas tant qu'il n'aurait pas compris comment il allait vivre le reste de son existence.

— Va-t'en, lui ordonna-t-il d'une voix plus dure qu'il n'en avait eu l'intention. Tout de suite. Je te verrai plus tard.

Cette fois, elle ne se rebiffa pas.

Elle sortit sans un regard en arrière.

Et Anthony, qui venait juste de découvrir ce que signifiait aimer, découvrit ce que c'était que de mourir à l'intérieur de soi.

Le lendemain matin, Anthony était ivre. L'après-midi, il souffrait d'une gueule de bois carabinée.

Il avait les tempes battantes, les oreilles sifflantes, et ses frères, qui avaient été surpris de le découvrir dans cet état à leur club, parlaient bien trop fort.

Anthony plaqua les mains sur ses oreilles et gémit.

— Kate t'a flanqué à la porte ? s'enquit Colin en saisissant une noix dans un grand bol, qu'il brisa d'un coup sec.

Le bruit était tellement insupportable qu'Anthony leva la tête juste assez pour le fusiller du regard.

Après l'avoir observé avec un petit sourire suffisant, Benedict se tourna vers Colin.

— Elle l'a effectivement flanqué à la porte. Tu veux bien me passer une noix, s'il te plaît ?

Colin lui en jeta une à travers la table.

— Tu veux aussi le casse-noix ?

Benedict secoua la tête et, avec un large sourire, brandit un gros livre relié de cuir.

— C'est bien plus satisfaisant de les écraser.

— Ne t'avise pas de faire ça, gronda Anthony en lui arrachant le volume des mains.

— On a les oreilles un peu sensibles, cet après-midi ?

Si Anthony avait eu un pistolet, il les aurait abattus tous les deux, et au diable le bruit !

— Puis-je me permettre de te donner un conseil ? fit Colin en mâchonnant sa noix.

— Non, tu ne peux pas, répliqua Anthony en levant les yeux.

Colin mastiquait la bouche ouverte. Leur éducation le leur interdisant strictement, il en déduisit que son frère n'agissait ainsi que pour faire davantage de bruit.

— Ferme la bouche, bon sang, maugréa-t-il.

Colin avala, claqua des lèvres, et but une gorgée de thé.

— Quoi que tu aies fait, excuse-toi. Je te connais, et je commence à connaître Kate, et sachant ce que je sais...

— De quoi diable parle-t-il ? grommela Anthony.

— Selon moi, intervint Benedict en se carrant dans son fauteuil, il est en train de te dire que tu es un imbécile.

— Précisément ! s'exclama Colin.

Anthony secoua la tête avec lassitude.

— C'est plus compliqué que vous ne croyez.

— Comme toujours, prétendit Benedict.

— Quand vous aurez déniché des femmes assez naïves pour accepter de vous épouser, tous les deux, lança Anthony, alors vous serez habilités à me donner des conseils. En attendant... *fermez-la !*

Colin regarda Benedict.

— Il est en colère, tu crois ?

— Ou alors, il est ivre, hasarda Benedict en haussant un sourcil.

— Non, plus maintenant, assura Colin. Là, c'est la gueule de bois.

— Ce qui expliquerait sa colère, fit valoir Benedict, philosophe.

Anthony appuya fortement les doigts sur ses tempes.

— Par tous les dieux du ciel, murmura-t-il, que faut-il que je fasse pour que vous me laissiez seul ?

— Rentre chez toi, Anthony, conseilla Benedict avec une surprenante douceur.

Anthony ferma les yeux et expira longuement. Il n'y avait rien qu'il désirât davantage, mais il ne savait que dire à Kate et, plus important, il n'avait aucune idée de ce qu'il ressentirait une fois là-bas.

— Oui, renchérit Colin. Rentre chez toi et dis-lui que tu l'aimes. Il n'y a pas plus simple, non ?

Et soudain, ce *fut* simple, en effet. Il devait avouer à Kate qu'il l'aimait. Tout de suite. Aujourd'hui même. Il fallait qu'elle le sache, et il se jura de passer chaque minute de sa courte existence à le lui prouver.

Il était trop tard pour changer quoi que ce soit. Il avait essayé de ne pas tomber amoureux, et il avait échoué. Que Kate sache ou non qu'il l'aimait, il demeurerait hanté par la prémonition de sa mort. Ne serait-il pas plus heureux durant les quelques années qu'il lui restait à vivre s'il les passait à l'aimer ouvertement et sincèrement ?

Il était à peu près certain qu'elle aussi était amoureuse de lui ; elle serait certainement heureuse d'apprendre que son sentiment était partagé. Et quand un homme aimait une femme, n'était-il pas de son devoir d'essayer de la rendre heureuse ?

Il ne lui parlerait pas de sa prémonition, cependant. À quoi bon ? Savoir que leurs jours ensemble étaient comptés était une souffrance qu'il voulait lui épargner. La douleur au moment de sa mort serait suffisamment brutale, pourquoi la lui imposer par anticipation ?

Mourir était le lot de tous les hommes ; l'heure sonnerait un peu plus tôt pour lui, voilà tout. Mais dans l'intervalle, il allait jouir de ses dernières années de toute son âme ! Il aurait certes été préférable qu'il ne tombe pas amoureux, mais puisqu'il l'était, il ne voyait plus l'intérêt de s'en cacher.

C'était simple : Kate constituait sa vie même. S'il le niait, il pouvait tout aussi bien cesser de respirer à l'instant.

— Je dois y aller, annonça-t-il en se levant si brusquement qu'il heurta le bord de la table et que les coquilles de noix s'éparpillèrent en tous sens.

— Je m'y attendais, murmura Colin.

— Va, se contenta de dire Benedict avec un sourire.

Anthony fut obligé d'admettre que ses frères étaient un peu plus finauds qu'ils ne le laissaient paraître.

— On se revoit dans environ une semaine ? lança Colin.

Anthony ne put s'empêcher de sourire. Ses frères et lui s'étaient retrouvés au club tous les jours durant la dernière quinzaine. S'il se fiait à la question faussement innocente de Colin, ce dernier avait deviné qu'il avait donné son cœur à sa femme et qu'il entendait passer les sept jours suivants, au moins, à le lui prouver.

— Deux semaines, répliqua Anthony en enfilant son manteau. Peut-être même trois !

Mais quand Anthony poussa la porte de la maison, légèrement essoufflé d'avoir gravi les marches quatre à quatre, il découvrit que Kate était sortie.

— Où est-elle allée ? demanda-t-il au majordome, dépité de n'avoir même pas envisagé cette éventualité.

— Se promener au parc avec sa sœur et un certain M. Bagwell.

— Le prétendant d'Edwina, marmonna Anthony pour lui-même.

Enfer et damnation ! Il aurait sans doute dû être heureux pour sa belle-sœur, mais le moment était mal choisi.

Il venait de prendre une décision capitale concernant sa femme ; il aurait été plaisant qu'elle se trouve à la maison.

— Elle a emmené sa *créature,* précisa le majordome avec un imperceptible frémissement.

Il n'avait jamais pu tolérer ce qu'il considérait comme une profanation de sa maison par le corgi.

— Ah, Newton.

— Je pense qu'ils seront de retour dans une heure ou deux.

— Je vais essayer de les retrouver, décida Anthony, incapable d'attendre une heure, ni même une minute.

Le majordome hocha la tête et désigna, par la porte ouverte, la voiture légère dans laquelle Anthony était rentré.

— Vous avez besoin d'un autre équipage ?

— J'irai à cheval, ce sera plus rapide.

— Très bien, dit le majordome en esquissant un salut. Je vais demander qu'on vous prépare une monture.

Anthony suivit des yeux le domestique qui se dirigeait d'un pas digne et compassé vers l'arrière de la maison. Deux secondes ne s'étaient pas écoulées que l'impatience le terrassa.

— Je m'en occupe moi-même ! cria-t-il avant de se ruer dehors.

Ce fut l'esprit guilleret qu'Anthony pénétra dans Hyde Park. Il avait hâte de trouver sa femme, de la prendre dans ses bras et de voir son expression lorsqu'il lui avouerait son amour. Il priait pour que Kate lui retourne ses paroles. Il était confiant, car, plus d'une fois, il avait vu son cœur se refléter dans ses yeux. Peut-être attendait-elle simplement qu'il fasse le premier pas. Et comment l'en blâmer ? Il avait tellement insisté sur le fait que leur mariage n'était *pas* et ne serait *jamais* un mariage d'amour.

Il s'était comporté comme un idiot.

Une fois dans le parc, il décida de se diriger vers Rotten Row, la promenade la plus courue. Il mit sa monture au trot en s'efforçant d'ignorer les signes et les appels amicaux que lui adressaient ses connaissances, à pied ou à cheval.

Mais à l'instant où il pensait en avoir fini, une voix l'interpella, féminine, âgée et terriblement impérieuse.

— Bridgerton ! J'ai dit, Bridgerton ! Arrêtez-vous tout de suite. C'est à vous que je parle !

Il jura entre ses dents tout en faisant volter son cheval. Lady Danbury. Le dragon de la bonne société. Impossible de l'éviter. En dépit de son âge, c'était une force de la nature, et *personne* ne se serait risqué à l'ignorer.

— Lady Danbury, la salua-t-il en s'efforçant de ne pas paraître résigné. Quel plaisir de vous rencontrer.

— Franchement, mon garçon, on dirait que vous venez d'avaler un vermifuge ! De l'entrain, que diable !

Anthony lui adressa un sourire contraint.

— Où est votre femme ? reprit-elle.

— Je suis à sa recherche, justement. Ou plutôt, je l'étais.

Lady Danbury était bien trop fine pour ne pas percevoir le sous-entendu. Anthony en déduisit donc qu'elle omit volontairement de le relever lorsqu'elle déclara :

— J'aime bien votre femme.

— Moi aussi.

— Je n'ai jamais compris pourquoi vous étiez si acharné à courtiser sa sœur. Une fille charmante, mais pas pour vous.

Elle leva les yeux au ciel, puis laissa échapper un grognement indigné.

— Le monde serait bien plus agréable à vivre si les gens voulaient bien m'écouter avant de se marier. En une semaine, j'aurais apparié tous les célibataires de la Foire au mariage.

— J'en suis convaincu.

Elle le considéra en plissant les yeux.

— Me traiteriez-vous avec condescendance ?

— Loin de moi cette idée, assura Anthony en toute sincérité.

— Bien. Vous m'avez toujours paru être un garçon raisonnable. Je… Que diable se passe-t-il ?

Anthony suivit le regard horrifié de lady Danbury, jusqu'à une voiture découverte dont le conducteur avait visiblement perdu le contrôle, et qui abordait un virage sur deux roues. Alors qu'elle était encore trop loin pour qu'il distingue le visage des occupants, il entendit un hurlement, puis les aboiements frénétiques d'un chien.

Le sang d'Anthony se figea dans ses veines. Sa femme était dans cette voiture !

Sans un mot d'excuse à l'adresse de lady Danbury, il éperonna son cheval. Il ignorait ce qu'il allait faire une fois qu'il aurait rattrapé la voiture. Peut-être parviendrait-il à prendre la place du conducteur incapable, ou à extraire les occupants avant qu'un accident ne survienne.

Il n'avait parcouru que la moitié de la distance lorsque le véhicule fou quitta le chemin, roula sur une grosse pierre et, déséquilibré, bascula sur le flanc.

En proie à une horreur sans nom, Anthony ne put que regarder sa femme se tuer sous ses yeux.

# 22

*Contrairement à l'opinion populaire, votre dévouée chroniqueuse a bien conscience qu'on la tient pour une personne cynique.*

*Rien, cher lecteur, ne saurait être plus éloigné de la vérité. Votre dévouée chroniqueuse n'aime rien tant qu'une fin heureuse. Et si cela fait d'elle une incurable romantique, eh bien, soit.*

LA CHRONIQUE MONDAINE DE LADY WHISTLEDOWN, 15 juin 1814

Quand Anthony atteignit la voiture, qui s'était complètement retournée, Edwina avait réussi à s'extraire des débris et, accrochée à un morceau de bois cassé, essayait de la soulever pour dégager une ouverture. À ses pieds, Newton ne cessait de bondir en aboyant comme un fou.

— Que s'est-il passé ? demanda Anthony en sautant à terre.

— Je ne sais pas, répondit Edwina, haletante, en essuyant ses larmes. M. Bagwell n'est pas un conducteur expérimenté, je le crains. Et puis, Newton s'est échappé, et... je n'ai rien compris...

— Où est Bagwell ?

Elle désigna l'autre côté du véhicule.

— Il a été éjecté. Il s'est cogné la tête, mais ça devrait aller. C'est Kate...

— Quoi Kate ? Où est-elle ?

Anthony se laissa tomber à genoux pour essayer de distinguer quelque chose dans les débris de la voiture. Il entendit Edwina déglutir, puis elle répondit dans un souffle :

— Elle est là-dessous. J'ai l'impression qu'elle est coincée.

Un flot de bile, amer, métallique et froid, remonta à la gorge d'Anthony. Le goût de la mort.

Tel un forcené, il se mit à son tour à tirer sur les morceaux de bois brisés pour essayer de dégager une ouverture.

— Kate ! appela-t-il en s'efforçant d'apparaître calme et rassurant. Kate, tu m'entends ?

Seuls les hennissements affolés des chevaux lui répondirent. Bon Dieu ! Il fallait les détacher avant qu'ils ne paniquent et ne s'enfuient en traînant la carcasse de la voiture.

— Edwina, est-ce que vous savez dételer les chevaux ? lança-t-il par-dessus son épaule.

— Je ne suis pas très rapide, mais je devrais m'en sortir.

Anthony indiqua du menton les témoins qui accouraient.

— Appelez quelqu'un pour vous aider.

Elle hocha la tête et se mit aussitôt à la tâche.

— Kate ? appela de nouveau Anthony, qui ne voyait rien, car une banquette renversée bloquait l'ouverture. Tu m'entends ?

Toujours pas de réponse.

— Essayez de l'autre côté, cria Edwina. Il a été moins écrasé.

Anthony bondit sur ses pieds et contourna la voiture au pas de course. De ce côté, la portière avait été arrachée de ses gonds, laissant un trou juste assez large pour qu'il puisse y insérer le haut du corps.

— Kate ? appela-t-il, en s'efforçant d'ignorer la panique dans sa voix.

Son souffle résonnait dans cet espace confiné, décuplant son inquiétude de ne pas entendre celui de Kate.

C'est alors que, en déplaçant avec précaution un coussin, il la vit. Elle était affreusement inerte, mais sa tête était dans l'alignement de son corps, et il ne le lui semblait pas voir de sang.

Ce devait être bon signe. Il n'y connaissait pas grand-chose en médecine, mais il s'accrochait à cette pensée comme à un miracle.

— Tu ne peux pas mourir, Kate, murmura-t-il tandis qu'il essayait frénétiquement d'agrandir le trou de manière à la sortir de là. Tu m'entends ? Tu ne peux pas mourir !

Une écharde pointue lui ouvrit le dos de la main alors qu'il écartait une planche, mais il n'y prêta aucune attention.

— Tu as intérêt à respirer, la prévint-il d'une voix tremblante, proche du sanglot. Ce n'était pas censé t'arriver à toi. Ton heure n'est pas venue. Tu comprends ?

À travers l'ouverture qu'il parvint à dégager, il réussit à attraper la main de Kate. Ses doigts trouvèrent son pouls, qui lui sembla assez régulier, mais il était encore impossible de savoir si elle saignait, si elle s'était brisé la colonne vertébrale ou...

Son cœur manqua un battement. Il existait tant de façons de mourir. Si une abeille pouvait tuer un homme dans la fleur de l'âge, un accident de voiture pouvait certainement ôter la vie à une fragile jeune femme.

Anthony attrapa le dernier morceau de bois qui lui bloquait l'accès et le souleva, mais il refusa de bouger.

— Ne me fais pas ça, marmonna-t-il. Elle n'est pas censée mourir maintenant. Tu m'entends ? Ça devait être moi, continua-t-il tandis que les larmes roulaient sur ses joues. Ç'a toujours censé être moi !

C'est alors que, alors qu'il s'apprêtait à tirer de nouveau sur la planche, les doigts de Kate se refermèrent comme un étau autour de son poignet. Il reporta les yeux sur son visage à l'instant où elle soulevait les paupières. Elle fixa sur lui un regard clair, sans même ciller une seule fois.

— Mais qu'est-ce que tu racontes ? dit-elle, apparemment lucide, et totalement éveillée.

Son soulagement fut si intense que c'en était presque douloureux.

— Tu te sens bien ? lui demanda-t-il d'une voix chevrotante.

Elle fit la grimace avant de répondre :

— Je m'en remettrai.

Anthony considéra sa réponse durant une fraction de seconde.

— Mais en ce moment, comment te sens-tu ? insista-t-il.

Elle toussota, et il eut l'impression de l'entendre tressaillir de douleur.

— J'ai quelque chose à la jambe, admit-elle. Mais je ne crois pas que je saigne.

— Est-ce que tu te sens faible ? Est-ce que la tête te tourne ?

— Non. J'ai mal, c'est tout. Mais que fais-tu ici ?

Anthony sourit à travers ses larmes.

— J'étais venu te chercher.

— C'est vrai ? murmura-t-elle.

Il hocha la tête.

— J'étais venu pour... C'est-à-dire que j'ai compris...

Il déglutit avec peine. Jamais il n'avait envisagé de dire un jour ces mots à une femme, et ils prenaient à présent tant de place dans son cœur qu'ils avaient du mal à sortir.

— Je t'aime, Kate, lâcha-t-il d'une voix étranglée. Il m'a fallu du temps pour le comprendre, mais je t'aime, et je devais te le dire. Aujourd'hui.

Kate esquissa un sourire tremblant tout en désignant, du menton, le reste de son corps.

— Tu choisis bien ton moment.

Étonnamment, il parvint à lui rendre son sourire.

— Il y aurait presque de quoi être heureuse que j'aie attendu aussi longtemps, non ? Si je te l'avais avoué la semaine dernière, je ne t'aurais pas rejointe dans le parc aujourd'hui.

Elle lui tira la langue, ce qui, compte tenu des circonstances, la lui rendit encore plus chère.

— Si tu me sortais de là ?

— Et tu me diras que tu m'aimes ? la taquina-t-il.

Avec un sourire plein de tendresse, elle hocha la tête.

Cela équivalait, bien sûr, à une déclaration. Alors même qu'il rampait dans les débris du véhicule accidenté, alors même que Kate était coincée sous ledit véhicule avec ce qui pouvait fort bien être une jambe cassée, Anthony fut submergé par un sentiment de paix et de bien-être.

Il se rendit alors compte que cela faisait près de douze ans qu'il n'avait pas éprouvé cela, depuis cet après-midi fatal où, dans la chambre de ses parents, il avait vu son père étendu sans vie sur le lit.

— Je vais te tirer, maintenant, la prévint-il en glissant les mains sous ses bras. Ça risque d'être très douloureux pour ta jambe, mais je ne peux pas faire autrement.

— Ma jambe me fait déjà mal, observa-t-elle avec un sourire courageux. Tout ce que je veux, c'est sortir de là.

Il acquiesça d'un signe de tête, puis commença à tirer lentement. Chaque fois qu'il la sentait tressaillir de douleur, son cœur cessait de battre.

— Ça va ? demanda-t-il.

— Oui, souffla-t-elle, mais il savait qu'elle essayait simplement de se montrer brave.

— Il va falloir que tu te tournes un peu.

Un morceau de bois effilé lui barrait le passage. Il allait avoir du mal à le lui faire contourner, et l'idée qu'elle puisse s'arracher la peau le rendait malade.

— Il faut que je te sorte la tête la première. Tu crois que tu peux te dégager ? Juste assez pour que je puisse t'attraper sous les bras...

Elle hocha la tête et, les dents serrées, entreprit de se tourner centimètre par centimètre, s'appuyant sur les mains pour faire pivoter ses hanches.

— Tu y es presque, l'encouragea Anthony. Maintenant, je vais...

— Fais-le, c'est tout, grinça-t-elle. Tu n'as pas besoin d'expliquer.

— Très bien, répondit-il en reculant jusqu'à ce que ses genoux se retrouvent sur l'herbe.

Après avoir compté mentalement jusqu'à trois, il serra les mâchoires et commença à la tirer.

Il s'arrêta une seconde plus tard en entendant Kate pousser un cri perçant.

— Ça va ? demanda-t-il, inquiet.

— Ça va, assura-t-elle.

Mais sa respiration était laborieuse, et son visage crispé par la douleur.

— Que s'est-il passé ? s'enquit une voix juste à l'extérieur de la voiture. J'ai entendu Kate crier.

C'était Edwina, qui en avait fini avec les chevaux et paraissait affolée.

— Edwina ? appela Kate en se tordant le cou pour essayer d'apercevoir sa sœur. Tu n'as rien ?

Elle tira sur la manche d'Anthony.

— Edwina va bien ? Elle est blessée ? Est-ce qu'elle a besoin d'un médecin ?

— Edwina va bien, répondit Anthony. C'est *toi* qui as besoin d'un médecin.

— Et M. Bagwell ?

— Comment va Bagwell ? demanda Anthony à Edwina, tout en continuant de sortir de sous la voiture Kate avec précaution.

— Il a une bosse sur le crâne, mais il est de nouveau sur pied.

— Ce n'est rien. Puis je vous aider ? dit une voix masculine pleine d'inquiétude.

Anthony avait l'intuition que l'accident était autant la faute de Newton que celle de Bagwell. Cependant, c'était ce dernier qui tenait les rênes, et Anthony ne se sentait pas enclin à se montrer charitable pour le moment.

— Je vous le ferai savoir, répondit-il sèchement avant de murmurer à Kate : Bagwell va bien.

— Je n'arrive pas à croire que j'avais oublié de demander de leurs nouvelles.

— On te le pardonnera, étant donné les circonstances, assura Anthony.

Kate était maintenant dans l'axe de l'ouverture, et il lui suffirait de tirer encore une fois pour la sortir.

— Serre les dents, Kate, lui intima-t-il.

— Quoi ? Je... Aaaaaaaaaïe !

D'un seul coup, il réussit à la libérer de sa prison, et tous deux se retrouvèrent sur l'herbe, pantelants. Mais si Anthony haletait à cause de l'effort fourni, il était évident que Kate souffrait horriblement.

— Mon Dieu ! s'écria Edwina. Regardez sa jambe !

Anthony jeta un coup d'œil et sentit son estomac se retourner. L'angle affreux que faisait le tibia de Kate ne laissait aucun doute quant à son état. Il déglutit à plusieurs reprises en essayant de ne pas montrer son inquiétude. Une jambe cassée se remettait, certes, mais il avait aussi entendu parler d'hommes qui avaient perdu un membre par manque de soins ou à cause d'une infection.

— Qu'est-ce qu'elle a, ma jambe ? voulut savoir Kate. Elle me fait un mal de chien, mais... Oh, Seigneur !

— Il vaut mieux que tu ne regardes pas, déclara Anthony en lui prenant le menton pour la forcer à tourner la tête dans une autre direction.

La respiration de Kate, déjà laborieuse, se fit saccadée.

— Dieu que j'ai mal ! Je ne m'étais pas rendu compte à quel point c'était douloureux avant de voir...

— Ne regarde pas, lui ordonna Anthony.

— Ô mon Dieu... *Mon Dieu...*

— Kate ? fit Edwina d'une voix inquiète en se penchant sur sa sœur. Ça va ?

— Regarde ma jambe ! s'écria Kate d'une voix perçante. Est-ce qu'elle a l'air d'aller bien ?

— Je parlais de ton visage, en fait. Tu as l'air un peu verte.

Kate respirait si vite, à présent, qu'elle fut incapable de répondre. Puis ses yeux se révulsèrent et, sous le regard d'Anthony, d'Edwina, de M. Bagwell et de Newton, elle s'évanouit.

Trois heures plus tard, Kate était installée dans son lit. Non pas confortablement mais, au moins, ne souffrait-elle plus autant grâce au laudanum qu'Anthony l'avait forcée à avaler dès leur retour à la maison.

Sa jambe avait été expertement remise en place par les trois chirurgiens qu'Anthony avait envoyé chercher. Non pas que, comme les trois hommes le firent remarquer, un si grand nombre de praticiens soit requis pour réduire une fracture, mais le vicomte, les bras croisés et l'air implacable, les avait contraints au silence. En outre, un médecin était passé prescrire quelques potions et pilules dont il jura qu'elles hâteraient la consolidation de l'os.

Anthony s'était agité autour d'elle comme une mère poule, essayant d'anticiper chacun des gestes des chirurgiens, jusqu'à ce que l'un d'eux ait l'audace de lui demander à quelle date il avait obtenu son diplôme de la faculté de médecine.

Anthony n'avait pas trouvé cela drôle.

Après maintes discussions, la fracture fut réduite, la jambe de Kate immobilisée par des attelles, et on lui recommanda de bien profiter des quelques semaines qu'elle allait devoir passer au lit.

— Bien profiter ? grommela-t-elle une fois les chirurgiens partis. Ils ont le mot pour rire !

— Tu pourras rattraper ton retard de lecture, suggéra Anthony.

— J'ignorais que j'avais des livres en retard, répliqua-t-elle entre ses dents.

Anthony aurait été tenté de rire, mais il s'appliqua à le cacher.

— Tu pourrais peut-être te mettre à la broderie ?

Kate le foudroya du regard. Comme si la perspective de broder allait la rasséréner !

Il s'assit avec précaution au bord du lit et lui tapota le dos de la main.

— Je te tiendrai compagnie, promit-il avec un sourire encourageant. J'ai déjà décidé de passer moins de temps à mon club.

Kate soupira. Elle était fatiguée, elle souffrait, et elle passait ses nerfs sur son mari, ce qui était injuste. Retournant la main, elle entrelaça ses doigts à ceux d'Anthony.

— Je t'aime, tu sais, dit-elle doucement.

Il lui pressa la main en hochant la tête, avec, dans les yeux, une flamme plus éloquente que n'importe quel mot.

— Tu m'avais dit que je ne devais pas, lui rappela-t-elle.

— J'étais un imbécile.

Elle ne le contredit pas et, à en juger par l'imperceptible contraction de ses lèvres, il en prit note. Après un silence, elle reprit :

— Tu as dit des choses curieuses, dans le parc.

Anthony laissa sa main dans la sienne, mais son corps se tendit légèrement.

— Je ne vois pas ce que tu veux dire.

— Je crois que si, répliqua-t-elle d'une voix douce.

Anthony ferma les yeux, puis il se leva. Pendant tant d'années, il avait pris soin de garder son étrange conviction pour lui-même. Cela lui avait semblé préférable. Et voilà que dans le feu de l'action, terrifié, il avait lâché la vérité devant sa femme. Il ne se souvenait pas exactement de ce qu'il avait dit. Mais, de toute évidence, cela avait suffi à éveiller la curiosité de Kate.

Il gagna la fenêtre et s'appuya sur le rebord, regardant devant lui, comme s'il pouvait voir à travers les rideaux fermés.

— Il y a quelque chose que tu dois savoir à mon sujet, murmura-t-il.

Elle ne dit rien, mais il sut qu'elle l'avait entendu, peut-être parce qu'elle changea très légèrement de position dans le lit. À moins que ce ne fût la soudaine tension dans l'air.

Il pivota sur ses talons. Il lui aurait été plus facile de s'adresser aux rideaux, mais elle méritait mieux que cela. Assise dans le lit, la jambe reposant sur des oreillers, elle le fixait avec de grands yeux emplis d'un mélange de curiosité et d'inquiétude.

— Je ne sais pas comment te le dire sans paraître ridicule.

— Quelquefois, le plus facile, c'est simplement de le dire. Tu veux t'asseoir à côté de moi ? ajouta-t-elle en tapotant le matelas.

Anthony secoua la tête. Être trop près d'elle rendrait son aveu encore plus difficile.

— Il m'est arrivé quelque chose lorsque mon père est mort.

— Tu étais très proche de lui, n'est-ce pas ?

— Oui, plus proche que je ne l'ai jamais été de quiconque, jusqu'à ce que je te rencontre.

— Que s'est-il passé ?

— Ce fut très inattendu. Une abeille, comme je te l'ai dit.

Elle acquiesça de la tête.

— Qui aurait pensé qu'une abeille pouvait tuer un homme ? reprit Anthony avec un rire sec. Ç'aurait été drôle si ce n'était pas aussi tragique.

Kate ne fit aucun commentaire, se contentant de le regarder avec une compassion qui lui brisa le cœur.

— Je suis resté avec lui toute la nuit, enchaîna-t-il en se détournant à demi pour ne pas avoir à la regarder dans les yeux. Il était mort, bien sûr, mais j'avais besoin d'un peu plus de temps. J'étais assis à côté de lui, je regardais son visage... Bon sang, quel idiot j'étais ! Je crois que je m'attendais plus ou moins qu'il rouvre les yeux.

— Je ne crois pas que ce soit idiot, souffla Kate. J'ai vu la mort, moi aussi. C'est difficile de croire que quelqu'un est parti alors qu'il semble si naturel, si paisible.

— Je ne sais pas quand c'est arrivé, mais au matin, j'étais convaincu.

— Qu'il était mort ?

— Non, répliqua-t-il durement, que je le serais aussi.

Il attendit qu'elle dise quelque chose, n'importe quoi. Comme elle se contentait de le regarder sans qu'il remarque de changements notables dans son expression, il se sentit poussé à ajouter :

— Je ne suis pas un homme de la trempe de mon père.

— Il pourrait ne pas être d'accord, objecta-t-elle avec calme.

— Eh bien, il n'est pas là pour le faire, que je sache, riposta-t-il.

De nouveau, elle garda le silence. Avec l'impression d'être une brute, il jura entre ses dents et pressa les doigts sur ses tempes douloureuses. Il commençait à avoir la tête qui tournait, et il se rendit compte qu'il ne se souvenait pas de la dernière fois qu'il avait mangé.

— C'est à moi d'en juger, reprit-il à voix basse. Tu ne le connaissais pas.

S'adossant au mur, il expira longuement avant de reprendre :

— Laisse-moi simplement t'en parler. Ne dis rien, ne m'interromps pas, ne me juge pas. C'est déjà assez difficile à raconter. Tu peux faire cela pour moi ?

Elle hocha la tête, et il commença d'une voix sourde.

— Mon père est le plus grand homme que j'aie jamais connu. Pas un jour ne s'écoule sans que je me rende compte que je ne le vaux pas. Il était tout ce à quoi je pouvais aspirer. Je n'égalerai peut-être jamais sa perfection, mais si je parvenais à m'en approcher, je m'estimerais satisfait. C'est ce que j'ai toujours souhaité : m'en approcher.

Il se risqua à regarder Kate sans vraiment savoir pourquoi. Peut-être cherchait-il un encouragement, de la sympathie. Ou peut-être avait-il simplement envie de voir son visage.

— S'il y a une chose dont j'étais sûr, poursuivit-il, c'est que je ne le surpasserais jamais. Pas même en années.

— Qu'essaies-tu de me dire ? chuchota-t-elle.

— Je sais que ça n'a aucun sens, que je ne peux offrir aucune explication rationnelle. Mais depuis cette nuit où je suis resté assis près de mon père, à le veiller, je sais qu'il est impossible que je vive plus longtemps que lui.

— Je vois.

— Vraiment ?

Ce fut comme si un barrage avait cédé. Les mots se bousculant à présent sur ses lèvres, il lui raconta pourquoi il était tellement opposé à un mariage d'amour, et lui avoua sa jalousie quand elle avait réussi à combattre ses propres démons et à en triompher.

Elle porta la main à sa bouche et se mordilla l'extrémité du pouce. Un geste qu'elle faisait, avait-il remarqué, lorsqu'elle était troublée ou perdue dans ses pensées.

— Quel âge avait ton père lorsqu'il est mort ?
— Trente-huit ans.
— Quel âge as-tu ?
Il la regarda avec curiosité ; elle connaissait son âge. Il répondit néanmoins :
— Vingt-neuf ans.
— Donc, selon ton estimation, il nous reste neuf années.
— Au plus.
— Et tu le crois sincèrement.
Il hocha la tête.
Les lèvres pincées, elle expira longuement par le nez. Finalement, après un silence qui parut interminable, elle posa sur lui un regard clair et direct.
— Eh bien, tu te trompes.
Curieusement, sa franchise était plutôt rassurante. Anthony se surprit même à esquisser un pâle sourire.
— Tu crois que je ne me rends pas compte de ce que ça a de ridicule ?
— Je ne pense pas du tout que ce soit ridicule, répliqua-t-elle. C'est une réaction parfaitement normale, en fait ; d'autant que tu adorais ton père. Il n'empêche que c'est faux.
Anthony garda le silence.
— La mort de ton père était un accident. Un coup terrible du sort, que personne n'aurait pu prévoir.
— Je partirai probablement de la même manière.
— Oh, pour l'amour de...
Kate se retint à temps de blasphémer.
— Anthony, moi aussi, je pourrais mourir demain. J'aurais même pu mourir aujourd'hui, quand cette voiture s'est retournée sur moi.
Il pâlit.
— Ne me le rappelle jamais.
— Ma mère est morte quand elle avait mon âge, continua Kate, impitoyable. Y as-tu songé ? Si je m'en tiens à ton point de vue, je devrais être morte avant mon prochain anniversaire.
— Ne sois pas...

— Stupide ? termina-t-elle à sa place.

Une minute entière s'écoula avant qu'Anthony déclare d'une voix à peine audible :

— Je ne sais pas si je peux surmonter cela.

— Tu n'as pas à le surmonter.

Kate mordilla sa lèvre inférieure, qui commençait à trembler, puis elle désigna la place vide près d'elle.

— Veux-tu venir ici, que je puisse te tenir la main ?

Anthony ne se fit pas prier. Sa chaleur se répandit à travers son corps jusqu'à effleurer son âme même. À cet instant, il comprit que tout ceci allait au-delà de l'amour. Cette femme faisait de lui une personne meilleure. Il s'était montré bon, fort et attentionné, auparavant, mais avec elle à son côté, il était plus encore.

Ensemble, ils pouvaient tout affronter.

Il en venait même à envisager qu'atteindre quarante ans n'était peut-être pas un rêve aussi impossible qu'il le pensait.

— Tu n'as pas à le surmonter, répéta-t-elle. Pour être honnête, je ne vois pas comment tu pourrais le surmonter complètement avant tes trente-neuf ans. Mais ce que tu peux faire, ajouta-t-elle en lui pressant la main – et il se sentit encore plus fort que quelques instants plus tôt –, c'est refuser de laisser cette prémonition gouverner ton existence.

— J'en ai pris conscience ce matin, avoua-t-il. Quand j'ai compris que je devais te dire que je t'aimais. Mais maintenant... maintenant, c'est une certitude.

Elle hocha la tête, et il s'aperçut que ses yeux brillaient de larmes.

— Tu dois vivre chaque heure comme si c'était la dernière, dit-elle, et chaque jour comme si tu étais immortel. Quand mon père est tombé malade, il a eu énormément de regrets. Il y avait tant de choses qu'il souhaitait faire, m'a-t-il avoué. Il avait toujours supposé qu'il aurait le temps. C'est une leçon qui ne m'a jamais quittée. Franchement, pourquoi crois-tu que j'aie décidé d'apprendre la flûte à un âge aussi avancé ? Tout le monde me l'a déconseillé, arguant du fait que, pour jouer vraiment bien, j'aurais dû commencer enfant. Mais ce n'est pas la question, en vérité. Je n'ai pas besoin de jouer bien ; juste de prendre plaisir à le faire. Et savoir que j'ai essayé est important pour moi.

Anthony sourit. Kate était une flûtiste exécrable. Même Newton ne supportait pas de l'entendre.

— Mais le contraire est également vrai, continua-t-elle. Tu ne peux pas renoncer à de nouveaux défis ou fuir l'amour simplement parce que tu crois que tu ne seras pas là pour mener tes rêves à leur terme. Sinon, tu finiras avec autant de regrets que mon père.

— Je ne voulais pas t'aimer, murmura Anthony. C'était la chose que je craignais par-dessus tout. Je m'étais plus ou moins habitué à l'idée que ma vie serait brève. Mais l'amour…

Sa voix se brisa, d'une manière qui aurait pu sembler peu virile et le faisait paraître vulnérable. Mais il s'en moquait parce que c'était Kate.

Peu importait qu'elle soit témoin des peurs qui le rongeaient, car il savait qu'elle l'aimerait en dépit de tout. Il en éprouvait une impression de liberté extraordinaire.

— Je savais que l'amour véritable existait, continua-t-il. Mais comment aimer quelqu'un en sachant que cet amour était condamné ?

— Il n'est pas condamné, assura Kate en lui pressant de nouveau la main.

— Je sais. Je suis tombé amoureux de toi, et j'ai compris. Même si j'ai raison, même si je ne dois pas vivre plus longtemps que mon père, je ne suis pas condamné pour autant. Je t'ai, murmura-t-il en s'inclinant pour effleurer ses lèvres d'un baiser, et je ne vais pas gâcher un seul des instants que nous avons à partager.

— Ce qui signifie ? s'enquit Kate avec un sourire.

— Ce qui signifie que l'amour, ce n'est pas d'avoir peur que tout vous soit arraché. L'amour, c'est de trouver la personne qui comblera votre cœur et fera de vous un être meilleur que tout ce que vous avez rêvé d'être ; c'est de plonger les yeux dans ceux de l'être aimé en ayant la conviction absolue que c'est la meilleure personne que vous ayez jamais rencontrée.

— Oh, Anthony, chuchota Kate, les joues ruisselantes de larmes, c'est exactement ce que je ressens pour toi...

— Quand j'ai cru que tu allais mourir...

— N'en parle pas, l'interrompit-elle d'une voix étranglée. Tu n'as pas à revivre cela.

— Si, il le faut. Je dois te le dire. C'était la première fois, même après toutes ces années à attendre ma propre mort, que j'ai vraiment compris ce que mourir signifiait. Parce que, toi partie... plus rien ne me retenait à la vie. Je ne sais pas comment ma mère l'a supporté.

— Elle avait ses enfants. Elle ne pouvait pas vous abandonner.

— Je sais, mais la souffrance qu'elle a dû endurer...

— Je suppose que le cœur humain est plus fort que nous ne l'imaginons.

Anthony la contempla un long moment, les yeux rivés aux siens jusqu'à ce qu'il ait le sentiment de ne plus faire qu'un avec elle. Puis il glissa une main tremblante derrière sa tête et se pencha pour lui donner un baiser dans lequel il mit toute son âme.

— Je t'aime, Kate. Je t'aime tellement.

Elle hocha la tête, incapable de prononcer une parole.

— Et à cet instant, je voudrais... je voudrais...

Soudain, une chose des plus curieuses se produisit. Il sentit monter en lui un grand rire, et il fut submergé par une joie si exubérante qu'il dut se retenir pour ne pas soulever Kate et la faire tournoyer dans les airs.

— Anthony ? fit-elle, l'air à la fois perplexe et amusée.

— Tu sais ce que l'amour signifie d'autre ? murmura-t-il en posant les mains sur le lit, de chaque côté de son corps.

— Je n'en ai pas la moindre idée.

— Cela signifie, grommela-t-il, que cette maudite jambe cassée me contrarie beaucoup.

— Pas autant que moi, milord, répliqua-t-elle avec un regard navré à sa jambe immobilisée.

— Pas d'exercice vigoureux pendant deux mois, c'est ça ?

— Au moins.

Le sourire dont il la gratifia le fit ressembler trait pour trait au débauché qu'elle l'avait un jour accusé d'être.

— Il apparaît clairement que je devrai me montrer très, très doux, murmura-t-il.

— Ce soir ? coassa-t-elle.

Il secoua la tête.

— Même moi, je ne possède pas le talent de m'exprimer avec autant de légèreté.

Kate gloussa. Elle ne put s'en empêcher. Elle aimait cet homme, il l'aimait, et, qu'il le sût ou non, ils allaient vieillir ensemble. Voilà qui suffisait à rendre une fille – même une fille à la jambe cassée – toute guillerette.

— Es-tu en train de te moquer de moi ? voulut-il savoir en se glissant à côté d'elle.

— Loin de moi cette idée.

— Bien. Parce que j'ai des choses très importantes à te dire.

— Vraiment ?

Il hocha la tête avec gravité.

— Je ne peux peut-être pas te montrer combien je t'aime ce soir, mais je peux te le dire.

— Je ne me lasserai jamais de l'entendre, avoua-t-elle.

— Parfait. Parce que quand j'aurai fini de te le dire, je t'expliquerai comment j'aimerais te le *montrer*.

— Anthony !

— Je crois que je commencerais par le lobe de l'oreille, déclara-t-il d'un ton songeur. Oui, définitivement, le lobe de l'oreille. Je l'embrasserais, puis je le mordillerais, et ensuite…

Kate émit un son étouffé. Puis elle se tortilla. Puis elle retomba amoureuse de lui.

Et tandis qu'il lui murmurait à l'oreille de doux mots sans suite, elle éprouva une sensation étrange, presque comme si elle voyait son avenir entier se dérouler devant elle, chaque jour plus riche et plus plein que le précédent, chaque jour…

Était-il possible de retomber amoureuse du même homme jour après jour ?

Avec un soupir, Kate s'enfonça dans ses oreillers, se laissant bercer par ses mots coquins.

Sapristi, elle allait essayer !

# Épilogue

*Lord Bridgerton a célébré son anniversaire – votre dévouée chroniqueuse pense qu'il s'agissait de son trente-neuvième – chez lui, avec sa famille.*

*Votre dévouée chroniqueuse n'était pas invitée.*

*Néanmoins, des détails de cette cérémonie lui sont revenus aux oreilles, et il apparaîtrait que la fête fut fort amusante. La journée commença par un bref concert : lord Bridgerton à la trompette et lady Bridgerton à la flûte. Mme Bagwell (sœur de lady Bridgerton) s'était apparemment proposée pour les accompagner au piano-forte, mais son offre a été refusée.*

*Selon la vicomtesse douairière, jamais un concert n'avait été aussi discordant, et l'on nous a rapporté que, finalement, le jeune Miles Bridgerton est monté sur une chaise pour supplier ses parents d'y mettre fin.*

*On nous a aussi rapporté que non seulement personne n'a grondé le jeune garçon pour son impolitesse, mais qu'un énorme soupir de soulagement a parcouru l'assemblée quand lord et lady Bridgerton ont reposé leurs instruments.*

*La Chronique mondaine de lady Whistledown,* 17 septembre 1823

— Ce n'est pas possible, elle doit avoir un espion dans la famille, déclara Anthony en secouant la tête.

Kate, qui se brossait les cheveux avant de se mettre au lit, éclata de rire.

— Elle ne s'est pas rendu compte que c'était aujourd'hui, ton anniversaire, et non hier.

— Un détail sans importance, grommela-t-il. Elle doit avoir un espion, je ne vois pas d'autre explication.

— Tout le reste est juste, ne put s'empêcher de remarquer Kate. Crois-moi, j'ai toujours admiré cette femme.

— Nous n'étions pas si mauvais, protesta Anthony.

— Nous étions exécrables, contra-t-elle en reposant la brosse et en s'approchant de lui. Nous sommes toujours exécrables. Mais au moins, nous essayons.

Anthony referma les bras autour de la taille de sa femme, et appuya le menton sur son crâne. Peu de choses lui apportaient autant de paix que le fait de tenir sa femme dans ses bras. Il ignorait comment un homme pouvait survivre sans une femme à aimer.

— Il est presque minuit, murmura Kate. Ton anniversaire est quasiment passé.

Anthony hocha la tête. Trente-neuf ans. Jamais il n'aurait pensé vivre cette journée.

Non, ce n'était pas exact. Depuis qu'il avait ouvert son cœur à Kate, l'avait laissée en prendre possession, ses craintes s'étaient lentement dissipées. Il n'empêche, il était agréable d'avoir trente-neuf ans.

Il avait passé une grande partie de la journée dans son bureau, à contempler le portrait de son père. Et il s'était surpris à lui parler, pendant des heures. De ses trois enfants ; du mariage de ses frères et sœurs, et de leurs enfants ; de sa mère, qui avait récemment entrepris de s'initier à la peinture à l'huile et se montrait fort douée ; et de Kate, de la manière dont elle avait libéré son âme, et de l'amour qu'il éprouvait pour elle.

C'était, avait-il compris, ce que son père avait toujours désiré pour lui.

L'horloge de la cheminée commença à sonner, et ni Anthony ni Kate ne parlèrent avant que le douzième coup n'ait retenti.

— Ça y est, souffla Kate.

Il hocha la tête.

— Allons nous coucher.

Il vit qu'elle souriait en se dirigeant vers le lit.

— C'est ainsi que tu veux le fêter ?

— Je ne vois pas de meilleur moyen, répondit-il en s'emparant de sa main pour la porter à ses lèvres. Et toi ?

Kate secoua la tête, puis gloussa en se glissant entre les draps.

— As-tu lu ce qu'elle a écrit d'autre dans son article ?

— Qui ? Cette Whistledown ?

Kate acquiesça d'un signe de tête. Anthony lui adressa un regard concupiscent.

— C'était à notre sujet ?

— Non, au sujet de Colin.

— Elle a l'air de beaucoup écrire sur Colin, fit remarquer Anthony avec un léger soupir.

— Peut-être qu'elle a un faible pour lui.

— Lady Whistledown ? répliqua Anthony en levant les yeux au ciel. Cette vieille commère ?

— Elle n'est peut-être pas si vieille que cela.

Anthony émit un ricanement moqueur.

— C'est une vieille bique toute ridée, et tu le sais.

— Pas du tout. Je pense qu'elle pourrait bien être jeune.

— Et *moi,* annonça Anthony, je pense que je n'ai pas très envie de discuter de lady Whistledown en ce moment.

— Ah bon ? fit Kate avec un sourire.

Il se glissa près d'elle et posa la main sur la courbe de sa hanche.

— J'ai bien plus agréable à faire.

— Vraiment ? susurra-t-elle.

— Beaucoup, beaucoup, *beaucoup* plus agréable, lui souffla-t-il à l'oreille.

Dans une petite chambre élégamment meublée, pas si loin que cela de Bridgerton House, une femme – qui n'était plus dans sa prime jeunesse, certes, mais néanmoins ni vieille ni ridée – s'assit à son bureau avec une plume et un encrier, et sortit une feuille de papier.

Inclinant la tête, elle écrivit :

La Chronique mondaine de lady Whistledown, 19 septembre 1823

*Ah, au fait, aimable lecteur, il a été porté à la connaissance de votre dévouée chroniqueuse...*

# Note de l'auteure

La réaction d'Anthony à la mort prématurée de son père est assez courante, surtout chez les hommes (à un moindre degré, les femmes dont les mères sont mortes jeunes réagissent de la même façon). Ces hommes sont souvent hantés par la certitude qu'eux aussi subiront le même sort. Ils ont conscience, en général, que leurs craintes sont irrationnelles, mais ils ne parviennent pratiquement jamais à les surmonter avant d'avoir eux-mêmes atteint (ou dépassé) l'âge auquel leur père est mort.

Mes lecteurs étant presque exclusivement des lectrices, et le problème d'Anthony étant, pour user d'un langage moderne, « un truc de mec », j'ai eu peur que vous ne puissiez vous y intéresser. En tant qu'auteur d'histoires romanesques, je suis toujours confrontée à une alternative délicate : faire de mes personnages des êtres absolument et définitivement héroïques, ou bien des êtres réels. Avec Anthony, j'espère avoir atteint le juste milieu. Il est facile de regarder un livre d'un air renfrogné et de grommeler : « Tu t'en remettras ! » La vérité, c'est que pour la plupart des hommes, il n'est pas si aisé de surmonter la perte soudaine et prématurée d'un père bien-aimé.

Les lecteurs attentifs remarqueront que la piqûre d'abeille qui a tué Edmund Bridgerton était en fait la seconde dont il était victime. D'un point de vue médical, c'est exact ; l'allergie aux piqûres d'abeille ne se manifeste généralement qu'à la seconde piqûre. Anthony n'ayant été piqué qu'une fois dans sa vie, il est impossible de savoir s'il est ou non allergique. Cependant, en tant qu'auteur de ce livre, j'aimerais penser que je dispose d'un certain contrôle sur la condition physique de mes personnages ; j'ai donc décidé qu'Anthony ne souffrait d'aucune espèce d'allergie, et même qu'il vivrait jusqu'à l'âge vénérable de quatre-vingt-douze ans.

Avec toute mon amitié,

Julia Quinn

*Composition*
NORD COMPO

*Achevé d'imprimer en Italie*
*par* GRAFICA VENETA
le 25 janvier 2022

Dépôt légal : janvier 2021
EAN 9782290254738
OTP L21EDDN001170A016

ÉDITIONS J'AI LU
87, quai Panhard-et-Levassor, 75013 Paris

*Diffusion France et étranger : Flammarion*